KB062654

목마와 화부

문 형 장편소설

목마와 화부 火夫

다차원
북스

차례

화진백자

"그 백자는 부장검사를 지낸 한 남자가 리비도를 끊으면서 태어난 겁니다."

그는 사흘 전 통화 중에 자신의 가마에서 나온 백자에 대한 소회를 그렇게 피력했었다. 한데 정작 그 남자의 본래 이름은 모른다고 했다. 덧붙여 뭐랬더라. 태종대 자살바위에서 연꽃이 핀 기분이라고 했지 아마. 기쁘면서도 슬픈 듯, 뭔가를 얻었으면서도 또 다른 뭔가는 잃은 듯. 갓 마흔 넘긴 남자가 팔십 인생을 산 듯이.

자살바위와 연꽃이 백자와 무슨? 아, 태종대라면 부산. 자기 고향에서 가마짓고 작업했다는 속내를 말한 건가?

열차가 광명역에 정차한다는 안내방송이 나왔다.

'광명역?'

턱을 괴고 생각에 잠겨 있던 경향일보 박인규 기자는 힐끗, 차창 밖을 내다보며 꼬았던 다리를 고쳐 앉았다. 서울역에서 탑승한 그는 열차가 출발했는지조차 모르고 있었다. 사흘 전 명진과의 통화내용을 떠올리느라.

박 기자는 무릎 위에 놓아둔 월간 〈도예의 세계〉 11월호를 집어 들었다. 어림으로 빠르게 훑어 넘겨, 명진이 알려준 기사 제목을 찾았다. 여기 있군.

〈이 달항아리는 실로 우리를 두렵게 하는 작품이다.〉

그 기사는 올해 대한민국 공예대전에서 대상을 차지한 원명진의 '화진백자대호(凤珍白磁大壺)'에 관하여, 도자기 전문가 중에서도 내로라하는 유명 대학 교수의 입을 빌려 쓴 기사였다. 그쪽 페이지를 왼손으로 꾹 누른 채, 박 기자는 숄더백에서 형광펜을 꺼내들었다. 핑크색 펜 뚜껑을 열고 제목에 밑줄을 쫙 친 그는 천천히 기사를 읽어내려 갔다.

한자로 대호(大壺)라 명명되는 전통의 달항아리는 보통 40센티미터 이상의 커다랗고 둥근 항아리를 말하는데, 규모가 커서 물레로 한 번에 성형하기가 힘들다. 따라서 위아래를 각각 따로 만든 다음, 나중에 두 부분을 접합시켜 완성하는 과정을 거친다. 이때 접합 이음매가 보이거나 아래위 또는 좌우의 비대칭이 생길 수 있기 때문에, 접합하기가 여간 어려운 게 아니다.

이와 같이 달항아리는 성형(成形)과 번조(燔造)가 까다로우므로 결국, 만든 사람의 손맛에 따라 둥근 형태가 달라지며 균형감도 달라지기 마련이다. 이번 수상작인 백자 달항아리는 눈처럼 흰 바탕색에 둥근 형태가 보름달 같아, 흰빛 세계에 든 도예인의 무심함이 표현된 걸작이라고 생각된다. 기하학적 완전성 측면에서 보자면 어수룩하고 순박하기 그지없는. 이것은 조선백자 달항아리의 대표적 특징인 부정형의 원형미에 한국적인 아름다움과 정서가 담긴 국보 제309호를 오늘날에 되살린 수작이라 해도 과언 아니다. 균열이 하나도 없을 뿐만 아니라 유약의 용융상태 또한 온전한 걸로 보아, 이 작품을 만든 도예인은 성형 솜씨가 아주 뛰어나다고 여겨진다. 특히 어려운 번조 과정에 불을 다루는 기술, 아니면 도예인 자신의 마음을 다루는 특별한 요소, 즉 무심(無心) 무욕(無慾)의 경지에서나 만들 수 있는 심법(心法)이 들어가 있는 것 같기도 하다. 그래서 우리를 더 두렵게 만들기도 하는데, 이 작품에서 우러나는 순백색과 원형의 조화감은(……)

행간에 담긴 의미를 파악해가며 중간쯤 읽었을 때, 박 기자가 들었던 명진에 대한 후일담이 오버랩 되었다. 이제 갓 마흔 된 출품자가 경력 20~30년 된 중견 장인들을 물리치고 대상을 차지하는 바람에 평단에서 이러쿵저러쿵 말이 많았다는. 더욱이 '작품 스스로 말하게 하라'는 궁통인지 원명진이 짤막한 수상 소감 한마디 내놓지 않아, 그에게 무례하다는 꼬리표까지 덧씌워졌다는.

'영예의 대상 작품 수상 작가가 한마디도 입을 떼지 않았다면, 거기엔 필시 어떤 내막이 있을 거야.'

박 기자가 입술을 지그시 깨물며 묘한 웃음을 머금었다. 이 취재거리에 대하여, 어쩌면 자신에게 행운의 여신이 뜻밖의 선물을 줄지도 모른다는 기대감이랄까. 다른 기자들 따돌리고 인터뷰 약속을 얻어낸 승리감이랄까. 그런 쾌감에 부풀어.

이번 공예전 수상작이 결정 났을 때 여느 기자들과 마찬가지로 그 역시 원명진에게 수차례 인터뷰를 요청했었다. 몇 번이고 거절과 침묵으로 일관해오던 원명진을 그가 끈질기게 설득하여, 마침내 오늘 날짜로 원명진의 현지 도예 공방에서 인터뷰하기로 약속을 받아냈으니만큼, 쾌재를 부를 만도 했다.

기사를 다 읽어본 박 기자는 앞뒤를 넘겨가며 문장 몇 군데에 밑줄을 더 쳤다. 이내 기사 부분의 책장을 접어놓고는 백에서 볼펜과 취재수첩, 자료파일을 끄집어냈다. 볼펜을 들어 기사 중간중간에 몇 자씩 첨부형태로 적은 뒤, 그와 관련된 짤막한 질문사항을 취재수첩에 추가로 적어 넣었다. 그 취재수첩엔 원명진을 상대로 인터뷰할 질문들—작품 소재와 재질에 관한, 출품 동기와 작업 과정에 대한, 제작 의도와 수상 소감에 대한—이 빼곡히 적혀 있었다.

* * *

　부산역에 당도하여 설렁탕으로 점심을 때운 박 기자는 부전역까지 와서 다시 동해남부선 무궁화 열차에 올랐다. 기차가 출발한지 이십여 분도 안돼 그는 좌천역에서 하차했다. 곧바로 그는 역전에 정차해 있던 택시를 잡아타고 목적지를 불러줬다.

　"장안사 방향으로 갑시다."

　박 기자는 명진이 알려준 길 안내에 따라 오부람터골 뒷길 끝에 도착해 택시에서 내렸다. 길가에 세워져 있는 명진의 도예 공방 '동파요원(同跛窯垣)' 방향과 거리가 적힌 나무 표지판을 확인하고서.

　표지판 양쪽에는 천하대장군, 지하여장군 두 장승이 서 있었다. 그는 표지판을 읽고 나서 요원(窯垣) 위치를 어림잡기 위해 천천히 주변 광경을 훑었다. 그곳, 마을 뒤편 시멘트 포장길 끝나는 데서부터 동파요원까지의 사백여 미터는 흙길이었다.

　'슬렁슬렁 걸어 올라갈까.'

　그는 숄더백을 열고 카메라를 꺼내 들었다. 우선 장승 표지판 쪽부터 찍고 주변 광경들을 촬영하는 수순에 들어갔다. 나중에, 인터뷰 마치고 주변 광경 사진 찍으려 했다간 산골짜기는 빨리 해가 져버릴 수 있는데다, 자칫 사진 촬영하는 것도 잊어버릴 수 있기에 일찌감치 찍어 놓는 게 옳겠다 싶어서. 게다가 11월 중순이라지만 여긴 남부지방이라 아직은 늦가을 정취가 남아 있어, 잠깐 동안이나마 여행자 기분도 느낄 겸 하여.

셔터를 눌러가며 동파요원 가는 중간쯤 산비탈에 올라선 그는 사방을 둘러보았다. 과수나무 밭을 끼고 있는 민가에서 연기가 나고 있는 걸로 보아, 저곳이 동파요원이지 싶었다. 그제 통화 때 원명진이 말하길, 산비탈에 올라서면 배나무 밭이 보이고 민가는 자신의 요원밖에 없기 때문에 찾기 쉬울 거라 했으므로.

불광산으로부터 흘러내려온 계곡이 저 아래로 이어져 있었다. 주변의 산들은 그리 높지 않으면서 병풍처럼 둘러싸 고요하고 아늑했다. 양택 풍수의 조건을 두루 갖추었다고나 할까.

요원 입구에 다다르자 삽짝엔 가로형 나무걸이로 매달아 놓은 '同跛窯垣' 현판이 늦가을 바람에 흔들리고 있었다. 생활한복을 깔끔하게 차려입은 명진이 야외 나무의자에 앉아 기다리고 있다가 박 기자를 막 발견하고는 반갑게 맞았다. 서로 간에 이미 전화로 통성명을 했던 사인즉, 악수를 나눈 박 기자는 명진에게 양해를 구했다.

"어두워지기 전에 바깥 정경 사진은 미리 건져 놓고 봅시다."

박 기자는 명진의 안내를 받아 요원 곳곳을 카메라에 속속 담았다. 특히 오름 가마(일명 봉우리 가마)의 구조와 작업실 안에 있는 여러 도구에 대해서는 묻거니 답하거니 해가며.

사진 촬영을 웬만큼 끝낸 두 사람은 앞마당에 서서 풍경과 일상에 대해 담소를 나누다가, 늦가을 햇빛 즐기기엔 야외가 좋다는 데 의견 일치를 보았다. 마당에 있는 원목 테이블에서 차를 마시며 인터뷰하는 것으로.

명진이 미리 준비해뒀던 전기포트의 찻물과 다기를 테이블에 갖다놓았다. 박 기자는 그 광경도 놓치지 않기 위해 연신 셔터를 눌렀다.

자리에 앉아 차가 우려져 나오는 동안 박 기자는 백에서 취재노트와 녹음기, 펜과 참고자료 등속을 꺼내 본격적인 인터뷰에 들어갔다.

박 기자가 먼저 명진의 작품 수상에 대해 의례적인 상찬을 몇 마디 했다. 서너 번의 문답이 오간 뒤. 그런 대작이 나오게 된 과정을 설명하는 명진의 말을, 박 기자는 어떻게 받아들여야 할지 몰라 고개를 갸웃했다. 그가 하도 의아스러워해서, 어쩔 수 없이 기자 앞에 고상한 문자 쓰게 됐다는 투로, 명진이 한자어를 불쑥 던졌다.

"화생토(火生土), 불이 그걸 만들었지요 뭐."

그렇게 말해 놓고 스스로 이내 덧붙였다.

"화생토가 무슨 뜻인지 아시지요? 역리학자들이 사주볼

때 자주 언급하는 음양오행설, 거기 나오는 상생의 한 축."

'상생의 한 축'을 말할 땐 딱딱 끊으며 어조를 높였다. 그리곤 능숙한 솜씨로 우러나온 차를 각자의 잔에 따랐다. 그는 박 기자에게 차 마시라고 손으로 권유한 다음, 자신도 찻잔을 들어 천천히 한 모금 음미했다.

"그럼, 도자기는 구워야 하니까, 당연히 불이 만드는 거지 뭐가 만듭니까? 겸손이 너무 지나치십니다."

박 기자는 명진의 대답이 예술가답지 않다고 여겼는지 핀잔을 주곤, 찻잔을 단숨에 비워버렸다. 박 기자의 언동에 개의치 않은 듯 명진이 그의 잔에 차를 따라주며 말했다.

"목이 마르십니까? 이 우전차는 천천히 마셔야 고소한 맛을 느낄 수 있습니다만."

명진이 다관을 내려놓고 박 기자를 똑바로 쳐다보았다. 박 기자 당신은 아직 모르오, 라는 눈빛으로.

"내 말은, 그냥 불이 아니라 인육의 불, 한 남정네 욕정의 불이 타면서 그걸 만들었다는 거요."

"지금 무슨 말씀하시는 겁니까? 우리가 어릴 때 들었던 에밀레종 전설처럼, 무슨 인신공양이라도 했다는 겁니까? 선생님께선 그렇게 할 자식도 없는 줄 알고 있는데요. 뭐 혼자서 수도승처럼 살아왔으니, 수도자들이 금욕 수련할 때처럼 손가락을 태웠다는 말씀이겠죠. 때론 문학·예술가들도 소지(燒指)하거나, 팔뚝 허벅지 같은 곳을 태워 소신(燒身)하는 경우가 있다는 건, 들어 알고 있습니다만."

박 기자는 자기가 아는 상식 차원의 말로 부연했다.

"이건 내 신체 어느 부위를 태웠다는 말이 아니고—."

명진이 재차 언급하려는데. 박 기자가 그의 말을 끊으며 다시 평소 듣고 배운 지식으로 물었다.

"아하, 본차이나처럼 소뼈나 다른 뼈를 태워서 넣었다는 말씀이군요. 그럼 이 작품은 골회자기(骨灰磁器)로 만들었다는 겁니까? 그래서 높은 평가를 받은 건가요? 골회자기는 세계적으로도 높이 쳐주지 않습니까? 도자기 중에서도 최상급에 속한다고. 본차이나는 기물이 가볍고, 투명한 빛에 맑은 소리를 내며, 기물의 강도 역시 아주 단단하다고 들었는데요. 천삼백 도 이상 고온에서 구워내 그런지."

"문화부 기자답게 기본은 잘 아시는군요. 골회자기는 소뼈 태운 재 가루를 고령토와 혼합해서 아주 높은 온도로 구워내는 거, 맞습니다. 기물의 강도를 높이고 투명성을 얻기 위해 그런 기술을 쓰는데. 그건 태토(胎土), 즉 도자기 주원료인 점토와 고령토 등을 섞어서 흙 반죽할 때 그렇게 한다는 거고. 제 얘기는 소신, 그보다는 뭐랄까 분신(焚身)도 분신이지만, 이 항아리는 욕정의 불을 태워서 얻었다는……. 아니 관둡시다. 허기야 말해도……."

명진이 얼버무리곤 차를 마셨다. 무덤까지 가슴에 담고 가야 할, 어쩌면 미필적 고의로 살인 의혹에 휘말릴 수도 있는 얘기를, 빙충맞게 꺼내봤자 누가 진실이라고 믿기나 할까.

박 기자는, 명진이 마흔이 넘도록 결혼하지 않은 채 도예에 전념하느라 남자의 애욕을 이겨내고 오늘에 이른 모양, 이라는 섣부른 판단 하에 그에 관해서는 더 이상 묻지 않고 말머리를 돌렸다.

"이번 공예전은 심사위원 선정도 객관적으로 했고, 평가 항목도 심층적으로 했다는 소문이 나돌기는 합니다. 거기서 뽑힌 대상이라……. 백자에 문외한인 내가 보기에도, 선생님의 이번 대상작은 참으로 오묘합니다만."

"그렇게 보인다니, 나로선 다행이요."

명진이 대꾸하며 미소를 가득 머금었다.

"오면서 입구에 걸린 팻말을 보니까, 도예 작업실 명칭이 독특합니다. 보통은 공방이니 '무슨 요(窯)'라고 부르던데, 굳이 '요원'이라고 쓴 이유가 있습니까?"

"공방이라고 하면 너무 갇힌 느낌이 들고, 고리타분한 것 같지 않아요? 그리고 도자기 만드는 데는 가마만 있는 게 아니라, 성형 작업실을 비롯하여 건조장, 장작 창고 등 여러 채의 건물이 있거든요. 좀 더 열린 생각, 자유로운 마음을 가져보려고 그 같이 썼습니다. 왜, 이상합니까?"

"도예 장인이 제 작업실 이름 마음대로 지은 건데, 이상할 것까지는. 그럼 '동파'는 무슨 뜻입니까? 한자를 풀이하면 '同(동)'자는 같다는 의미고 '跛(파)'자는 절름발이, 절룩거린다는 뜻인데 특별히 어떤―?"

명진이 그의 말을 가로채 대답했다.

"아, 그거요. 불대장, 그리스 신화에 나오는 불의 신 헤파이토스 같은 장인이 되겠다는, 뭐 그런 의지의 표현이라고 해두죠. 헤파이토스가 절름발이고 공예에 뛰어났다니."

"불의 신에 이르도록 하겠다? 대단한 좌우명이군요."

"뭐 꼭 그런 뜻으로 지은 건 아니고. 헤파이토스가 다리를 잃고 천하의 대장장이가 됐듯이, 하나를 잃어야 하나를 얻는다는 데서 같다―."

도중에 명진의 말을 끊고 박 기자가 즉시로 반문하였다.

"최고의 도예 장인이 되겠다는 의지의 표현이라면, 얻는 쪽은 헤파이토스와 어깨를 나란히 하겠다는 명예라 치고, 잃은 건 뭡니까? 몸은 분명 절름발이는 아니니까, 그럼 뭘 잃었다는 뜻이죠? 헤파이토스야 아내의 외도 때문에 마음 상실도 있었지마는, 선생님은 아직 결혼 안 했으니 그럴 일도 없었을 텐데요. 여자는 아닌 것 같고…… 돈을, 친구를?"

박 기자가 '여자는 아닌 것 같고' 할 때 명진의 입가엔 쓴웃음이 살짝 스쳤다. 박 기자도 눈치 채지 못한.

"잃은 거야 많지 왜 없겠습니까?"

박 기자 얼굴을 쳐다본 명진은 다관을 들어 박 기자의 잔과 자기 잔에 다시금 차를 따랐다.

"아참, 그 말 들으니 생각났습니다만. 이번 취재를 위해 선생님의 경력을 추적하다가, 오륙년 전에도 우수상 받은 사실이 있다는 걸 알았습니다."

"내 과거지사를 다 파헤치고 다녔군요. 나중에는 내 뒷구멍까지 다 까발리려고 하겠는데. 거참, 기자들의 심뽀하고는."

명진이 짐짓, 거북한 미소를 띠며 에둘러 받아쳤다. 행여 유나와 관계된 말이 나올까봐 사전에 차단하느라고.

"뭐 다른 신상조사를 한 건 아니고요. 어디까지나 선생님의 도예 발자취에 대해서는 기본으로 알아둬야 하겠기에."

명진이 또래로 언론 경력 10년차인 박 기자는 남의 사생활이나 캐는 삼류기자로 오해받지 않기 위해 말을 가렸다. 더구나 이 은둔자와의 인터뷰는 얼마나 어렵사리 얻은 기회인가.

"그때의 우수상 여부에 대해 다른 언론사의 중견 기자들과 얘기를 나누던 중, 이런 얘기를 들었습니다. 선생님이 4년제 대학을 나왔거나 도예 전공학과를 나왔다면, 그때 이미 대상받았을 거라고."

명진이 씁쓰레한 표정을 지었다. 그가 담배에 불을 붙이며 시니컬하게 대꾸했다.

"다 지난 얘기요. 풍문일 뿐이고. 당시 내 자신이 그 출품작을 냈을 땐, 딱히 경쟁해서 우수작 이상의 순위에 들겠다는 의도로 그랬던 게 아니었고. 만사를 잊기 위해 뭘 해본다고 한 게……. 내 자신이 어디에 흠뻑 빠지지 않고서는 견딜 수 없었기에, 도예 작업에 몰두해 있다가. 어느 날 그런 행사가 있다고 친구가 출품해보라 하여, 그냥 낸 것일 뿐. 그래서 아쉬움도 미련도 없습니다."

"오륙년 전에 견딜 수 없는 어떤 일이라면, 나이로 봐서 여자나 결혼 문제? 아니면 취직자리나 경제적인 문제? 집안에 트러블 같은 경우인가요? 좀 전에 말한 '하나를 잃은 것'과 관련 있는 겁니까?"

"뭐 마음대로 생각하시오. 그것도 다 지난 일이고 부질없으니."

명진이 담배 연기를 길게 내뿜었다가 꽁초를 신경질적으로 픽, 짓뭉개 껐다.

박 기자가 이번엔 작정하고 사적인 질문을 하였다.

"결혼은 왜 입때껏 하지 않았습니까? 인연이 없었던 건지, 아니면 앞으로 갈 길에 대한 신념 때문인지?"

"능력 없는 나한테 누가 시집이나 올라고. 하긴 막무가내라도 여자 꿰차려 했으면 어떻게 했겠지만. 암컷 수컷 뒤엉겨봐야 뭐……."

여자나 결혼 문제에 대해서는 무관심한 건지 냉담한 건지, 명진이 다소 얼렁뚱땅 대답했다. '여자 때문에 어떤?' 물음이 혀끝에 맴돌았지만 가십거리 취재가 목적이 아니라서, 박 기자는 다시 대상받은 작품으로 인터뷰 포커스를 옮겼다.

"흐음, 화진백자라……. 이번 수상작은 아주 깨끗한 순백색이라고 칭찬이 자자합디다. 조선백자의 기본이 순백자인데, 흰 태깔을 잘 빚어냈다고. 청자도 많고 한데 하필이면, 눈 같이 흰 백색으로 작품을 만든 이유가 있습니까?"

"글쎄요. 작업할 때마다 굳이 백자만 빚는 것은 아닙니다만, 조선백자의 흰색을 꼭 구현하고 싶은 욕망이 있었고. 흰색은 순수와 신성, 또 다른 시작을 의미한다는데, 이곳에 요원을 새로이 지으면서 다시 시작한다는 의미가 담겨 있기도 하고. 여기 새 가마에서, 그것도 우연찮게 불을 잘 만나, 뭐 특이한 불이라고 해야 할까, 아무튼 불 때문에 작품이 잘 나온 것 같습니다."

"색이나 신성에 대해선 일단 접어두고. 보통의 자기 항아리는 국화문(菊花文)이라느니 매조(梅鳥)라느니, 그림 문양을 본떠 많이들 이름 짓습디다만, 이 작품에는 따로 그려진 문양이 없습니다. 이런 걸 무지라고 합니까. 무지 항아리에 '화진백자'라 이름 붙인 다른 뜻이 있습니까?"

"보이는 것과는 관계가 없지요."

명진이 또다시 박 기자로선 알아먹지 못할 말을 했다. 가끔 별종 예술가들로부터 선문답 같은 언사를 들은 적 있어, 박 기자는 나름 한자 뜻을 유추해서 '화진' 의미를 되물었다.

"그럼 무슨 뜻입니까? '火(화)'자는 불 일어나는 화기나 불 타는 빛을 뜻하는 한자고, '珍(진)'자는 그야말로 진귀한 보배를 뜻한다고 보면…… 불가마에서 구워낸 보배로운 백자,

그런 뜻인가요?"

명진이 폭소를 터뜨렸다.

"우하하. 해석 한번 멋지게 하십니다. 한자 뜻으로만 보면 그런 의미도 되겠지요. 불에서 구워낸 백자임에는 틀림없으니까, 그게 본성이기도 하고. 하지만 '화진'이라고 명칭을 붙인 건, 사람 이름 둘을 합성해서 지은 겁니다. '화'자는 어떤 화부의 이름 끝 자에서 따왔고, '진'자는 물론 제 이름 끝 자에서 따온 거고."

"화부라면……?"

"말 그대로 불 때는 화부(火夫)요. 아참 그렇지, 나도 가마에 불 땐 사람이니까 화부네요. 그러니까 화장장이 화부와 도자기 굽는 화부가 합작해서 만든 백자라는 뜻입니다."

"화장장이 화부가 가마에서 도자기 구울 때 불 때는 걸 거들었다, 그 말씀입니까?"

박 기자는 거참 재밌다, 는 표정을 지으며 질문을 계속했고, 명진은 여전히 알아먹기 힘든 말을 했다.

"불 때는 걸 거들었다? 허긴 틀린 말은 아니네요. 자기 몸으로 불을 땐 거와 마찬가지니까."

"아니, 불 때는 일을 거들었으면 거들은 거지, 불을 땐 거와 마찬가지라는 뜻은 또 뭡니까? 그리고 겨우 불 때는 걸 좀 도와줬다 해서, 예술가가 일생 매달리는 도예 작품에 화부의 이름을 붙여준다는 건, 흔한 일이 아닌데요. 아무리 예의상 그런다고 쳐도."

비로소 명진이 정색하며 대답했다.

"그분은 도자기 굽는 데 장작 몇 개비 넣어준 사람이 아니 거든요. 화(火)자의 한자 뜻에도 나오지만, 그 글자에는 동행 자라는 의미도 있습니다. 그러니까, 불같은 인생을 살다가 불과 함께 갔다는 말이죠."

명진의 설명에, 급기야 박 기자는 이 사람이 도통 모를 얘 기만 한다는 투로 따져 물었다.

"허참, 점점…… 알쏭달쏭한 말만 하시니. 아까 백자 항아 리 이름에 담긴 뜻을 말씀하실 때 '보이는 것과는 관계가 없 다'고 했는데, 이 작품에 남모르는 이야기가 있다, 그 말씀으 로 들립니다만."

"기자 아니랄까봐 깜냥은 살아있군요."

"어디 그 이야기를 좀 해보시죠."

명진이 가당찮은지 나무 테이블을 탁, 쳤다.

"이보시오, 박 기자님! 내 백자에 대한 소감과 작품 의도에 대해 묻는 건, 취재 범위에 속하니까 내가 순순히 대답해준 거지만. 남의 애간장 저미는 이야기를 그리 쉽게 해달란 말 욧!"

그렇게 말해 놓고 스스로 무너져, 고개를 숙인 채 크게 숨 을 들이마셨다.

기자 경력 10년이면 눈초리도 밥값 한다고, 뭔가 있다는 걸 감지한 박 기자가 더 확실히 알고 싶어 했다.

"아니, 이야기가 될 만한지의 가치를 알아야—."

"그렇담 할 수 없지. 이걸 한번 보시려오?"

얼굴에 핏기가 사라진 명진이 자리에서 일어나 살림집 안으로 들어갔다. 그는 벽 쪽 도자기 진열장으로 가, 아래 칸 여닫이문을 열어젖혔다. 오른손으로 손바닥 넓이보다 좀 더 큰 접시 같은 물건을 꺼내 들고는, 바로 밑 서랍을 열어 누런 서류봉투를 왼손에 들고 나왔다. 그사이, 박 기자는 지금까지의 인터뷰 내용을 체크하고 카메라를 점검하였다.

명진이 들고 나오는 물건을, 박 기자는 의아스런 눈빛으로 쳐다보았다. 유약이 떡칠되어 있는 그 기물은 조잡한 소꿉놀이 그릇으로 밖에 안 보였으므로.

명진이 박 기자에게 오른손에 든 물건부터 내밀었다.

"자, 이걸 한번 잘 보시오."

명진이 다시 자리에 앉는 동안 그것을 들고 이리저리 살펴본 박 기자가 물었다.

"이 그릇을 뭐라고 합니까? 접시라고 해야 되나? 운두가 낮은 그릇 같은 이걸?"

"납작한 수반 같은 종류지요."

"가만 있자. 안쪽에 어떤 글귀가 씌어 있네…… 음, 맨 위에 한자로 '火生土를 위해' 쓰여 있고…… 응?"

수반에 음각으로 새겨진 한자를 읽어가던 박 기자의 얼굴선이 움찔했다.

이를 지켜본 명진이 수수께끼 해답 풀어주듯 말했다.

"그 주문을 쓰신 분 때문에 명품 화진백자가 만들어졌다는 얘기요. 이 수반 말고, 배 모양 그릇이 하나 더 있습니다만."

"뭐라고요! 그럼, 원 선생님이 직접 대상작을 만든 게 아니란 말입니까?"

박 기자는 자신이 잘못들은 양 놀란 얼굴로 물었다.

명진이 박 기자 얼굴을 뚫어지게 쳐다보며 대답했다. 허리를 곧추세우고 강한 어조로.

"이번에 대상받은 화진백자 도자기는 분명 제가 만든 게 맞습니다. 하지만, 아까 말했듯이, 그분도 일익을 담당한 게 틀림없습니다. 해서, 두 사람의 이름자 하나씩을 따와서 '화진' 백자라 지은 것이고."

"혹시…… 그분의 전직이 부장검사였습니까? 리비도를 끊었다는."

대답 대신 고개를 끄덕인 명진의 눈언저리가 촉촉이 젖었다.

"그 사연 좀 말해주시겠습니까?"

구미가 당긴 박 기자가 그 물건에 대한 내막을 듣고자 했다.

명진은 어려 있던 눈물도 커버할 겸, 서류봉투를 흔들어 보이며 박 기자를 슬쩍 나무랐다.

"어허, 박 기자님! 그 물건 구경 값부터 내셔야지. 이 봉투 안에 들은 것도 읽어보시려거든—."

명진의 속뜻을 알아차린 박 기자가 고분고분 응대했다. 손짓으론 봉투를 가리켜 '그 속에 든 것도 보여줄 수 있느냐?'고 묻는 시늉을 하며.

"아, 예, 알았습니다. 알았습니다. 대한민국 공예전 대상 받은 작가께서 예술 걸작에 얽힌 자초지종을 털어놓겠다는데 글쎄, 이야기 값에 대한 술을 사라면 까짓것, 저녁 한 끼 사지요. 가을해도 뉘엿뉘엿 넘어가고 있어 술시 분위기도 딱 됐고. 자 갑시다, 가요!"

만남

장안사 대웅전에서 108배를 마친 명진이 앞마당에 있는 삼층석탑으로 갔다. 여기 삼층석탑은 석가모니 진신사리 일곱과를 모시고 있는 불보탑이었기에, 더욱 경건한 자세로 합장 경배를 올렸다. 마음속 기도까지 끝낸 명진이 주변 풍경을 한번 쓱 둘러보곤 경내에 있는 다실로 향했다.

문을 열자 아늑한 실내에 입춘 햇살이 비쳐들었다. 한쪽 테이블에서, 점잖은 인상에 머리와 눈썹이 하얗게 센 노인네가 혼자 차를 마시고 있었다. 오가다 두세 번 본 얼굴이라 명진이 먼저 인사를 했다.

"어르신, 또 뵙습니다."

"어서 오시오."

"날이 풀려 차 마시기 좋은 날입니다."

"몇 번 마주치다 오늘에야 말을 터는구려. 차 마시려고?"

"예."

명진이 대답하고 맞은편 창가로 가려하자 노인네가 손짓

하며 그를 불렀다.

"아니, 아니, 그냥 이리 오소. 거기 앉지 말고. 여기 앉아 이 차 같이 나눠 마시면 되지 뭐."

다른 테이블에 가 앉으려던 명진이 엉거주춤, 다실을 운영하는 보살의 눈치를 보면서 더듬거렸다.

"여기도 장사하는… 가게인데… 자릿세는―."

"그야 맞소. 오늘은 이 다관에 든 차 같이 마시고, 다른 날에 젊은이가 차 한잔 내면 되지 않겠소. 다관에 물만 더 부으면 몇 잔이라도 나눠 마실 수 있으이. 그게 차 인심 아니겠소. 보살님! 우리 중생들 통성명도 해야 되고 하니―."

노인네가 다실 보살한테 양해를 구하는 도중, 보살이 알아채고 말을 끊었다.

"아이구, 그러믄요. 어르신 괜찮심더."

보살이 명진이한테도 걱정 말라는 뜻으로 인정을 썼다.

"이 어르신은 여기 자주 들러 차 마십니더. 같이 드셔도 되예. 손님도 여기 두어 번 들러 차 마셨잖아예. 다음에 또 찾아주시면 되고요."

명진이 합장으로 감사를 하며 얼른 되받았다.

"괜찮겠습니까? 그러잖아도 어르신한테 부탁 말씀도 좀 드릴까 하고―."

"나한테? 어, 그럼 더 잘됐네. 자자, 여기 앉아 편히 차부터 한잔 드시오. 때마침 차가 잘 우려져 나왔거든."

명진이 곧장 노인네가 앉아 있는 테이블로 가, 메신저 백을 옆 의자에 내려놓았다. 그가 선 채로 "합석해서 차 잘 마시겠습니다." 하곤 머리를 숙였다.

"저는 원명진이라고 합니다."

"반갑소. 나는 고상화라는 늙은이요."

노인네가 악수를 청해, 명진은 허리를 굽혀 손을 맞잡았다. 그러는 사이, 보살이 찻잔 하나를 더 가져다 놓았다. 이내 고상화가 다관을 들어 차를 가득 따르곤 손짓으로 권하였다.

"자자, 이것 한잔 드시오."

"감사합니다."

명진이 맞은편 좌석에 자리 잡고서, 제 앞으로 찻잔을 끌어당겼다.

그가 차 향기를 맡는 동안 고상화가 말머리를 짚었다.

"작년 가을쯤에 처음 얼굴 본 것 같고, 지난 삼동에 하마 두세 번 마주친 것 같으이. 그간 이 절을 여러 번 다녀갔으면, 저 위 산꼭대기 척판암에 올라 물맛도 봤겠구려. 장안사 하면 척판암 물맛이 일품이지."

"예. 서너 번 갔다 왔습니다."

그랬다. 명진은 어제도 장안사에서 산길로 40분쯤 거리에 있는 척판암에 올라갔었다. 그곳은 고상화가 언급한 것처럼 물맛도 좋지만 척판(擲板)이란 명칭이 말해 주듯이, 신라의 원효대사가 산사태로 매몰될 위기에 처한 당나라 대중 천

명을 널빤지를 던져서 구했다는 유서 깊은 절이었다. 더욱이 그 절은 산꼭대기에 있어 산 아래 지리를 한눈에 훑어볼 수 있는 위치였다. 명진은 원효의 신통력을 받고 싶은 마음에 더하여, 주변 풍광도 다시금 파악해 두어야겠기에 어제도 다녀왔었다.

"아하. 근래 이 절에 자주 오나보오?"

고상화가 명진의 근황에 대하여 인사 겸으로 물었지만, 이면에는 고상화의 지레짐작도 넌지시 들어 있는 물음이었다. 그런 짐작이 들도록 한 데는 장안사란 배경이 한몫했다. 이 절은 낙태나 유산으로 세상에 태어나지 못한 태아들의 영혼을 천도해 주는, 이른바 수자령 영가 천도재를 지내주는 사찰로 유명하기 때문이다.

명진이 오가며 고상화와 마주친 적이 이미 두세 번 되었다면, 고상화와 마주치지 않고 다녀간 적도 몇 번 있을 터. 모르긴 해도 근래 수차례 이 절을 드나들었다는 얘기가 되는데.

나이 마흔 전후로 보이는 남정네가 부쩍 이 절을 들락날락했다면 필시 무슨 곡절……? 혹시 수자령 영가 천도를 지내주려고 그만큼 왕래가 잦은 것 아닌가, 하는. 부인이 유산을 했거나, 아니면 아기의 출생을 원하지 않아 낙태하고서 영가나마 천도해 주려고.

게다가 동절기 내내 절 입구에 '수자령 영가 천도를 위한 백일기도' 현수막이 붙어 있는 걸 보아왔던 고상화이니만큼,

그가 은연중 넘겨짚으며 물은 것도 무리는 아니었다.

차를 한 모금 마신 명진이 대답했다.

"예. 종종 들르는 편입니다."

명진의 얼굴을 자세히 관찰한 고상화가 나이를 어림잡았다.

"갓 마흔이나 아래쪽? 위쪽?"

"우와! 어르신은 절에 다녀서 그런지 대단하십니다. 예, 딱 마흔 고개 넘었습니다."

언뜻 보기에도 고상화의 용모가 보통 노인네들과는 다르다고 생각하던 참에, 그의 추측이 틀리지 않았음을 증명해주기 위해 명진이 감탄사를 쏘았다.

고상화는 대수롭지 않은 일인 양 물렁하게 대꾸했다.

"뭐 나이 팔십 줄에 이르면 저절로 귀신이 되는 거요. 숨만 붙어 있을 뿐이지 귀신 다 됐지 뭐. 자자, 차 한 잔 더 마시고."

고상화가 다시 차를 권했다. 명진이 찻잔을 입에 대는 걸 보고 있던 그가 못 참겠는지 물었다.

"그래, 나한테 부탁하려는 게 뭐요? 기왕이면 전번에 마주쳤을 때, 진작 말하지 않고?"

명진이 입에 갖다 댔던 찻잔을 내렸다.

"아, 예. 그땐 저 혼자 그냥 알아보다가……. 어르신, 이 근방에 산농막이나 민가와 떨어진 헛간 같은 곳을 구할 수 없을까요? 살림집이 아니라도 상관없습니다만. 밭뙈기가 딸려 있는 가옥이면 더 좋고요."

"아하! 요즘 젊은이들이 귀농인가 뭔가 하며 시골로 찾아 들어 온다더니만, 그래서 찾는 게로구면."

고상화가 넘겨짚자 명진이 웃으며 대답했다.

"하하, 아닙니다. 살림 살려고 들어오는 건 아니고요. 이 근방에 도자기 굽는 가마를 하나 지어볼까, 하고요. 작업실 겸해서."

"아, 도공이시구면. 그럼 장작불로 도자기를 굽겠다는 게 요? 요사이 누가 장작불 때가며 도자기를 굽나? 젊은 사람 들이? 도시에서 전기나 가스 불로 굽는 경우가 더 많지? 쉽 고?"

고상화는 명진이 도예가란 사실을 반기는 한편으로, 요즘 의 도예 현실에 대한 염려 섞인 질문을 했다.

명진이 그의 의문에 호응조로 대꾸했다.

"전기나 가스 불로 굽는 사람도 있고, 장작불로 굽는 사람 도 있지 않겠습니까?"

"부산에 사시오? 아니면 이 근처 어디—?"

"아뇨. 현재는 부산 근방에 살지 않습니다. 경기도 광주에 작업실이 있고요. 이곳으로 옮겨볼까 생각 중—."

"경기도 광주라면, 도자기 굽는 곳으론 예전부터 거기가 더 유명하잖소? 왜 굳이 이곳으로 옮기려 하오? 다들 서울이 나 그 근방으로 가려고 기를 쓰고 야단인데? 도예 공방이든 화실이든 뭐든."

고상화도 들은 바는 있어, 지방으로 내려오려는 명진의 의도를 모르겠다는 식으로 되물었다.

명진이 즉각 대답했다.

"그야 사람 나름이겠죠. 이곳 기장도 조선 초기에서 후기까지 자기 생산지로 유명했던 곳입니다. 사람들이 잘 몰라서 그렇지."

"아, 그래요?"

"네. 역사적으로 이곳 기장 일대에서 삼국시대와 통일신라, 고려시대에 이르는 동안 쭉 도기를 생산해 왔습니다. 조선 초기였던 1450년에서 1470년경에 이곳의 도자기 생산이 가장 활발했다고 전해지는데, 조선시대 때 축조된 가마터만도 서른다섯 곳이나 된답니다. 확인된 것만. 아마 고려시대부터 제작되어 오던 백자를, 조선 왕조 들어서는 관요이던 광주분원에서 주로 제작하다가 지방으로 전해져, 이곳 기장일대 가마에서도 백자 등을 생산해왔지 않나 생각됩니다. 이주변 가마터 발굴 조사 때 출토된 상감청자와 분청사기, 백자와 철화백자 등의 파편들이, 이런 역사적 사실을 증명해주는 것 아니겠습니까? 더구나 이곳 기장은, 선대 도예 장인들의 아픈 역사도 서려 있는 곳입니다. 어르신께서 가보셨는지 모르겠습니다만, 이곳 일대에는 왜성, 그니까 임진왜란·정유재란 때 왜군이 지은 죽성리 왜성, 임랑포 왜성, 서생포 왜성 등이 많이 있었습니다. 그 전란 때 각지에서 왜군들에게 붙잡혀온 선대 도예 장인들이, 이곳에 집단적으로 억류됐거든요. 일본으로 끌려가기 전에 임시로. 또 전쟁 기간이 상당했으니만치, 왜성에 주둔했던 왜장들이 선대 도예 장인들을 강제로 부려 먹기도 했을 터. 그들의 강압에 못 이겨 또는 엄습해 오는 불안감을 떨쳐내고자, 선대 장인들은 이곳 일대에서 도자기를 구워내기도 했을 테고."

명진이 역사 지식과 자의식을 갖춘 사람임을 알아본 고상화가 고개를 끄덕거리며 맞장구쳤다.

"아참, 듣고 보니 이 근처에 대규모 도예촌이 생긴다는 얘기도 있더라만. 기장이 도예지로 역사가 있어 그런가는 모르겠고. 하여튼 저~기에 토암 도자기공원도 있던데, 토암 그분이 분청사기 장인이라 했지 아마. 지금은 돌아가셔서 안 계시는 것 같으이." 해놓고 곧바로 명진에게 이곳에 연고가 있는지 물었다.

"이 근처에 피붙이가 있든지 뭔가 끈이라도 있어야—."

"아, 예, 제가 태어난 고향은 인근의 울주군 남창이라는 곳입니다. 중학교 다닐 때까지 거기서 살다가, 부산공예고등학교 다닐 때는 부산서 살았고, 그 뒤 서울로 갔습니다만. 방금 말씀하신 토암 서타원 선생님이 살아계실 때는, 그곳 타원요(他元窯)에 현장학습 가기도 했고요. 또 여기서 멀지않은 양산 통도사 쪽에, 분청 사기장이신 신정희 어른도 계셨습니다. 학교 다닐 때 거기도 견학가고 했습니다. 그러니까 군이 찾으려면 친인척이든 선후배든, 좀 있긴 합니다. 뭐 작업하는 데 열중할 거라, 군이 찾을 이유가 없어서 그렇지."

"그랬구면. 아, 부산에 공예고등학교가 있나보네?"

"예, 예전엔 있었습니다. 지금은 학교 명칭이 바뀌었지만요. 어르신은 부산 근교 출신이 아닌 모양입니다. 그 연세에 공예고등학교를 모르시니?"

명진으로선 마침 이 노인네 고향과 사는 곳이 궁금하던 차여서, 즉시로 반문하였다.

"아, 나요? 내가 태어나 자란 곳은 부산 근교와는 거리가 먼 경기도 쪽이요. 지금 사는 곳은, 장안사 오는 길에 보면 오른쪽으로 산을 돌아 양지사골 가는 길이 있는데, 봤는지 모르겠소. 그길 따라 좀 가면 보현사란 암자가 있소. 조그만 절집이지. 거기 얹혀서 밥 먹고살고 있소. 보현사에 온지 몇 년 됐긴 하오만. 그냥 절에서 불 때거나 시각 맞춰 등불 켜고 끄는 화두(火頭) 일 하다 보니, 그런 학교가 있었는지는 몰랐소. 나 같은 늙은이가 꼬치꼬치 알아가며 살 이유도 없고."

고상화가 찻잔을 들어 차향을 맡으며 실없다는 투로 대꾸했다. 그의 얼굴은 지적이면서도 세상을 달관한, 고승의 풍모를 지니고 있었다. 명진은 그 외모에 끌려 아는 지식을 거리낌 없이 말했다.

"그 공예고등학교 다닐 때 선생님 한 분이 말씀하신 겁니다만, 이곳 기장에는 도자기 굽는 흙인 백토가 많았답니다. 백토도 예사의 백토가 아니라, 아주 질이 좋아 '청광백토'라 불렀답니다. 아마 그런 양질의 백토가 있다 보니 자연이, 여기가 역사적인 도자기 고장으로 유명해진 것 아닌가 싶습니다."

"그런 역사와 전통이 있기로서니, 서울로 안 가고 이 시골 촌구석으로 찾아든다? 흙이라는 것도 그렇지, 요샌 도공들이 직접 흙 찾아다니는 것도 아닐 게고, 다 돈 주고 사서 쓰면 될 일."

다시 고상화가 염려 섞인 의문을 제기하며, 나름 편리성을 내세우는 요즘 경향에 대해 언급했다.

명진이 속마음을 내비쳤다.

"그렇긴 합니다만, 제 자신을 한번 옭아매보려는 뜻도 있고……. 선대 도예 장인들이 일본으로 끌려가시기 전의 심경이랄까, 막다른 골목으로 저를 한번 밀어 넣어 보려고요. 엉뚱한 잡념 다 잊어버리고. 불광산 품이 든든한 데다 고색창연한 장안사 절도 있으니, 딴 일로 싱숭생숭거리던 마음도 다잡을 겸 해서요."

고상화는 급기야 명진의 나이 대에 가장 중요한 현안에 대해 물었다.

"가정은 어쩌고? 아이들 학교 때문에라도?"

"아직 혼자라서 괜찮습니다."

자신의 괜한 선입견이 멋쩍었는지 고상화가 놀라는 기색으로 물었다.

"아, 그렇소! 사귀는 애인도 없고?"

"예, 여자는 뭐⋯⋯."

명진이 여자관계에는 시큰둥한 대답을 하자, 고상화가 그에 대한 연유를 묻는 듯 마는 듯 혼잣말을 했다.

"어쩌다가 그 나이까지 안 사람을 안 뒀던고?"

이어 고상화 딴에는, 같은 남자로서 도움말이랍시고 현실적인 충고도 했다.

"혼자면 딴 데 신경 쓸 일이 없어 작업하기로는 좋겠소만. 그래도 남자가 한창 때엔 여자 분 냄새도 맡고, 몸도 한 번씩 풀어가면서 살아야지."

고상화의 말을 한쪽 귀로 듣고 한쪽 귀론 흘러버린 명진이 자신의 의도를 밝히며 도움을 청했다.

"어르신이 이 근처에 산막이나 헛간을 좀 알아봐주시면 좋겠습니다. 노는 밭을 임차해 써도 되긴 합니다만, 밭은 대지로 바꾸는 용도변경 절차부터 거쳐야 하니 복잡하고. 한 번 정도 도자기 굽고 가마를 없애려면 임시로 가건물 지어 써도 되겠지만, 가마에서 계속 도자기 구워내고 그에 딸린 작업실도 있어야 하니까. 그걸 지으려면 여러 가지 복잡한 일이 생기기 때문에, 산농막이나 민가에서 떨어진 헛간 같은 곳이 최곱니다. 물론 산비탈에 비어 있는 가옥도 괜찮고요. 땅이 일단 지적도상 대지로 돼 있어야 뭘 짓기가 수월하니까요."

고상화가 "으흠, 기왕이면 건조물 같은 것이 있는 데가 최

고라는 말씀." 하며 자세를 바꾸어 앉았다.

"공방 작업실도 있어야 하고, 먹고 자는 살림방도 있어야 될 테니⋯⋯. 거기에 도자기 구울 가마짓고, 장작이야 흙이야 잡동사니 쌓아둘 창고도 마련하려면, 땅이 제법 필요하겠는데?"

"아, 예. 오밀조밀하게 모여 사는 마을 내의 집터가 아니라면, 대개의 산촌에 건조물을 끼고 있는 땅들은 평수가 웬만큼은 되므로, 백오십 평 내외면 적당하지 않을까 생각합니다. 좋은 위치에, 그보다 크고 싼값에 빌릴 수 있다면 금상첨화겠지만요."

"그만한 게 있으면 혹, 돈 주고 살 의향은 없고⋯⋯?"

고상화는 명진이 도자기 굽는 생활을 해왔다는 얘길 듣고 재정이 넉넉지 않다는 걸 짐작했으면서도, 혹시나 해서 확인차 물었다. 명진의 위신에 손상 가지 않도록 뒷말을 낮추며 뜸을 들이는 식으로.

"아직은, 땅을 사서 제 작업실과 가마 차릴만한 능력은 못 됩니다. 하니 빌려 쓸 수 있는 방도 한에서 구할 생각입니다. 없는 돈에 뭘 한다는 게 어렵습니다만, 어르신이 좀 도와주시면 좋겠습니다. 중개료만치는 아니더라도 구전은 드리겠습니다만."

고상화가 아서라, 손을 내저으며 "구전은 무슨 구전."했다. 그리곤 구체적인 조건에 대해 부가적으로 물었다.

"우선은 그런 땅이 있는지부터 알아봐야겠구먼. 그럼 위치는? 여기 장안사를 기점으로 어디쯤을 경계로 하면 되오? 이 계곡 근방을 벗어나도 되오?"

"가능한 불광산 자락 내에 잡았으면 좋겠습니다. 정히 어려우면, 이 계곡을 벗어난 곳도 찾아봐야겠지만요."

"언제까지 알아봐야 하오? 정해둔 기일이라도 있소?"

그렇게 물으며 고상화가 다실 벽에 걸려 있는 달력을 눈찡그려 보았다.

"딱히 언제까지라고 못 박을 필요는 없습니다. 하루아침에 완비되는 일이 아니니, 구해지면 구해지는 대로 거기 맞춰 가마짓고 하면 되니까요. 마음 같아선, 이번 봄철에 구해지면, 올해 안에 가마 지어서 시험 굽기로 가마 길들이기를 해 놨다가. 내년 봄이나 초여름에, 본격적인 가마 굽기를 해보았으면 합니다만. 이건 어디까지나 제 생각일 뿐, 일이라는 게 생각같이 되겠습니까?"

"생각대로 되든 어떻든 해봐야지. 구해봐야지. 한번 알아봅시다."

고상화가 응답한 뒤, 다실 보살에게도 부탁조로 일렀다.

"보살님도 이 친구 얘기 다 들었지요? 이 젊은이가 글쎄, 도예가요. 공방 작업실이 필요하다니, 여기 오며가며 들르는 사람들에게, 밭 딸린 산농막이나 헛간, 동네에서 좀 떨어진 빈집 같은 것 있는지, 어디 말을 좀 놓아 보소."

보살이 이내 "예. 그라겠심더." 대답했다.

명진이 보살에게 감사의 미소를 보내며 주머니에서 명함을 꺼냈다.

"어르신, 괜히 성가신 부탁을 해서 죄송하고, 제 얘기를 들어줘서 고맙습니다. 여기, 제 연락처를 드리고 가겠습니다. 작업실 구해지면, 차 한잔 멋지게 대접하겠습니다. 아참, 차 대접이야 오늘 마신 차 빚 갚아야 되니까 당연히 내야겠고, 구전에 대해선 따로 식사 한번 대접하겠습니다."

* * *

명진은 임시 작업실에서 직접 지을 가마 구조에 대한 스케치를 하느라 여념이 없었다. 그는 경기도 광주 번천리와 선동리, 분원리 일대에 있는 조선시대 백자가마터였던 분원 도요지의 예닐곱 가마 도형과 조선 후기 전형적인 백자가마터인 전남 곡성군 송정리 가마 모형, 그리고 경북 문경의 망뎅이 가마(아래위 굵기가 다른 원통형의 망뎅이 흙벽돌로 지은 가마)를 비롯하여, 근래에 개인 도예가들이 지은 장작 가마 몇몇의 도형을 펼쳐 놓고 수차례 작도를 하고 있었다. 특히 가마 봉우리를 다섯 칸으로 할지 일곱 칸으로 할지에 대하여 선뜻 결론을 내리지 못하고, 스케치한 도면을 몇 번이나 그렸다가 지우기를 반복했다.

그가 수집한 자료에 의하면, 조선시대 백자용 봉우리 가마는 대개가 일곱 칸 내지 여덟 칸 또는 열두 칸이었다. 특히나 광주분원 가마는 조선 왕실의 관요였던 만치 그렇게 일고여덟 칸을 지었다면 분명 이유가 있을 것이고, 또 당시 이를 관할하던 사옹원 소속 최고 사기장들의 경험치가 필시 들어가 있을 터.

해서 자신이 지금까지는 다섯 칸 가마—요즘 도예가들의 장작 가마 규모가 대개 그러하였으므로—에서 백자를 구워 냈지만, 일곱 칸 가마 굽기에 도전하여 그 차이를 알아내고픈 생각도 들었기 때문이다. 거기다 스스로는, 자신도 이제 중견 도예가로 자리 잡아야 할 나이가 된 만큼, 욕심 좀 내서 가마 크기를 아홉 칸까지 지어볼까도 여러 번 궁리했다.

허나 그런 크기의 가마를 지으려면 지금 당장 소요되는 비용도 문제려니와. 나중에 그 규모의 가마에다 장작불을 때려면 연료 구비에 들어가야 할 돈도 만만치 않아, 자신의 여력으론 감당키가 어렵다는 생각에 아홉 칸 지을 욕심은 접은 상태였다.

명진이 양손을 깍지 끼어 뒷머리에 대고 중얼거렸다.

"후~우. 땅 구하기가 어려울 줄 알았더니 가마짓기가 더……."

명진으로선 그렇게 여길 만도 했다. 가마 지을 터가 마치 명진을 기다리고나 있었던 것처럼, 그가 고상화에게 말을 놓은 지 닷새 만에 그의 손에 무리 없이 들어왔기 때문이다. 혼자 살던 그 땅 주인 영감이 노령에다 병을 얻어 자식이 있는 울산의 요양병원에 입원하러 가면서 임대 내놓은 것이, 때맞춰 고상화 귀에 들어오는 바람에 잡은 행운이었다.

그곳은, 인근의 울주군 서생 지명으로부터 유래한 서생 배 집단 산지여서 원래가 묵은 배나무 밭이었다. 하여 과수 재배에 필요한 농기구 및 퇴비를 적재해 두거나 수확한 과실을 선별하고 포장하기 위해 지은 헛간과, 과수원 주인이 임시 기거하려고 지어 놓은 별도의 농막이 있었다.

몇 해 전 그 과수원 주인의 아내가 세상을 떠나고 또 영감 자신도 노령으로 과수 돌보기가 어렵게 되어, 배나무가 심어져 있던 대부분의 밭은 이미 처분하였고. 나머지, 농막과 헛간을 끼고 있는 밭뙈기만은 용도를 대지로 바꿔 자식에게 물려줄 요량으로, 건조물을 허물지 않고 그대로 두었던 것을 명진이 일괄 임차 받았다.

한즉 명진이 따로 건조물을 지을 필요도 없이 농막을 리모델링해선 살림집으로 사용하면 되었고, 헛간을 확장 개조해선 성형 작업실 및 기물 건조장으로 사용하면 안성맞춤이었던 상황이 돼서. 너무 수월하게 가마터를 구비하게 된 것을 두고 중얼거린 말이었다.

그가 다시 연필을 쥐고 일곱 칸 가마 도면에 손대려고 할 때, 고상화의 목소리가 들려왔다.

"이젠 제법 공방 작업실 같은 태가 나구먼. 원 도공 안에 있소? 벌써 작업하시나?"

그러잖아도 머리가 뒤숭숭하던 참이었는데. 명진이 작업실에서 재깍 뛰어나와 인사했다.

"어르신 덕분에 작업실 모양이 그런대로 일찍 갖춰졌습니다. 안으로 드시지요."

"안에는 뭐 하러……바깥 봄볕도 좋건마는."

고상화의 어물쩍 대꾸에, 명진이 손으로 안내하며 말했다.

"차는 좀 있다 바깥에서 마시도록 준비할 테니, 찻물 끓이는 동안 잠시, 어르신이 도면 한번 봐주셨으면 해서요. 가마 지으려고 스케치하고 있는 중입니다만."

"내가 뭘 알아야 말이지. 가마 자리와 풍수에 관해서는 벌써 다 알아봤다 하지 않았소?"

고상화의 말대로, 명진은 그 묵은 밭을 계약하기에 앞서 토질과 경사도, 도로 접근성, 지세 등에 대해 면밀히 조사했었다. 거기다 장안사 혜불 스님과 부산에서 이름깨나 났다는 지관을 모셔와, 입지상의 제반 풍수에 대하여 이미 자문도 구했었다.

가마에 불을 지필 경우 풍향과 풍속, 습기 등 기후변화를 감안해야 하고, 또 도자기가 작품으로 완성되기까지는 흙과 물, 불 외 여러 요소가 작용하는 즉. 자신의 경험과 생각에 더하여 풍수지리학적인 면도 꼼꼼히 살펴볼 요량으로.

그때 혜불 스님과 풍수학자 모두 "방위로 보나 주변 지형으로 보나, 이 자리가 가마터로는 명당이오. 도자기 만드는 예술 자체가 오행으로 보면 금(金)에 해당하고 목(木) 화(火) 수(水) 토(土), 즉 나무와 불, 물과 흙은 도자기를 빚고 굽는 데 다 들어가 있으니만치, 이 산비탈에 물의 성질이 갖춰지면 아주 완벽한데. 저~아래에 장안사 계곡이 흐르고 양지사 못도 있으니, 그것 다 구비됐고. 더구나 여기가 불광산 자락이어서 정신적 빛도 얻을 수 있으니 더없이 좋은 터"라는 말을 듣고 계약하였던바.

고상화는 그 얘길 진즉에 들어 알고 있으면서도 새삼스럽게 반문한 것이다.

명진이 웃으며 대답했다.

"방위나 가마 자리에 대해서 봐달라는 말이 아닙니다. 가마 크기를 어떻게 할까 망설이는 중—."

"그 분야는 원 도공이 전문간데, 나보다 훨씬 더 잘 알 것 아니요."

고상화는 내심 궁금하여 못 이기는 척 작업실 안으로 들어갔다. 그가 의자에 앉으면서 원형 테이블 위에 놓여 있던 스케치 도면들을 양손으로 당겼다. 양쪽의 도면을 이쪽저쪽 살펴보더니, 손가락으로 도면상의 봉우리를 짚으며 물었다.

"내 보기엔 그게 그건데? 응, 이건 봉우리가 다섯 개고 저건 일곱 개네. 두 도면 중 어느 것 하면 좋겠는지 선택해 보라, 이 뜻이오?"

"어르신더러 꼭 어떤 걸 선택해 달라는 말은 아니고요. 가마짓는 비용에다 이런저런 돈까지 신경써가며 구조를 만들라하니, 머리가 복잡해서. 그냥 일상적인 어르신의 조언을 듣고 싶다는 뜻입니다."

"이왕지사 해보려면 크게 한번 질러 보는 것도 남자가 할 일 아니겠소? 건조장도 크게 만들어 놨겠다."

명진이 도자기를 성형해서 말리기 위한 건조장을 상당히 크게 만들었는데, 고상화가 그걸 두고 한 말이었다.

"그건 나중에 도자기 구울 때 갑발(내화 재료로 만든 기물보호용 상자)이야, 개떡(기물을 괴는 넓적한 받침)이야, 상판, 지주 등 가마재임에 필요한 도구들도 쌓아 놓아야 하니까 크게 만든 것이지, 꼭 기물 성형을 많이 해서, 한꺼번에 많은 도자기를 구우려는 욕심에서 그랬던 것은 아닙니다."

"뭐 그렇긴 해도, 기왕 작업실이 넓게 갖춰졌으니만큼 크게 한번 해보라는 뜻이요. 이것 지으려면 며칠은 걸리겠고."

고상화가 크게 질러 보라고 한 말에 명진도 일곱 칸짜리로 생각을 굳히려는데. 며칠이면 가마를 완성할 수 있을 것이란 그의 추측을 듣곤 깜짝 놀라 대꾸했다.

"옛? 며칠 만에요! 몇 개월은 걸립니다."

"오호, 그렇게나 걸리오? 겉보기로는 구조가 그다지 어려운 것 같지는……. 그 방면에 문외한인 내가 뭘 알겠소만. 여태 돌아본 전통 가마 복원물 두어 군데서 언뜻 본 바로, 내 어림짐작이 그렇다는 얘기요."

"하하하. 어르신도 참. 이게 간단한 것 같지만 그렇지가 않습니다. 더구나 저는 이 가마 쌓을 흙벽돌을 직접 만들어 지을 계획이라서…… 가마 칸을 다섯이나 일곱 개로 짓게 되면 골고루 열이 번지도록 해야 하고, 또 열효율도 염두에 둬야 하기 때문에 일이 굉장히 복잡하고 오래 걸립니다."

찻물과 다기 준비를 끝낸 명진과 고상화는 바깥 테이블로 자리를 옮겨서 대화를 계속했다. 명진은 가마의 열기 순환과 열효율이란 말이 나온 김에 오름 가마, 즉 등요(登窯)에 대하여 간단한 설명을 곁들여줬다.

산이나 구릉의 자연적인 경사도를 이용하여 밑에서부터 여러 칸 연결시킨 가마를 오름 가마라고 하는데. 열효율이 좋고 고온소성 하기가 용이하여, 청자나 백자 굽기에는 오름 가마가 제격이라고.

열효율이 높은 이유는, 가마 내부의 불길이 천장으로 올랐다가 다시 천정을 타고 내려와, 기물 사이를 지나며 바닥 쪽 구멍을 통해 다른 칸으로 빠져나가는 구조이기 때문이라고 했다. 우리나라의 전통 가마가 주로 이런 형태이며, 외형상으로 알기 쉽게 봉우리 가마라고 부른다는 말까지.

묵묵히, 오른손을 펴 다관에 댔다 떼었다, 하면서 온도를 느끼고 있던 고상화가 들릴락 말락 혼잣말로 뇌까렸다.

"가만 보니, 원 도공은 작품을 만들어내는 불을 때는데, 나는 사람 존재를 없애는 불을 땠구먼."

흰 눈썹 밑에 깊게 팬 주름이 더 깊게 지도록 찌그린 고상화의 모습은 어딘지 모르게 풍진 세상의 영판 같았다.

"???"

명진은 멀뚱멀뚱, 손가락으로 콧등만 쓸어내렸다. 그의 말을 헤아리기 어려워 묻지도 못하고.

검사와 피의자

'이놈 이거 꽤 끈질긴데. 사흘을 꼬박 닦달했는데도 불지 않고. 오늘도 벌써 몇 시간째야.'

휘하 수사관의 신문 상황을 쭉 지켜보고 있던 나는 피우던 담배를 재떨이에다 대고 신경질적으로 픽, 뭉개 껐다. 이래 간 안 되겠다 싶어 내가 직접 신문하기로 마음먹고서.

나는 자리에서 벌떡 일어나 지금껏 신문하고 있던 주무계장 옆으로 가 섰다. 신문조서 작성용 타이프기가 놓인 탁상을 주먹 쥔 손으로 딱딱, 두들기며 내가 지시했다.

"김 계장, 이 자식 보자보자 하니 안 되겠어. 살인을 실토할 때까지 교대로 다뤄야겠어. 담배 한 대 피우면서 철야 신문 준비해. 내가 직접 신문해 보고, 그래도 끝까지 우기면 갈 데까지 가보자고. 네놈이 이기나 우리가 이기나, 어디 한번 해보자 이거야. 누가 봐도 계획 살인이 분명한데, 우발적인 사고였다고 계속 우겨 응! 정황증거가 다 맞는데도!"

내 얼굴에 나타난 노기를 본 김 계장이 저어하는 뜻으로 반문했다.

"사흘이나 볶고 철야 신문까지 하면?"

나는 오른손으로 김 계장 어깨를 툭, 쳤다. 한번 물었다하면 끝장을 본다는 내 결의를 못박아놓기 위해.

"이놈같이 맷집 있고 깡다구로 버티는 놈한테는 검찰 신문 맛이 어떤 건지, 이참에 호되게 보여줘야 털어놓는다고. 수사관 한둘 더 붙여서 교대로 철야 신문할 만반을 갖춰."

"예, 알겠습니다."

대답한 김 계장이 자리에서 일어섰다. 그는 셔츠 호주머니 쪽의 담뱃갑을 확인하고, 바지 호주머니에 손을 넣어 라이터를 더듬으며 검사실에서 나갔다.

피의자 홍기대는 동두천시장 상인회 회장 김찬돌을 살해한 혐의로 경찰 조사를 받고서 서울지방검찰청 의정부지청(이후 의정부지방검찰청으로 승격)에 송치돼, 사흘 전부터 내 지휘 하에 보강수사를 받고 있는 중이었다. 현행범으로 체포돼왔기에 수갑을 찬 채로. 사흘에 걸쳐 휘하 수사관들에게 시달려온 홍기대였지만, 눈에는 핏발이 서 있었다. 피해자인 김찬돌에게 아직 유감이 남아있다는 뜻인지, 아니면 우리 검찰관들의 신문에 불복하겠다는 저의인지. 그는 살인 혐의에 대해 시인하기는커녕 되레 큰소리치고 있었다.

시계가 오후 여섯 시를 향해 갈 무렵, 나와 단둘이 남은 검사실. 내가 피의자 쪽으로 다가가 그의 어깨를 주무르며 얼렀다.

"이봐 홍기대. 이젠 털어놓아. 순순히 불면 내가 정상참작
해서, 최고 형량보다 낮춰서 구형해 줄게. 자백했다 하고, 가
정형편을 들이대면 판사도 형량 선고할 때 정상을 감안해줄
거야. 부모 없이 할머니와 단둘이 생활해 왔다는 건 사실이
니깐. 내 말 알겠지. 자, 홍기대. 김찬돌을 왜 죽였지?"

"나는 죽이지 않았습니다. 죽일 의도도 없었고, 세게 밀치
지도 않았다고요. 그냥 대들었는데 그가 넘어진 거라고, 몇
번을 말해야 합니까!"

홍기대가 머리를 치켜들고 소리 높여 항변하였다. 나를 잡
아먹을 듯 뚫어보며.

"이놈 봐라. 여기가 어디라고 큰소리야, 응! 이놈 이거 적
당히 봐줄라 했더니, 안 되겠어. 네놈은 오늘, 잠은 다 잤다.
알았어!"

홍기대 얼굴 정면에다 내가 검지로 찌르면서 겁을 주었다.
바로 이어, 그의 말에 하나하나 토를 다는 방식으로 신문을
시작했다.

"대들긴 했지만 밀치지는 않았다? 그럼 김찬돌의 목 부위
와 가슴팍에 손톱으로 긁힌 자국이 나왔는데, 이건 뭐지? 오
른쪽 고관절 다친 것과 머리 쪽에 타박상 입은 거야, 김찬돌
이 바닥에 넘어지면서 입은 상처라 치자고. 하면, 몸 상부에
긁힌 자국은 도대체 뭐냐고?"

"그건 그 영감이 '야 인마, 이 새끼, 애비도 없는 새끼!' 하며 나를 툭툭 치기에, 몇 번이나 왜 사람을 치냐고 말했음에도 계속 욕하고 때려, 그러지 말라고 손으로 막다가 그리된 거라고요!"

"죽이려고 팔을 휘두른 게 아니고?"

"아니라고 몇 번을 말해야 합니까! 그냥 막았을 뿐이라고요! 자꾸 때리니까 반항할 밖에요."

홍기대는 수갑 찬 두 손으로 책상을 탕탕, 두드려 가며 극구 부인했다. 피의자가 외려 큰소리치는 건 범행 사실을 은폐하려는 의도에서 그런다는 것쯤이야, 10년 넘게 검사 생활해온 나도 아는 바지만. 책상까지 두드려 가며 아니라고 우기는 데는 화가 치밀었다.

"이 자식 봐라. 어디 함부로! 수갑 안 채웠으면 나도 치겠네. 박달봉 그렇게 맞고도 아직 인간 안됐나? 사람을 죽여놓고 도리어 큰소리치게, 응!"

박달봉은 삼청교육대를 의미했다. 홍기대는 작년 11월 5일 삼청교육대에 끌려갔다. 4주간의 순화교육을 마친 그는 근로봉사자로 재분류되어, 전방 군부대에서 근로봉사 하다가 올 1월말에 퇴소한 이력이 있었다. 삼청교육대 퇴소자의 거동 상황에 대한 양주경찰서(동두천이 시로 분리 승격되기 전의 치안 관할서) 정보과의 사찰 보고서가 수사기록철에 첨부되어 있었기에, 내가 그 사실을 끄집어내며 다그친 말이었다.

어떤 사건이라도 범법행위에는 원인이 될 만한 잠재적 배경이 있는 법. 말나온 김에 나는 그의 삼청교육대 이력부터 따져 묻기로 했다.

"너, 그때 박달봉 엄청 얻어맞았지. B급으로 분류돼 있는 걸 보면 뻔해. 안 그래?"

앞서 정부는 작년 8월 4일 계엄포고 제13호 발동과 함께 불량배 소탕작전에 돌입하였다. 국가보위비상대책위원회(국보위) 산하 사회정화분과위원회의 '삼청계획 5호'에 따라, 계엄사령부의 지휘 감독 하에 내무부와 법무부에서는 불량배 검거작전에 들어갔다.

국보위 지침상의 검거대상은, 현행범은 물론 불건전한 생활영위자 중 재범 우려가 있는 자, 사회풍토 문란 사범, 사회질서 저해 사범, 주민의 지탄을 받으면서도 개전의 정이 없는 자 등으로, 계엄령이 끝난 올 1월까지 총 6만 755명을 검거하였다. 이때 체포된 자들은 각 시·군·구 별로 관할 경찰서 내의 군과 검찰, 경찰관으로 구성된 합동 심문반의 심사를 통해 등급이 매겨졌다. 현행범 및 폭력 전과가 두 번 이상 있는 경우는 A급, 전과가 있고 재범 우려가 있는 자는 B급, 우발적으로 경미한 범죄를 저지른 사람은 C급, 소년범이거나 여성인 경우에는 D급으로.

이들에 대한 재판은 변론 과정 없이 속전속결로 진행됐다. 그리하여 A급은 군사재판에 회부되거나 검찰로 송치되어 실형을 받았고, B급과 C급은 삼청교육대로 보내졌으며, D급은 적절한 방식으로 훈방조치 되었다.

삼청교육대란 이렇게 B급·C급으로 분류된 자들이, 작년 8월부터 올 1월까지 전방 또는 후방 군부대에 들어가 순화교육 받는 과정을 일컫는다. 이들 중 죄질이 불량하거나 개과천선 소지가 적다고 판단된 B급은 순화교육 후 다시 근로봉사 과정을 거쳤고, 교육에 순종하고 개전의 정이 있는 C급은 순화교육 후 사회로 복귀하였다.

따라서 B급은 순화교육이란 명목 아래 더 가혹한 체벌을 받았을 뿐만 아니라 교육을 마친 뒤에도 계엄사령부의 지침에 따라 근로봉사자로 재분류되어, 군부대 내의 진지 구축이나 전술도로 보수 공사, 통신선 매설, 자재 운반 등의 노력 동원에 투입되었다.

예의 B급이라면 삼청교육대 강제대상자 중에서 순화교육을 받고도 미순화자로 분류된 자를 말하는데, 홍기대도 전체 B급 1만 16명 중 한 명이었다. 홍기대가 B급으로 분류되어 삼청교육대에 들어갔다 온 것은 아마―내가 보기에도― 이전의 폭행 전과 때문임이 틀림없었다.

수사기록부에 편철된 그의 범죄경력조회 사항엔 폭행 전과가 기록되어 있었다. 그 폭행 전과를 들먹이기 위한 방편으로 삼청교육대 B급을 언급하였다만, 그것은 홍기대의 죄질이 그만큼 엄중하다는 경고가 담긴 취조이기도 했다.

"홍기대! B급 사범이면 죄질이 극히 불량하다는 뜻이야. 네가, 예전에 폭행을 저지른 전과도 있고. 어때? 내 말 맞지?"

"그 폭행사건은 내가 폭행해서 그런 게 아니었습니다. 당시 미군 두 놈이, 아니 두 명으로 고칠게요, 두 명이 동두천 시장 우리 할머니 노점상 옆에 있는 꽃가게 주인 딸—내가 누나라고 부르는데— 그 누나의 엉덩이를 만지려 하며 '애스(ass)'란 비속어로 희롱하기에 '이 양키 새끼들이!' 하고 내쫓는 시늉을 하였더니. 그자들이 어떻게 파출소에 신고했는지 순경들이 다짜고짜 날 잡아가, 폭행죄로 넘겨버린 겁니다. 욕은 했어도 폭행한 사실은 없는데 폭행했다고."

홍기대는 정말로 억울하다는 듯 고개를 좌우로 세차게 저었다.

사실이지 동두천이라면 그와 같은 일이 허다하게 일어나는 곳이고, 또 그만한 일로는 형사 사건도 되지 않는 일상에 불과하다. 동두천이 도시로 발전한 계기적 특수성이 이 지역 주민의 삶에 영향을 주고 있는 실정에 비춰볼 때.

동두천은 6·25전쟁 이후 미군부대가 주둔하고 있는 기지촌 아닌가. 제조 산업을 기반으로 해서 발달한 도시가 아니어서 공장 같은 건 전무하다시피 했다. 그러다보니 미군부대를 주축으로 도시가 형성되었고, 미군을 상대로 한 상권이 발달했다. 특히 동두천시장은 미군 때문에 돌아간다고 해도 과언 아니었다. 상권 중심부인 생연동 지역은 미군들이 주로 드나드는 클럽이 즐비했고, 그 뒤편에는 유흥주점과 윤락촌이 늘어서 미군을 맞이하고 있었다.

그런즉 미군 몇 명이 가게에 들락거리며 비속한 영어로 여성에게 희롱하는 말을 던지거나 욕설을 내뱉는 일은 비일비재했고, 그로 인한 조그만 말썽거리는 대개 원만하게 넘어갔다. 서로가 공생관계인 이상 어쩔 도리 없어.

한데도 전과로 기록될 정도라면, 홍기대의 미군 폭행사건은 일상적인 정도가 아니었다는 뜻이 된다. 이 자식이 칼 검사 고재현을 삐리한 물 검사로 아나.

나는 "흠음" 비웃으며 기록 내용을 가지고 찔렀다.

"폭행했으니까 전과로 기록돼 있지, 가만있었는데도 형벌을 내렸을까. 집행유예 됐지만. 이 자식 보자보자 하니, 거짓말만 자꾸 하고 있어!"

"제가 언제 거짓말을, 아~참!"

홍기대가 어이없어 하며 고개를 마구 흔들었다.

도무지 안 되겠다 싶어 그에게 겁줄 요량으로, 그리고 아프게 맞았던 기억을 떠올리게 할 심산으로, 그가 삼청교육대에서 몽둥이찜질 당한 얘기를 끄집어냈다.

"삼청교육대 들어가 목봉 체조 죽도록 많이 했지? 얼차려도 수없이 받았을 테고? 박달봉 맛이 어땠나?"

홍기대가 움찔, 했다. 몸서리치는 듯 부르르 떨곤 눈을 질끈 감았다. 그럼 그렇지.

들리는 말에 의하면, 박달봉은 참나무를 깎아 만든 몽둥이라고 했다. 삼청교육대의 교육관과 조교들이 "이것은 전두환 각하께서 우리에게 특별히 하사 하신 봉이다." "이걸로 너희를 골병들어 죽게 하든지 아니면 사람 되게 만들든지 하는 게 우리 의무다."며 순화교육 때마다 휘두른다고 했다. 게다가 죄질이 불량하거나 지시에 불응하는 자, 태도가 불손한 자들은 별도로 설치된 특수교육대에서 혹독한 순화훈련을 받는다고 했다.

홍기대는 B급으로 교육받은 데다 특수교육대에서 근로봉사까지 하였다는 기록으로 보아, 박달봉에 엄청 시달렸을 터. 저승을 갔으면 갔지 다시는 떠올리고 싶지 않은 이녕이었음이 틀림없을 거라고 판단한 나는, 그걸 찰거머리처럼 물고 늘어졌다.

"박달봉 맛이 어땠어? 거기 갔다 와서도 인간이 안됐냐고, 응!"

"난, 죄지은 것도 없는데 거기 끌려갔습니다. 그것도 바로 그 영감이 날 잡아 가게 했고요."

옳거니. 내가 기다리던 말이 나와, 반가움을 커버하기 위해 책상을 탁탁 쳤다.

"드디어 나왔네. 나왔어! 그렇지? 맞지? 김찬돌이 너를 삼청교육 대상자로 신고하였고, 너는 삼청교육대에, 그것도 특수교육대에 들어가 혹독한 훈련을 받게 됐다. 그래서 앙심을 품고 있다가 퇴소 후 김찬돌에게 보복을 가하려고 기회를 엿보던 중, 김찬돌과의 실랑이를 틈타 밀치는 수법으로 그를 살해하였다. 어때? 맞지? 맞아, 그렇게 된 거야. 앞뒤가 딱딱 맞잖아. 이래도 살인하지 않았다고 잡아 뗄 거야?"

"아참, 난 보복하지 않았어요! 그를 죽이지도 않았고. 내가 삼청교육대에 끌려가게 된 사실은, 한참 뒤에 시장 상인회 부회장님이 우리 할머니께 알려줬어요. 동두천시장 상인회 회장은 지역 사회정화위원이라, 상부로부터 삼청교육 대상자 할당량을 받은 관계로 어쩔 수 없이, 전과자나 부랑자, 무직자, 술 취해 고성방가한 자들을 신고하다 보니 그렇게 됐다고. 그 영감이 나만 잡아넣겠다고 신고했으면 보복 감정이 생겼겠지만, 나 말고도 주변에 여러 명이 잡혀간 걸 알고 나서는, 우리 할머니도 나도, 그 영감의 신고 건에 대해서는 감정을 갖지 않았어요. 그 영감이 나쁜 건, 나한테 애비 에미 없는 자식이라며 함부로 대한다는 거고. 퍽 하면 할머니 노점 매대를 발로 툭툭 차고, 상인회 회장이랍시고—."

내가 책상을 탕, 내리쳤다.

"야, 인마! 그게 말이 되는 소리야! 말이 되는 소리냐고! 네가 무슨 부처라도 되는 거야, 응! 네가 평소 행동을 잘했다면 그 양반이 왜 너를 신고했겠으며, 그 양반의 신고로 잡혀가 실컷 두들겨 맞고 노가다 하고 왔는데, 감정이 없다고? 생판

고생길에 처박아 넣은 데는 감정이 없는데, 애비 에미 없는 자식이라는 말에는 열 받는다? 할머니 매대 좀 발로 툭툭 찼다고, 그건 악감정이 있다? 이게 말이 되냐고? 이 자식아, 말해봐! 이게 말이 되는가 말이다!"

"그런 말이 아니라, 그 영감이 날 잡아가게 한 데 대해서는 감정이 있지요, 왜 없겠습니까? 저도 사람인데. 하지만 삼청교육대 나오고 나서는 그 감정 다 잊으려고 하는데, 영감이 자꾸만 호로자식이라 하고 할머니를 성가시게 하니까, 더 화난다는 뜻입니다."

"햐~이놈 참."

나는 말문이 막혀 손가락으로 두어 번 홍기대를 가리켰다. 곧이어 화난 인상을 지으며 그를 나무랐다.

"야 인마. 앞서 말한 건 그런 뜻이 아니었잖아. 이 자식이 말 돌리고 있네."

"그 영감에 대한 보복 감정은 없었다고, 계속 얘기했잖아요. 날 잡아가게 한 데 대한 보복 감정은 없었다고. 나 참."

내 인내력에 한계가 왔다. 나는 책상을 탁, 치며 일어섰다.

"네놈 정말 안 되겠다. 너 오늘, 밤새도록 그따위로 씨름해보자, 응. 실토 하나 안 하나, 어디 해보자고!"

* * *

토요일 오전 근무를 마친 나는 둘도 없는 친구 오충영을 만나러 서울로 갔다. 오충영은 대학 동기로 나보다 3년이나 먼저 검사 감투를 썼다가, 검찰청 정기 인사 발령에 따라 올해 초부터는 법무부에서 근무하고 있었다. 내가 아는 한, 그는 '정의로운 검사' 순위에서라면 다섯 손가락 안에 들지 싶다. 학교 다닐 때도 올곧음의 표본이었음은 물론, 공평과 정의를 위해서라면 교수 앞에서도 눈 하나 까딱하지 않았다.

그에 대한 일화가 있다. 법대생들은 대학 입학한 뒤로 줄곧 고시 공부에 매달리게 된다. 그러다보니 인문학 지식 습득할 기회가 별로 없고, 각자도 삶에 대한 철학적인 깊이를 다지는 데 소홀하다. 시험 합격을 최우선 목표로 삼은 결과, 예비 법조인으로서 쌓아야 할 인문지식이 딸리기 마련. 판검사나 변호사가 될 인재들이 자질이 부족해서야 되겠느냐며, 법대생들에게 인문과목의 확대 및 심화가 필요하다고 오충영이 역설해서, 학과목 개편을 이끌어냈다.

그 당시엔 사실, 나 역시 고시에 목매달고 있어서 비록 친구였지만 오충영의 주장에 대해서는 탐탁치 않아했다. 나뿐만 아니라 고시생 모두가 명분은 좋다는 걸, 그리고 폭넓은 인문지식을 갖추어야 한다는 걸 내심 인정하면서도, 고시만 합격하면 세상에서 자신의 위치가 달라지는데 누가 그런 주장에 동조하겠는가. 시험과목 준비하기도 급급한 판에 교양과목에 시간과 에너지 쏟는 일을.

오랜만에 오충영을 보자 반가워서 내가 먼저 볼멘소리를 했다.

"히야~ 좋은 자리에 있으니까 신수가 훤하네. 나는 며칠째 잠도 못 자고 수사에 매달리고 있어 몰골이 영—."

악수를 끝낸 오충영이 말을 끊으며 내 어깨를 쳤다.

"이 친구, 반갑다는 소리는 않고 징징거리기부터 하고 있어. 화끈하고 불같은 성격의 자네답지 않게. 어서 앉기나 해."

우리는 늦은 점심을 먹기 위해 오충영이 예약해 놓은 식당에 자리를 잡았다. 앉자마자 컵에 물을 따르고 있는 그에게 괜히 투정을 부렸다.

"이보라고, 그렇지 않느냐 말야. 난 출신지가 경기도라 초임검사로 임용될 때 제1, 제2 희망지역을 서울과 수원으로 했는데, 지방으로 발령 나고. 자넨 지방으로 발령 내달라고 했다며? 한데도 되레 서울로 발령 나고. 불공평하다 불공평해. 출신지가 경북이라서 그랬나, 자네가 뒤로 몰래 손을 써서 그랬나? 하여튼 편하고 좋은 자리로만 다녀서 자네는."

내가 그리 말한 것도 무리는 아니었다. 오충영은 수도권에 있는 검찰청에서만 근무한 데 반해 나는 서울과는 거리가 먼 지방검찰청, 그것도 본청이 아닌 지청으로만 나돌다 이제야 수도권에서 근무하게 되었으니.

정종을 따라 건배를 한 오충영이 "그렇지가 않아." 하고 내 말에 토를 달았다. 한 잔 쭉 들이켠 그가 빈 술잔을 내려놓으며 말을 이었다.

"말마라. 작년, 재작년 같은 시국 땐 자네처럼 지방으로 나돈 게 더 복 받은 거야. 잘 생각해봐. 재작년 10·26사건 났을 때 서울이 어땠겠어. 거기다 12·12사태까지 연이어 일어났잖은가. 내가 명색이 검사였지만 뭐가 뭔지 모르게 세상이 돌아갔어. 혼동과 혼란 그 자체였다고. 그러더니만 국보위가 생기고 작년 8월에 계엄령이 선포돼지 않았나. 계엄령에 따라 불량배 소탕작전 한다고 삼청계획 5호, 너 삼청계획이 뭔지 아나? 아참, 자네도 검사였으니 잘 알게 아닌가. 건전한 사회풍토 조성한답시고 사회질서 저해사범과 불량배들 잡아들인다고 난리를 쳤지. 각 경찰서마다 계엄군과 검찰이 합동신문조를 편성해서 말야. 세상에! 난리도 그런 난리가 없을 거야."

나도 한 잔 걸치고 그의 말을 받았다.

"서울에 있는 자네들만 그런 게 아니고, 지방에 있는 우리도 다 삼청계획에 동원됐지 뭐. 계엄이 내려진 이상 검사라고 별수 있나. 더구나 평검사 주제에."

"그랬겠지. 하지만, 지방은 좀 달랐을 것 아냐. 지방은 그래도 아직 인심도 남아 있고, 또 웬만하면 친인척 간이거나 알고 지내는 사이라 불량배 신고 건수가 그렇게 많지는 않았을 것 아냐. 서울은 말야. 술 취한 노숙자나 시장에서 고성방가한 사람, 구로공단에서 쫓겨나 체불임금 받겠다고 찾아간 근로자를 불량배라고 신고해서 잡아간 경우도 허다해. 그래서 삼청교육대에는 현행범이 아닌 단순히 전과 기록이 있는 자뿐만 아니라 무직자, 부랑자, 주정뱅이, 유흥업소 여성, 심지어는 귀가하던 중 영문도 모른 채 끌려간 사람들도 있었어. 대낮에 길가다 불심검문에 걸려, 신분증 지참하지 않았다는 이유로 끌려가고. 노점상 하는 엄마 마중 나갔다가 불량배로 몰린 청소년도 있었고…….”

오충영은 그간 있었던 소회를 다 풀어버리려고 작정이라도 한 듯 연거푸 잔을 비웠다.

나도 지방에서 동원됐던 적이 있었으므로 고개를 끄덕이며 친구를 위로했다.

“그래서 속이 되게 상했나 보네.”

오이무침 쪼가리 먹었던 입을 닦고 그가 말을 이었다.

“이봐, 우리가 검사의 길을 가고자 한 이유가 뭐였어. 어려운 사람, 진실한 사람은 구하고, 반사회적 범죄는 척결하자는 것 아니었나. 한데 말야, 삼청교육대에 끌려간 사람들 중에는 성실한 서민이 많았다는 거야. 그런 말 많이 들었어. 실제로 내 손으로 몇 명은 구한 적도 있고. 엄혹했던 계엄령 치하에서 위험천만한 일이라 두세 명밖에 구하지 못했지만. 정의에 앞장서야 할 검사로서는 부끄러운 일 아니냐고. 결국, 돈 없고 빽 없는 집안 자식들이 잡혀간 거야. 공식적인 재판 절차도 없이.”

나는 술잔을 내려다보며 잠자코 그의 말을 듣고 있었다. 그러자 어느 순간, 재종형님의 일그러진 얼굴이 술잔 속을 꽉 채웠다.

윗대부터 우리 가족은 아버지의 행적 때문에 일가친척과 소원하게 지냈다. 그런 와중에, 심지가 깊고 성격이 어질었던 재종형님은 남몰래 우리 가족에게 인정을 써온 분이었다.

그 형님은 우리 일가 집성촌인 수원을 떠나 마산 소재의 경남대 부근에서 살고 있었다. 형님의 둘째 아들이 작년 나이로 스무 살. 1년간 재수생활을 하다가 작년 11월에 대학 예비고사 시험을 쳤다. 12월 초순경 받아본 성적 결과가 좋아 기분이 들뜬 데다 군대 가는 동네 형의 입영 전야제 삼아, 일행은 오동동시장에서 얼큰하게 취할 정도로 술을 마셨다. 알코올이 속에 들어온 이상, 디오니소스 신도들에게 가무 정조(情調)는 때와 장소를 가리지 않고 나타나기 마련. 취기 오른 청춘들이 어깨동무하고 소리쳐 노래 부르다 모두 파출소로 연행되었다.

입영해야 하는 동네 형은 소집영장을 보여주고 바로 풀려났으며, 대학 다니는 친구 두 명은 담임교수들의 신원보증과 탄원으로 다음 날 모두 풀려났다. 내 조카 놈은 성격이 우락부락한데다 학교 다닐 때 껄렁하게 나돌아 다닌 전력이 있어, 마산경찰서 관할 군·검·경 합동 신문반에서 삼청교육대로 보내기로 결정이 나버렸다.

그때서야 다급해진 형님이 김천지청에 근무하고 있던 나에게 부랴부랴 달려와 살려달라고 부탁하였다. 워낙 착하게 살아온 형님이고, 또 내 조카가 딱히 범법행위를 한 것도 없는데 삼청교육대로 보낸다 하니. 이건 부조리하다는 생각이 들어 내 자신이 직접 마산으로 내려가 훈방으로 풀려나게 손쓴 적이 있다.

　그 사건이 해결나자 작년 연말에, 형님이 내게 고맙다는 뜻과 함께 시중에 돌아가는 상황을 전했다.

　"이보게 검사 영감. 내 아들—자네한테는 시답잖은 조카겠지만— 뒤를 봐줘서 고맙네. 그라고 이참에 검사 동생에게 부탁하네만, 억울한 사람이 없도록 해주게. 형준이가 학교 다니면서 껄렁했던 것은 사실이지만, 다른 학생들을 때리거나 피해를 입힌 적은 없네. 집 근처에 있는 경남대 학생들의 데모 때문에, 경찰이 내 집 주변에다 짭새들을 포진시켜 놓아 불편한 감정이 생겼는지는 모르겠으나, 내가 알기로 형준이는 시국 같은 데 관심 없는 아이네. 그럴 수밖에 없는 것이, 재수하다 예비고사 치른 처지에 무슨 나쁜 행동을 하겠는가. 더구나 자네를 본받아 유명 대학 법대 아니면 안 가겠다며, 뒤늦게야 공부에 열심인 애라고. 그날도 그래. 군대 가는 동네 형과 송별회 한다고 오동동시장에서 술 한잔하고 기분풀이로 노래 좀 부른 것밖에 없다고 하던데, 삼청교육대에 보내겠다고 하는 나라가 세상에 어딨나? 세상에 법 안 어기려고, 더욱이 자네가 검사자리에 있어 혹시라도 전도에 걸림돌 될까봐, 우리 집안 모든 일가들이 노심초사하는데 나쁜 일 하겠는가 말이다. 가뜩이나 윗대부터 수가 틀어져 있는 상태에. 다행히 우리 아이에겐 자네 같은 검사 인물이 있어 잘 해결됐지만, 돈 없고 빽 없는 집안이었으면 어떻게 되었겠는가 말이다. 서민들, 억울하지 않게 일 해주게. 자네도 듣고 있는지 모르겠다만 시중에 떠도는 소문을 들으면, 아니 실제로 내 이웃에 벌어지고 있는 얘기를 들으면, 억울한 사람이 많다네.”

그때의 일을 떠올리며 형님 말에 정신이 팔려 있는데, 불쾌해진 오충영이 계속해서 다른 목격담도 털어놨다.

“게다가, 사회정화위원이라는 작자들이 완장 행세 부린다고 신고한 건수도 있어. 그들에게 밉보인 작자들이 죄 없이 끌려왔다는 얘기야. 뭐 상부에서 할당량을 채우라고 족치니까, 마지못해 신고한 경우도 있겠지만.”

그가 말한 것은 재종형님에게서도 들은 내용이었다.

새로 들어선 5공 정부에선 사회정화업무의 효율적인 수행을 위해 작년 11월 1일 국무총리 직속기관으로 사회정화위원회를 설치함과 동시에, 이를 지방의 읍·면·동까지 확대해서 조직화하였다. 그 자리는 주로 지역 유지를 포섭하기 위한 명예용 자리, 또는 삼청교육대 대상자를 잡아들이기 위한 끄나풀용 자리였다.

이 기관은 '정의사회구현'이라는 명목 하에 각종 관변행사에 '자리'들을 동원하였을 뿐만 아니라, 관(官) 주도로 정의사회구현을 '마을마다 직장마다 구현'하고 '국민들 입에서도 구현'한답시고 밀어붙인 결과, '한자리'에 편승한 사회정화위원들의 완장 의식이 더해져서, 앞뒤 재지 않고 신고한 경우가 많았다는 소문들이 나돌았다. 폭력을 저지르거나 사회질서 위반 사범이 아닌, 부모가 이들의 권세에 항의할 만한 여력이 없는 저소득층 집안의 청년들이 잡혀간 게 태반이라는. 경찰이나 공무원, 지역유지 정화위원들의 사적 감정에 의한 신고로 끌려가기도 했다는.

오충영이 자신만 일방적으로 얘기하고 있다는 사실을 알아챘는지 말머리를 돌렸다.

"자네 아까 나더러 좋은 자리에 있다고 했지. 아닐세. 검사는 칼을 쥐고 흔드는 자리에 있을 때가 호시절이야. 힘도 있고. 오히려 자네가 부럽다는 말이네. 난 상부에, 아니면 이정권에 밉보여서 그런지 사실은 좌천된 걸세. 법무부에 가도 검찰국이라면야 권력 자리지. 수사권은 행사하지 않지만 검사들의 인사를 관할하고 있으니까. 하나 이 몸은 이도저도 아닌, 연구관이라고. 뭐 다른 공부할 수 있는 기회라고 보면 그것도 나쁘지만은 않아서, 그냥 받아들이기로 했다만."

나는 머리를 긁적이며 친구를 위로했다.

"그간 일선에서 검사 능력 충분히 발휘했으니, 여유를 좀 가지라는 거겠지. 나야말로 지방의 한직으로 나돌았으니, 이젠 검사 밥값 좀 하라는 것일 테고."

"그렇게 받아들일 수밖에 더 있겠나. 아참, 그제 전화했을 때, 살인범 수사 때문에 밤새운다고 했나? 그래, 범인한테서 자백은 받아냈어?"

"아니, 그놈 지독해. 앞뒤 상황은 분명히 살인죄가 맞는데도 불지를 않아. 전과도 있고, 삼청교육대 교육받은 전력도 있고, 피해자가 죽은 사실은 명백하기 때문에 기소하는 건 문제없어."

"사람이 죽었다 해도 사정에 따라 다르니, 만전을 기해야겠지. 물론 자네가 잘하겠지만. 국민학교 벽이야, 온 담벼락에 정의사회구현이라고 써 놓은 것 봤지. 구호에만 그치지 않게, 정의의 모범을 보여 달라는 말일세. 왜냐고? 내 친구니까. 하하하."

그 정도에서 검사직에 관련된 얘기는 접고, 친구간의 사적인 가정사로 넘어갔다. 나는 올봄에 포니 자가용 한 대 뽑은 얘기를 했다. 오충영은 큰딸이 국민학교(초등학교) 6학년 됐고, 둘째는 3학년, 셋째로 태어난 아들은 유치원에 다닌다고 했다. 오충영이 자식 얘기를 하다 말고 내게 물었다.

"자네 부인한테서는 아직 좋은 소식 없나?"

"안 생기는 아이를 어떡하겠나."

나는 그의 눈길을 피하려고 잔을 들어 단숨에 술을 입안에 털어 넣었다. 오충영도 거기에 대해서는 더 이상 말을 붙이지 않았다. 아무리 친구 사이래도 부부관계에까지 끼어들 수는 없다고 생각했는지.

오충영과 추억담을 얘기하느라 시간가는 줄 모르는 새 술자리가 끝났다. 그때까지, 오충영이 내 행실에 대하여 다른 얘기를 꺼내지 않은 것에 내심 안도하였다. 실은 오충영을 만난 이유 중의 하나가, 혹시나 그간의 내 행각이 소리 소문 없이 떠도는 게 아닌가, 알고 싶어서였다만.

＊＊＊

월요일 밤 아홉 시쯤 늦은 저녁을 먹고, 나는 교대로 홍기대 신문을 계속하도록 김 계장에게 지시했다. 그리곤 내 책상 옆에 야전침대를 펴서 잠시 눈을 붙였다.

두어 시간 잤나. 부스스 일어난 나는 야전침대에 양반다리를 한 채 구부려 앉았다. 양팔로 턱을 괴고 홍기대 사건을 되짚어 나가는가 하면, 사건 처리 방향에 대하여 골똘하였다.

'이 사건을 어떻게 처리한담? 끝까지 의도적인 살인사건으로 몰고 가? 그러기엔 증거가 아직 미약하지 않은가? 그도 그럴 것이 김찬돌이 현장에서 즉사했다는 사실만 있지, 사체에 특별히 폭행당한 흔적이나 흉기에 의한 상처 자국이 없고. 목과 가슴 부위에 살짝 긁힌 자국이 있긴 하나, 이 정도 가지고 살인을 저질렀다고 보기엔 어렵고. 현장에서 체포되었을 당시, 홍기대는 어떠한 흉기도 소지하지 않았다 하니……. 부검자료에도 급성 심장 정지에 의한 사망이라는 내용 외 피부에 긁힌 자국만 있을 뿐, 타격으로 인한 외상 흔적은 보이지 않는다고 쓰여 있는데…….'

아침이 되었다. 수건을 걸치고 세수하러 나가며 교대해서 신문에 열중하고 있던 박 계장에게 물었다.

"이 자식, 아직 실토 안 했나?"

"예. 좀 더 다그쳐야—."

"그래~. 김 계장하고 교대로 수고해."

세수를 끝내고 내 자리로 돌아와 정신을 가다듬었다. 홍기대의 행적에 대한 수사기록철을 처음부터 다시 살펴볼 요량으로.

기록에 의하면, 삼청교육대에 끌려간 홍기대는 계엄령 이후에도 올 1월 24일 발효된 사회보호법에 따라 1년간의 보호감호 처분을 받고, 군부대에 분산 수용되어 근로봉사를 계속하여야 할 대상자(그제 만났던 오충영이 보안 기밀을 알려준다며 그 대상자가 전체로는 7,476명에 이른다고 했다) 중의 한 명이었다. 허나 홍기대는 부모형제가 없어 병역법상 면제자인데다 할머니를 모시지 않으면 안 되었기에, 이웃들의 탄원으로 2월 초에 퇴소하게 되었다고 나와 있었다.

'보호감호 처분 받은 정도에다 김찬돌이 죽은 건 사실이기 때문에 살인죄로 기소해도⋯⋯. 더구나 홍기대는 폭행 전과가 있고, 통행금지 위반으로 파출소에 연행되었다는 기록도 두 번이나 있으니⋯⋯. 살인죄 적용할 경우를 대비해서 범행 동기나 배경도 파악해놔야 하겠고⋯⋯.'

법적으로 검사가 범죄인을 기소할 때, 피해자가 사망한 경우 다음 세 가지 중의 하나로 죄를 청구한다. 먼저, 사람을 살해할 의도 없이 단순하게 또는 우발적으로 폭행을 가했는데 피해자가 사망한 경우라면 폭행치사죄를 적용한다. 다음으로, 사람을 살해할 의도는 없었고 단지 상해 정도를 입힐 요량으로 신체를 가격했는데 피해자가 사망한 경우엔 상해치사죄를 적용한다. 마지막으로, 처음부터 살해할 마음을 먹고 어떤 방법으로든 피해자를 사망에 이르게 하였을 경우엔 살인죄를 적용한다.

이 세 가지 모두 피해자를 사망에 이르게 하였다는 결과적 측면에서는 같지만, 살해 동기 면에서는 다를 뿐만 아니라 법 적용에 따른 형량 면에서도 크게 차이가 난다. 당연히, 살인죄가 적용된 경우의 형량이 가장 무겁다.

피의자에게 폭행치사죄를 적용할 것이냐 아니면 상해치사죄나 살인죄를 적용할 것이냐는, 범인의 살해 의도와 담당 검사가 파악하는 사건의 성격에 따라 달라진다. 하지만 가해자의 살해 의도와 검사가 판단하는 사건의 성격은 주관적인 것이어서, 가해자의 심중을 완전하게 파헤칠 수가 없고, 또

검사의 판단에 주관성을 완전히 배제하기도 어렵다.

범인의 살해 의도를 알아보기 위한 방법으로 검사는, 범인의 성장 과정과 주변 환경, 사건 발생 당시의 앞뒤 정황, 사건이 일어난 시각, 흉기 사용 유무, 단독 범행인가 아니면 공범과 사전 모의했느냐의 여부, 상해 부위와 인체 손상 정도 등을 따져 앞의 세 가지 죄목 중에서 하나를 적용한다.

다음 날 아침 여덟 시쯤. 새벽녘에 잠깐 눈을 붙였다가 일어난 나는 기소 준비를 하고 있었다. 내 자리에 앉아 서류를 뒤적이며. 그때 밤샘 신문하던 김 계장이 내 방 문을 똑똑, 노크하더니 문을 벌컥, 열고 들어왔다. 내가 들어오라는 응낙도 하기 전에. 잔뜩 상기된 얼굴로 들어선 그는 들뜬 목소리로 보고했다.

"검사님, 했습니다! 홍기대가 자백했습니다! 제 놈이 김찬돌을 죽였다고, 방금 실토했습니다!"

"정말요! 말로만 그런 것 아닙니까?"

용수철에 튕긴 것처럼 나도 모르게 벌떡, 일어서며 되물었다.

"아닙니다! 진술서를, 자필로 직접 썼고, 손도장도 다 찍었습니다!"

"확실해요? 나중에 딴말하면 안 되는데. 다른 물증도 없는 터에."

"여부없습니다. 자필 진술을 받아났기 때문에, 말 바꾸기 못할 겁니다. 이 진술서를 토대로, 거기 상인회 간부 몇 명으로부터도 목격 확인서를 받으면 어떻겠습니까? 더 늦기전에."

살인죄로 기소하자니 뒷골이 당기던 참이었는데. 나는 승리의 주먹을 쥐며 뒷골의 맥을 푼 김 계장을 추어주었다.

"그야 옳은 말이오. 김 계장이 한 건 올렸구먼."

"저 혼자만 한 건 아니죠. 검사님에게도 이 건은 중요하지 않습니까? 이제 승승장구하셔야죠."

김 계장이 기대와 확신에 부풀어 손뼉을 딱, 딱, 두 번 쳤다.

왜 아니겠는가. 그의 말대로 이 건은 내가 부장검사로 승진하는 데 중요했다. 가뜩이나 그간 지방의 한직으로만 나돌다 이제 권력의 심장부인 수도권으로 진입하여, 일취월장할 기회를 노리고 있던 터 아닌가 말이다.

나는 초임검사 시절부터 목포지청에서 장흥지청, 충무지청(이후 통영지청으로 개칭), 김천지청으로 지방에서만 13년간 전근하다. 올 정기 인사 때 의정부지청으로 발령받아 부부장 자리에 앉았다. 이제 눈에 띌만한 건수 잡아 올려 1, 2년만 더 고생하면 부장검사나 지청장 자리에 오를 호기가 눈앞에 펼쳐졌다. 그렇게만 된다면 나도 수사 검객에 더한, 권력층으로의 출세를 기약할 수 있을 것 아닌가.

검사의 길을 가고자 하는 사람이나 현직 검사 중에는 사회악을 척결하여 정의를 세우고 싶은 검사도 있고, 고위 직책

자로서의 권력을 쥐고 싶은 검사도 있기 마련. 나는 빨리 출세하고픈 욕망에 눈이 이글이글 타올랐다.

'이 기회를 놓칠 순 없지. 김찬돌이 죽은 건 사실이니까.'

김 계장 보고대로, 홍기대가 자백까지 했다면 건수로는 기막히게 딱 떨어지는 셈. 더구나 새로 들어선 정부에서 정의 사회구현을 외치고 있는 만큼 살인혐의가 있고, 동두천시장에서 사회질서를 어지럽힌 사범으로 삼청교육대에 갔다 온 중죄인을 잡아들이면, 내 승진 고과는 한마디로 쾌지나칭칭 나네가 될 수 있다.

'그래, 김 계장 말대로 상인회 간부들에게서 확인서 좀 받고, 홍기대의 삼청교육대 시절에 대한 주변 증거를 좀 더 모아 기소하면, 살인죄 적용은 무리 없어. 닥치고 살인죄로 몰고 가는 거야.'

나는 선 채로 쥐고 있던 연필을 책상에 툭, 던졌다.

'홍기대, 네놈이 내 출세 밥그릇의 받침박이 돼줘야겠어.'

가마짓기

사람이 죽지 않는 이상, 아픈 기억이나 잘못된 과거를 망각하기 위해선 다른 묘법이 없다. 자신의 뇌를 속이는 방법 외는. 뇌의 기억장치들이 과거로가 아닌, 현재로의 방향등을 켜도록 메커니즘을 변이시키는 최고의 위약(僞藥)은 위험에 맞서거나 자기 일에 빠져버리는 것 아닐쏜가. 위험을 무릅쓰거나 제 할일에 직접 손발을 쓰면, 모든 신경이 현재의 지각으로 몰리면서 과거의 상처를 잊게 만들어주니까. 《몰입의 즐거움》을 쓴 칙센트미하이를 비롯해 많은 심리학자들이 '몰입'이라는 위약 장사꾼이 된 것도 그 때문인즉.

명진도 유나의 과거를 잊으려면 위약 같은 몰입이 필요했다. 지금은 어쩔 수 없이 가마를 지어야 할 입장이기도 하거니와, 가마짓는 기술도 익히고 발전시켜야 할 그에게 있어서 손수 가마짓기는 맞춤 위약과도 같았다. 더군다나 한여름을 앞두고 있는 시점이라 가마 지으면서 더위도 이기고 유나도 잊는다면, 속된 말로 일거삼득을 볼 수 있는 호기였다.

그런 몰입에 빠져들기 위해 5월 말. 가마의 도면 설계를 마친 명진은 경남 산청에서 난 양질의 흙 70톤을 주문했다. 흙벽돌을 직접 만들기 위해. 그는 마을에서 제일 성실하다고 소문난 최 씨를 품삯 일꾼으로 써서, 내화도 높은 산성토와 샤모트(점토를 구워 분쇄한 가루), 톱밥 등을 섞은 흙을 나무틀에 넣고 흙벽돌 찍어 말리는 과정을 반복했다.

그런 틈틈이 가마 지을 스케줄 보완하랴, 가마터 측량하고 토질 분석하랴, 벽돌쌓기 할 때 필요한 보조 인력으로 후배 두어 명에게 도움 요청하랴. 그의 하루하루는 어느 때보다 빠르게 흘러갔다. 6월 초부터 시작한 흙벽돌 만들기와 말리기는 한여름 지나 8월 말에야 끝이 났다.

9월 초순. 가마 축조에 들어가기에 앞서, 명진은 만들어 놓은 흙벽돌의 내화도와 경질 정도를 재차 측정했다. 나중에 소성 작업, 즉 실제 도자기 굽기를 하게 되면 고온 소성과 냉각 과정이 반복적으로 진행되는데. 이때 가마의 균열이나 붕괴가 일어나는 걸 방지하기 위해선 사전에 내화도 높은 흙벽돌을 써야 할 뿐만 아니라, 내구성이 강하도록 가마를 지어야 하기 때문이다.

그는 또 설계 도면상의 경사도와 가마 크기, 가마터의 토질 분석 자료도 다시 한 번 살폈다.

'요 정도면 준비는 된 것 같고…….'

마지막 검토를 끝낸 명진은 다음 날, 스쿠터를 타고 장안사에 들렀다.. 혜불 스님에게 터 닦기 할 날 잡아 달라 부탁하려고.

"이날이 손도 없고 운 때가 좋은 날이요."

날짜를 뽑고 돌아오면서는, 스님더러 그날의 고사에 꼭 참석해 달라는 간청도 빠뜨리지 않았다. 그는 내친김에 보현사에도 들러, 고상화에게 터 닦기 하는 날짜를 알려주었다. 지신 고사를 지낼 터니 약주 한잔하러 오시라면서.

작업실로 돌아와선 후배 두 명에게도 일정을 알려주고, 한번 더 가마 축조 도움을 요청했다.

"가마를 일일이 손으로 지으려면 시일이 좀 걸린다고. 너그들 손이 꼭 필요한 건 가마쌓기니까, 좀 도와주어야겠어. 보름간쯤 잡고 노임은, 전번 통화에서도 말했지만, 작업하는 동안에 술을 맘껏 제공해 주겠다는 것이고. 이다음에 너그들이 내 노동력이든 기술이든 필요할 때, 연락하면 언제라도 달려가 품앗이 해주겠다는 것. 그리고 새 가마에서 작품이 구워져 나오면, 너그들 맘에 드는 것 하나씩 가져가도 좋다는 조건으로 품삯 얘기된 것, 안 까묵었제?"

터 닦기 고사를 지내는 날. 개량한복을 입은 명진이 가마터가 될 곳에 제상을 차려놓고 향을 피웠다. 이어 술을 따라 올린 다음, 후배 두 명과 함께 절을 했다. 이들이 절을 마치자 혜불 스님이 목탁을 두드리며 염불 기도를 해주었다.

발원을 끝낸 혜불 스님이 좌중에게 일렀다.

"각자 손가는 대로 술이든 떡이든 들고, 내 뒤를 따라 지신들께 듬뿍 멕이시오. 사방 보시를 잘해야 불력이 퍼져 명가마가 탄생될 것인즉."

스님이 요령을 흔들며 앞장섰다. 명진은 술병을 들고, 고상화는 술잔의 술을 퇴주 그릇에 부어 들고, 후배 두 명은 각각 떡과 편육을 들고, 최 씨는 칼과 사과를 들고. 혜불 스님 뒤를 따라 가마터로 줄쳐 놓은 곳을 돌며 술을 붓고 음식을 던지는 고수레를 하였다.

의식을 마친 혜불 스님이 웃음 가득, 선 채로 덕담을 했다.

"이제 곧 추석도 다가오고, 날은 좋은 날이요. 액 없이 훌륭한 가마가 완성되길 비네. 혼신을 다한다면, 부처님의 가피가 있을 게요."

명진과 후배 두 명은 감사하다며 혜불 스님께 합장 인사를 했다. 그간에 사과를 깎아 접시에 담은 최 씨가 음복하시라면서 혜불 스님에게 권하였다. 고상화도 술병과 술잔을 들고 명진에게 음복술을 따라 주었다. 후배 한 명이 제상에 있던 떡과 과일을 적당히 나눠 쟁반에 담는 동안, 다른 한 명은 깔개를 펴서 둘러앉을 수 있게 만들었다.

혜불 스님을 위시해 모두가 자리 잡고 앉았을 때, 명진으로부터 음복 술잔을 받아 든 고상화도 덕담삼아 한마디했다.

"아무렴요. 원 도공은 잘 해낼 거요. 지켜보니까 차분하게 일을 하고. 스님 발원도 효험 있어, 근래 제일의 가마가 만들어질 겝니다. 허허."

"선생님도 별말씀을." 하며 명진이 편육 접시에 나무젓가락을 얹어 고상화 쪽으로 밀어놓았다.

막걸리를 쭉 들이켜고 젓가락으로 편육 한 점을 집어든 고상화가, 화제도 돌릴 겸해서 가마짓기에 대해 물었다.

"터 닦기 하려면 굴착기라도 불러야 하는 거 아니요? 어째, 중장비 기계가 하나도 안 보이오?"

막걸리를 꿀꺽꿀꺽 마시던 명진이 잔을 털며 대답했다.

"봉우리 가마는 자연 경사면을 이용하기 때문에, 크게 중장비 기계가 필요치 않습니다. 파낼 흙도 많지 않고, 따로 흙을 갖다 붓거나 덮어야 할 것도 많지 않거든요. 땅 고르기나 다지기 할 때 힘 좀 들이는 외는."

"일일이 사람 손으로 한다? 그럼, 가마짓기 자체가 예술품 만드는 것과 다름없네. 거참."

명진이 맞장구로 손뼉을 짝, 쳤다.

"네, 맞습니다. 어르신이 잘 표현하셨습니다. 어찌 보면, 가마짓기부터가 도자기 만드는 과정입니다. 진정한 도예가는 가마 축조할 때, 이미 도자기 구울 때의 상황을 다 감안해서 지으니까요."

음복주가 두어 순배 돌았을 즈음, 혜불 스님은 절로 돌아간다며 자리를 떴다.

자신이 소개해준 밭에 도예 가마가 지어진다니, 고상화의 기분은 한껏 고무되었다. 그는 명진이 땅에다 줄과 깃발로 여러 가지 표시해둔 걸 보고 계속 물었다.

"이 표시는 뭐요? 칸 가마가 각각 들어설 자리요?"

명진이 손을 들어 표시해 놓은 쪽을 가리키며 대답했다.

"예. 안쪽으로 빨간 깃발이 꽂혀 있는 곳은 불 때는 봉통—다른 말로는 연소실 또는 가마 아궁이라 합니다—그 봉통을 시작해서 각각의 가마 칸이 앉힐 자립니다. 파란 깃발은 각각 도자기가 구워지는 가마 칸—이를 소성실이라 합니다—과 각 소성실 출입구 위치를 표시한 겁니다. 봉통 앞쪽에 있는 넓은 공간은 불 때기 작업할 때 장작도 갖다 놓아야 하고, 불 때는 동안 여기서 음식도 먹어야 하니까, 그런 용도로 필요한 공간이고요. 맨 뒤쪽은 당연히 굴뚝 세울 자리가 되겠죠. 바깥쪽으로 넓게 줄친 곳은 가마 보호용 지붕 축조를 위한 기둥 세울 자립니다. 가마의 시설 배치를 하고 가마 각부의 위치가 정해지면, 가마 바닥과 축조 중인 가마를 보호하기 위해 지붕부터 만들어 놔야 하거든요. 가마 바닥도 그냥 흙이고, 쌓는 벽돌도 흙 소재라서—."

"음, 지붕 덮개부터 필요하겠군. 흙 건조물은 비 맞았다하면, 만사가 허탕돼버리지."

고상화가 맞장구성 발언을 해놓고, 즉시로 물었다.

"지반은 안전한가 모르겠네?"

명진은 토질검사 자료에 근거해서 답해 주었다.

"이곳 가마터의 토질은 단단한 화강암 성분이 섞여 있어, 안정적인 지반임을 몇 번이고 확인했습니다. 화강암 섞인 토질을 최고의 가마터로 치거든요. 물 빠짐이 잘돼 습기가 덜 차서 좋고, 열 식힐 땐 냉각기능도 좋고 해서요."

고상화가 허리를 곧추세우며 기뻐했다.

"아하, 가마터로는 제격이라는 말이요?"

"네, 어르신 덕분에 입지는 좋은 자리 잡은 것 같습니다. 바로 저 옆에 보면, 지금은 묘지 봉분이 조성돼 있습니다만, 저 자리가 조선시대 유물인 귀얄 분청사기와 인화문 분청사기 등이 출토된 곳입니다. 여러 주변 환경으로 비춰볼 때, 이곳 오부람터골이 조선시대 때는 사기 가마가 있었던 곳 아닌가 짐작됩니다."

"오호, 그토록 명당이면 나도 음복주 얻어 마실 만한 일을 했네. 허허허."

* * *

다음 날부터 명진과 최 씨, 후배 두 명은 힘을 합쳐 본격적인 가마짓기에 돌입하였다. 먼저 17° 정도의 밭 경사도에 따라 비스듬하게 주변을 정리했다. 대충 바닥 고르기가 되었을 무렵, 그들은 가마터의 수분을 제거하고 습기에 대비한 작업에 들어갔다.

가마는 불이 생명이라 습기 방지가 필수이기 때문에 가마 바닥을 다른 바닥보다 한 뼘 이상 높게 만들어야 한다. 해서 15센티미터 두께로 바닥 전체에 자갈과 모래, 점토를 섞어 깔고 고무래로 평평하게 고르기 한 뒤, 산업기자재 업자로부터 임차해놓은 컴팩터 기계로 바닥 다지기를 하였다. 그 위에 숯과 소금, 나뭇재, 모래와 진흙을 섞어 10센티미터 정도로 뿌리고 샤모트를 덧뿌린 다음, 다시 한 번 컴팩터를 이용해 꼼꼼하게 바닥 다지기를 갈무리했다

곧이어 이들은 곡괭이와 삽으로 줄을 따라 봉통 앞 불 때기 공간부터 시작해 삥 둘러, 파낼 곳은 파내고 고를 곳은 고르게 다져갔다. 물 빠짐을 쉽게 하고 사람이 오르내릴 수 있도록 봉통과 일곱 개의 소성실 칸, 그리고 맨 뒤쪽 굴뚝에 이르기까지 각각 높이를 달리하여. 가마 벽 쌓기를 위해 기초 흙벽돌 놓을 곳엔 벽돌 한 장 들어가게 골을 만든 다음, 계단식으로 착착 만들고 다졌다.

사흘에 걸쳐 기초공사를 끝낸 이들은 날을 따로 잡아 목수와 함께 가마 보호용 지붕 공사에 들어갔다. 목수를 부른 김에 이튿날, 장작과 태토 쌓아 놓을 헛간 지붕 설치 작업에도 들어가 탈 없이 완성했다.

해질녘에 품삯을 챙겨서 목수와 최 씨를 돌려보낸 명진이 운을 뗐다.

"이젠 비바람을 막을 수 있어 한시름 놓았다. 상철이, 근수

둘 다 수고 많았다."

물병을 들고 명진에게 종이컵을 내민 상철이 물을 따라 부으며 대꾸했다.

"하, 수고는 무슨. 진짜 가마짓기는 아직 시작도 안 했는데. 이거, 물 마시고 정신 차리이~소, 형!"

"야이 친구야! 시작이 반이라고 했잖아. 이 정도했으면 수고한 거지 뭐."

"하하하. 상철이 형, 딴은 명진 선배님 말도 맞심니더. 도면 상세하게 그려 놨겠다, 바닥 잘 다져 놨겠다, 흙벽돌 야무지게 찍어 놨겠다. 이젠 벽돌쌓기 하면 되니까, 반은 한 것 아니겠심니꺼?"

종이컵을 근수에게도 건네주며 물을 따라주던 상철이 훈계했다.

"근수야, 반이 아니라 이제부터가 시작이라고. 가마 설계하고 흙벽돌 만드는 과정까지 다 친다면야, 전체 일정상 명진이 형 말대로 반은 일한 거지. 한데 말야, 이걸 생각해 보라고. 도자기는 빚다가 잘못되면 뭉개버리고 다시 성형하면 돼. 그러나 가마는 한번 지어 놓으면, 그 가마를 반복적으로 사용해서 굽기를 해야 돼. 가마가 잘못되면 큰일이다, 이거야. 그러니 지금부터가 시작이지 않고."

"그런 중요도 면에서는, 상철이 형 말도 일리 있네요. 자자, 막걸리 한잔하게 일단 앉읍시다."

셋은 누가 먼저랄 것 없이 깔개에 둘러앉았다. 근수가 따라주는 막걸리 잔을 받아든 명진이 다른 손으로 상철이 어깨를 툭, 쳤다.

"그래, 니 말 맞다. 가마 축조의 진짜 일은 지금부터지. 너그 둘에게 일당도 제대로 쳐주지 못하는데다, 먹는 것도 새참이라는 게 막걸리에 과자 부스러기뿐이라 미안해서 그랬지 뭐. 수고했다는 말밖에."

상철이 명진의 미안함을 상쇄해 주려는 뜻에서 한마디 거들었다.

"하이고 참, 형은 별말을 다하요. 가마짓는 일도 배운다고 생각하면, 우리가 수업료 안 갖다 바치는 게 다행 아닙니까? 근수는 더더욱 그렇게 생각해야 하고."

"맞심니더. 명진 선배님과 상철이 형은 가마를 직접 지어본 경험이 있지만, 저는 처음 아입니꺼. 남의 가마에 불을 때본 적은 있지만, 손으로 만들어 보긴 처음입니더. 요새 저희같은 후배들이야 가스 가마나 전기 가마를 많이 쓰니, 장작 가마를 만들어볼 기회나 있겠심니꺼."

근수가 배움의 기회로 알고 일 거들고 있다는 말에, 명진도 감동 받아 저간의 사정을 이야기했다.

"그래, 요즘 도예를 접하는 친구들은 대개가 가스 가마나 전기 가마 같은, 다루기 쉬운 걸로 작업하려고 하지. 장작 가마는 여간 힘들고 불편한 게 아니거든. 하지만 이것도 인생

살이 과정이라고 여긴다면, 도전해볼 만한 거야. 자신도 예상치 못한, 전혀 엉뚱한 작품이 나오기도 하거든. 장작불이 요술을 부려서 말이지. 가스 가마나 전기 가마는 그런 게 없지 않나. 대신에 실수하는 경우도 적겠지만."

"선배님은 이제 흙으로 도자기 만드는 예술가가 아니라, 불 때는 철학자가 될 모양입니더. 선배님한테는 이제 좋은 형수만 옆에 계시모 인생 팍팍 펴일 건데—."

'형수'라는 단어가 근수 입에서 나오자 상철이 급히 말을 자르며 나무랐다.

"근수 너! 갑자기 형수 말은 왜 끄집어내 인마!"

못할 말을 한 것처럼 근수가 입을 꼭 다물곤 명진의 눈치를 살폈다.

그러자 막걸리를 들이키던 명진이 잔을 내리면서 상철이를 말렸다.

"근수 말이 틀리지 않건마는 왜 그래. 상철아, 근수 얘기는 누구를 꼭 집어서 한 말 같지는 않고, 날더러 가정 갖추고 살면서 이런 가마 일을 하며는 더 보기 좋지 않으냐, 그 말이라고. 근수야 맞지?"

"예. 제 말이 바로 그 뜻이라예."

근수가 죄지은 얼굴에서 벗어났다.

"그런 뜻이라면 내가 잘못했네. 난 또 명진이 형의 그 여자…분을 두고 한 말 같아서……."

상철이 명진 앞에서 '그 여자'를 어떻게 호칭해야 할지 몰라 떠듬거리자 명진이 잘라 주었다.

"상철아, 그 여자는 이제 내게 없다. 잊었을 뿐만 아니라, 내 여자도 아니었지 않나. 그러니 어떻게 불러야 할지 망설일 필요도 없고, 내 앞에서 말 못할 이유도 없다. 물론 일부러 끄집어낼 필요도 없겠지만."

"형이 그렇게 생각하고 또 결정했다면, 더 이상 저희들도 입에 올릴 이유가 있겠습니까? 저는 다만—."

상철이의 말이 쓸데없이 다른 방향으로 흐를까봐, 그리고 상철이의 마음을 이해하고 있다는 표시로, 명진이 그의 말을 끊으며 화제를 돌렸다.

"상철아, 니 맘 안다. 이젠 가마도 새로 짓는 만큼 나도 새 인생 살려고 한다. 너그들도 나를 도와줬으면 좋겠고, 나 또한 너희들 일에는 내 힘닿는 데까지 도와주마. 그러니까 우리 열심히 해보자."

상철과 근수는 명진 선배가 그 여자 때문에 얼마나 상처 입었으면 이천에 있는 가마도 버리고 이곳으로 왔을까, 하는 생각에 눈시울이 뜨거워졌다. 차마 더 이상 대화를 잇지 못하겠던지, 상철이 막걸리 병을 들고 벌떡 일어났다. 그러고는 말없이 명진의 컵에, 근수 컵에, 마지막으로 자신의 컵에 막걸리를 콸콸 따랐다. 이내 셋은 "건배!" 하고선 각자 컵을 깨끗이 비웠다.

"조심해!"

명진이 소리쳤다. 상철이 가마 안쪽에서 아치형으로 경사지게 벽돌을 쌓다가 고임용 돌조각 쐐기를 떨어뜨렸기 때문이다.

가마 천정은 불꽃 순환이 잘되도록 하고 열 보존도 잘되게끔, 둥글게 봉우리처럼 벽돌을 쌓는다. 그렇게 하려면, 양측 가마 벽으로부터 쌓아올린 아치형 벽돌이 가운데서 만나게 쌓아야 한다. 이때 아치형 벽돌에 틈이 벌어지면 안 되므로, 돌조각이나 흙으로 된 쐐기를 박아 단단하게 고정시킨다. 이 작업 도중, 그만 일이 벌어지고 말았다.

다행히, 가마 벽 자체가 무너지는 불상사까지는 아니었다. 다시 상철과 근수가 양측에서 쌓아올린 벽돌을 떠받치고 있을 때, 명진이 한가운데 아치벽돌을 놓으며 밀착시켰다. 이로써 봉통의 가마 벽과 아치 쌓기를 시작한 이래, 일곱째 칸의 봉우리가 완성되었다.

명진이 정중앙의 아치벽돌 사이에 마지막 쐐기를 박았다. 상철은 그곳에 진흙을 채워 넣으며 휘파람을 불었다. 힘든 봉우리 쌓기가 끝나고 비교적 수월한 굴뚝 쌓기만 남았다는 여유감에.

"오늘은 고 씨 어른 안 오시나배요?"

근수가 장갑을 벗으며 딱히 누구에게랄 것 없이 물었다.

가마짓기를 하는 동안 고상화는 재관 풍류마냥 하루가 멀다 하고 다녀갔다. 고상화 딴에는 호기심이 동한 데다 젊은 이들 일하는 데 말 보시라도 해주려고. 또 자신이 기거하는 보현사에서 이곳 오부람터골까지는 노인네 걸음걸이로도 50분이면 왕복할 수 있는 거리라 운동도 할 겸 해서.

고상화는 들를 때마다 막걸리 세 통과 새우깡 아니면 오징어땅콩 같은 과자를 검은 비닐봉지에 넣어왔다. 오며는, 이들과 20분 남짓 나눠 먹고 마시며 얘기하다가 돌아가곤 했다. 고상화가 마시는 막걸리래야 종이컵으로 한두 잔 입가심 정도였고, 나머지는 명진과 그의 후배들 차지였다만. 그가 들르는 시각이 대개 오후 세 시 조금 넘는 때인 걸 보면, 중참이라도 들고 하라는 뜻에서 짐짓 맞춰 오는 것 같았다.

한즉 근수가 던진 말은, 지금이 바로 그 시각이지 않느냐, 라는 뜻이었다.

상철이 농담조의 면박을 주었다. 저도 궁금해 하면서.

"야, 박근수! 한잔하고 싶다면 한잔하고 싶다고, 딱 깨놓고 말해라이. 고 씨 어른은 왜 찾냐? 그 어른이 니 할배라도 되나? 맨날 막걸리 들고 찾아오게?"

"히히히. 재밌잖아요. 그 어른, 막걸리 들고 오시는 게."

장갑을 벗어 던진 명진이 양손으로 옷을 털며 다독였다.

"그래. 좀 쉬었다 하자. 내 스쿠터 타고 가서 막걸리 사 올

테니, 근수 넌 냉장고 열어서 안줏거리 좀 찾아내오고. 안에 보면 점심때 편육 사다 넣어 놓은 것도 있고, 과일도 있을 끼다."

그가 돌아서 스쿠터 쪽으로 막 가려는데. 고상화가 이쪽으로 성큼성큼 걸어오고 있었다. 예의 검은 봉지에 막걸리 세 병과 새우깡을 사 들고.

"어! 어르신!"

먼저 발견한 명진이 인사를 했다. 그 소리에 상철과 근수가 동시에 돌아보곤, 키득키득 배꼽을 잡고 웃었다. 상철이 "호랑이도 제 말하면 온다더니만." 하자 근수가 "저 어른도 양반 못 되겠다."고 맞장구치며.

명진과 후배 둘은 깔개자리에 앉아 고상화가 가져온 막걸리와 냉장고에서 꺼내온 편육을 돌려가며 마시고 먹었다. 고상화도 명진이 권하는 막걸리 잔을 들이켰다. 안주로 편육 한 점을 입에 넣은 고상화가 자리에서 일어났다. 그는 갓 지어놓은 가마에 손을 대보는가 하면, 안쪽으로 머리를 기웃거리며 둘러보았다.

"일곱 봉우리 올렸으면, 가마짓는 일도 다 끝나간다는 얘기 아니오?"

고상화가 뒷짐 진 채로 명진 쪽을 쳐다보고 물었다.

명진이 입 안에 든 편육을 우물거리며 일어나 고상화 곁으로 갔다. 대충 씹어 넘기고 숨을 쉰 명진이 손짓으로 그렸다.

"이곳에 굴뚝 쌓기만 하면 됩니다. 그 뒤 손보는 일이 남았고요."

"막판까지 잘해야지. 최 씨는 안 보이는데, 어디 갔소?"

"예. 오늘 집안에 제사가 있다 해서, 점심때까지만 일하고 돌아갔습니다. 하동가려면 차 시간 때문에요."

"그랬소. 사람이 너그럽고 인정 있더라만."

"최 씨 아저씨 덕분도 있고, 어르신까지 이렇게 참을 꼬박 꼬박 챙겨주셔서, 예정보다 빠르게 끝낼 수 있을 것 같습니다."

"내가 한 게 뭐 있다고. 하긴 내나 원 도공이나, 안사람이 있었다면 먹는 것도 더 잘 챙겨주고 했을 텐데."

고상화가 괜히 싱거운 얘길 끄집어냈다고 생각했는지, 갑자기 깔개자리로 돌아와 쪼그려 앉았다.

"나도 막걸리 한 잔 더 주소. 일이 다 돼 간다니 한 잔 마셔야지. 쭉~ 한 잔들 하소."

보기 드문 일이었다. 고상화는 명진이나 다른 사람이 술을 권하면 한두 잔 받아 마셨을까, 여태 스스로 술 달라고 청한 일은 없었기 때문이다.

"이리 앉으시소, 어르신." 하고 상철이 얼른 막걸리 병을 들어 고상화가 집어든 종이컵에 따라주었다.

근수는 이때다 싶어, 그러잖아도 궁금해 오던 것을 물었다.

"어르신은 사모님이 안 계십니까? 혹시 돌아가셨습니까?"

"있긴 있었지. 뭐, 돌아갔는가……."

말을 끝내는 둥 마는 둥 하고 고상화가 단숨에 술을 쭉 들이켰다. 그가 안주 집어 먹길 기다렸다가, 상철이 다시 그의 빈 잔에 막걸리를 따라주며 물었다.

"자제분은요? 몇이나 되는데요?"

"글쎄, 그것도 아들이라고 해야 될지……."

고상화는 말끝을 흐리며 술잔을 내려놓았다. 이내 깔개에 퍼질러 앉은 그는 눈을 감고 머리를 뒤로 젖혔다.

그 순간. 명진과 상철, 근수는 서로의 얼굴을 번갈아 보았다. 동시에, 그들은 이심전심으로 통했다. 이렇게 우리한테 잘해 주고 참도 잘 갖다 주는 어른에게, 난처한 개인사는 캐묻지 말자고. 그 연세면 이미 세상 고락 다 겪었을 터. 괜히 과거를 캐묻다시피 해서 털끝 건드렸다간 지금 같이 좋은 관계가 틀어질 수도 있으니.

나락

띠리리릭 띠리리릭……

내선 전화벨이 울렸다. 눈은 수사기록 문서에 박은 채 나는 수화기를 들었다. "네, 고재현입니다." 말하려는데 저편에서 먼저 소속과 용무를 밝혔다.

"검사님, 청사 출입구 관리 직원입니다. 홍기대의 할머니되시는 분이 찾아오셨는데요. 들여보낼까요? 검사님께 사전 방문 약속을 한 건 아니라고 합니다만."

"홍기대의 할머니? 글쎄, 어떤 분이신지……."

나는 연필 쥔 손으로 머리를 긁적이며 반문했다.

"이삼년 전에 검사님이 살인죄로 기소했다는…… 홍기대. 혹시 기억 안 나십니까?"

"아, 홍기대. 알아요. 알아요."

뒤늦게 기억났다. 나는 그간 부장검사로 승진하여 서울지방검찰청 북부지청(이후 서울북부지방검찰청으로 승격)으로 자리를 옮겼다. 그 바람에 홍기대 기소 사건을 까맣게 잊고 있었다. 그 사건은 하마 3년이나 지났고 다 끝났는데 무슨 일로? 대법원 확정판결까지 난 걸로 알고 있는데…….

나는 고개를 갸웃거리며 그 직원에게 되물었다.

"한데 그 할머니가 무슨 일로……?"

"상세한 용건은 말씀 안 하시고, 검사님 만나서 부탁할 게 있답니다."

부탁? 사건이 벌써 종결된 마당에 내게 부탁할 게 뭐가 있지? 난 잠시 머리를 굴렸다. 내게서 반응이 없자 그 직원이 확답을 물어왔다.

"그냥 가시라고 할까요, 아니면 들여보낼까요?"

동두천에서 여기까지 나를 찾아왔을 터인데 인간적으로 그냥 돌려보낼 수도 없는 일. 또 이미 그 사건은 대법원까지 가서 최종 판결났으니만큼, 나에게 수사나 기소 잘못에 대하여 항의하러 온 것 같지는 않다는 예감. 게다가 직원 말대로 할머니 스스로 내게 무슨 부탁을 하러 왔다면, 들어보고 판단해도 늦지 않겠다는 확신이 들었다.

"들여보내세요. 부탁이란 게 뭔지 들어나 보게."

나는 부속 여직원에게 복도로 나가 할머니가 올라오시면 대기실에서 잠시 기다리게 하라고 일렀다. 그리곤 기록과장에게 전화해서, 홍기대의 살인죄 기소 건이 대법원에서 언제 어떻게 판결났는지 정확하게 알아봐달라고 했다. 내가 알기론 무기징역형으로 판결났지 싶은데…….

나는 연필을 내려놓고 오른손 검지와 중지로 관자놀이를 톡톡 두들겼다. 할머니 만나면 무슨 말을 할까? 범죄인을 기소하는 게 아무리 검사의 본업이라곤 하지만, 막상 내가 소추한 피고인에게 형벌, 그것도 중형이 떨어지면 인간적으론 미안한 마음도 드는 게 인지상정.

잠시 뒤, 기록과장으로부터 전화가 왔다. 석 달 전에 무기징역으로 판결났다고.

나는 여직원더러 대기실에 계신 할머니를 모시고 오라고 했다. 어지간히 태연한 척 애쓰고 있으나, 나도 가슴이 두근거려 가만있을 수가 없었다. 홍기대 수사하면서 두세 번 봤고 얼마만인가.

할머니가 여직원의 안내를 받으며 문을 열고 들어왔다. 몹시 수척해진 모습으로. 그때보다 더 주름이 깊게 졌고, 볼이 많이 패였으며, 당시엔 허리가 굽지 않았는데 허리가 굽었고, 나무 지팡이를 짚고 있었다. 지팡이는 야산에서 꺾은 잡목을 대충 손질한 것 같았다. 한 손에는 손수건을 쥔 채 천으로 된 바구니를 들고.

나는 빠른 걸음으로 다가가 할머니의 팔을 잡아 부축했다.

"할머니, 오랜만입니다. 그간 잘 지냈습니까?"

"저는 잘 지내고 있습니다. 검사님 바쁘실 텐데, 괜히 폐를 끼치러 온 것 같아서……."

"별말씀을요. 워낙 사무에 쫓겨, 그 후론 할머니를 뵙지 못했네요. 근무처도 옮긴데다—."

할머니가 쩔쩔매며 내 말을 끊었다.

"이렇게 높은 자리에 오른 분께 무턱대고—."

"하하. 괜찮습니다. 제가 여기 있는 줄은 어찌 알았습니까?"

"변호사님이 알아봐줬습니다. 고맙게도."

"그랬습니까? 잘 오셨습니다. 자, 이리 앉으시고."

나는 소파로 안내한 다음, 할머니 맞은편 소파에 앉았다.

"미스 김. 여기 우선, 할머니께 음료 한잔 드리고……."

여직원이 두 개의 오렌지 음료 팩에 빨대를 꽂아 탁자에 올려놓았다.

나는 그중 하나를 할머니 쪽에 더 가깝게 밀어다 놓으며 "드시지요." 했다. 할머니가 편하게 자리하도록 잠시 뜸을 들였다가, 근황에 대해 물었다.

"그래, 요즘 어떻게 지내십니까? 연세 드신 분 혼자서 생활하기가—."

"에구, 나야 저승 갈 날이 멀지 않았으니, 그냥저냥 살죠 뭐."

"무슨 말씀을. 사시는 동안은 힘내서 사셔야지요. 자자, 음료 한잔 드시고."

할머니는 내 재촉에 못 이겨 음료를 들었으나, 입에 대는 둥 마는 둥 했다. 그래서 어려워말고 마시라는 뜻으로, 나도 음료 빨대를 입에 갖다 대고 한 모금 빨았다. "음~" 소리와 함께 내가 팩을 내려놓으며 서두를 꺼냈다.

"그 사건에 대해서 진작, 할머니께 한 말씀 드려야겠다는 생각을 했었습니다만. 이왕 사람은 죽인 것, 홍기대가 반성하는 태도를 조금만 갖췄으면, 형량을 그보다 더 낮출 수 있었을 텐데……. 참으로 안타깝습니다."

기소할 때와는 다르게 안면을 싹 바꿔, 나도 굉장히 마음 아프다는 듯 립 서비스를 했다. 이제는 그토록 목매달았던 부장검사 자리에 올랐으니까. 그래놓곤 한편으로, 나의 승리 트로피에 대해 재차 확인했다. 홍기대와 그의 할머니 쪽에선 아픔이겠지만.

"무기징역 받았지요?"

속이 타는지, 음료의 빨대에 입을 대고 한 모금 마신 할머니가 한숨 쉬며 대답했다.

"예. 다 지나간 일 아니겠습니까? 대법원 판결까지 났으니, 어쩔 도리도 없고요."

눈시울을 붉힌 할머니가 음료 팩을 내려놓고, 손바닥으로 얼굴을 훔쳤다. 손자의 죄가 마치 자신의 죄인 것처럼 말씨와 태도가 더없이 고분고분하였다.

나는 허리를 곧추세우고 노긋하게 위로를 했다.

"지금이라도 늦지 않았어요. 죄를 뉘우치고 교도소 생활을 잘하면, 나중에 가석방으로 나올 수도 있습니다. 손자 면회

가시거든, 더 이상 악감정 갖지 말고 자중하라 하세요. 아직 나이가 있으니 살길을 찾아야 한다고 말입니다. 할머니도 모셔야 하고."

"말씀 고맙습니다. 저도 몇 번 얘기했고 변호사님도 신신당부했으니, 걔도 알아들었겠지요. 다 이 못난 할미 탓 같아서. 지 에미 죽을 때도 피붙이 하나 없이 갔는데……."

손수건으로 눈가와 입가를 닦은 할머니는 가족이 없는 사연을 구구절절 털어놓았다. 수사할 당시 띄엄띄엄 얘기한 것도 포함해서.

할머니는 원래 개성에서 태어났다. 학교는 다닌 적 없고, 열여덟 살 때 황해도 해주로 시집을 갔다. 해방되고 6·25전쟁이 나기 전까지, 아들 하나 딸 하나 낳아서 그럭저럭 살아왔다. 북쪽에서 살기가 힘들다고 판단한 남편이 1·4후퇴 때, 아들 데리고 뒤따라 갈 테니 딸만 데리고 먼저 남쪽으로 피난가라고 해서 내려왔다가 생이별하고 말았다. 남편은 뒤따라 내려왔는지 못 왔는지 알 길이 없고. 이제나저제나 남편 만날 날을 손꼽아 기다리느라 그녀는 재혼할 생각도 하지 않았다. 그렇듯 시댁과 친정이 다 북쪽이고, 피난 온 할머니 자신은 물론 딸도 정식으로 혼인관계를 맺은 적이 없다보니 피붙이가 없다고.

나는 먼산바라기 하듯 천장 모퉁이를 바라보며 조용히 듣고 있었다. 할머니는 눈을 아래로 깐 채 목소리를 죽여, 그 이후의 상황도 얘기했다.

딸이 살았을 때는 서울에서 생활하다가, 딸이 죽고 난 뒤 손자 데리고 동두천으로 옮겨가 살았다고. 기대가 영등포교 도소에 수감되고부터는 손자 뒷바라지 하느라 영등포시장에서 노점상하고 있다는 것까지.

홍기대를 조사할 때 애비 없는 자식이라고 놀림 받은 사실과 아버지를 모른다는 진술은 받았으므로, 할머니의 과거를 다 듣고 나서 내가 조심스레 물었다.

"기대 아버지가 누구인지 정녕 모르십니까? 아버지 쪽은 누가 있어도 있을 것 아닙니까? 기대 엄마한테 아무 말도 못 들었습니까? 전혀 모르는, 낯선 사람한테서 강간당하지 않은 다음에야—."

할머니가 얼굴에 희색을 띠며 내 말을 끊었다.

"안 그래도 지 애비 좀 찾아달라고, 검사님께 부탁하러 왔습니다."

"예? 제가 어떻게······."

참 뜬금없다 싶어 눈을 크게 떴다가. 그 사건으로 나는 이미 승진고과를 달성하였으니만큼 선심을 한번 베풀어도······, 하는 생각에 몸을 할머니 쪽으로 바싹 당겼다. 병 주고 약 주고, 속담 같은 일이 벌어질지는 모르겠다만. 홍기대가 아버지를 찾는다면 마음을 고쳐먹을 수도 있다는 일말의 여망이 생겼다. 내 힘이 거기까지 닿을지는 두고 볼 일이고.

할머니가 말을 이었다.

"기대가 수갑 찰 때부터 피붙이가 하나라도 있었으면 좋았으련만, 아무도 없어 이 까막눈 늙은이 혼자……참 서글퍼서. 생전에 딸이 한 말로는, 지 애비 되는 작자도 고시 공부하는 학생이라 했습니다. 서울 근교의 조그만 암자에 방을 얻어서요. 내가, 남자를 어찌 깊이 알지도 못하면서 눈만 맞아 몸을 줬느냐고, 나가 죽어라고, 머리끄덩이를 잡아당기고 했는데도, 그 남자의 부모가 누군지, 사는 데가 어딘지, 불지를 않습디다. 남자 앞길 염려해서인지, 아니면 속았거나. 남자에 대해서 잘 몰랐거나."

"할머니한테 말은 안 했어도, 생전에 따님은 그 남자가 누군지 알고 있었다는 얘긴데? 그렇다면 강간당해서 임신한 것 같지는 않고."

"딸도 그 남자 말을 믿고 학교를 찾아가봤습니다만, 그런 사람이 없더래요. 동국대학 법학과 다닌다고 했다던데. 그 남자가 만날 약속을 어겨, 딸애 혼자서 몇 번 찾아갔었나 봅디다."

할머니 눈에 눈물이 글썽하였다. 그녀는 손수건으로 얼굴을 감싸 쥐고 코를 팽, 풀었다. 소리는 코 푸는 흉내를 냈지만, 누가 볼세라 얼른 눈물을 훔친 행동이었다.

나는 못 본 척하려고 창문 쪽으로 눈길을 돌렸다. 바깥엔 거먹 구름이 잔뜩 몰려와 있었다. 갑자기 나타난 새 한 마리가 별관 쪽으로 날아가더니 유리창에 퍽, 부딪혀 떨어졌다. 저 새는 창문이 살 길이라고 여겼을까. 유리창의 반사광이 진실로 밝은 세상인 줄 알았을까.

이내 손수건을 접어 다시 얼굴을 고루 닦은 할머니가 "음, 음." 하고 무안함을 상쇄하려는 듯 침 넘김을 두어 번했다. 터놓은 김에 작정을 했는지 할머니는 딸 얘기를 계속했다.

"그 작자 때문에 딸도 죽었는데─."

'이 무슨 소리!'

내가 놀라, 그녀의 말을 가로채 되물었다.

"예? 그 남자 때문에 죽었다고요? 따님은 병으로 죽었다 했지 않습니까?"

수사할 당시엔 분명히 기대도 그렇게 말했고, 할머니도 참고인 진술할 때 딸은 병나서 죽었다고 했다. 그녀는 머리를 도리도리, 저었다. 손수건 쥔 손을 좌우로 세차게 흔들며. 나는 '아니라고요?' 묻는 뜻으로 몸을 바로세우는 동시에, 할머니를 뚫어지게 보았다. 마치 피의자를 취조하듯.

한숨을 길게 내 쉰 할머니가 말을 받았다.

"남들한테는 딸이 병으로 죽었다고 했기 땜에, 입때까지 주변에선 그렇게 알고 있습니다. 당시, 검사님이나 수사하는 분들께도 그렇게 말했고요. 기대가 사건 저지른 것하고는 관계없는 일이라 생각해서. 손자가 감옥살이 들어가야 할 판국에, 네 에미는 스스로 목숨 끊었다고 사실대로 털어놓아, 손자 놈 복장 터지게 만들 노릇도 아니고. 내가 무슨 죄를 많이 졌는지, 사주가 왜 이런지. 남편이랑 아들과 생이별을 하지 않나, 딸이 자살을 하지 않나, 손자 놈이 철창에 갇혀 있질 않나."

할머니는 손수건으로 눈가를 닦고 코를 풀어가며 신세 한탄을 하였다. 그녀의 푸념에 나는 고개를 끄덕이면서도, 한편으론 머리를 갸웃했다. 잠시 옷매무새를 만지며 정신을 추스른 할머니가 머리를 푹, 숙이고 떠듬떠듬 말했다.

"제 딸년은······병으로 죽은 게······아니었습니다. 이 망할 년이······세상에 몹쓸 짓을."

팽, 그녀는 다시 손수건을 대고 코를 풀면서 눈물을 닦았다. 나도 어찌할 바를 몰라 두 손으로 양쪽 귓가를 세차게 비벼댔다. 딸이 자살했다는 데야 딱히 해줄 말도 없고.

목이 칼칼해진 나는 앞에 있는 음료 팩을 들어 빨대로 쭉쭉, 두어 모금 빨았다. 나를 따라 음료를 한 모금 빨아 넘긴 할머니가 팩을 내려놓으며, 딸이 죽던 때를 주저리주저리 두서없이 풀어놓았다.

"딸은 몇 년 동안 그 작자를 찾아다녔습니다. 임신한 사실을 알고부터는 더욱, 애를 낳고도 한참 동안이나. 그 남자를 일러, 앞으로 판검사 될 사람인데 지 년에게 함부로 거짓말 하지는 않았을 것이라면서. 고시 공부에 매진하느라 아마 약속을 잊었거나, 공부 장소를 옮겼기 때문일 거라고. 게다가 동국대학교 다녔다면 불교와 관계 깊고, 얼마나 독실한 불교 신도인지는 모르지만 절에 종종 오는 것을 보면, 나쁜 사람은 아니라는 게, 걔의 생각이었고 그 남자를 두둔하는 명목거리였습니다. 내 생각에, 우리가 이북에서 내려와 일가친척 하나 없는 처지였으니만치, 딸이 그 남자를 의지처로 삼으려 했던 것 같습디다. 애 밴 걸 알고서 나하고 얼마나 실랑이 했는지…… 나는 지 년 앞길을 위해 애 지우라고 간장 사발 내밀고. 그 시절에는 애가 들어서면 지우기가 쉽지 않아, 애 떼는 데 간장이 효험 있다는 말을 내가 어디서 듣고, 간장 마시고 떼라고. 한데도 딸년은 끝까지 애비 되는 남자 찾겠다며, 이만저만 야단이 아니었습니다. 처니가 애 배 놓고 큰소리친다더니, 딸년이 딱 그 짝이었습니다. 이년을 쥐이지도 못하고, 휴~. 자식한테 이기는 부모 없다고 어쩌겠습니까. 달이 차니까 배는 불러오지. 처니가 애 낳았다는 소문 안 나게 하려고, 꾀를 냈습니다. 우리가 사는 서울에서 멀리 떨어진, 대전 가서 임시로 셋방을 구해 애를 몰래 낳도록. 하지만 숨어 사는 것도 할 짓이 아닌데다 딸은 곧장 학교에 선생질하러 나가야 해서, 낳고 보니 여러 가지로 애물단지 아니것소. 내가 이 궁리 저 궁리 끝에 딸년 앞길을 생각해서 상의도 하지 않고, 몰래 나 혼자 애를 업고 평택으로 가서 고아원에 맡겼습니다. 딸년이 걔 애비 찾으면 이름 짓겠다고 그때까지 이름을 짓지 않아, 나는 애비 되는 사람 성도 몰라, 언문 모르는 내가 다급한 김에 내 성이 홍가라서 내 성을 따고, 무탈하게 잘 커라는 기대감에서 '기대'로 막 지어 고아원에 맡겼지요. 둘러대기로는, 길에 버려진 아이를 불쌍해서 내가 거뒀는데, 키워보려고 했으나 갓 난 젖먹이여서, 내 나이와 형편에 어쩔 재간이 없어 데려왔다 하고. 당시에는 워낙 버려진 아이가 많았을 때니까, 그렇게 맡겨도 만사가 여의했고요. 딸년이 나중에 알고는, 자식 떼놓고 어찌 사네 못 사네, 모녀간에 전쟁보다 더한 싸움을 했습니다. 이번에는 내가, 다음번에는 지 년이, 돌아가면서 난리를 치고, 죽어버리겠다는 지랄을 몇 번씩이나 했는데. 내가 사정도 해보고 구슬리고 해서, 당분간은 그럭저럭 넘어가는가 싶었습니다. 그간 딸은 그 남자 찾으려 다녔고. 매년 고시 합격자 발표 때, 이름이 났는지 확인하러 다녔는가 하면, 학교 주변도 훑어 다녔고요. 조금 지나, 이젠 잊었겠지 했더니만, 그게 아니었어요. 되레 딸년은 애를 버렸다는 죄책감에다, 선생질하면서 날마다 어린애들을 보니 도저히 못 참겠는지, 애를 내놓으라며 윽박지르고 맡긴 데를 가르쳐 달래서. 나도 북에 남편과 아들을 두고 온 신세, 자식 떼놓고 찢어지는 마음이 어떤지 알아. 더 이상 말릴 수도 없고, 지 년 운명이 그런 걸 어떡하겠나 싶어, 애를 다시 찾아와서 같이 살았습니다. 그렇게 해서 같이 살다보니, 이젠 다른 문제가 생깁디다. 기대가 부모 품을 모르고 자라 놓은께, 지 에미를 에미 같이 살갑게 대하지 않고. 딸년 입장에서는 결혼도 않고 애 낳았다는 입방아에 나오를 게 틀림없지. 걔 애비는 여전히 찾지 못한 상태여서, 어린것한테 애비 없는 자식이라는 한을 남겨주게 됐다고, 딸 애가 심한 우울증을 앓았어요. 요즘에서야 우울증이라 말하지, 당시엔 정신병자나 다름없었지 않습니까. 그런 지경이 한 2년 되자, 딸이 더 이상 견딜 수 없었던 모양입디다. 간호사하는 제 친구한테 잠을 못 잔다고 말해, 수면제를 조금씩 모아뒀던가 본데. 그해 겨울, 내가 장사 나가고 없는 사이, 애를 불러다 마지막 말을 하고는, 수면제 한 움큼과 다른 약을 한입에 먹어버린 모양으로. 애한테는 엄마 아파서 약 먹는다 해서 그렇게 얘기가 퍼져 나갔고, 나도 주변에 그렇게 일러서, 기대 걔는 지 에미가 병으로 죽은 걸로 알고 있습니다. 남부끄러워 곧이곧대로 털어놓을 수도 없는 일. 수면제 모은 사실은 걔가 죽고 나서 알게 됐습니다. 간호사 하는 지 년 친구 봉숙이가 나한테 일러줘서. 지 년이 그랬답니다. 엄마는 삼팔선 넘어 와서도 홀몸 지키며 살아왔는데, 못난 딸은 한순간 몸을 잘못 놀려 애비 없는 자식을 놓질 않나. 엄마한테도, 새끼한테도, 죄를 지어 잠을 못 자겠다고. 봉숙이 딴에는, 수면제 먹고 선생질 잘하다 보면 괜찮아지지 않겠느냐면서, 친구 생각해 수면제 갖다 준 것이 그리 됐다네요. 봉숙이도 지 년이 이럴 줄은 몰랐겠지요. 망할 년이 친구한테, 나한테, 이렇게 가슴에 대못 박아 놓고. 어린것을 이 까막눈한테 맡겨 놓고 갔는데, 저 불쌍한 것을 감옥살이 시키고 있으니, 내참."

할머니가 후— 한숨을 쉬었다. 할머니가 손수건으로 눈가를 닦는 동안, 나는 탁자 위에 놓여 있던 연필과 메모지를 챙겨 들었다. 기소할 때는 기소할 때고 물어볼 건 물어봐야겠기에.

"음, 음."

나는 할머니와 그녀 딸의 슬픈 과거사 듣느라 잠겼던 목을 두어 번 트고, 질문을 했다.

"기대 나이가 올해 몇이죠? 역산하면 임신한 지가 몇 년도 되나……. 고시 공부를 끝까지 했다면, 진짜 고시생이 맞다면, 그 남자도 판검사나 변호사가 돼 있을 것 아닙니까?"

"손자 나이가 올해 스물여섯 아닙니까. 걔가 판검사님들한테 불손하고 반항하는 건, 아마 지 애비도 고시 공부를 했다는 얘길 들어서 그럴 겝니다. 지 에미한테서. 그런 작자들이 지 에미를 버렸다는 생각이 박혀 있는데다, 지를 감옥에 잡아넣으니 더 발광하는 것 같고. 이번에 대법원에서조차 무기징역이 나오자 더 이상 버틸 재간이 없는지, 이 할마이한테 설움을 토해 냅디다. 아버지를 찾을 수 있느냐고. 찾으면, 엄마도 버렸으니 이 아들도 죽이든지 감방에서 꺼내주든지 맘대로 하라고."

나는 이제껏 들은 내용을 연필로 쓱쓱, 요약해서 적었다.

- 홍기대
- 실제 성씨는 불명
- 유아 때 고아원(평택 소재)에 일시 맡겨졌음
- 현재의 성은 祖母 홍 씨 성 차용
- 당년 26세(불명확한 정황과 기억 착오를 감안해 24~26세로도 추정)
- 무기징역 확정 선고 받아 현재 영등포교도소에서 복역 중
- 홍의 生母는 사실상 수면제 과다복용에 의한 자살
- 아들과 이웃들은 病死한 것으로 알고 있음
- 당시 국민학교 선생이었음
- 홍의 生父는 인적 불명
- 당시 고시생으로 동국대 법학과에 다녔다고 전해 들었음
- 생모가 학교를 찾아가 수소문했으나 학적에 없는 것 같음
- 고시 준비하느라 서울 근교 절에서 하숙생활 했다고 함

나는 메모된 내용을 하나하나 체크했다. 고개를 끄덕여가며. 확인을 끝낸 나는 연필 쥔 손을 오른쪽 턱에 갖다 대고, 이 일을 하필이면 손자를 감방에 잡아넣은 내게 부탁하는 이유가 뭔지 물었다.

"사람을 찾으려면 경찰서로 가든지 따로 알아봐야지, 어떻게 저한테 부탁할 생각을 했습니까?"

"그렇잖아도 국선변호사님께 사정을 말씀드리고 좀 도와달라고 하였더니, 검사님을 한번 찾아가 보라고 해서 왔습니

다. 기대의 마음을 돌릴 수만 있다면, 검사님도 마다하지는 않을 거라면서요. 그 변호사님도 나름대로 알아보긴 하였는데, 자신이 찾기는 어렵답디다. 동국대학에 직접 문의도 해봤답니다만. 검찰 쪽에선 경찰서나 다른 행정관서에 협조 요청을 할 수 있으니, 알아볼 수 있다고. 검사님, 아참, 부장검사님이신데 내 입방정 하고는. 부장검사님 같이 서울대 사법대학원 나오신 분들은 모두 판검사 하는데, 그 작자는 동국대 다녀서 판검사 안 됐는가 싶기도 하고."

할머니가 당시의 사법연수 제도를 고시 제도와 혼동해서 말하는 바람에, 내가 웃으며 대답했다.

"하하하. 할머니, 고시에 합격했느냐의 문제지, 동국대 다녔다고 해서 판검사 안 되는 게 아닙니다. 저 같은 사람도 동국대 나와서 검사하고 있잖습니까."

과거엔, 1962년을 기준으로, 그 이전에 고시 합격한 사람은 1년 기간의 사법관시보를 거쳐 판검사에 임용되었다. 즉 1년 동안 실무연수를 받는 제도였는데, 이 사법관시보 제도가 1962년에 폐지되고, 대신에 서울대학교에 사법대학원을 설치하여 거기서 실무연수를 받도록 하였다. 그 뒤 서울대학교 사법대학원은 1970년도에 폐지되고, 지금의 독립적인 사법연수원이 설치되었다.

나는 1965년도에 고시—제도 변경에 따라 1963년도에 고등고시 사법과는 사법시험으로 고등고시 행정과는 행정고

시로 명칭이 바뀌었으므로 정확하게는 사법시험—에 합격하여 서울대학교 사법대학원에서 연수교육을 받았다. 그런즉 할머니가 서울대 사법대학원 나온 사람들은 모두 판검사가 된다고 한 말의 실제는, 서울대 사법대학원을 나와서 고시에 합격한 것이 아니라, 고시 합격자들이 거기서 실무연수를 마치면 판사나 검사로 임용되는 과정을 잘못 알고 말한 것이다.

나는 할머니가 알아듣게 설명한 다음, 부가적으로 물었다.

"기대 아버지 되는 사람이 고시생이었고 시험에 합격하였다면, 법조인 수가 엄청 많은 게 아니니 국선변호사도 알아볼 수 있었겠지요. 그렇지 않다면, 고시생이 아니었거나, 시험에 합격하지 못했다는 말인데……. 그리고 또, 예전 우리가 대학 다닐 때는 정식으로 등록되지 않은 청강생, 쉽게 말해 가짜 대학생이 많을 때였으니까, 학적부에 없을 수도 있을 겁니다. 할머니는 그 사람을 직접 본 적 없으시고?"

"예. 저는 딸이 하는 말만 들었지, 지 애비 되는 사람 얼굴 본 적은 없습니다. 딸애가 죄스러워서 그러는지, 나한테는 말도 잘 하지 않았고요. 딸애가 죽을 때, 아마 지 새끼한테 애비 없다는 말은 안 듣게 하려고, 또 지 년이 몸을 헤프게 놀리다가 새끼를 낳은 게 아니라는 걸 보여주려고 그랬는지, 지 새끼한테는 그 작자에 대한 신상을 일러줬나 봅디다. 그때야 어린것이 뭘 알아먹었겠습니까마는."

"그럼 기대는 뭔가 좀 알고 있는가 본데. 엄마로부터 그 남자에 관한 얘기를 들었거나, 아니면 엄마가 그 남자에게서 받은 어떤 것을 물려받았을 수도?"

"그러잖아도 손자가, 엄마가 마지막으로 약 먹던 날, 책을 잘 간직하라면서 물려준 책이 있으니, 그걸로 한번 찾아보라고 했습니다. 그 책을, 걔 애비 되는 사람한테서 딸이 선물로 받은 모양입디다만."

"아, 그래요? 거기에 무슨 흔적이라도 있으면, 사람 찾는 단서가 되겠는데."

간만에 얼굴색이 밝아진 할머니는 천 바구니를 열어서 책을 꺼냈다.

"이 책, 시작 부분 어느 쪽에, 그 남자 이름이 적혀 있다고 했습니다. 지야 까막눈이라서 모르겠고."

할머니가 오래돼 낡은, 김용호 시인의 시집 《날개》를 테이블 위에 올려놓았다. 그것을 본 내 눈의 혈관은 강철못이 박힌 것처럼 아프고 뻣뻣해졌다. 갑자기 손에서 땀이나 괜스레 양손을 비볐다 펴고선, 내 쪽으로 책을 집어 당겼다.

"이 책인가요? 어디보자……시작 부분 어딘가에 이름이 적혀 있다고—."

표지를 젖혀서 펼치자 누런 면지에, 국한문 혼용체로 쓴 검정 글씨가 보였다.

아름다운 나의 카나리아에게

合格의 그날까지
우리의 約束 記憶하기를……

내 입술이 닿은 그런 사발에
누가 또한 닿으랴
─⟨酒幕에서⟩ 중 내 마음의 詩句

1958年 12月 5日

文鳥 贈

내 심장에 쿵, 벼락이 떨어졌다.

'아니, 이럴 수가!'

사건 당시에 이걸 발견하지 못한 후회로, 나는 마구 가슴을 치고 싶었다. 앞에 기대 할머니만 없다면.

'홍기대 사건 수사할 때, 그의 주변은 물론 집까지 압수수색 다했는데, 어째서 이걸 발견하지 못했지? 아, 그때 발견했어야 했어, 그때! 압수수색까지 해놓고 이걸 놓치다니!'

하기야 수사관들이 그걸 발견하였다손 쳐도, 그 사건 일어나기 무려 23년 전에 기대 엄마가 받았던 헌 시집에 불과해.

그들로선 기대가 저지른 살인사건과는 무관하다고 여겨 예사로 넘겼을 테지.

나는 그 페이지 뒤쪽 몇 장도 재빨리 넘겨보았다. 하지만 내 눈은 이미 망막에 노랑 기름이 꽉 들어찬 것처럼 앞이 노랗게 보여, 훑어보는 시늉만 낼 뿐이었다.

가슴이 쿵쾅쿵쾅, 연신 방아질을 해댔다. 그걸 잠재우려고 길게 한숨을 내쉼과 동시에 나는 책을 탁, 치며 덮었다. 책을 할머니께로 밀어줘 놓곤 곰곰 궁리하는 척, 두 손을 이마에 갖다 댔다. 소파에 등을 깊숙이 기대고 천장을 향해 머리를 젖히면서. 눈길을 어디에 둘지 몰라, 아니 정확하게는 할머니 얼굴을 보지 않으려고 눈을 꼭 감은 채.

한데 그렇게 눈을 피할수록 방금 본 '내 입술이 닿은 그런 사발에 누가 또한 닿으랴' 그 시구는 더 생생하게 떠올랐다.

'빌어먹을! 운명도 참 지랄 맞네.'

색과 공

가을은 날도 깊어져가는 가는 계절이지만 생각도 깊어져가는 계절이다. 또한 놀기 좋은 계절이자 일하기 좋은 계절, 나를 방임하고 싶은 계절이면서도 내 속으로 들어가고 싶은 계절이기도 하다.

오늘은 구름 한 점 없이 청명한데다 날까지 따뜻해, 세상의 그 어떤 것을 해도 좋은, 아니 정신 박힌 사람이라면 무엇이라도 하고 싶은 호일이다. 이런 날을 그냥 흘러 보낸다면 꽃집 아가씨와 미팅할 기회를 놓치는 것보다 더 아깝지.

이렇게 좋은 날에. 요원 주인이 틀어놓은 라디오 음향이 실내를 가득 채워, 작업실은 마치 흙벽으로 만든 음악 감상실 같았다. 명진이 흙 밟기를 하며 라디오에서 흘러나오는 노래를 따라 흥얼거렸다. 그는 베이스드럼 템포에 맞춰 왼발을 기축 삼아 시계 방향으로 밟아나갔다. 쿵, 짝, 쿵, 짝. 리듬에 따라 규칙적인 스텝을 밟으며 가장자리부터 안쪽으로.

명진이 감각적으로 살아있다는 느낌을 받는 동시에 자신

을 가장 방임하는 때가 있다면, 바로 흙 밟기 할 때다. 물레를 돌려 기물을 성형하는 일이나 유약을 칠하고 문양을 그리는 일, 그리고 가마에서 불 때는 일들은 상당한 육체노동이 들뿐만 아니라 엄청난 정신집중도 필요하다. 한순간 삐걱하거나 한눈이라도 팔라치면, 그간 들어간 육체적 정신적 노동을 헛수고로 만들기 때문이다.

하지만 흙 밟기는 꼬박(꼬박틀을 사용하여 손으로 반죽한 직경 15센티 길이 30~50센티미터 내외의 흙덩어리)을 만들기 전에 필요한 과정이긴 하나, 다른 작업에 비해 육체적 에너지 소모가 덜하고 정신집중도 그다지 요하지 않는다. 물론 흙 밟기라 해서 마구잡이로 밟는 것이 아니라 숙성된 점토에 물뿌리개로 물을 적당히 뿌려가며 일정한 간격에 일정한 방향으로 밟아야 하는데, 그렇게 하는 이유인즉 흙의 수분 함량을 고르게 하고 흙속에 든 기포를 제거하여 점력을 보충시키기 위해서다.

하나의 작업 과정으로 보자면 흙 밟기도 분명, 노동력이 들어가는 건 사실이다. 예전 조선의 분원에서 사기장(직제로는 '편수')이 되려면 흙 밟기 2년부터 거쳐야 했던 만치, 가장 기본적이고 중요한 과정임에는 틀림없다. 허나 다른 작업 과정과 비교해서 보면 정신을 해방시키기에 가장 좋은 과정이기도 하다.

그럴 수밖에 없는 것이, 우선은 발에서 느끼는 흙의 감촉이 전신의 피를 돌게 하고 신경을 부드럽게 만들어준다. 흙 자체에 우주의 기운이 있어서도 그렇겠지만, 인체의 축소판이라는 발바닥에서 느끼는 쾌감이 뇌의 도파민 생성을 촉진시키는 작용을 하기 때문일진대.

명진이 음악까지 틀어놓고 흙 밟기를 즐기고 있는 지금 이 상황에 대해, 일찍이 저 먼 네덜란드의 역사가이자 문화학자인 요한 하위징아가 기찬 명목을 달아줬잖은가. '놀이하는 인간—호모 루덴스'라고. 물론 호모 루덴스란 의미에는 놀이하는 인간이라고 해서 단순히 노는 것에 그치는 게 아니라, 그 행위가 정신적인 창조 활동의 어떤 단계이거나 그것을 증진시키는 일면이 내포되어야 한다. 가벼운 재미와 느슨한 자유가 있고, 놀이로써 뭔가를 하지만 그것이 학문이나 예술 등의 창조활동에 보탬이 되는 어떤 행위. 쉽게 말해 일인지 놀이인지 모를 정도로 모호하게 즐기는 것.

명진은 가장자리부터 밟아 점토가 넓게 펴지면 넓게 펴진 흙을 다시 감아올린 다음, 아래위로 반복하여 밟았다. 어쩌면 흙 밟기 할 때 이미 그의 뇌는 새로운 도자기를 창작하고 있는지도 모른다. 지금의 그는 말 그대로 호모 루덴스니까. 그가 토련기(점토를 반죽하는 기계)를 사용하지 않고 직접 흙 밟기를 하는 이유가 바로, 이 과정을 즐기기 때문이다. 그런 것 장만할 돈도 없지만.

'휴~, 다섯 덩이 남았군.'

개질통(물레 옆에 연장을 담아두고 사용하는 물통)에서 바리새(성형한 기물을 물레에서 떼어낼 때 사용하는 철사 줄 연장)를 꺼내며, 명진이 무심코 반죽대 위에 남은 꼬박 숫자를 세었다. 이번 기물로 그는 오늘 네 개의 항아리 성형을 완성했다.

자리에서 일어나 물레판에서 기물을 떼어내려는데, 고상화가 헛기침을 하며 작업실 문을 두드렸다. 똑똑. 노크를 한 건 예의상일 뿐이고, 그는 이미 명진의 허락 여부에 관계없이 문을 열어젖히며 들어오고 있었다.

고상화도 이제 명진이 작업 중일 때는 일어나 따로 인사말을 안 해도, 작업 그 자체가 인사인 것으로 간주한다. 고상화 스스로가, 자기 거동에 개의치 말고 하던 일 계속하라고 일전에 얘기하였기 때문에. "시도 때도 없이 들르는 노인네에게 일일이 인사 차리자면 성가셔서 작업 못할 것이고, 그러면 도공에게 눈총 받을까봐 내 입장에선 드나들기 어렵지 않겠소." 하여 사전에 서로 양해가 된 상태다. 한즉 상호간에 특별히 어떤 언급을 하지 않는 이상, 가족이 드나드는 것처럼 서로가 격식을 차릴 필요는 없었다.

"잘돼 가요? 하, 그놈 이쁘게 잘 빠졌다."

명진이 물레에서 떼어 옮기는 항아리를 보고 고상화가 상찬을 했다. 기물을 한쪽 옆으로 옮겨다놓은 명진이 고상화 얼굴을 봤다가, 반죽대 위의 꼬박을 봤다가, 머뭇머뭇 주춤거렸다. 한 개 더 만들고 쉴까, 이냥 고 씨 어른이 왔으니 이쯤에서 마치고 차나 한잔할까, 하고.

고상화도 명진을 따라 종작을 살피다 들고 있던 비닐봉지를 눈치껏 내밀었다.

"자, 이것."

"그게 뭡니까?"

"작설차요. 어디서 좋은 차가 생겨서 한 통 가져왔지."

"어르신이 선물 받은 걸 이렇게. 고맙습니다."

명진이 흙 묻은 손으로 얼른 봉지를 받아들며 즉시로 동의를 구했다.

"어르신, 잠깐 하나 더 빚어놓고 차 마시면 안 되겠습니까? 물레 성형하는 거, 구경도 하시고."

"아, 그것 좋소. 오늘, 손맛이 살아나나 보네."

"예, 흙도 남았고 해서."

어정뜨기같이 망설였던 명진이 봉지를 테이블 위에 갖다 놓고, 이내 반죽대 쪽으로 걸어갔다. 그는 걷어 올렸던 양쪽 소매를 다시금 매만진 뒤, 꼬박 한 덩이를 들어다 반죽대 한쪽에 놓았다. 그리곤 양손으로 꼬박을 힘껏 눌러 다졌다. 그가 꼬박 한 개를 더 집으려 할 때, 곁에 서서 지켜보고 있던 고상화가 센스를 발했다.

"뭐요? 흙덩이 이거?"

명진이 "예." 하자 그가 대신 꼬박 한 덩이를 집어다 주었다.

"하, 고것 부드럽네. 우리가 보는 찰흙과 다르네."

명진이 꼬박을 건네받아 먼저 것 위에다 얹고, 양 손바닥으로 치대며 쳐올렸다. 내친김에 고상화는 꼬박 하나를 더 집어주었고, 그걸 받은 명진은 덧붙여 높게 끌어올렸다. 하나 더 집어주고, 그걸 받아 좀 더 높이 치올리고.

크기가 얼추 됐다고 판단한 명진이 양 손바닥으로 빠르게 치대 올리며 원추형으로 만들어갔다. 그의 행동으로 미루어 흙은 됐는가 보다, 고 짐작한 고상화는 집어 들었던 마지막 꼬박을 원래 자리에 내려놓았다.

점토덩이 만들기를 마친 명진이 이번엔 물레 쪽으로 가, 의자에 앉았다. 그는 양손을 개질통 물에 적셨다가, 물레판 위에다 손가락을 튕겨 고루 수분을 뿌렸다. 한 번 더 그 과정을 끝낸 명진이 반죽대 위에 만들어 놓은 원뿔형 흙덩이를 가질러 일어섰다. 그는 곧바로 점토 덩어리를 들어다 물레판 중심에 올려놓았다. 이어 양손으로 점토덩이를 두드려 물레판에 밀착시킨 뒤, 다시 개질통 물에 손을 적셔 점토덩이에도 물을 묻혔다.

점토 크기와 수분 함량을 어림잡은 명진이 시험 삼아 발로 툭툭, 차서 물레를 돌렸다. 물레와 고상화를 번갈아 본 그는 의자를 당겨 자세를 잡았다. 양손에 흙물을 바른 다음 심호흡 한 번 하고. 발로 물레를 회전시키며 점토 아랫부분부터 위쪽으로, 양손에 힘을 가하여 마주 조이면서 끌어올렸다. 그는 점점 위로 끌어 올린 원추형 봉우리를 내리눌려 납작하게 만들고, 내려눌린 흙덩이를 다시 끌어올리는 동작을 몇 번이고 반복했다.

"얼마나 그렇게 해야 하오?"

고상화가 예상하기론, 명진이 곧장 항아리 형태를 만들 줄 알았다가 자기 추측과 다르게 명진이 원추형으로 끌어올렸을 땐, 옳지, 병 모양을 만들려고 하는 구나, 생각했는데. 이도저도 아니고 명진이 자꾸만 흙을 뽑아 올렸다가 내리눌렀다, 다시 끌어올리기를 반복하자 궁금해서 물은 거였다.

명진이 발을 떼, 물레는 회전하도록 놔둔 채 양손을 내렸다.

"가능한 많이 할수록 좋습니다. 점토 안의 기포도 제거되고, 흙의 결도 좋아지거든요."

"흙덩이로 바로 항아리를 만드는 게 아니구먼."

"바로 만들어도 되기는 합니다. 그랬다간 부실물이 되어 나오기 십상인 게 문제지요. 이렇게 하는 작업을 중심잡기라고 하는데, 중심잡기가 덜 된 상태로 항아리 성형을 하면, 점토 속에 기포가 많이 남아 구울 때 기물이 주저앉을 우려가 있고, 또 기물 벽의 두께도 고르지 않게 됩니다. 중심잡기가 그만큼 중요한 겁니다."

"중심잡기라······. 어찌 보면 사람의 일생에 있어서도 중심잡기가 제일 중요한 것 같으이. 마냥 그리 살기가 참으로 어렵고. 과도한 쾌락에 빠져서도 안 되겠지만, 지나치게 도덕·

규율 같은 것에 얽매여 살거나 억지로 반듯하게 살라하면, 사람이 빗나가기 마련이거든. 중심잡기가 안되면 기물이 주저앉듯, 못난 송아지는 엉덩이에 뿔나고 조신하게 자란 송아지는 배꼽에 뿔이 나는 수가 있소. 이들이 쾌락에 빠지기 시작하면 걷잡을 수 없지."

명진은 언뜻, 어르신이 자신의 인생 경험담을 빗댔는가 보다, 여겼다가 불현듯 유나의 과거가 떠올라. 므두셀라 증후군을 가진 사람처럼 유나에 대한 나쁜 기억을 재빨리 지워버리려고 발로 탁, 탁, 탁, 물레를 찼다. 물레판이 돌자 떠오르던 악상을 금세 잊은 듯 무심히 흙 끌어올리기를 몇 번 더하고나서, 그 스스로 회전하는 물레를 멈춰 세웠다. 이어 손으로 물레를 반의 반 바퀴씩 돌렸다, 세웠다, 해가며 중심잡기된 점토의 상태를 살폈다.

이만하면 됐다 싶었는지 명진이 양손을 다시 개질통 물에 적셨다 털고, 발로 물레를 힘차게 돌렸다. 이번엔 봉우리 부분에다 오른손으로 눌러, 벽이 두꺼운 원통형을 만들어 나갔다. 그 원통형을 손으로 끌어올리며 벽을 얇게 함과 동시에, 알맞은 높이로 만들어갔다.

적당한 크기가 되었을 때. 그가 바깥쪽을 손으로 받치고 내부로 손을 넣어 바깥쪽으로 밀자, 볼록한 항아리 형태가 되기 시작했다. 그 동작을 반복 또 반복하여, 항아리 형태가 잡혔을 즈음. 그가 양쪽 손가락으로 항아리 목 부분을 조이면서 위쪽으로 끌어올렸다. 목 부분 끌어올리기와 조이기도 반복한 뒤 항아리의 형태와 두께, 수분 정도를 점검한 그는 성형된 기물에다 전(도자기의 입)을 잡아주고 매끄럽게 마무리했다.

'순식간에 항아리의 입 부분까지 만들어 버리다니!'

뒷짐 지고 구경하고 있던 고상화가 감탄을 했다.

"거참, 신의 손이 따로 없네. 물레를 발로 차돌리며, 어떻게 그리 할 수 있는지?"

명진이 오늘 분량 성형하려던 작업을 모두 끝냈다. 그가 연장을 정리하고 손을 씻는 동안, 고상화는 행주로 손을 닦고 찻물과 다기를 준비했다. 준비한다고 해봤자 커피포트 스위치 켜고 찻잔을 펼쳐 놓는 것 밖에 없지만. 고상화는 이미 여러 번 들락거리며 명진과 차를 마셨던 고로, 명진이 뭐라 하지 않더라도 알아서 척척했다. 마치 조수나 되는 것처럼.

이윽고 명진이 살림집으로 들어가 단감과 칼을 내왔다. 그가 자리에 앉으며 말을 꺼냈다.

"저는 흙을 밟거나 만질 때가 젤 좋습니다. 불 땔 때도 좋긴 하지만요."

"흙이 사람에게 좋지. 부드럽고. 어릴 땐 황토를 집어먹기도 했잖소."

"아까 흙 만져 보셨지요? 누군, 흙을 만지고 빚는 일을 뭐 거창하게 공예니 예술이니, 흙과 불의 철학이니 그럽디다만.

그런 것 다 떠나 내 손으로 뭔가 하는 순수한 일 그 자체의 즐거움이랄까, 거기 빠져드는 몰입이랄까, 그게 좋더라고요. 아무 생각 없이 치고 다져도 누가 뭐랄 사람 없고. 아니다 싶으면 뭉개서 고치면 되고. 한데 우리의 삶은 그렇게 안 되잖습니까? 불도 내 맘대로 안 됩니다."

말을 끝낸 명진이 과도를 들고 단감을 깎기 시작했다.

"세상 근심 다 잊고 푹 빠질 수 있다면야, 그게 천국 아니겠소."

고상화가 다관에 손을 대보고 온도를 가늠했다. 좀 더 우려 나오길 기다려야 하겠던지, 그는 심심풀이로 입담을 펼쳤다.

"어떤 철학 책에서 읽었던가. 서양 철학자 하이데거가 예를 든 우화인데, 하기누스 신화가 반면교사 되려나. 뭐 제목은 로마시대 아우구스투스 황제의 도서관장을 지냈다는 하기누스가 썼다고 해서 그리 이름 붙여진 모양이오만, 그건 모르겠고 하여튼 내용은 이렇소. 쿠라, 철자가 씨. 유. 알. 에이인 쿠라는 '근심'을 뜻하는 라틴어요. 이 쿠라가 어느 날 강을 건너가오. 거기서 점토가 많은 흙 왕국을 발견해서는, 그 점토로 이 세상에 없던 무엇인가를 빚어냈다오. 그렇듯 무엇을 만들긴 했지만 형체 외는 아무것도 없으니까, 쿠라는 이 점토 형체물을 유피테르─그리스 신화에서는 제우스라고 부르는─에게 들고 가서 정신을 불어넣어 달라고 부탁했소. 그래, 유피테르가 정신을 불어넣어 줬지. 이제 형체도 있는

데다 정신까지 들었으니, 이 새로운 존재가 얼마나 기특하겠소, 쿠라가 보기에. 해서 새롭게 창조된 이 존재에 대해 쿠라가 이름을 지어 붙이려 했다오. 그러다 예견치 못한 실랑이가 벌어졌소. 이 존재에 정신을 불어넣어준 유피테르는 자신의 이름을 따서 지어야 한다고 요구했어요. 하니까, 그건 안 된다며 흙이 반대하고 나섰소. 흙이 주장하길, 새로운 존재의 재료는 어디까지나 점토니까, 원산지를 밝혀야 하는 더블유티오(WTO)—옛날엔 그런 게 어디 있었겠소만 재미로 갖다 붙이자면—규정에 따라, 원재료 공급자인 자신의 이름을 따서 붙여야 한다는 거요. 시비가 붙어 아주 시끄럽게 되자 사투르누스—로마 신화에서 농업의 신—를 불러 심판관 역할을 맡기오. 재판 결과, 사투르누스가 어떻게 판결했는지 아시오? 이랬소. '제1 권리 주장자 유피테르, 당신은 정신을 불어넣었으니, 이 새로운 존재가 죽고 나거든 정신을 되돌려 받아가라. 제2 권리 주장자 흙 당신은, 이 새로운 존재가 죽으면 원재료였던 점토를 되찾아가라. 하지만, 다들 잘 들으시오. 이 판결의 마지막이 중요합니다. 이 새로운 존재가 죽었을 때 그렇게 하라는 것이고, 이 존재가 살아 있는 동안은 근심이 지배한다. 이유는 근심, 즉 쿠라가 맨 처음 이 존재를 빚어냈기 때문이다.' 이 존재가 인간인데, 이 우화에 따르면, 인간이 살아 있는 동안은 근심 덩어리라는 얘기요. 함에도, 원 도공은 흙을 만지며 근심을 잊는다고 했으니, 그 정도면

이 우화를 뛰어넘는다는 말이 되지."

"그게 그렇게 됩니까? 그러면 역으로, 이런 것도 성립되겠네요. 우리의 전통 백자는 조선시대 때 최고 인기를 끌었습니다, 아시다시피. 그래서 조선백자로 고유명사처럼 부릅니다. 이 백자가 조선 시기에 최고조에 이른 연유가 선비들이 고고함과 여유로움, 자연스러움을 찾은 선비정신이나 성리학에 연관돼서 그렇다는 주장이 있습니다. 만약에 그 우화대로라면 세상 근심을 백자가 대신했다? 이렇게 됩니까?"

"그야 모를 일이고. 아무튼 근심을 잊는다는 것은 시간을 잊는다는 말이니, 유사성도 있을 듯 하오만."

고상화가 대꾸하고 다관을 들어 두 개의 잔에 번갈아 차를 따랐다. 그가 개중 하나의 찻잔을 명진 쪽으로 밀어놓으며 물었다.

"아까 흙을 보니까 희던데. 원래의 흙이 저렇소?"

"흰 색깔이 나는 건 맞습니다만, 원래의 흙은 저렇지가 않습니다. 백토 광산에서 캐낸 오리지널 흙은 하얘서 태깔이 좋은 반면에, 점력이 떨어집니다. 그래서 점성 좋은 점토와 적절히 섞어 만든 배토(配土)—소위 태토라 부르는—를 씁니다. 백토에다 점토를 배합하여 공급하는 업자들이 있으나, 이렇게 태토 만드는 것 역시 도예인들의 손맛 따라 다릅니다."

"그럼, 백토나 점토를 구하는 것부터가 전문가여야 하겠구먼?"

"아무렴요. 흙이 얼마나 중요한데요. 흙으로 신이 되신 분이 있잖습니까. 이삼평이라는 도예가. 이분은 임진왜란 때 일본 규슈로 끌려갔습니다. 아시겠지만, 임진왜란은 도자기 전쟁이었다 할 만큼, 일본에서 우리나라 도자기를 뺏어가거나 도예 기술을 절취하려고 혈안이 되어 있었습니다. 그런즉 일본에선 당시까지 도자기 만드는 기술도 기술이려거니와, 자기의 원료인 고령토를 찾지 못했습니다. 한데 이 이삼평이라는 분이 아리타 동부의 이즈미야마(泉山)에서 자석 광산을 발견했습니다. 도예인들이 백토라고 하니까, 일반 사람들은 이 흙이 처음부터 진흙같이 되어 있는 걸로 아는데, 그게 아니고 자석은 말 그대로 돌입니다. 아주 높은 온도에서도 견뎌내는 돌. 우리가 보통은 도자기라고 뭉뚱그려 부르지만, 도기와 자기는 다릅니다. 도기는 그야말로 질그릇을 말하며, 이것의 주재료는 도석(陶石)이고요. 자기의 주재료는 고령토, 즉 자석(磁石)입니다. 도석은 천삼백 도 이상 고온에서 구우면 주저앉아 버리기 때문에 팔백 도에서 천 도 내외로 구워내는 데 쓰고, 자석은 천삼백 도 이상 고온 소성하는 청자나 백자에 소용되죠. 이 자석을 가루로 분쇄하고 체로 걸러, 흙같이 만들어 씁니다. 점토를 섞어서요. 하여튼 이분이 일본에서 고령토 광산을 발견했고, 그걸로 도자기 만드는 데 성공함으로써 아리타 도자기의 시조가 됐습니다. 저도 가봤습니다만 아리타 지역에서는 이분을 도자기 신으로 받들어, 지금도 신사에 모시고 있습니다. 대단한 분이지요."

"인간이 만드는 모든 공작물이 그러하듯, 첫째는 원재료가 좋아야겠지."

명진이 깎아서 조각낸 단감 접시를 한가운데로 밀쳐놓았다. 고상화가 칼을 집어 들고 단감 한 조각을 깍두기 같이 잘라선, 마당 저 너머로 던졌다. 고수레 삼아.

찻잔을 들어 입맛을 다신 명진이 말을 이었다.

"흙부터 알아야 합니다. 도예가가 되려면요. 아궁이에 불을 지피니까, 사람들이 감상적이 돼서 그런가는 모르겠습니다만. 근래엔 도자기 구울 때, 아궁이에 불 지필 때, 어떤 도예인들은 뭇 사람들을 초청해서 고기 굽고 술 마시며, 떠들썩하게 가연을 벌이고 하던데. 물론 나름의 입장이 있고, 생각이 저와 다르겠지요. 하지만 흙, 흙을 알면 그렇게 못합니다. 흙을 안다는 것은, 도자기를 만드는 원료로써의 성질과 성분 등을 알아야 한다는 말뜻도 있지만, 그보다는 흙의 성품을 배워야 한다는 얘깁니다. 특히 인내와 노력. 공장에서야 그렇지 않겠지만, 도자기는 짧은 순간에 뚝딱 만들어내질 못합니다. 그렇게 해서도 안 되고. 아까 말한 흙만 해도 부수고, 거르고, 또 거르고 해서, 1센티미터 부피량을 만드는 데 얼마나 공이 들어야 하는 줄 아십니까? 요즘에야 흙 공급업자가 그걸 대신해주긴 하지만, 거기에 들어가는 인내와 노력은 배워야지요."

"흙이란 게 너그럽지. 많이 받아주고. 그래서 여자로 보는지는……. 아까 만져보니 미끈한 게, 여인의 살결 같기는 하더라만."

고상화가 '여인의 살결'을 들먹이는 바람에 두 사람의 머릿속에는 '여자'에 대한 각자의 근심이 서렸다. 살아 있는 동안에는 '근심'이 지배한다는 사투르누스의 판결 그대로.

*　*　*

아침에 신문을 보던 명진이 눈을 크게 떴다. '흑유명가, 가평요—검은 달항아리와 그 이후'란 제목으로 서울 롯데백화점 갤러리에서 흑자 도자기 전시회가 열린다는 기사를 보고.

'청곡 선생이 흑자를 완전히 자기 세상으로 만들었구나!'

2010년경인가. 명진은 흑자를 굽는 가평요의 주인이자 도예가인 청곡 김시영을 만나 얘기를 나눈 적이 있다. 그때까지 명진도 흑자는 과거에 청자가마나 백자가마에서 곁다리로 구워오다, 고려시대 이후 명맥이 끊겨 사실상 도태한 것으로 알고 있었다. 전북 고창 도요지에서 더러 흑자 파편이 출토되었다는 얘길 듣긴 했지만.

그러던 차에, 흑자 재현을 위해 10년이나 공들인 장인이 있다는 소문을 듣고 부러 찾아갔었다. 그가 청곡을 만났던 즈음에는 청곡 자신의 겸손한 말로, 흑자 도자기를 겨우 재현하는 데 도달한 정도였다. 이후부턴 재현해낸 흑유로 작품 창작에 들어가겠다는 말을 듣긴 했어도, 실제로 전시회를 열다니.

다음 날, 명진은 서울로 향했다. 롯데갤러리에 전시된 흑자 도자기를 본 느낌은 한마디로 강한 끌림이었다. '극과 극은 통한다더니만 흑자와 백자라……'

한데 흑자는 왜 명맥이 끊기고 도태됐을까. 장인의 입장에선 만드는 과정이 청자나 백자와 별 다를 바 없고, 용도상으로 치더라도 같은 도자기류이니 용도에 맞게 만들면 그뿐. 백자라고 해서 이 용도로 쓰고, 흑자라고 해서 저 용도로 쓰는 건 아닌즉. 그렇다면 어떤 다른 이유나 사회 문화적인 요소에서 기인하는 것 아닐 텐가. 흑색을 터부시하거나 저속한 것으로 보는.

거기서 명진은 오른손 주먹으로 자기 머리를 쾅, 때렸다. 이참에 색채와 인간의 감정, 사회문화적 관계에 대해 알아둘 필요가 있음을 직시하고. 여태까지는 투명 유약을 주로 사용했지만, 자신도 흑유를 만들어 보고픈 갈망이 있었기에 더더욱.

그는 교보문고에 들러 색채학 관련 책을 다섯 권 샀다. 또 기왕 나선 걸음에 한국예술종합학교 교수가 된 친구 동호를 찾아가 색채학 전문가를 좀 알아봐 달라고 부탁했다. 이튿날 동호로부터 한국과학기술원(KAIST) 산업디자인학과 부설 색채연구실로 찾아가보라는 연락이 왔다. 그 연구실 책임자로 있는 김현정 교수는 디자인 전공으로 석사학위를 받았고, 독일 만하임대학에서 심리학 전공으로 박사학위를 받았으니 도움될 거라면서.

요원으로 돌아온 명진은 색채학 참고도서들을 방바닥에 풀어놓고, 사흘 동안 집중해서 읽었다. 대충 기초를 갖춘 그는 약속한 날, 카이스트 색채연구실로 김현정 교수를 찾아갔다. 원두커피를 두 잔째씩이나 마셔가며 두 사람은 색깔에 대해 심도 있는 대화를 나누었다. 명진이 흑자를 본 느낌을 말하자 김현정 교수가 평을 했다.

"백자 굽는 분한테 이런 말해서 될지 모르겠는데, 어쩌면 검은색이 더 완전성에 가까울 겁니다. 흑자를 보고 강한 끌림을 느꼈다고 했죠. 검은색은 모든 색을 흡수하고, 모든 색을 초월하기 때문에, 그렇게 느끼는 것이 당연합니다."

"검은색이 모든 색을 흡수하고, 모든 색을 초월한다고요? 《구원의 미술관》이란 책을 보면—그 책의 지은이 강상중 선생은 재일 한국인 학자이신 거 알지요?— 거기엔 '모든 색의 주장을 다한 그 끝에 흰색이 있습니다.'는 말이 나옵니다. 그분이 묘사한 흰색의 근원이 다름 아닌 조선백자입니다. 그 책에선 또 '자연계에 존재하는 색을 극한까지 추구하면 한없이 흰색에 가까워' 진다고 했습니다."

"강상중 선생 이름은 들어 알지만, 그런 책이 있는 줄은 몰랐네요."

김현정 교수가 메모를 하는 동안, 명진이 고개를 갸우뚱 갸우뚱 하다 의문을 제기했다.

"색의 수렴 관계는 제가 잘 모릅니다만, 그렇다면 어째서 검은색을 죽음이나 절망의 색으로 볼까요? 또 검은색이 죽음이나 절망을 뜻한다고 해서, 그 반대의 흰색이 반드시 삶이나 희망을 뜻한다고 볼 수 있을까요? 대개는 흰색이 순결하고 신비하고 성스럽다고 봅니다만. 흰색이 순결하고, 신비하고, 성스럽다고 해서, 검은색이 불결하거나 세속적인 건 아니잖습니까?"

"그렇지요. 검은색도 신비하고 황홀하며, 심지어 성스럽기까지 합니다. 그리스정교회 사제와 가톨릭 신부들의 옷이 검은 건, 성스럽기 때문입니다. 이슬람교 이맘들도 검은색 옷을 입고, 유태교 랍비들도 검은 모자와 외투를 입지 않습니까? 종교와 관련해서 한마디 더하면, 불교의 마하칼라, 우리말로는 대흑천이라고 하는데, 이 용어엔 위대하다는 뜻과 암흑이라는 뜻이 함께 내포돼 있어요. 즉 정반대의 대비 개념이 한꺼번에 들어가 있습니다. 관념상으로, 검은색은 죽음 또는 음기, 모순이면서도 신성 또는 신비로움을 상징하므로, 이때의 암흑은 완전함이란 뜻을 갖습니다."

김 교수가 자리에서 일어섰다. 그녀가 커피 잔을 치우며 말했다.

"자, 한번 대비해 볼까요."

그녀는 흰색 전지를 찾아서 테이블 전체를 덮었다.

"잘 보세요. 전체를 흰색으로만 보면 그냥 흴 뿐, 크게 다가오는 것이 없습니다. 흰색이 더 정결하고, 순수하고, 성스럽게 보이는 것은, 검은색과의 대비 때문입니다. 자, 흰색 종이에다 검은색을 반으로 대비시켜 보죠."

김 교수는 검은색 전지를 찾아 테이블 반 정도에 깔았다. 그녀가 다시 자리에 앉으며 말을 이었다.

"검은색 종이를 보면 강한 끌림, 맞습니다. 그렇게 느끼는 것이. 또 하얀 쪽을 보면 더욱 하얗게 느껴지죠. 결혼식 때 신부의 하얀 드레스와 여자들의 하얀 블라우스가 더욱 순결하게 느껴지고, 성적으로 끌리는 것도, 남녀라는 성적 대비가 있기 때문에 그렇습니다. 만일에, 이 세상이 온통 흰색이고, 여자들뿐이라면, 그 흰색이 무슨 의미가 있겠습니까?"

김 교수는 색깔에다 인생론도 덧붙였다.

"인생에서도 마찬가지로, 고난이나 어려움이 없다면, 성공이나 삶에 대한 의미가 없겠죠. 아마 성취 느낌이 없거나 밋밋할 겁니다. 역경에서 이겨낸 성취가 빛나듯, 흰색도 검은색이 있기 때문에 순백하고 정결하게 보이는 겁니다. 개념적으론 '상보성의 원리'라고 하는데. 원 선생님이 백자를 만든다고 했지만, 거기에도 검은색이 있습니다. 단지 생략돼 있을 뿐이죠. 눈으로 보는 색깔이 아니라, 관념적으로, 심리적으로 그렇다는 얘깁니다."

명진이 짧게 메모하고 얼굴을 들자 김 교수가 톤을 높였다.

"프랑스 건축가 르 코르뷔지에는 주로 하얀색 건물을 설계하면서 '오직 하나의 색, 흰색만 있을 뿐이다.'고 했는데, 아뇨, 잘못 본 겁니다. 백자를 만드는 분으로, 그야말로 흰색의 입장에서 보면, 이 말이 성경 말씀 같아 보이겠지만, 아닙니다. 그것은 생체적인 눈으로만 봐서 그렇고, 관념적으로, 철학적으론, 검은색의 내포 또는 생략으로 봐야 합니다. 흰색만 존재한다면, 흰색이라는 말조차 성립되지 않을 것이고, 흰색의 느낌이나 색깔의 존재 의미 자체가 없었을 테니까요. '나'라는 존재도 그렇습니다. 이 세상에 '나'만 존재하고 '너' 또는 '타자'라는 존재가 없으면, '나'라는 개념도 없을 뿐더러 '나'라는 존재를 규정하기도 불가능 합니다. '나' 또는 '자아'는 어디까지나 타자와의 관계 속에서 의미를 가지는 겁니다."

그녀는 흰색의 부정적인 면도 언급했다.

"흰색은 완벽함을 추구하고 높은 정신력을 소유하고자 하는 욕망을 갖게 하는데. 지나치면 결백증이 나타날 수도 있고, 다른 사람을 배척하는 경우가 생길 수 있습니다. 자기중심의 '자아'만 고집하는 사람들이 타자를 배제하는 경향이 많은 것처럼."

명진이 머리를 끄덕이자 김현정 교수는 예술가의 길을, 색깔과 연관 지어 설파했다.

"검은색은 모태를 상징하기도 합니다. 동양의 오행사상으로 보면, 검은색은 현수(玄水)입니다. 물은 생명이고 어머니죠. 그래서 시간과 운명에 관련되는데, 숫자 8이 검정색이 속한 수입니다. 백자에도 검은색이 생략돼 있다는 것은 대비 개념에서 말한 것입니다만, 오행사상으로도 백자에 들어가 있죠. 바로 물입니다. 사람으로 치면 여자이기도 하고요. 그렇기 때문에, 백자를 만들면서도 검은색에 대한 존재나 대비를 잊지 말아야 합니다. 진정한 예술가라면. 나와 타자, 존재와 비존재, 불교에서 말하는 색과 공을."

잠형

짐승처럼 울부짖던 아내가 버럭버럭, 묻고 소리치며 발악을 했다. 한 시간도 넘게.

"갑자기… 뭣 때문에… 도대체 뭣 때문에… 뭣 때문에 이혼하자는 거예요? 이유가… 이유가, 뭐냐구요? 왜 그러냐고? 왜, 왜?"

나는 할 말이 없어 내내 거실 창밖만 바라보았다. 이유가 뭐냐고 몇 번이나 더 묻던 아내는 내게서 대답이 없자 안방 문을 쾅, 닫아 버렸다. 제 평생 이런 일이 일어나리라고는 꿈에서조차 몰랐을 텐데 오죽했을까. 아내는 방 안에 박혀 사흘간이나 식음을 전폐한 채 울다 잠들곤 했다.

미상불, 아내로선 밥상 차리다 홍두깨 맞는 것도 유분수였을 게다. 그도 그럴 것이 내게서 이혼 말이 나오기 전까진, 부부간에 심한 갈등이 있었다거나 이혼 원인이 될 만한 꼬투리를 서로가 잡은 적이 없었으므로. 아내에겐 아마 휴전선이 무너졌다는 소식보다 더 충격이 컸을 테다. 왜 아니겠는가.

아내는 2년 전, 내가 부장검사로 승진하자 서울시립교향악단 첼로 수석직도 내놓았다. 그녀의 꿈이었고 인생 승부처였던 그 중요한 자리를.

이유는 두 가지였다.

하나는 아기를 갖기 위해서였다. 그때까지 아내는 아내대로 서울시향에서 최고 연주자가 되기 위해, 나는 나대로 검찰의 꽃인 검사장이 되기 위해, 각각 성공 가도를 달리느라 보통의 부부와 같은 가정생활을 갖지 못하였다. 내가 지방으로 전전하는 동안, 아내는 서울에서 연주 활동하느라 따로 떨어져 살아야 했다. 그러다보니 부부관계를 전혀 갖지 않은 것은 아니었지만, 어쩐 일인지 아기가 생기지 않았다. 한즉 아내 딴에는 더 이상 지체하였다간 나이 때문에 가임기를 놓칠 수 있다고 판단하여, 아기 가질 여건과 몸 상태를 만들기 위해서였다.

다른 하나는 내가 고위직으로 오를 수 있도록 뒷받침하기 위해서였다. 그녀는 나와 떨어져 생활하는 바람에 내조를 제대로 하지 못하였다고 자책하며, 검사장으로의 승진을 앞둔 지금 시기가 내보(內輔)의 힘이 가장 필요하다고 판단한 결과였다.

그렇듯 아내 나름대로는 탄흔을 참작해서 부부생활 로드맵을 짜놓았는데. 남편이라는 작자는 거총자세를 취한 사격선수의 표적지를 걷어차 버리듯 부장검사직을 냅다 던져

버리질 않나. 거기다 한술 더 떠 이혼 요구까지 하고 있으니…….

한 달 전 내가 부장검사직을 그만뒀을 때. 아내는 "부부간에 스텝이 안 맞아도 이렇게 안 맞을 수 있느냐."며 성난 승냥이처럼 눈에 불을 켰다. 허나 그때는 어쨌든 나름대로 변명거리라도 있었다. 변호사 개업을 위해서, 라고.

덧붙여, 사직 이유에 대해선 갖은 논리로 아내를 설득했었다. 부장검사까지 했으면 어느 정도 내 꿈을 이루었지 않느냐고. 더 높이까지 오르려면 결국 정치 검사가 되거나 5공 앞잡이가 돼야 하는데, 예술을 했다는 당신도 내가 그렇게 되길 바라느냐고. 검찰 조직에서의 환멸도 느낄 만큼 느꼈고. 또 사회공동체의 평화와 질서를 위해 범죄자를 잡아 형벌을 받게 하는 것도 좋지만, 범죄인의 존엄성과 그 가족들의 아픔도 생각해서 남은 인생은 변호사로서 그 일을 담당할 필요도 있지 않느냐, 면서.

그때, 아내는 내 말을 믿었고 내가 결정한 일에 한없는 신뢰를 보냈다. 물론 내가 명목상으로는 변호사 개업을 위해서라고 했으니까, 내 말을 액면 그대로 믿은 결과였겠지만. 내가 가장 믿는 친구라고 여기는 오충영의 말을 듣고서는 더더욱.

오충영은 내가 검사의 길을 관두고 새로운 인생길을 가겠다고 했을 때, 반색하며 나를 지지했다. 아내도 동석한 자리에서.

"나는 자네가 내보다 일찍 검사직을 그만둘 줄은 꿈에도 몰랐다. 그것도 자리 좋다는, 검사장은 떼어 놓은 당상이라는, 수도권 부장검사 자리에 있는 자네가 말이야. 내 예상으로, 자넨 검사장 감투를 쓸 때까진 앞만 보고 갈 거라 생각했지. 자리도 자리지만 자네 입으로, 그리고 며칠 전까지만 해도, 검찰에 들어온 이상 검사장 관을 써야 직성이 풀리겠다고 두 번 세 번 밝혔던 만큼. 그랬던 자네가 검찰을 떠나 변호사로 나서겠다니! 내가 자네를 잘못 본 건가, 아니면 자네가 나보다 먼저 선수를 친 건가. 그도 아니면 내가 뒤통수를 맞은 건가. 내 예상을 꼴좋게 뒤엎어버렸지 않은가 말일세. 그리고 변호사로의 직업 전환도 중요하지만, 자네, 아까 뭐라고 그랬나? 새로운 인생길을 걷겠다고? 그것 좋지, 좋아!"

망설임 하나 없이 부장검사직을 내던진 나를 보고 오충영은 새삼 감동 받았던 모양이었다. 술기운을 빌려, 날더러 변호사하면 돈 많이 벌겠다는 농을 치는 한편. 우리 법조계도 환골탈태하려면 인권의식 제고와 민주적 제도 개선이 필요한 만큼 새로운 길을 가려는 나에게 전폭적인 지지를 보낸다고 박수를 쳐대는 바람에, 아내는 내 사직에 대해서 더 이상 이러쿵저러쿵 토를 달지 않았었다.

아마 모르긴 해도 아내는, 내가 사직하고 새로운 표적지를 세울 거라고 여겼을 테다. 한데 앞뒤 꼭뒤 없이 이혼을 하자고 했으니, 아내로선 날벼락 맞아 말문이 막히고도 남지.

나로부터 이혼 사유 한마디 듣지 못한 아내는 비수를 꺼내들었다. 내가 이혼을 요구한 게 2세가 생기지 않아 그런 줄지레 짐작해서.

"아기가 들어서지 않는 건, 내 잘못이 아니라고요!"

사실 아내가 그 말할 때까지 우리는 아기가 생기지 않는 문제로 싸우거나, 아기를 갖기 위해 애쓴 적이 없었다. 불임 이유에 대하여 알아보거나 검사해볼 생각도 없었다. 서로가 앞길 개척에 전력투구하느라, 어쩌면 그동안만큼은 아기가 생기지 않기를 바랐는지도 모르겠다만.

허나 2년 전부터 아내는 나이가 마흔 중반을 넘어가자 불안을 느꼈는지, 스스로 서울시향도 그만두고 불임 원인에 대해 이것저것 알아보고 다닌 모양이었다. 나에게 털어놓은 적은 없지만 짐작건대, 아마 두어 군데 병원 가서 자신의 몸 상태를 진단해 보았던 것 같다. 결혼하고 16년간 아기가 생기지 않았다면 어떤 여자라도 그랬지 않을쏜가.

그 결과로, 아내는 확신했다. 우리 사이에 아기가 들어서지 않는 건 자신 탓이 아니라는 사실을. 그럼에도 불구하고 내 자존심을 염려해서였는지, 아내는 입때껏 나에게 아기가 생기지 않는 원인을 확인해 보자는 말을 한 적은 없었다. 1967년 초입 우리가 혼인할 때, 내가 해준 언질을 아내가 곧이곧대로 지키려 했는지는 모르겠다만. 당시 나는 아내에게 "우선은 내가 자리 잡는 데 신경 써야 하므로 아기는 생기면 어쩔 수 없으나, 억지로 아이 갖는 데 혈안은 되지 말자."고 하였던 즉.

그땐 내가 초임검사인데다 지방청에서 근무를 하였던 상황이었으므로, 여러 모를 참작한 아내도 쉬 동의하였다. 아내도 당시엔 서울시향 첼로 연주 단원으로 자기 일에 열중해야 하였던바, 2세 문제는 그다지 염두에 두지 않았다. 거기다 우리가 결혼한 이듬해에 내 동생이 베트남전쟁에 청룡부대 중대장으로 파병되었다가 전사하고, 충격 받은 어머니가 1년간 자리보전하다 세상을 떠나는 바람에 신경이 곤두서, 아기가 들어서지 않아도 우리는 안달복달하지 않았다.

그러다 내가 불문곡직하고 이혼을 하자니 아내는 억울해할밖에. 2세 때문이 아니라고 그토록 얘기하고 설득해도, 아내는 그렇게 받아들이지 않았다. 아내가 봤을 땐 이혼 원인이 될 만한 것은 2세 문제밖에 없었으므로. 애기를 갖지 못한 것은 자기에게 문제 있어서가 아니라고, 나를 찌른 것은 그 때문이었다.

2세 문제가 이혼 사유라고 확신한 아내는 급기야 제 팔자를 들먹이며 나에게 매달렸다.

"제 사주에 화(火)기가 없어 자식이 늦어진다고 하니, 좀 더 기다려 보면 안 돼요?"

어느 역리학자에게 물어보았더니 그랬단다. 여자 사주에 불이 없으면 모든 것이 늦어져 남편도 늦고, 자식도 늦고, 재물도 늦다고. 내 나이 서른둘에, 아내 나이 서른에 결혼한즉, 당시로는 상당히 늦은 결혼이었으니 얼추 맞는 것 같기도 하다만. 아내는 팔자소관으로 받아들이자고, 자식도 늦게 볼 수 있지 않느냐고 울먹였다. 사실은 제 탓이 아니라 내 탓이라는 것을 은근히 비추면서.

나는 불임 문제로 이혼하는 게 결코 아니라는 점을, 몇 번이고 얘기했다. 애기가 생기지 않는 것은 내 탓일 수도 있다는 시인까지 해가며. 병원 가서 확인해본 바는 아니지만 아내 탓이 아니라는 걸 입증해주기 위해.

아내는, 내가 밖으로 나다니며 오입질한 것까지 알고 있는 듯했다. 한창 지방으로 나돌 때, 나에게서 다른 여자 분 냄새 난다는 말을 서너 번이나 했었다. 그러면서도 나한테 즉각 대응하지 않은 것은 검사의 일 중에 하나일 수도 있다는 점과, 만약에 성적 욕구해소를 위해 그랬다면 아내 자신과 떨어져 사는 관계로 그럴 수 있다는 일말의 관용으로.

아내는, 돈을 벌기 위해서라면 자신도 다시 직장을 알아보겠다고 했다. 나는, 돈 문제가 아니고 내 인생길을 다시 찾겠다고, 인생 궤도를 수정해야겠다고 했다. 결혼해서 모은 재산은 전부 당신에게 넘겨줄 테니 이혼하자고. 지금 이혼하지 않으면 나는 씻지 못할 죄인이 된다고.

'압수수색할 때 그걸 봤어야 했어! 그때만 알았어도⋯⋯.'

기대 할머니를 돌려보낸 뒤. 나는 밤에도 낮에도, 기대 엄마의 혼령에 얼마나 시달렸는지 모른다. 눈만 감으면, 아니 문서를 읽는 중에도, 시집을 든 환영이 나타나 원성을 쏘아 댔다.

"아들을 왜 이렇게 만들었어요! 감방에서 죽게 할 거예요!"

사직서 쓸 적에 전전긍긍하는 모습을 본 아내는, 내가 변호사로의 전직과 그에 따른 부담감 때문이라고 여겼을지도 모른다. 울고불고하던 아내가 친정에 이혼 얘기를 전하며, 제 딴에 자금문제를 거론한 걸 보면.

처가의 모든 피붙이가 나에게 달려왔다. 이 건 경우가 아니라면서. 변호사 개업 위해 자금이 필요하면 처가 쪽에서 돈을 모아 대주겠다고. 개업하고서 로비조의 자금이 필요할 땐 그 돈도 지체 없이 마련하겠다고. 못 믿겠으면 아내 명의로 별도의 자금을 신탁해 두겠다고.

처음엔 별의별 당근을 제시하고 설득하다가 내가 이혼을 철회하지 않자, 나중엔 온갖 추측성 소문을 지어내고 악담을 퍼부었다. 돈 많은 여자 만나 살림을 차렸다는 둥, 남의 배를 빌려 애를 낳았다는 둥.

욕을 들어먹는 것 외는 내가 할 수 있는 게 없었다. 아내에게 지울 수 없는 상처를 준만큼, 더 이상 죄를 짓거나 상처 주는 일을 해서는 안 되겠다는 결심 외는.

그렇게 해서 아내와 헤어졌다. 죄 없는 아내에게 저승 갈 때까지 복을 빌어주겠노라는 말을 남기고.

내 손엔 엄마가 물려준 작고 낡은 건물 한 채만 남았다. 그걸 팔아 일부는 은행에 예치하고 일부는 지참했다.

*　*　*

법적으로 이혼이 완료된 날, 나는 이름부터 바꾸었다. 그간 살아온 내 인생을 폐기하고 한번 끝장을 보기 위해. 입성도 떠돌이처럼 모조리 변장한 뒤, 대관령 국사성황당으로 향했다.

그곳을 찾은 까닭은 한창 고시 공부하던 청년 때, 엄마가 전해준 역학자의 비방 때문이었다. 그가 풀이한 내 사주엔 양기가 많고 색욕이 엄청나다고 하였다. 그러면서 방책으로 음기가 많은 곳을 찾아다니며 기도하든가, 암수 구분이 있는 나무 중에서 암나무를 둘레에 심어 음기를 보충하라는 얘기를 했었다. 그러지 않으면 나의 지나친 색욕으로 인해 근친을 죽이든지 처자식을 앞세우고 죽을 운명이라고.

그는 참고삼아 풍수지리학적으로 음기가 센 곳의 특징을, 그리고 몇몇 지역을 알려주었다.

우리나라에서 지역 자체가 음기를 강하게 지닌 곳은 청도군이라고 했다. 청도의 음기를 누르고 양기를 보하기 위해 비보 풍수에 따라, 인접지에 말뜻 그대로 양기덩이인 '밀양'을 지명으로 삼았다는 유래도 알려주었다. 내가 직접 가 본 바로, 청도와 밀양에 걸쳐 있는 화악산 아래에는 '음지리'라는 동네도 있었다.

또 명산 중에서 대표적인 음산은 월악산이라고 했다. 무속의 관점에서, 월악산은 우리나라 산신 가운데 여산신이 있는 곳이라고. 영양군의 일월산도 음기가 강해 여산으로 불리는데, 태백산의 가랑이에 위치한 형국이어서라고 했다. 충북 괴산군 연풍면에 있는 은티마을은 지형이 여근곡을 닮았고, 증평군 삼기리에 있는 등잔걸이 길 골짜기도 여인의 음부를 닮아 음기가 센 곳이며, 포항 내연산에 있는 은폭(隱瀑)이란 폭포 명칭은 원래 여자 성기를 닮아 음폭(陰瀑)으로 불렀고, 경주 건천에 있는 여근곡은 역사적으로도 유명한 옥문지라고 했다.

음기운이 강한 곳의 특징을 보면, 주로 계곡을 끼고 있어 굉장히 음습하다. 그런 곳은 접신이 잘돼, 예로부터 무속인들이 즐겨 기도처로 삼았다. 그중에 으뜸인 장소가 바로 대관령 국사성황당이라는 말씀이었다. 이 당집은 능선 사이에 있어 위치상 여성 음부에 정확히 들어맞음은 물론, 실제로 음문 부분의 샘터에서 물이 나와 여근과 흡사하다고.

이렇듯 음기가 강한 곳은 기도처로 이름났거나, 풍수학적 비보에 따라 남근석을 세워놓거나, 옥문처럼 생긴 곳에서 샘이 나오는 곳이므로 알 수 있다고 했다. 이런 곳에서 음기도 보할 겸 기도하면 색욕을 줄이고 양기도 중화할 수 있다는 묘방을, 뒤늦게나마 실천궁행코자 국사성황당을 찾은즉.

당도한 날 오후, 서낭당 신령님께 기도하고 내려오는 도중이었다. 고운 한복을 차려입은 두 여인이 성황당으로 올라오고 있었다. 무녀임이 틀림없었다. 내가 높은 위치에서, 그리고 마주보았을 땐 그녀들이 무당이라는 선입견을 가져서인지 별다른 생각 없이 지나쳤다.

한데 그들을 올려 보내고 돌아서 뒤태를 본 순간. 치마폭을 걷어잡은 틈으로 하얀 속치마가 보이고, 꽃신에 하얀 버선목이 언뜻언뜻 보이는 것이…….

'아, 꼴려!'

내 불방망이는 한순간에 적송보다 더 빳빳하게 섰다. 색마가 달리 색마겠는가. 지금 당장 스스로 배설하지 않으면 신령님께 벼락을 맞더라도 여인들을 탐할 것만 같아, 나는 욕동이 한껏 오른 양물을 움켜쥐고 비탈진 곳을 찾아내려갔다.

'저 여인들 음부에 콱 박으면 좋겠건만.'

속곳 풀어헤치는 연상을 하자 침이 마르고 속이 탔다. 그럴수록 더 급해. 나는 바위로 가려진 곳에서 재깍 허리띠를 풀고 정신없이 용두질을 해댔다. 양기가 바짝 오른 탓에 순식간에 아아, 극치 사정을 하곤. 종내는 "여기까지 와서도 지랄할 줄이야!" 욕지거리를 내뱉으며 바지춤을 추슬렀다.

달아오른 얼굴로 지켜보는 눈은 없는지 힐끗 훑어보고 원래의 성황당 오르는 길로 나왔을 때. 방금 지나친 여인들의 엉덩이와 음부가 온갖 환상으로 떠올라, 이내 몸은 다시 거친 숨과 함께 목젖이 꼴깍거렸다. 재차 불뚝 선 양물이 그 여인들을 기다려? 말어? 아니면 내 손으로 한 번 더 해? 하고 묻는데.

나는 불끈불끈 솟는 욕동을 주체하지 못해 한 아름되는 소나무를 여인의 육체인 양 끌어안고선 "아이~씨, 아이~씨." 하고 욕과 괴성이 뒤섞인 동물 소리를 냈다. 그러면서도 "어이쿠! 어이쿠!" 자탄하며 소나무 허리에 이마빡을 몇 번이나 짓찧고서는: "뒈져라, 썩을 놈!" 하고 침을 뱉은 뒤 머리를 절레절레 흔들었다.

그랬음에도 욕정이 가라앉질 않아 나는 억지우격으로, 불방망이를 움켜쥔 채 어기적어기적, 몇 걸음씩을 뗐다. 누가 볼세라 산행 중에 다리가 아픈 것 같은 시늉을 내며.

불가불 조금조금 내려와 정류장에서 버스 오기를 기다리고 있자니. 하, 이거 참. 성황당으로 올라갔던 그 여인들이 내려오지 않는가. 버스 탈 시각에 맞춰.

버스에 타자 다시 음욕 환상에 젖어, 나는 발동한 욕정을 참느라고 손으로 음경을 꾹꾹 눌렀다. 앞좌석에 앉은 두 여인의 음부를 상상하면서도 차창 안팎을 둘러보는 듯 눈알을 굴리며.

'아, 꼴리네. 꼴려.'

무쇠 솥뚜껑도 구멍내버릴 정도로 끓어오른 욕동을 어찌

하랴. 나는 강릉 서부시장에서 하차하는 그 여인들을 뒤따라 내려선, 소주와 참치 캔을 사 들고 골목 안쪽 여관으로 찾아들었다.

"아가씨도 한 명 불러주시고."

여관 주인에게 숙박비를 지불하며 내가 말했다.

"'긴밤'으로요, '짧은밤'으로요?"

여관 주인이 화대를 결정하기 위해 '긴밤' 잘 건지 '짧은밤' 잘 건지 나에게 물었지만, 해 시각으로는 오후 네 시도 되기 전이었다.

"'긴밤'으로. 빨리요."

나는 여관 주인에게 화대를 줘놓곤 방에서 기다렸다.

잠시 뒤 똑똑, 노크 소리가 들렸다. 빨라서 좋군, 딱 미치겠건만.

내가 들어오라는 말도 하기 전에, 문을 열고 들어온 아가씨가 손으로 입을 막고 말했다.

"아까 성황당 오르셨던 분!"

"어!"

나도 탄성을 뱉었다. 성황당 길에서 만났던 두 여인 중의 젊은 여인이 한복차림 그대로 들어왔지 않은가.

나는 색욕으로 속이 바싹바싹 타 있었던 만큼, 들었던 소주잔을 얼른 털어 넣었다. 그리곤 벌떡 일어나 그 여인을 와락 껴안으며 목덜미부터 빨아댔다. 최소한의 인사닦음도 없이 오랜 내연이라도 되는 양. 그 여인도 두 팔로 내 목을 힘껏 두른 채 "아. 아." 하고 교성을 냈다. 서로가 꼴려 있다 급했던 탓이리라.

얼마나 꼴렸으면, 내 코에선 소 방귀 같은 소리와 함께 뜨거운 김이 났다. 그녀도 얼마나 절박했는지, 내 손을 잡아 속곳 안으로 직진시켰다. 옥문에서 나온 음물이 팬티 안에 이미 흥건하였다. 우리는 누가 먼저랄 것 없이 서로의 옷을 벗기고 땀범벅이 되도록 핥고 뒹굴었다. 세 번의 교합을 치르는 동안 우리는 서로에 대해 묻지 않고 오직 성 탐닉에만 몰두했다. 서로가 광적으로 섹스에 빠졌다보니 세 번이나 정사를 치렀음에도 그 시간이 한순간으로 느껴졌다.

그 한순간이 지나고 벌거벗은 채 술을 나눠 마실 때야, 그녀 스스로 섹스 편력을 털어놨다. 그녀의 성은 심(沈)이라 했고 나이는 서른둘. 남자의 육체를 맛본 뒤 과도한 성욕이 문제되어 두 번이나 이혼했다고 하였다.

"하루 한시라도 남자의 정액 냄새를 맡지 못하면, 두통과 신경증에 시달리는데 어쩌유."

툭하면 들끓는 색욕을 못 참아 뭇 남정네와 몸을 섞다 이혼 당하였지만, 그렇다고 돈벌이로 몸을 파는 창녀와는 처지가 달라서, 여관 몇 군데를 거점으로 잡고 윤락을 원하는 남자들 받아 실컷 몸을 푼다고 했다. 남자들로선 '짧은밤' 화대 주고도 최소 서너 번은 응해주니 쾌재를 부를 게고, 여인 자신은 욕정을 해소할 수 있어 그야말로 누이 좋고 매부 좋은 격이었다고나 할까.

한데 날이 갈수록 성욕은 더욱 심해지는 반면 식욕은 떨어져, 갖은 방술을 다 썼으나 색욕으로 환장할 지경이 되었다. 하는 수없이 용하다는 태백신당을 찾아 물은 결과, 내림굿을 받아야 정욕을 끊을 수 있단다. 원래 이 여인에겐 신기가 있어 잠재 에너지가 엄청난 데다 성에 굶주렸던 궁중 여인의 영이 몸에 들었고, 또 생전에 섹스 한 번 못해보고 옆집 신혼부부의 정사 장면만 엿보다 죽은 처녀 귀신도 붙어 색정을 부추긴다며.

"치성 드릴 겸 악령 물리치는 퇴마 굿을 일차로 하고, 내림굿을 받으면 색욕이 어느 정도 가라앉을 거라 해유."

그녀는 소주 마신 컵을 내려놓으며 하소연도 했다.

"굿을 할지말지, 아직 정하지는 않았시유. 아까, 나랑 같이 성황당 오른 분이 큰 무당이라는 얘기는 들었시유만. 몸뚱어리를 어찌 하지 않는 한, 굿한다고 성욕이 해결될까, 하는 미심쩍음도 있고. 한편으로 무당이 되면 몸 정제를 해야 되니 일말의 효과도 있긴 있겠다, 싶은 것이. 어쨌든 지금까진 욕구 해소할 길이 없어, 이녁과 몸 비비고 있시유."

그날 이후 한 달 간 우리 둘은 색골이 되어 서로를 탐하느라 여관방에서 거의 나오지를 않았다. 어떤 땐 하루 낮밤 사이 열 번 넘게 색탐에 빠지기도 했다. 햇빛 보러 나오는 경우라야 내가 어쩌다 안줏거리나 생활용품 사러 나올 때뿐이었다. 정말 이지 밥 먹거나 잠에 곯아떨어진 시간 외는 침대에서고 화장실에서고, 전위고 후위고, 가리지 않고 음란 짓을 했다.

그러다 어느 날 새벽, 먼저 일어난 심 여인이 성냥불로 자신의 음모를 짓이겼다. 깜짝 놀라 몸을 일으킨 내게 그녀는 칼 얼음 뱉듯 말했다.

"더 이상 색마로 살아선 안 되겠시유."

아무리 그렇기로서니, 하고 내가 못마땅한 얼굴로 쳐다보자 그녀가 덧붙였다.

"내림굿을 앞두고 몸을 정제하려면 독하게라도 할 수밖에 없시유. 흉하게 생각지 말았으면 좋겠시유."

그길로 심 여인은 정념을 끊기 위해 산중 기도처로 간다며 여관을 떠났다. 그녀를 붙잡을 명분도 권리도 없어, 나는 혼자 남아 아침부터 소주를 들이켰다.

'이 색한은 어찌할꼬. 하루에도 수차례 성교를 한다는 피그미침팬지 보노보보다 더한 이 색마는.'

차라리 검사 생활을 계속했으면 이렇게까지는 되지 않았을지 모른다. 낮에는 수사나 기소장 작성에 매진하고(물론 섹스 환상이 들거나 여직원과 식당 여인들의 분 냄새를 맡고나면 수음은 하루에도 댓 번씩 했다) 밤에는 소읍으로 나가 매음녀와 질탕하게 뒹굴다가 아내를 만난 날 맘껏 욕정을 발산할 수 있었기에.

이혼 전, 주말 또는 어쩌다가 아내를 만나면 그날은 지구가 흔들렸다. 아내도 그간 성욕을 참았던 데다 헤어져 있었던 시간이 많았던 관계로, 육체 서비스를 잘해 줘야 된다고 생각하여 성심성의를 다하였으므로. 그때도 욕정이 지금같이 들끓었지만 매음녀들과 아내가 어느 정도는 처리를 해줬었는데.

심 여인이 떠난 뒤, 나는 그야말로 색광이 되었다. 여러 명의 윤락녀를 부르고 날마다 수음을 해도 정욕이 식질 않았다. 얼마나 황음에 빠졌던지 코피가 터지고, 어느 날은 밥숟가락조차 들지를 못했다. 손이 덜덜 떨려. 화장실도 기어서 다녀올 정도로 몸이 축나더니만, 종내는 방바닥에 널브러지고 말았다.

형광등 불빛이 가물가물하고 정신이 아득했다.

검찰 요직에 오르기 위해 물불 가리지 않았던 내가, 멀쩡한 아내까지 버리고 난봉꾼으로 살려고 부장검사 자리를 사직했던가. 예전, 음란 짓에 빠졌던 내게 어머니가 꾸짖었던 욕이 생시의 호통처럼 들려왔다. 망종이야, 망종.

해병대 포항사령부에서 병장으로 만기제대를 한 나는 고시에 재도전하여 늦깎이로 검사가 되었다. 사법대학원에서 실무연수를 마치고 검사에 임용되고 보니, 대학 다니는 중에 고시 합격한 친구들과는 4, 5년차가 났다. 나는 대학 2학년 때 1년 휴학하였고 군역도 장교가 아닌 사병으로 제대한 데다, 고시 재수를 3년간 했기 때문이었다.

촉급한 마음 금할 길 없어 나는 이를 악다물었다. 다른 친구들 따라잡는 것은 물론, 검사장 자리까지 치고 올라가려면 성과를 낼 수밖에 없었다. 털끝만큼의 범죄 혐의가 있는 한, 부풀리기 해서라도. 진소위로, 무지막지하게 칼을 휘둘렀다. 때마침 5공화국이 정권 차원에서 정의사회구현을 외칠 때라 조그만 범법행위도 중형으로 기소했다. 산 정상에 오르려면 깔딱 고개를 넘어야 하듯, 내가 부장검사로 승진하는 고과에 홍기대의 살인사건이 결정적인 기여를 했다.

헌데. 신들이 주사위 놀이는 하지 않는지는 몰라도 인과의 법칙만큼은 아인슈타인 뺨치게 계산을 더 잘하는지. 제기랄, 홍기대가 내 운명을 송두리째 흔들 줄이야.

* * *

나는 세무장갑 낀 손목을 오른손 검지로 젖혀 시계를 봤다. 일곱 시를 막 지나고 있었다. 랜턴을 한 번 켰다 껐다 시험해보고 다시 켜선, 혼자 탐사 오르는 길을 걷기 시작했다. 2월 초순 날씨임에도 산속은 아직 한겨울이라서 몹시 추웠다. 털실 비니 모자를 썼으나 몸이 떨려, 점퍼에 달린 후드 모자를 푹 눌러썼다.

'좀 걸어 올라가면 곧 땀이 나겠지.'

건성으로 하는 의례에 불과했지만 금당사 앞을 지날 때는 잠깐 서서 합장을 했다. 남세스러운 짓거리를 하러 가면서 부처님께 불도(佛徒) 의식을 갖춘다면, 그건 개가 좆 내놓고 금강저를 휘두르는 격과 다름없어. 이 같잖은 합장은 오히려, 내 행각이 다른 사람 눈에 띄지 않게 해달라는 사심(蛇心)의 발로에 더 가까웠다.

탑사 바로 아래, 봉두봉과 암마이봉으로 올라가는 등산로 입구에 이르러 나는 랜턴을 껐다. 이 밤중에 아직 내려가지 않은 사람이 있나? 오므린 왼손바닥을 덧귀처럼 갖다 대어 잠청하고, 길 아래 위쪽을 살폈다. 보는 눈 없지? 확인을 끝낸 나는 랜턴을 색에 집어넣고 어깨에 둘러맨 다음, 어두운 산길을 한 발 한 발 올라갔다. 오른손 왼손 번갈아 나뭇가지를 잡고 헤치며.

나무가 듬성듬성한 돌무지까지 올라와선 길 없는 오른편 비탈을 따라, 네다리 짐승같이 손으로 경사면을 짚으며 엉금엉금 기어갔다. 마이산은 지질학적으로 자갈, 모래 등이 퇴적되어 생긴 역암 지대여서 표층의 잔돌들이 걸핏하면 툭 떨어져 나왔다.

조심조심, 더듬더듬. 오른손에 가뜩 힘을 주고 튀어나온 돌에다 오른발을 디디려는 순간. 내가 왼발로 밟았던 돌멩이가 부스럭, 미끄러지면서 아래로 굴러 떨어졌다.

또르르, 딱, 딱, 딱.

야밤에 산골짜기의 정적을 깬 그 소리는 지옥을 울리고, 염라대왕 간도 떨어지게 할 만큼 컸다.

'어이쿠!'

나는 깜짝 놀라, 한 마리 애벌레처럼 돌 비탈에다 몸을 납작 붙였다. 그 자세로, 누가 들었을까봐 숨소리를 죽이고 귀를 기울였다. 천만다행으로 인기척은 없었다. 후유, 한숨을 쉬고선 속으로 나 자신에게 욕지거리를 해댔다.

'망할! 더러운 짓 할 거면 탑은 뭐 하러 쌓아.'

그랬다. 나는 오늘 낮에도 바로 이곳 어디쯤엔가 올라 돌탑 하나를 쌓았다. 오늘뿐만 아니라 보름째, 암마이봉 남쪽 벼랑을 따라 포탄 맞은 자국처럼 움푹 파인 군데군데의 구멍 —이를 지질학 용어로 타포니라 했던가—에 작은 돌탑을 쌓았다. 누가 보거나 말거나.

이곳에 와서 돌탑 쌓기를 한 것은 강릉에서 나와 한 달간 교합했던 무녀(가 되려한 여인)의 말 때문이었다. 그녀는 여관을 떠나면서 색욕에 대한 방책이랍시고 나에게 마지막 말을 남겼다.

"저야 내림굿을 받으면 몸주신이 욕정을 이길 수 있게 해줄지 모르겠는데, 또 그렇게 되길 빌러 가는 거지만유. 이녁은 진안 마이산 가서 탑 쌓기 수련을 함 해보세유. 마이산은 암마이봉이 있고 숫마이봉이 있시유. 암봉에서 탑 쌓기를 하면유, 음기를 받아 섹스 생각도 다스려질지 몰러유. 그리 높지 않아 등산하고, 탑사에 들러 기도도 같이 하면 좋잖유. 매일 낮밤으로 여자 음문만 파고 살 수는 없잖아유. 저도 남자 정액만 빼먹고 살아선 안 되겠다 싶어, 치성 올리고 굿하러 가유만."

나는 무녀의 말을 듣고도 몇 달 간은 영주로, 포항으로, 경주 등지로 떠돌며 계속 음행을 일삼았다. 이들 지역을 찾은 본래의 목적은 음폭이나 옥문지에 가서 음기를 받아 양기를 중화시키라는, 역학자들의 묘책을 실행해보기 위해서였다만. 여근곡에 가기만 하면 성욕이 누그러들기는커녕 외려 폭발하는데 어쩌랴. 나무를 등지고 오줌 누는 척하며 즉석에서 수음으로라도 해결할 밖에.

여근이 환상에 들면 용두질 한두 번으론 색욕을 잠재우지 못해 가는 곳마다 매음녀를 찾았다. 하루에도 몇 번씩. 이혼할 적에 "왜 그러냐고요? 왜? 왜?" 하며 울부짖던 아내의 절규가 윤락녀와 뒹굴고 돌아누우면 뇌를 찌르고 가슴을 동강내어. 오입질 할 때마다 곱절로 에너지가 빠지는 바람에 나는 만신창이가 되어갔다. 역학자들의 방책도 나한테는 소용이 없었다. 오죽했으면 스스로를 거세한 이티스처럼 내 손으로 양물을 절단 내려고 망동을 다 떨었을까.

'그때 끝장냈어야 했어, 그때.'

창녀들이 죄다 바수밀다 여인이거나 자재 우바이였으면 좋으련만. 선재동자가 만났다는 바수밀다 여인을 보거나 포옹하거나 입맞춤하기만 하면, 욕망에서 벗어날 수 있다던데.

몸에서 묘한 향기가 난다는 자재 우바이의 체취를 맡으면, 탐욕과 욕망이 사라져버린다던데. 바수밀다 여인이여, 자재 우바이여, 현출하여 이 망종의 색욕을 앗아가 주오. 제발.

답이 없었다. 색광은 더욱 심해져 가는데 방법이 없으니.

'무녀의 말대로 한번 해보자. 그녀 말대로, 여자 음부에만 빠져 살 수는 없잖은가.'

결심을 굳히고, 나는 달포 전에 진안 마이산을 찾았다. 무녀의 말을 딱히 신의 공수로 여겼다기보다는, 같은 성욕 과잉 때문에 인생 망가진 사람의 말인즉 실없는 소리는 아닐 거라는 판단에 따라.

나는 마이산 남부매표소가 있는 금촌마을 어느 농가의 곁간을 얻었다. 처음 보름간은 암마이봉을 산행하고 탑사에 들러 기도하는 게 중요 일과였다. 그럴 수밖에 없었던 것이, 그간의 음행으로 소진된 몸부터 회복시키는 게 우선이었기 때문이다. 보름쯤 지나 몸이 정상화되었을 무렵, 나는 하루하루 돌탑을 쌓아갔다. 무녀의 말대로 음기를 받기 위해 암마이봉 쪽에 집중해서.

그러나 어쩌랴. 이 망종의 색욕은 타고난 것을. 탑 쌓기 할 때마다 움푹 패여 있는 타포니가 여음 같다는 환상이 들고. 불끈불끈 끓는 정욕을 참지 못해 밤이 되면 타포니에 올라 그곳에다 욕정을 쏟아냈다. 타포니에서 용두질을 할 때면 무녀가 했던 말이 섹스를 충동하는 밀어처럼 들렸다.

"저도 마이산 가서 탑 쌓기를 해봤시유. 탑 쌓기를 하면서도 얼마나 못 참겠던지, 주먹만 한 돌멩이를 들어 사타구니에다 비벼댔시유. 음물 한 됫박은 나왔을 텐데, 하고 나면 남세스럽고 숭하고. 그랬는데도 남자의 양물 맛을 못 보면 몸이 아파, 손보기로 나선 거여유."

나는 오른쪽으로 조금 더 기어서 푹 꺼진 타포니에 몸을 뉘었다. 이번의 타포니는 제법 크게 움푹 패여 군대의 1인용 참호 같았다. 지랄하기엔 안성맞춤이로고. 밤의 적막이 감돌자 오늘도 얄짤없이 그 무녀의 말이 들리며 페니스가 불뚝 섰다. 씩씩. 숨이 가빠져, 나는 재깍 허리띠를 풀고 바지를 내렸다.

'여기가 무녀의 음부 같아.'

환상에 젖는 것과 동시에 손놀림이 빨라졌다. 혀를 굴리며 입을 쩝쩝, 무녀의 음물 맛이 전신에 퍼졌다고 느꼈을 때. 극치 사정을 하곤, 그녀의 말처럼 숭해서 욕을 뱉었다.

"아, 씹아, 이 망종!"

다음 날 오전, 나는 혼자 암마이봉에 올랐다가 천황문으로 내려왔다. 여느 때와 같이 잠깐 다리 쉼 할 셈으로 은수사 앞에서 걸음을 멈추었다. 바위에 걸터앉자마자 나는 이내 수심에 잠겼다. 산에 오르다 지팡이 삼아 주운 나무 막대를 양손으로 겹쳐 짚고 이마를 거기에 댄 채.

'밤마다 이런 짓거리 하러 여길 왔던가? 도대체 이 색욕을?'

회한에 빠져든 지 십여 분 지났을까.

"이보시오! 뭐가 그리 시름이 깊소?"

나는 게슴츠레 눈을 뜨고 위로 쳐다보았다. 두 손을 공손히 모아 쥔, 오십 중반쯤의 남자가 내 앞에 서 있었다. 조금 전 천황문에서도 봤고 약수터에서도 봤던 사람이었다. 나는 대답용 목례를 해놓고 알면서도 물었다.

"우리 아까, 저 위에서 봤지요?"

그는 차이나카라 형태의 허름한 셔츠에, 오래돼서 빛바래고 실밥이 툭툭 터진 밀짚모자를 눌러쓰고 있었다. 그가 입은 개량한복 바지는 닳고 닳아 무릎이 드러날 만큼 헤졌고, 그가 신은 흰 고무신은 누런 때가 낀 데다 한쪽 것은 뒤축이 째져 있었다. 차림새로만 보면 상거지와 다름없었으나, 그의 공손한 태도와 맑은 얼굴로 보건대 보통사람 같지가 않았다.

그가 어깨에 지고 있던 갈색 걸망을 풀어 내려놓았다. 한 손으로 밀짚모자를 벗고 다른 한 손으로 이마 땀을 닦은 그는, 잔잔한 미소를 띠며 내 곁에 다가와 앉았다.

"저 위서 보고, 또 만났습니다 그려. 한데 세상을 혼자서 다 짊어지고 가는 마냥, 온갖 걱정을 머리에 넣어 다니시는 것 같소. 선구자가 되시려나."

나는 하릴없이 막대기로 땅을 툭툭, 내리치며 빙긋 웃었다. 속을 들킨 것 같아. 앞만 보는 척하며 상식적인 반문을 했다.

"사람마다 걱정거리가 다 있지, 없는 사람이 있겠습니까?"

"혹시 여기 은수사나 저 아래 탑사에서 일 보는 분이시요? 옷차림으로 봐서 등산객이나 행락객은 아니신 것 같고. 출가 입문하신 분도 아닌 것 같소만?"

나는 노상 입는 곤색 티셔츠에 진회색 면바지를 입었고, 검정색 운동화를 신고 있었다. 또 등산 스틱이 아니라 굽은 나무 막대를 들은 데다 머리도 깎지 않아, 그렇게 추측한 것 같았다.

내가 "허허허." 실없이 웃고 나서 되물었다.

"절에서 일 보는 사람은 아닙니다만. 산에 오르면 등산객이지, 등산객이 따로 있습니까? 그러는 선생님은 뭐하시는 분이십니까? 절 찾아 공부하시는 분?"

"나요? 세상사는 재주가 없어, 여기저기 떠돌아다니며 세월만 축내고 있소. 굳이 공부라면 그것도 공부겠지요. 내가 잘못 본 건지 제대로 본 건지는 모르겠소만, 나보다는 오히려 선생님이 더 수도하시는 분 같은데? 안광을 보니까?"

어쩌면 그리 보일 수도 있겠다, 싶었다. 마이산 와서 몸이 어느 정도 회복되었다곤 하나, 그건 움직이고 돌아다니는 데 지장 없을 정도라는 말일 뿐. 여기 와서도 날마다 수음으로 정기를 방출한 결과. 피골이 상접했고 볼은 움푹 파여, 언뜻 보면 고행자 같았기 때문이다. 눈빛만 살아 있는.

나는 적당히 대꾸했다.

"그렇게 보이십니까? 뭐 꼭 그런 것은 아니지만 비슷하게 맞춘 걸 보니, 선생님 도력이 꽤 되나 봅니다."

그가 손사래를 쳤다.

"아니요, 전 도 닦는 사람이 아니올시다. 행색이 이래 놔니까 잘못 보신 것 같은데, 이곳저곳 떠돌아다니는 비렁뱅이일 뿐이오. 회사 부도 맞고."

그는 잠시 자기 신세를 늘어놓다가 나에게 권하였다.

"공부를 하시는 건지 다른 곡절이 있는지는 모르겠소만, 인생이 막다른 골목이다 싶으면 부산으로 한번 찾아가 보시오. 새 인생 살 요량이든 인생 끝낼 작정이든, 선생님의 사주나 한번 봐 보시라고. 내 보기에, 선생님에겐 기가 있어. 일반 사람과는 다른."

내게 영기가 있다느니 화기가 넘친다느니, 하는 말들은 듣기 좋아라고 하는지는 모르겠으나, 어릴 때부터 가끔 들은 적은 있다. 하나 지금 당장 급한 건, 무녀와의 질탕에 빠지는 환상 성교부터 깨야 했다.

강릉에서 나와 섹스놀음에 빠졌던 무녀의 육체 탄력과 방중술은 실로 엄청났다. 서로가 색골본색의 끝판왕인 것처럼 한번 붙었다 하면 남근과 여근의 합궁 정도가 아니라, 숫제 뼈골과 뼈골끼리의 마찰이라 해야 할 정도로. 음물과 양물의 사정이 아니라, 서로의 골수가 터져 나왔다 할 정도로 황홀경에 빠졌다.

그때의 쾌감이 뼛속까지 남아 무녀와의 교합 환상이 무시로 발동했다. 잠자는 남자와 교접한다는 음몽 마녀가 몸에 달라붙은 마냥 꿈에도 생시에도. 욕동이 일어날 때마다 측간으로 달려가 해결하는 것도 모자라, 밤에 타포니까지 올라가 용두질 해댔으니 병이지 않고.

'내가 색마의 기질을 타고났다는 역학자의 말을 엄마로부터 전해 듣기는 했어도, 직접 확인해본 적은 없잖은가? 평생 색광 짓하며 살아야 하는지 내 사주에 대해 한 번은 알아볼 필요가…….'

나는 못 이기는 척, 그를 쳐다보지도 않고 물었다.

"부산에 가면, 내 사주를 정확히 알 수 있을까요? 내 운명을 풀어줄 사람이 있을까요?"

"그야 사주풀이를 해봐야 알겠지만, 역학에 뛰어난 분들이 부산엔 많소."

나는 귀가 솔깃해서 되물었다.

"혹시 용한 명리학자를 알고 계신 분 있습니까?"

"내가 직접 본 사람은 아니지만, 꽤나 용하다고 소문난 역학자가 있소. 거 왜, 몇 년 전에 국민학생 여아 유괴됐을 때, 살아서 돌아온다고 예언해서 적중했다는 김 도사―."

"아, 들은 것 같습니다. 그분도 부산 출신입니까?"

그 사건은 몇 년 전에 대대적으로 보도된 내용이었고 소문도 파다했다. 기억하건대 1978,9년경 수산회사를 운영하던 기업가의 막내딸이 두 번이나 납치되는 일이 발생했다. 국민학생이던 정모 양이 유괴되었음에도 범인을 잡지 못하자 대통령까지 나서 대국민담화문을 발표하였다. 정부차원에서 당시 돈으로 엄청난, 무려 1억 5천만 원의 현상금을 걸고 수사에 나섰다. 하지만 수사에 진척이 없어 아이가 죽었는지 살아올 가망이나 있는지 알아보려고, 정 양의 부모가 김 도사라는 역학 대가를 찾아갔다. 그가 "아이는 살아 있고 '수'자 낀 날 돌아올 것"이라고 예언해서 정 양의 생환에 단초를 제공했다는 미담이 떠돌았었다.

그가 수통의 물을 한 모금 마시고 얘기했다.

"그 김 도사라는 분이 응봉 김중산 선생이오. 부산에 계시고."

"직접 만나보셨습니까?"

"아뇨. 그분은 저도 직접 보진 못했소."

"직접 보신 분 중에서는 누가 용한지?"

"누가 용한지 판단할 정도면 내가 최고수게요. 나도 만나본 사람은 있소이다. 연산로타리에 가면 백포 선생이라고, 관상학의 대가로 알려진 분이 있고. 무공 선생도 계시고, 명리학의 고수 김홍기, 허남원도 있고."

"부산에 어째서 그렇게 유명한 역학자들이 많은지?"

"그분들이 부산에 계신다고 해서, 출신지가 모두 부산인 건 아니오. 기실은 이북출신이 많은데─."

"이북 출신요?"

즉각적인 내 물음에 그는 술술 대답했다.

"역사를 거슬러 올라가 보면, 조선시대부터 서북 사람들은 차별을 많이 받아왔소. 그 반감으로, 민란도 대개 서북 지방에서 일어났고. 그런즉 관직으로 출세하기가 얼마나 어려웠겠소. 해서 그들은 조상대대로 과거시험을 통한 벼슬길보다는 장사 기술이나 역학 같은, 실생활 관련 학문을 많이 익혔던 게요. 그 결과 실용학문인 사주나 풍수, 한의학 등이 발달하지 않았나 싶소. 혹시 사상의학에 대해서 들어본 적 있소? 그 사상의학을 창시한 사람이 이제마인데, 서북 사람이오. 《사주청경》이란 역학 책을 남긴 이석영도 이북 사람이고."

말발이 선 그는 계속해서 스스로 묻고 스스로 답했다.

"지금은 어째서 부산에 역학 고수들이 많으냐? 피난을 왔기 때문이오. 6·25사변 때. 이분들이 피난 와서 먹고살기 위해 배웠던 역학 보따리를 풀어놓은 거요. 영도다리 근처에서."

명리학 대가들이 부산에 많다……. 죽든 살든 부산 가서 한번 알아나 봐? 정말로 내 사주에 색마가 끼어 있고 내가 처자식을 죽일 팔자인지. 음몽 마녀 같은 무녀와의 섹스 환상을 떼어낼 묘수가 있는지.

나는 결심을 선고하듯 막대기로 땅을 툭툭, 때렸다.

유나

내가 유나를 처음 만난 곳은 열두 살 적부터 친구인 동호의 미술학원에서였다. 본가가 기장 쪽이었던 동호는 도내(현재의 울주군과 기장군은 예전엔 모두 경상남도 관내였음) 학생 예술경진대회 부문별 수상자로 만나 지금까지 우정을 다져온 친구였다. 당시 대학원 박사과정 중이던 동호는 커플인 윤서와 함께 제법 그럴싸한 미술학원을 운영하고 있었다. 장충단공원길 빨간 벽돌 건물 3층에서.

내가 시계를 보며 학원에 도착하였을 때 출입문엔 '실기실습 중 출입통제—8시까지'라는 알림판이 붙어 있었다.

'수강생들을 데리고 누드 크로키 실습을 하는 모양이로군.'

나는 출입문 앞 대기의자에 앉아서 끝나기를 기다렸다. 8시 조금 넘어, 수강생 일고여덟 명이 문을 열고 나왔다. 나는 다 끝난 줄 알고 출입문 안쪽으로 들어갔다. 나를 발견한 동호가 "언제 왔느냐?" 묻곤 안쪽에 들어와서 잠시 기다리라고 했다.

그는 화실 내에 쳐져 있던 칸막이 커튼 안쪽을 확인한 뒤,

수강생들이 나들며 열려 있던 커튼을 끌어당겨 실습현장을 가렸다. 안쪽에선 한 남자와 한 여자의 대화가 조곤조곤 오갔다.

나는 동호가 건네는 간이의자를 물리치고 귓속말로 농담을 던졌다.

"누드모델, 나도 한번 보면 안 되냐?"

그가 내 옆구리를 툭, 쳤다.

"꿈 깨 인마."

동호가 호주머니에서 담배를 꺼냈다. 같이 피고픈 이심전심에 우리 둘은 누가 먼저랄 것 없이 나가자며 목을 픽, 재끼고 문 밖으로 나왔다.

"오늘 누드모델은 남자거든."

젠장. 동호가 내 호기심을 깨버렸다. 나는 말문을 닫은 채 동호가 내민 담배 개비를 빼 입에 물었다. 라이터를 켜 그에게 불을 붙여주고 내 담배에 불을 붙이는 사이, 한 모금 먼저 빨아 댕긴 동호가 농을 쳤다.

"여자 모델이라도 보여줄 수 없지. 니가 꼭 보고 싶으면 수강료 내 인마. 그러면 실습시간에 볼 수 있잖아. 그림은 그리든 말든 니 맘대로 하고. 히히."

'안에는 분명, 여자 한 명과 남자 한 명의 목소리였는데?'

그 둘만 남겨 놓은 게 이상야릇해 보였다. 궁금증을 안고, 나도 농담으로 받아쳤다.

"그럼, 나도 일대일로 시간 갖게 만들어 주냐? 남자 모델이 한 여자와 쏙닥쏙닥, 무슨 일?"

"짜~식."

씩, 웃은 동호가 대기의자에 앉으며 내 의문을 풀어줬다.

"안에 있는 여자는 한양대 의류학과를 졸업하고, 남성복을 생산 판매하는 자기 아버지 회사에 들어간 패션 머천다이저다. 상품기획을 담당하는 모양인데, 이름은 김유나. 나이는 제 입으로 말한 적은 없으나 들은 바로는, 스물일곱이 맞지 싶다. 그녀는 누드 크로키 연습도 하지만, 실상은 남자들의 신체에 대한 자료를 모으고 있다. 남성복, 그중에서도 특히 기능성 속옷을 개발하려면, 남자의 골격을 많이 파악해두는 게 좋다면서. 남성의 알몸 체격을 정확하게 알아보고, 미술 감각을 패션에 응용할 수 있게, 누드 실습 때 참여하게 해달라더라. 수강료 외에 별도의 모델료를 대겠다며. 몸매 재고 인터뷰하는 시간을 따로 달라 해서, 삼십 분, 그 시간을 지금 준 거라고."

약속된 30분을 훨씬 넘겨, 아홉 시가 거의 다돼 유나와 모델이 나왔다.

'와우!'

하느님의 역사도 바꾼, 아담이 이브를 봤을 때가 이와 같았으리라. 그때 튀었을 법한 불같은 것이 내 눈에서 번쩍, 했다. 내가 보기에는, 늘씬한 키에 눈썹이 길고 서구형 얼굴을 한 유나가 더 모델 같았다. 남자 모델은 동호로부터 봉투를 받자마자 인사하며 바로 사라졌다.

동호와 내가 화실 안으로 막 들어가려는데.

"원장님, 약속시간 초과한 벌로 제가 저녁 사죠. 시간, 괜찮죠?"

유나가 불쑥, 사전에 없던 제안을 했다.

동호가 오른손을 앞으로 돌려 왼쪽 목을 잡으며(갑작스런 상황을 맞거나 판단을 미적거릴 때 하는 그의 특유한 몸짓이다) 멋쩍게 말했다.

"어, 이 친구, 나랑 저녁 같이 먹으려고 여태 기다리고 있었―."

'얀마! 무조건 오케이 해놓고 봐야지, 그딴 말이 어딨어!'

내 눈이 일그러지며 괜한 성이 목젖까지 오른 찰나.

그녀가 동호 말을 끊고 환장하려던 내 속을 원 위치시켰다.

"그렇담, 잘됐네요. 친구 분을 미아 만들어선 안 되죠."

동호도 나에게 눈을 찡긋, 하며 같이 가자고 했다.

"괜찮지?"

'말이라고 하냐 인마!'

나는 대답 대신 고개를 끄덕였다.

"렛츠 고. 제 차로 모실게요."

유나가 계단을 먼저 내려갔다. 동호가 학원 문단속을 하는 동안 내 몸에선 도파민이 말떼기로 확 돌아, 동호가 나오기 전에 앞서 계단을 내려가다 하마터면 엎어질 뻔했다. 속으로 쾌재를 부르다 발을 헛디뎌.

'까딱했으면 지구가 미쳐버릴 일이 발생할 뻔 했잖아, 휴~.'

나는 유나의 승용차 뒷좌석에 얹혀 신사동에 있는 레스토랑 '다메'로 그들 따라갔다. 몇 마디 소개말이 오간 뒤. 식사 중엔 동호와 유나가 주로 대화를 나눴고, 난 꼽사리로 끼어온 처지여서 먹는 일에만 열중했다. 아니 사실은, 내가 무슨 말을 하면 유나가 "친구끼리 얘기 자~알 나누세용." 하고 일어서 나가버릴 것 같아, 말 걸기를 저어했다고 하는 편이 더 옳겠다. 하여튼.

그로부터 닷새 뒤. 동호에게서 전화가 왔다. 실은 그가 내게 전화하지 않았더라도 학원으로 찾아갈 참이었다. 내가 새로운 직장을 구하려면 그에게도 말을 해놓아야 할 것 같아서. 내심, 언제 또 누드 크로키 실습이 있는지 슬쩍 알아도 볼 겸. 유나와 다시, 자연스럽게 마주칠 기회를 엿보기 위해.

지금 내가 다니고 있는 직장은 시간제 계약직으로 알바와 다름없어, 급여가 박하고 언제라도 내쫓길 처지였다. 나이 서른셋에 괜찮은 직장 구하기가 어려워 임시방편으로 들어갔기 때문이다. 웬만해선 기업들이 정규직 사원 채용을 꺼려하는데다 나는 명지전문대 출신, 그것도 기술 계통이 아닌 경영학과를 나오다보니 모든 게 어중간했다. 중위권 이상의 확실한 4년제 대학에 들어갔든지, 아니면 생산현장에 필요한 기술을 배웠든지 했어야 나았을 것을.

당시엔 생활형편과 아버지의 강요에 못 이겨 그럴 수밖에 없었는데. 주위 친구들과 지인들은 내가 전문대를 졸업할 때 4년제 대학으로 편입학하라고 권유했었지만, 그건 내 사정을 모르고서 하는 말이었다.

1980년대 중반에 이미 우리 집 가세는 몰락했다. 옹기산업의 사양과 함께. 그 여파로 남동생과 여동생은 고등학교도 겨우 졸업했다. 그나마 내가 제대해서, 집안 아저씨가 운영하는 식당 일을 거들어주고 동생들 학비나마 보탰기에 가능하였다.

이후 남동생은 제대하고서부터 공무원시험에 도전하느라 알바로 제 입에 풀칠하기도 바쁜 상황이었고. 여동생은 패스트푸드점에서 일하다 동거하는 남자와의 사이에 아기가 생기는 바람에 일을 그만둬, 제 새끼 기르기에도 버거운 지경이었다. 설상가상으로 아버지가 위암 때문에 자리보전 중인데다 엄마까지 중증 관절염을 앓아, 부모님의 병원비와 약값을 오롯이 내가 벌어서 대어야 했다.

그랬던 만치 더 이상 공부를 한다거나 조건 괜찮은 직장을 알아보기 위해 기다리고 어쩌고 할 겨를이 없었다. 최저임금 이상만 주는 직장이라면 닥치고 들어가 돈 벌어야 할 판국이었다.

한데 아쉬운 대로의 생계 수입원이었던 아저씨의 식당도

불경기로 나날이 어려워져, 나는 충무로에 있는 지업사에 들어가 인쇄용지 배달하는 일을 했다. 그다음엔 가락동 농산물 시장에서 청과 배달하는 일을 했다가 편의점 야근 직원으로, 지금은 도시락 업체 배달 직원으로. 여기저기 다닌 일터 모두가 직장다운 직장이라고 할 수 없을 정도로 고만고만해서.

'뜨내기 일만 하다간 젊은 날에 싹수가 노래지겠다.'

직장을 바꾸든지 내 인생 진로를 뒤엎든지, 무슨 수라도 써보자는 작정을 한 터에 마침 동호에게서 전화가 온즉, 나는 학원 마치는 시각에 맞춰 동호에게 갔다.

수강생들이 다 나간 뒤, 우리 둘은 내가 사 들고 간 만두와 캔 맥주로 늦은 저녁을 해결했다. 허기를 채운 동호가 커피를 내왔다. 휴지로 입을 닦은 그가 단도직입적으로 물었다.

"며칠 전 너와 헤어지고 나서 나 혼자 곰곰이 생각해봤어. 너, 유나 어떠냐?"

"뭐라고!?"

속으론 기꺼워하면서도 한편으론 놀림감이 된 것 같아, 내가 언짢은 얼굴로 그를 빤히 쳐다보고 있는데.

그가 재차 물었다.

"왜 싫어? 유나 정도면 퀸카지, 안 그래?"

야, 인마. 퀸카고 된장이고 간에 내가 유나하고 감히 어떻게? 솔잎 채비하기도 벅찬 송충이 주제인 줄 뻔히 알면서 짜식이. 하마터면 입에서 욕이 나올 뻔했다.

"얀마, 나 지금 여자한테 작업 걸고 할 입장이 못돼. 장난 치지 마. 유나가 내게 가당키나 해? 누가 봐도."

"짜식 소심하긴. 그니까, 이제껏 여자 하나 못 찍어 넘겼지."

동호가 일단 말을 멈췄다. 나는 말없이 커피만 홀짝거렸다.

'학력이나 경제적 조건 같은 것 따지지 않으면, 나도 남자로서 유나를 내 것으로 만들고야 싶지, 왜 아니겠어.'

동호도 커피 한 모금을 넘겼다. 컵을 내려놓은 그가 진중하려고 의자를 당겨 앉았다.

"명진아. 지금은 둘도 없는 친구로서, 그리고 남자대 남자로서 얘기하는 거다. 먼저 유나에 대해서 내가 아는 대로 말하면, 일단 걔 성격이 괜찮다. 너도 봤듯이 바르고 쾌활하고. 너는 아직 한 번밖에 보지 못했지만, 내가 여러 번 지켜본 바로는 요즘 계집애 같지 않더라. 그리고 걔네 아버지가 의류를 생산하는 중소기업을 갖고 있다. 여태까지는 주로 대기업 물품 하청 받아 납품했다데. 출시된 지 얼마 안 됐다만, 자체 브랜드로 시중에 나가는 것도 있다더라. 브랜드가 뭐 '토르하우스'라고 했던가, 아직 널리 알려진 정도는 아니고. 걔가 저렇게 열심인 것은, 아버지가 만든 남성복 브랜드를 전문 대리점으로 확장시키려는 야심에서다. 너, 유나하고 같이 일해 보면 어떻겠느냐는 말이다. 연애 감정은 나중이고."

"그러잖아도 너한테 직장 좀 알아봐달라고 부탁할 참이었다. 유나 쪽으로 니가 선을 댈 줄은 몰랐는데?"

쉽게 될까, 하면서도 내 마음은 붕 떴다. 마치 유나와 한 직장에 다닐 수 있도록 운명의 신이 입김을 불어대는 마냥.

동호가 좀 더 진지하게, 테이블 위에 있던 4B 연필을 쥐고 짚어가며 얘기했다.

"명진아, 잘 들어봐. 이젠 너도 번듯한 직장을 찾아야 해. 니가 먹고살기 급급해서, 또 학력 스펙이 좀 딸려서 이렇게 됐다는 건, 누구보다 내가 더 잘 알지. 해서, 어제 유나한테 부탁 좀 했다. 너 취직 좀 시켜 달라고."

"벌써 말해 놨어?"

나는 커피 잔을 들다말고 급히 내렸다.

"응."

대답한 동호가 나를 쳐다보곤 손에 든 4B 연필로 글도 그림도 아닌 것을 제멋대로 쓱싹, 해가며 말을 이었다.

"유나가 너에 관해 몇 가지 물어서, 내가 아는 사실대로 대답해줬다. 뭐 우리 둘 사이엔 속이고 말고 할 게 없으니까. 한데 걔, 보통내기가 아니더라고. 날더러 그러데. 회화 중심 미술가들은 사고가 평면적이라고. 조형이나 뭐 다른 것도 겸해서 작업하는 경우는 물론 다르겠지만. 그래놓곤 말야, 하참, 기죽게 스리. 너같이 도예를 한 사람들은 입체 감각을 가졌다나 뭐라나. 자기가 모델들의 육체를 직접 재보고 만져보고 하는 것도, 다 그런 이유 때문이라고. 그녀 말로는, 패션

디자이너나 머천다이저라고 해서, 가만 앉아 또는 신체 기준표만 보고 쓱쓱 그려내선 안 된데. 마네킹을 예로 들더라고. 예전에는 그런 것조차 있었냐는 거야. 그냥 옷걸이에 걸어놓거나 매대에 펼쳐놓으면 옷을 사 갔지. 하지만 요즘은 마네킹도 거의 실물과 똑같이 만들어야 하고, 매장 디스플레이도 살아 있는 공간으로, 느낌이 팍팍 오도록 입체적으로 해야 하고. 그렇게 하려면 무엇보다 감각이 있는 사람, 무엇 하나든 집중 파고드는 사람이 필요하대. 어떤 분야든 그렇지 않겠냐만, 몰입하는 사람을 그녀는 제일 좋아한다고. 감각과 집중 맨, 하면 원명진이지."

"그래서? 내 자리를 알아보겠대? 무슨 일을 해야 하고?"

"평소의 원명진답지 않게 성질 급하긴. 그건 유나도 아버지하고 상의해 봐야겠다고 했다. 걔가 인사 책임자는 아니니까. 자기 말로는, 창고에서 물품 나르는 자리라면 그건 간단하지 않겠나 싶지만, 전문대학 나온 사람을 단순 육체노동하는 자리에 두면 앞날이 그렇고. 유나가 자기 아버지하고 어떤 계획을 하고 있는 모양인데, 그쪽이라면 아무래도 좀 생각해 봐야겠다고 하더라. 우리가 봐도 그렇잖아. 창고 일이야 근력께나 쓰는 사람이면 되지만, 그녀가 원하는 쪽으로 어떤 일을 하려면 심사숙고해봐야겠지. 판촉부서나 다른 사무직으로."

"어떻게 될지는 아직 모르겠네?"

"두고 봐야지 뭐."

"역시, 니가 내 '영일만 친구'다."

"무슨 소리야? 우리가 언제 영일만에 갔었나?"

"척, 하면 알아들어 인마. 영원한 친구, 일편단심 친구, 만만한 친구, 라는 뜻이야."

"짜식. 비행기 태우는 건 니가 취직 되고 나서 해도 늦지 않아."

동호가 일어서며 내 어깨를 툭, 쳤다. 그길로 우리는 학원에서 내려와 골목 안 포장마차로 갔다. 다음 날 아침에 일어났을 땐 나 혼자 학원 숙직을 하고 있었다.

* * *

유나 아버지의 회사 '경봉어패럴'은 동대문구 장안동에 있었다. 이 회사는 기능성 아웃도어 전문 대리점 사업을 펼칠 그랜드 플랜을 갖고, 장안동 대로변에 새로이 빌딩을 사들이는 동시에 부서도 확장했다. 이 플랜에 따라 기존 생산중심 조직과는 별도로 독립적인 브랜드 사업부를 만들었다. 이 사업부에 상품기획과, 홍보판촉과, 영업과, 물류관리과를 두고 신규 사원도 뽑아 보충했다.

다행이 유나가 동호의 부탁을 들어줘서, 나는 이 회사에 입사하여 홍보판촉과에 배치됐다.

이제야 살 것 같았다. 정규직 사원이 되니 신용카드 발급받기가 용이했고, 무엇보다 자금 융통하기가 쉬웠다. 적으나마 은행에서 융자받아 아버지 병원비와 약값을 대줬고, 그때까지 눅눅하게 살던 반지하방도 햇빛 잘 드는 옥탑방으로 옮겼다.

앞날도 눈부실 정도로 밝았다. 회사가 신규 사업을 크게 벌이지, 유나가 있으니 믿는 구석 생겼지. 게다가 보너스 지급율도 좋아, 조금만 참고 일하면 언젠가는 내 장작 가마 지을 자금도 마련할 수 있겠다는 기대감이 부풀어 올랐다.

나는 신이 났다. 살아오면서 이때보다 제일 살맛 난 적이 없지 싶다. 열정이 붙어, 누가 시키지 않았음에도 나는 다른 직원들보다 두 배는 더 일했다. 상품기획 분야든 홍보판촉 분야든 유통영업 분야든, 가리지 않고 자료를 모으고 공부도 했다. 타 부서 직원들이 나에게 수시로 도움을 요청할 만큼.

그런 요청을 가장 많이 한 사람이 상품기획과의 유나였다. 유나는 내가 모은 패션쇼 화보나 유명 업체 카탈로그, 해외 패션 트렌드에 대한 기사 등 참고할 자료가 있으면 그때그때마다 복사해갔다. 또 내가 풍물시장에서 구한 앞바퀴가 큰 자전거 장난감, 마차 모형, 오크통 등은 빌려가 디스플레이 소품 견본으로 사용하기도 했다. 그뿐이랴. 어떤 때는 그녀가 자료 수집하는 데 동행하도록 날더러 외근 요청을 한 적도 있고, 심지어 마네킹 견본을 주문한 공장에 가선 내 의견에 따라 결정하기도 했다.

업무상으로는 그렇게 친밀하게 지냈어도 남녀 관계상으로는 유나와 적정 거리를 유지했다. 내 취직 소식을 전해주던 날, 동호가 농반 진반으로 "유나에게 눈독 들여라" "대시 잘 해 봐라" 하였지만. 유나가 사장 딸인 줄 안 이상, 나는 행동거취에 신경을 썼다. 동호 인격도 걸려 있는데다 나는 멀리 바라보고 가야 했기에. 오로지 내가 맡은 일, 회사가 필요로 하는 일에만 집중했다. 힘든 줄 모르고.

동료 직원들 역시 유나와 나 사이를 업무관계 이상의, 다른 눈초리로 보거나 왈가왈부한 적이 없었다. 왜냐. 내 스펙이 유나와는 물론 여타 직원들보다 형편없어, 사내 어느 누구도 나를 유나의 이성 상대로는 보지 않았으니까.

회사에 들어와 8개월쯤 이력이 붙고 전문점 구축 사업도 어느 정도 진행되던 그해 11월 말. 세계금융위기로 경기가 꽁꽁 얼어붙던 그때, 회사가 납품대금으로 받은 거액의 어음이 부도를 맞았다. 무리한 사업 확장까지 더해, 회사의 자금 바퀴가 곤두박질쳤다. 회사 전체가 술렁이기 시작했다.

아니나 다를까. 급여 지급을 한 달 연기한다는 안내문이 사무실 곳곳에 붙었다. 협력업체에 발주했던 물품이 입고되지 않는다는 물류관리과 직원의 보고 목소리가 우리 부서까지 들려왔다. 어느 날은 대리점 계약했던 점주들이 회사로 찾아와 보증금 돌려 달라 야단이고, 어느 날은 하청업체 직원들이 재고물품 잡으려 우리 회사 창고를 벌집 쑤시듯 뒤지고. 내 소속 부서인 홍보판촉과로는 주문 냈던 소품과 광고비 결제해 달라는 전화가 빗발쳤다.

경봉어패럴은 결국 며칠을 견디지 못하고 연쇄 부도로 쓰러졌다. 내 장작 가마를 갖겠다는 꿈과, 유나와의 전도에 대한 희망도 산산조각 났다.

'내 운명은 왜 이리 더럽냐!'

크리스마스를 사흘 앞두고 나는 회사를 떠났다. 다른 직원들은 체불임금 받기 위해 머리에 붉은 띠를 매고 뭉치자며 단체행동을 하였지만. 나는 입사한 지 얼마 안돼 받지 못한 월급이 다른 사원에 비해 적고, 또 근무기간이 1년 미만이어서 퇴직금 받을 조건도 되지 않아 깨끗이 포기하였다.

나도 더 기다려 볼까, 하는 마음이 없었던 건 아니다. 사실 어떤 직원보다도 회사에 더 붙어 있고 싶었다. 여타의 사원들과는 다른 이유로.

나는 오히려 내 체불임금 받으려는 것보다는 회사를 지키기 위한 구사대로서, 어쩌면 그보다는 유나 곁에 더 있고 싶고 유나를 지켜주기 위해서라도 붙어 있고 싶었다. 회사를 떠날 때 이런 내 마음을 전하려 유나에게 여러 번 통화를 시도했으나 연결이 되지 않았다.

부득이 '지금은 전화를 받을 수 없어 메시지를 남기'라는 안내에 따라, 나는 20자 제한 문자를 두 번이나 넘겨가며 메시지를 남겼다.

　유나 씨 힘내세요. 유나 씨와 사장님은 반드시

　다시 일어설 겁니다. 일단 물러나 있겠으니 필요

　하면 꼭 불러주세요. 언제든지요. 명진 드림

　삼십년 만에 불어닥쳤다는 동장군까지 기세를 부리는 연
말에 직원 뽑는다는 회사를 찾기란 어려운 일. 나는 당장의
생계가 급해 탕수육 배달 알바로 나섰다.

　몸이 추운 건 견뎌내면 되지만 마음까지 추우면 극단적인
행동까지 서슴지 않는 법. 나는 유나가 걱정돼 통화를 시도
했다. 그러자 이번엔 '고객님의 전화가 꺼져 있어' 연결되지
않는다고 해, 음성메시지를 남겼다.

　"유나 씨 원명진입니다. 연말 잘 보내세요. 건강해야 되요. 힘내
야 되요. 꼭, 아시겠죠."

　새해 들어 홍보판촉과 선임이었던 김용관 대리에게 인사
차, 부도난 회사가 어떻게 정리되고 있는지 문자를 보냈다.
그에게서 받은 메시지가 '불능. 사장재산 부채 뿐. 쓰러져 병
원 갔다함'이었다.

'큰일 났구나! 유나 씨까지 무너지면 안 되는데.'

나는 다시 유나에게 전화를 걸었다. 제발 좀 받아요, 이번 만큼은.

허나 전화기에서 들려온 목소리는 유나가 아닌 '지금 거신 전화는 없는 번호입니다.'고 안내하는 통신사 여자 음성이었다.

'정녕 모든 게 끝나버렸구나!'

참으로 허황했다. 나는 근 한 달이나 술로 밤을 지새웠다.

"잊어야지 뭐, 어쩌겠어."

동호도 안타까워했지만 그라고 별수 있을까.

설 연휴 지나, 경봉어패럴 다닐 때 알고 지내던 협력업체 생산과장이 물류창고에 임시직 일자리가 있다며 나를 보자고 했다. 그 회사는 등산복 수주를 많이 받아 물류창고 확장이 불가피한즉, 새로 임차한 창고의 물류관리를 당분간 맡아달라는 거였다. 정규 사원으로 계약하느냐 문제는 가을 돼서 피차 판단하기로 유보해 두고.

의류산업은 계절에 따라 판매율이 널뛰기를 하여, 여름상품 판매로는 생산시설 유지하기조차 힘들다. 가을쯤이면 내년 봄여름 상품 수주 정도를 알 수 있을 테고, 그때 가서 정규직 입사 문제는 다시 논의하는 게 어떻겠느냐는 말씀.

그와 나는 삼겹살집에 가서 소주잔 부딪히는 것으로 얘기를 끝냈다.

***

창고에서 물류관리 업무를 본 지 한 달쯤 지났을 무렵. 내 전화기가 삑삑, 울리며 문자가 떴다. 발신인이 동호였다.

오늘 학원 들러. 무슨 일? 유나가 왔다 갔다

'유나가 찾아왔었다고! 탈 없이 견뎌냈구나. 살아 있어 고맙다.'

나는 쌓여 있던 포장박스가 유나 얼굴이라도 되는 양, 거기다 키스를 하고 눈물을 흘렸다. 기쁨에 들떠 동호에게 전화로 물어볼 생각도 못했다. 물론 동호가 유나 일로 거짓말하거나 장난치는 것은 아니라는 믿음이 있어서였을 테지만.

서둘러 창고 문을 닫았다. 찰칵. 잠금 소리는 캡스(보안업체) 직원이나 들으라 하고, 나는 부리나케 학원으로 향했다.

오늘은 마침 학원 수업도 없어 동호 혼자서 캔 맥주를 마시고 있었다. 인사고 뭐고 다 생략하고. 나는 테이블 위에 놓여 있던 캔 맥주부터 하나 따 꿀꺽꿀꺽, 마셨다. 유나에 대한 궁금증에 더해 바삐 오느라 목이 타서.

두 번 연타로 그렇게 마신 다음, 입가로 흘러내린 맥주 줄기를 닦지도 않고 물었다.

"유나는? 유나는 그냥 가버렸어?"

"숨넘어가겠다. 앉아라, 앉아."

나는 의자를 당겨 털썩 앉았다. 동호가 나를 안정시키기 위해, 일부러 캔을 들고 내 캔에 마주치자고 내밀었다. 서로 캔을 맞부딪혀선 그도 나도 천천히 한 모금씩 넘겼다. 동호가 한 손으로 캔을 든 채, 다른 손으로 테이블 위에 놓여 있던 안내 카드를 내 쪽으로 밀었다.

'이게 뭐냐?'

나는 동호를 쳐다보며 표정으로 물었다. 말없이, 그가 손짓으로 직접 읽어 보라고 하였다.

나는 카드를 집어 두 손으로 펼쳤다. '초대장'이란 제목 아래 '올리비아 문 F/W 패션쇼'를 링컨호텔에서 한다는 내용이었다.

'이건, 여성복 브랜드 아냐? 유나, 아니 그녀 아버지가 새로 여성복을?'

나는 눈에 힘을 주는 것으로 물음을 대신했다.

내가 그렇게 감 잡을 줄 예견했던 동호가 고개를 저었다.

"핀트가 엑스(X). 여성복 만드는 회사를 한다는 게 아니고 패션모델이 됐어, 유나가."

나는 고개를 끄덕였다. 유나 미모와 몸매라면 이해하고도 남았으므로.

그가 맥주 캔을 오른손 중지로 톡톡, 치며 말을 이었다.

"아버지는 중앙대 부속병원에 계신다 하고. 뇌출혈로 쓰러져 병원 갔을 땐, 이미 위암도 3기나 진행되어 버렸다네. 불행도 동무해서 온다더니만."

동호가 다시 캔 맥주를 한 모금 마셨다. 나는 새 캔을 따서 연거푸 들이켰다.

동호도 내 행동을 알아챘는지 마무리를 했다.

"내가 들은 건 다 얘기했으니, 상세한 건 모레 만나서 직접 물어봐. 모레 나는 참석한다고 했어. 니가 참석할지 여부에 관계없이. 패션쇼 끝나고 호텔 건너에 있는 '오쎄' 커피전문점에서 만나기로 했고. 모레 저녁시간이니, 니가 시간만 내면 만사형통. 유나가 당부하길, 날더러 참석한다면 행사장에서는 아는 척하지 말라고 하더라. 모델에이전시 측에서 모델과 외부인 간에 차단을 그렇게 한다네. 모델 보호를 위해서도 그렇고, 무슨 소문이라도 날까봐 관리를 철저히 한다고. 너에 대해서 물어보더라. 학원에 찾아온 이유를 걔는 이러더라. 시간이 좀 더 지나고 짬이 나면 그림은 계속 그리고 싶다고. 세상일 잊기 위해서도. 다른 사람한테는 아직 모델 일한다고 얘기 안 했지만, 나와 너한테만은 알려주고 싶었다면서. 너는 과묵해서, 경봉어패럴 딸이 모델 됐다고 떠벌리고 다닐 사람이 아니라는 판단에. 불과 이틀 앞두고 이렇게 빠듯해서야 찾아오게 된 연유도, 혼자서 많이 망설이다가 그리 됐다 하고."

내가 유나를 만났어도 그렇게 했을 일을, 동호가 미리 짜

놓아서 달리 할 말은 없었다. 나는 들고 있던 캔을 내려놓았다. 나도 가보련다, 는 말 대신에 엉성하게 물었다.

"행사장에선 모른 척해도 선물은 하나 가져가야 되지 않을까?"

"나도 여태까지 그걸 고민하고 있었다. 꽃다발은 행사장에서 줘야 의미 있는데 모른 척하라니, 슈퍼모델이 되도록 빌자면 뭐가 좋을까, 하고. 이거, 어떠냐? 런웨이로 걸어 나오는 유나 모션을 포착해서, 크로키 그림을 만들어 주는 것. 사진이야 누가 찍어도 안 찍겠어?"

굿 아이디어였다. 나는 힘껏 하이파이브 제스처를 취했다. 즉시로 동호가 내 손바닥을 마주쳤다. 수강생들과 함께 찍은 사진에 유나 모습이 들어 있고 동호 뇌리엔 그녀의 인상이 각인되어 있으므로, 런웨이로 걸어 나오는 유나 모션만 순간 포착하면 동호로선 어려운 일도 아니었다. 또 그녀가 피날레를 마치고 약속장소로 오는 데 시간이 좀 걸린다고 치면, 뒷손질하기도 충분할 것으로 예상돼.

패션쇼 하는 날, 동호와 나는 초대장을 제시하고 호텔 그랜드 볼룸에 들어갔다. 내 심장이 둥둥둥, 북을 쳤다. 소리는 행사장에 흐르는 음악에 묻히고 말았지만 필(feel)은 천지를 진동시키고도 남았다.

우리가 입장하고 조금 지나 실내등과 음악이 꺼졌다. 쇼 개막 시그널인가 보군.

나는 자리에 앉아 무대를 좀 더 잘 보기 위해 머리를 쭉, 뺐다. 잔잔한 발라드 음악이 배경으로 깔리고 조명이 황갈색 빛으로 떨어지면서 패션쇼가 시작됐다.

내가 동호 옆구리를 잡아당겨 귀에다 속닥거렸다.

"추동복 패션쇼라 가을 분위기 나네, 이 봄에."

동호가 팔꿈치로 나를 치며 속삭였다.

"짜식, 벌써부터 가을 타냐."

모델들이 음악에 맞춰 워킹 스텝으로 나왔다. 착용한 상품을 객석에서 볼 수 있도록 잠깐씩 폼을 재곤, 걸어 나왔던 무대 뒤로 사라졌다. 연속으로.

열 명쯤의 모델이 지나간 뒤, 날씬한 몸매에 큰 눈을 가진 모델이 런웨이로 나왔다. 동호와 내가 거의 동시에 걸어 나오는 모델을 보고 손가락 짓을 했다.

'저기, 유나?'

유나가 맞았다. 원래부터 늘씬한 몸매였지만 더 날씬해졌고, 긴 눈썹은 메이크업을 해서 더 진한, 그야말로 슈퍼모델 같았다. 나는 찡한 코와 젖은 눈시울을 손으로 연방 가리느라 다음 스테이지가 어떻게 진행되고 있는지 몰랐다.

동호가 내 옆구리를 쳤다. 쇼 끝났다고.

'이렇게 금방!?'

나는 잠에서 갓 깨어난 어린아이처럼 눈만 껌뻑껌뻑, 멀거니 앉아 있었다. 빵모자를 고쳐 쓰고 옷매무새를 가다듬던 동호가 다시 내 팔뚝을 쿡쿡, 찔렀다.

"일어나 가자."

나는 비실비실 일어나 보스턴백을 둘러메곤 피날레를 보는 둥 마는 둥 하면서도, 모델들 속에서 유나를 찾으려고 목을 이리 쭉, 저리 쭉, 뽑았다. 그사이 크로키 북과 카탈로그 등을 캔버스 가방에 챙겨 넣고 떠날 채비를 갖춘 동호가, 내 등을 때리다시피 떠밀었다.

"이제 곧 볼낀데, 짜식 하고는."

앞서가는 동호 꽁무니를 따라 나는 커피숍으로 갔다. 동호는 자리를 잡자 말자 크로키 그림을 손질하여 준비해온 액자에 넣었다. 8절지 크기로, 내가 보기에도 역동적인 스케치였다.

'유나가 아픔을 딛고 정말 일류모델이 됐으면.'

그림을 보며 속으로 빌고 있는데 유나가 커피숍에 들어섰다. 코발트블루 색깔의 세미정장 차림을 하고서. 패션쇼 할 땐 메이크업과 연출 때문인지 〈보그〉의 무뚝뚝한 표지모델 같더니만, 우리를 발견하고선 특유의 쾌활한 낯빛을 띠었다. 동호는 인사만 나누곤 "가서 커피 주문하고 올게." 하며 자리를 비켜주었다.

유나가 "그간 잘 지내셨어요?" 하고 어색하게 손을 내밀다 말아, 나는 얼른 악수를 하며 "예." 했다. 그 일이초 간에, 내 잡은 손이 견우의 악력보다 더하다는 걸 유나도 느꼈는지 한 손으로 입을 가리며 멋쩍어했다. 나는 짐짓 분위기를 일신하려고 의자에 세워져 있던 그림을 가리켰다.

"어때요? 잘 그렸지요?"

"어머! 이거, 나네. 호호호. 언제 이걸?"

동호가 어느새 다가와 대답했다.

"이거, 작년부터 그린 겁니다. 마무리만 오늘 했지."

유나가 입을 가리고 깔깔깔, 웃었다.

나는 보스턴백을 열어 따로 준비해온 선물을 테이블에 올렸다. 동호도 몰랐을 걸, 하는 표정을 지으며.

"이건 제 선물입니다. 보잘것없는ㅡ."

"그게 뭔데요?"

유나가 궁금해서 나를 쳐다보았다. 내가 양 손바닥을 펼치며 권유 자세를 취하자 동호가 대신 말했다.

"직접 풀어보세요. 나도 모르게 이런 걸 다."

뭐지? 유나가 머리를 한번 갸웃, 하고 선물 보자기를 풀었다.

그건 젊은 연인들이 마차를 타고 머플러를 날리며 달려가는 도자기 미니어처였다. 작년 가을 경봉어패럴에서 유나와 함께 일할 때 선배의 가마에서 덤으로 구워낸. 모형 만드느라 며칠 밤새우긴 했지만 그땐, 디스플레이 소품으로 써볼까 하고 만들어뒀던 것인데 이렇게 유나에게 주는 선물감이 되었다.

유나가 양손으로 입과 코를 감싸며 말했다.

"명진 씨 고마워요. 원장님도."

유나와 내가 자리에 마주 앉는 새, 동호가 창구로 가서 커피를 트레이에 받아들고 왔다.

먼저 건네받은 유나가 머그컵을 들어 코 가까이서 살짝 돌렸다.

"하, 커피 향 좋다."

두 손으로 커피를 감싸 쥐고 있는 품이 열여섯 소녀 같았다. 그만큼 맑아 보이는 한편으로, 얼마나 힘든 시간을 보냈으면 저럴까, 내 가슴 한구석에 못이 삐쭉 뚫고 들어오는 것 같았다.

동호와 난 섣불리 말 꺼내기가 어려워 마른침을 삼켰다가 커피 한 모금 했다가.

커피를 두어 모금 마시고 뜸을 들였던 유나가 저간의 사정과 모델이 된 경위에 대해 제 스스로 입을 열었다. 눈을 아래로 깔고 머그컵을 만지작거리며.

"아버지는 발행한 수표를 막지 못해 형사입건 되어 있고, 뇌졸중과 위암 때문에 병원에 누워 있어요. 엄마도 신경쇠약에 걸려 사람 구실 못하는 지경이고. 가지고 있던 부동산이야, 예금통장이야, 공장 물건이야, 모두 압류되거나 경매로 넘어가 살 집도 없어져 버렸구요. 그 상황에선 딱 죽었으면 싶어, 몇 번이나 한강 다리를 찾아갔는지 몰라요."

다따가, 나는 내 옆구리를 엄지손가락으로 꾹꾹 눌렀다. 명치끝이 아려오는 걸 커버하느라고. 여차하면 유나 눈에서 폭포가 쏟아질 것 같은 순간, 동호가 테이블을 딱딱딱, 세 번 두드려 그녀의 눈물샘이 요동 못하게 막았다.

"큰일 날 소리. 그랬으면 슈퍼모델 김유나를 오늘 못 볼 뻔했잖아요."

유나가 속으로 눈물을 삼키려는 듯 입술을 한번 굳게 다물었다가 말을 이었다.

"허나 부모님도 아직 계시는데다, 내가 직접 엎지른 것은 아니라는 생각에 목숨은 끊지 않았지만……. 대학 다니는 여동생은 당장의 제 학비도 문제여서, 내가 돈 벌어 식구들을 먹여 살리지 않으면 안돼요. 그래서 모델생활을 하기로 결심했구요. 에프 더블유(F/W:가을·겨울) 상품은 봄에 쇼를 열어 주문받고 여름에 생산 들어가는 사이클인데, 다행이 예전에 아는 모델에이전시에서 나를 받아줘, 오늘 처음으로 무대에 나온 거예요."

잠시 침묵이 흘렀다. 동호가 말없이 머그컵을 건배 제스처로 치켜들었다. 내가 먼저 갖다 대고, 유나가 동호 컵에 이어 내 컵에도 갖다 댔다. 각자 한 모금씩 넘기고 나서 나는 무슨 말로든 유나를 위로해야겠다 싶어 "음, 음." 하고 잠겼던 목을 풀었다.

"유나 씨가 이렇게라도 길을 잡았으니 다행입니다. 데뷔

무대를 봐서 기쁘고요."

* * *

유나를 보고난 4월 첫째 토요일, 나는 혼자 남산공원을 거닐었다. 남쪽엔 벚꽃이 한창이라는 소식에, 서울은 그보다 늦게 벚꽃이 만개한다는 걸 알면서도 봄기운을 만끽할 요량으로. 울 아버지 병세가 심해 한두 달 넘기기 어렵겠다는 엄마의 전화를 받고 머리도 식힐 겸해서.

남산 길을 걷다가 문득, 김 사장님을 한번은 뵈어야겠다는 생각이 들었다. 유나한테서 듣지 않았다면 모를까 듣고서도 모른 척하기가…….

그만한 병이면 언제 어떻게 될지도 모르는 일. 나에 대해서 유나로부터 어떤 얘기를 들었는지 모르겠으나, 김 사장님은 나에게 잘해줬지 않은가. 비록 8개월 밖에 안 되는 짧은 기간이었지만.

참말이지 김 대리님으로부터 사장님이 병원에 입원했다는 문자를 받았을 때, 바로 문안을 가고 싶었다. 하지만 그땐 임금체불 문제로 옥신각신하고 있는 다른 사원들에게 눈치 보일까봐 주저했었다. 급기야 회사가 난장판 되고 나 역시 일단은 생활고부터 해결해놓고 보자 한 게…….

나는 산책을 하다 말고 병원으로 향했다. 어느 병원인지는 이미 들었고 사장님 이름도 알고 있으므로, 유나한테 따로 물어볼 필요는 없었다. 병원 안내데스크에서 입원실을 가르쳐줬다. 선물용 두유박스를 들고 506호에 들어섰을 때, 김 사장님 곁에는 젊은 아가씨가 혼자 간병을 하고 있었다.

처음에 사장님은 나를 알아보지 못하였다. 아가씨 말로는, 뇌졸중 때문에 반쯤 밖에 기억 못하고 말도 어눌하다고 하였다.

나는 잘 들으라고 또박또박 "유나 씨를 통해 회사에 들어갔던 원명진입니다." 하고 말을 붙였지만 사장님은 눈만 느리게 꿈~벅 꿈~벅, 했다.

나는 다시 손짓을 해가며 기억을 상기시키려 애썼다.

"사장님과 함께 매장 디스플레이 평가하러 두어 번 다녔잖습니까? 생각 안 나십니까?"

좀 있다 사장님이 눈꺼풀을 파르르 떨었다. 그 순간을 놓치지 않고 내가 톤을 높였다.

"저를 알아보시겠습니까?"

그러자 겨우 들릴 정도로 "아, 아, 알…지." 하며 잘 움직여지지 않는 손을 내밀려 안간힘을 썼다.

나는 두 손으로 사장님 손을 얼른 잡았다. 그때서야 아가씨가 "유나 언니 동생입니다."며 자신을 소개했다. 나는 잡았던 사장님의 손을 놓고 그녀에게 찬상의 말을 건넸다.

"아, 대학 다니는 동생이 있다더니……. 유나 씨 닮아 예쁘네요."

그녀는 살짝 미소를 지어보이곤 간이의자를 내 쪽으로 밀었다. 앉으시라면서. 내가 대충 엉덩이를 걸치는 동안 그녀는 환자용 사물함 쪽으로 가, 두유 팩 하나에 빨대를 꽂아 나에게 갖다 줬다. "고맙습니다." 하고 받아든 나는 그녀와 뇌졸중 치료와 위암 수술 진행 여부에 대해 잠깐 얘기를 나눴다. 사장님과는 더 이상 대화하기 어렵고 유나 동생에게 특별히 할 얘기가 있는 것도 아니어서, 나는 얼른 두유를 마셔 치우고 병실을 나왔다.

그로부터 사흘 지나, 유나에게서 급작스레 전화가 왔다.

"어디 손 벌릴만한 데가 없어서 그래요. 돈 있으면 오십만원, 오늘내로 빌려줬음 해요. 된다면, 제 동생 유진이 통장으로 보내줬음 좋겠는데."

내 수중에는 그만한 돈이 없었다. 울 아버지 병원비 대기도 급급한 형편이잖은가. 그렇다고 나 몰라라 하기엔……. 하는 수없이 생산과장한테 차용해서 바로 입금해 주었다.

빌려준 돈 갚겠다며 유나가 만나자고 한 날, 그녀는 다급했던 사정을 털어놓았다.

"친가고 외가고 모두, 우리가 찾아가거나 우리가 연락하는 걸 꺼려해요. 돈 빌려달라고 할까 봐서. 엄마가 정신병원에 들어가지만 안 했을 뿐이지, 저렇게 정신이 오락가락할 정도가 된 데는 다 이유가 있다고요."

유나 눈가에 눈물이 고였다. 그녀는 오른손 검지로 오른쪽 왼쪽 눈물을 번갈아 찍어내고 말을 이었다.

"아버지는 동대문시장에서 자기 가게 한 평 없이, 어렵게 한 푼 두 푼 모아 사업 시작했어요. 아버지가 협객 기질이 좀 있어, 남 어려운 것 보면 그냥 넘어가질 못해요. 물론 그 때문에 아버지도 시장 상인들에게서 신뢰받아 사업기반 잡았지만. 우리가 돈 좀 있을 때 엄마 아빠가 집안 사람들에게 얼마나 잘해줬는데, 우리가 이 지경되니 나 몰라라 해서 엄마가 저렇게 된 거라구요. 이 사람 저 사람 다 싫다며 마음 문을 닫아. 내 친구나 동생 친구에게 돈 융통하는 것도 그렇데요. 나와 동생은 돈 있는 자식이라고 남들한테 꼴값 떨고 한 적이 없는데—그런 행동 보이면 다른 사람 이전에 아빠가 제일 싫어했고 또 야단쳤어요— 다른 친구들 눈에는 그렇게 보였는지. 내 앞에서 대놓고 말만 안 했을 뿐 눈치로 보자니, 다들 '잘됐다 유나 너 어쩌는가 보자'는 냉소를 치는 것 같고. '돈 오십만 원도 없니' 하면서 깐죽대고. 태어나서 오십만 원이 그렇게 큰돈인 줄 몰랐어요. 구하기가 그렇게 어려운 줄도."

"사장님 병원비가 상당할 텐데 그럼 병원비는—."

"아버지 병원비는 그 병원 의사이자 아버지 친구인 장 박사님이 그럭저럭 해결해 왔어요. 지금까지는. 그 병원으로 아버질 모시고 오라 한 것도 장 박사님이셨고. 동기회니 친

목회니, 아버지 관련 인사들에게 십시일반 협조를 부탁해 주셔서 버텨왔습니다만, 앞으로 어떻게 될지는 모르겠어요."

그날 이후, 나는 유나의 부탁을 두 번 더 들어줬다. 한 번은 유나가 패션쇼 하러 제주도로 가는 그 시각, 공교롭게 그녀의 엄마와 동생도 볼일이 생겨 저녁에 두어 시간 아버지 병실을 좀 봐달라고 해서. 또 한 번은 그녀가 어디로부터 받아야 할 물품을, 내가 관리하는 창고 주소지로 좀 받아달라고 해서.

그러저러한 일로 유나와 나는 4월 한 달 동안에 여덟 번을 만났다. 만날 때마다 그녀는 가정사를 꺼냈다가, 초라해진 제 모습에 고개를 떨어뜨리기도 했다.

어쩌면 여자로서 자존심 상해 꺼내기 어려운 얘기들을, 그것도 제 발로 찾아와 흉금을 털어놓는 유나를 보며 내 마음 한구석엔 이제 남녀관계로 가까이 해도 되겠다는 욕망이 자리 잡았다. 가진 것 없고 뭣하나 내세울 것 없는 못난 청춘으로서 하는 말이지만, 회사가 잘나갔을 땐 유나가 얼마나 아득하고 멀리 보였는지 모른다. 업무 때문에 가까이 지내긴 했어도.

당시 유나에겐 변호사라는, 해외에서 박사학위 받았다는, 잘나가는 펀드매니저라는, 대기업 2세라는, 고위 공직자 아들이라는 남자들로부터 숱한 구혼이 들어왔다. 결혼정보업체를 통해서도 들어왔고, 유나 아버지와 어머니의 지인들을 통해서도 들어왔고. 그들과 스펙 비교를 한다는 자체가 어불성설이었던 나는, 유나의 중매 소식이 들릴 때마다 얼마나 내 머리를 짓이겼는지 모른다. 송충이가 감히 어쩌자고, 하면서.

신이 잠꼬대하는 사이 운명의 수레바퀴에 나사가 풀렸는지. 경봉어패럴이 성장 일로일 때는 유나가 그림의 떡으로만 보이던 사주의 딸이었는데. 회사가 망하고 나니 이 못난이가 접근해도 될 만한 여자라는 요망한 마음이 들고, 거기다 불감청한 기회까지 생길 줄이야.

훈김

5월 들어 패션쇼 출연 일정으로 바쁘다던 유나가 어느 날, 갑작스레 전화를 해선 다짜고짜 만나자고 했다.

그즈음의 나는 유나를 '썸녀'로 만들고파 날마다 잠을 설치던 때 아니던가. 허나 유나의 집안이 아무리 경제적으론 파탄 났다지만 그녀의 미모와 스펙으로 볼 때 정말이지 아직은, 아직은 내가 딸려도 한참 딸린다고 수그리던 참이었는데. 가당찮게도 그녀가 먼저 만나자고 하니 열 일 제치고 달려갈 밖에.

유나와 나는 신림동 부대찌개 식당에서 만나 소주를 곁들여 저녁식사를 했다. 우리 사이에 주고받은 말이 별로 없어 식사 시간은 짧게 끝났다.

식당에서 나온 유나는 뭔가를 골똘히 생각하며 앞서 걸었다. 나는 한 걸음 뒤에서 따라가다, 어디가 커피나 한잔할까요, 하고 말을 붙이려 그녀에게 바짝 다가섰다.

나는 그간 유나가 어디에서, 어떻게 사는지에 대해 그녀로부터 직접 들은 바가 없었다. 엄마와 동생과 함께 사는지, 아니면 따로 사는지. 병원에서 봤던 유나 동생 유진이 "언니는 우리도 얼굴 보기 힘들어요."라고 한 적은 있기에 그런가보다 여겼을 뿐.

유나가 받아야 할 물품 도착지를 우리 회사 창고 주소지로 해서 날더러 받아달라고 부탁한 것까지 보면, 메뚜기처럼 옮겨 다녀야 하는 처지임은 분명한데 물어보기도 얄망궂어. 내 속으론, 커피 마시는 타임을 가지면 그녀 스스로 얘기할 건 하겠지, 싶었다. 나에게 말할 만한 사정이면 제 스스로 털어놓았던 전력에 비춰보건대.

내 심경을 알아챘는지 유나도 '헤븐모텔'이라고 쓴 간판 앞에서 발걸음을 멈췄다. 그리곤 서서히 뒤돌아보았다. 그 틈을 타 내가 말을 건넸다.

"유나 씨, 어디 가서 커피 한잔—."

그 순간 유나가 얼굴을 바싹 내 코앞에 갖다 댔다.

"명진 씨, 나, 안 가지고 싶으세요?"

나는 장난치는 줄 알았다. 모텔이 여기저기 많이도 보여, 비꼬아서 짓궂게 놀리는 걸로. 유나는 술도 그다지 많이 마시는 편이 아니었기에 술김에 하는 소리는 분명 아니고.

"유나 씨!"

나무라듯 언성을 높이며 나는 좌우를 살폈다. 혹시 누가 들었을까봐서. 이십대의 반반한 아가씨가 장난이라도 그렇지, 한길에서 대놓고 어떻게 그런 말을? 나는 얼굴이 화끈거려 오른손바닥으로 좌우 뺨을 쓸어내렸다.

유나가 허리를 펴고 정색을 했다.

"명진 씨, 나, 장난 아니에요."

대꾸해 놓고, 이번엔 두 손으로 내 오른손을 움켜쥐었다.

"정말 나, 안 가지고 싶으세요?"

유나가 목소리 톤을 높였다. 그녀의 숨소리와 손에서 느껴지는 감으론, 나를 희롱하려는 가댁질 같지가 않았다. 단박에 나를 끌고 모텔로 들어갈 기세였다.

"유나 씨! 왜 이래요? 정신 차려요!"

"나, 정신 말짱해요. 명진 씨, 나 안 가지고 싶으세요? 오늘 가지세요."

그녀가 내 손을 더 꽉 쥐어 잡았다. 창졸에 이를 어쩌나? 어릴 때 제상에 차려진 빨간 사과를, 참을 수 없을 만큼 무지 먹고 싶어 침을 꼴깍꼴깍 삼키던 사과를, 할머니가 먹으라고 막상 쥐어주면 지금 바로 먹어야 할지 아껴 먹어야 할지 몰라 얼떨떨했던 것처럼 머리가 띵했다. 품에 안기듯 달라붙는 유나의 살냄새가 나를 미치게 만들건만. 아직은 안 돼, 안 돼. 유나가 왜 이러는지 종잡을 수 없으니.

'욕정으로만 치자면 왜 안 가지고 싶겠어! 자진해서 주겠다는데, 가지라는데. 유나의 살과 뼈를 다 파먹고 싶을 만큼 얼마나 갖고 싶었는데!'

그렇게 말하고 싶었지만 지금은 실랑이 할 계제가 아니어서 달랬다. 우선은 달래고 봐야 했다. 그러지 않으면 아랫도리 본능에 내가 못 이겨서라도 일을 치고 말테니까.

"유나 씨 오늘은 돌아가요. 엄마도 기다리고 동생도 기다릴 텐데, 빨리 돌아가요. 아버지 병환도 그렇고."

유나는 가져라, 나는 돌아가라, 옥신각신. 두세 번 승강이 끝에 유나가 내 손을 놓았다.

"오늘은 그냥 가라니, 명진 씨 말을 따를 게요. 다음엔 내 말 따라야 해요."

내게서 다짐을 받으려는 유나에게 나는, 다음은 다음이고 일단 돌아가라고 했다. 그러고 나서 강단 있어 보이게, 그녀의 팔목을 잡아채듯 틀어쥐고 택시를 잡았다.

같이 타고 가면 또 그녀가 생떼 쓸까봐, 아니 사실은 나 자신이 더는 주체하기 어려울까봐 유나만 택시에 태웠다. 택시를 탄 유나도 제 입으로 혼자 가겠다며 차 문을 닫았다.

다음 날, 꼭두새벽부터 휴대폰서 문자 수신음이 울렸다.

'성가시게 이른 새벽에 무슨?'

손등으로 눈을 한번 비비고 나는 휴대폰을 더듬어 찾았다. 듀얼 폰 화면에 뜬 발신인은 뜻밖에도 유나였다. 눈꺼풀이 무거웠지만 한편으로 마음은 놓였다.

'다행이 잘 들어간 모양이네. 어젠 잘 들어갔는지 문자 보냈는데도 답신이 없더니만.'

나는 눈곱을 떼고, 폴더를 열어 메시지를 읽었다.

오늘 저녁 7시. 어제 만났던 데서 봐요.

피식, 웃음이 났다. 만나서, 어제 일 엄벙뗑하려는 꿍수겠
지. 유나가 곁에 있으면, 어제 가지라고 했던 말 지나서 보
니 좀 부끄럽지, 하고 놀려주고 싶었다. 나는 문자 메시지를
한 번 더 읽곤 휴대폰 화면에다 쪽, 소리 나게 키스를 했다.
그녀 쪽에서 만나자 하는데다 격의도 조금씩 없어져 가는 만
큼, 유나가 마냥 가까이 하기엔 너무 먼 당신은 아니라는 생
각에 너무 기꺼워서.

근무시간이 끝나자마자 나는 헐레벌떡, 약속장소로 갔다.
먼저 와서 기다리고 있던 유나는 어제 비해 풀이 많이 죽고
초조한 기색이었다. 인사성 몇 마디와 주문하느라 의사를 타
진한 것 외는 주고받은 얘기도 별로 없었다. 어제와 같이 우
리는 부대찌개를 시켜 놓고 소주를 깠다. 그녀는 나를 똑바
로 쳐다보지 않고 주로 술상에 초점을 두고 있었다. 아니, 어
쩌면 그녀의 초점은 다른 데 가 있었는지도 모르겠다.

'분위기를 바꿔야겠어.'

어제 일을 들춰내 짓궂은 장난이라도 걸어볼까 하다가. 지
금은 수가 죽어 있는데다 괜히 잘못했다간 유나가 더 무안해
할까봐, 나는 엉뚱한 얘기만 지껄여댔다. 밴딩 똑바로 안 해

오늘 한바탕 난리를 쳤어요, 의류는 깨지는 물품이 아니라고 마구 집어던지질 않나, 어쩌고저쩌고.

유나는 앞 접시에 담긴 찌개 건더기를 숟가락으로 뒤집었다, 쪼가리 냈다 할 뿐 말이 없었다. 내 말을 귀담아 듣는 것 같지도 않았다. 내가 괜스레 하는 소리라는 걸 아는지.

어영부영. 소콜을 두 잔째 마시던 유나가 평소와 다르게 잔을 탁, 내려놓았다.

"명진 씨, 우리 그만 마셔요."

'애개, 둘이서 한 병도 안 비우고! 컨디션이 안 좋은가? 아니면 어제 일에 대해 스스로 화가 났는가? 고작 이 정도로?'

내가 아는 한, 유나는 소주와 콜라를 섞은 소콜은 일곱 잔, 소주만으로는 넉 잔 정도 마시는 주량이었다.

그녀의 컨디션이 평소와 영 다르다는 걸 느꼈으면서도 나는 확인 삼아 물었다.

"왜요? 아직 한 병도 안 비우고?"

유나는 성질내듯, 강하게 머리를 가로저었다. 뭔가 탈이 나도 단단히 난 모양으로.

'저토록 마시기 싫다는 데야.'

아닌 게 아니라 나도 술맛이 싹 달아났다. 그럼 오늘은 그만 마십시다, 는 말을 내가 하기도 전에 유나가 카운터로 가 계산을 끝냈다.

부대찌개 집에서 나와서도 유나는 말이 없었다. 어디로 가자는 말도, 어떻게 하자는 말도. 정처 없는 사람처럼 그저 앞서 걷기만 했다. 양팔을 겨드랑이에 낀 채 고개를 숙이고. 내 추측으론, 어디 커피숍에라도 가 어제의 일에 대해서 무슨 얘기를 하겠지, 싶었다. 술을 그만 마시자고 한 기분에 대해서도.

어찌 하나 보자, 며 한 발짝 뒤에서 묵묵히 유나를 따라가는데. 어제의 그 모텔 앞에서 그녀가 딱 멈춰 섰다.

'그럼 그렇지! 어제의 언행에 대해서 한마디 있어야지.'

나는 짐짓, 하늘을 쳐다보며 딴전을 피웠다. 어제 일은 잊었다는 듯 손을 비비면서.

멈춰서 잠깐 무슨 생각을 하는 것 같더니만. 뒤돌아선 유나가 성큼 다가와 내 손을 잡았다.

"명진 씨, 어제 한 말 빈 말 아니에요. 나, 가지세요."

뭐 이런? 내 예측과 전혀 다르잖아? 나는 버럭, 화를 냈다.

"유나 씨, 정말 이럴 거예요! 유나 씨답지 않게 왜 이래요!"

그녀는 물러서지 않고 내 손을 더 꼭 모아 쥐었다.

"화내지 말아요. 나, 가지고 싶지 않으세요?"

"유나 씨!"하고 내가 소릴 꽥, 질렀다. 뒤이어 인상을 부리며 입술에 힘을 줬다.

"자꾸 날 놀리지 말아요. 정말 화내기 전에, 알았어요!"

유나가 뜸을 들이며 불만조의 대꾸를 했다.

"억지로, 완력으로 가지는 남자들도 많다더만……. 명진 씨는 왜 그래요? 가지라는데도."

"거참, 말을 해도. 남자면 다 같은 남잔 줄 압니까? 나를 다 그렇고 그런 남자로 보지 말아옷!"

다시 내가 언성을 높이자 내 손을 잡아 달래며 유나가 말을 바꿨다.

"그렇고 그런 남자라고 봤으면 미안해요. 그럼, 이렇게 하죠. 명진 씨 내가 하고 싶어요. 내가 하고 싶다고요."

유나 씨 지금 제정신이요, 하고 호통을 치려해도 입이 열리지 않았다. 유나가 내 손을 끌어당기며 "내가 하고 싶어 못 참겠으니 우리, 여기로 들어가요. 네." 하고 워낙 조르는 바람에.

나는 움찔했다. 한길에서 이 무슨? 사귀가 씌어도 단단히 씐 모양으로, 유나가 이렇게까지 도발적으로 나올 줄은.

잠시간, 내 머리는 가리산지리산을 오락가락했다. 까놓고 말하자면 아까 만났을 때부터 내 남근은 빳빳하게 서서, 유나의 음부에 들어가고 싶어 환장을 했다. 사실은, 그녀를 처음 본 이후로 낮이고 밤이고 없이 그랬다는 게 옳다. 그만큼 하고 싶기로야 지금 당장, 몇 번이라도 덮치고 싶지. 아휴, 이걸 어째?

하지만 이건 아냐. 내가 아는 유나의 행동이 아니라고. 갈보 짓도 아니고 개에게 뼈다귀 주듯 한 치의 망설임도 없이, 옛다 가지라니?

다시 내 손을 잡아끄는 유나를, 나는 어깨를 사용해 한쪽으로 밀쳤다.

"유나 씨, 잠시, 잠시만, 저기 앉아서 우리 얘기해요."

유나는 버둥거렸다. 나는 유나를 끌어안다시피 밀고밀어, 모텔에서 두 건물 떨어진 빌딩 계단에 앉혔다.

"모텔에 들어가서 얘기하면 되잖아요. 모텔 가요. 너무 하고 싶단 말예요. 네~에."

이번엔 코맹맹이 소리까지 내며 그녀가 애걸했다.

'여자가 이런 건가? 나를 시험하나? 아무리 하고 싶어도 키스 단계나 패팅 단계를 거쳐서 해야지 이건?'

나는 그녀가 나를 테스트 하는 걸로 여겼다.

"유나 씨, 우리 단계를 거칩시다. 자제도 좀 하고. 아끼고 사랑할수록 그런다고 합디다. 난 유나 씨를 아끼고 싶어요. 그러니 오늘은 키스해 달라면 그건—"

내 말이 채 끝나기도 전에 유나가 내 입술을 덮쳤다. 너무도 촉촉하고 달콤했다. 얼마나 원했던 것인데. 혀가 양쪽 입안을 오가고, 그녀의 혀를 숫제 뽑아버리고 싶을 쯤. 내 양물은 단단하기로 두 번째 가라면 서러워 할 자단나무 막대 같이 꼿꼿하게 섰다. 깊은 키스를 나누는 사이, 유나가 내 손을 잡아 치마 속으로 끌고 갔다.

'이게 유혹인가?'

정말로 색마에 홀린 기분이었다. 그간 유나를 엄청 갖고 싶어 했는데 막상 유나가 이렇게 나오자 정신이 확, 깼다.

"유나 씨, 오늘은 여기까지만. 아끼고 싶어요. 유나 씨를."

"그렇게 아낀다면 가지세요. 지금, 가지세요. 나도 하고 싶어요. 다른 사람 말고 명진 씨 하고만."

내가 억지로 떼어낼 기색을 보이자, 유나가 내 품안에 머리를 꽉 들이밀고 졸랐다.

"제발요. 명진 씨, 나를 가지세요. 나도 하고 싶어요, 네. 명진 씨 나도 하고 싶다고요."

그녀는 다시 내 손을 끌어 치마 속으로 집어넣었다. 허벅지의 부드러운 살결을 타고 팬티 안으로 끌고 들어가는 걸 나는 가까스로 빼냈다.

꺼낸 손으로 그녀의 머리와 목을 감싸며 말렸다.

"유나 씨, 이렇게 목덜미 애무해 주고 입맞춤하는 것으로 오늘은 끝내요. 우리 사랑하는 만큼 서로 아껴주고 천천히."

"너무 너무하고 싶은데. 한 번만 가지면 되는데."

내 말에 아랑곳하지 않았다. 그녀가 다시 내 입술을 덮치며 집요하게, 내 손을 잡아 팬티로 끌고 갔다.

'마지노선은 지켜야 해.'

나는 강하게 손을 뿌리쳤다. 나의 거부가 그녀가 싫어서 그러는 것은 아니라는 걸 보여주기 위해, 곧바로 유나 앞쪽으로 가 그녀의 구두를 벗겼다. 유나는 나를 지켜보려는 참이었는지 잠시 내가 하는 대로 내버려 두었다. 하얗고 매끈

한 맨발이 나왔다. 구두는 한쪽 옆에 가지런히 챙겨두고 나는 그녀의 발을 어루만져주며 달랬다.

"유나 씨, 이 발은 유나 씨 발이고, 이 두 발이 유나 씨 전체를 지탱해 줍니다. 내가 이 두 발을 지키면 유나 씨를 지키는 것과 같습니다. 마찬가지로, 내가 이 두 발을 가지면 유나 씨를 가지는 것과 같습니다. 이제 유나 씨 두 발을 내가 가졌으니 유나 씨는 내 것이고, 누구에게도 이 발을 주면 안 됩니다. 됐죠."

급기야 유나가 두 팔로 내 목덜미를 감싸 안았다. 두 발을 가짐으로써 자신을 가졌다는 데야.

유나도 더 할 말이 없었는지 고개를 좌우로 흔들곤 으흐흑, 울음을 터뜨렸다. 울먹이면서도 진심인지 부러 해보는 양인지 모를 말을 꾸역꾸역 남겼다.

"그렇게 아끼면…… 그냥 가지면 되는데. 정말 소중한 것…… 명진 씨에게 주고 싶은데."

그 순간, 참고 있던 남근이 날개로 변해 나를 하늘로 훨훨 날게 만드는 것 같았다. 그렇지 않을쏜가. 유나가 설사 나를 테스트하려고 헐리웃액션을 했다손 쳐도, 그렇게 '소중한 것'을 나한테 주려는 속마음을 알았으니. 나는 너무 고마워 눈물이 날 정도였다.

'유나는 이제 내 거야. 그렇지 유나?'

나는 확인삼아 그녀 입술과 목덜미에 진한 키스를 해주고,

머리를 쓰다듬어 안정시켰다.

"유나 씨 인제 됐지?"

그녀는 가타부타 말이 없었다. 두 손을 등 뒤로 짚고 머리를 젖혀, 속으로 우는지 목울대가 꿀꺽꿀꺽 소리를 냈다.

나는 유나에게서 몸을 빼 그녀의 두 발을 부드럽게 마사지해주었다. 두어 번 반복한 뒤, 구두를 찾아 한쪽씩 신겼다. 유나의 양쪽 발등과 종아리를 차례로 쓸어내린 나는 오른손으로 그녀의 허리를 끼고 안아서 "자, 일어서요." 했다.

그녀는 마지못한 듯, 한 손은 내 어깨를 부여잡고 한 손은 계단을 짚고 일어섰다. 한 발씩을 땅에 번갈아 디뎌 구두를 바르게 신은 그녀가 핸드백을 챙겨 메고 머리칼을 쓸어내렸다. 그러는 사이, 나는 그녀 뒤로 돌아가 등짝과 뒤쪽 치마를 털어 주었다.

양손 중지로 양쪽 눈언저리의 눈물 자국을 훔쳐낸 유나가 입을 뗐다.

"그만 됐어요. 명진 씨."

"알았어요. 뭐 빠트린 거 없죠?"

나는 퍼뜩 우리가 앉았던 자리 주변을 한눈에 훑었다. 이상 없다고 판단한 나는 오른손으로 유나 허리를 두르고 "이제 갑시다."며 손으로 신호를 보냈다. 그녀는 양 겨드랑이로 팔짱을 낀 채 말없이 걸었다. 내가 "택시 잡을 테니 타고 가요." 해도 대꾸 않고.

나는 손을 흔들어 지나가는 택시를 잡았다. 어제처럼 그녀 혼자 태워 보낼 요량으로, 내가 차 뒷문을 열어주며 말했다.

"혼자 타고 갈 수 있겠지요? 택시 넘버는 적어 놓을 게요."

"네. 혼자 가는 게 편하겠어요. 고마워요."

유나가 차 문을 닫았다.

멀어져 가는 택시 꽁무니를 보며 나는 손을 이마에 갖다 댔다. 택시 넘버를 외우려고 중얼거리다 든 생각.

'정작부터 욕정을 품고 있으면서도 왜 이런 기회를 날려버리는지? 내가 정말로 유나를 아끼는 건지, 아니면 시험에 들지 않으려고 발버둥치는 건지? 모를 일이네, 나 자신을 모르겠어.'

다음 날은 물품 출입고가 별로 없어 일과가 무료했다. 연방 하품이 나왔다. 5시 반 무렵, 슬슬 퇴근 준비나 할까 하고 작업복을 벗는데 유나에게서 문자가 왔다.

꼭, 꼭 만나요 7시 강남역 길천순대국밥

퇴근 임박해 무슨 일로? 약간은 의아스러워하면서도 내 입은 싱글거렸다. 유나가 스스럼없이 이렇게, 하루가 멀다 하고 나를 찾으니까 너무 감격스럽고 기뻐서. 유나는 이제 내 것, 하고 나는 휴대폰 문자 화면에 쪽쪽, 두 번이나 키스를 했다.

종일의 무료함이 싹 가셨다. 나는 얼른 업무일지를 작성하고 퇴근을 서둘렀다. 평소와 다르게 여섯 시에 땡, 오늘은 얄짤없이 창고 문을 닫고 약속 시각에 맞춰갔다.

유나는 먼저 와서 자리를 잡고 앉아있었다. 그녀는 턱을 괴고 생각에 잠겨, 내가 도착한 줄도 몰랐다.

'유나 얼굴이 왜 저래?'

하룻밤 사이에 너무 수척해져서 누가 보면 고약한 병치레를 한 사람 같았다.

'속상한 일이 얼마나 많았으면! 내라도 고분고분해줘야지.'

내가 맞은편에 앉자 유나가 "딱 맞춰 왔네요." 한마디 하곤 바로 모듬순대와 소주를 시켰다. 나한테는 물어보지도 않고. 그만큼 사이가 가까워졌다는 징표이기도 해서 내 기분은 도리어 꽃봉오리에 밀착하려는 나비 같았다.

한데 오늘은 어제와 다르게, 술 따르기가 무섭게 유나가 연거푸 소주를 들이켰다. 석 잔이나. 술상만 쳐다보며 얘기는 별로 않고.

'술로 삭힐 수 있으면 그렇게 해서라도 풀어. 내가 지켜줄게.'

나도 같은 템포로 잔을 비웠다. 순대로 허기진 배를 채워가며. 속에서 술기운이 오를 쯤 유나가 술잔을 쪽, 소리 나게 털어 넣곤 대뜸 제안했다.

"명진 씨, 오늘 나하고 같이 가야 할 데가 있어요."

나는 두말 않고 고개를 끄덕였다.

'그래요, 유나 씨를 위해서라면 언제라도.'

부대낄수록 옷에 달라붙는 진득찰처럼, 형편이 어려워지면 그걸 기회삼아 끈적끈적 애먹이는 파렴치한 인간들이 있기 마련. 성가셔도 볼 장 볼일은 봐야지. 유나 혼자 가기 어렵다면 어디든 내가 동행해주마고.

순대국밥 집에서 나온 유나는 백을 꽉 틀어쥐고 앞만 보고 걸었다. 오늘은 뭔가 단단히 결판낼 폼으로.

'깊은 고민거리가 있는 모양이야.'

묵시적으로 같이 동행하겠다고는 했지만 내 입으로 묻기는 난처했다. 이미 유나 형편이 어렵게 돼 있다는 걸 알면서도 내가 묻는다면, 도와줄 방편을 찾아야 한다는 말이고. 그 방편이라는 것이 돈, 그것도 웬만큼 큰돈이어야 하는데 내게 그런 능력은 없으므로. 입 다물고 있을 밖에.

'안타깝다, 유나야, 이러다 너 진짜 병나겠어.'

나는 두어 발짝 뒤에서 그저 따라만 갔다. 백 미터쯤 걸었을까. 그녀가 걸음을 멈추더니 흘긋, 좌우를 살폈다. 오른쪽엔 '카스바' 단란주점과 '팔도노래방' 네온사인들로 번쩍번쩍했다.

'노래방 가서 스트레스 풀자고? 그것, 괜찮은 생각이네.'

끙끙 앓던 내 마음이 조금은 누그러졌다. 이런 데라면 백번도 같이 가주고 말고.

어디면 좋을까, 내가 주변을 둘러보는 사이. 유나가 뒤돌아 내 앞에 다가섰다. 어깨에 멘 백을 조이며 그녀가 명령하듯 나에게 말했다.

"오늘은 내 말 따라요. 그러지 않음, 미쳐버릴 거예요. 나미친 것 보지 않으려면, 내 말대로 해요. 아까, 분명히 군말하지 않는다 했죠?"

조금 전 순대국밥 집에서 나는 그렇게 말했다. 유나 신경안 건드리려고 조심조심하겠다는 뜻에서.

"좋아요, 유나 씨. 우리 노래방 가서 놀아요. 속 좀 풀리게."

"그쪽 아녜요."

유나가 와락, 내 팔을 잡고 끌었다. 왼쪽의 '강남모텔'로.

"유나 씨, 이건 아냐. 이래선 안 돼."

"왜 안돼요? 뭐가 안돼요? 명진 씬 내가 싫나요? 그게 아니면 제발 따라 들어와요!"

입구에서 실랑이 할 수도 없는 노릇이었다. 지나가는 사람들이 쳐다보도록, 유나가 일부러 목청을 높이고 있어.

유나의 생떼에 못 이겨 나는 일단 모텔로 끌려 들어갔다. 찰거머리 같이 내 팔을 붙든 그녀는 카운터 앞을 지나 곧바로 계단 쪽으로 갔다.

'이미 방까지 예약해 놓았단 말인가?!'

내가 빠져나가지 못하게, 그녀가 한 팔로는 내 허리띠도

움켜쥐고 밀어 2층으로 올라갔다. 그녀가 얼마나 용을 쓰는지 쉽사리 떨쳐내기도 어려웠다.

'하, 이를 어쩐담.'

달랠 방도를 찾아야 했다. 그러지 않았다간 무슨 일을 내도 낼 것만 같아.

한 손으로 백에서 키를 빼내는 그녀의 손을 내가 잡으려하자, 유나는 아예 내 허리를 껴안았다.

"가만있어요. 그렇지 않음, 나 오늘 죽어버릴 거예요."

"유나 씨!"

이름을 불러 제지하는 것 외에 어찌 할 수가 없었다. 죽겠다는 그녀 신경 건드렸다가 부지불식중에 무슨 일이라도 벌어지면?

'하, 이걸, 어떻게 해야 하나? 이미 떠밀려 들어온 것, 사정을 봐서 그녀를 달래든지 하자.'

유나가 문을 열고 나를 먼저 밀어 넣었다. 등 뒤로 문을 잠그는 유나 뺨에다 나는 두 손을 갖다 댔다. 그녀 눈에는 이미 눈물이 맺혀 있었다.

"내 말대로 하면 죽진 않을 게요."

양 엄지손가락으로 그녀의 눈언저리를 닦아주며 내가 말했다.

"대신 내 말도 좀 들어줘요."

나는 손을 내려 그녀의 허리를 다독거린 다음, 구두를 벗겨주려 허리를 굽혔다. 일단은 유나를 안심시키려고.

형광등 불빛을 보고 드세게 날던 매미가 삽시에 잠잠해지듯, 유나도 내 거취에 일순 차분해졌다. 구두를 한 짝씩 벗길 때마다 그녀는 한 발씩 방으로 올라섰다. 이내 나도 따라 들어가 문을 닫고 가장자리로 앉으려는데.

핸드백을 내려놓은 유나가 내 왼손을 잡고 침대 쪽으로 끌었다.

"안 잡아먹을 테니, 이쪽으로 와요."

"그래, 좀 앉아요. 앉아서 얘기해요."

나는 오른손으로 그녀의 허리를 잡고 밀어 침대에 걸터앉게 했다. 그 상태로 유나가 다시 못 일어나게 팔에다 힘을 주는 한편, 내 몸은 그녀에게서 재빨리 떨어져 방바닥에 앉았다. 양반다리 사이로 그녀의 두 발을 끼워 넣고, 유나가 움직이지 못하게 이제는 팔로 두 다리를 뭉쳐 껴안았다. 조금 뜸을 들인 나는 얼굴을 치켜들며 말했다.

"유나 씨, 우리 마지노선은 지켜요, 응. 서로 사랑하고 아끼면 그래야지. 우리의 미래부터 약속해놓고, 그때 가선."

"그때가 언젠데요? 마지노선은 뭐고요?"

"유나 씨, 우린 아직—"

"나를 가지라는데 그게 그렇게 어려우세요? 나도 하고 싶단 말에요. 내 청을 좀 들어주면 안 돼요?"

"그게 아니라, 마지노선만 아니라면—"

"내가 빌게요. 나 좀 가지세요. 제발요. 나를 가지라고요!"

유나가 목청을 높이며 일어서, 갑자기 치마를 벗으려 했다.

"잠깐 잠깐, 유나 씨. 왜 그래요?"

"날 가지라는데 왜가 왜 필요해요. 나도 하고 싶다는데."

그녀는 악센트를 높여 째지는 소프라노 음으로 앙탈을 떨었다. 하나 목 깊숙한 곳에선 알토 음의 울음이 섞여 나왔다.

나는 그녀가 손을 못 움직이도록 양손을 꼭 잡고 그녀 무릎 위에 고정시켰다. 근데 이런 몹쓸. 음물에 굶주린 내 아랫것이 불끈불끈, 바지에 구멍이라도 낼 듯 쑤셔대지 않는가. 그도 그럴 것이, 내 양반다리 사이에 낀 유나의 희디흰 발이 저도 모르게 양물에 닿아 쩌릿쩌릿 전기를 일으키니.

'여자 몸 함부로 밝혀선 안 돼.'

나는 속으로 다지고 또 다졌다.

'울 아버지 닮아선 안 돼.'

나는 은근히 전기가 방전되도록, 가랑이를 살짝 벌려 양반다리를 풀었다.

유나도 다리를 당겨 침대 쪽으로 좀 더 깊숙이 걸터앉았다. 한 손으로 자기 머리칼을 쓸어내리고 한 손으론 내 손을 어루만지던 그녀가 "음, 음." 하며 목을 가다듬었다. 갈라진 목소리로 "음" 소리를 한 번 더하고 나서 얘기를 했다.

"언젠가 아버지 서재에서 꺼내 읽은 책 중에 《거지왕 김춘삼》이라는 제목의 책이 있었어요. 1990년대 초에 출판된 걸로 기억되는데, 지금은 그 책도 어디로 가버렸는지 모르지만. 아무튼 거기 보면 이런 내용이 나와요. 거지왕 김춘삼 씨가 어느 날 문둥이 촌에 갔어요. 나환자 동네에 빌어먹으러 갔단 말이죠. 그 나환자들 중에 성년을 넘긴 오누이가 있었는데. 오빠는 상태가 조금 덜한 편이었으나 여동생은 증상이 심해, 코가 내려앉고 손과 발가락이 거의 다 빠졌대요. 문둥이 오라비가 보기에, 여동생이 이러다간 남녀교합 한 번 못해보고 죽을 것 같거든요. 그래서 마침 마을에 온 김춘삼 씨에게 부탁을 합니다. 자기 여동생과 하룻밤만이라도 동침해 달라고. 동생을 여자로 만들어 달라고요. 당시만 해도 나환자 곁에 가면 문둥병이 옮는다는 소문이 파다해, 나병 걸린 여자들이 몸을 그저 준다고 해도 멀쩡한 남자들이 동침할리가 없죠. 한데 김춘삼 씨는 그 문둥병 아가씨의 소원을 들어줍니다. 명진 씨, 김춘삼 씨는 나환자, 그것도 모르는 사람 소원을 들어줬다고 하잖아요. 내 소원도 한 번만 들어주세요."

나는, 유나가 저네 아버지의 비하인드 스토리를 들려주려나 보다, 하고 잠자코 듣고 있다가 "내 소원도 한 번 들어주세요." 하는 말에 움찔했다. 내가 눈에 힘을 주고 올려다봤음에도 유나는 막무가내로 떼를 썼다.

"오늘, 절 가지세요. 정말요. 나도 숫처녀예요. 막이 있어요. 하늘에 맹세해요. 붙인 것 아니에요. 남자들이 따진다는 아따라시, 그 땜에 머뭇거린다면 지금 확인해 보세요. 확인해보고 피 나지 않으면 절 내쳐도 돼요. 네. 명진 씨 제발 한번, 한 번만 하고 나서 명진 씨 하자는 대로 할 게요. 헤어지자고 해도 좋아요. 명진 씨를 붙잡거나 울고불고하지 않을게요. 오늘 한 번만 해요. 네. 김춘삼 씨는 그 여자의 첫 섹스에 대하여, 나환자지만 옥문은 미끈거리는 말미잘이 잘근잘근 물어주는 것 같이, 자기 성기를 꽉꽉 조여 주어 아주 만족했다는데. 저는 안 해봐서 그런 건 몰라요."

"유나 씨!"

나는 머리를 좌우로 흔들었다. 대신에 그녀와 맞쥔 손에다 힘을 잔뜩 주었다. 반대로 내 아랫도리 힘은 죽이기 위해, 엉덩이를 슬그머니 빼면서 말을 이었다.

"유나 씨, 다음에. 다음에 우리 날 잡아 천천히 아껴가며 해요. 유나 씨를 내치지 않을 테니 그렇게 해요. 참아가며 아끼고."

"아끼다간 똥 돼요. 먹고, 자고, 섹스 하는 건 내일이 없다 하잖아요. 지금 해요. 지금 절 가져주세요. 부탁이에요. 내 막은 명진 씨가 가져야 해요. 꼭, 명진 씨가 터뜨려야 해요."

내가 얼굴에 달아오른 열기를 닦아내기 위해 한 손으로 뺨을 훔치려는 찰나. 유나가 침대에서 벌떡 일어나 거침없이 치마 호크를 끌렀다. 툭, 떨어지는 치마를 내 두 손으로 잡는데 어느 순간 그녀는 팬티를 벗고 있었다. 나는 재빨리 그녀의 손을 못 쓰게 치마랑 감아 싸서, 힘으로 방바닥에 내려앉혔다.

'휴, 창고 일하느라 까데기 힘이 있어 망정이지.'

방바닥에 주저앉은 유나를 침대에 기대도록 어깨로 밀어붙여, 볼에다 가볍게 키스를 해줬다. 하는 수없이 제압하지마는 그만큼 나도 참고 아낀다는 뜻으로.

서로의 숨소리가 잦아들었을 때쯤, 나는 음모가 보일 정도로 내려왔던 그녀의 팬티를 끌어올려 바르게 입혔다. 유나가 또 어떻게 할까봐, 나는 양손으로 팬티 고무줄 부분을 꼭 쥔 상태에서 그녀의 귀밑머리에 다시 키스를 해주었다. 이토록 아끼는 내 마음을 알아달라고.

입술을 떼려다보니 그녀의 눈가에 눈물이 맺혀 있어 "유나 씨." 부르며 입으로 눈가를 서너 번 훔쳐 주었다. 입을 떼면서는 "내가 얼마나 사랑하고 있는지 알기나 해요?" 하고 손으로 치마 호크를 찾아 바르게 채웠다.

이윽고 유나가 머리를 뒤로 젖힌 채 허억, 허억, 하고 저 깊은 동굴 밑바닥에서 분출하는 것 같은 울음을 내뱉었다. 입을 앙다물고 숨이 넘어갈 정도로.

나는 한 손으론 그녀의 목덜미를 쓰다듬어주고 한 손으론 머리칼을 빗질해 주었다. 어느 정도 진정될 때를 기다리며.

잠시 뒤 나는 유나더러 두 다리를 쭉 펴게 하고, 그녀의 양 발을 내 양손으로 잡았다. 그녀의 하얀 발을 어루만지며 내가 잠도리를 했다.

"유나 씨, 힘들고, 속상하고, 여러 가지가 있겠지만. 유나 씨는 내 겁니다. 내가 말했잖아요. 유나 씨 발을 내 거로 만들었으니 내 거라고. 그러니 함부로 하지 말아요."

머리를 세게 흔든 유나가 다가앉으며 내 손을 잡았다.

"그것 말고요, 그렇게 말고요. 내 맘을 가지세요. 꼭요. 네. 한 번만 소원 들어주면 안 돼요?"

"다음에. 우리 미래 약속하고, 분위기 만들어서 가질 게요. 유나 씨, 그때까지는 아끼고 싶어요. 지키고 싶어요."

"한 번만 명진 씨. 네~에."

그녀가 내 손을 흔들며 졸랐다.

"조금, 조금만 기다려요. 내 말 알겠죠."

나는 언약의 뜻으로 그녀의 손을 꽉 쥐었다.

잡았던 내 손을 힘없이 놓은 유나가 몸을 돌려, 양팔을 침대에 얹었다. "아, 나 어떡해." 하고 한숨을 내뱉은 그녀는 손등에 엎드려 머리를 좌우로 흔들어댔다.

으, 으. 그녀의 울음 삼키는 소리가 뼛속을 타고 내 아랫도리를 잠재우는 대신 내 눈알이 젖게 만들어, 나는 양 손바닥으로 빠르게 마른세수를 했다.

'이제 내 진심을 알아들은 것 같긴 한데. 유나가 창피해 하면 어쩌나?'

나는 엉덩이를 끌고 그녀 뒤로 다가갔다. 유나가 무안을 느끼지 않도록 하기 위해, 두 팔로 그녀의 허리를 둘러 힘껏 껴안으며 달랬다.

"유나야, 나는 네 모든 것 다 가졌다고 여길 게. 나도 너를 얼마나 가지고 싶었는지, 넌 모를 거야. 하지만 입때 네 목덜미든 유방이든 엉덩이든, 쉽게 손대지 않은 것은 그만큼 아끼기 때문이야. 내 욕심 채우려 했으면 진작 너를 넘어뜨렸겠지. 난 너를 지킬 거야. 내가 말을 놓는 건, 널 가졌다 생각하고 우리 앞길을—."

유나가 얼굴을 돌리며 내 말을 끊었다.

"명진 씨, 난—."

네 마음 받았으니 더 이상 말하지 말라고, 나는 오른손 엄지로 그녀의 입술을 막으며 볼에다 뽀뽀를 해주었다.

그 순간 다시 내 아랫도리가 불끈 서, 이대로 모텔에 있다간 내가 못 참고 늑대로 돌변할 것 같아 "유나야." 부르며 그녀의 등을 톡톡 쳤다. 이제 나가자고.

마지못해 꾸물거리는 유나를 껴안고 나는 밖으로 나왔다. 길까지 걸어 나오는 동안 유나는 말이 없었다. 몸만 나에게 맡긴 채 정신은 딴 데 가 있는 것 같았다.

'하긴, 아빠 엄마가 저리 돼 있으니 제정신일 리야……'

나는 유나더러 바로 서게 해서, 옷을 털고 매무시를 단속해 주었다. 그녀의 핸드백을 바르게 메어주며 내가 말했다.

"택시 잡을게."

"난 모르겠어……요. 갈 곳도 없고."

유나가 잔뜩 풀 죽은 소리로 대꾸했다.

난처했다. 내 자취방으로 데려가자니 모텔 상황과 같은 일이 벌어질 것 같고, 사정을 뻔히 알면서 왜 갈 곳이 없는지 물어보는 건 유나에게 모욕감을 주는 것 같아, 그녀의 팔을 잡고 물었다.

"한강변으로 갈래? 바람도 쐬고. 같이 있어 줄게."

그녀가 고개를 끄덕였다.

우리는 택시를 타고 한강변으로 갔다. 내가 차비를 계산하는 중에 먼저 내린 유나는 제 고민에 싸여, 알코올중독자 마냥 앞도 보지 않고 갈지자로 걸었다.

'쓰나미처럼 밀어닥친 불행을 몸으로 때우려니…… 쯧쯧.'

나는 하도 안쓰러워 그녀를 벤치로 데려가 앉히고, 꼭 껴안아 주었다. 내 품으로 머리를 들이민 유나는 쭉 자기 생각에만 빠져 있었다. 언뜻 보면 남녀 청동조형물처럼 한 시간이나 꼼짝 않고,

자정이 돼 갈 무렵. 유나가 꿈에서 깨어난 사람처럼 두 손으로 얼굴을 감싸고 말했다.

"아버지가 보고 싶어. 병원으로 갈래요."

그래야지, 뜻으로 나는 그녀 이마에 뽀뽀를 했다. 내 품에서 몸을 일으키는 그녀의 귓불을 만져주며 물었다.

"같이 가줄까?"

"아니, 혼자 갈래."

말을 마친 유나가 내 입술을 급습했다. 내 목을 끌어안고 선 내 입안으로, 그녀의 혀를 깊숙이 밀어 넣었다.

'이젠 됐다!'

유나가 안정을 찾았다는 생각에, 그리고 유나가 내 연인이 됐다는 확신에, 나는 그녀의 혀뿌리마저 뽑아 먹을 태세로 빨아주었다. 서로의 혀가 깊숙한 침샘을 찾아 들락날락할 때, 나는 그녀의 등뼈가 으스러져라 끌어안았다. 내 속마음이 그녀의 가슴을 타고 들어가도록.

'유나야, 나는 널 가지면 아끼면서 평생을 갈 거야. 관계를 갖지 않으면 모를까, 내가 너를 가지는 이상은 울 아버지 닮진 않을 거야. 그만큼 네 몸을 소중하게 여긴다고. 알겠니?'

＊ ＊ ＊

울 아버지는 남창에서 두 번째로 큰 옹기가마를 5대째 물려받은 옹기장이였다. 1980년대 초까지만 해도 옹기그릇에 대한 수요가 자못 있는 편이어서, 옹기를 구워내는 족족 돈이 제법 들어왔다.

아버지는 돈이 좀 생길라 치면 곧잘 외도를 했다. 외도했다는 것은 내가 커서 하는 말이고, 어릴 때 아버지가 옹기 주문 받아오고 거래하느라 자주 외박하는 줄로만 알았다. 그즈음

나는 멋모르고 아버지 오입질하는 데 따라간 경우도 있었다.

일곱 살 때인가 어느 봄날. 나는 아버지를 따라 남창에서 기차를 타고 종착역인 부산진역에서 내렸다(예전엔 부산진역이 동해남부선 열차의 출발역이자 종착역이었음). 역을 빠져나온 아버지와 나는 길 건너, 수정시장에서 상인 몇 명을 만나 일을 보곤 점심으로 돼지국밥을 먹었다. 아버지는 겸하여 막걸리 한 주전자도 걸치고.

불쾌해진 아버지는 시장통에서 빠져나와 구불구불한 초량 뒷골목을 요리조리 돌아갔다. 나는 구경하느라 한눈팔면서도 아버지 뒤를 쫄래쫄래 따라갔는데.

함석지붕에 시멘트블록으로 지은, 이층집 비슷한 곳에서 아버지가 걸음을 멈췄다. 그 건물엔, 분홍색 바탕에 '흑장미'란 검붉은 글자가 박힌 간판이 걸려 있었다. 흑장미 글자 아래에는 '맥주' '양주'란 황갈색의 작은 글씨도 보였다.

아버지는 내가 다다르도록 잠시 섰다가, 검붉은 색의 여자 빼딱 구두가 그려진 그 집 문을 열었다. "마담 있나." 하고.

우리가 들어서자 한 여인이 급히 신발을 끌며 맞았다.

"아이구! 원 사장님 오셨어요. 왕자님도 오셨네."

소파에 앉아 있던 다른 여자 셋도 일어서며 제각각 "어서 오세요." "사장님 오셨어요." "안녕하셨어요." 인사를 했다. 그들 모두가 아버지와 나를 둘러쌌을 때, 어느 여자에서건 진한 분 냄새가 났다. 아버지와 그들이 대화를 나누는 동안 나는 호기심에 한 손을 입에 대고 눈을 흘깃흘깃, 했다.

좁은 홀(이런 용어도 어릴 땐 몰랐다)은 가운데에 내 키 높이의 칸막이로 나눠져 있었고, 안쪽으론 방도 몇 개 있었다. 칸막이 양쪽엔 닳고 얼룩진 원형 테이블과 소파들이 각각 놓여 있었다. 내부 전체가 대낮인데도 어둠침침했고, 벽지는 알록달록했다. 찌든 담배 냄새와 곰팡이 냄새가 뒤섞여 났고, 오줌지린 것 같은 냄새도 났다(이것 역시 커서야 맥주가 쉬면 오줌 냄새 난다는 걸 알았다).

손님은 우리(나도 손님?)뿐인지 조용했다. 아버지는 내 어깨를 잡고 왼쪽 칸 소파로 가서 맞은편에 앉으라고 했다. 마담이라는 여자가 내 눈치를 보며 "방으로 안 드시고요?" 물었으나 아버지는 "한 번만 뛰고 갈 낀데 뭐." 하며 손을 내저었다.

우리가 자리를 잡자 여자 둘은 각각 맥주와 컵을 챙겨 아버지 양쪽에 앉았다. 여자 한 명은 "왕자님 먹을 것도 있어야겠네. 언니 돈!" 하곤 마담한테서 돈을 받아 밖으로 나갔다. 머리를 스카프로 뭉친 마담은 커튼으로 가려진, 부엌 같은 곳으로 들어가 구운 쥐포와 땅콩을 접시에 담아 왔다. 그녀는 내 옆에 앉아 쥐포를 찢어주며 먹으라고 했다.

아버지와 여자 셋이 맥주를 컵에 부어 잔을 부딪치며 두어 순배 마시는 사이, 밖으로 나갔던 여자가 무슨 과자 봉지와 음료 캔을 사 들고 왔다.

"슈퍼 아줌마가 요새 이게 애들한테 인기라더라. 왕자님도 이거 좋아하지?"

어르는 시늉으로 내놓았는데, 내가 좋아하는 별뽀빠이와 맥콜이었다.

"예, 별뽀빠이!"

나는 얼른 받아 쥐곤 속으로, 이것들은 아껴 먹어야지, 하며 접시에 담긴 쥐포 쪼가리와 땅콩만 집어먹었다. 공짜인줄 알고.

아버지와 둘러앉은 여자들은 '숏 타임' '구멍 외상' 등 내 나이에 알아먹지 못하는 얘기를 나누며 웃고 떠들었다.

"우리, 목욕탕 가서 조갯살 씻고 이제 막 들어왔어요."

"깨끗할 때 우리 셋 다 잡숴보세요."

"왜 셋만이야. 낮거리는 마담부터인 거 모르니."

맥주 몇 병이 비워졌을 쯤, 오른쪽에 앉은 여자 허벅지를 더듬고 있던 아버지가 나한테 "잠시 앉아 있으라." 하곤 다락방 같은 곳으로 올라갔다. 오른쪽에 앉았던 여자도 뒤따라서.

"한 번으로 되겠어요?" 하고 아버지 일어날 때 같이 일어섰던 마담이 계단 올라가는 여자 뒤에 대고 말했다. "진아, 판자문 내리고 해." 하고 나선 옆에 있는 여자에게 "은아는 저기 다락문 닫아주고." 했다. 말을 마친 마담은 맥주병과 컵, 접시 등을 시끄럽게 주섬주섬 치웠다.

쥐포와 땅콩도 다 떨어져, 나는 하릴없이 맥콜과 별뽀빠이를 만지작거리고 있었다. 내 무료함을 달래주려는 듯(?) 옆에 앉은 여자가 날더러 "몇 살이지? 다른 거 먹고 싶은 거 없니?" 등등을 물으며 내 머리를 쓰다듬는데. 다락방에서 아, 음, 아, 음, 하는 여자 신음소리와 함께 찰떡 치는 소리가 들렸다. 나무 바닥 삐걱거리는 소리와 함께.

그날 저녁 집으로 돌아와 마루에 있는 내게, 엄마가 어디어디 갔다 왔느냐고 물었다. 나는 곧이곧대로, 시장통에서 국밥 먹었고 여자들만 있는 술집에 가서는 아버지가 찰떡 치 주고 왔다고 했다. 2층 같은 곳에 올라가서. 그리고 물었다.

"엄마, 찰떡 치는데 여자가 왜 그렇게 소리를 내?"

엄마가 인상을 쓰며 되물었다.

"어떤 소리를?"

내가 대답했다.

"아, 음, 아, 음, 소리를 자꾸 내던데."

"니도 봤나?"

엄마의 얼굴이 굳어졌다.

"아니, 마담이라는 여자가 다락문 닫아라—."

"그런 데 뭐 하러 따라갔노!" 하고 엄마가 내 말 도중에 고함을 버럭 질렀다. 그러더니 갑자기 빗자루를 들고 나를 때리기 시작했다.

"아야, 아야. 엄마, 으앙, 으앙."

"그런 데 뭐 하러 따라가, 응! 또 니 애비 따라갔다간 봐라,

쥑이 삘끼다!"

"으앙, 으앙. 다신 안 따라갈게."

나는 영문도 모른 채 울며 대꾸했다.

내게 한바탕 끝낸 엄마는 빗자루를 들고 큰방으로 들어가, 아버지에게 휘둘러댔다.

"잘한다, 잘해! 애비라는 작자가 계집질하는 데 자식까지 데리고 가! 어디 그 낯빤데기 좀 보자."

분을 삭이지 못한 엄마는 고래고래 소리 질렀다.

"내라, 내라, 그놈의 물건 칼로 짤라 삐게! 하루 이틀도 아니고, 이년 저년 지집년이란 지집년 구멍에 다 박아 넣고."

아버지는 방어하느라 그랬는지 아니면 다른 이유로 그랬는지, 옷이야 베개야 잡히는 대로 엄마한테 집어던졌다. 엄마는 날아오는 것들을 맞으며 욕했다가 울었다가.

"천하에 난봉꾼 잡늠아! 지집질도 한두 번이지. 새끼들한테 부끄럽지도 않나. 날 죽여라 죽여, 엉엉."

그날 엄마와 아버지의 싸움은 한밤중까지 이어졌다. 사실은 언제 끝났는지 모른다. 아버지의 잦은 오입질 때문에 시도 때도 없이 하는 싸움이라 나는 자장가마냥 듣고 잠들어버려.

한강변에서 유나와 헤어진 다음 날은 토요일이었다. 그때 이후, 유나에게서 전화가 오질 않았다.

'여자의 마음은 봄날같이 변덕이 심하다더니……. 가뜩이

나 여러 가지 일로.'

하지만 나는 유나가 '앞으로의 우리'에 대해 이것저것 생각하는 중이겠지, 여겼다. 그렇다면 유나에게 시간을 줄 필요가 있잖을까 해서, 나 역시 당분간 전화를 하지 않고 기다리기로 했다. 때마침 울 아버지도 막바지 숨을 넘기고 있는 터라, 내 온 신경이 고향집과 부산대부속병원에 가 있어 짬을 내기 어려웠고.

약물로 근근이 버티던 아버지가 현충일에 숨을 거뒀다.

아버지 장례를 치르는 날, 부슬부슬 비가 내렸다. 하관 의례로 나는 흙 한 삽을 떠서 관에 뿌린 뒤, 담배를 피우려 잠깐 봉토 자리를 벗어났다. 등성이에서 몇 발짝 내려와 담배를 물고 장지 아래쪽을 보는데, 산 입구에 검정색 그랜저 승용차 한 대가 다가와 섰다. 잠시 뒤, 까만 선글라스를 낀 여자가 우산을 펼쳐 쓰고 내렸다.

'꼴값하고 있네. 비 오는 날 무슨 선글라스?'

나는 배알이 꼬여, 어떤 여잔지 꼬라지나 좀 보자, 하며 담배 연기를 길게 뿜어댔다. 그녀는 차 옆에 붙어 서서 이삼 분간 울 아버지 봉분 올리는 일을 지켜보았다.

'여긴 울 조상들이 잠든 산이고, 묘소 외의 땅떼기는 아버지가 다 팔아먹어 복부인들이 눈독 들일 땅도 없는데?'

나는 괜히 골이 나, 담배꽁초를 내던지고 발로 짓이겼다. 아버지가 재산 다 말아먹은 데 대한 분풀이로.

'아버지 가시는 날 이래봤자…….'

나는 성을 삭히기 위해 장지 주변을 휘휘, 돌아봤다. 내 눈에 다시 들어온 선글라스 여인이 옆에 있던 장의차로 걸어갔다. 버스 안에 누가 있나, 들여다 본 그녀가 버스 유리를 두드려 의자에서 자고 있던 기사를 깨웠다.

'뭘 물어보려는 거지?'

조금 있으려니 내 휴대폰이 울렸다. 장의차 기사였다.

"상주님, 어떤 여자 분이 말 좀 전해 달랍니더. 여자라서 (장지) 가까이 가긴 뭣하다면서요. 장의차 옆에 계십니더. 위에서 보이지예?"

나는 이미 다 지켜보았으므로 짧게 되물었다.

"누구시랍니까?"

"상주님 선친을 좀 아는 사람이랍니더. 전화 바꿔 줄까예?"

"바꿔보이소."

그녀는 울 아버지하고 친분이 있는 사람이라면서, 삼우제 치르고 나서 한번 만나자고 했다. 나는 어차피 서울 가려면 열차를 타야 해서 삼우제 지낸 다음 날, 그러니까 이번 주 토요일, 부산역 앞에 있는 아리랑호텔에서 만나기로 했다.

그날 나는 약속시각에 호텔로 가서 그 선글라스 여인을 만났다. 이날은 선글라스를 쓰지 않고 수수한 차림새로 나를 맞았다.

다정하게, 내 취향을 물어 커피를 주문한 뒤. 그녀는 손지갑에서 명함을 한 장 꺼내, 면무안 치레로 씩 웃으며 "대충 이런 일 해요." 하고 건네주었다. 나는 덤덤하게 명함을 받아 한눈에 읽었다. 속옷만 입은 여자들 사진이 왼쪽을 차지한 칼라 명함에는 '금강단란주점'이란 큰 글자 아래 '미스 미시 30명 대기'란 작은 글자가 인쇄돼 있었다. 그 아래에 주소와 전화번호가 적혀 있었는데, 영업 장소가 부산 동래구 온천장 쪽이었다.

커피 한 모금으로 목을 축인 그 여인이 입을 뗐다. 예전에 울 아버지한테서 들은 우리 집안 내력과 옹기장이의 생업 얘기를 위시해서. (그녀와 아버지와의 관계가 소원해지고 나서 들은) 큰아들 놈이 도예 공부를 하고 싶어 하는데, 그건 돈이 안 된 다면서 경영학과 들어가라고 했다는 얘기. 4년제 대학 보낼 형편이 안돼 전문대학 보냈는데, 그마저도 마쳐주기 어렵다 며 한숨짓던 얘기. 울 아버지가 자기에게 큰돈은 준 적 없지 만 함부로 대하진 않았다는 얘기 등을 두서없이 했다.

삼십여 분간, 울 아버지와 얽히고설킨 과거를 들려주던 그 여인이 핸드백에서 봉투 하나를 찾아 선뜻 내밀었다. 하고 싶은 일에 보태 쓰라면서.

선글라스 여인과 헤어져 나는 서울행 무궁화 열차를 탔다. 좌석 등받이에 푹 기대, 그 여인이 한 말과 당시 아버지 상황 을 추리해보니 대강은 이랬다.

그 여인은 집이 너무 가난해서 중학교도 올바로 마치지 못했다. 남의 집 식모살이와 방직공장 여공을 전전하면서 검정시험으로 겨우 중·고등학교 졸업자격을 받았다. 더 공부하여 간호사가 되려고 하였으나 남동생 하나만큼은 대학 보내야 한다는 부모 말에, 동생 학비까지 감당하려니 직공 월급으론 엄두가 나지 않았다. 하여 목돈을 좀 빨리 만져볼 생각으로 다방 레지생활에 뛰어들었다.

그때 다방에 들른 울 아버지와 연분을 맺었다.

아버지 옹기 빚는 솜씨는 인근에서 알아주었다. 게다가 1980년대 이전엔 옹기 판매도 썩 괜찮은 편이어서 그 여인과 아버지는 따로 첩실살림을 계획했다. 한데 공교롭게도 1980, 81년에 울 할아버지 할머니가 연이어 돌아가시는 바람에 장례비로 뭉칫돈이 들어갔을 뿐만 아니라, 그때부터 옹기산업이 현격한 사양길을 걸었다. 더구나 나를 비롯한 자식들은 머리가 커 가지.

아버지로부터 첩실살림 돈 받기가 여의치 않다고 판단한 그 여인은 방석집 '싸롱'을 차렸다. 여건상 아버지가 뒷돈 대줄 처지는 못 되었으나, 그때까지 쌓아온 당신의 옹기 거래 신용으로 주변에 돈을 빌릴 수 있도록 도와는 주었을 터.

마침 1980년대 호경기에 편승하여 '싸롱'도 활황이어서 그 여인은 큰돈을 벌었다. 그와 반대로 아버지는 1985년도에 끝내 옹기가마 문을 닫았다. 남자는 돈 떨어지면 초라해지기 마련이고, 여자는 손에 돈이 들면 세상이 자기 발아래로 보이기 마련. 자연히 아버지와 그 여인의 관계는 소원해져, 치고 박을 것도 없이 그렇게 시부저기 끝난즉.

아버지가 위암으로 세상 떠났다는 소식을 전해 듣고 작별 인사라도 하러 찾아왔다가. 막상 나를 보자 아버지한테서 얼핏 들은 얘기가 떠오르고, 또 그녀 자신이 못 다한 공부에 대한 미련도 있어…… 선심으로 준 금일봉.

나는 메신저 백에 넣어둔 봉투를 꺼내 입을 벌렸다. 응? 수표가…… 석 장이었다. 천만 원짜리가 두 장, 삼백만 원짜리가 한 장.

삼백만 원짜리는 일부러 넣은 것 같았다. 아까 그 여인이 마지막에 "아드님께 이런 말해서 뭣합니다만 염치 불구하고 부탁하는데, 아버지 제사 지낼 때 조기라도 한 마리 올려주면 좋겠어요. 그 시절엔 세근이 없어서, 그리고 내 욕심으로 아버지와 정을 통했는데. 입장을 바꿔서 보면, 사모님과 자제 분들께는 죄를 지었다는 생각도 들고. 아버지와의 과거지사를 되돌릴 수는 없는 일, 허물을 용서바라는 마음에서……. 조기를 올려달라는 건, 아버지와의 연분을 아직도 못 잊어서가 아니라, 이제라도 당신의 업장을 소멸해서 남은 부인과 자식들에게 복을 내려달라는 뜻에서예요." 라고 한 걸 보면.

수표를 봉투에 다시 집어넣다가 나는 쓴웃음을 지었다. 아버지 장례식 날의 내 모습이 떠올라. 꼴값하고 있네, 꼬라지 나 좀 보자, 하고 골딱지났었던.

그 여인은 아버지 마지막 가는 길이라도 보려고 장지까지 찾아왔었지만, 엄마와 우리 형제 보기가 부끄러워 얼굴 들키지 않으려고 선글라스로 낯을 가렸으리라. 오십대 중반(그 여인이 나이를 직접 밝히진 않았지만 그 정도로 보였고 과거 상황을 추정해 봐도 그 나이대지 싶다)이면 당시론 스물 중반일 땐데, 어린것이 중년을 넘긴 아버지를 홀려 첩이 되려 했다는 욕먹기는 싫었을 테지. 가뜩이나 집안 사람들이 다 모여 있는 자리에서.

'그나저나, 이 돈을 어쩐다?'

엄마 입장에서나 우리 형제들 입장에서나, 아버지의 과거를 생각하면 이가 갈리고 다시는 관계하기 싫은 일이잖은가. 그 여인 앞에선 냅다 물리치기도 어려웠고 경황도 없어 그냥 받아두긴 했다만.

다른 한편으로 보면, 아버지의 난질로 일어난 일이니 누구를 탓하랴, 싶기도 한 것이……. 엄마 말로, 이년 저년 씹구멍에 다 박아 넣고 돌아다닌 난봉꾼이라고 했으니, 얼마나 많은 여자와 분탕질 했을라고.

아무려면 도나캐나 입 닫고 넘어가도 될 일을, 개중 이 여인은 일말의 용서라도 구했고 거기다 나를 생각해서 일조의 선심까지 썬즉.

아버지는 도자기나 옹기 굽는 길로는 절대 가지 마라했었다. 5대째 내려오던 옹기가마를 닫을 땐 "세상아 뒤엎어져라!" 고함치고 피를 토하면서까지. 아버지의 강요로 내 성격에 맞지 않는 경영학과로 갔는데, 아버지가 뿌려놓은 정분은 (대놓고 말하진 않았지만) 장인의 길로 가보라 하니……

아버지는 이런 일이 생길 줄 알기나 했을까. 아니 그보다, 허구한 날 집안에 분란을 일으키는 당신 때문에 내가 흙 만지고 노는 데 빠졌다가 도자기 빚는 재주 갖게 된 것을. 당신의 오입질(나는 5학년 되어서야 그 의미를 알았다)에 대한 악평을 듣지 않기 위해 중학생 때부터 도예의 길로 샌 사실을. 아버지는 알기나 할까. 내가 성인이 되어서도 유나를 알기 전까진 여자들을 멀리하기 위한 방편으로 물레를 돌린 것도. 당신은 돈 벌려면 경영학과로 가라 했지만 남자 손에 돈이 들면 으레 외도에 빠진다는 걸 당신이 보여줬는데(사회생활하면서 그런 남자들을 숱하게 봤고). 그길로 가지 않으려고 선배들의 가마에 틈틈이 불 지피며 나를 침잠시켜온 사실도. 아버지는 정녕 알까.

아버지가 알든 모르든, 나로선 그 여인의 마음 씀씀이 하나만큼은 고맙기 그지없었다. 비록 만감은 교차했지만.

나는 그해 6월 달엔 공휴일마다 남창을 오갔다. 유산이랄 것은 없지만 그래도 정리해야 할 일은 있어. 그때 마침, 5년간이나 공무원시험에 매달려온 동생이 7급 공무원시험 합격통지서를 받았다. 몰락한 집안에 훈기가 돌았다. 실로 오랜만에, 우리 가족끼리의 조촐한 축하연을 가졌다.

그 자리서 동생이 내 인생 갈라놓는 단언을 하고 말았다.

"형, 나이 더 먹기 전에 하고 싶은 도자기 한번 해봐. 인제부터 엄마 밑에 들어가는 돈, 내가 책임질게."

난생처음으로 내 가슴이 열린 순간이었다. 그간 가정 분란에, 맞지 않는 진로에, 꾸역꾸역 먹고사느라, 얼마나 억눌러 지내왔는가. 나는 국민(초등)학생 때는 물론 중, 고등학생 때 교내·외서 상을 받아도 남들 같이 기뻐하지 못했다. 축하받기는커녕 예술 계통으로 가거나 대학 간다는 말만 꺼내도 불난리가 났으므로. 아버지는 예술 계통으로 가지 말라고, 엄마는 없는 돈에 무슨 대학이냐며.

참으로 볼썽사납게 떠밀려 선택의 기로에 선 꼴이 됐다만, 어쨌든 나는 그해 장마철 내내 궁리를 했다.

'선글라스 여인이 준 돈에 이것저것 다 합쳐도 3천만 원 정도밖에 안 되는 이걸로……. 말로야 동생이 엄마 책임진다지만 그도 발령받아 제자리 잡을 때까진 시일이 걸릴 터. 엄마 약값으로 얼마 떼놓고, 토지 빌려 가마짓고, 도예 공구 사고 나면……. 흙과 장작 구입할 돈은?'

빠듯한 돈으로 뭘 하자니 겁도 나고 쉽게 엄두가 나지 않았다. 그렇다고 내 형편에 어디다 손 벌려서 시작하기도 어려운 일. 마음 한구석에선, 이때 아니면 영영 기회가 없을 지도 모른다는 초조함이 공갈빵같이 커져만 가는데.

고민을 하다하다 오죽했으면 얼치기로 '그 선글라스 여인에게 한번 손 벌려봐?' 했다가. 배알도 없는 상량을 한 나 자신이 아니꼬워서 화딱지가 다 났다.

한 달쯤 머리 김을 다 빼고 골이 비었을 때야, 옥탑방에서 빈 소주병을 네 바께쓰 째나 들어냈을 때야. 나는 염통을 빼서 엿 바꿔 먹는 똘끼 같은 결정을 내렸다.

'맨땅에 헤딩해서 튀어 오른 깡통으로라도 골대에 넣으면 골인 아니겠어. 인생이 뭐 규칙대로 살아지는 것도 아니고.'

나는 5백만 원을 떼 엄마 통장에 쟁여두고, 나머지 돈으로 불길에 뛰어들 준비를 했다. 프랑스의 철학자 가스통 바슐라르가 그랬나. "삶은 불길이고 불길은 삶"이라고. 그 양반 말대로 불길에 뛰어들다보면 무슨 수가 나오겠지.

제 갈 길을 가고자 하는 사람한테는 바람이 길을 내어주는 법이다. 뜻밖에도, 이천에 장작 가마를 갖고 있던 선배가 프랑스로 유학을 간단다.

우연히 귀동냥으로 풍신을 들은 그날 밤. 나는 자취방에서 혼자 술 마시다 소주병을 확성기인 양 입에 대고 소리쳤다.

"그거야! 내가 살 불길은."

마음이 화급했다. 밤을 꼬박 지샌 다음 날, 나는 동 트기가 무섭게 이천으로 달려갔다. 싼값에 가마를 나한테 넘겨 달라, 사정하러.

"하, 이 가마 임자 만났네. 임자 만났어."

나보다 더 좋아라하며, 선배는 내 귀를 의심케 하는 말들을 쏟아냈다.

"원명진이 도예 한다면 도와줘도 시원찮을 판에 가마를 어떻게 팔아, 그냥 써 그냥. 이 가마 지을 때 네가 도와준 공도 있고 하니, 이 가마 그냥 넘겨주마. 냉장고·에어컨 같은 가전제품도 죄다, 물레를 비롯한 도예 공구 일체도 그냥 써. 몇 년 된 고물차지만 라보 트럭, 저것도 그냥 가져가. 흙일하려면 차가 필요하거든. 아, 스쿠터 저건 돈 좀 들어간 내 애만데, 저것도 너 가져. 바람 쐬려 다니기엔 스쿠터가 최고지. 기름 값 적게 들고. 들여놓은 장작과 흙도 그냥 쓰라고. 내 몸만 빼내면, 너는 바로 작업에 들어갈 수 있을 거야."

저런 거 다 장만하려면 돈이 얼만데? 내 입이 딱 벌어졌다.

"예! 정말요? 어이쿠 형님, 감사합니다. 감사합니다."

나는 하늘만큼 땅만큼 고마워 앉은자리서 펄쩍 뛸 뻔했다. 토지 문제만 없었으면.

"한데, 이 땅은 형님 삼촌 거라고 했지 않습니까? 토지 임차료는 얼마나—."

도중에 선배가 내 말을 가로 막았다.

"우리 삼촌 거 맞다. 원래는 얼마를 줘야 하는데, 삼 년간은 임차료 받지 말라고 내가 딱 잘라주마."

"그래만 해주신다면야. 그게 가능하겠습니까?"

"조카가 부탁하는데 안 들어준다면, 이 임야에 불을 싸질러 버려야지 뭐. 우리 작은아버지가 부동산업자이긴 하나, 임대료 얼마 받아먹자고 땅 사는 사람은 아니다. 건물이야 별수 없이 임대료 받아야겠지만, 삼촌은 건물 거래는 잘하지 않고. 주로 땅, 그것도 길게 봐서 앞으로 개발 호재가 생길 만한 토지나, 전원주택 지을 만한 외진 땅을 사거든. 이 땅도 사서 묵혀 두는 것을 내가 좀 쓰자고 했지. 이 임야에 조금씩 뭘 지었다가, 용도변경하면 땅값이 뛰지 않겠느냐고. 그런 방면에 도가 턴 삼촌이 내 말뜻 못 알아듣겠어? 씩, 웃데. 그때 내가 찔렀지. 땅값 오르는 거야 삼촌이 챙기시고, 그간 내가 임야 관리하는 값은 따로 줍쇼, 하고. 삼촌도 내가 임차료 안 내려고 한 말이라 알아듣고, 거기에 대해선 암말 없었어, 여태. 우리 아버지가 박봉의 면서기 월급으로 삼촌 공부시켜 주고 해서, 그 정도는 응당 조카에게 빌려줘도 된다는 생각을 했는지는 모르겠으나. 여하튼 이 땅 아니래도 충분히 먹고 살 재산은 있는 분이니까, 수전노 같이는 안 할 거야."

나는 내심, 제발 그렇게 되기만 바라며 고개를 끄덕였다.

잠시 말을 끊었던 선배가 무슨 상량을 하더니 "부동산에 관한 건은." 하고 계속했다.

"확실히 해둬야겠네. 이 살림집하고 여기 있는 건조물들은 있잖아, 가건물로 등록돼 있다. 가마에 필요해서 내 돈 들여 지었지만, 명의는 삼촌 이름으로. 삼촌이 언제 법정 부동산으로 등기할지는 모르겠는데, 가건물은 삼 년 사용기한이 있다. 연장하려면 신청해야 되고. 그니까 너는 우리 삼촌이 특별한 말을 하지 않는 한, 토지와 건물을 삼 년 기간씩 사용한다고 생각하면 될 거다. 나하고 삼촌과의 계산은 후에, 등기이전 같은 절차 때 얘기할 거니 그건 너하곤 관계없고."

"저야 사용만 할 수 있으면—."

"그래 딱 부러지게 합의를 해놓자. 가마를 비롯해 가재도구와 각종 용구, 차와 스쿠터는 내가 너한테 그냥 넘겨주는 거니까, 이제부터 네 소유다. 어디로 들고 가든, 어떻게 처분하든, 네게 달렸다. 토지와 건조물 사용 건은 이렇게 하자. 너도 알지? 여기는 민가와 떨어져 있어, 애초 이 살림집 지을 때 전기선 인입비용 들어간 거와, 관정 뚫어 펌프 설치하는 데 돈 들어간 거. 그 비용만 해도 제법 되는데, 시설비다 치고 백만 원만 줘. 너 신경 쓰이지 않게 그 돈, 아예 삼촌한테 줘버리고 삼 년은 못 박아놓게. 삼 년 지나 임차료 달라면, 그건 그때 다시 합의키로 하고. 이후의 임차료도 받지 말라고 내가 부탁은 해놓겠지만, 땅의 운명이 어찌 될지는 그때 가봐야 알거든."

가방을 뒤져, 가계약 준비용으로 들고 온 백만 원짜리 수표를 선배에게 건넸더니. 그는 얘기 나온 김에 쇠뿔도 빼버리자며 나를 대동하여 그의 삼촌을 찾아갔다. 조카로부터 설명을 듣고 부탁도 받은 삼촌이란 분이 그 자리서 결정했다.

"그 돈은 전기선 넣고 펌프 설비한다고 조카가 돈 썼으니, 장질이 갖는 게 맞고. 땅은 개발계획이 잡히지 않는 한은 내쫓지 않을 테니 무상으로 써소. 땅을 더럽히지 않는다는 것과, 주변 임야를 관리해 준다는 조건으로. 삼 년 내는 아직 계획이 없는데, 그런 일이 있으면 최대한 빨리 알려주리다. 기왕 장질이 가마를 지은 만큼 후배 분이 잘 사용해서 걸작이 나오길 바라야지. 그래야 내 땅도 이름나지 않겠소. 뭐 명작이 나오거든 나에게도 하나 주면 고마울 따름인데, 이건 빈말로 들으시고."

선배는 겸연쩍게, 프랑스에 먼저 가 있는 와이프에게 선물 사 갈 돈 생겼네, 하고 수표를 호주머니에 넣어. 나는 사실상 공짜이다시피 가마와 살림집 사용권, 모든 가전제품과 살림 도구, 각종 용구와 차량, 남은 흙과 장작들을 인수받은 격이 됐다.

나는 세상 다 가진 것처럼 기뻤다. 남은 돈으로 흙과 장작 더 구입하고 아껴 쓰면 얼마간은 도예 작업에만 매달릴 수 있을 것 같아. 더욱이 여기를 보금자리 삼아 유나와의 앞날을 꿈꿀 수 있게 돼서.

가마 살림집으로 되돌아온 선배와 나는 사 들고 온 족발과 소주로 술상을 벌였다. 병을 세 개째가 비웠을 때, 술김이 오른 우리는 앞서거니 뒤서거니 가마 쪽으로 걸어갔다. 가마 앞에서 잠깐 마주보고 "명진아!" "예, 형님!" 서로를 부른 우리는 누가 먼저랄 것 없이 망치를 들고 가마 둘레에 재여 있던 미달 도자기들을 때려 부수기 시작했다.

작품이 되지 않는 도자기들은 부득불 깨버려야 하는 작가의 아픔이자 또 다른 노동이지만, 이날은 폭죽 대신 터뜨리는 축포와도 같았다. 선배 입장에선 이 가마를 떠나 새로운 삶을 개척하고자, 내 입장에선 목구멍 때우기에 급급했던 버러지 같은 생활 버리고 도예인의 삶을 살고자 벌인, 한바탕 시바 축제였으니.

"명진아, 깨뜨릴 건 깨뜨려야 재생의 길을 갈 수 있다. 깨야 할 때는 와장창, 한꺼번에 깨야 해. 인생은 (판 깨고) 판 만들기의 연속이거든. 소꿉 판을 깨야 윷판에 들어서듯 헌 판을 깨야 새판이 만들어진다고."

나를 보며 새겨들으라고 도자기를 꽝꽝, 깨던 선배가 문득 가마를 향해 팔을 벌렸다. 그는 큰 소리로 "축, 도예 명장 원명진이 가마님의 주인이 됐습니다." 하고 90도 절을 마치더니. 연방 "좋다, 좋아!" 소리 지르며 덩실덩실 춤을 추었다.

얄라차!

유나가 세 번이나 모텔로 가 섹스하자고 보채는 걸 달래어 보낸 뒤로 나는 울 아버지의 임종 돌보랴, 장례 사후 처리하랴, 한동안 유나를 만나지 못하였다. 그녀 역시 모델 출연 일로 바쁜지(나는 그렇게 추측하고 있었다) 통 연락이 없었다.

그러다 장맛비가 억수같이 쏟아지는 7월 초순, 유나가 다시 나를 찾았다. 저간의 사정에 대해 서로가 해명한 뒤. 나는 그녀의 귓바퀴를 깨물어주며 다짐을 놓았다.

"너는 내 거야, 알지?"

유나가 대답은 하지 않고 길게 한숨을 쉬었다. 나는 생각하길, 내 쪽에서 먼저 찾아주지 않아 서운해서 그런가, 하고 한 번 더 그간의 일과 속마음을 얘기했다. 이어 한 손은 그녀의 손을 잡고 한 손으론 머리칼을 빗겨주며 "유나는 언제나 내 안에 있어. 내 거 맞지?" 하고 물었다. 그녀는 제가 처한 곤란 때문인지 명시적으로 "네." 하지는 않고 고개만 한 번 까딱했다.

'아무렴 유나는 내 거니까.'

나는 당연히 유나도 포함시켜 앞으로 살아갈 얽이를 잡았다. 그땐 비록 성글은 구상이었지만 선배의 가마를 인수받았을 때부터는 좀 더 구체적으로, 유나와의 동거를 염두에 두고 계획을 짰다. 결혼식은 도자기 작품이 어느 정도 팔리고 여건이 되었을 때 올리는 걸로.

유나와의 보금자리를 만든다니 꿈만 같아, 그녀를 만났을 때조차 내 심중을 털어놓지 않았다. 아꼈다가 내 계획대로 착착 진행한 뒤에 놀라게 해주려고.

'유나야, 조금만 참고 모델 일 잘하고 있어. 곧 우리의 앞날에 대해 얘기할 때가 있을 거야. 그땐 정말 너를 가질 거야.'

나는 동호와 윤서의 도움을 받아 가마에 딸린 살림집을 새롭게 싹 꾸몄다. 특히나 윤서는 미적 감각에다 손재주를 더해, 어엿한 신혼집 같이 꾸며 주었다. 광장시장과 아트키친, 팬시 전문점을 돌아다니며 구해온 아기자기한 아이템으로. 복더위에 그녀가 하나에서 열까지 얼마나 신경 썼으면 동호가 장난 질투로 "윤서 니가 명진과 살 거야, 이거 왜 이래? 우리가 신혼 살이 할 때보다 더 멋지게 꾸미고 있잖아." 했을 정도였다.

나 역시 너무도 설레고 가슴 벅차 하루에도 몇 번씩 커튼에 손을 댔다, 모노륨 상태를 살폈다, 벽지 문양을 손가락으로 짚었다, 새로 산 키친 도구들을 꺼냈다, 보고 또 보고 했다. 그때마다 유나가 내 손에 닿는 것 같았다.

닷새에 걸쳐 살림집 단장을 끝내고 내가 명실로 입주한 날은 8월 1일이었다. 간소하게나마 선후배, 친구들을 불러 입주 소연을 가진 다음 날 오후. 나는 혼자 유나 아버지가 있는 병원으로 다시 문안 가기로 했다. 이번 발걸음 하는 데는 나름의 작정이 있었다.

'내가 저를 얼마나 아끼는지는 유나가 알고 있을 테니. 이번 기회에 그녀의 아버지와 동생에게 점수를 좀 따놓고. 기회 봐서 슬쩍, 유나에게 내 계획을 알려주는 거야.'

내가 봄에 왔었던 병실에 들렀을 때, 유나 아버지는 거기 없었다.

'완쾌돼서 퇴원하시기는……?'

나는 급히 5층 담당 간호사실을 찾아가 물었다. 차트를 보던 간호사의 대답은 내 예감과 같았다.

"그분은 호스피스 병동으로 옮겨갔어요, 어제 오후에."

나는 허겁지겁, 옮겨간 병실을 찾았다. 숨을 가다듬고 병실 문을 열자 안에는 유나 어머니와 여동생이 지키고 있었다. 미친년처럼 머리가 헝클어진 그녀의 엄마는 한쪽 구석에 앉아 성경 책을 펼쳐 들고, 여동생 유진은 아버지의 무르팍에 엎드려서.

상황을 파악한 나는 목례로 인사를 대신하고 유나 아버지 곁으로 갔다. 이제나저제나, 사장님은 오늘을 넘기기 어려운 상태였다. 가랑가랑. 겨우 숨을 넘기면서 들릴 듯 말듯 않는 소리를 내고 있는 것으로 보아, 저승사자의 손아귀에서 버둥 거리고 있음이 틀림없었다.

아무래도 임종 때가 다된 것 같아서 사장님의 가슴에다 손 을 대고 내가 물었다.

"이래간 사장님이 하루 넘기시기도……. 의사는 뭐라 합디 까?"

유진이 눈물을 닦으며 대답했다.

"과장님도 그러셨어요. 준비하라고. 언니에게 전화했고, 달리 알릴만한 데는 없습니다. 엄마도 일절 알리지 말라 하 셨고요."

사장님이 다시 일어설 기회조차 없이 운명한다니 가슴이 답답했다. 나는 밖에서 바람 쐬고 있겠다며 조용히 병실을 나왔다.

'어떻게 해야 하나? 낯모르는 아프리카 사람도 아닌데 그 냥 돌아가기엔?'

나는 엘리베이터를 타고 1층으로 내려와 슬렁슬렁 나무 그 늘을 찾았다. 뭣 좀 생각을 해보자, 하곤 벤치에 털썩 앉아 담배에 불을 붙였다.

'이런 때 어찌하는 게 좋을까? 울 아버지 돌아가시는 날도 이랬잖은가. 병을 앓아 뼈다귀만 남은 거 하며, 재산 다 날아 가고 사람 끊긴 거 하며. 유나 아버지는 외도로 골 썩인 일은

없었다 하더라만. 울 아버지 돌아가시는 날, 내가 얼마나 기죽었고, 서러웠고, 외로웠는지를 생각하면……'

엄마는 그날, 마지막으로 아버지 얼굴 본다고 몸은 병원에 왔었어도 임종 지키는 사람 같지 않았다. 연신 눈물을 훔치며 넋두리로 쌓인 한을 쏟아내는 무당 같았다.

"진작 죽었어야 할 저 인간, 저승사자는 어디가 화투치고 있었을꼬. 저런 분탕쟁이 빨리 안 잡아가고. 망할 영감탱이 젊어선 지집질로 고생, 고생, 생고생 시켜 놓고, 병들어선 처자식 언걸시킬라꼬 여태 질긴 명을 붙들고 있었나. 인간이 불쌍해서, 내가 복받을라꼬, 천하 난봉꾼을 수발해줬지. 있는 재산 다 말아먹고, 자식 앞길 망쳐놓고, 이제서 명 놓으니 속이 시원하나, 천벌 받을 인사야. 다른 사람들은 아들 장가 보내 며느리 보고 손주 보고 했는데, 자식들 앞에 부끄럽지도 않나. 세상에 둘도 없는 난봉꾼 자식이라고 손가락질 받으며 컸는데, 중매나 들어오것냐고. 평생을 속 썩인 저 인간도 죽는 때는 있는 갑다. 하이고, 참."

내가 기별해서 남동생도 아버지 임종 지키러 병원으로 오긴 했으나, 임종보다는 얼빠진 사람처럼 넋두리하고 있는 엄마 지키는 게 제 할 일이 되었고. 여동생은 동거하고 있는 남자의 퇴근시간에 맞춰 함께 들린다며 더디 오는 바람에, 초상치레로 오는 격이 돼버려서. 아버지의 임명종은 사실상 나 혼자 쓸쓸히 지켜보았음에랴.

나는 네 개비째 담배 연기를 내뿜다말고 벌떡 일어섰다.

'유나 일이라면 내 일 아냐. 몸만 안 섞었을 뿐, 유나는 이미 내 여자니까. 이런 때 내가 있어 줘야 마땅해.'

결단을 내리곤 절반도 피우지 않은 담배를, 기차 출발 시각에 쫓기기라도 하듯 픽, 끄고 병동으로 향했다.

나는 저녁 늦게야 달려온 유나와 함께 그녀 아버지의 임종을 지켰다. 거기다 한술 더 보태, 장례를 끝마칠 때까지 상주처럼 일을 봐주며 주야로 그녀와 붙어 지냈다. 그녀의 엄마와 동생이 고마워했음은 물론.

삼우제도 지내야 하고 장례 후속 처리도 하자면 유나에게 시간이 좀 필요할 터. 나는 유나에게 기다릴 테니 조만간 연락 달라 하고 이천으로 돌아왔다.

'이제 적당한 시기에 유나를 맞아들여야지.'

유나가 와서 동거해도 불편 없이 지낼 수 있도록 나는 만반의 준비를 하였다. 모델 일은 정시 근무자처럼 출퇴근하는 일이 아니라서, 출연 의뢰가 있을 때만 이천에서 왕래해도 충분하므로.

늦더위가 한창인 처서 다음 날 해질 무렵. 언약한대로 유나가 이천 가마터로 찾아왔다. 얼굴이 핼쑥하긴 했지만 원래 미모가 빼어났던 만치 여전히 예뻤다.

'나에게 이런 날이 올 줄은!'

서울서 출발한다는 전화를 받았을 때부터 내 몸은 우주인이 유영하는 것처럼 붕붕 떠다녔다.

유나는 가마뿐만 아니라 건조장, 장작 헛간 등 여러 채의 건물이 있는 걸 보고 놀라는 눈치였다.

"이게 다 명진 씨 거예요?"

"예스." 해놓고 나는 은근 슬쩍 속마음을 비쳤다.

"유나 것이기도 하지. 땅은 우리 것 아니지만."

'우리'라는 말에 유나가 고개를 숙이며 빙긋, 웃었다. 한적한 산골짝 석양 노을에 비친 가마 주변을 보고 유나가 먼산바라기로 말했다.

"풍경이, 그림 같아요."

나는 유나가 잠시 감상에 젖도록 뜸을 들였다가, "우리도 그림 같이ㅡ" 말하려는데 그녀가 덥석, 내 팔짱을 꼈다. '이렇게요?' 묻는 듯 나를 쳐다보며.

이내 몸은 말을 더 이상 잇지 못했다. 눈물이 핑, 돌았다. 내가 얼마나 저를 아끼며 준비해 왔는지를, 그녀가 알아주는 것 같아서.

나는 오른손으로 유나의 머리칼을 쓸어줬다. 향긋하고 달콤한 샴푸 냄새를 코보다 아랫도리가 먼저 맡아, 불끈 선 힘에 끌려 냉큼 키스하고 싶었지만. 어렵고 힘든 시간 지나 내 옆에 있는 그녀가 너무도 사랑스러워 아끼기로 했다.

나는 태연한 척 유나의 볼을 만지며 달아오르는 욕망을 잠재우기 위해 물었다.

"시원한 냉커피부터 한잔할까?"

"있다가요. 구경 좀 하고."

우리는 오래된 연인처럼 손을 꼭 잡고 가마 주변을 걸었다. 늦여름 더위를 피해 걷다보니 어느새 산속 깊이까지 들어와 있었다. 벌레들이 극성인데다 산 그림자가 지고 있어, 우리는 곧장 살림집으로 되돌아왔다.

조립식 주택 내부와 살림살이를 둘러보던 유나가 물었다.

"어머, 여성 취향이신가 봐요?"

나는 어깨를 으쓱, 하며 대답했다.

"내가 그렇게 보여? 이건, 내게 두 발을 맡긴 어떤 여인을 위해 일부러 손본 건데. 동호와 윤서도 달라들어."

유나가 얼굴을 붉혔다. 저도 예상치 못했다가 수줍은 듯 얼굴을 양손으로 가렸다.

그녀가 무안해하지 않도록 나는 장난끼로 선택사항을 제시했다.

"자, 국민투표를 발의합니다. 냉커피나 간단한 음료를 먼저 마시고 싶으면 1번, 식사를 하고 싶으면 2번. 손가락 개수로 투표해 주세요."

유나가 토끼 그림의 원형 방석에 앉으며 되물었다.

"술은 몇 번이에요?"

"술은 식사와 러닝메이트이므로 2번, 되겠습니다."

유나가 "2번요." 하고 손가락 두 개를 펼쳤다.

"오~케이."

나는 에어컨 바람이 적당한지 손바닥으로 확인한 뒤, 리모컨을 그녀 옆에다 갖다 놓았다.

"가만 앉아 있어. 유나를 위해, 오늘은 소인이 저녁을 준비할 테니."

산나물과 된장국으로 소박하게 차린 교자상을 두고 우리는 마주 앉았다.

유나가 먼저 두부와 호박이 든 된장국을 숟가락으로 떴다.

"음, 맛있겠다!"

"많이 먹어. 응."

그녀는 미안한 듯 혀를 한번 내밀곤 덧붙였다.

"전, 이만큼 못하는데. 명진 씨는 자취를 오래해서 잘하시나 봐요."

유나는 밥술을 쉬 뜨지 않고 숨을 서너 번 크게 들이쉬었다. 아마도, 아버지 회사 망하고 나서 집밥 먹어본지가 너무 오래여서 그러리라. 그녀의 눈가에 이슬이 맺혔다.

내가 그녀 곁으로 돌아가 눈물을 닦아주며 달랬다.

"이젠 괜찮아. 같이 밥 먹고 지낼 곳도 있잖아. 자자, 밥 먹어. 밥 먹어."

좀 있다 고개를 끄덕인 유나가 생긋, 웃었다.

"잘 먹을 게요."

유나는 밥 한 그릇을 깨끗이 비웠다. 식사를 마친 뒤에도 그녀는 밥그릇과 반찬그릇 하나하나를 손으로 돌려가며 만지고, 또 보았다. 그 그릇들은 선배의 가마를 인수받기 전에, 내가 틈틈이 구워낸 백자라는 사실을 뒤늦게 알아차렸기 때문이리라.

설거지는 자기가 하겠다고 빠닥빠닥 우기는 유나를 물리쳤다. 다음에, 우리가 한 몸 되고 한 살림으로 꾸리게 되었을 때 하라면서.

내가 다관에서 차를 우려내는 동안 유나는 무슨 생각에 골똘히 잠겨 있었다. 찻잔에 차를 따르자 나에게 고맙다는 말을 해놓고서도 얼굴은 아래로 깔았다.

'자기를 가지라고 한 게 나를 시험한 것 같고, 또 연락 없이 지낸 것에 대해 미안해서겠지.'

이런 때 괜히 말 붙이면 그녀가 더 미안해 할까봐 잠자코 있었다. 나는 그때까지도 우리의 미래에 대해서 얘기를 하지 않고 아꼈다. 차만 들이키며 가만히 지켜보고 있는데.

그녀가 갑자기 일어서 내게로 와 푹, 안겼다. 내 목을 두 팔로 끌어안으며.

"명진 씨 고마워요."

유나가 재빠르게 내 입술에다 입을 겹쳤다.

오랜 기다림과 우여곡절 끝에 맛보는 달콤함이란. 나도 이번엔 머뭇거리지 않았다. 얼마나 아꼈고 얼마나 갖고 싶었는가. 유나의 입술과 얼굴에 키스를 퍼붓는 사이, 페니스가 불끈 섰다. 나는 잠시 멈칫했다가 그녀의 귀에다 속삭였다.

"유나 씨 아버지—."

사십구재 지내고 우리 동거해요, 라는 말을 다하기 전에.

유나가 내 속마음을 알아챈 듯 중도에 말을 끊었다.

"지금도 괜찮아요. 난, 좋아요."

나는 허리가 부러져라 유나를 껴안고 혀뿌리가 뽑힐 만큼 키스를 했다.

'됐어, 이젠 내 꺼야!'

모든 것이 내 품안에 들어온 시방, 더 이상 지체할 이유가 없었다. 장애될 일도 없었다. 나는 유나를 번쩍 안고 방으로 들어갔다. 유나에게서 피는 나지 않았다. 밤새 다섯 번이나 정사를 치렀음에도.

유나는 처녀막에 관해서는 물론 생리 날짜 같은, 자신의 몸에 대하여 일절 말이 없었다. 나도 거기에 대해서 캐묻지 않았다. 이미 그녀와 동거할 계획을 가지고 결혼에 골인하겠다고 결심한 터에, 굳이 물어서 우리의 관계를 뒤틀리게 하고 싶지 않았으니까.

첫 육체관계를 맺은 뒷날, 나는 신이 나서 우리의 미래에 대해서 떠들어댔다. 유나는 귀담아 듣긴 하면서도 가타부타 말이 없었다.

'여직 아버지의 죽음에서 벗어나지 못하였고, 가족의 앞날 때문에 생각이 깊어 그럴 거야.'

나는 유나의 그런 면이 오히려 좋았다. 이제부턴 서로를 걱정해주며 함께 평생을 살아가려면 신중한 태도로 임해야 하는 것 아니겠어, 하고.

나는, 유나도 내 계획을 받아들이는 것으로 알았다. 바로 돌아가지 않고 다음 날도 함께 뒹굴었으므로. 나도 원했고, 아니 오랫동안 참아왔고, 유나도 적극적이어서 지칠 때까지 우리는 몸을 섞었다. 연 이틀을 밤낮없이.

'이제 정말 유나를 내 것으로 만들었어.'

유나가 돌아가면서 물었다.

"언제든 오면 받아줄 거죠?"

"무슨 소릴! 여긴 유나와 내가 함께 살 집이야. 나는 유나의 남자고."

이후로 유나는 불규칙하나마 자주 나를 찾아왔다. 오면, 서로의 가슴을 다 파먹을 때까지 정욕을 불태웠다. 그녀의 아픔과 외로움을 상쇄해주기 위해 나는 한 방울의 정력을 짜내서라도 최선을 다해줬다. 내 욕구도 충족시키기 위해서였지만.

한데도 그녀에게선 만족하는 기미가 보이지 않았다. 그렇다고 나를 거부하거나 싫어하는 눈치는 더더욱 아니었다. 나에 대한 서비스인지 자신의 욕정 때문인지, 나보다 더 열심히 섹스에 임하면서도 불만인 것 같았다. 차츰 그녀가 머리를 아래로 까는 일이 많아졌다.

'집안에 닥친 난감한 일 때문일 거야.'

나는 '앞으로의 우리' 계획에 대해서 다시, 자세하게 밝혔다. 유나는 "아직 동거나 결혼에 대해선 깊이 생각해보지 않았다."고 하였다. 그러면서도 섹스만큼은 집요했다. 휑한 가슴을 오로지 섹스로 채우려는 듯.

* * *

나와의 교합 횟수가 점차 많아질수록, 끝나고 나서 돌아눕는 유나의 한숨 소리는 커져만 갔다. 그녀는 이상하게도 뭔가 성에 차지 않아 했다. 내 나름으론, 아직은 섹스 쾌감을 몰라서 그렇겠거니 여기고 말았는데. 항설로는, 여자의 성적 쾌감은 남자 맛을 알고 방중술도 체득한 서른 넘어서야 절정에 이른다고 들은 것 같기도 하여.

그러던 어느 날, 유나는 급기야 가마 아궁이에서의 섹스를 요구했다. 장난삼아 얘기하는 게 아니었다. 사생결단이라도 내려는 것처럼 떼를 썼다.

나는 성적 호기심에서 그러는 줄 알고, 교합 때의 체위와 방중술에 관한 책을 구해다가 정사를 치를 때마다 같이 읽곤 했다. 이제 몸을 섞었으니만큼 서로가 알아두어야 할 것도 같고 해서.

한데도 유나는 계속 아궁이에서의 섹스를 요구했다. 참다 못한 내가 언성을 높여 나무랐다.

"나같이 도자기 굽는 사람들은 가마를 여신으로 받들기 때문에, 가마지을 때는 물론 불을 땔 때 여자들은 근처에 얼씬도 못하게 한다. 우리 아버지도 옹기 구울 때 그랬고. 여자가 들락거리면 여신이 질투해서 일을 그르친다는 옛말에. 해서 불을 끄고 기물을 들어낼 때도 가마 안에는 남자만 들어가도록 한다. 가마 밖에서 기물을 받아내는 것쯤은 여자가 거들어도 괜찮지만. 여성 출입금지를 아무리 미신으로 치부한다고 해도 그렇지, 세상에! 내가 작품 만들려고 불 땔 때는 가마 아궁이에 어찌 니가, 다른 사람도 아닌 니가, 일 때문에 들어가는 것도 아니고, 거기 들어가서 섹스를 하자니! 어떻게 그럴 수 있어! 어떻게! 너와 나, 둘 다 변태가 되자는 거야, 뭐야!"

유나가 머리 숙인 채 대꾸했다.

"내가 뭐, 다른 사람하고 하자는 것도 아니고. 명진 씨와 하자는 건데. 죽은 사람 소원도 들어준다는데, 해보면 안 돼? 나는 꼭 저 불 아궁이에서 하고 싶단 말야. 다른 남자들은 다 색다르게 탐닉해보고 싶어 한다던데, 명진 씨는 안 해보고 싶어? 나는 불 아궁이에서 해보고 싶다고. 응, 명진 씨."

"그렇게 말했는데도 정말!"

나는 불같이 화를 냈다. 욕지거리가 목구멍에 걸려 있었다.

"한 번만 더 그랬다간 봐라."

같이 있다간 내가 무슨 일을 내도 낼 것만 같아 나는 밖으로 나왔다. 크게 숨을 들이켜고 담배를 물었다.

'요즘 유나가 이상해. 봄에 요구했을 땐 아낀다고 안 들어 줬지만, 요 근래엔 얼마나 자주 해주는데. 체위도 바꿔가며. 성욕을 깨다보니 욕구불만인가? 시중에 나돌 듯이 성욕을 안 과부들은 주체를 못한다더니만, 유나도 그런가? 혹시 나에게 어떤 다른 불만을 그런 식으로 표현하는가?'

담배를 비벼 끄고 살림집 안으로 다시 들어갔다. 그때까지 유나는 조금 전 자세 그대로였다. 눈물이 뺨을 타고 있었다. 나는 그녀 곁으로 가 손으로 목을 쓰다듬으며 꼭 껴안았다. 이내 밀어처럼 "유나야." 부르곤 입으로 그녀의 뺨과 눈을 씻어주었다. 내 품에 안겨 머리를 뒤로 젖힌 그녀의 목덜미를 보자 안쓰러움과 욕정이 한꺼번에 일었다.

그녀를 안고 방으로 들어갔다. 옷을 벗기기도 전에 그녀와 나는 살창 안으로 빨려 들어가는 불 소리 같은 숨결을 냈다. 흠~씩~흠~씩. 다음 날 아침때까지 네 번이나 더, 욕구 불만으로 다시는 가마 아궁이에서 하자는 말이 안 나오게 봉사를 해줬다.

한데 그게 아니었다. 그녀는 가마 아궁이에서의 교합을 끈질기게 요구했다. 참말로 미칠 지경이었다. 횟수로도 더 해주었을 뿐만 아니라 혹시 장소가 못마땅하나 싶어 모텔로 가서, 비싼 르네상스호텔에 가서, 심지어 제주도로 날아가서도 봉사해줬지만. 그녀는 계속 가마 아궁이에서 섹스하고 싶다고 떼를 썼다.

'님포마니아야, 뭐야!'

나는 정신적으로 육체적으로 너무 지쳤다. 언제든 폭발할 정도로 뇌관엔 이미 불이 붙어 있었다. 하여 당분간 그녀와 적정 거리를 유지하기로 했다. 그리고 우리의 관계를 다시 생각해 보기로 했다. 그녀도 나와 같은 심사였는지 찾아오는 횟수가 점차 띄엄띄엄했다.

'그래, 유나에게 무슨 문제가 있을 거야. 그러지 않고서야, 무슨 색마도 아니고? 문제가 풀릴 때까지 기다려주자.'

10월 초에 그녀가 다시 가마를 찾아왔다. 하얀 스카프를 목에 두르고 흰 블라우스에 검은 스커트를 입고. 여름 때보 다 얼굴도 많이 달라졌다.

'이제 마음이 좀 안정되었는가 보다.'

그런 생각이 드니 유나가 새삼 사랑스러워 내 불방망이가 환장을 했다.

'오늘은 내가 끝내주마.'

유나를 방 안으로 들인 다음, 키스를 진하게 했다. 순식간 에 내 몸이 달아올랐다. 블라우스 안으로 손을 넣어 젖가슴 을 만지려는데, 그녀가 내 손을 잡고 애걸했다.

"명진 씨, 우리 가마 아궁이에서 하면 안 되겠어. 정말 부 탁이야. 거기서 안 하면 명진 씨가 내 안으로 들어오지가 않 는 것 같애. 육체적인 물건만 내 안에 들어오면 뭐해. 그게

다…… 내 때문이겠지만. 명진 씨는 나한테 잘해줬어. 하지만 성에 차지가 않아. 횟수나 체위, 장소가 문제 아니라 가마 아궁이에서 하지 않으면 명진 씨를 받아들일 수가 없어. 그러니 자꾸만."

갑자기 욕구가 허허 만주 벌판으로 사라져 버렸다. 왜 그러냐고 물어볼 생각도, 달래볼 의지도 함께. 나는 손을 빼고 그녀와 떨어졌다. 떨어지는 내 손을 그녀가 잡고 유방에 갔다대며 다시 요구했다.

"가마 아궁이에 가서 하자. 부탁이야. 한 번만 들어줘. 딱 한 번만이야. 다른 데선 여러 번 해도 가마에선 딱 한 번만 응. 나도 최고로 잘해 줄게."

'여자가 정념에 불붙으면 못 말린다더니 저런가.'

나는 손을 빼고 밖으로 나왔다. 작업실로 들어가 그녀가 한 말을 안 들은 걸로 하기 위해, 실없이 태토만 이리 비볐다 저리 비볐다했다.

잠시 뒤, 구둣발 소리가 약하게 들리는 것 같았다. 나는 그녀가 바람이라도 쐬러 나온 줄 알았다.

남자든 여자든 성욕이 오르다 꺼져버린 것만큼 참담함도 없어. 혹시 그녀에게 상처를 줬는가 싶기도 해서, 다시 안아 달래주자, 하고 그녀를 찾아 나섰다.

한데 마당 안을 아무리 둘러봐도 그녀가 보이지 않았다. 바깥으로 산보 갔나, 아니면 나무 장작 뒤에 있나, 하며 찾다가 가마 쪽을 봤더니.

'아니?!'

가마 아궁이 앞에 그녀의 까만 앵클부츠와 검은 치마, 치마 위에 거들과 팬티, 흰 블라우스 위에 스카프와 브래지어가 보이잖은가. 이 옷을 다 벗고 어디로?

'설마!'

내 가슴에서 다듬이질 소리가 났다. 아궁이 쪽으로 걸어가며 자세를 낮춰 봉통 안을 들여다보았다. 유나의 하얀 등과 하얀 엉덩이, 하얀 다리가 보였다. 안쪽을 보고 누워 있었다. 내 온몸의 피가 거꾸로 솟았다.

나는 가마 아궁이에 다가가 우락부락, 고함 쳤다.

"유나! 너, 지금 뭐하는 짓이야!"

아무 말 않고 그녀는 내 쪽으로 몸을 돌렸다. 일부러 거웃과 음부가 다 보이게 다리를 쫙 벌리면서.

순간, 내 입에서 욕이 연발로 튀어나왔다.

"이 쌍년! 씹이 그리도 하고 싶나!"

제망매가

이른 새벽, 나는 순천역에서 부산 가는 열차를 기다렸다. 대합실에서 나와 담배를 꺼내려다 오른쪽 모퉁이에 죽어 있는 비둘기를 보았다. 한겨울 다 지나고 이제 곧 봄 맞을 터에 거참.

칙칙. 라이터를 돌려 불을 붙이려는데, 어제까지도 잘 켜지던 라이터가 말을 듣지 않았다. 가스가 다 됐나? 라이터를 눈높이로 들어 플라스틱 내부의 잔량을 확인했다. 아니, 가스는 반이나 남았잖아?

다시 칙칙. 돌에서 불씨가 튀도록 몇 번이나 돌렸음에도 불이 붙지 않았다. 일회용 라이터가 그렇지 뭐.

하는 수없이 매점에서 라이터를 사려고 대합실로 들어갔다. 이런, 아직 매점 문도 안 열었잖은가.

나는 대합실 안을 눈치껏 훑어 담배를 피움직한 삼십대 젊은이에게 다가갔다. 괜스레 칙칙, 라이터를 두어 번 돌려 고장 났음을 은연중 보여주곤.

"저, 불 좀 빌립시다."

그가 말없이 라이터 불을 켜줬다. 나는 얼른 불을 붙이고 머리로 까딱, 고맙다는 인사를 했다.

두어 번 빨아 당겨 불이 제대로 붙었는지 확인한 나는 밖으로 되처 나왔다. 담배 연기를 후— 내뿜을 제, 저 멀리서 희뿌옇게 동이 터오고 있었다.

'새벽 공기 마셔 본지가 얼마만인가? 낮밤 모르고 음란 짓에 빠져서……'

이렇게 새벽길 나선 자체만으로 음탕 생활을 끝낼 수 있겠다는 생각이 들다가도, 입때껏 성욕을 이겨내지 못한 내 소행에 의문을 달았다.

'스스로 자제치 못한 내가 부산 가선 어쩌자고?'

뭐, 마지막이다 치고 살든 죽든 가보기나 하자. 나는 담배 꽁초를 땅에 떨어뜨려 구둣발로 짓이기곤 툭, 찼다. 그 꽁초가 하필, 얼어 죽은 비둘기 가슴을 정통으로 때렸다.

'에잇, 거참.'

입이 씁쓰레해서 나는 가래침을 콱, 뱉었다. 한 번 더 멀리 뱉곤 몸을 돌려 대합실로 들어갔다. 때맞춰 부산행 열차가 기적을 울리며 플랫폼으로 들어오고 있었다.

나는 자리를 잡고서 마이산에서 만났던 거사의 말을 떠올렸다. 그가 거명한 역학자 이름들을 되새기며 누굴 먼저 찾아갈까, 하고.

그는 운명을 바꾸는 방법에 대해서도 일러줬었지.

"역학 고수들이 한결같이 당부하는 게 뭔지 아시오? 고수들이 제아무리 사주야 관상이야 잘 봐줘도, 본인이 이를 듣지 않거나 외면하면 물거품이다, 이거요. 첫째로 본인이 간절해야 하고, 간절한 만큼 알려준 묘책대로 실행을 해야 효과가 있는 법인데, 대개의 사람들은 실행력이 부족하다는 거요. 허나 개중 부산 사람들은 성격이 급한 만치 결단이 빠르고, 나중에야 어찌 될지언정 일단은 실행에 들어간답디다. 그런 결과 이루는 것도 많지만, 한편으론 그런 서두름으로 인해 잃는 것도 많을 것 아니오? 그러니 또다시 역술이야 점이야 보러 오고."

나는 혼자 고개를 끄덕였다. 운명을 바꾸려면 간절함과 실행력이 요체라는 것과 함께, 부산에 역학 관련 업이 성황을 이룰 수밖에 없는 이유를 알 것도 같아서.

그는 덧붙였었지.

"부산의 지역적 특수성도 한몫했을 테요. 지금이야 창원공단, 구미공단, 구로공단 등 공업지역이 여러 군데 생기고, 도시마다 인구가 늘어 먹고살 일자리가 많소이다만. 사실 몇 년 전만 해도 다른 도시엔 먹고살만한 게 없었지 않소. 허지만 부산은 예전부터 항구도시라 어업과 무역 관련 물동량이 많았고, 유통업이 발달했어요. 이러니 한몫 잡으려는 기회의식이 생겨나고, 부자가 되려는 욕망이 더해지고. 그런즉 자연히, 운명과 사주를 알아보려는 의식이 강해질 것 아니겠소. 부산이, 전국에서 불교 신도가 제일 많고, 사주나 점괘를 보려는 인구도 제일 많다는 얘기가 그래서 나온 거요."

다시 생각해봐도 그의 말이 맞는 것 같았다. 앞뒤 조리가 있고. 또, 무엇보다 그 자신이 사업체 부도를 맞은 이후, 살아날 방도를 찾기 위해 많은 명리학자들을 만나 보았을 터. 그 양반 역시 제 사주를 탓하는 한편으로, 어쩌면 나보다 더 간절하게 운명을 바꾸려고 발버둥 쳤지 않았겠는가.

'역학 대가들이 내 사주에 박힌 묘수를 풀어준다면야⋯⋯.'

나는 부산 도착하면 어떻게 할지 일정을 잡다가, 그곳이 신혼 여행지였음을 떠올리곤 눈을 감았다.

아내와 송도해수욕장, 태종대로 돌아다닌 기억이 생생하건만⋯⋯. 내가 결혼했을 때 엄마가 얼마나 좋았으면 말로는, 신혼여행을 1년간 다녀도 좋다고 했을까. 아들의 고시 출세를 고대했던 당시의 엄마 심정으론, 이제 아들이 사법대학원 마치고 검사로 임용된 데다 자식의 성욕을 해결해 줄 여자까지 생겨서 그랬을 테다. 나도 아내도 단꿈에 젖어 장밋빛 미래를 그렸건만 이혼하게 되리라곤⋯⋯.

거기 참, 태종대에 자살바위가 있었지. 얼마나 많은 사람들이 뛰어내렸을까? 막다른 운명을 맞은 사람들이 자살 전에, 얼마나 절실하게 역학자들을 찾았을라고. 부산에 역학이 번성할 수밖에 없겠구먼. 그 거사의 말에 일리가 있어. 부산

오기를 잘한 거야. 내 운명을 한번은 짚어봐야지, 아무렴.

그날 정오 무렵, 부산진역에 도착(예전엔 경전선 열차가 부산진역에 정차했음)한 나는 곧바로 초량전신전화국을 찾았다. 결혼하여 브라질로 이민 간 여동생과는 작년 추석 때도, 올 설에도, 내가 방탕생활 하느라 소식조차 나누지 못하여 안부도 물을 겸. (명리학자들의 사주풀이에 따라) 내가 어떤 길을 선택할는지 모르겠으나, 어쩌면 지금이 마지막일 수 있다는 생각에 국제전화를 걸 요량으로.

"형님이오! 으흐흑, 아이고, 아이고."

브라질 현지 시각으론 한밤. 저편에서 전화를 받은 매제는 인사말 대신 한 맺힌 절규와 울음부터 토해냈다. 내가 놀라, 속사포로 물었다.

"이 서방 무슨 일이야! 왜 그래?"

"아이고, 아이고. 오라비라는 사람이 어찌 그리 무심하오. 여동생 죽은 지가 석 달이나 지났건만. 으흐흑."

"죽다니! 누가? 정희가?"

"여동생은 진작 오라비 찾아갔는데, 오라비라는 인사는 여동생 죽은 줄도 모르고. 아이고, 아이고. 정희야 불쌍해서 어째…… 으흐흑."

수화기 잡은 내 손이 부들부들 떨렸다. 나도 모르게 코에선 씩씩, 입에선 흑흑, 끓는 소리가 났다. 마지막이고 뭐고, 이젠 여동생과는 영영 통화 자체도 할 수 없게 돼버렸잖은

가. 눈물이 왈칵 쏟아져 앞도 보이지 않고, 목청은 완전히 갈라졌다.

"흑흑, 이 서방……. 흑흑, 지금 무슨 말이고? 흑흑, 정희가 나를 찾아왔다고? 흑흑, 그래서, 그래서 죽었단 말인가?"

"석 달이나 됐소, 석 달, 아이고 참. 형님 찾는다고 한국 들어가서 죽은 지가. 88올림픽고속도로 고령 구간에서 충돌사고로."

'석 달됐으면 작년 11월 초나 중순경이란 말인데.'

내가 기억을 더듬고 있는 사이. 매제가 흐느끼며 띄엄띄엄, 사고 전말을 얘기했다.

나는 부장검사직을 그만두고 아내와 이혼한 사실에 대해, 사전에도 사후에도 여동생에게 일절 알리지 않았다. 당시 내 입장으론, 죽든지 아니면 과거의 나를 완전히 매장시키기로 결심했기 때문에 잠적하는 게 우선이었다.

하나 아내는 달랐다. 아내는 나로부터 얼결에 이혼을 당한 처지여서 서러움도 하소연할 겸. 그때가 추석을 앞둔 무렵이어서, 시누에게 명절 인사 삼아 작별 전화를 하였다. 내 피붙이라곤 여동생밖에 남아 있지 않았던 데다 둘은 취향이 비슷해, 멀리 떨어져 있어도 자주 연락하며 살갑게 지내온 사이여서 아내는 그러고도 남았을 테다.

여동생 입장에선 태산이 무너지는 소식이 아닐 수 없었다. 그러잖아도 명절 잘 쇠라고 내 집으로 전화했는데 '없는 전화번호'라고 하질 않나, 올케한테서 날벼락 같은 오빠와의 이혼 얘기를 듣질 않나. 사전에 나로부터 이혼 얘기를 들었다든가, 조금의 낌새라도 알았더라면 '일이 그렇게 됐구나.' 하고 말았을 터인데. 전혀 그런 기미를 알지 못했다가 어느 날 느닷없이 오라비가 이혼했다니. 더구나 아내로부터 정확한 이혼 사유조차 듣지 못했을 건 물어보나마나. 아내도 영문을 모르는 판에.

그땐 이미 내가 잠형을 해버린 상태라, 여동생으로선 나에게 확인해보려 하였어도 연락할 길이 없었다. 망연자실한 와중. 제 딴엔 올케가 안쓰럽기도 하거니와 이대로라면 친정이 거덜 나는 지경이 될지도 몰라. 행여 오라비가 내연관계에 있는 여자라도 만들었는지(여동생도 나의 2세에 대한 걱정을 했을 테니) 알아도 볼 겸 해서, 11월 초순에 서울로 들어왔다.

올케를 만나 자초지종을 들은 여동생은 진상 확인에 나섰다. 제일 먼저로 시집가기 전, 엄마와 함께 살았던 동국대 앞 옛집을 찾아갔다. 사실을 확인해본즉, 현재의 거주자는 자기가 주인이라며 그 집을 샀다고 했다.

'이 집을 어째, 한마디 말도 없이 팔아버려!'

여동생은 그 자리서 목 놓아 울었다. 재산권 분배 때문이 아니었다. 내 남동생이 죽은 지 얼마 뒤. 엄마는 얼마 되지 않는 재산이었지만 여동생과 나 사이에 모든 걸 매듭지어 놓았던 관계로, 재산권에 대한 갈등은 없었다.

여동생이 길바닥에 주저앉아 대성통곡한 것은 다른 이유에서였다. 마음속의 친정이고 엄마 같은 그 집을 내가 소리 소문 없이 팔아버린 데다, 오라비란 사람이 살았는지 죽었는지 종적조차 알 수 없어. 그야말로 친정이 깡그리 사라져 버린 게 참담해서 울었을 터.

여동생은 내가 아내에게 넘겨준 포니자동차를 올케한테서 빌려 타고, 나를 찾으러 수소문에 나섰다. 내 지인 가운데 오충영은 여동생도 익히 알고 있어, 그로부터 내 종적에 꼬투리(실제 행적과는 다르지만 여동생이 보기로) 될 만한 걸 알아냈다. 내가 잠형에 들어갈 때, 오충영(그도 내가 부장검사직에서 물러난 줄만 알았지 아내와의 이혼 사실은 모르고 있었다)에게 둘러대길 "합천 해인사 들어가서 인생 정리 좀 하련다."는 말을 남겼으므로.

여동생은 그 얘길 듣고 부랴부랴 합천 해인사로 차를 몰았는데. 마침 가을 막바지 관광 철에, 겨우 왕복 2차선의 혼잡한 88올림픽고속도로를 달리다 관광버스와 충돌하는 바람에 현장에서 즉사하고 말았다. 내 행적을 주변에선 아무도 몰랐을 뿐만 아니라 나에게 부고 전할 길도 없어, 이 오라비도 모르는 누이 주검을 매제가 조용히 화장해서 끝냈다.

명리학의 대가를 찾아가고 자시고 할 것도 없었다. 엄마가 생전에 역학자의 말을 전하기로, 내 사주에 든 火(화)기와 色(색)기로 인해 근친이 죽거나 처자식을 앞세우고 죽을 팔자라고 하였지 않은가.

'이미 한 여인을 죽게 했고, 그 자식을 감옥에 처넣었고, 나 때문에 여동생까지 죽은 마당에 뭘 물어보겠다고! 엄마가 죽기 전에 날더러 정희를 보살피라 신신당부했음에도, 보살 피기는커녕 내가 되레 죽게 했어! 내가 정희를 죽인 거라고! 정희가 어렸을 때 아버지가 죽어, 아버지 정도 못 받고 큰 불쌍한 정희를. 엄마도 죽고 제 작은오빠도 죽고 살붙이라곤 나밖에 없었는데, 내가 도와주지는 못할망정 죽음으로 몰아넣고 말았어. 이 오라비란 작자가 동생을 죽였어! 정희를 죽였다고!'

나는 정신없이 전화국에서 나와 건물 왼쪽 귀퉁이에 머리를 대고 으흐흑, 울었다. 양 주먹으로 내 대갈통을 마구마구 갈기며.

'여동생이 못난 오라비를 찾는 그동안에도, 나는 가는 곳마다 오입질과 용두질을 해댔질 않은가. 어제도 순천에 도착해서 밤새 오입질하지 않았느냔 말이다. 참혹해도 이렇게 참혹할 수가 있나.'

앞이 보이지 않았다. 눈물이 앞을 가려서이기도 했지만, 그보다 내 정신이 아니었다. 얼마나 내 머리를 쥐어박았는지 골이 띵하고 어질어질했다. 나는 몽유병 환자마냥 흐느적흐느적, 초량시장으로 발길을 옮겼다.

가까스로 튀김 분식집을 찾아들어 "아주머니, 소주! 으흐흑, 소주. 으흐흑, 소주부터." 나는 울음을, 반은 토해내고 반은 삼키며 소주를 주문했다. 주인아주머니는 놀라 소주를 들고 와선, 혹시나 미친 사람인가 하여 내려놓질 않았다. "별일 아닙니다. 으흐흑, 여동생이 죽어서." 하고 나는 빼앗다시피 소주병을 낚아챘다. 뚜껑을 따며 안줏거리로 "오뎅탕." 해놓곤 물컵에 소주를 가득 따라 물 마시듯 벌컥벌컥 마시고. 연달아 한 컵 더. 안주로 나온 오뎅에는 손도 대지 않고, 소주 한 컵 들이켤 때마다 숟가락으로 국물만 한 술씩. 십 분도 안 걸려 세 병을 해치웠다.

그때쯤 속에 든 알코올이 결단을 부추겼다.

'오늘로 끝내. 살아봤자 씹만 해대는, 천하 몹쓸 놈.'

어디서, 어떻게?…… 아, 태종대.

* * *

파도가 바위를 때리며 울어댔다. 잔뜩 흐린 날씨에 해무까지 자욱해, 뒤로 돌아보지만 않는다면 음침한 세계에 나 홀로 든 것 같았다. 깎아지른 낭떠러지에 하얀 포말이 일고, 파도가 울어주니 스스로 생을 끝내는 장소로는 제격이로고.

'이젠 뛰어내려야 해. 지금 끝내지 않으면, 해안 초소병이 나타나 야간경계 시각이라고 호루라기 불어.'

나는 숨을 길게 들이쉬고 자리에서 일어났다. 옷도 털지 않은 채. 잠시 멍하게 섰다가, 바위 벼랑 쪽으로 발걸음을 옮겼다. 짙은 안개 때문에 잘 보이지 않는 바다를 뚫어지게 바라봤다가, 벼랑 끝으로 한걸음 더 내딛으려는 찰나. 누군가가 내 어깨를 툭, 치며 옷깃을 붙잡았다.

"무슨 생각으로 이러시오!"

깜짝이야. 나는 너무 놀라, 다리가 바위에 그대로 붙어버렸다. 대답도 나오지 않고 옆으로 쳐다볼 생각조차 없었다. 지금 결행해야 한다는 의식에만 박혀.

얼어버린 듯 꼼짝하지 않고 있는 나에게 어깨를 붙잡은 남자가 다시 말했다.

"목숨은 함부로 내던지는 게 아닙니다!"

내 어깨 옷을 잡은 손이 어찌나 힘이 센지―아니면 어린애가 서리하다 장골에게 덜미 잡힌 것처럼 내 속이 들켜 지레 자포자기 해버려서 그런지 모르겠으나―나는 잡힌 그 상태로 우두커니 서 있을 뿐이었다.

그 손이 바짝, 다시 힘을 주며 나를 뒤로 끌어당겼다.

"마음을 바꾸시오! 여기서 함부로 목숨을 내던지면 안 됩니다. 부처님의 가피로, 무례를 좀 범해야겠소."

어깨를 붙잡고 있던 그 손이 무지막지하게 나를 잡아당겼다. 나는 맥도 못 추고, 조금 전 내가 앉았던 바위 평평한 곳까지 뒷걸음으로 질질 끌려갔다. 그곳엔 방금까지 내가 마신 소주병과 쥐포 나부랭이가 어질러져 있었다. 수첩, 볼펜, 담배, 라이터와 함께.

그곳에 이르러서도 안심 못하겠던지, 내 어깨 잡았던 사람
이 손을 바꾸어 다시금 단단히 잡으면서 나와 마주 보게 되
었다. 낯모르는 비구승이었다.

"어디서 오셨소? 태종대 자살바위에 대한 얘기는 듣고 왔
소?"

스님은 내 행색을 살피더니, 다른 한 손으로는 내 손을 꽉 잡
았다.

"나한테 멱살까지 잡히지 않으려거든 순순히, 지금 이 상
태로 잠시 앉읍시다. 무슨 일 때문인지는 모르겠으나, 시방
당신은 제정신이 아니요. 허니, 내가 무례하더라도 이해 바
라오."

스님은 내 어깨를 내리누르며 나를 억지로 앉혔다. 내가
주저앉자 그는 지고 있던 바랑을 내려, 어깨끈으로 내 오른
쪽 발목을 한 바퀴 감았다. 내가 한순간에 벌떡 일어나 바위
끝으로 달려가는 불상사가 생길까봐, 그러지 못하도록. 인상
으로는, 바랑 끈에 내가 손이라도 댈라치면 벼락같이 달려들
어 날 제압하겠다는 엄포를 짓고.

나는 힘이 쫙 빠져버린 데다 어쩔 도리도 없어, 그가 하는
대로 내버려 두었다. 그대로 잠자코 있다가, 술이 당겨 소주
병 쪽으로 오른손만 뻗쳤다. 내가 소주병을 입에 갖다 대자
다시 절벽으로 뛰어가는 일은 없을 거라 판단하였음인지, 스

님도 그 자리에 편히 앉았다.

그가 남아 있던 쥐포 쪼가리를 집어서 건네주며 설득했다.

"이전에 비렁뱅이들이 잘 부르던 〈각설이타령〉 아실 거요. 얼~씨구씨구 들어간다 절~씨구씨구 들어간다, 로 시작하는 〈품바타령〉 말이오. 그 노랫말을 보면 '일 자나 한 자나 들고나 보니'로 시작해서 이 자, 삼 자, 사 자로 쭉 나가지 않소. 예전에 거지들이 무식해서 숫자라도 알려고 그렇게 지은 타령인가는 모르겠으나, 이 타령조에서 가장 중요한 게 뭔지 아시오? 뭐 일, 이, 삼, 사 같은 거 좀 안다고 유식한 것도 아니고 '이 자나 한 장을 들고나 보니 이승만'이 어쩌고저쩌고, 이런 것도 아니올시다. 미국 유학 갔다 왔고 대통령까지 했던 그도 죽었잖소. 그럼 중요한 게 뭐냐. 작년에 왔던 각설이가 '죽지도 않고 또 왔다'는 거요. 각설이가 죽으면 노래가 안 되거든. 각설이가 죽어버리면 다시는 못 오는데 '죽지도 않고 또 왔네'가 되겠소. 그니까 정승으로 살든 거지로 살든 어떡하든 살아야, 사는 데까진 살아야, 인생도 노래가 되는 거요."

스님이 잠시 뜸을 들였다 계속했다.

"지금은 무슨 말이고 붙여봤자 내 말이 들리지도 않을 뿐더러, 대답할 마음도 없을 게요. 한즉 피곤하게 긴말 붙이지 않을 테니, 허튼 행동할 생각도 마시오. 대신에, 술 마시고 싶다면 술은 양껏 마시게 해드리리다."

나는 소주병만 입에 대고 들이켤 뿐 일언반구도 하지 않았다. 그는 이런 내 행동을 자기 말에 대한 묵시적 동의로 여겼는지, 합장 자세를 취하며 "나무관세음보살"을 읊조렸다.

잠시 뒤, 허리를 곧추세운 그가 바로 옆에 있는 등대를 가리키며 일설 했다.

"저기, 등대를 좀 보소. 등댓불이 점(點)하고 멸(滅)하는, 그 점멸이 배를 인도합니다. 우리 인생도 점했다, 멸했다, 점멸하는 겁니다. 한자로 멸자를 쓰지만 등댓불의 멸은, 인간으로 쳤을 때, 죽음이 아닙니다. 등댓불의 죽음이란, 전원이 끊기거나 폐쇄되는 경우니깐. 등댓불과 같이 인간에게도 멸의 시간이 있어야 점의 시간, 즉 인생의 빛이 충만해집니다. 그 멸의 시간을 실패 또는 고생으로 보거나, 그 순간을 피하려고 목숨을 내던져선 안 됩니다. 한발 물러나 다시 세상을 바라보는 관점 개선의 시간, 내 아집과 애욕을 멸각시키는 대오(大悟)의 시간으로 봐야지."

소주병이 완전히 비었다. 만사 귀찮고 심신도 피곤해 나는 팔을 베면서 모로 누웠다. 하늘 보기도 부끄럽고 스님 보기도 부끄러워 팔에 얼굴을 묻곤 크윽, 크윽, 터져 나오는 울음을 삼켰다.

"울고 싶으면 목 놓아 우시오. 속 털어내려면 더 크게."

스님이 목 놓아 울라고 하였음에도 내 목은 쉽사리 트려고 하지 않았다. 삼킨 울음이 내장을 찌르고 뒤트는 동안 지난 일들이 주마등처럼 지나갔다.

'제기랄, 이 더러운 색마를 어쩌자고?'

죽으려 해도 죽지 못한 것에 공연히 화딱지가 일어나는 한편. 그간 황음에 빠져온 내 자신이 너무 미워 끝내는 바위도 진동할 정도의 울음통이 터졌다. 꺼이꺼이, 으흐흑. 눈물 콧물이 범벅되고 뱃가죽이 장단 맞추느라 울룩불룩할 제.

스님이 내 허리를 두들기며 일렀다.

"자자, 이제 그만 일어나소. 해안 경계 시간 다 됐소. 초소 병들이 호루라기 불기 전에, 여길 떠나야 합니다. 얼른 수습 하소."

그는 먼저 일어나 소주병과 쓰레기를 비닐봉지에 주워 담았다. 울음을 죽인 나는 목을 숙인 채 부스스 일어나, 널려 있는 신발과 소지품들을 멍하니 쳐다보았다.

스님이 한 번 더 재촉했다.

"정신 챙기소. 신발 신고, 소지품도 얼른. 모두 나가고 우리 둘만 남았소. 저~쪽에 초병들이 내려오고 있구만."

말없이 꾸역꾸역, 나는 스님이 감아 놓은 바랑 끈을 풀었다. 신발을 끌어다 신고 소지품들을 찾아 챙기는데. 바랑을 둘러메고 쓰레기든 비닐봉지를 챙긴 스님이 말을 이었다.

"보아하니 술을 더 마셔야 할 것 같으이. 자갈치시장으로 갑시다. 술은 사 준다고 내 입으로 약속했은께, 양껏 사리다. 대신에 엉뚱 짓하지 말고, 오늘은 내 가자는 대로 따라오소."

나는 아무 대꾸도 하지 않았다. 달리 할 말도 없고 딱히 갈 곳도 없어.

'생면부지의 스님 따라간다고 내 운명이 거꾸러지겠어? 뭐 거꾸러지면 더 좋고. 어차피 죽으려고 했던 마당 아닌감.'

우리는 버스를 타고 남포동에서 내렸다. 해가 짧아 날은 벌써 어둑어둑했다. 시장통인지 어항 특유의 갯내와 생선 비린내, 수채 냄새가 섞여 났다. 스님이 성큼성큼 앞장서 걸어가더니, 낡고 허름한 간판이 걸린 남포식당으로 들어갔다. 언뜻 보기에도 싸구려 밥집임을 알 수 있는.

스님이 들어와 앉으라는 손짓을 했다.

"나 같은 까까중에게 돈다발은 없어 좋은 데는 못 가요만, 술은 사 준다고 했은께, 여기서 실컷 드시오. 딴은 고등어 반찬에 밥값도 싸, 부처님 존명 안 팔아먹고도 여기 술값은 댈 만하오. 아까도 말했지만, 오늘은 대화한다는 자체가 죽기보다 더 고통스럽고 괴로울 터. 먹고 싶으면 먹고 싶은 대로, 마시고 싶으면 마시고 싶은 대로 해보소. 내 잠깐 들렀다 올 데가 있으니, 내 돌아올 때까지."

스님은 주인에게 "이 양반이 달라는 대로 밥이든 술이든 갖다 주소." 하고 만 원을 선불로 줬다. 이어, 나를 안심시키려는 뜻에서 알려줬다.

"여긴 싸고 싼 데라, 이 돈으로도 소주 몇 병은 마실 수 있을 게요."

나는 듣는 둥 마는 둥, 힘없이 구석자리로 가서 앉았다. 내가 자리를 잡자 스님은 돌아온다는 약속의 증표로 삼겠다는 뜻인지, 메고 있던 바랑을 반대편 의자에 내려놓았다. 그가 나가다 말고 뒤돌아 "잘 마시고 있으소." 해놓곤 이내 주인에게 부탁했다.

"여기 뜨뜻한 시락국부터 한 그릇 갖다 주소. 속 좀 풀게."

어디 가는지, 언제 오는지, 나는 스님한테 물어보지 않았다. 그저 탁자에 팔꿈치를 대고 연신 머리만 쓸어 넘기고 있었을 뿐.

머리가 뒤숭숭했다. 뭐, 될 대로 되라지. 나는 주인이 탁자에 갖다 놓은 소주병을 땄다. 물컵에 부어 벌컥벌컥 들이켠 뒤, 시락국 그릇을 입에 대고 후루룩 마셨다. 속이 찌릿찌릿. 구운 고등어 냄새에 더해, 먼저 들어갔던 알코올이 동무 알코올을 불러들이라고 난리를 쳤다.

따뜻한 국물에 고등어구이를 안주 삼아 소주를 네 컵째 들이켰을 때, 아직도 흐를 눈물이 남았는지 눈물이 줄줄 쏟아졌다. 마신 소주 전부가 눈물이 되어 흐르는 것처럼. 떨어지는 눈물방울 속에 정희가 어른거렸다.

'정희야, 불쌍한 누이야. 이 오라비 때문에 죽어 놓고, 오라비도 모르는 새 어떻게 갔니. 죽으려 작정한 나는 이렇게 멀쩡히 살아서 술 마시고 있는데, 너는 죽어서 저승 가버린, 이런 기막힌 조화가 있나.'

술 탓인지 눈물 때문인지 앞이 흐렸다. 나는 연거푸 소주를 컵에 부어 들이켰다.

범부여, 알코올의 전능을 알라.

내장에 들어찬 알코올이 이제는 뇌파를 충동질해, 과거지사를 빨갛게 그려냈다.

"네 이노~옴."

작은할아버지가 대청마루에서 호통을 쳤다. 마당에 아버지가 서 있고, 그 옆엔 내가 서 있었다. 할아버지가 기둥을 탕탕, 때리며 다시 호통 쳤다.

"네놈이 어찌 우리 집안 핏줄이라고, 응, 응."

아버지가 얼굴빛 하나 변하지 않고 대꾸했다.

"시절이 그렇잖습니까, 시절이."

아버지는 시절 탓을 했다.

그렇담, 할아버지가 나한테 호통 친 것인가? 나는 사주 때문인가? 어, 머리가 빙글빙글, 어지럽네.

"자, 이제 일어나소. 좀 있다 내립니다."

스님이 내 어깨를 흔들어 깨웠다.

'몸이 덜컹거리는 걸 봐선 차 안인가……. 내가 어떻게 이 버스에 타 있지?'

눈이 무겁고 머리가 몽롱했다.

스님이 한 번 더 흔들기에, 흐리마리하게 눈을 떴다. 스님이 내 행색을 살펴보곤 "다음에 내립니다."며 내 어깨를 툭 쳤다. 나는 잘 떠지지 않는 눈으로 버스 안을 둘러봤다가, 차창 밖을 봤다가. 한밤중인 모양이었다.

스님이 일어서기에 나도 비틀거리며 좌석 손잡이를 잡고 일어섰다. 버스가 정류장에 섰을 때, 스님이 뒤돌아보곤 앞장서 내렸다. 나는 정신 차리느라 연신 눈을 껌벅이며 뒤따라 내렸다.

밤공기를 들이마시자 눈이 제대로 뜨였다. 두리번거리면서도 나는 여기가 어딘지 묻지 않았다. 이미 내 의지를 상실한데다 스님 손에 이끌린 몸이 가타부타 말할 처지가 아니었으므로.

나는 비틀비틀 걸으며 벙거지 모자를 고쳐 썼다.

스님이 내 상태를 한번 확인하고 말했다.

"내가 일보고 돌아오니, 탁자에 엎드려 자고 있습디다. 이상하게도, 흔들어 깨웠을 땐 잘 일어납디다. 술을 웬만큼 마셨음에도. 낮부터 마신 술까지 치면 상당할 게고. 보통사람들은 술 마시면 그대로 축 늘어집디다만, 그러지 않고 잘 일어나데요. 버스 탈 수 있느냐니깐, 탈 수 있다며 제 발로 걸어서 탔소. 좀 비틀거려서 그렇지. 탈 때는 잘 타더니만, 타자마자 곧장 잠들어 버렸소. 버스 탄 거, 기억나요?"

"모르겠습니다. 전혀."

기억 못하는 사람한테 더 이상 말 걸어봤자 쓸데없다고 여겼는지 스님은 더 이상 묻지 않았다. 그러다 대로에서 작은 길로 접어들 때, 이곳 위치를 갈쳐줬다.

"여기가 당감동이라는 곳이오. 감로수 나오는 곳이라니, 이름이 그럴듯하지 않소. 예전엔 마을의 액운을 물리치고 동네 주민들의 번영과 평화를 빌던 당이 있었다고 합디다. 지금은 흉하게 돼버렸소만."

**

하늘은 온통 찌푸렸다. 산중턱인데도 공기가 맑지 않았다.

'어젯밤에 술을 죽어라 퍼마셔 그런가. 골이 빠개질 것 같아.'

나는 샘터로 가 표주박으로 물을 양껏 퍼서 꿀꺽꿀꺽, 숨도 쉬지 않고 들이켰다. 그래도 목마름은 가시지 않고 입에선 술 구린내가 훅훅, 났다. 나는 흐리멍덩한 눈으로 사방을 둘러보다 대웅전 기단에 퍼질러 앉았다.

그 자세로 속 쓰린 배를 주무르며 절 아래쪽을 쭉 관망했다. 저 아래 높이 솟은 굴뚝에선 연기가 펄펄 나고 있었다. 날씨 때문인가? 연기는 오르지 못하고 낮게 가라앉았다가 흩어졌다.

"저~기 연기 나는 굴뚝 보이지요. 저곳이 화장터요. 죽은 사람을 하늘로 올려 보내는 곳."

어제의 그 스님이 어느새 다가와 내 곁에 서 있었다. 앉은 채로 나는 그의 얼굴을 올려다보았다. 스님이 나를 보며 합장 했다.

나도 인사하려고 엉거주춤, 일어서려는데 스님이 말렸다.

"그대로 앉아 있어도 됩니다. 아직 술도 덜 깼을 테고. 저 ~기 화장터 연기를 보고 무슨 생각이 드오?"

나는 아무 대꾸도 하지 않은 채 다시 주저앉았다.

내 골이 띵하고 어지러운 판에 무슨 생각이 들고 말고 할 게 있겠습니까? 스님도 참, 하려다 입을 다물고 가만있었다. 연기 나는 굴뚝만 멀거니 바라보며.

"스님, 주지 스님, 손님이 찾으십니더."

열서너 살쯤으로 보이는 소년 시자가 스님을 부르러 왔다.

까까머리 시자를 보며 그제야 드는 생각.

'여기가 스님이 말했던 선암사란 절인가 보군. 나도 한심하기는! 여태 스님 법명이 뭔지도 물어보지 안 했네. 하기야 내 목숨 버리려고 한 마당에, 스님의 법명을 알아서 무엇하랴만.'

내 행색을 살펴본 스님이 조근조근 말했다. 억세고 거칠었던 어제의 말투와는 다르게.

"아침 공양도 못 드셨지요? 어쩌나. 절간에 해장국 같은 게 따로 있겠습니까만, 공양보살한테 속풀이 할 만한 것 있으면 차리라고 일러놓을 테니, 좀 있다 가서 한 숟갈이라도 드시오."

스님은 시자를 대동하고 돌아갔다.

그때까지 근근이 참고 있던 숙취 구역질이 왝왝, 올라왔
다. 나는 목젖까지 타고 올라온 쉰 물을 되넘기며 뒤집히는
위장을 연신 훑어 내렸다.

'저~기 화장장에서 지금 바로 나를 불태워 하늘로 보내줬
으면 딱 좋겠건만. 방탕 짓거리나 한 이 욕된 몸을.'

다음 날, 나는 혼자서 절 아래로 내려갔다. 당감동 시내 슈
퍼에 들러 몇 가지 개인용품을 살 요량으로. 주변 지리를 익
히며 산을 거의 다 내려갔을 쯤, 썩은 고기 타는 냄새와 같은
악취가 코를 찔렀다. 화장장 때문인 게로군.

오늘도 화장장 굴뚝에선 연기가 쉴 새 없이 뿜어져 나오
고 있었다. 나는 옷소매로 코를 틀어막곤 걸음걸이에 속도
를 냈다. 얼마쯤 걸었을까. 저 앞에서, 한 떼의 사람들이 꽃
을 단 장의차를 둘러싸고 곡을 하고 있었다. 상주 옷을 입은
일부는 다리를 건너네 마네, 울부짖으며 장의차 앞을 가로
막고서.

어쩌나? 장례 행렬이 다리를 건너올 동안 기다리자니 살
타는 냄새가 역겹고, 모른 척하고 장의차를 지나치자니 사람
보기에 뭣하고. 해서 잠시 서성거렸다.

"죽으려고 했으면 이미 죽은 거나 다름없는 사람이, 살 타
는 냄새는 그리도 역겨워하오. 코를 막고 있게."

나는 겸연쩍어, 뒤돌아보면서 슬며시 소매를 내렸다. 언제 따라왔는지, 스님이 내 뒤에 와 서 있었다. 흰 장갑 낀 손에 목탁을 들고. 가사와 장삼을 깨끗이 차려입은 그는 아무렇지도 않은 듯 꼿꼿한 자세였다. 차림새로 보아 몰래 내 뒤를 밟은 것 같지는 않고.

스님이 손으로 방향을 가리키며 설명했다.

"장의차가 멈춘 저 다리가 극락교요. 이승에서의 마지막 다리라고 여겨, 잠시 멈추어서 곡하는 게 상례라 합디다. 예전에 상여 나갈 때의 예법을 본 따서."

나는 고개를 갸웃했다. 내가 저 다리를 건넜는가? 아닌가? 그제는 술에 째린 데다 오밤중에 스님 손에 이끌리어 오느라, 못 본 것 같았기에.

스님이 장의차와 화장터를 번갈아 바라보며 말을 이었다.

"보시다시피 속세의 인간들 삶에는 두 갈래 길이 있습니다. 저쪽 화장터 쪽의 극락 가는 길은 죽어서 몸이 가는 길이고. 이곳 선암사로 부처님을 따라 극락 가는 길은, 죽어서는 영혼의 길이지만, 살아서는 깨달음의 길이 됩니다."

사실이지 고약한 냄새 참느라 내겐 스님 말씀이 하나도 들리지 않았다. 이런 내 처지를 아는 듯 모르는 듯 스님은 허공에 손을 한번 휘—저으며 말했다.

"이 공기 속에 허연 것들이 다 살이 타서 날아온 가루요. 화장한 망자의 살 탄 분진. 잠깐 동안 서 있을 땐 표시가 잘

나지 않지만, 나중에 한번 옷을 털어보소." 해놓곤 이내 나를 향해 물었다.

"그래, 어디 가는 길이요?"

"아, 네, 저 아래 슈퍼에 가서 일용품을 좀 사 와야겠기에……."

"절에 쓸 것 다 있는데 뭐가 따로 필요하오. 내 따라와서 있기로 했지 않소? 돈은 있소?"

"스님께 말도 없이 어디 가려는 것은 아닙니다. 그저 주변 지리나 익히고 개인 용품이나 한두 개 사 오려고. 천 원짜리 몇 장은 호주머니에 있습니다."

"알아서 하시고, 나중에 절에서 봅시다."

말을 마친 스님은 내 가는 일에 개의치 않고 장삼자락 휘날리며 장의차 쪽으로 향했다. 저쪽에서 장례 일행 중 상주한 사람이 스님을 맞으려 빠르게 다가오는 것으로 보아, 스님께 망자의 고별 의식을 부탁했던 모양이었다. 그제 시자가 말한 그 손님이.

선암사에 온 지도 이레가 지났다. 다행스럽게 절이 백양산 7부 능선쯤에 자리하여서, 아래로 내려만 가지 않는다면 공기가 괜찮은 편이었다. 매일같이 산 아래쪽에선 장의차 행렬이 끊임없고, 화장장 연기는 계속 뿜어져 나왔음에도.

그간 주지 스님은 달리 나에게 뭘 하라느니, 하지 마라느니, 하지 않았다. 어쩌다 얼굴 마주치면 "지낼만하오? 몸은 괜찮소?" 하고 묻기만 할뿐. 스님이 나에게 굳이 불경이나 부처님에 대해 운운할 필요가 없었던 것은, 내가 웬만한 신도들보다 더 열심히 기도하고 탑돌이 하는 걸 보았기 때문이지 싶다.

하나 내가 기도에 열중한 것은 불교에 귀의해서도 아니고, 절이나 스님이 좋아서도 아니었다. 뒤늦었지만 나는 순전히, 교통사고로 죽은 내 여동생의 극락왕생을 위해 빌었을 뿐이었다. 기왕 스님 손에 끌려 절에 들어온 것(딱히 갈 곳도 없어), 차라리 정희를 위해 내 나름의 49재나 올려 주잡시고.

아마 내 살아온 생애를 통틀어 이때만큼 간절했던 적도, 이때만큼 내 몸과 마음을 다스린 적도 없었다. 불교식의 백팔배도 아니요, 천 배니 삼천 배니 숫자를 세며 하는 기도도 아닌, 오로지 마음으로만 빌고 또 빌었다. 〈제망매가〉를 지은 신라 때의 승려 월명사가 죽은 누이를 기리기 위해 재를 올렸듯이, 나를 찾으러 왔다가 이른 나이에 저세상으로 가버린 누이를 위해.

나는 불경이나 불교 예식과는 전혀 관계없이, 어떤 제물 차림도 하지 않고 마음 기도만 올렸다. 석가모니든 천지신명이든 그 누구든, 죽은 누이를 돌봐달라고. 향가를 차용해 손수 지은 〈제망매가〉를 눈물로 새기며 절했다.

그 먼 나라에서

이 오라비 찾아

삶과 죽음의 길에 왔다가

오라비는 찾지 못하고

가을에 떨어지는 낙엽처럼

저세상으로 가버린 누이야

너는 아직 나이 이른데

한 가지[一枝]로 태어나

죄 많은 나를 두고

외로워서 어떻게 갔니

슬퍼서 어떻게 갔어

불쌍한 내 누이를 돌봐주소서

불쌍한 내 누이를 돌봐주소서

　내가 하루에도 몇 번씩, 스스로 탑돌이를 한 데는 다른 이유도 있었다. 기도를 하거나 산책하는 시간 외에 하릴없어 앉았거나 누울 때면, 본존불상 앞에서고 요사채 내실에서고 욕정이 불끈불끈 솟아 도저히 참기가 어려웠다. 그 해결 방편으로, 여자 몸을 탐하고 싶은 욕동이 일 때마다 밤이고 낮이고 탑돌이를 했다. 색욕을 잊으려고 일부러 정희가 죽는 모습(나는 직접 보지 못했지만)을 떠올리며 축원 탑돌이를 하다

보면, 불뚝 섰던 남근을 조금은 잠재울 수 있으니까.

그렇다고 오입질을 어느 날 뚝 끊은 건 아니었다. 선암사에 와서 세 번인가, 끓어오른 욕정을 참지 못해 나는 포푸라마치(부산 감전동에 있던 윤락가)를 찾아 섹스를 했다. 목욕탕에 갔다 오는 기회를 이용해서. 뿐만 아니라 급할 땐 몇 번이나 측간에 가서 용두질로 풀기도 했다.

하지만 정희를 위한 사십구재에 돌입하기로 마음먹곤 나스스로 촛불에 왼손 검지를 태우며 맹세했다. 이때만이라도 욕정의 불을 끄자, 사십구재 끝낼 때까지 만이라도 참자. 정희의 극락왕생을 빌면서 또다시 음란 짓에 빠지면, 그녀 혼령 앞에 얼마나 부끄러울라고.

천도에 들어간 지 열흘째인가. 오전에 나는 탑돌이를 했다. 그날 세 번째로 하는 탑돌이였다. 닭이 홰를 칠 때 일어나 처음 탑돌이를 했고 아침 공양 전에 또 했으니. 그 세 번째 탑돌이를 끝내고 숨도 돌릴 겸해서, 나는 대웅전 기둥에 붙여 놓은 주련을 읽고 있었다.

실상, 주련 읽는 습관을 들인 건 사흘 전부터였다. 절에서 공밥 먹자니 나도 일말의 양심은 있어. 스스로 빗자루 찾아 마당 청소나 법당 먼지 터는 일을 조금 거들기는 했어도, 도심이라면 도심에 위치한 절에선 내가 할 만한 일이 별로 없었다(일을 하려면야 끝이 없겠지만 이때까진 내가 신도도 아니고 승가에 입문한 상태도 아니었기 때문에). 그제는 하도 맥쩍어서 요사

채 댓돌에 앉아 기둥 주련에 쓰인 한자를 읽다 뜻도 새기게 되었는데.

이날은 마침내, 대웅전 기둥에 붙어 있는 주련도 눈에 들어왔다. 고시 공부할 때 한자투성이 법률 용어를 먼저 익힌 결과, 웬만한 한자 정도는 읽을 수 있으므로. 초서라면 어렵겠지만 그 주련은 다행히 행서로 쓰여 있어, 내 한자 실력으로도 읽는 데는 무리가 없었다. 제일 왼쪽 주련의 글귀 내용을 읽고서 의미를 되새기는 찰나.

"무슨 뜻인지도 알겠지요?"

어느새 다가온 주지 스님이 내 뒤에서 물었다. 나는 합장으로 인사하고 머리를 끄덕였다.

스님이 불경을 독송하듯 주련 구절을 읽었다.

"탐애유인구쾌활(貪愛有人求快活) 부지화재백년신(不知禍在百年身)이라."

이어서 스님이 뜻을 밝혔다.

"쾌락만 좇아 애욕을 탐하는 사람은, 백 년 제 몸뚱이에 화가 박혀 있는 줄 모르네. 백 년 사는 인간에겐 정욕이, 그놈의 물건이 화의 근원이란 말씀."

나는 스님 보기가 부끄러워 괜히 먼산바라기로 시선을 옮겼다. 스님은 내 시선에는 아랑곳 않고 주련에 쓰인 글귀의 출처를 덧붙였다.

"이 구절은 중국의 '한산자'라는 사람이 지었다는 《한산시》에 나오는 내용이오." 하더니 나에게 조금 색다른 권유를 했다.

"이참에 한시 공부하는 셈치고 《한산시》와 《법구경》을 한 번 읽어보는 게 어떻소? 딱히 불경 공부를 하란 말이 아니고. 《한산시》는 물론이려니와 《법구경》도 한시처럼 돼있어 시문 공부하기에 좋으니깐. 기왕 한자를 배웠고 웬만큼 읽을 정도면, 한번 읽어보란 말이오."

그러겠습니다, 뜻으로 나는 말없이 고개를 끄덕였다. 무료함을 달래기엔 그것도 괜찮다는 생각에. 뭐 불제자가 되라는 것도 아니고 해서.

책 사려면 제목을 기억해 두어야지.

"스님, 아까 책 제목이 《한산시》와 《법구경》이라고 했습니까?"

내가 스님에게 묻자 내 말을 알아채고 스님이 대답했다.

"아, 그 책들은 내가 빌려주리다. 《한산시》는 1960년대 법보원에서 나온 책이라, 요즘은 구하기 어려울 게요."

그날 오후, 나는 스님 처소로 가서 책을 받아왔다. 이때부터 돌입한 한시 독송 역시, 사십구재를 올리는 동안 욕정을 잊기 위한 수단으로 파고들었다.

한데 정희의 천도재에 집중하면 할수록, 엄마가 생전에 전해준 역리학자들의 말이 뇌리를 들쑤셨다. 내 사주에 든 火(화)기와 色(색)기로 인해 근친이 죽거나 처자식을 앞세우고 죽을 팔자라는.

역학자가 풀이한 내 사주가 아니나 다를까 '탐애유인구쾌할 부지화재백년신'이란 주련 글귀 딱 그대로이지 않은가. 내 욕정이 화근이었고, 그로 인해 정희도 순남이도 앞세웠으니.

'제길, 운명 참 지랄 맞네. 다음엔 또 누구? 내 앞에 먼저 보낼 처자식이…… 혹시 그 애도?'

불 자궁

아침부터 까치가 울어댔다. 오늘이 입동임에도 날씨는 사뭇 봄날 같았다. 맑은 햇빛이 동파요원을 가득 비추었을 쯤.

산 까치야 산 까치야 어데서 날아오니
네가 울면 우리 님도 오신다는데

명진은 라디오에서 흘러나오는 〈산 까치야〉 노래를 흥얼거리며 따라 불렀다. '우리 님도 오신다는데' 구절은 제 맘대로 개사하여 '가마 신이 오신다는데'로 바꿔서.

그는 아침부터 살림집과 작업실, 건조실 창고, 가마 둘레, 장작 헛간, 마당, 요원 입구를 정리 정돈하고 비질을 했다.

오늘은 새로 지은 가마에 불씨를 모시는 날. 청소를 끝낸 명진은 손님 맞을 준비로 분주했다. 손님이라고 해봐야 명진이 직접 초청한 사람은 혜불 스님과 고상화 어른, 상철과 근수, 동호와 윤서, 동네 일꾼 최 씨와 이장뿐이었지만.

손님 면면을 볼 적에 명진이 정녕 손님맞이로 바빴다기보다는, 그가 동파요원에서의 진정한 새 출발을 의미하는 가마신을 맞아들이기 위해, 정성을 쏟았다는 표현이 더 옳겠다.

 정오쯤에 상철과 근수가 먼저 도착했다. 이들은 명진을 도와 가마 둘레에 금줄을 치고 고사 지낼 자리와 손님 앉을 곳에 돗자리를 깔았다. 이어 살림집 거실에 장만해둔 고사상과 제물, 술병과 향로 등을 갖다 날랐다. 명진은 미리 준비해 두었던 사각 성냥과 불쏘시개용 한지, 장작개비들을 흰 천에 싸서 별도의 소반에 차렸다. 신주처럼 교자상 뒤쪽에다.

 고사 지낼 시각 20분 전 최 씨와 이장이 도착하고 고상화도 왔다. 두 시가 거의 다 되어도 손님이 북적거릴 기미가 없자, 고상화가 명진에게 물었다.

 "두 시에 고사 지내기로 안 했소? 왜 이렇게 손님이 없지?"

 "어르신, 혜불 스님과 서울에서 친구 내외만 오면 다옵니다."

 "엉? 손님 초청을 그리 밖에 안 했소? 하다못해 마을 사람들은 오라고 했어야지."

 "마을 분들은 이미 살림집 입주할 때 초청했으니까, 이번에는 우리끼리만 하기로 했습니다. 서울과 광주, 이천에 있는 선배와 친구는 물론, 심지어 부산에 있는 지인들에게도 알리지 않았습니다. 이번 가마는 다른 사람들한테 알리는 것보다, 저 자신의 새 출발로 삼고 싶어서요."

"이해는 가지만 그렇더라도—."

"준비 다 됐소?"

고상화가 말을 잇는 도중, 혜불 스님이 도착해 인사성 질문을 했다.

명진이 혜불 스님에게 "잠시 숨 좀 돌리시지요." 해놓곤 요원 입구 쪽으로 목을 쭉 뺐다.

'이 자식, 맞춰 오질 않고.'

명진이 속으로 투덜거리는데, 저쪽에서 동호와 윤서 일행이 빠른 걸음으로 다가오고 있었다.

'아니, 김현정 교수도 같이!'

명진이 놀라 눈을 크게 떴다. 그를 알아본 동호가 오면서 손을 흔들었다. 요원 입구까지 나가 이들을 맞은 명진이 동호의 허리를 툭, 쳤다. 왜 좀 더 일찍 서두르지 않았냐는 질책인 동시에, 김현정 교수랑 같이 온다는 언질을 왜 사전에 주지 않았느냐는 뜻으로.

김현정 교수가 명진의 행동을 읽고 동호 대신 대답했다.

"동호 씨 나무라지 말아요. 내가 먼저 같이 가자고 했고, 나 때문에 차 출발이 좀 늦었으니까. 불청객이라고 생각 드시면 절 내쫓아도 돼요."

"그게 아니라, 이 망할 친구가 문자라도 줄 일이지—."

동호가 '됐다'는 의미로 명진의 어깨를 치는 바람에 말이 끊겼다. 명진이 이들을 먼저 도착해 있던 손님들에게 인사시킨 다음, 예법대로 고사를 지냈다.

불이 활활 타오르는 아궁이에 근수가 이따금씩 장작개비를 던져 넣었다. 한 시간 넘게 장작불을 피워 봉통 앞은 제법 열기가 있었다. 술도 벌써 몇 순배 돌아 모두의 얼굴이 불콰해졌다.

그때 아궁이를 한참 바라보고 있던 김현정 교수가 뜬금없는 말을 던졌다.

"아궁이 불꽃 보니까, 저기 들어가 알몸으로 있고 싶네. 여러분, 저 아궁이에서 알몸으로 있고 싶지 않아요. 발가벗은 채."

"역시 김현정 교수님다운 말씀."

동호가 즉각 대꾸하며 잔을 들어 김 교수 잔에 부딪혔다.

'어른들은 다 돌아가고 안 계시기에 망정이지.'

상철과 근수는 서로를 쳐다보며 얼굴 넓이가 확장됐고, 명진은 멍한 얼굴이고, 윤서만 그녀가 한 말뜻을 되새기고 있었다.

김 교수가 부연했다.

"여러분들! 내 말 오해하지 말아요. 술 취했거나 헤픈 여자라고. 불 아궁이, 불꽃을 보면 순수하게 알몸으로 있고 싶다는 말이에요. 여러분들은 그런 생각, 안 들어요?"

동호가 받아 윤서에게 장난을 쳤다.

"윤서야 들었지? 오늘밤 우리, 히히히."

김 교수가 동호를 나무랐다.

"내 말은 그런 뜻이 아니에요. 섹스를 말하는 게 아니라고요. 뭐 섹스하고 싶어지기도 하겠지만."

상철이 입가의 술을 훔치고 물었다.

"여자라서 그렇습니까? 아니면 특별한 감정이……."

김 교수가 들었던 술잔을 내려놓으며 대답했다.

"남자의 심리는 내가 모르니까 접어두고. 내가 여자라서 그런 것도 있겠지만, 신화적으로 불 아궁이와 화로는 여신입니다. 그리스 신화에선 헤스티아라고 부르는데, 처녀신이죠. 만신의 우두머리 제우스가 헤스티아에게 순결을 지킬 권리를 줬고, 인간이 신에게 바치는 희생물을 제일 먼저 받을 권리도 줬다고요. 로마 신화에서도 아궁이 신은 여신이고, 포르낙스라 합니다. 고대 로마에선 이 포르낙스 여신을 기리는 축제를 매년 열었죠. 포르나칼리아라는. 고대부터 신화적으로 왜 불 아궁이를 여신으로 삼았을까, 유추해보면. 아마도 불 아궁이의 기능 때문 아니었는가, 생각돼요. 생성력과 정화력."

무릎을 굽혀 꼰 자세로 있던 김 교수가, 대화하기가 불편하여서인지 자세를 바꿨다. 그녀는 양반다리를 하며 치마로 무릎을 가렸다. 치마가 짧아 무릎이 잘 가려지지 않는 걸 본 명진이 얼른, 그녀의 백에 얹혀 있던 숄을 집어다 주었다.

그녀가 "고마워요." 하는 사이. 동호가 술잔을 높이 들어

같이 한잔하자는 제스처를 취해, 서로가 잔을 부딪치고 쭉 들이켰다.

술잔을 비운 동호가 자랑스레 얘기했다.

"내가 김현정 교수님을 모시고 온 이유가 다 있는 거야. 명진이 자네, 그리고 후배님들, 오늘 김 교수님 강의 잘 듣고 수업료 톡톡히 내셔."

상철이 "알겠습니다." 하며 잽싸게 막걸리 병을 들어 동호에게 따라주었다.

도토리묵 한 점을 씹어 넘긴 김 교수가 입을 훔치며 말렸다.

"아서요. 젊은 남자 분들에 둘러싸여, 특히나 불 아궁이 앞에서, 맛있는 술 마시는 이 분위기만 해도 넘쳐요. 넘쳐."

명진의 얼굴에 미소가 돌았다. 부담 없다고 마음이 놓여서.

솥로 무릎 가림을 다시 한 김 교수가 말을 이었다.

"조금 전 동호 씨가 윤서 씨를 부추긴 것처럼, 불을 보면 사람에 따라 섹스 욕구가 일어나기도 할 거예요. 리비도, 그니까 섹스 충동은 불 아궁이를 보면 따뜻해져, 신체적으로 혈기가 돌아서도 그렇겠지만. 섹스 환경은 안전하고 편안해야 되는데, 아궁이는 하나의 보호막처럼 느껴지니까요. 특히 여자들은 순결이 지켜지는 것 같고 정화되는 느낌을 받죠. 어째 그러냐는, 남녀의 성기 구조와 기능을 비교해보면 됩니다. 남자의 성기는 사정으로 한 사이클이 끝납니다. 정자를 방출하는 기능만으로 끝, 아닙니까. 받아들이는 기능은 없어요. 하나 여자는 다르죠. 받아들이는 기능이 있다구요. 정자를 받아들이면 필히 정화를 해야 돼요. 실제로 여자의 질에선 정자가 들어오면 산도를 높여 정화를 시킵니다. 평소에도 질 내부는 산도가 높지만요. 이물질이나 세균 침투를 막는 거죠. 뿐만 아니죠. 여자는 난자 방출기능도 있어, 월경을 하면 피를 쏟습니다. 이 출혈이 남자의 사정같이 어느 한순간에 딱, 싸고 그쳐버리면 되는데, 그렇지가 않죠. 최소 하루이틀은 피가 흐릅니다. 세균이나 불순물이 침투할 여지가 많은 거죠. 그리고 느낌상으로, 질 내부가 축축하니까 말리고 싶죠. 성기를 틀니같이 빼내서 어떻게 할 수만 있다면, 그때그때 빼내서 말리고 싶다고요. 그렇게 정결하고 싶은 마음이라고요. 그니까 모태 자궁같이 안전한 보호막에 들어가고 싶은 마음, 정결해지고 싶은 마음, 불같이 타오르는 섹스를 하고 싶은 마음, 그런 게 합쳐져 저 아궁이에서 섹스하고 싶은 마음도 생기겠죠. 하지만 제가 알몸으로 있고 싶은 건, 불의 정신분석적인 면에서 순수해지고 싶다 랄까 그런 뜻으로. 고대부터 불 아궁이를 여신으로, 불 자궁으로 본 것도 정화기능 때문 아니겠어요. 기독교에서 하느님의 불이란 것도—"

김 교수가 종교 얘기를 꺼내려다 말고 멈칫, 좌우를 돌아보았다. 타 종교 신도들도 있을 텐데 술좌석에서 하느님 얘기를 해도 되려나, 스스로 점검하느라.

태클 들어올 것 같지는 않다고 생각한 김 교수가 계속했다.

"하느님의 불이 없으면 기독교는 그냥 빵(0), 이지 않겠어요. 불이 정화시켜주고 광명을 주니. 베드로도 불의 시험대에 스스로 들어가겠다고 했죠. 불속을 통과하지 않는 한, 아무것도 견고치 못하다면서 '나는 도기 가마 안으로 들어가야만 해.' 그랬다고요."

근수가 이번엔 장작을 제법 많이 던져 넣었다. 딴에는 김 교수의 얘기를 더 듣고 싶어 자리를 더 따뜻하게 만들려고.

김 교수도 이에 응할세라 화제를 추가했다.

"원 선생님은 전번에 흰색과 검정색에 대해서 물었었죠. 흰색, 검정색과 더불어 인간이 인지한 가장 오래된 색이 빨강입니다. 빨간색의 '붉다'는 어원이 바로 불 아닙니까? 모닥불만 피워놓아도 젊은 청춘들은 맥을 못 추죠. 그런데 모닥불은 퍼집니다. 확산돼서 날아가 버리는 거죠. 하룻밤 풋사랑 같이. 하지만 아궁이는 불을 모아줍니다. 여자에게 그보다 더 바랄 게 있겠습니까? 따뜻하고 안전하지, 생기 돌게 해주고 정화해주는 그런. 실제로, 아궁이 불을 때는 여자들은 자궁암에 잘 걸리지 않는다 하고. 신문에 보니까, 어떤 여자 행위예술가는 퍼포먼스 한다며 알몸으로 돼지우리에서 발가벗고 엎드려 있던데, 그야 예술행위니까 그렇다 치고. 제 말은, 순수한 알몸으로 아궁이에 들고 싶다는 거예요."

김 교수가 입가심으로 물을 마신 뒤, 자신의 전공과 관련한 색채 이야기도 꺼냈다.

"색채심리로 보자면 빨강은 생명과 생성, 에로스와 성욕, 저항과 위험, 세척과 정화, 밝음과 영성 등을 나타냅니다. 탐욕과 정열의 상징이기도 하고. 한데 빨강도 농도에 따라 심리적으로 다릅니다. 피의 빨강은 검붉죠. 불의 빨강은 주황색, 노란색, 흰색으로 변합니다. 그렇지 않나요?"

김 교수가 혼자 떠벌리고 있다는 생각에 대화 상대로 끌어들일 심산인지, 아니면 불에 관해서는 전문 지식이 약해서인지, 명진을 쳐다보며 동의를 구했다. 그는 들고 있던 나무젓가락을 상에 놓으며 대꾸했다.

"맞습니다. 너무 잘 아시네요. 도예인들은 가마굽기할 때 불꽃 색깔을 보고 온도를 추측합니다. 불꽃이 새빨간 붉은색이면 대략 오백 도쯤 됩니다. 이때는 연기도 같이 보입니다. 칠백 도쯤이면 자주색, 구백 도쯤이면 주황색, 천 도쯤이면 노란색으로 변하고, 청자나 백자가 익어가는 천삼백 도 넘으면 거의 흰색이 됩니다. 이때는 가마 안이 형광등 켜놓은 것처럼 훤하게 보이죠. 너무 뜨거워 자주 보지는 않습니다만. 자칫하면 눈에 문제가 생길 수 있어."

"들으셨죠. 불의 빨강이 극점에 다다르면 희게 된다고요. 흰색을 순결하게 느끼는 것처럼, 불의 빨강에서 불순물을 걸러내고 싶은 마음, 누구나 있을 거예요. 조금 전에 말했다시피 여자는 더더욱."

날이 짧아 벌써 해가 서산에 걸렸다.

술상 강의를 마친 김 교수가 "불청객은 먼저 갑니다."며 일어섰다. 고향이 울산이었던 김현정 교수는 내려온 김에 부모님 뵈러 간다고 했다.

명진이 손시늉과 함께 "잠시만요." 했다.

"김 교수님, 잠시만. 앉아서 잠시만요."

말을 마친 명진은 김 교수의 반응은 보지도 않고 살림집으로 냉큼 뛰어갔다. 아까부터 김 교수를 빈손으로 돌려보내기 어려워, 무엇을 선물해야 좋을지 고민한 그였다. 더구나 김 교수가 명진의 건강을 염려해 토종꿀을 선물로 가져왔으니만큼, 어떤 식으로든 답례는 해야 인사가 맞았다.

조금 지나, 명진이 한지함을 분홍색 보자기에 싸들고 왔다. 그는 가쁜 숨을 달래기도 전에 그걸 김 교수에게 내밀었다.

"이것, 마음에 드실지 모르겠습니다만, 백자 화병입니다. 광주 가마에서 구워낸 건데, 제 선물입니다. 전번에 색채연구실로 찾아가 귀한 시간도 빼앗고 해서."

"어머, 이걸 제가 받아도 될지……. 고맙습니다."

동호는 보지 않고도 그 가치를 알아, 마치 자기 것인 양 생색을 냈다.

"김 교수님, 그러면 오늘 강의료, 충분할 겁니다. 이 친구 작품, 소장해두면 나중에 제값 할 테니까."

술잔에 입만 대었던 윤서가 김현정 교수를 승용차에 태워 좌천역까지 바래다주었다.

삽짝까지 나가 그녀를 송별해주고 돌아설 때, 동호가 명진의 팔짱을 끼며 말했다.

"김 교수 아직 처녀야. 잘해봐."

"너 미쳤냐? 내 가방끈 길이나 알고 하는 소리야."

"알지. 알고말고. 김 교수는 우리보다 세 살 많은데, 마흔 중반 된 여자가 가방끈 길이나 재자 하면 평생 혼자 살아야겠지. 그런데 말야, 김 교수가 여태 한 번도 혼자, 늙어죽을 때까지 독신으로 살겠다는 말은 안 했어. 윤서도 못 들어봤다 그러고. 김 교수는 윤서의 대학 선배로 학과는 달라. 김 교수는 디자인학과, 윤서는 미술학과. 친하게 지내며 자주 만나고 하는데도, 평생 독신으로 살겠다는 말은 못 들었다 하더라. 너, 그렇게 가방끈이 콤플렉스라면 지금도 안 늦어. 공부하면 되잖아. 마흔 넘어도 공부는 할 수 있는 거고."

"나, 더 이상 가방끈 늘일 생각은 안 하고 있는 거 알지?"

"하기야 너는 공부로 가방끈 늘이지 않더라도, 도예 기술 그 자체가 엄청난 스펙이잖아."

"됐네. 누가 알아주기는 하나. 밥이나 굶지 않았으면 좋겠다."

"야야, 오늘 가마 신 모셔놓고 그런 말해서야 쓰겠나. 세상 헤집어놓을 옥동자 하나만 만들어 내봐. 김 교수가 문제겠어. 조금 전에 선물로 준 백자 가치를 김 교수가 아는 날엔, 뭔가 썸씽을. 그보다 먼저 유나를 잊어야…… 아냐, 아냐, 들어가 술이나 계속 마시자고."

'유나'를 입에 올리지 말았어야 했다는 자책에 동호는 자기 머리를 세차게 때리며, 명진을 다시 술좌석으로 이끌었다.

이튿날 아침, 상철과 근수를 배웅한 명진은 인터넷 서점에서 책 목록을 뒤졌다. 어제 김현정 교수가 술상 강의한 내용에 대하여 더 알아보려는 동시에, 만일 누군가가 성욕이나 불에 대해 그와 비슷한 말을 한다면 알고는 있어야겠기에. 그리고 또, 김현정 교수를 다시 만났을 때, 적어도 그녀가 한 말을 새기고 알아보았다는 신뢰감을 주어야 하겠기에. 그게 언제가 될지는 모르지만.

'이 책들이 괜찮을라나?'

명진도 프로이트의 이름은 들어보았으므로 그가 썼다는 《성욕에 관한 세 편의 에세이》와 가스통 바슐라르가 지은 《불의 정신분석》에 대한 소개를 꼼꼼히 읽었다. 목차도 살펴 두 권의 책 주문을 마쳤을 때, 어젯밤에 기장 본가로 자러 갔던 동호에게서 문자가 왔다.

해동용궁사 들러서 세 가지 소원을 빌었다네. 윤서
에게 애가 들어서길 빌었고, 내 친구 원명진에게
일품 달항아리 하나 안겨달라고 빌고, 너와 김 교
수간에 섬씽이 일어나도록 빌었지. ㅎㅎㅎ

'짜식은.'

명진이 쓰도 달도 않은 웃음을 지었다.

그는 당일 밤에 로켓 배송으로 온 책을 받았다. 살림집 작은 소파에 누워 느긋하게 읽다가 《성욕에 관한 세 편의 에세이》 내용을 보건대, 유나가 한 행동에 대하여 참고할 만한 것도 있고 해서. 중요한 문장엔 형광펜으로 줄을 긋는 한편, 그걸 노트에 옮겨 적었다.

－'성생활의 충동은…정상적인 상태에서도 고차원적인 정신 활동에 의해 가장 조절하기 힘든 것들 중의 하나'이며

－'아주 정상적인 성행위 과정에서도 〈성욕도착〉이라는 일탈 행위로 전이될' 수 있고

－'건강한 사람들도 누구나 정상적인 성 목적에 더하여 성욕도착으로 간주할 수 있는 행위를 하기도 하는데, 이러한 사례가 보편적으로 발견된다는 사실은 성욕도착이라는 말에 비난의 뜻을 포함시켜 쓰는 것이 얼마나 부적절한지를 여실히 보여준다.'

－성욕도착은 '정신적인 요인이 성 본능의 변화에서 가장 큰 역할을 하는 것으로 간주'되는데

－'실생활에서 큰 충격을 받게 되면 평균적인 기질을 가진 사람이라도 신경증을 일으킬 수 있다.'

－그런즉 '정신 신경증 환자들이(…) 성욕 도착자들과 비슷한

성적 행동을 보이'는 경우가 많다.

　명진이 밤을 새웠다. 다음 날 아침식사도 거르고 계속해서 책을 읽었다. 점심때쯤 돼서야 책장을 덮은 그가 찻물을 올렸다. 몸은 피곤했지만 총기는 되살아난 것 같았다. 오랜만에 밑줄 쫙쫙 그어가며 공부를 해서인지는 몰라도.

　찻물을 다관에 붓고 우러나기를 기다리는 동안 명진은 나름대로 머릿속을 정리했다.

　사람들은 제각각 분열성을 갖고 있다. 정도의 차이만 있을 뿐. 어쩌면 그런 분열증이 동물과 다른 점인지도 모른다. 동물들은 본능을 쫓기 때문에 이성의 통제나 도덕적 억압 상태에 놓이지 않는다. 하지만 인간은 본능적 욕구 외에 이성이 작동하고, 도덕성을 따지려 든다. 이렇듯 본성은 원심력으로, 도덕성은 구심력으로 작용(또는 그 반대로)하기 때문에 분열성이 일어나는 것은 필연적이다.

　현실에 비춰보면 성공을 쟁취하려는 자가 한편으론 파괴적이고, 성적 관계에서 진보인 척하면서도 부부관계에서는 보수적인 자들의 예가 그렇다. 또 각자의 기질과 분열성 정도에 따라 구심력에 쉽게 편승하는 사람이 있는가 하면, 원심력에 휘둘려 극단으로 튀는 사람도 허다하잖은가.

　물론, 그렇다고 해서 사람이 평생 동안 구심력이나 원심력, 어느 한쪽으로만 편향되게 살아가는 건 아니다. 그 사람이 처한 상황에 따라, 이 둘의 균형점이 달라지거나 기질이 바뀌기도 한다. 물리적으로 어떤 힘이든지 물체를 원 운동시키는 데 사용되면, 원심력의 작동 기제가 될 수 있기 때문이다. 마찰력에 의해서도.

그걸 인간생활에 적용해 보면, 어느 누구에게든 마찰은 필연적으로 일어나지 않는가. 그러한 마찰이 조직관계(또는 대인관계)에서든 개인 내부로든 갈등이나 위기, 충격을 불러오는 즉, 결국엔 분열성으로 귀결되기 마련이다. 제각각 그 분열성에 대처하는 능력과 면역 정도에 따라, 병적 증상까지 일으키느냐의 문제일 뿐.

***

"아저씨, 가장 중요한 것 해결 장소. 저기."

명진이 웃으며, 가마 기둥 한쪽을 지주 삼아 ㄱ자로 널빤지 대놓은 곳을 가리켰다. 그가 일꾼 최 씨에게 설명했다.

"저기가 임시 변소입니다. 둥근 바께스는 오줌통이고요. 사각 김치통은 변기통입니다. 똥 눌 땐, 옆에 세워둔 저 각목 두 개를 엉덩이 밑에 받치면 유용한 변기통이 되죠. 오줌통 변기통, 둘 다 뚜껑이 있으니 일보고 닫으면 됩니다."

고상화는 뒷짐을 지고 널빤지로 가려 놓은 곳으로 갔다.

"허허, 오줌통 똥통까지 다 만들어 놓았네."

최 씨가 씩, 웃으며 되물었다.

"바깥에 화장실이 있는데 무슨 변통을?"

물론 작업실에 딸린 바깥 화장실이 있긴 했다. 고장 난 것도 아닌.

하지만 그건 최 씨가 몰라서 하는 소리였다.

가마재임(굽기를 위해 가마 안에 기물을 쟁이는 작업)해서 불 때기에 들어가면, 눈코 뜰 새 없이 불과의 사투를 벌여야 한다. 가마의 칸이 몇 칸이냐에 따라, 그리고 초벌구이냐 재벌구이냐에 따라 다르겠지만. 일곱 칸 가마에 기물을 재임해서 초벌구이 하는 데만도 하루가 걸린다.

초벌구이는 재벌구이 전에, 성형한 기물의 수분을 빼 강도를 높이고 나중에 유약을 시유하기 쉽도록 애벌로만 굽는 데도 그렇다. 초벌구이 된 기물에 문양을 넣고 유약을 발라 일곱 칸 규모로 재벌구이에 들어간다면, 최소 하루하고도 반나절은 족히 걸리는 일이다.

지금은 명진이 새로 지은 가마에서 초벌구이를 하기 위해 불을 지폈는데. 흙을 반죽하거나 성형하는 작업, 장작 패기 같은 경우는 명진이 혼자서도 무난히 할 수 있다. 도와주는 인력이 있다면야 두말할 필요도 없이 좋은 거고.

그러나 불 때는 일은 워낙 변수가 많고 한시도 가마 곁을 떠날 수 없기 때문에, 보조 일꾼을 붙여 놓아야 한다.

한데 보조 일꾼이라는 것도 그렇지. 몇 년간 척척 손발을 맞춰온 사람이라면 모를까, 바쁠 때만 그때그때 불러다 쓰는 일용 일꾼에게 불 때는 일을 어찌 맡기랴. 하물며 현재의 최 씨는 명진이 이곳에 가마를 지어 처음으로 불 때기 하는 데 보조하는 참이라, 아직 일을 깊이 알지 못해 겨우 구경이나 하는 처지고 보면. 결국 불 때는 동안 명진이 직접 붙어 있어야 하므로 변기통을 구비해 놓을 수밖에.

단지 차후의 작업을 위해 최 씨에게 가르쳐 놓아야 할 필요가 있어, 명진이 설명해 주거나 의문에 답해주는 상황인즉.

"똥 누고 오줌 싸는 거 잠깐이면 되는데, 라고 생각하실지 모르겠으나, 아저씨는 그렇게 하셔도 됩니다. 똥, 오줌 참아 가면서 일할 필요는 없으니까요. 생리현상이라 그렇게 되지도 않겠지만. 저는 사실, 오줌은 몇 번 누도 똥은 이틀 정도 안 나오게끔 숙련됐습니다. 울 아버지가 옹기장이를 하셨는데, 울 아버지도 오줌통 똥통 따로 준비합디다. 옹기는 커서 성형할 때부터 장골 몇 사람은 필요합니다. 아버지는 고정 일꾼 두세 명―잘나갔을 때야 그보다 많았지만―을 부렸으면서도 그런 걸 준비해놨습디다. 얼핏 들은 것 같은데, 가마에서 그럴 리는 잘 없겠습니다만, 불을 때다 화재가 일어나면 안 되니까, 화마를 쫓으려면 물이 필요하고, 수기 중에서도 사람 오줌이 약발 있다는 풍수 비보라나요, 그런 속설 때문인지 몰라도. 실제로, 예전에는 오줌이 여러 용도로 쓰였잖습니까?"

고상화가 고개를 끄덕이며 동조했다.

"어떤 일에 집중하는 사람은 밤샘해도 끄떡없을 준비를 하오만."

명진이 장작을 던져 넣고 말을 이었다.

"불 지피는 시각을 오늘은 여섯 시에 했습니다만, 보통은 새벽 네 시, 어떤 땐 다섯 시에 합니다. 저에게 도예를 가르친 선생님도 그 시각에 불을 지피셨고, 아버지가 옹기가마에 불 지필 때도 그 시각에 했습니다. 어릴 땐 그저 어른들이 빨리 일어나 그렇게 하는구나, 넘기고 말았는데 상당한 이유가 있습니다. 우선 새벽에 일어나면 몸과 마음이 정제되겠죠. 예전에 엄마 말씀으론, 이거야 미신에 가깝겠습니다만, 새벽 닭이 홰를 치는 시각에 귀신들이 닭 울음소리를 듣고 물러간다고 했습니다. 즉 악귀나 잡신이 달라붙지 않는 시각을 택했다는 말씀이고. 제가 직접 여러 시간대에 불을 지펴 보니까, 새벽 시간대가 알맞더라고요. 아마 그 시간에 대류 순환이 잘돼 불길이 잘 빠져나가지 않나, 생각이 듭디다. 그다음 이유가 바로 생리 해결에 적절한 타임이라는 겁니다. 새벽에 싹 비우고 나면 이틀 정도는 똥이 잘 안 나옵디다."

"불 때는 동안 전쟁을 치르는구먼."

고상화가 걱정 섞인 말을 했다.

명진이 다시 장작을 던져 넣고 대꾸했다.

"불 이전에, 생리와의 전쟁이지요. 전 불 때는 동안엔 엿이나 꿀물 외는 별로 먹지 않기 때문에 대변도 잘 나오지 않고요."

고상화가 최 씨에게 농담을 걸었다.

"하하, 최 씨 우리 오늘 땡 잡았소. 원 도공 먹을 고사떡이랑 술, 우리가 다 나눠 먹읍시다. 내가 오늘 잘 왔구먼. 절에 불 켜고 나니 할 일이 없어 냉큼 왔건만. 구경도 할 겸. 예전엔 화두가 나뭇단도 해 오고 그랬지만, 요새야 그런 거 안 하니까."

명진이 말을 받았다.

"잘 오셨습니다. 어르신 말씀 들으면 도움도 되고요. 이 가마에서 처음으로 굽기를 하는데다 초벌구이라서, 지금은 불을 아주 천천히 올리고 있습니다. 본구이, 그니까 재벌구이는 유약 발라 다음에 다시 할 겁니다. 이 가마 봉우리가 일곱 개인 거 아시죠? 잘 보시면 저 뒤에 여섯, 일곱 번째 가마로 갈수록 봉우리가 커지요. 이 가마에서 계속 항아리를 구워 왔다면 초벌구이는 따로 하지 않고, 저 뒤 칸에다 기물을 재서 재벌구이 할 때 저절로 초벌구이가 되게 할 수도 있습니다. 즉 마지막 칸은 연기가 잘 빠지도록 하기 위해서도 크게 만들었지만, 초벌구이를 겸해서 하기 위해 그렇게 만들었습니다. 봄에 가마 설계할 적에 어르신이 크게 해보라고 했을 때, 그대로 일곱 칸 지은 것도 사실 저 뒤 칸은 재벌구이 할 때 초벌구이 겸용으로 쓸 것을 염두에 뒀습니다."

고상화가 귤껍질을 벗기다 말고 그때를 떠올렸다.

"옳거니. 내가 그랬지. 크게 한번 해보라고. 크게 만들어 놔면 뒤 칸도 다 쓸 용도가 있다니까."

명진이 최 씨에게, 이번엔 장작 던져 넣는 방법에 대해서 일러줬다.

"지금까지는 장작에 불을 붙이는 과정이라, 장작을 한두 개비씩 던져 넣었습니다. 불이 붙어 활활 타오르면 장작을 한두 개비씩이 아니라, 한 고물씩 넣습니다. 한 고물이 무슨 뜻이냐 하면, 던져 넣은 장작이 다 타기를 기다렸다가, 지금 제가 하는 것과 같이 이렇게, 한 타임에 연속으로 던져 넣는 장작 너덧 개비 정도의 투입량을 일컫습니다. 그니까, 한 고물 넣으시오, 하면 한 타임에 네 개비나 다섯 개비 정도를 연속 투입하는 겁니다. 두 고물, 하면 너덧 개비를 투입하고 다 타기를 기다렸다가, 그만큼 다시 한 번 더 던져 넣으면 되고요."

듣고 있던 최 씨가 물었다.

"소나무 장작 외, 다른 나무는 안 됩니꺼?"

"참나무를 써도 되지만, 주로 소나무 장작을 사용합니다. 참나무가 열효율은 좋은데, 숯이 많이 나와 상당한 그을음이 발생하거든요. 반면에 소나무는 열량이 좋고, 무엇보다 숯이나 재가 남지 않습니다. 한마디로 깨끗하게 완전연소 돼버린다는 거죠. 또 소나무는 황토에서 잘 자라지 않습니까. 황토에 섞인 철분을 소나무가 흡수하는데, 이 소나무에 함유된 산화철이 불에 작용하여, 도자기에 푸른색이 띠도록 해주는 역할을 합니다. 묘하지요. 그리고 소나무의 송진은 불꽃을 크고 길게 하는 기능이 있어, 청자나 백자 굽는 데는 제격입니다."

최 씨가 장작개비 하나를 들고 요리조리 살펴보고 있는데, 명진이 주의사항을 일렀다.

"패 놓은 장작개비라 해서 그냥, 무심코 던져 넣어서는 안 됩니다. 장작 패기 할 때 일일이 살펴봅니다만, 던져 넣기 전에 다시 확인해야 합니다. 뭘 보느냐. 조금 전에 제가 소나무는 송진이 있어 불꽃이 좋다고 했는데, 그건 균일하게 함유하고 있는 장작을 얘기하는 거고, 만일에 송진이 뭉쳐 옹이가 져 있다면 그건 낫으로 패 내야 합니다. 왜냐. 가마 내부가 불덩이처럼 달궈지면 조그마한 원인으로도 가마 안의 기압이 변할 수 있습니다. 이때 옹이진 송진에 딱, 하고 불이 붙으면서 가마 내부에 순간적인 기압 변화가 생기면, 항아리에 금이 갈 수 있기 때문입니다."

고상화가 거들었다.

"송진이 고루 내포된 소나무가 화력이 좋긴 하나, 송진 옹이는 제거해야 한다는 말씀. 나무도 잘 골라야 하겠구먼."

"예. 같은 소나무라도 적송이 좋고요. 또 남쪽 산에서 자랐느냐, 북쪽 산에서 자랐느냐에 따라 다릅니다. 북쪽 산에서 자란 나무가 가늘지만 결이 야무고 수지, 즉 나무의 기름기가 많아 좋습니다."

최 씨가 물었다.

"한 번 굽는데 장작이 얼매나 들어갑니꺼?"

"지금은 초벌구이 한다고 그랬죠. 초벌구이는 완전하게 도자기를 굽는 게 아니라, 강도를 높이고 유약을 쉽게 바르기 위해 애벌로 굽는다고 얘기했죠. 그래서 초벌구이는 구백 도 내외에 이르면 적당하게 불을 끄면 되니까, 재벌구이보다는 아무래도 적게 들겠죠. 재벌구이, 즉 본구이는 완전하게 도자기를 구워내야 하는 만큼 온도를 상당히 올려야 하는데, 시간상으로 하루하고도 반나절 넘게 때야 된다고 했죠. 대략 계산해보면, 일곱 칸 가마를 재벌구이 하자면 오 톤짜리 트럭 한 대 분량 넘게 들어갑니다."

고상화가 놀라며 물었다.

"엄청나네. 그러면, 그때의 온도가 얼마나 되오?"

"초벌구이는 대략 구백 도 언저리에서 마친다고 했죠. 재벌구이 땐 더 올립니다. 천삼백오십 도까지요."

"하! 천 도 넘게 하루 반나절 때면 재고 뭐고 남지도 않겠네. 다 타 버리고. 사람 시체를 겨우 두어 시간 태웠는데도 한 줌 뼈만 남는데. 화장로의 온도를 팔백 도에서 구백 도로 해서 그렇다는 거고. 과거에 내가 화장장이를 좀 했지. 부산 가면 당감동이라는 곳이 있는데, 예전엔 거기가 화장터로 유명했소. 내가 거기 화장로 인부로 몇 년간 일하다, 그 화장터가 1987년에 영락공원으로 이전해 갈 때 그만두고. 진주 화장장에 가서 또 몇 년간 일하다, 어찌어찌 절에 들어가 화두 생활 하고 있소만."

"그렇습니까? 사람 시체를 천 도 넘게 하루 이상 태우면, 글쎄요. 뼈는커녕 소나무 장작처럼 재도 안 남든지, 설사 재로 남아도 미숫가루 같이 되든지, 안 그렇겠습니까?"

"그만치 높은 온도로 태우면 냄새도 안 나겠네. 화장로에선 천 도 아래로 태우니까 냄새가 나요. 천이백 도 이상으로 태우면 냄새가 거의 안 날 텐데, 기름 값 계산도 해야 되니까 어쩔 수 없이. 요즘에는 가스 화장로에다 연기를 모두 집진 기계장치가 빨아 당겨, 냄새도 덜하고 깨끗하오만. 그때는 경유 화장로라 연기도 많이 났지."

시체 태우는 화제라서 그런지 명진과 최 씨는 말이 없었다. 고상화가 괜히 그런 말 꺼냈나 싶어 화제를 돌렸다.

"지금 보니, 가마 양쪽 출입구에 구멍이 조금씩 열려 있는데, 일부러 그렇게 한 거요?"

"그것, 잘 보셨습니다. 가마 양 옆에는 각 칸마다 드나드는 큰 칸문이 있고 조그만 불보기 구멍—쥐구멍이 따로 있는 가마도 있지만요—이 있습니다. 지금은 공기가 유입되도록, 그리고 좀 있다 각 칸마다 불 때는 칸불때기 할 때 각 칸마다 장작을 던져 넣으려고, 칸문을 조금씩만 막고 칸문과 불보기 구멍들을 적당히 열어 놓았습니다. 공기가 많이 들어간다는 건 즉, 불타는 데 산소가 많이 들어간다는 얘기니까, 이 불을 산화불이라 하고 이렇게 굽는 걸 산화소성이라 합니다. 다음에 불 땔 때는, 저 칸문들과 구멍들을 완전히 막을 겁니다. 벽돌을 쌓고 흙을 발라 일시 폐쇄하죠. 그렇게 해서 산소 유입을 차단하는 겁니다. 이땐 봉통불을 때고 나서 아궁이로 유입되는 공기도 최소화시키는데. 그때의 불을 환원불이라 하고, 그 방식으로 구워내는 걸 환원소성이라 그럽니다. 속된 말로 외부 공기로 불을 때는 게 아니라, 술꾼들에게 술이 술을 당기 듯, 불이 불을 땐다는 말입니다. 장작이 다 삭기 전에, 불연소 상태에 장작을 투입해야 하니 그만큼 연료가 더 많이 들어가겠죠. 어떤 불을 때느냐에 따라 도자기 태깔이 달라집니다. 자, 가만히 생각해 보세요. 불이 타려면 기본적으로 산소가 필요합니다, 맞죠? 이 산소가 타면서 흙 소재나 유약에 함유돼 있는 금속성분을 산화시킵니다. 이 경우, 금속성분이 산화하면서 유약의 색깔도 발색시켜, 도자기가 뭐랄까, 싱겁다 랄까, 가볍다 랄까, 그런 느낌을 줍니다. 한데 외부로부터 산소 유입을 차단해 버리면, 저 불이 어디서 산소를 얻겠습니까? 그렇죠, 가마 안에 재여 있는 기물에서 산소를 빼 갑니다. 산소를 뺏어갈 때 황이나 다른 이물질도 빼가겠죠. 항아리 쪽에서 보면 모든 걸 내어주는 입장이고. 그러니, 굽고 나면 상상도 못한 백자가 나오는 겁니다. 이렇듯 정말 때깔 좋은 백자를 얻으려면 구멍을 닫고 불 때는 환원소성이어야 하는데, 이건 고도의 기술이 필요한 만큼 굉장히 어렵습니다. 그리고 반드시 전체 칸을 한 가지 불로 때야 하느냐? 그렇지는 않습니다. 필요할 때는 칸마다 다르게 불 때기를 할 수도 있습니다. 예를 들어 앞 다섯 칸은 환원소성으로 구멍을 닫고 불을 때다가, 여섯 일곱 칸째는 산화소성으로 구멍을 열고 불을 때도 된다는 거죠. 초벌구이 할 때나 다른 용도의 자기를 구워내고 싶을 땐."

고상화가 최 씨에게 막걸리를 따라주며 농을 쳤다. 표현상으로는 농담이지만 의미상으론 명진을 도와서 고생 좀 해달라는 뜻으로.

"허허. 이거, 최 씨가 일당을 받을 게 아니라, 오히려 수업료를 갖다 바쳐야겠소."

* * *

공허.

해보고 싶었던 일을 막상 해본 뒤에, 가지고 싶었던 물건을 막상 손에 쥔 뒤에, 보고 싶었던 구경거리를 막상 보고 난 뒤에, 섹스 충동으로 불같이 달려들어 막상 성교를 끝낸 뒤에 밀려오는. 뭔가 있음에도 없는 것 같은, 뭔가를 했음에도 안 한 것 같은. 그래서 가슴이 막막하고 텅 빈 것 같은.

재벌구이까지 끝내고 가마에서 도자기를 다 들어낸 지금,

명진이 가마 아궁이를 보면서 느끼는. 말로 표현하기엔 보이지 않는 신을 나타내는 것보다 더 어려운. 공허.

명진이 그렇게 느끼는 것은 작품 성공률이 낮아서만은 아니다. 이 요원에서 처음으로 재벌구이까지 끝내, 열에 두 개 정도 건졌으면 괜찮은 편이다. 이번 불 때기로 가마의 안전성과 열효율이 검증된 것도 수확이라면 수확이고.

사실은 창작물의 한 사이클이 끝나면, 즉 불 때기를 해서 가마내기(구워진 도자기를 가마에서 꺼내는 과정)를 하고 나면 항시 느끼는 감정이다. 가마 문을 열고 가마내기 하는 이 순간적인 희열을 느끼고 나면 밀려오는 공허감은, 섹스의 짧은 순간을 마치고 나면 느끼는 것과 같다고나 할까. 돌아서면 탐닉하고 싶어 다시 헐떡댔으나, 하고 나면 다시 공허.

다른 창작 예술도 이와 비슷할지 모르겠다. 그 공허감을 채우기 위해 또 창작에 달라 들고, 끝내고 나면 다시 공허.

짧은 늦가을해도 기울고 최 씨도 돌아가고. 명진이 혼자 가마 아궁이에 우두커니 앉아있자니 밀려오는 공허, 공허.

그는 남아 있던 막걸리를 잔에 따랐다. 꿀꺽꿀꺽, 막걸리 들이켜는 소리에 유나가 한 말이 울렸다. 명진이 당분간 금욕하며 도자기 굽기에 매달리겠다고(관계를 멀리하겠다는 뜻) 통보했을 때, 유나가 했던.

"만일 개인적인 욕망이나 다른 것, 낯선 것을 추구하지 않으면 당최 예술이 왜 필요하고, 도자기는 왜 만들어요. 미술품이든 도자기든 이미 세상에 나와 있는 것도 천지고, 공장에서 찍어내면 하루에만도 수십만 개 만들어 낼 수 있는데, 왜 만드냐고요. 명진 씨가 도자기에 대해 욕망 갖듯, 난 육체적 욕망을 가지면 안 되나요? 내 사주에 성적 욕구가 어떻게 새겨져 있는지 모르지만, 지금은 본능에 따르고 싶어. 하고 싶으면 하고, 하고 나면 공허하겠지만. 공허해서 또 하고."

가마 앞에 앉은 명진이 깊은 생각에 잠겼다. 어둠이 둘러싸는지도 모르고.

사람들이 어쩌면('내가 더') 무의식적으로 답습하였거나 자기 스스로가 만든 막에 갇혀 사는 건 아닌지? 그것도 개구리 순막보다 더 얇디얇은 막에. 선입견이나 고정관념, 편견, 자격지심, 피해의식, 질투와 같은 보이지 않는 막에.

한 번만 번뜩, 뜨거나 한 번만 꽝, 깨뜨리면 새로운 세상이 열리고 타인의 마음이 보일진대. 그 막이 자기를 감싸줄 줄 알고 막 뒤로 자신을 은폐시키거나, 도리어 겹막을 치는 건 아닌지? 그로 인해 딴 세상을, 또는 타인의 속마음을 보기는커녕 자기 한계를 벗어나지 못하는 경우가 얼마나 많은가. 물론 그 막을 깨고 나면 아무것도 아닌, 공허감만 생길 수도 있다. 하나 그런 두려움에 맞서 또다시 막은 깨뜨려야 하는 것.

'나도 내 막을 깨뜨리기보단, 애써 더 딱딱한 파인애플 껍질 같은 것으로 겹막을 쳐버린 건 아닌지? 그때 내 막을 깨뜨리고 내 눈을 떴으면, 정말 그랬으면, 유나를, 아니 그보다

도 유진이는…….'

　명진의 눈시울이 뜨거워졌다. 유나와의 관계가 틀어져 갔
을 때, 왜 그녀답지 않은 행동을 하는지에 대해 알려고 했더
라면, 하는 뒤늦은 자성과 함께. 그때 다시 한 번 그녀를 설
득하기 위해 백방으로 노력했더라면, 적어도 유진이 머리 깎
고 절로 들어가는 일은 일어나지 않을 수도 있었을 텐데, 하
는 후회가 커져.

　'그랬으면, 유진이는……. 기왕 유나는 그리됐다 쳐도, 유
진이에게 치상적인 그 사건은 일어나지 않았을지도 모르는
데. 아휴, 제 엄마까지 죽고 언니만 의지하고 있던 그 불쌍한
동생을 유나가, 아휴!'

　으흐흑, 으흐흑.

　그는 전등도 켜지 않은 아궁이 앞에서 두 팔을 땅에 짚고
흐느꼈다. 그의 어깨가 들썩이는 모습에, 가마 둘레에 재여
있던 미달 도자기들은 깊은 시름에 빠졌다. 저네들은 어차피
깨져야 할 운명이지만, 명진이 억하심정에 더 세게 쾅쾅 깨
뜨릴까 두려워서.

당감동 화장장이

늦은 오후. 오늘의 장례 행렬은 끝났는가, 통곡 소리가 들리지 않았다. 울음과 눈물이 노상인 화장장에 장의 인파가 없으니, 외려 괴이쩍고 수꿀했다. 날씨까지 우중충해 휑뎅그렁한 화장장은 오싹한 골짜기에 음침하게 서 있는 귀곡 산장 같았다.

싱그러운 오월의 향기도 이곳은 비껴갔는지. 건물 안은 온통 향 연기 찌든 냄새와 술 쉰 냄새, 오징어 썩은 것 같은 냄새가 섞여서 났다. 오랫동안 빨지 않은 옷에서 나는 오물 썩은 냄새 같기도 해서, 나는 옷소매를 무의식적으로 한 번씩 코에 갖다 댔다. 깨끗한 옷을 입고 왔음에도.

"주지 스님 부탁이라 잡부로 쓰긴 하겠습니다만, 화장장 일을 하찮다고 여기시면 안 됩니다. 그럴 양이면 지금 바로 돌아가시고요."

조금 전, 계장이라는 양반이 내게 다진 말이 귓가에 맴돌았다. 횡렬로 쭉 늘어선 화장로의 불들은 모두 꺼져 있었다.

나는 하릴없이 왔다갔다, 하며 화장로 숫자를 세었다.

'모두 일곱 기네.'

나는 '4호기' 명판이 붙은 화로 입구에 멈춰 섰다. 몇 개의 작동 스위치가 있음을 확인한 뒤, 허리 굽혀 화로 안을 들여다보았다.

"엔간하십니더. 처음 와서 화장로 안을 다 보고."

사투리 억양의 목소리가 들려, 나는 허리를 펴고 일어섰다. 환갑 정도로 보이는 까무잡잡한 중늙은이가 내 앞으로 다가왔다.

'저 사람이 화로 반장인가. 계장이 말한.'

나는 말없이 머리 숙임 인사를 했다. 그도 머리 숙이며 멈칫 인사를 했다.

"엔간합니더. 다른 사람들은 역한 냄새 때문에라도 코를 틀어막고, 화로 쪽은 일부러 피하고 그러는데, 화로 볼 생각을 다 하신께."

그는 놀라워하면서도 내 행색을 살폈다. 아마, 화장장 일에 신부할 만한 사람인가를 가늠해 보는 것 같았다.

그가 먼저 악수를 청하며 신분을 밝혔다.

"나는 성이 구라는 사람입니더. 화로 반장이라 해서 동료 화부들은 불대장이라 부르고, 사무직원들은 구 반장이라 부릅니더. 그건 같은 직원인께 그렇게 부르는 거고, 마 그냥 구 씨라 불러도 됩니더. 계장님한테 말씀은 들었십니더."

나는 굳이 더할 말도 뺄 말도 없었다. 그의 지위가 낮다거나 더럽고 천한 일을 한다는 느낌도 들지 않고. 그냥 그런 사람인가 보다 하는 생각에, 더 이상 묻거나 알아볼 필요성을 느끼지 못해.

구 반장에 대한 인식도 그랬지만 이즈음의 나는 혼이 빠져 버렸는지, 나 자신은 물론 다른 사물들을 크게 의식하지 못하였다(의식하려고도 하지 않았고). 내 처지도, 세상의 모든 것도 다 하찮게 보여, 감정 기복이 별로 일어나지 않고 호불호에 대한 심상조차 없었다. 좋아해야 할 것이나 성내야 할 것, 기뻐해야 할 것이나 슬퍼해야 할 것에 대한 분별을 느끼지 못하였을 뿐만 아니라. 무엇을 해야 하고 무엇을 말아야 하는지, 무엇이 옳고 그른지를 판단할 인식마저 사라져 버렸다. 내가 정희의 사십구재에 혼신을 쏟다보니 과거의 자아가 달아나버렸는지, 아니면 탈바꿈을 해버린 건지는 모르겠다만.

화장장 냄새도 마찬가지. 말로 하자니 '냄새'라는 단어를 쓰지만 그 냄새에 대한 감정 분별은 없었다. 그랬기 때문에 화로 안도 무리 없이 볼 수 있었던 게고. 역한 냄새가 나는 건 분명하였지만 그것이 더럽다거나 불쾌하다는 느낌은 들지 않았다. 즉 냄새 자체는 객관적인 사실로 존재하였으나 내 오감은 좋거나 나쁨, 깨끗하거나 더러움 같은 느낌을 의식하지 못하였다는 말이다. 화장장 냄새에 익숙해진 구 반장처럼.

계장을 만나기 전, 혼자서 화장장을 둘러보고 있었을 땐 일순 쓴웃음이 나기는 했다. 참으로 어이가 없어서.

　'태종대에서 몸을 던졌으면 나도 이곳에서 한 줌 재가 되어 진작 저세상으로 갔을 걸. 아무리 돌고 도는 세상이라지만 내가 이곳에서 일하게 될 줄이야.'

　어이가 없긴 계장 말에 고분고분할 때도 매일반이었다. 부장검사까지 지낸 내가, 그것도 시체처리나 하는 화장로 담당 계장한테 자리 부탁이 웬 말.

　하나 그런 생각도 과거지사의 한순간으로 스쳐 지났을 뿐 '내가 누군데? 내가 왜 천한 곳에?' 라는 감정이입적인 인식은 들지 않았다. 하여 화장장 일을 꼭 하겠다는 의사를 밝히지도 않았을 뿐더러, 기피하거나 달아날 생각도 없었다.

　무표정하게 입 다물고 있는데 구 반장이 내 팔을 잡고 토닥였다.

　"오죽하면 이런 데 일하러 왔겠십니꺼? 길게 말할 필요 없이, 알겠십니더. 오늘은 화장하는 순서만 알고 가이소."

　나는 흡사 달구지를 끄는 소와 같이 무덤덤하게, 가자면 가고 워워 하면 서듯이, 그저 그렇게 구 반장의 말을 들었다.

　구 반장은 나를 이끌고 화장장 마당으로 나갔다. 주변을 한번 살핀 그가 손짓을 해가며 설명했다.

　"자, 잘 보이소. 장의차가 여기 화장장에 도착하지예. 그라모 관을 꺼내 화장로 옆에 있는 고별실로 옮깁니더."

그까지 말하고, 구 반장이 건물 내로 다시 앞장서 들어갔다. 나는 그의 꽁무니를 따라 들어갔다.

그가 손짓으로 가리켰다.

"저기 고별실에 일단 관을 놓고 제단을 차려, 고별 의식을 치르게 합니더. 여기까지는 주로 사무직원들이 합니더. 우리 같은 화부들이 거들기도 하지마는, 순서가 그렇다는 것이고. 고별 분향이 끝나면 본격적으로 화장에 들어가는데, 그럴라모 관을 화장로에 옮겨 넣어야 할 거 아닙니꺼. 이제 우리가 나서 관 운반차, 저기 바퀴 달린 거 보이지예. 저기다 관을 옮겨 싣습니더. 운반차를 끌고 가, 저기 번호 붙은 화장로에 관 안치하는 작업을 관 장입 또는 입로(入爐)라 카고. 입로 할 때, 각 화장로마다 앞에 조그만 공간이 있지예, 저걸 전실 또는 관망실이라 카는데, 전실이란 말은 화장로 앞에 있어서 그렇게 부르고, 관망실이란 말은 저기서 상주들이 화장하는 과정을 지켜볼 수 있어서 그렇게 부릅니더. 저 전실에 상주와 유족을 모읍니더. 그러고 나서 불 넣는 것을 화입(火入)이라 카는데, 불 넣을 때 상주들에게 '아부지, 불 들어갑니더, 빨리 나오이소.' 크게 외치라고 합니더. 어무이 관이면 아부지 대신 어무이라고 부르면 되고예. 어떤 관습인가는 나도 잘 모르지만, 그러라고 갈쳐 줍니더. 이제 화입하면 불이 붙겠지예. 저기 스위치 작동시키는 방법은 손이 좀 익고 나서(내가 거부감 없이 잘 붙어 지내면) 갈쳐 주도록 하고. 스위치 눌러서 화장 작업 끝내는, 전체 화부 일을 완전히 익힐라모 한 달 정도 걸립니더. 일단은, 그렇게 스위치 눌러서 화장했지예. 식히고 나모 타고 남은 뼈가 나올 거 아닙니꺼. 이걸 쇄골실로 들고 가, 잘게 부수고 가루로 빻는 작업을 합니더. 뼈 빻을 때는 사전에 상주에게 물어보는 게 좋십니더. 땅에 묻을 거요, 그냥 뿌릴 거요, 하고. 왜냐하모, 너무 가루를 내면 습기로 인해 뭉쳐져서, 딱딱하게 굳어삘 소지가 있거든예. 분쇄한 유골을 수습해서 나무함이나 단지에 담아 상주에게 건네주면, 한 파스(pass)가 끝납니더."

구 반장이 은하수 담배와 라이터를 꺼내들고 다시 건물 밖으로 나갔다. 뒤따라 나온 내게, 그가 담뱃갑을 내밀며 피우길 권했다. 내가 한 개비를 뽑아 호주머니에서 라이터를 찾는 사이, 그가 먼저 라이터 불을 켜 내 입 쪽으로 갖다 댔다. 불을 붙여 한 모금 길게 빤 나는 멀거니 저쪽 하늘만 바라보았다.

담배에 불을 붙여 두어 모금 빨아 당긴 구 반장이 말을 이었다.

"계장님께 듣자니, 선암사 주지 스님이 알선했다면서예. 무슨 사연이 있겠지마는, 기가 약하거나 담이 약하모 이 일 못합니더. 내가 여러 명 일 시켜 본께, 기나 담이 약한 사람들은 하루도 못 견뎌 내빼버립디다. 성함이…… 계장님 말로는 '무상' 씨라 카던데, 뭐 선암사에 계셨다면 주지 스님이 그렇게 붙여줬는가 모르겠십니다만, 무상 씨도 내일부터 와서 화부 일 함 해보소. 며칠간 일 해보고 나서 그다음에 얘기하입시더."

내가 선암사에 지내는 동안 주지 스님은 내 이름은 물론 성도 물은 적이 없었다. 내 사는 곳도, 살아온 이력도. 나 역시 스님에게 내 과거지사나 신상에 대하여 한마디도 하지 않은 채 오로지 여동생의 천도만 빌고 있었다.

그러다 며칠 전 주지 스님이 불쑥, 나에게 화장장에 가서 화부 일을 해보라고 했다. 난데없이. '해보면 어떻겠느냐?' 묻는 식이 아니라 일방적으로 '화부 일을 해보라'고.

나는 다음 날까지 한다만다, 대답을 하지 않았다. 이미 말한 바와 같이 나는 자의식이 사라져버려, 어떤 일에 대한 가부 판단을 하지 않았음은 물론. 선악(善惡), 미추(美醜), 고락(苦樂), 호불호(好不好) 등에 대한 감정이 일지 않았고, 심지어는 예스든 노든 대답해 주어야 한다는 인식마저 없어.

내가 묵묵부답으로 사흘을 넘기자 스님이 다시 일방적으로 말했다.

"내일 화장장으로 가보소. 처사님 이름을 '무상'이라 둘러대고, 내가 다 얘기 해놨소. 하고, 안 하고는, 본인이 알아서 하소. 밥값 벌어오라고 억지로 떠미는 건 아니올시다."

스님의 조처가 고깝지는 않았다. 뭐 쌍수 들고 반길 일도 아니었지만.

한데 무엇에 홀린 것처럼 이상하게 내 몸이, 내 의식이, 군말 없이 스님 말을 따랐다. 사람들이 종종 어이없거나 얼토당토 않는 상황에 직면했을 때, 당치않다고 여기면서도 자기를 그 시험에 밀어 넣는 경우가 있는 것처럼. 그것이, 아니 어쩌면 그렇게 하는 것이야말로 자기 운명을 바꿔버리는 계기가 되는 만치, 드문 일도 전혀 엉뚱한 일도 아니리라.

일반적인 인생행로 또는 보통사람의 생각 방식으로 볼 적에, 나도 맘만 먹으면 변호사 개업해서 새 출발할 수 있었다. 자격도 되었고, 드러난 죄과가 있는 것도 아니었으므로, 언제라도.

예전같이 내 욕망에 사로잡히고 내 아집을 고수하면서 살아온 나였더라면, 진작 그 절을 떠났을 뿐만 아니라. 스님이 화장장이 되라고 했을 때 '명색이 부장검사까지 지낸 나를!' 하고 역정을 내도 시원치 않았을 텐데. 상식적으론(뭐가 상식인지는 지금의 내 입장에서가 아닌 보통사람들 입장에서) 가당찮지만 스님 말에 토를 달지 않았고, 내 발로 화장장까지 찾아갔다는 점은 무엇으로도 설명하기 어렵다. 이전의 내 혼―불가에서는 아상이라고 하던가―이 빠져버렸다는 말 외 다른 조리로는 말이 되지 않는데 어쨌든.

화장장에서 일한지 열흘째 되는 날. 구 반장과 나는 당감동 시내로 나와 허름한 대폿집에 들어갔다. 주인이 반겨 맞는 걸 보니 구 반장은 자주 들락거린 집 같았다. 자리에 앉자마자 구 반장이 내게 "돼지고기 먹어도 되지예?" 물어봐놓곤, 내 대답은 듣지도 않고 바로 주인에게 수육과 소주를 주문했다. 내가 절에 거처만 할 뿐 머리도 깎지 않았고, 조금 전에 그가 물었을 때 술 마신다고 해놔, 구 반장 딴에는 내가 절에서의 금기 음식을 가리지 않는다고 판단해버린 모양이었다. 사실이기도 하거니와, 사 주는 술 얻어먹는 몸이 이것저것 가릴 계제가 못돼 나는 그가 하는 대로 잠자코 있었다.

술이 한 순배 돌았을 때 내가 말을 꺼냈다.

"다른 분들도 같이 왔으면 좋았을 텐데요?"

구 반장이 기다렸다는 듯 바로 대답했다.

"아, 그 생각했십니꺼. 같이 왔으모 좋지예. 이런 말해서 좀 뭣합니더마는, 전에 화장장에 일하겠다고 온 사람들, 여러 번 일을 시켜본 바로는 며칠 가지를 않습디다. 어떤 작자는 당일에, 어떤 작자는 하루 이틀 하다가, 또 어떤 작자는 며칠 가는가 싶으모 달아빼삐더라고예. 그렇게 며칠 만에 가버리고 하는데, 같이 일하게 될지 알지도 못하는 사람하고 동료들이 우찌 어울리겠십니꺼? 안 그래예?"

구 반장이 술잔을 들어 쨍, 하자고 내밀었다. 마치 자기 말에 긍정하라는 듯. 나는 그의 술잔에 쨍, 했다.

술을 들이켠 그가 수육에 김치를 얹으며 말을 이었다.

"오늘 우리 둘만 보자고 한 건, 바로 그 때문입니더. 계속 일할 건가 말건가, 한번 들어 볼라꼬예. 선암사 주지 스님이 다른 절에서 다비를 못한 승려들, 연고가 없거나 장사(葬事) 치를 형편이 안 되는 망자들 화장해 달라꼬 부탁해온 일은 있어도, 화장장 인부 알선한 적은 여태 한 번도 없었십니더. 또 조금 전에 말했지만, 이러저러한 이유로 화장장 일하러 왔다가 달아빼삔 사람이 허다했십니더. 한데 무상 씨는 열흘간 쭉 지켜보니까, 달아빼지도 않고 붙어서 일하는 게, 제법이더라고예. 그러는 것이, 화장장 일을 계속하겠다는 뜻인지, 아니모 주지 스님이 시키니까 마지못해 하는 건지, 알고 싶어서예. 계속 일한다모, 동료들도 같이 어울리지 않겠십니꺼?"

나는 그의 의구심을 이해한다는 뜻으로 고개를 끄덕였다. 아닌 게 아니라 화장장에서 일하는 자체가 고역에 가까웠다. 육체적으로 고생한다기보다 역겨운(나는 무감각했지만 다른 사람들은 그렇게 느낄 것이므로) 냄새 견뎌야지, 하루 종일 곡소리 들어야지. 까딱만 잘못해도 상주들이 난리치니 그 화풀이 받아줘야지.

이번엔 내가 술잔을 들어 구 반장에게 쨍, 하길 권했다. 구 반장이 술잔을 쾌히 부딪치고 나서 시원한 소릴 했다.

"내가 보기에도 이상스럽습니다. 지금에 와선 대단하달까. 아니 처음 왔을 때 딱 보니깐, 무상 씨는 이런 험한 일할 사람이 아니던데."

나는 겸연쩍어, 되레 구 반장에 대한 질문을 했다.

"험한 일해야 하는 팔자가 따로 있습니까? 어쩌다 보면 하는 거지요. 반장님은 얼마나 됐습니까? 이 일한 지가."

"나요? 예전 일제 때 지었던 아미동 화장장이 59년에 당감동으로 이전해 왔다 아닙니꺼. 내가 55년에 아미동 화장장 인부로 들어가 이곳까지 왔으니, 한 삼십 년 됐습니더. 내가 사체 태워 하늘로 올려 보낸 망자가 꽤 됩니더."

"반장님은 화장터가 겁 안 났던 모양입니더. 달아나지 않고, 오랫동안 일해 오신 걸 보면."

"왜 겁이 안 났겠습니꺼. 시체 다루는 일인데예. 그래도 지금은 기름으로 불 때는 경유 화장로라 괜찮습니더. 그전의 화장장은 장작 화장로여서, 시체가 고루 타지 않을 때가 많았습니더. 그때는 긴 쇠꼬챙이로 화로 안의 시체를 뒤집어 쥐야 했으니, 엔간해선 못 합니더. 먹고살려니까, 꾹 참고 한 거지. 당감동으로 화장장이 옮겨온 뒤, 걸어 다니는 귀신을 봤다는 등 헛소문이 돌기도 하더라만. 이젠 화장장 일에 웬만치 이력이 붙고 해서, 그런 말은 흘러 듣습니더. 하지만, 아미동은 숫제 그 일대가 묘지라고 해도 과언 아니었습니더. 심지어는 집 지은 축대가 묘비인 경우도 있어, 사람들의 인식이 너무 안 좋았고요. 나 또한 초짜배기 시절이어서, 덜덜 떨기도 많이 했습니더. 지금이사 아무렇지도 않게 말하지만."

그가 술잔을 들어 단숨에 들이켰다. 나는 소주병을 들어 그가 안주 먹도록 기다렸다가, 술을 가득 부었다.

나도 수육을 한 점 집어 드는 사이, 구 반장이 다시 말을 이었다.

"당감동이라면 곧 화장터라는 부정한 인식이 강합니더. 그러나 어쩌겠심니꺼. 나 같은 사람은 화장장 땜에, 처자식 먹여 살렸는데예. 사람들은 이 직업이 천하다고 여기는데, 다르게 생각하면, 사이비 목사나 승려보다 더 값진 일입니더. 사이비 목사나 승려는 산 사람을 잘못된 길로 인도하는 경우가 많지만, 우리 같은 화부가 망자를 잘못된 길로 보내는 일은 없으니 하는 소리라예. 굳이 상주가 축원하지 않더라도, 우리 인부들은 화로에 들어가는 망자를 위해 마음속으로 다 발원해 줍니더. 좋은 곳으로 가시라고. 이승의 마지막을 거두어 주는 사람은 우리 같은 화부니까. 부자든 가난뱅이든, 정승이든 백정이든, 사람으로 태어났으면 언젠가는 저승 가야 하는 길, 누군가는 이들의 몸을 거둬줘야 할 것 아니겠심니꺼."

* * *

화장장 인부로 일한지 그럭저럭 두 달이 지났다.

이젠 관을 만지고, 시체를 태우고, 내 손으로 유골을 수습하여 절구에 찧고 빻는 일에도 익숙해졌다. 시체 타는 냄새도 사뭇 쓰레기 소각 냄새 같이 예사로 여겨졌고, 곡소리도 그저 한낮의 매미 우는 소리로 흘러듣는 정도가 되었다. 화장로의 각종 스위치 작동도 할 수 있어, 6호기 화장로 작동 전담을 숫제 내가 맡은 꼴이 돼버렸다. 한자로 쓰인 문서도 읽을 줄 알고 하니 잡부 중에서 일찍 컸다고나 할까.

그쯤 되자 사무계장은 구 반장을 통하지 않고 나에게 바로 지시하는 상황이 빈번해졌다. 이날도 그랬다. 6호기 화로에서 첫 파스 화장을 끝내고 건물 밖으로 나와 담배를 막 피우려고 할 때였다.

장의차와 함께 열 대도 넘는 승용차가 화장장으로 들어오더니, 덩치 크고 검은 정장을 갖춰 입은 '어깨' 수십 명이 우르르 쏟아져 내렸다. 그들은 민첩하게, 흰 장갑을 낀 몇몇은 장의차에서 관을 꺼내는 한편, 나머지는 두 줄로 마주 보며 열을 지어 섰다. 깍두기 머리를 한 젊은 어깨가 맨 앞에서 영정을 들고, 그다음 또 한 명은 신주를 들고. 관을 든 행렬 뒤로 소복차림의 여인 한 명과 중절모에 선글라스를 낀 중년 어깨 한 명, 팔에 상장(喪章)을 찬 어깨 여남은 명이 줄 가운데로 지나갔다. 이들 운구행렬이 자기 앞을 지날 때마다 열 지어 섰던 어깨들은 90각도로 착착, 절하였다.

이들이 화장장 건물 내로 들어가는 광경을 물끄러미 보며 담배를 피우고 있는데, 사무계장이 급히 나를 찾아왔다. 그는 내게 눈짓만 하고선 다짜고짜 내 팔을 끌고 건물 모퉁이로 돌아갔다.

주변을 한번 재빠르게 살핀 그가 목소리를 낮춰, 총알 속도로 말했다.

"부산에 칠성파라는 조직폭력 집단이 있는데, 뭐 어쩌다가 행동대장 하나가 죽은 모양이오. 어제 자정 넘어. 무슨 사정인지 최소한의 초상 기간도 없이, 화장할 예약도 불고(不告)하고, 방금 봤지요, 지금 바로 들이닥쳐 화장을 끝내 달라 하요. 안 들어줄 수도 없소, 괜히 말썽나면 골치 아프니까. 이건은 무상 씨가 맡아서 좀 처리 해주소. 고별 의식부터 차근차근 설명해서, 화장하고, 유골 수습해 건네주는 것까지. 저 무식한 깡패들 상대하기로는 다른 인부들보다 글을 아는 무상 씨가 나을 것 같아, 내가 믿고 맡기는 거요. 6호기 화로 두 번째 파스 화장 건은 다른 화로로 순서를 돌려줄 테니. 알았지요?"

일방적으로 말을 마친 그는 서류 한 장을 건네주곤 바삐 돌아갔다. 나도 즉시 피던 담배를 발로 짓이기고 고별실로 향했다.

한데 잠깐. 나는 건물 안으로 들어가다 말고 멈칫, 섰다. 아까 담배 피다가도 언뜻 봤던…… 어깨 일행의 장의차와 승용차가 들어올 때, 저쪽 다른 장의차에 붙어 서서 기사인 척하며 지켜보고 있는 저 사람…… 기사들 즐겨 쓰는 금색 테의 선글라스를 쓴 저 양반.

'어째 얼굴이 낯익은? 어느 기관에서 어깨 일당 동향 체크

하려 나왔나?'

나는 궁금증을 새긴 채 한 손으론 작업모를, 한 손으론 마스크를 푹 눌러쓰며 안으로 들어갔다. 고별실은 어깨들 숫자가 웬만큼 되는 데다 다른 망자 상주들까지 뒤섞여 웅성웅성, 그야말로 초만원이었다.

나는 그들 중 상장을 차고 일수쟁이 손가방 같은 걸 들고 있는 어깨에게 다가가, 화장 진행을 누구와 상의하면 되느냐고 물었다. 그가 나를 기다리고 있기나 한 것처럼 자기에게 얘기하면 된다고 했다. 나는 그에게 제단 차리는 법과 의식순서를 일일이 가르쳐주고, 화장할 시각도 알려줬다. 예약 없이 들이닥친 데다 의식을 지체하면 다른 망자 화장할 시각이 그만큼 늦어져, 괜히 저승 가는 망자한테서 죄를 받게 된다고 내 맘대로 지어낸 겁포도 곁들여.

"죽은 사람 처음 보요."

어깨들의 마지막 분향 절차를 지켜보고 서 있는데, 인부 김 씨가 내 팔을 툭 쳤다. 이제 관을 화입구로 옮기자고. 나는 얼결에 작업모를 더 푹 눌러쓰고 마스크를 감싸 올렸다. 눈만 빠끔 보이게. 실은, 금색 테 선글라스가 고별실 맨 뒤쪽에서 쭉 지켜보고 있는 걸, 내가 계속 감지하고 있었으므로.

구 반장이 어깨들에게 "끝났습니다." 하고 제단에 올려놓은 노자와 제물을 쓸어 챙겼다. 김 씨와 나는 장갑 낀 어깨들의 협력을 받아 운반차에 실린 관을 화로 앞으로 끌고 갔다.

관을 화로에 안치한 다음, 스위치를 눌러 불을 댕기기에 앞서. 나는 전실에 줄지어 선 어깨들에게 고인과 마지막 인사를 하라고 했다. 내가 "불 들어가요." 신호하면 고인이 형님 되면 형님으로, 동생 되면 동생으로 불러서 이렇게 외치라고.

"형님 불 들어가요, 빨리 나오이소."

화장과 유골 수습을 끝낸 나는 아까의 손가방을 든 어깨를 불렀다. 내게 다가온 그는 오동나무로 된 유골함을 내밀었다. 나는 거기에, 수습해서 분쇄한 유골을 담아 건넸다. 그 순간 목에 흰 띠를 매고 있던 다른 어깨가 나타나, 그에게서 잽싸게 함을 받아 띠에 꿰찼다.

"저 좀 잠깐 보입시다."

내가 장갑 낀 손을 털며 돌아서는데, 검은 중절모를 쓰고 선글라스를 낀 중년 어깨가 나를 불렀다. 그는 장의차에서 관을 운구할 때부터 고별 분향하는 과정, 불 올려 화장하는 과정을 쭉 지켜보고 있었다.

나는 무슨 잘못된 점이라도 있는가 싶어, 마스크를 걸친 귀에 손을 갖다 대며 물었다.

"왜 그러십니까? 무슨—?"

"아닙니더. 우리 동생, 잘 보내줘서 고맙십니더. 이것, 동생 보내준 수고빕니더."

눈 깜짝할 사이, 그가 봉투 하나를 내 호주머니에 찔러 넣었다. 내가 "이러실 것까지는." 말을 꺼내기도 전에 그는 손을 들어 굿 바이 인사하며 돌아섰다. 그가 한걸음 떼는가 싶더니, 아차, 돌아서 다시 굿 바이 자세로 "거, 사무 보는 양반한테는 따로 했십니더." 하고는 건물 밖으로 나갔다. 다른 어깨들을 떼로 몰고.

그들이 사라지는 것을 보며 호주머니에 삐죽 나와 있는 봉투꼬리를 밀어 넣으려는데, 엉? 저쪽에서 금색 테 선글라스가 내 쪽을 지켜보고 서 있었다. 나는 별일 아닌 듯 화로 쪽으로 돌아섰다. 그와 정면으로 마주치는 일 없게 하기 위해선 그 방향이 제일인즉.

나는 화로 스위치 체크하는 척하며 곁눈으로 그를 지켜보았다. 그는 빠르게 주변을 살피곤 건물 밖으로 쓰윽, 빠져 나갔다.

'아니 저 사람은…… 그럼 그렇지! 김천지청 강력부에 근무한 수사관인데……. 부산지검으로 전근 왔는가? 아니면 경찰직으로 자리를 옮겼나? 나를 알아보았을까?'

술이 취하지가 않았다. 3차까지 마시고 있는데도.

1차는 당감동에서 사무계장이 한턱냈다. 오늘 깡패 고인잘 처리해 줬다고 삼겹살에 소주, 거기다 특별히 맥주 한 박스까지 받아줬다.

2차는 서면시장으로 자리를 옮겨, 구 반장이 회를 거나하게 샀다. 고별 의식 때 상주들이 제단에 올리는 망자의 저승

노잣돈을 구 반장이 챙겨놨다가, 한 번씩 화로 인부들에게
회식시켜준다고 했다. 돈이 제법 되면 나눠 주기도 하고.

　오늘은 어깨들이 떼거리로 몰려와 너나없이 노자를 올리
는 바람에 꽤나 돈이 된 모양이었다. 고별 의식을 할 때 구
반장이 어깨들 들으라고 부러 이쪽저쪽 다니며, 노자가 든든
해야 망자가 저승길을 편하게 간다느니, 노자를 많이 내야
산 사람이 속죄 받는다느니 하면서 부추기는 통에, 저들도
양심은 있는지 노자를 많이 냈다고 했다.

　나는 그쯤에서 더듬더듬, 아래위 호주머니를 뒤졌다. 낮에
중절모로부터 받은 봉투 돈을 내놓으려고. 실은 아까부터 신
경 쓰여 언제 털어놓을까 망설이다가 사무계장이 가고 없는
지금 구 반장에게 알리는 게 도리다 싶어, 전말을 얘기하고
봉투를 꺼내 놓았다.

　내 얘기를 다 들은 구 반장이 빙그레 웃었다.

　"그건 무상 씨가 챙기도 됩니더. 마 챙겨 넣으소."

　"예? 챙기라면……."

　나는 어쩔 줄 몰라 좌우를 쳐다봤다. 그러자 인부 공 씨가
얼른 봉투를 집어 내 호주머니에 쑤셔 넣었다.

　공 씨에 따르면, 고별식이나 화입 할 때 상주들이 올리는
노잣돈은 구 반장이 모아뒀다가 회식 때나 동료들의 경조사
에 사용하고, 제법 돈이 되면 직원들끼리 분배하여 갖기도
하지만, 유골 수습할 때 상주가 개별적으로 인부에게 사례하

는 건, 당자가 챙겨도 무방한 것으로 관례 되어 있다고 했다. 뼈 빻는 작업은 누구나가 역겨워하고 기피하는 일이라, 그런 팁 챙기는 재미조차 없으면 화장장 인부 노릇 못한다면서.

뭐 관례가 그렇다는 데야. 중절모로부터 받은 봉투는 결국 내 호주머니에서 잠자게 되었고, 구 반장으로부터 노잣돈 분배금 얼마씩을 받아 챙긴 동료들은 각자 돌아갔다. 나하고 공 씨만 남고.

나보다 3년 먼저 여기 화장장 인부가 된 공 씨는, 누가 보면 느려 터져서 어디에 써먹겠느냐 할 정도로 굼뜨다고 할까, 세상사에 달관한 사람이라고 할까. 심중이 깊은 건지, 원래부터 조금 얼빠진 사람인지, 언행이 하여튼 불숙했다. 공 씨도 여느 동료 인부들처럼, 어쩌면 그들보다 더 관심 있게, 내가 이 화장장에 얼마나 오래 붙어있을지 눈여겨봤었다.

그러다, 내가 두 달을 잘 견뎌내고 오늘 자로 화부 신고식을 치렀다고 생각한 공 씨가, 1차 회식 때부터 나와 한잔 더 하고픈 눈치를 보였다. 나도 오늘만큼은 대판 취하고 싶었고. 심심상인으로 통한 공 씨와 나는 3차 술자리를 갖기 위해 서면시장 뒷골목에 있는 포장마차로 들어갔다.

나는 공 씨에게 물어보지도 않고 소주와 닭똥집 구이를 주문했다. 굳이 묻지 않은 것은, 이 술은 내가 사겠다는 무언의 의사표시였다. 공 씨도 군소리 없이 내가 따라주는 술을 받았다. 권커니 잣거니.

소주잔을 내려놓은 공 씨가 자기의 과거 경험담을 털어놓았다. 특유의 느릿한 말로.

"지(저) 고향이, 경북 봉화 아이니더. 산골 오지 중에 오지니더. 십년 전 내 나이 마흔 중반에, 묵고살기 어려봐서, 강원도 영월 탄광촌으로 돈 벌러 안 갔니껴. 봉화에서 교통이라 해봤자 기차뿐인께, 기차 타고 갔지러. 영월에서도 한참 들어가 노면 보문리인가 하는 곳인데, 그 탄광은 70년대엔 잘나갔었니더. 한때 만 명 이상이 광부로 일하러, 전국에서 모였었니더. 요새같이 이런 당감동 화장장 시설이 없던 때, 거기서 사람이 죽으면 어떻게 하는 줄 아니껴? 탄광에서 조금 떨어진, 마을공동화장터에서 화장을 했니더. 화장터라 해서 달리, 화장로 같은 어떤 시설이 있었던 게 아이라, 기(그)냥 산비탈에 딸린 쬐끄만한 평지였니더. 거기에서 빈 드럼통에, 시체를 넣고 죽은 사람 배 안에다 지(기)름을 부어넣어, 화장을 했니더. 그라몬 지름통 안의 시체가 열을 받아 '빵' 터지면서 화장이 됐니더. 배 터지는 소리가 대포탄 터지는 소리처럼 빵, 뺑, 났니더. 지(저)가 이곳 당감동 화장장이가 되기 전, 이태 동안인가, 그런 화장 일을 했니더. 석탄 캐다 손가락 둘을 뿔라(분질러), 탄광 일을 계속하기 어려봐서."

닭똥집 구이가 나오자 그는 소주잔을 입에 털어 넣었다. 똥집 한 점을 맛보듯이 혓바닥에 굴린 그가 말을 이었다.

"그렇게 하는 기 어짜모(어쩌면) 흉측하다고 할 수 있는데,

뒤끝이 남지 않아 좋은 점도 있니더. 전국에서 몰려든, 게다가 연고도 모르는 사람들, 일일이 연줄 찾고 장사 예법 따졌다간, 저승 보내기는커녕 시체처리나 되겠니껴? 영월 뿐맨이 아니라, 탄광이 많았던 태백, 정선 등지에서도 대체로 그랬니더. 당시에는. 지(저)도 처음엔 '사람의 한살이 끝이 어째 저리 험하나?' 했는데. 죽은 사람 입장에서 보믄, 깨끗하기로야 그만이겠다는 생각도 들었니더. 내가 고(그)처럼 깨끗하게 보내주는 일을 한다는 생각을 하모, 겁도 안 나고 외려 가시는 분한테 좋은 일 한다는 생각이 들고. 다른 사람들이야 천하고 더러븐 일이라고 여길지 몰라도 말이니더."

이제야 알만 했다. 공 씨의 달관한 듯 집착 없는 언행을. 그리고 왜 그가 나하고 술을 마시고 싶어 했는지를. 그는 나에게, 망자를 저승 보내는 화장장의 일도 의미 있다는 사실을 깨우쳐 주고 싶었던 게다.

공 씨와 헤어져 선암사로 돌아오는 길. 근래엔 술을 잘 마시지 않다가 오늘은 3차까지, 꽤나 퍼마셨는데도 취하지가 않았다. 산길을 걸어서인지 정신은 되레 맑아졌다. 사람들이 천대하고 기피하는 일을 내 스스로 해냈다는 뿌듯함마저 들어, 올라가는 길이 한결 수월해진 것 같았다. 하루도 견뎌내기 힘들다는 화장장에 두 달간이나 붙어 있었으니, 주지 스님과 사무계장, 동료 인부들에게 신뢰감을 심어주었다는 느낌도 들어.

절 입구에 다다라 담배를 피우기 위해 나는 라이터를 찾았다. 호주머니를 뒤지다 잡힌 돈 봉투. 아참, 그게 있었지. 돈 봉투를 꺼내들고 낮에 있었던 일들을 생각하니 감정이 묘했다. 헛헛, 헛웃음도 절로 나왔다.

'나 원. 내가 조직폭력배 두목한테서 돈 봉투를 다 받다니. 그것도 폭력배 시체를 화장해준 데 대한 촌지로. 저 깡패들을 일망타진해서 법의 심판대에 세웠어야 할 내가.'

담배에 불을 붙였다. 한 모금 빨아 후— 연기를 내뿜곤 돈 봉투 입도 후— 불어, 돈을 꺼내지는 않고 두께로 짐작했다. 이십만 원인 모양인데.

'아이고 나도 모르겠다. 공 씨 말마따나 살았을 땐 폭력배 일망정 과거를 깨끗하게 태우고 선량한 사람으로 다시 태어난다면, 나도 좋은 일 한 거지. 검사가 범죄인을 처벌받게 해서 교화시키는 거나, 화부가 죽은 사람 극락왕생하도록 저승에 잘 보내는 거나.'

* * *

정희의 백일재를 올렸다. 원래는 내 나름으로 사십구재를 올릴 계획이었다. 근데 하다보니까 내 정성이 너무 부족한 것 같고, 또 한편으로. 어쩌면 정희가 나를 이곳으로 이끌기 위해 죽은 것 같다는 생각이 들어 백일기도까지 하게 됐다.

백일재는 제물도 올리고 그럴싸한 불공 예식도 갖춰 지냈다. 그렇게 한 연유는 당연히 정희의 혼령을 위해서이기도 했지만, 사실은 그간의 밥값에 해당하는 불전을 드리는 의미로 주지 스님께 청하여 올린 거였다. 딴은 화장로 인부로 받은 월급도 있고 해서.

　천도재를 마치고, 간만에 스님과 마주 앉았다. 그간의 화부 일에 대하여 얘기를 주고받다가 스님이 말했다.

　"흔히 죽은 사람은 말이 없다고 하지요? 아니올시다. 죽은 사람은 말이 없는 게 아니오. 사람이 죽을 땐, 그만의 고유한 언어를 가진다 말이오. 그 언어를 가지고 저승으로 가는 한편, 이승에 있는 사람에게도 말을 남기오. 그런즉 죽은 사람은 성경과 불경을 합친 것보다 더 많이, 더 좋은 말을 한다오. 산 사람들이 망자의 고유한 언어를 듣지 않으려 하고, 들으려 해도 웬만해선 들리지 않는 게 문제지요. 산 사람 얘기도 듣지 않으려 하고, 들어놓고도 듣질 못했다고 생떼 쓰는데, 하물며 죽은 사람 말을 들으려고 하겠소?"

　스님이 뜸을 들였다가 나에게 물었다.

　"모든 게 그렇지 않습니까? 산 사람, 우리 인간들은 자기 편한 대로 말하고, 자기 생각대로 해석해 버려요. 죽은 사람은 말이 없다며 쉽게 넘겨버리고. 어때요? 죽은 사람 보니까, 정말 말이 없었소?"

　나는 대답을 못했다.

눈을 지그시 감았다 뜬 스님이 말을 이었다.

"내가 태종대로 어떻게 때맞춰 갔겠소? 그날 아침 법당에 앉아 명상하고 있는데, 별안간 모녀지간이라 짐작되는 두 여인의 환영이 보입디다. 엄마로 보이는 사람은 아주 정숙하고 반듯했어요. 그분이 나에게 말을 합디다. '제 아들은 화기(火氣)를 갖고 태어났습니다만 이 화기는 음수(陰水)가 아닌 양화(陽火)로, 즉 불은 불로써 꺼야 되는 팔자인데 바다에 뛰어들려하니 스님이 좀 잡아주세요.' 하고. 부산에서 죽으려 바다에 뛰어든다면 태종대니까, 그리로 쫓아간 거요. 남자의 화기라면 보나마나 욕정이고, 이게 만사의 화근이라고 《한산시》에서 말했지 않소. 이걸 끄는 데는 화장장 일이 제격이라. 정화를 하는 데는 물로써 하는 경우가 있고, 불로써 하는 경우가 있소. 물로써 하는 경우는 대개가 물질적인 것, 육체적인 것이오. 뭘 씻는다는 게 정화하는 거니까. 《성경》이나 《불경》에 불 이야기가 많이 나오는 걸 봤을 게요. 불로써 정화하는 건, 주로 정신적인 것이오. 애욕도 육체적인 것 같으나 정신적인 면이 더 크오. 새끼를 낳기 위한 생식 측면은 육체적인 게 맞으나, 생식 외의 성욕은 마음의 욕동이 더 좌우한단 말이오. 다른 동물보다 특히 인간에겐. 그래서 무상 처사에게 물어보지도 않고 화장장에 말을 넣었던 거요. 어쨌든 처사님이 잘 견디는 걸 보니, 내 생각이 틀리지는 않은 것 같소."

엄마의 공력이 부처님을 통해 스님에게 미쳤는지는 알 수 없지만, 이상한 인연으로 내가 지금 여기에 살고 있는 것만은 사실이다. 달아나지 않고 화장장에 붙어 있는 것하며.

"무상 처사님도 기왕 화부로 일할 것 같으면, 죽은 사람이 말하는 걸 잘 들어보소. 《화엄경》에 보면, 선재동자가 구법을 떠나 여러 보살과 비구, 비구니로부터 법문 듣는 얘기가 나옵니다. 그것은 어디까지나 비유일 뿐이고, 처사님은 화장로에서 그런 것 다 들을 수가 있소. 한번 볼까요. 화장장엔 우리 같은 중들 시체도 들어오지요, 죄수 시체도 들어오지요, 지위가 높은 사람 낮은 사람, 남자고 여자고, 어른 아이 구별 없이, 얼마나 많은 망자가 들어옵니까? 그 망자들 얘기 다 들을 수 있다면, 선재동자보다 훨씬 낫지 않겠소? 그것도 월급 받아가면서 죽은 사람 얘기 듣는 건데. 돈 들어갈 일 없지, 책임질 일 없지. 순전히 망자가 하는 얘기를 제대로 듣기만 하면 되는 것 아니오. 그게 처사님이 사는 길입니다. 그게 양화로 화기를 제압하는 거고."

스님이 맺음말을 했다.

"망자를 저승에 보내주는 일을 하는 사람은 천복을 받소. 우리 중들도 그렇지만, 기독교나 천주교 사제들이 천도 일을 맡는 이유가 그거요. 망자가 누구든, 지위가 어땠든. 설혹 극악무도한 죄인이라 할지라도 차별 없이."

스님 말대로 신부나 승려가 망자를 얼마나 잘 천도해주는

가는 모르겠다만, 화장로가 나한테 이로움을 선사한 건 있다. 신부도 성욕을 못 참아 여아 성추행을 하고, 승려도 유부녀와 놀아나는 사례를 보면, 성욕 제어에 관한 한은 불세출의 예수도 석가도 가르쳐주기 어려운 것인데. 나는 화장장 인부로 일하면서 여자 육체에 대한 애욕을 제어할 수 있게 되었으니까.

남자의 신체구조상 그리고 정력은 살아 있으니까 양물이 날마다 새벽 보초병처럼 차렷 자세는 했다. 하나 직속상관인 마음이 내켜하지 않으니 제 놈 스스로 열중 쉬어 해버렸다. 만날 시체를 보고 만지다 보니까 섹스 환상―특히 심 여인과의―도 더 이상 떠오르지 않았다. 그렇게도 환장시키던 여자의 분 냄새와 질 냄새는 시체 타는 냄새가 죽여 버렸고, 환청처럼 들리던 여자의 교성은 화장장의 통곡 소리가 잠재워버린 것 같았다.

게다가 정희의 죽음과 순남이의 자살이 내 탓이라는 죄책감까지 파고들어 뇌 속의 욕정 신경을 무디게 해버렸는지, 좀체 욕동 일어나는 경우가 드물었다. 생식기로써의 발기는 됐으나 애욕으로써의 욕동은 제어됐으므로, 어쩌면 화장장 인부로 취업시킨 스님의 조처가 맹탕은 아니었지 않나 싶다.

* * *

또다시 사체가 실려 들어왔다. 관도 없이, 헝겊 포대기 몇 겹으로 둘둘 말린 채였다.

고참 화장장이 박 씨가 나를 불렀다. 사무계장으로부터 사체 인계를 받았다며 내께로 서류를 툭, 내밀곤 툴툴거렸다.

"땡전 한 푼 고물도 없겠구면."

나는 서류를 건네받아 천천히 읽었다.

스물두 살 청년으로, 연고자가 영도구청장으로 돼 있고, 발견 장소는 태종대 인근 바다라고 쓰여 있었다.

'자살바위에서 스스로 목숨을 끊은 것 같구면.'

연고자가 행정기관장 명의로 돼 있다는 건, 무연고자라는 뜻이었다. 1969년 대통령령 제3886호로 제정된 '매장 및 묘지 등에 관한 법률 시행령'에 따라 가족이나 친척이 없어 무연고 사망자로 처리되면, 행정기관장이 연고자가 된다고 했으므로.

박 씨가 들고 있던 화장로 순번표를 훑어보면서 말했다.

"상주도 백관도 없어 노잣돈 나올 리 만무허니, 얼른 불 태워버리라고. 이 일은 무상 씨가 맡아서 끝내소."

"그래도 간소하게나마 절차는—"

"절차는 무슨! 이보소! 이거는 장례가 아니라 사체처리라니까, 사체처리! 그냥 태워버리면 그만인데, 괜히 성가시게 할 일이 뭐 있소. 본께 이제 스물두 살 된 젊은 것이 스스로 목숨 끊은 모양인데. 시체가 태종대 인근 바다에서 발견됐다면 뻔할 뻔자 아니오. 연줄 하나 없는 이 사체에, 우리가 뭐 절을 할 거요, 노자를 내놓을 거요?"

"그래도 마지막 가는 길인데 향이라도 피워 줘야—."

"씨잘데기 없는 소리 작작하소. 인간적으로야 안 됐지만, 우리 같은 화장장이가 사체 들어올 때마다 그렇게 하모, 정에 끌려 화장 일 하기 어렵다고 몇 번이나 말해야 알아듣겠소. 내가 독한 사람이라서 그런 게 아니라—."

"그건 압니다만, 기왕 저한테 맡겼으니 제 나름 절차로 하면 안 되겠습니까?"

"마, 알아서 하소. 대신 얼른 끝내소."

나는 매점에서 소주 한 병과 오징어땅콩 한 봉지, 빵 하나를 샀다. 그걸 시체 실은 운반차에 얹고선 운반차를 끌어다 6호기 화장로 전실에 세웠다. 이어 다른 장례 일행이 버리고 간 일회용 컵을 주어다가 술을 따르고, 과자와 빵 봉지를 뜯어 포대기 옆에 진설했다. 천 원짜리 지폐도 한 장 올리고, 향도 한 개비 얻어다가 피우고.

내 모습을 가만 지켜보던 다른 망자의 백관 두엇이, 천 원짜리 지폐를 포대기 위에 올려주었다. 나는 그들에게 눈짓으로 감사를 표하고 나서 두 번 절하며 빌었다.

'부디 좋은 데로 가시오.'

나는 시체를 화장로 안으로 인입시켰다. 사체가 흔들리지 않도록 완전히 장착해 놓고, 화장로 개폐문과 단열문을 닫았다. 유리문으로 시체를 확인하며 장갑 낀 손을 털곤 조작 스위치를 점검했다. 전원 '켜짐' 확인, 송풍기 '켜짐' 확인, 연료 펌프 '켜짐' 확인, 재연소버너 '켜짐'을 확인했다.

이제 화장로에 불을 붙일 시각. 망자에겐 완전한 멸의 시각. 나는 합장을 한 번하고 나서 주연소버너를 '켜짐' 스위치로 눌렀다.

버너에 불이 붙었다. 곧 화장로 속의 시체 전체로 불길이 번졌다. 상주들이 있어 전실에서 시체 타는 모습을 직접 봤으면 오열하고도 남았을 테지.

나는 시뻘건 불길과 시계를 번갈아 보며 연소상태를 점검했다. 점화한지 20분쯤 지나 불길을 보는데……. 불꽃 속에 정희가 있었다. 아버지, 어머니, 남동생도 있었다.

'이 망자를 통해 죽은 내 가족을 보는구나.'

주르륵, 눈물이 흘러내렸다. 순남이까지 보니까 너무도 부끄러웠다.

'이 욕된 몸은 죽지 않고…….'

장갑 낀 손등으로 눈물을 닦았다. 목이 마르고 속이 탔다.

'아직 70분은 더 연소시켜야 하는데.'

나는 잠시 화로 상태를 지켜본 뒤 밖으로 나왔다. 담배에 불을 붙여, 연거푸 대여섯 번 빨아 당기며 굴뚝을 보았다. 시꺼면 연기 속에 망자가, 아니 정희가, 순남이가 오르는 것만 같았다.

여근곡

아침 일찍, 요원 작업실에서 따뜻한 차를 나눠 마신 고상화와 명진은 함께 길을 나섰다. 제 시각에 맞춰 마을버스를 탄 두 사람은 좌천역에 내려, 경주행 무궁화 기차로 갈아탔다.

며칠 전, 요원 터를 구한 작년 이맘때부터 줄곧 가마짓기와 기물 성형에 매달리느라 바깥나들이 할 여념이 없었던 명진이, 고상화에게 경주로 기차여행 한번 가자고 제안을 했다. 명진으로선, 고상화가 가마터를 중개해 주었던 데다 틈틈이 와서 잡일을 봐준 데 대한 인사치레 겸. 때마침 '실크로드 경주' 세계문화엑스포의 사전 붐 조성을 위한 행사 일환으로, 국립경주박물관에서 '신라천년 특별전'이 열리고 있어 그걸 구경하고 싶어서였다.

명진의 제안에 고상화는 기꺼워하며 그 자리서 바로 동의했다.

"팔십 노인에게 언제 또 봄놀이 기회가 있을쏜가."

고상화 입장에선 명진의 마음 씀씀이가 고마워서도 동의

하였지만. 암자에서의 단조로운 생활이 갑갑하던 차에, 그 역시 바람 쐬고 싶은 마음이 굴뚝같아서였다. 게다가 경주에서 있었던 과거 한때의 오욕적인 생활이 떠올라, 죽기 전에 한번 다녀오자는 심사도 한몫했고.

경주역에서 내린 두 사람은 택시를 타고 곧바로 경주박물관으로 향했다. 경주박물관에는 '실크로드 경주' 세계문화엑스포 행사의 사전 이목을 끌기 위한 특별전시에 걸맞게, 국립중앙박물관 등 다른 곳에 소장돼 있던 신라시대 희귀 유물들도 다량 전시돼 있었다. 금관총과 황남대총, 천마총, 금령총, 서봉총 등에서 출토된 금관과 금귀걸이, 금제허리띠, 금동신발 등의 금은제 장신구류, 굽다리 접시를 비롯한 목항아리, 주전자 등의 토기류, 인물이나 동물 형태로 만든 토우와 토용류, 각종 유리와 옥제품류, 말안장과 편자 등의 마구 및 무기구류, 안압지에서 출토된 목공예품과 그 외 칠기류 등으로 나뉘어져 진열돼 있었다.

명진과 고상화도 입장권을 내밀고 안으로 들어갔다. 두 사람은 앞서거니 뒤서거니 전시관 순서대로 관람하다, 흙으로 빚고 불로 구운 토기 유물관 앞에서 발걸음을 멈췄다. 명진은 신라 토기가 아주 정선된 태토를 사용하여 만들어졌다는 점과, 당시에도 성형할 때 물레에 회전판이 활용되었다는 안내문을 읽곤 전시품을 더욱 주의 깊게 들여다보았다.

그사이, 한 발 앞서가던 고상화가 전시관 한쪽에 이르러

발을 멈췄다. 그는 금령총 출토 유물인 국보 제91호 기마인물형 토기 앞에서 한 손으로 턱을 괸 채 설명문을 읽었다. 이어 유리관 안에 있는 두 점의 기마인물형 토기와, 함께 출토되었다는 배 모양 토기를 뚫어져라 살폈다. 그리곤 박물관 안인데도 마치 하늘이 보이기라도 하는 것처럼 천장을 쳐다봤다가 토기를 봤다가, 눈을 감았다가 떴다가, 그 유물 앞에서 바장이며 발걸음을 쉬 떼지 못했다. '죽은 사람을 천도해 주는 명기(明器)라……' 중얼중얼 되뇌면서.

관람을 끝내고 먼저 밖으로 나온 고상화는 박물관 앞뜰 벤치에 홀로 앉아 생각에 빠졌다. 전시도록과 대조해 가며 전 유물관을 둘러보느라 십여 분 늦게 나온 명진이 그를 찾아 다가왔다.

"어르신, 구경 잘하셨습니까?"

"난 구경 잘했소만, 괜히 내 때문에 성급히 나온 것 아니오? 천천히 둘러보고 나오지 않고."

"신라 유물들이야 자주 봐왔던 것 아닙니까? 새로 출토된 유물을 전시한 것도 아니고. 이번 기회에 특별히 모아 전시했다는 데 의미가 있겠지만요."

"원 도공은 이 전시회 관람하려고 경주 여행하자고 했지 않소. 이 늙은이가 불편을 끼치는 것 아닌가 해서—."

"그런 것 없습니다." 하고 명진이 고상화의 말을 끊으며 벤치에 나란히 앉았다.

"없다면 다행이고. 아직 점심때도 이른데, 다음 일정은 뭐요?"

"특별히 일정을 잡은 건 없습니다. 그냥 박물관 둘러보고. 바람 쐬러 왔으니 근처에 있는 대릉원에 갔다가, 최 부자 집 있는 교동 어느 식당에서 점심이나 할까 생각했습니다. 식사 후엔 불국사와 석굴암 둘러보고, 불국사역에서 돌아가는 기차를 타면 어떨까 하고."

고상화는 벤치 등받이에 허리를 밀착시키고 양팔을 펼쳐, 머리를 한껏 뒤로 젖힌 채 명진의 말을 듣고 있다가. 고개를 두어 번 끄덕이곤 명진을 향해 물었다.

"그런 곳엔 가봤지 않소? 불국사와 석굴암은 학교 다닐 때 수학여행 길에라도 둘러봤을 테고. 대릉원이나 교동이야 시내 중심지에 있으니까, 언제라도 둘러볼 수 있는 곳 아니오?"

"예. 저야, 방금 말한 곳은 모두 한 번 이상 둘러봤습니다만. 어르신은……."

명진이 다음 스케줄을 어찌해야 할지 몰라, 고상화에게 경주 어디어디를 둘러봤는지 물어보려고 말을 늦추었다. 그 순간, 고상화가 몸을 명진 쪽으로 틀며 역제안을 했다.

"우리, 이렇게 하면 어떻겠소? 원 도공, 여근곡에 가봤소? 건천에 있는 오봉산 여근곡, 다른 말로 옥문지라고도 하는. 신라 선덕여왕이 예언했다는 지기삼사(知幾三事) 중 한 곳."

"그곳은 못 가봤습니다. 학교 다닐 때, 수업시간에 들었던 것 같습니다만. 그곳이 어딥니까?"

"차를 타고 경주 시내에서 조금 벗어나면 건천이라는 곳이 나오는데, 거기 있는 오봉산 계곡을 말하오. 아직 점심 먹기엔 이른 시각이니, 차라리 그 근처에 가서 점심을 먹는 게 어떻겠소? 식사 후 운동 삼아 쉬엄쉬엄 여근곡 구경하는 게? 그래도 시간이 남으면 경주세계문화엑스포 공원이나 한 바퀴 둘러보고, 저녁 무렵 돌아가는 기차를 타면 될 것 같소만? 불국사와 석굴암, 대릉원과 교동 쪽은 나도 전에 다 둘러본 곳이라―."

"그리 하입시다."

명진이 고상화의 말을 끊으며 찬동했다. 그가 생각지도 못했던, 새로운 곳에 가 본다는 설렘에 기분이 들떠.

그러자 고상화가 이내 속뜻을 밝혔다. 명진의 스케줄을 뒤엎고 괜히 억지 주장을 내세운 게 아닌가 싶기도 하고, 또 건천까지의 거리가 상당한 관계로 마음이 켕겨서.

"건천 가는 버스는 하루에 몇 번 밖에 없을 게요. 버스 시간대가 여의치 않거든 택시를 탑시다. 제시간에 버스를 타더라도 건천 내려서는 택시 타고. 버스 정류장에서도 제법 걸어야 하거든. 택시비는 내가 낼 테니. 국가에서 경로연금인가 뭔가 얼마 주는 것, 이런 때 써야지. 내가 어디 돈 쓸 일도 없고."

"아니, 어르신! 이 여행은 제가—."

명진이 고상화더러 택시비 대지 마시라는 말을 하려는 찰나, 고상화가 벌떡, 일어나 그의 팔을 끌었다. 자기 말에 따라 달라는 눈짓을 하며.

오봉산을 지척에 두고 두 사람은 택시에서 내렸다. 그들은 곧장 신평마을 어귀에 있는 맷돌 순두부 집으로 들어가 점심을 먹었다. 동동주 한 됫박도 곁들여.

식당에서 나와 오봉산 등산길 입구에 다다를 때까지, 두 사람은 풀냄새를 맡으며 묵묵히 걸었다. 잠자코 앞장서 걷던 고상화가 한 발짝 뒤쳐져 걸어오고 있는 명진을 돌아보며 물었다.

"오면서 봤겠지만, 이 오봉산 중간 산허리쯤의 능선과 계곡이 여성의 성기 같지 않소? 여성의 음부처럼 가운데 작은 계곡이 있고, 좌우의 능선은 이를 감싸며 뻗어 내린 게 마치 대음순 같은."

"모양새는 아주 흡사합니다. 여자들이 봤으면 얼굴 붉어질 정도로. 거참."

"요새 그 정도 가지고 어떤 여자가 얼굴 붉히고 그러겠소. 원 도공의 착각이지. 한데 모양새만 흡사한 게 아니라 음물이 나오듯이, 여근곡 뜻 그대로 저기 가면 샘에서 샘물도 나온다오. 그러니까 옥문지(玉門池)라고 하지."

명진이 싱긋 웃으며 산길 입구에 있는 표지판으로 가, 설명문을 읽어 내렸다.

안내문에 따르면, 선덕여왕 5년 어느 추운 겨울에, 무슨 영문인지 도성 인근의 영묘사 옥문지에서 개구리 우는 소리가 사흘 동안이나 요란하게 들려왔다. 한겨울에 난데없는 개구리 소리는 흉조라고 여긴 신하들이 불안에 떨며 왕에게 보고하자, 선덕여왕은 고위 관직에 있던 알천과 필탄 두 각간(角干)을 불러 2천의 정예 병사를 데리고 이곳 여근곡으로 가, 매복해 있던 백제 군사 5백 명을 습격해서 섬멸케 하였다. 신하들이 적군의 매복 사실을 알게 된 예지에 대해서 물으니 여왕이 이르기를 "개구리는 눈이 불거져 있어 성난 군사의 상이고, 옥문은 여근이며, 여자는 음이고 그 빛은 흰색인고로 방위로는 서쪽이요. 그런즉 왕궁 서쪽에 있는 여근곡에 적군이 매복해 있음을 알았고, 남근은 여근에 들어가면 죽을 수밖에 없으므로 적이 섬멸될 줄 알았다."는 기록이 《삼국유사》에 전해내려 온다고 했다.

명진이 스마트폰으로 안내판 사진을 찍었다. 그 곁에 서서, 고상화가 추가적인 얘기를 해주었다.

"이 여근곡의 회음부에 해당하는 곳에 유학사라는 절이 있으니, 참 묘하지 않소. 그리고 전설에 의하면, 선덕여왕이 위와 아래에 각각 옥문지를 만들어 물이 흘러내리게 했다는 이야기가 있소. 물이 잘 나오고 흘러내려야 옥문이 건강하다며.

그래서 위쪽 걸 상옥문지, 아래쪽 걸 하옥문지라 했다고."

"샘은 어디에 있는데요? 절 쪽으로 올라가면 됩니까?"

명진의 물음이 끝나기도 전에, 고상화가 방향을 잡아 터벅터벅 유학사 쪽으로 올라가기 시작했다. 고상화의 거동에서 대답을 알아차린 명진이 말없이 뒤따라 올라갔다. 느릿느릿. 머리 들어 산 구경하랴, 뒤돌아서 들판 전망하랴, 갈지자로 걸으며.

지금은 봄이 절정이라 산 벚꽃이 만개하였고, 노란 괭이밥이 군데군데 피었으며, 산앵두가 꽃봉오리를 내밀고 있었다. 산새들이 짝짓기 신호라도 주고받는지 어떤 놈은 찍찍, 거리고 어떤 놈은 짹짹, 소리를 내고. 봄내음 맡으려고 코를 벌름거리면 겨우내 삭았던 낙엽에서 나는 거름 냄새가 산꽃 향기와 뒤섞여 비릿했다.

몇 분쯤 올랐나. 고상화가 뒤돌아서서 들판을 바라보며 알려주었다.

"저 들판이 국립지리원 지형도에는 '샘들'로 표기돼 나오나, 사실 여기 사람들은 '씹들'로 부른다오. 여근곡 아래에 있는 들이라서 그렇게 부르는 것 같으이."

"뭐, 씹들요? 좀 민망한 명칭 같습니다."

"이 고장 사람들도 일부러 그렇게 부르지는 않고, 전해내려 오는 명칭이 그렇다는 얘기요."

말을 일방적으로 마친 고상화가 다시 앞장서 걷고 명진이 뒤따라 걸어, 유학사 뜰에 도착하였다. 두 사람은 절간과 주변 광경을 한번 쓰윽 조망하면서, 손수건을 꺼내 이마에 흐른 땀을 닦았다. 누가 권하지 않았음에도 고상화와 명진은 대웅전 앞마당에 있는 3층 석탑에 나란히 서 합장 기도를 올렸다. 두 사람은 기단부에서 석탑 꼭대기까지를 훑어본 다음, 앞서거니 뒤서거니 대웅전 안으로 들어갔다.

대웅전에 들어선 고상화가 손짓으로 명진에게 권하였다.

"원 도공, 삼배만 올리려면 먼저 하시오. 난 백팔배 올릴 거라, 먼저 하시고 절 마당에서 잠시 봄볕 쐬며 기다려줬으면 좋겠소."

"알겠습니다."

명진이 지갑을 열어 불전함에 만 원짜리 한 장을 넣었다. 이어 삼배를 올리고 바로 법당을 나왔다. 대웅전 돌계단에 우두커니 선 명진은 의문에 잠겼다.

'어르신은 머리만 안 깎았지 진짜 수도승이 다 됐는가? 여기서도 백팔배를 올리게? 옥문지라는 옹달샘은 어디에 있지?'

하지만 그는 이내 생각을 끊었다. 그가 산 형세와 산신각, 용왕당을 둘러보고 종각 바닥에 퍼질러 앉아 있을 때, 백팔배를 끝낸 고상화가 성큼성큼 다가왔다. 으흠, 헛기침으로 기척을 내며.

"기다리게 해서 미안소. 나도 다 사연이 있어⋯⋯."

"아니, 괜찮습니다. 덕분에 구경 잘했고요."

"이제 옥문지로 가 봅시다. 저쪽으로 조금만 더 올라가면."

고상화가 손가락으로 방향 표시를 했다. 산길 초입을 휙 훑어본 그는 절 왼쪽에 나 있는 옥문지 정상 가는 길로 발걸음을 옮겼다. 명진은 고상화가 백팔배하고 있을 때 이정표를 미리 확인해 두었으므로, 잔말 없이 그의 뒤를 따랐다.

8분 정도 올랐을까. 길섶에 앙증맞은 옹달샘이 있었다. 고상화가 한 손으로 옹달샘을 가리키며 목적지에 다 왔음을 알렸다.

"여기가 옥문지요. 물이 예전만큼 잘 나오진 않네. 이 옥문지도 늙었는가."

명진이 피식, 웃었다. 그는 아까 봤던 여자 음부 형상의 산 허리를 생각하며 샘물 나오는 곳을 유심히 관찰했다. 그 모습을 본 고상화가 장난 끼로 말했다.

"원 도공도 남자 아니오, 한창 때고. 여자 음부 맛을―."

"에고 참. 어르신도."

"아니오. 남녀는 상합해야 하오. 그래야 신체 건강에도 좋고, 정신 건강에도 좋다지 않소. 왜, 사귀는 여자도 없소? 결혼 안 했다는 건 알고 있지만."

명진이 딴에는, 혹시 결혼에 대해서 진지하게 고민해 보라고 어르신이 여길 데려 왔는가, 하는 생각이 들어서 과거를 털어놓았다.

"한 여자가 있긴 했습니다만…… . 뭐 이렇게 혼자가 돼버렸습니다."

"여자가 신발을 거꾸로 신은 건 아니고?"

고상화가 의문은 던졌어도 딱히 어떤 대답을 받으려고 한 말투는 아니었다. 명진도 고상화가 혼잣말처럼 뒤를 낮추어서, 그의 질문을 듣고도 더 이상 대답하지 않았다.

잠깐의 침묵 뒤, 고상화가 다시 입을 열었다.

"날도 좋은데 어디 앉아 쉬었다 갑시다. 또 언제 올지 모르고. 여행길이 다 그런 것 아니겠소."

명진이 마주보며 "그라입시더." 대답했다. 고상화는 주변 지리를 잘 아는 듯 거기서 곧장 벗어나, 앉을만한 돌덩이들이 있는 곳을 찾아냈다.

고상화가 그 돌들을 물끄러미 바라보다가 손을 짚고 걸터앉았다. 그는 앉자마자 손으로 얼굴을 한 번 닦고선 머리를 푹, 떨궜다. 그와 동시에 으으, 탄식 소리를 내면서 깊은 숨을 들이마셨다. 명진은 '노인네가 혹시 숨이 차서 그러는가?' 하고 진정될 때까지 기다리기로 했다.

옆 돌에다 명진이 가방을 내려놓는 사이, 고상화가 땀을 닦는 척하며 뜨거운 눈물을 훔쳤다. 한창 분탕질하던 때 여기서 남몰래 벌인 망동 짓이 수참하여.

나는 이발 도구 소매상을 찾아 면도칼을 샀다. 잡화점 가선 랜턴과 명주실, 아기 샅바용 노란 고무줄, 휴지를 사고, 약국에 들러선 옥도정기와 붕대, 반창고, 솜, 가제, 알코올을 샀다.

필요한 물품 장만을 끝낸 나는 해질녘까지 순댓집에서 소주를 마시며 결심을 다졌다.

'엄마 말마따나 색광에 빠진 이놈의 망종. 망종의 근원을 아예 절단 내버리자. 검사직 그만두고 여태 씹 지랄만 하고 있으니…….'

밤이 이슥해질 무렵. 나는 구매한 물품 봉지 외에 마른오징어와 소주도 두 병 사서 배낭에 챙겨 넣고, 다시 여근곡에 올랐다. 여근곡엔 사실, 오늘로 세 번째 오르는 길이었다. 여근곡 옥문지에 가면 음기로 양기를 상쇄할 수 있겠다는 생각으로 사흘 전 낮에 올랐다가, 옥문지를 보곤 섹스 환상에 빠져 끓어오르는 욕동을 참기 어려웠다. 이 색마에겐 여근 닮은 옥문지가 아니라 실물 여근이 더 급했다.

산에서 후다닥 내려온 나는 그길로 경주 시내에 들어가 윤락녀를 찾았다. 거의 석 달간이나 쉬지 않고 색광 짓을 해온 터에, 또 사흘을 내리 뒹굴다 뼈만 앙상하게 남은 내 몰골을 보았다. 하루에도 몇 번씩 정액을 쏴대니 살이 빠질 대로 빠져, 남들이 내 얼굴을 쉬 알아보지 못한다는 점에서는 안심됐으나. 이랬다간 길바닥에 주저앉고 말지 싶어, 밤에 옥문지에 올라 철야 기도하는 자세로 성욕을 한번 다스려보자고 작정했다. 한밤중에 산에서 음기를 받으면 양물도 좀 죽일 수 있지 않겠나, 하고.

그런 단안으로 어젯밤에 혼자서 두 번째로 옥문지에 올랐다. 옥문지에 도착하니 웬걸. 사흘 전 낮에 봤을 땐 별것 아니던 샘터가, 밤에는 야릇한 성교 상상을 불러일으키며 더 꼴리게 만들잖은가. 색마가 때와 장소를 가리랴. 나는 참지 못하여 그 자리서 바지를 내리고 용두질을 해댔다. 끝내고 나선 이러는 내가 너무 한심해, 바윗돌에다 이마빡을 짓찧으며 울부짖었다.

"아, 씹아! 김삿갓이 다시 살아와 '이 개존물(皆尊物)이나 싸대는 검사야.' 하고 대갈통을 갈겨주라. 이놈의 불방망이를 지팡이로 갈겨주라고. 으흐흑."

참으로 미치고 환장할 노릇이었다. 산에서 내려와 여관으로 가자니, 또 윤락녀를 불러야 할 판이고. 경주에는 법원과 검찰청이 있어, 주정뱅이처럼 돌아다녔다간 아는 사람 눈에 띌 것 같고. 해서 어젯밤엔 토함산 등산길과 석굴암 가는 길을 배회하며 시간을 죽였다. 단 하루라도 여자 음부를 물리치려는 면에서는 죽인 시간이었으나, 양물을 결딴낼 다짐을 하고 있었다는 측면에서는 사즉생(死卽生)의 시간이었다.

'이놈의 양물을 어떡하든 결딴내자. 미치도록, 씹만 찾아서야.'

그 밤샘 걸기가 작심 하루 만에 불발되지 않도록 하려고, 해저물기 전에 시장을 찾아 조잡하나마 도구들을 준비했던 것.

나는 산 입구에서 배낭을 내렸다. 사즉생의 결단이 헛수고 되지 않게 물품들을 점검하느라고.

'결행만 한다면야 그깟 도구가 문제겠어.'

헛웃음으로 내 자신을 질책하고선 배낭을 다시 둘러맸다. 랜턴을 켜고 몇 걸음 올라가다, 아차, 하고 랜턴을 껐다. 불빛 때문에 다른 사람들 눈에 띌까봐. 마침 보름달이 훤히 떠 있어 달빛만으로도 산길 오르기엔 무리가 없었다.

살금살금 오르는 데 온 정신을 집중하다 보니 나도 모르는 새 옥문지에 도착했다. 겨울 초입이긴 하나 가을 날씨처럼 따뜻한데다 산길 오르느라 열이 올라, 몸은 덥지도 춥지도 않았다.

나는 배낭을 내려놓고 랜턴을 꺼냈다. 마지막으로 옥문지가 어떻게 보이는지 확인해 보기 위해. 랜턴으로 옥문지를 비추는 순간, 질척해진 여자의 음부가 환상으로 보이며 욕정이 치솟았다. 저, 음물 나는 게…… 기다렸다는 듯 색마의 양물이 불끈불끈, 요동을 쳤다.

'기왕 절단 낼 거, 이번만 하고.'

나는 랜턴을 끄고 미친 듯이 바지를 내렸다. 섹스 환상으로 숨이 헐떡거려, 나무에 엉덩이를 붙이곤 정신없이 용두질을 했다. 어이구, 미쳐. 아, 아.

사정을 끝낸 나는 낙엽으로 뒤처리를 하고 바지를 추슬렀다. 다시 배낭을 둘러매고 돌아서는데 산새가 놀라 퍼덕, 날아갔다.

'저것들이 이 꼴을 봤으면?'

내가 생각해도 기가 차서 머리를 숙였다가 침을 퉤, 뱉었다. 부끄러운 마음에 나는 잠시 그대로 서 있다 랜턴을 켰다. 그 불빛이 수치의 현장을 폭로하는 것 같아, 발걸음을 떼자마자 경보 선수의 워킹 속도로 안부 쪽으로 올랐다. 십오 분 정도를 그렇게 걷자 평평한 바위 쉼터가 나왔다. 여근곡 상부쯤의 위치에 있는.

급하게 올라오느라 숨이 차 한숨을 돌린 뒤. 나는 랜턴으로 주변을 한번 훑고 나서, 배낭을 내려 준비해온 물품들을 풀어놓았다. 다시 랜턴을 들어 나무에 걸고 바위에 앉은 나는 마른오징어를 찢었다. 마른오징어 냄새를 맡자 또 음부 맛이 내 혓바닥을 돌며 목을 타게 했다. 양물도 생사의 기로에서 발악을 쳐보겠다는 뜻인지, 아주 빳빳하게 섰다.

'그래, 이번으로 끝이다.'

나는 오징어를 북 찢어 입에 넣고 여근을 빨듯 혀로 핥으며, 바지를 벗었다. 오른손으로 양물을 잡고 모로 누워, 처음엔 느리게 했다가 점차 손동작에 가속도를 붙였다. 머리에서 발끝까지의 온 신경이 발딱 일어섰을 때.

"아이씨, 아, 아."

신음소리와 함께 절정에 오른 양물이 표적 없는 발사를 했다. 사정을 끝내고선 어이가 없어, 페니스를 잡은 채 끝장을 다그쳤다.

'이젠 결딴을 내. 음란 짓만 하는 이놈의 물건을. 오늘만 벌써 몇 번째야. 어이쿠, 어이쿠.'

나는 매친 놈 마냥 아랫도리를 까놓은 그대로, 왼팔에 얼굴을 묻고 도리질을 했다. 눈물 콧물까지 훌쩍이며.

잠시 뒤. 바지 벗은 그 상태로 일어나 앉은 나는 소주병을 따서 병나발로 세 번 들이켰다. 콱, 절단내버려? 알코올의 쓴맛에다 성깔까지 오른 이내 몸은 전투 돌입하듯 얼른 물품 봉지를 풀었다. 곧바로 휴지를 꺼내 귀두를 닦고선 접이 면도칼을 손에 집었다. 후. 떨리는 마음을 다잡기 위해 다시 소주병을 들어 두 번 연달아 병나발 불고.

오른손으로 면도칼의 손잡이 부분을 잡고 왼손으로 칼날을 펼쳤다. 손잡이 부분은 검었지만 보름달 빛을 받은 칼날은 하얗게 번뜩였다. 왼손을 칼등에 갖다 대자 서늘한 기운과 함께, 이발용품 판매상 아저씨의 말이 손끝에서 들려왔다.

"일자 칼로 면도 하니껴? 이거, 보커라는 독일 회사에서 만든 수입 면도칼인데 조심해야 하니더. 정말 예리하니더. 칼 면도 하시는 분들은 깔끔하게 면도 돼서 좋다 하니더만."

좀 떨리긴 했으나 얼마나 잘 드는지 한번 보려고. 나는 오른손으로 면도칼을 잡고 왼손으로 음모 몇 가닥을 잡은 다음, 살짝 베었다. 서걱. 칼날이 지나간 줄도 모를 만큼 음모 몇 가닥이 싹둑 잘렸다. 잘린 음모를 보니, 손끝이 떨리고 소름이 확 끼쳤다. 꼭 내 몸 어느 부위로 칼날이 지나간 것 같은 섬뜩함에 질려, 재빨리 음모 가닥을 털고 칼도 일단 옆에 내려놓고선.

칼날의 섬뜩함을 잊으려고 다시 소주병을 들어 병나발을 두 번 불었다. 예리한 칼날이 목을 조이는 것 같아, 그걸 풀기 위해 찢어놓은 오징어 살을 질겅질겅 씹는데. 소주의 쓴맛 때문인지 아니면 욕정을 쏴 버려서인지, 그도 아니면 섬뜩한 칼날을 보고 맛 세포가 지레 기절해 버려서인지, 이번엔 음부 맛도 오징어 맛도 나지 않았다. 그러자 양물도 번데기처럼 수그러들고 체감도 오싹해져, 슬며시 나는 바지를 추슬렀다. 여차하는 순간, 면도칼에 다른 부위가 잘못되는 수가 있다는 무섬증도 들어.

그쯤 되니까 산중의 고요함과 칼날의 서늘함에 영향 받은 뇌리도 냉정 모드로 돌아서, 재고를 촉구했다. 이외의 다른 방법은 없는가, 하고.

나는 차분해지려 우선 면도칼을 접어 물품봉지 안에 치운 다음, 종이컵을 찾아 소주를 따랐다. 곧장 한 모금 들이키곤 생각을 가다듬었다. 오징어 다리를 칡 씹어 돌리듯 우물거리며.

'남자가 마흔 중반까지도 성욕이 일어나는 건 당연하잖은가. 색욕이 과하다고 하지만, 그것도 어찌 보면 천부로 받은 것. 숱한 남자들이 그렇게도 정력을 강화하기 위해 안달하고, 남편 있는 아내들이 온갖 한약재를 지어다가 남편 정력 높이려 하는 짓은 그럼 뭐냐. 선천적으로 성욕이 강한 자체가 잘못된 건 아니지 않는가. 조절만 하면 되는 것 아니냐고.'

술을 한 모금 더 들이켰을 땐, 결단을 내더라도 안전하고 덜 고통스런 방편으로 마음이 기울기 시작했다.

'그렇담 끊을 필요까진……. 절단했다가 잘못돼 병원에 가면, 더 우스운 꼴이 되잖겠는가. 내 잠형이 탄로 날 수도 있고. 허니 일단은 명주실과 고무줄로 고환을 묶어보자. 피가 통하지 않고 남성호르몬 분비도 안 되면, 성욕도 자연 감퇴될 것 아닌가.'

좋다, 해보자, 맘먹었을 때 빨리. 마치 산신에게 고하기라도 하는 양 혼자 선언하곤, 종이컵에 남아 있던 소주를 쭉 털어 넣었다. 이 결심도 바뀔 것 같아, 나는 얼른 바지를 벗어 내렸다. 그리곤 물품 봉지 속에서 명주실을 찾았다. 실을 뽑아 길게 네 가닥으로 만든 다음, 고환을 몇 번씩이나 칭칭 감아 묶었다. 거기다 노란 고무줄도 감아, 겹쳐 묶었다. 명주실로만 묶었을 때는 실 자체가 오므리는 힘은 없으니 모르겠던데(나 자신이 꽁꽁 묶지 않아서 그런 이유도 있겠지만), 고무줄로 묶으니 아랫도리가 얼얼했다.

'조금만 참으면 되겠지.'

어쨌든 유사 거세를 결행했다는 생각에, 나는 소주병을 들어 종이컵에 가득 부었다. 아픔도 가라앉힐 겸 이 단행으로 성욕이 다스려지기를 바라면서, 종이컵에 든 소주를 물 마시듯 꿀꺽꿀꺽 마셨다. 안주도 먹지 않고 한 잔 더.

술기운을 느낀 나는 일어서 바지를 추슬러 올리고 누가 보나 좌우를 살폈다. 아무 인기척도 없음을 확인하고선 다시 자리에 앉아, 병에 남아 있는 소주를 종이컵에 마저 부었다. '불알이 아프면 제 까짓것도 아무 때나 발딱발딱 서는 일은 없을 거 아냐. 한번 견뎌보자고.' 하며 마지막 잔을 쭉 들이켰다.

그다음 날, 여관에 누워 내 행색을 보니 가관도 가관이거니와. 문제는, 불알을 동여맸다고 해서 성욕까지 사라진 건 아니라는 점이었다. 얼얼한 통증도 참고 웬만한 불편도 감수할 수 있겠는데, 욕동은 낮이고 밤이고 끊임없이 일어나니 이를 어쩌랴.

게다가 묶은 부분에 피가 통하지 않아 그런지 가려워, 손을 대서 비비려니 행작도 이상할 뿐만 아니라 되레 페니스가 발기하도록 부추기는 꼴이 돼버려. 할 수 없이 명주실을 풀고 고무줄도 풀었다가, 다시 동이자니 매양 헛짓 같고. 또 목욕할 때마다 내 스스로 그 일을 반복하는 게 꼴사나워, 작심삼일도 안돼 자진 거세 작정은 포기하였는데.

사람은 자기가 추구하던 어떤 일이 실패하면 다른 것으로 보상이나 위로를 받아야만 성에 차기 마련이고, 그 보상 욕구의 최고 효험이 섹스 탐닉인즉. 나는 자진 거세 결행이 수포로 돌아간 것을 잊으려고 윤락녀를 찾아 더 음란 짓에 빠지고 말았다.

'천하에 몹쓸 망종!'

속으로 욕지거리를 뱉은 고상화가 머리를 들고 하늘을 봤다. 명진은 '어른이 이제 괜찮아지셨나 보다.' 하고 마음을 놓았다. 손수건으로 얼굴을 두어 번 닦아낸 고상화는 아무렇지도 않은 듯, 다시 남녀교합 얘기를 꺼냈다.

"음양으로도 남녀가 교합해야 하겠지만, 새파란 남자가 욕정이 없진 않을 터. 교합해서 정욕을 풀지 못하면 음기를 어디서 채우겠소? 여자 음부처럼 생긴 이런 곳에서 채워야지."

명진은, 노인네도 성욕이 있을 테라 그걸 풀 방도가 없어 이런 곳을 찾는가 보다, 라고 생각하여 조금 다른 면에서 수긍했다.

"과학적으로도 계곡 쪽에 음이온이 풍부하다고 하잖습니까? 꼭 여자의 음부와 닮았느냐를 떠나, 계곡에 가면 신체 호르몬도 활성화될 테니, 한 번씩 다녀오는 것도 괜찮지 않겠습니까?"

"그것도 일리는 있겠고. 아까 안내문에서 선덕여왕이 말했다는, 남자의 성기는 여자 음부에 들어가면 죽는다는 것. 바로 그거요. 남자의 성욕은 여자 음부에서 풀어낼 수 있고, 그래야만 그 욕정을 죽일 수 있소. 하나 남자의 성욕을 아무 여자에게나 다 풀 수는 없는 일이고. 또 결혼했다고 해서, 남자의 양기와 여자의 음기가 조화롭게 교합되거나 일치되는 건 아니라오. 성욕은 인위적으로 제어하기가 어려우니, 남녀 간에 사달이 나는 거고."

고상화가 마치 유나의 성욕에 대해서 꿰뚫어 보고 말하는 것 같아, 명진은 잠자코 있었다.

고상화가 다시 말을 이었다.

"원 도공이 말했듯이, 계곡은 음기가 강한 곳에 속하오. 특히나 여기처럼 여자 음부를 닮은 곳은 더하고. 포항에 있는 내연산에 가면 은폭이라는 폭포가 있는데, 원래는 여자의 음부를 닮아서 음폭이라 했다오. 후세 사람들이 상스럽다며 은폭으로 고쳐 부른다지만, 거기도 유난히 음기가 강한 곳이요. 그래서 그 일대 골짝 이름도 음지골이라 하고."

명진은 고개를 끄덕이며 가만히 듣고 있었다.

"어쩌면." 하고 고상화가 다시 말을 이었다.

"남자든 여자든 정념, 욕정이 삶을 좌우하는 것 아닌가 싶은 것이…… 특히 젊었을 때는 더더욱. 육체 교접 없이 그런 욕정을 다스릴 필요가 있거나, 음양의 조화를 맞추어야 하는 때는, 다른 방편을 써서라도 조화를 맞춰야—."

고상화가 갑자기 말을 끊어버리고 자리를 털며 일어섰다.

* * *

경주세계문화엑스포 공원까지 둘러본 명진과 고상화는 경주역 앞에 있는 돼지국밥집으로 들어갔다. 고상화에게 주문을 맡긴 명진은 앉자마자 스마트폰으로 코레일 앱을 열었다. 그는 열차 시각을 확인한 뒤, 좌천까지의 무궁화호 티켓 두 장을 예매했다. 열차 시각에 늦거나 까먹지 않기 위해, 그가 고상화에게 예매 사항을 알려주었다.

"경주에서 여덟 시 십육 분에 출발하는 표를 끊었습니다. 지금이 일곱 시 다 돼가니까, 밥 먹으며 약주 한잔하고 일어나면 딱 맞겠습니다. 좌천엔 아홉 시 이십 분쯤에 도착할 것 같고요."

두 사람은 수육백반을 시켜놓고 여행 기분에 어울릴 만큼 적당히 막걸리를 곁들인 뒤, 여덟 시께 식당을 나왔다. 역에 들어선 그들은 바로 개찰구를 통과해, 제 시각에 맞춰 플랫폼에 들어오는 기차를 탔다.

그들은 잠깐 졸다가 좌천역이 아닌, 한 구역 앞 월내에서 내렸다. 명진이 도예 작업실로 귀가하려면, 그리고 고상화 또한 자신이 기거하는 절로 돌아가려면 둘 다 좌천역에서 내리는 게 더 가까운 편이었다. 하지만 경주에서 기차에 막 올라탔을 때, 고상화가 오랜만의 여행 기분을 더 잡혀두고 싶었던지. 그가 명진에게 "나온 김에 월내역에 내려 갯내도 좀 마시고 돌아가는 게 어떻겠소?" 하여 짝짜꿍 죽이 맞아 내린 터였다.

그들이 역을 나와 길 건너 바닷가 쪽으로 걸어갈 제. 마을 어귀에서 빠른 템포의 꽹꽹, 하는 쇳소리와 북·장구 소리가 요란하달 정도로 들려왔다. 발걸음을 늦춰 귀 기울여 듣던 고상화가 말했다.

"오밤중에 이 무슨 소린고? 마을에서 축제를 했나? 가만! 들어보니 이 소린 농악, 사물놀이 할 때 치는 꽹과리 장구 장단이 아닌 것 같소만······."

좀 더 세심하게 듣고 나서, 고상화가 명진을 쳐다보며 말했다.

"어느 집에서 굿을 하는가 보오."

"그런 것 같습니다. 무슨 일로?"

명진이 물어놓고 모르긴 고상화도 마찬가지일 거라는 생각에, 속으로 추정하여 자답했다. '뭐 이곳이 해안가라 어로 사고는 예전부터 많이 있었을 터. 죽은 이의 혼을 달래 좋은 곳으로 천도해 주려고 굿하는 거겠지.'

그때, 굿 소리 나는 방향을 가늠하고 있던 고상화가 물었다.

"거 잘됐네. 원 도공, 굿마당 구경해 봤소?"

"예. 오래전, 어릴 적에."

"어떻소? 요샌 보기 드문데 구경 한번하고 갑시다. 잘만 하면, 굿판에서 술이야 계면떡도 얻어먹을 수 있겠고."

'계면떡?'

명진이 의미를 몰라 잠시 주춤하는 사이. 고상화는 명진이 미처 동의도 하기 전에, 서둘러 굿 소리 나는 방향으로 앞장서 걸어갔다.

고상화가 명진의 동의 여부에 상관없이 굿마당 쪽으로 먼저 움직인 것은, 그의 어머니 말이 불현듯 떠올랐기 때문이다.

"네 아버지는 제 발로 바다에 뛰어들어 죽었다."

고상화는 일순간, 길동무가 있다는 현실을 잊고 혼자 생각에 잠겼다. 아버지가 빠져 죽었을 때도 밤바다였을까, 아버지 혼령은 어디에 가 있을까, 하고. 아주 오래전의 일이어서 잘 떠오르지 않는 기억을 더듬으며, 그는 굿 소리만 듣고 무의식적으로 걸음을 옮겼다.

한편 고상화의 일방적 선행에 별수 없었던 명진은, 굿판 보러 가자는 그의 제안에 묵언으로 동의했다 치고 댓 걸음 뒤쳐져 따랐다. 그의 발뒤축만 보며 천천히 따라가던 명진이 갑작스레 보폭을 빨리하여 고상화를 따라잡았다. 고상화 어깨 뒤에 다다랐을 때 명진이 물었다.

"어르신! 아까 계면떡이라는 건, 무엇으로 만든 떡입니까?"

고상화도 내심, 누가 무슨 이유로 굿할까, 생각하며 걷다가 한 발 뒤에서 명진이 질문해오자 고개를 돌려 말했다.

"허허, 여태 그게 무슨 떡인지 숙고했소? 하긴 요즘 젊은이라 잘 모를 수도 있겠네. 굿판 볼 일도 별로 없으니, 어쩌면 모르는 게 당연할 테고. 계면떡은 무슨 재료로 만들었거나 어떻게 생긴 떡을 말하는 게 아니고, 굿거리를 모두 끝낸 무당이 음복하라며 구경꾼들에게 나눠주는 떡을 계면떡이라 하오."

"아, 예."

제가 생각한 계면떡 의미가 전혀 엉뚱해서, 명진은 머쓱하게 대답했다.

그들은 좁은 길을 돌아 어느새 굿하는 집 열 발쯤 앞에 이르렀다. 명진이, 굿을 봐도 탈이 없으려나, 하고 바로 거기서 발걸음을 멈추려는데. 그 집 삽짝에 이미 도착한 고상화가 집 안쪽을 한번 쓰윽 관망해보곤, 삽짝 이쪽저쪽 땅바닥을 자세히 살폈다. 부정한 것이 굿판에 끼어들지 못하도록 액막이용 황토나 소금, 재 등을 뿌려놓았는지, 아니면 외부인이 접근하지 못하게 따로 금줄을 쳐놓았는지, 먼저 확인해보려고.

달리 주의할 사항이 없다고 판단한 고상화가 명진을 보고 말했다.

"굿 봐도 괜찮겠소. 마침 굿청을 마루에다 차려놓아 여기서 구경해도 되겠네. 마당에 자리 잡고 앉아 있는 사람들도 차림새를 보아하니 마을 사람들 같고. 공수라도 들을 모양인가……."

"어디, 앉으시겠습니까? 신문지라도 깔아드릴까요?"

명진이 메고 있던 가방에서 뭘 꺼내려 하자 고상화가 손을 내저었다.

"아니, 됐소. 말이 그렇지 뭐, 밤새 굿하면 언제 끝날지도 모르는데, 우리가 얼마나 기다렸다 떡 얻어먹겠소? 잠시 굿 거리나 보고 바닷가로, 우리가 예정한 길로 갑시다."

명진이 다시 가방을 추슬렀다. 그도 잠깐이면 선 채로 구경하는 게 낫겠다 싶어.

3분쯤 굿청을 지켜보던 고상화가 혼잣말을 했다. 혼잣말이라지만 실상은 명진에게 얘기를 거는 투로.

"죽은 사람이 누군지는 모르겠으나 저 망자는 용선 타고 극락세계 가겠구면. 무가 소리 한번 좋다. 바라지도 척척, 이고."

"제법 큰무당을 불렀나 봅니다."

"그런 것 같소. 집도 보아하니 고깃배 정도는 가진 것 같으이."

그들이 한창 굿 구경에 정신 팔려 있을 때, 어떤 중년 남자가 그 집을 들어가다 말고 물었다.

"어디서 오셨심꺼? 들어가시지 않고."

고상화가 손바닥을 들며 대답했다.

"아, 아니올시다. 우린 지나가다 잠깐 구경하고 있소. 굿 본 지가 하도 오래돼서."

"그렇심꺼." 하고 고개를 까딱, 인사를 끝낸 남자는 안으로 들어가다 말고 돌아서서, 다시 한 번 이들을 힐끔 보았다. 참 이상한 사람도 다 있다 싶었는지, 아니면 고상화의 용모가 보통사람과는 달라 보여서인지.

2분쯤을 더 지켜보고 섰던 고상화가 몸을 돌렸다.

"이제 갑시다. 더 보려오?"

"아닙니다. 그만 가시죠."

명진도 그를 따라 몸을 돌렸다. 그들이 왔던 길로 되돌아 나올 적에 명진이 고상화와 걸음을 나란히 하며 물었다.

"어르신. 조금 전에, 바라지도 척척, 이다 하셨는데 바라지는 뭡니까?"

"그거요. 쉽게 말하면, 받는 소리라 해야 되나. 으뜸무당이 무가를 부를 때, 보조무당이나 악사들이 장단에 맞춰 별 의미 없이 그냥 따라 부르는 소리를 말하오. 만수받이와는 조금 다른⋯⋯. 예를 들면."

고상화가 잠시 생각 끝에, 그가 직접 타령조 흉내를 내가며 부연했다.

"먼저 만수받이는, 으뜸무당이 '물귀신은 용궁에 들고~' 하면 뒤따라서 보조무당들이 '물귀신은 용궁에 들고~' 소리내 주고, '불귀신은 상천에 들고~' 하면 복창해서 '불귀신은 상천에 들고~' 이렇게 선창에 따라 후창으로 척척 받아주는 소리를 말하는데. 만수받이는 보조무당이 그대로 복창하거나, 어떤 구절은 으뜸무당과의 합창으로 화음같이 내는 경우를

말하는 반면. 바라지는 으뜸무당이 '불귀신은 상천에 들고~'
하면 그대로 복창하는 게 아니라 '상천에 들고~' 즉 뒷부분만
받아서 소리내주거나, 재비들이 '어~어~' 소리를 넣어가며
악기 장단으로 받아주는 걸 말하오."

"으뜸무당이 부른 무가를 따라서 받는 소리라 내용상으론
의미가 없겠지만, 기능상으론 바라지도 중요할 것 같습니다
만. 장단도 맞춰주고."

"물론이오. 의미 없이 뒤따라 받는 소리지만 바라지가 있
어야, 그게 척척 맞아야, 무당이 신을 내지 않겠소? 그러고
보면 세상에 의미 없는 것이란 있을 수가 없소. 불타가 설한
인연법도 이를 두고 하는 말인데. 속속들이 보면 세상은 다
인연으로 엮어져 있소. 사람의 인연법에서 제일 무서운 것이
업보고, 그중 가장 큰 원인이."

고상화가 뜸을 들였다가 단정했다.

"바로 남자의 물건이오."

남자의 물건과 업. 그에 대해선 따로 말하지 않아도 명진
이 더 잘 알고 있는 '인연법'이다. 부처가 가르쳐준 것보다 제
아버지를 통해 뼈저리고 생생하게. 그 때문에 다른 여자는
물론, 유나에게조차 제 '물건'을 함부로 쓰려 하지 않았건만.

명진은 유나의 모습이 떠오를까봐 재빨리 화제를 바꾸어
물었다.

"어르신은 무속에 대해서 해박하신 것 같습니다. 무가도

부를 줄 알고, 따로 공부를 하셨습니까?"

"공부는 무슨. 옛날 우리들이 클 때는 자주 보고 들어서 아는 것뿐이오. 내가 타령조로 부른 것은 실제 무당들이 부르는 무가에 나오는 구절이 아니고, 내 맘대로 언뜻 지어 알기 쉽게 불러준 거요."

대답을 마친 고상화는 두어 번 헛기침을 했다. 이어 마른 소리로 "무당한테서." 하다가 말을 바꾸었다. "아니네. 그때는 무당이 아니었고." 하며 뒷말을 잇지 않고 끝내버렸다. 마치 무슨 말 했다간 낭패지경이라도 되는 것처럼.

그가 생각한 원래의 말은 "무당(이 되려고 한 여자)한테서 무가와 무속에 관한 얘기를 좀 들어서 알고, 또 그녀가 (섹스 한탕 끝내고 사이사이에) 부르는 타령조를 듣다보니, 귀에 익어서 그렇소."였는데. 말하려다 보니 강릉서 만났던 심 여인과의 섹스 환각이 다시 떠오르는 데다. 하필이면 예의 무가랍시고 만수받이와 바라지 흉내를 내기 위해 부른다고 부른 구절이 '물귀신은 용궁에 들고'여서. 물귀신이 된 아버지 생각이 나 뒷말을 닫아버린 채, 그는 어둠에 싸인 바다 저편을 바라보았다.

'지난 날, 나도 태종대 앞바다에 뛰어내렸으면 물귀신이 되었을까. 사람이 났으면 한 번은 가야 할 길. 나도 가야 하는데 내 죽으면 누가 천도해 줄꼬. 천하에 욕된 몸, 누가 용선을 차려준들 내가 그걸 탈 자격이나 있을라고. 지옥에 가더라도 내 스스로 가야지. 내 스스로.'

발정

통금이 해제된 새벽, 나는 집 앞에 도착해 안팎을 살폈다. 문이 잠겨 있으면 또, 좁은 담 틈 사이로 넘어 들어가야 하나? 머리가 지끈거리고 다리가 후들후들 떨렸다. 밤새 잠 한숨 자지 않고 힘을 뺐으니.

대문이라기엔 허술하고 초라한, 작은 나무문을 살짝 밀어 보았다. 식구들이 안쪽에서 고리 끼우는 것을 까먹고 잠들었는지 다행스럽게도 문이 열렸다. 휴—.

발자국 소리 나지 않게 들어와 다시 문을 닫고, 도둑고양이 걸음걸이로 돌아서는데.

"웅아!"

화들짝, 놀란 나는 등에서 식은땀이 나고 다리가 풀렸다.

"웅아, 이리 좀 들어 오거라."

큰방에 불이 켜졌다.

엄마가 일부러 문을 닫지 않은 모양이군. 나 들어오기를 기다리며.

내가 엉거주춤하는 사이, 엄마가 방문을 열고 나왔다.

"동생들 잠 깨지 않게, 조용히 하고."

목소리는 깔았지만 어딘지 모르게 엄했다. 나와 한방을 쓰는 동생이 깼는지, 귀를 기울여 확인하고 나는 큰방으로 들어갔다. 문을 닫은 엄마는 곁방에서 자고 있는 여동생도 잘 자고 있는지, 귀를 대어 확인하였다.

나는 왜 부르셨어요? 묻는 듯 엄마를 쳐다보았다. 엄마는 눈은 나를 뚫어지게 보고 있었지만 코로는 냄새를 맡고 있는 것 같았다. 내가 들어오기까지 서 있다가 문을 닫는 순간에도.

'냄새가 배어 있을 텐데?'

혹시, 라는 생각이 들자 나는 얼굴이 화끈했다.

"거기, 앉아라."

목이 갈라지는 것으로 봐 단단히 화가 난 모양이었다.

'알고 계셨나?'

내가 앉은 방바닥에서 대못이 뚫고 나오는 것 같았다.

엄마는 문갑을 열어 장부 하나를 꺼내고 문갑 위에 펼쳐져 있던 갱지 한 장을 집어 들었다. 이윽고 내 앞으로 다가와, 풀썩 주저앉다시피 무너졌다. 당신 가슴을 두어 번 두드린 뒤, 그것들을 내밀었다.

"이 장부는 내가 입때껏 너한테 용돈 줬던 장부다. 이 종이는 여태 네가 샀다는 책 목록이다. 작은방에 있는 고등학생용 네 동생 책 빼고 전부 다 적어 보았다. 표기된 책값도 모두 계산해서. 나한테 책값 받아 어디 썼나? 친구들과 놀러 가는 돈, 술 마시는 돈, 학생 활동비는 달라고 할 때마다 전부 따로 줬었다. 한데 그 돈, 그 돈 다 어디 썼어? 그리고 시계는―."

엄마가 별안간 내 손목을 확인하려 했다.

너무 당황한 나는 얼른 손을 뺐다.

'큭―, 하필이면!'

어제 오후 나는 수업 마치고 충영이 성길이와 어울려, 학교 앞 남산식당에서 막걸리 두 되를 나눠 마시고 집으로 돌아왔다. 가볍게 저녁 먹은 뒤, 공부한답시고 책상에 앉았으나.

책의 흰 종이가 여자 엉덩이로 보이고 검은 글자가 음모로 보이며, 펼쳐진 양쪽 사이가 벌어진 음부 같아 보이는 것이……

양물이 불끈 솟으며 성교 탐닉 상상에 빠져버렸다. 아무리 해도 주체가 안돼 손으로 해결했건만. 머리엔 탐닉 환상만 가득 차 헤어나질 못했다.

할 수 없이, 가지고 있던 용돈을 전부 털었다. 엊그제 엄마가 서울 외곽 어디 다녀온다기에, 그 틈을 타 장롱 속 엄마 사물함에서 슬쩍해 놓은 지폐 두 장까지.

작은방에서 나랑 같이 공부하고 있던 동생한테 "친구 집에 잠시 다녀올게." 해놓곤. 그길로 용산 미군부대 담벼락을 끼고 늘어선 양공주 집으로 달려갔다. 근래 자주 드나들었던 갈보집 'Hajaya(하자야)'로.

다른 날엔 숏 타임 돈을 주고 한 번만 하고 바로 나왔다. 가진 돈도 많지 않았거니와, 막상 '하고 나면' 민망해서 도망치듯 후다닥.

한데 어제는 한 번으로 해결되지가 않았다. 해서, 한 번 더 돈을 주고 일을 치렀다. 그래도 성에 차지 않았다. 더하고 싶었다. 여자를 맘껏 할 수만 있다면 열 번이고 백 번이고 올라타도 시원찮을 정도였다.

그토록 바짝 꼴려 있는데. 이미 나하고 몇 번이나 몸을 섞었던 양색시 명자가 뜻밖의 선심을 썼다. 자주 왔던 손님이고 얌전한 사람이라(대개의 남자와는 달리 내가 술에 절어서 가지는 않았기 때문에 그렇게 본 듯) 서비스로 한 번 더 대줄 테니, 자고 가라고. 통행금지 시간도 다 돼 지금 나가면 까딱하다간 걸릴 수 있다면서.

'이게 웬 떡!'

불붙은 양물은 음물로 끌 수밖에 없는 것. 에라, 모르겠다, 하고 미치도록 찰떡을 쳤다. 한 번 서비스 받는다고 시작한 게 암내에 발동 걸린 불방망이는 식을 줄 몰라, 밤새 다섯 번이나 더 지축을 흔드는 방사를 치렀다.

통행금지가 풀린 새벽에 그냥 나오려니 잠 한숨 못 자고 땀 흘린 명자에게 미안했다. 남자의 성욕 배설을 이해해줘서 고맙기도 하고. 먹고살기 위해 몸을 파는 그녀의 처지를 생각하면 딱하지만, 학생인 내가 하는 행동으론 부끄럽기도 해서. 다음에 또 오마고. 그때 오면 하룻밤 몸값은 따로 치르겠으니 외상으로 달아놓자며, 내 말을 보증하기 위해 자진해서 시계를 끌러주고 왔다. 이모가 내 대학 입학 때 축하 선물로 사준 미제 시계를.

시계까지 없어진 걸 확인한 엄마 얼굴은 붉으락푸르락. 내가 태어나 입때껏 보지 못한 노기를 띠었다.

"시계, 어쨌어? 응. 네가 술을 말술 먹는 체질은 아니니 거짓말할 생각은 마라. 친가 외가 모두 윗대에 두주불사하는 어른은 없었거든. 네 아버지도 일제 때 특고(특별고등경찰)를 해서 사람들에게 원한을 사고, 한자리해볼 거라고 일본 놈들에게 손은 비볐을망정 거짓말은 하지 않았다. 네 아버지 스스로 친인척들에게 욕을 들으면서까지 창씨개명은 했어도, 비굴하게 거짓말은 하지 않았다. 네 아버지가 거짓말할 줄 아는 위인이었으면, 해방되고 나서 어떤 기회를 찾아서라도 한자리했겠지. 6·25사변 나서도 마찬가지, 거짓말하려고 했으면 자기 앞 가름은 할 수 있었던 사람이다. 높은 자리 차지하고 애국한 사람인 척, 신조를 지킨 척, 하는 사람 중엔 거짓말한 위선자들, 많이 있지 않느냐. 한데, 네 아버지는 그리지 않았다. 창씨개명한 것도 위선자는 되기 싫어서고. 처자식 다 떼어놓고 스스로 폐인된 것 역시, 거짓말은 하지 않으려고 했기 때문이다."

아버지는 일제 강점기 때 수원경찰서 특고경찰이 되어 해방 전해에 경부(한국경찰의 경감급) 계급장을 달았다. 그 이전, 아버지는 순사부장 완장을 차고 승승장구를 위해 고(高)씨 성을 버리고 이름도 새로 지었다. 가네다 잇껭(金田一權)으로.

가네다 잇껭은 아버지의 출세 야욕이 고스란히 들어간 이름이었다. 그렇게 창씨개명하는 통에 가문에선 한바탕 난리가 났었고, 친족과의 인연도 끊어야 했다. 아버지가 종손도 지손 장자도 아니었던 게 그나마 다행이었다. 대망의 출세를 위해 조선총독부 경무국 정책에 기를 쓰고 앞장섰건만, 일본이 항복하여 해방되는 통에…….

좌절한 아버지는 성을 재빨리 원래의 성 고씨로 회복시키고, 가족 모두의 이름도 바꾸었다. 한동안 숨죽여 살던 아버지는 1948년 남한 정부가 수립되어 친일청산 움직임이 일자, 과거를 지우고 처자식을 살리기 위해 모든 재산을 어머니께 넘겨주며 이혼을 했다. 그리곤 대처(帶妻)해도 중이 될 수 있다며 순천 선암사를 찾아갔으나, 절에서 날마다 조울병 행패를 부려 쫓겨나고 말았다. 스님들이고 신도들이고 보기만 하면 "왜 내 과거를 캐느냐" "왜 내 뒤를 밟느냐"며 멱살잡이를 해서.

엄마는 아버지가 중이 되었다며 우리들에겐 아버지를 잊으라고 했지만, 내가 고2학년이던 그해 가을. 하얀 소복을 입은 어머니가 친척 초상을 치고 오겠다며 여수 금오도로 떠났다. 그때는 금오도가 어디에 붙은 땅인지도 잘 몰랐을 뿐더러, 더욱이 그곳에 일가친척이 산다는 얘기는 금시초문이었다. 당시 내 친가는 수원 일대에, 외가는 대전 일대에 흩어져 살고 있었으므로.

일주일쯤 지나, 초상을 치고 돌아온 어머니는 땅마지기를 팔았다. 그간 아버지 병수발 든 사람에게 인사치레를 해야 한다며.

들고 가는 돈다발이 걱정돼서 그랬는지, 어머니는 나를 대동하여 여수까지 갔다. 여수시장 항구식당에서 만난 여인을 어머니가 '동생'이라 부르고 '그간 욕봤다'는 등의 오가는 말로 미루어 짐작건대, 아버지는 섬으로 숨어들어가 그 여인과 살림을 살았던 모양이었다.

그때까지 아버지는 당신의 일거수일투족을 어머니에게 사실대로 알려주었기에, 엄마로서는 아버지가 거짓말 못하는 위인이라고 단정적으로 말해도 틀린 건 아니었다.

"네 아버지는 나에게도 거짓말한 적 한 번 없고, 그랬기 때문에 호적상 이혼을 했어도 나는 네 아버지를 믿었다. 네 이름을 정웅(正雄)으로 짓고, 또 집에서는 늘상 그렇게 부르라고 한 것은 거짓말하지 않는 사람, 바르고 큰사람 되라는 뜻이었다. 자, 바른대로 말해봐. 그 돈 다 어디에 썼어? 시계는 어쨌고?"

어쩌면 엄마는 그 시계를 나보다 더 소중하게 여겼을지도 모른다. 친가는 물론 외가와도 인연을 끊다시피 살고 있는 엄마에게 손위 이모는 구세주나 다름없었다.

6·25전쟁이 났을 때 모든 국민이 다 그랬겠지만. 엄마는 어떻게 대처해야 할지, 어디에다 손 내밀어야 할지 몰라 참으로 난감해 했다. 그런 사변에, 아무리 일가친척이란들 제 식구 안전과 의식주 챙기기도 급급한 판국에, 누가 우리를 돌봐주겠는가.

마뜩한 방법이 없었다. 엄마는 우리를 데리고 무작정 대구로 피난 갔다. 엄마가 믿는 구석이 바로 대구로 시집간 이모였기 때문이다.

우리를 받아준 이모네는 낙동강 전투가 치열해지고 대구도 위태로워지자, 우리 모두를 이끌고 창녕으로 피난 가서 위기를 모면했다. 이모부가 대인 풍모였기에 가능한 일이었긴 해도, 이모는 우리가 친인척과 소원해져 있을 때 우리 집을 들락거린 유일한 사람이었다.

그토록 주변 사람 눈치를 봐야 하는 처지에, 이 못난 조카의 앞날을 빌어준다며 큰맘 먹고 사줬을 그런 외제 시계를. 게다가 그렇게 믿고 의지하던 이모와 이모부가 사고로 세상을 떠났으니, 엄마한테는 그 시계가 이모의 혼이자 동기간의 유물 같을 터에.

'걸려도 된통 걸렸다!'

분위기로 보아 엄마는 알고 있는 눈치였다. 이미 내 뒤를 다 캐보고 묻는 것으로 보이는데 거짓말하거나 변명했다간……

앞이 캄캄했다. 나는 대답 대신 머리를 푹 숙이고 무릎을 꿇었다. 나를 지켜보고 있던 엄마가 눈물을 훔쳤다. 크게 숨을 들이켜고 후~이, 한숨을 내뱉은 엄마가 단도직입적으로 물었다.

"어제는 어디로 갔더냐? 인천, 용산?"

"용산."

나는 기어들어가는 소리로 대답했다.

'어이구, 부끄러워! 어디 쥐구멍 없나?'

당장 숨고 싶었다. 엄마도 다 큰 자식 입에서 '용산'이 튀어나오니 부끄러워서인지, 두 손으로 방바닥을 짚으면서 고개를 푹 떨어뜨렸다.

잠시 뒤, 엄마가 고개를 들어 물었다.

"그렇게도 참기 힘들더냐? 도대체가 몇 번—" 하다가 말고 엄마 스스로 얘기했다.

"하기야 한창때 불구가 아닌 다음에야, 몇 번이고 여자를 올라타고 싶겠지. 그래야 강한 남자이기도 할 것이고."

나는 부끄러워 목을 더 숙였다.

"네 아버지가 없어서, 내가 남자가 아니라서, 너한테 어떻게 말해줘야 할지 모르겠다만. 한창 물오른 때면, 몇 번이고 하고 싶은 자체는 나쁜 게 아니다. 허나, 그리 하는 것도 결혼한 아내나 약혼한 사이 정도의 처자라야 되지, 술집 작부나 양갈보한테 몸을 함부로 놀려서 어떻게 하자는 거냐? 나쁜 성병이 또 걸리면 어떡하려고? 너, 고등학교 때도 인천 어디 '선화'인가를 들락거리다……. 그때도 콜레라 아니고 성병 이름이 그 무슨 클라라……인가 걸려서, 초기 증세라 다행이었지─."

얘가 깼나? 엄마가 귀를 쫑긋하며 갑자기 말을 끊었다. 곁방에서 여동생이 흉몽을 꾸는지 잠꼬대를 해댔다.

나는 두 손으로 얼굴을 감쌌다. 당시의 부끄러움이 곱해져 눈물과 콧물이 뒤범벅됐다.

내가 고2학년 겨울방학 접어들기 몇 개월 전, 소식도 없던 아버지가 죽었다. 나는 아버지의 주검을 직접 보지 못했고, 장례를 치렀는지도 몰랐다. 아버지가 죽었다고 엄마가 직접 말해준 건, 엄마 따라 여수 갔다 온지 두 달쯤 지나서였다. 아버지는 제 발로 바다에 들어가 빠져 죽었다고 했다.

'아버지가 자살을 했어!'

나는 방황했다. 감수성이 예민한 나이 때여서도 하거니와. 엄마의 단속으로 친가 쪽은 물론 외가와도 연을 끊고 살았던 데다 해방 이듬해 수원을 떠나 광주군 중부면 탄리(이후 성남시로 편입)로 이사를 했던 고로, 내 주변엔 어울릴 만한 사람도 상의할 만한 어른도 없었다.

그즈음은 전쟁 난리의 여파만 해도 이만저만 아니었던 시절. 엄마는 날마다 아버지 과거에 대한 입단속을 시키지, 혹시 아버지에 대한 소문을 내가 들을까봐 또래도 자주 못 만나게 하지, 좋은 대학에 들어가야 한다며 공부에만 열중하라고 채찍질하지. 하루하루가 숨통 막힐 지경이었다. 그러다 겨울방학이 되자 엄마는, 지금부터 대입시험 준비를 철저히 해야 한다며 더욱 극성을 부려.

사람은 동물과 달리 몰아치고 강요하면 더 일탈하고 싶은 법. 이럴 바에야 죽어버리는 게 나을까 보다.

어린 마음에도 들은 바는 있어, 인천에 배가 많이 들락거린다 했고, 일제 때 누군가는 현해탄에 몸 던져 죽었다고도 했지 아마. 나도 배를 타고 나가 콱, 빠져 죽어버릴까.

하루에도 수십 번 극단적인 생각을 하고 있는데. 학교 친구 종배가 나로선 훅, 가는 제안을 했다. 인천 바닷가에 며칠간 놀러 가자고. 가는 길에 수복한 서울 구경도 하고(종배는 전쟁 전에 서울 구경을 한 적이 있어 '수복'한 서울이라 했지만 나는 전쟁 전에 서울 가 본 적이 없고 전쟁 후 난생처음 가보는 서울이기 때문에 호기심은 일었어도 '수복' 느낌은 몰랐다). 고등학생 때 모험 한번 해보지 않으면 언제 하겠냐고. 인천은 일찍이 청나라 군대, 일본 군대가 들어왔고, 6·25전쟁으로 엄청난 아메리카 군대와 군수품이 들어오는 항구라, 지리와 문물을 익혀두면 좋지 않겠냐고. 종배 자신은 누나가 인천에 살고 있어 자주 간다고.

종배는 같은 학년 친구지만 연령이 나보다 세 살 많았다. 전쟁으로 나라가 요절난 상황에 너나없이 그랬듯, 종배 엄마도 허드렛일 하고 아버지도 일용 지게꾼이어서 살림은 형편없었다. 학년이 늦은 것도 그 때문인 반면에, 그런 형편에서도 학교를 계속 다닌다는 게 나로선 대단하다는 생각이 들던 터였다. 종배의 누나, 종숙이가 갈보라느니 어쩌느니 하는 말들이 돌았지만 남들이 뭐라 하든 말든.

엄마나 가족과 함께 동네를 떠나본 적은 있어도 또래와 같이(나 홀로) 마을 권역을 벗어나보기는 처음이어서, 나는 대번에 같이 가자고 했다. 종배는 양키 흉내를 내며 오우 케이, 하곤 즉시로 출발 날짜를 잡았다.

입때 며칠 이상 집을 떠나본 적이 없기에 엄마한테 이르는 것이 당연했으나, 일렀다간 퇴짜 맞을 게 뻔해. 내가 모아뒀던 용돈에다 동생이 꼬깃꼬깃 짱 박아 놓은 10환짜리 넉 장 중에 두 장을 빼선, 식구들에게 오간다는 말도 없이 이른 새벽에 뒷길로 도망쳤다. 몰래 집을 뛰쳐나온 이 후련함이란.

서울까지는 걸어서 가기로 했다. 광주군에는 기차도 없을 뿐더러 모든 것이 파괴된 전쟁 직후여서, 이렇다 할 교통편이 없었으므로.

우리는 광진교를 향해 한나절을 꼬박 걸었다. 한강 다리가 모두 폭파돼버려, 서울로 가려면 작년에 미군이 응급 복구해

놓았다는 광진교를 건너는 수밖에 없었기 때문이다.

광진교에 도착해서 종배가 싸 가져온 주먹밥으로 허기를 채우고 있을 때, 마침 군용 트럭이 우리 앞으로 다가왔다.

"깜둥이 미군이네."

운전수를 확인한 종배가 "스토푸(stop)" "히치하이낑구(hitchhiking)"와 같은 일본식 영어를 쓰며 온갖 제스처를 다한 결과. 그 트럭을 얻어 타고 우리는 광화문 어귀에서 내렸다.

종배는 여기가 서울 한복판이라고 했지만 갓 휴전한 시기의 서울도 폐허긴 매일반이어서, 내가 상상했던 서울 같지가 않았다. 우리는 경복궁과 중앙청만 건성건성 구경했다. 밤중이 되기 전에 인천 도착하려면 서울역에서 제때 기차를 타야 했기에.

저녁 늦게, 우리는 인천부두에 도착했다. 넓게 펼쳐진 바다와 배를 보고 난 종배가 속닥거렸다.

"마도로스는 술과 여자를 좋아한다잖아."

뭐 나도 책에서 읽었던 내용이거나 아니면 들었던 얘기라히, 하고 웃었다. 그가 내 소매를 끌었다. 부둣가에 왔으면 마땅히 항구 분위기에 젖어봐야 한다면서.

나는 스스럼없이 그를 따라갔다. 항구 뒷골목엔 허름한 건물 까대기에 군용 천막 같은 것으로 얼기설기 이어붙인, 함바 같은 술집이 여러 곳 있었다. 그중 '난이'라고 쓴 술집 앞에서 종배가 들어가자는 손짓을 했다.

그가 먼저 문을 열고 들어갔다. 천막 한가운데는 작은 드럼통으로 만든 난로에 나무 잡동사니로 불을 피워 제법 따뜻했다. 국방색 커튼으로 가린 안쪽에선 남자와 여자들이 웃고 떠드는 소리가 들렸다.

종배는 몇 번 와 봤던 듯 천연스레 술과 안주를 시켰다. 좀 있으려니, 쟁반에 주문거리를 챙겨든 여자가 허접한 나무 탁상 위에 그것들을 내려놓았다.

종배가 그녀를 보며 나를 가리켰다.

"오늘은 숫총각 옆에 앉아."

그녀가 거리낌 없이 내 옆에 앉았다. 종배가 여자더러, 나에게 먼저 술을 따르라고 손짓하며 말했다.

"술 마실 땐 여자가 옆에 있어야 분위기 나고 술도 잘 넘어간다, 이 말씀."

뭐 아무려나. 그가 하자는 데 개의치 않았으나. 여자 분 냄새를 맡고 드러낸 가슴을 보니, 내 심장이 벌렁거리고 목이 말랐다.

종배가 잔을 들며 덧붙였다.

"우리는 친구니까, 오늘은 내 하라는 대로 해, 알았지."

술이 몇 순배 돌았다. 그러잖아도 내 양물이 발딱 서 있는데. 옆에 앉은 여자가 "숫총각인지 보자."며 사타구니에 손을 댔다.

"아유, 엄청 빳빳하네."

그녀 손을 뿌리치지는 못하고 부끄러움을 잊기 위해 나는 술을 연거푸 들이켰다. 술이라곤 그때까지 입에도 대보지 않았던 맹탕이어서, 벌써 머리가 어질하고 몸이 가누어지지 않았다. 그녀가 내 바지 안에다 손을 넣고 내 목에다 키스를 했다.

종배가 여자에게 눈치를 줬다.

"이런 데서 총각 딱지를 떼게 할 수야 없지."

그래놓곤 일어나 계산을 끝냈다.

종배가 비틀거리는 나를 부축했다. 어깨동무해서 다른 데로 이끌고 가며 그가 주절댔다.

"누구 좋으라고. 저런 삼십대 과부 퇴물들한테 총각 동정을 줘서야 되겠냐. 추운데 잠도 따뜻한 곳에서 자야 하고. 너한테 잘해줄 만한 곳에 데려다 줄게. 선화동(이후 신흥동으로 개칭)으로 가자. 인천 '선화동(仙花洞)' 하면 이름 그대로 옛날부터 죽여주는 아가씨들이 많았어. 돈 얼마나 있냐?"

나는 바지와 점퍼 호주머니를 번갈아 뒤지며 혀 꼬부라진 소리를 했다.

"음, 십 환짜리 열다섯 장인가, 아니 열여섯 장인가 있고, 음, 내가 왜 이러지……."

꼬꾸라지는 나를 부둥키고 "그거면 하룻밤은 진하게 뛰겠다." 하는 종배의 말이, 요상한 등빛 나는 집 앞에서 꿈속처럼 사라졌다.

'여기가 어디지?'

아침 느지막이 깨고 보니, 알지도 못하는 여자가 나체로 이불속에 들어와 있었다.

'아니, 나도 홀딱 벗고 있잖아!'

놀라 일어나려는데, 그녀가 내 양물을 잡고 말했다.

"친구 말로는 숫총각이라더만 어젯밤에 굉장했어. 다섯 번이나 했다고. 어머머, 또 서네. 좋아, 숫총각 동정 떼먹은 기념으로 내가 인심 한번―."

발딱 선 내 불방망이는 그녀의 말이 끝나기를 기다리지 않았다. 순식간에 일을 끝내고 도망치듯 뛰쳐나왔다. 하고 나니 민망해서. 어젯밤엔 술김에 멋모르고 했는가 모르겠다만.

나는 혼자 부둣가로 나왔다. 바람이 너무 세차 귀가 얼얼했다. 길가에 재여 있는 화물더미를 바람막이 삼아 호주머니를 뒤졌다. 어제 얼마 썼는지 기억이 안 나, 호주머니란 호주머니는 전부 털어 지폐부터 셌다.

'꺅, 십 환짜리 열한 장이 날아가 버렸네!'

머리가 지끈거리고 속도 쓰렸다. 허기부터 달래고 보자.

나는 국방색 천으로 포장 천막을 쳐놓고 국밥을 팔고 있는 곳으로 들어갔다. 찌그러질 것 같은 나무의자에 대충 엉덩이를 걸치곤 멀건 우거지 장국 한 그릇으로 아침 겸 점심을 때웠다.

인천 지리를 잘 모르는데다 딱히 갈 곳도 없고 할 일도 없어, 나는 항구 근방을 배회하며 어제 일을 돌이켰다.

'어디어디 갔었지? 종배는 어디로 갔고? 나 혼자 이대로 돌아가야 하나? 어제 종배가 무슨 말을 했더라? 가물가물하네……. 어디서 다시 만나자고 한 것 같기도. 어제 갔던 술집으로 일단 가봐? 종배를 잘 아는 집 같았으니…….'

나는 어제의 그 까대기 천막 술집으로 향했다. 인천 도착하고서 제일 처음으로, 그리고 맨 정신일 때 갔던 집이라서 찾기는 쉬웠다. 어색하게, 잠시 두리번거리다 문을 열었다. 오전 대낮이라 그런지 술 마시는 사람은 아무도 없었다. 국방색 커튼 문을 열고 나온, 어제 내 옆에 앉았던 작부가 기다렸다는 듯 장난을 걸어왔다.

"숫총각 도련님, 따지는 어디 가서 뗐나요?"

나는 장난말은 못 들은 걸로 하고 선 채로 물었다.

"내 친구 여기 안 왔습니까?"

그 작부가 날더러 우선은 자리에 좀 앉으라고 해놓곤 시키지도 않은 술부터 내왔다. 내가 속도 안 좋고 돈도 없다고 했더니, 괜찮다며 잔 두 개에 술을 가득 따라 자신부터 한 잔 쭉 들이켰다.

손으로 동치미 한 조각을 집어넣고 입을 훔친 그녀가 대답했다. 손을 내 사타구니 근처에 쓱 닦으며.

"도련님 친구 박가, 어젯밤에 여기 다시 들렀어. 술 한 주전자 주문해서 마시곤, 행여 내 친구 다시 오면 잘해주라 그러면서, 십 환짜리 한 장 두고 가대."

'그 한 장은 어젯밤 내가 종배에게 준 것 같은데, 희미하네.'

나는 억지로 기억을 되살리려 생각을 가다듬었다. 그녀는 뭉친 머리띠를 한번 당기고서 얘기를 계속했다.

"박가는 올 때마다 여기서 나랑 같이 일하는 정자년 하고 붙어먹어. 정자년 구녕이 나보다 쬐끔 젊다고 말야. 어제도 그년하고 저 방에서 자고 갔어. 박가의 누나가 선화동에서 양갈보하고 있는 거, 알지? 그 누나가 방학 때면 자기 손님 중에 뱃일 부두일 하는 오야지들에게 부탁해서, 동생 돈벌이 만들어줘. 오늘도 아마 누나한테 가서 일거리 알선 받을 모양이더라. 내일 여기 들린다 했어."

여기까지 얘기하고 작부는 스스로 술을 한 잔 더 따라 마셨다. 동치미 한 조각을 다시 입에 넣고 나서. 종배에 관해 할 얘기는 다했다는 듯 내 사타구니에 손을 비비며 화제를 돌렸다.

"숫총각 도련님, 어제 재밌었어?"

"……."

대답을 않자 내게로 얼굴을 바짝 들이대, 제 스스로 답하는 물음을 던졌다.

"재밌지?"

해놓고 그녀가 내 바지 속으로 손을 쑥 잡아넣었다.

"와, 잘 서네. 오늘은 나랑 어때?"

나는 그녀 손을 뿌리치지 못하고 애꿎은 술만 벌컥, 들이 켰다.

"이제 숫총각도 아닌데, 괜찮잖아?"

그녀가 내 양물을 주물럭거려 한껏 꼴렸다. 하지만 나는 엉겁결에 돈이 없다고 했다.

"가진 돈 얼마 있어?"

그녀가 내 페니스를 꽉 잡고 물어, 떨리는 목소리로 대답 했다.

"사오십 환쯤 되는가―."

"어제 거기 가선 얼마 줬어? 2딸라, 3딸라?"

"나는 몰라. 친구가 어쨌는지―."

"거기는 짧게 한 번 하는데 못 줘도 1딸라는 줘야 하니까, 밤새 자고 왔다면 2, 3딸라는 줬을 거야. 1딸라가 육칠십 환 쯤 하니까, 백삼십 환은 줬겠네."

그녀의 계산식을 듣다보니 종배가 했던 말이 어렴풋 기억 났다.

"'긴밤' 자면 깎아도 2딸라, 우리 돈으로 백삼십 환 든다. 내가 아는 곳에 가, 백 환으로 쇼부 봐줄게."

해서 유곽에 백 환을 계산했고, 종배가 술값을 지불하여 내 분담금으로 십 환짜리 한 장을 그에게 쥐어줬으니. 챙겨 온 백육십 환에 푼돈 몇 환 더 있었던 거 합치고, 어제 쓴 백십 환을 빼면 4, 50환 정도 남아 있는 게 맞네.

혼자 돈 아귀 맞추는 것을 끝내고 머리를 긁적이는데, 작부가 내 양물을 힘껏 잡고 재촉했다.

"좋아, 그 돈에 해줄게. 사십오 환 줘."

"돌아갈 기차비도 있어야 되고……."

"그럼, 이 술값하고 다 쳐서 사십 환에 해. 돈이 여의치 않다 싶으면 내일, 그 박가 오거든 얼마만 빌려. 그 친구는 일해서 돈을 벌 테니까, 집에 돌아가서 박가 돈 갚으면 되잖아."

가진 돈도 그만큼은 되고 모자라면 종배에게 빌릴 수도 있다니, 더 이상 참기가 어려웠다. 나는 호주머니를 뒤져, 먼저 돈부터 꺼내려 했다. 내가 응낙한 것으로 본 그녀가 내 바지에서 손을 빼는 동시에, 내 팔을 바로 낚아챘다. 칸막이 방 안으로 들어간 우리는 얼마나 숨넘어가도록 뒹굴었는지, 다음 날 해가 뜬 것도 몰랐다.

남겼던 말대로, 이튿날 점심때쯤 종배가 왔다. 나한테 눈을 찡긋, 하며 그가 선택지를 내놓았다.

"나는 방학 동안 까데기 해서 돈 벌어 가야 되니 너 혼자 먼저 가든지, 아니면 같이 일하고 나중에 함께 가든지. 어쩔래?"

집에서 탈출할 때와 계집질 할 때는 좋았으나, 막상 사흘째 되다보니 걱정이 슬슬 들었다. 엄마에게 꾸중들을 일로 앞이 막막했다. 그럼에도 계집질은 더하고 싶어.

'이왕 벌어진 일, 하루 더 자고 가지 뭐. 시간상 오늘 돌아가는 것도 무리고.'

나는 종배에게 돈 빌리는 사정을 얘기했다. 그 작부에게 삼십 환을 더 주기로 하고, 종배가 품삯 받은 돈으로 처리해주면 나중에 종배에게 갚는 것으로.

그 작부와 하루 더 정사를 치르고 나는 혼자서 돌아왔다. 한데 집에 온지 얼마 되지 않아, 성기가 따갑고 소변 볼 때 너무 아팠다. 진물도 나오고. 물어볼 만한 사람도 없었고 물어보기도 부끄러웠다. 종배라도 있으면 물어보겠는데 그는 방학 끝날 때쯤이나 돌아온다고 했으니.

아픈 걸 참고 기다릴 수도 없는 일. 하는 수없이 면 소재지에 하나뿐인 약방을 찾아가서 증세를 밝혔다. 그게 꼬리가 될 줄은.

그때는 세상 물정에 어둡고 무슨 병인지 몰라서도 그랬지만. 성병인줄 알았으면 병원으로 갔어야 했을 뿐 아니라 약방을 가더라도 집에서 먼, 다른 지역으로 갔어야 했다.

내가 찾아간 약방 아저씨는 약을 건네주며, 병원 가서 다시 주사 맞아야 한다고 일러주었다. 약방 아저씨로서도 그럴 수밖에 없었던 것이, 당시엔 제대로 된 약 같은 약이 없었기 때문이었다. 약이라고 해봤자 미군부대에서 흘러나온 걸 모아 파는 정도였는데. 그나마도 도시나 읍 소재지 약방 정도라야 만질 수 있었던 고로, 궁박한 면 소재지 약방에 효과 있는 처방약이 있을 리 없었다.

더구나 그 약사는 내가 국민학교 다닐 때 육성회 임원 일을 맡은 적이 있어, 내가 5학년 때는 학급 반장을, 6학년 졸업할 때는 우수상을 받은 관계로 울 엄마를 잘 알았다. 그가 내 병을 엄마에게 일렀다. 잘못했다간 큰일 난다면서 병원에 데리고 가 꼭 치료받고, 아들의 무분별한 성행위를 단속해야 한다고. 그게 클라미디아(비임균성요도염) 감염증이라고 했던가.

아무튼 병원치료를 받아 낫긴 했지만 엄마한테 많이도 야단맞았다. 엄마는 더 심하게 했다간 내가 또 무슨 일을 저지를까봐 그 이후로 강요를 하거나 매질은 하지 않았으나, 맘고생은 많이 했을 게다.

나는 이후, 성욕을 제어하지 못하고 날마다 섹스 환상에 빠진 결과, 대학에 떨어져 재수를 해야 했다.

성병까지……. 나는 무릎 꿇은 그 자세로 방바닥에 엎드려 머리를 감쌌다. 엄마는 내놓았던 종이를 두 번 접어 장부 속에 끼웠다. 그걸 한쪽으로 치운 뒤, 무릎걸음으로 다가와 "웅아, 웅아." 타박하며 내 등을 몇 번이나 때렸다. 한숨을 내쉰 엄마가 말을 이었다.

"네가 거짓말은 안 했으니 됐다. 거짓말까지 했으면 너하곤 인연을 끊을 생각이었다. 여자를 품고 올라타고 싶어 하는 거야 남자의 욕정이라고 치면 되지만, 엄마한테 거짓말하면 인간 자체가 안 된다고 봤기 때문이다. 거짓말하고서 어찌 판검사가 되겠다고 고시를 하네 마네 할 수 있겠느냐? 허나 여자 몸을 올라타고 싶다고 해서, 남정네의 욕정이라고 해서, 아무 갈보와 그 짓해서야. 그렇게도 하고 싶거든, 네 색시 생기거든 하면 된다. 그때까지는 참아야지 어떡하나. 나는 남정네들이 욕정 끓어오르면 어떻게 하는지 몰라, 내가 가르쳐줄 수도 없는 일이고. 이 얼마나, 얼마나 부끄러운 일이냐. 너는 모르겠지만, 여자 분 냄새 다 난다. 네 동생들이 커서 이런 것 다 안다고 생각해봐라. 장남이 돼 가지고. 나도 여러 궁리를 해봤다. 너를 빨리 장가보내 색시를 가지면 어떨까, 하고."

엄마가 마음을 추슬러 조리 있게 말했다.

"고추에 물오른 너를 계속 이대로 두어야 하는지, 장가를 보내야 하는지. 남자 나이 스물셋이면 장가를 보내도 되긴 하다만. 네가 고시 합격해서 좋은 집안 처자를 들이려 한 것은, 내 욕심이라는 생각도 들고. 언제 합격할지도 모르는데다, 남자의 욕정이 그렇게도 참기 힘든지 몰랐고. 그래서 좀 알아봐야겠다 싶어, 그저께 남한산성 아래에 있는 천신당을 찾아가서 기도 올리고, 무당에게 네 사주 점괘를……."

엄마가 뜸을 들였다. 그제 장롱에 있는 돈에 손을 댄 것도 근래 더, 자주 솟구치는 욕구 해결을 위해서 훔쳤던 것. 그것까지 엄마가 들이대면?

어이쿠, 내 자신이 미워지고 내 자신에게 화딱지가 났다. 엄마는 나를 위해 기도하러 갔는데 이 자식은 여자 몸 사러 돈을 훔치다니. 방바닥이 그야말로 천 개의 바늘이었다.

"나 참."

엄마가 못마땅한 말을 내뱉으며 계속했다.

"그 무당이 대뜸 '색광이야, 아들이 색마라고.' 해서 내가 얼마나 어휴……. 용한 무당이라서 그런 말을 했는지는 모르겠다만, 듣고 나니 불쾌해서 내 입에서 욕이 나오려고 하더라. 내 아들은 그런 아들 아니라고, 한바탕 욕지거리를 해주고 싶었을 만큼. 뭐 무당도 공수 받은 대로 말했겠지, 내 성질 건드리려고 그랬겠냐만. 허나 네 행동거지를 보면 할 말 없는데 어쩌나. 무당의 말인즉슨, 너는 색기를 타고난 팔자란다. 일찍 장가보내도 여자 하나에 만족하지 못하고, 여자 음부를 하루에도 몇 번씩 찾아야 될 팔자라고."

속으론 나도 그 무당에게 따지고 싶었다. 남자라면 색을 밝히는 게 정상 아니냐고. 그게 아니라면 마누라 있는 남자들이 왜 외도를 하겠냐고.

엄마의 다음 말이 조금은 내 속을 누그러뜨렸다.

"그 말 듣고 처음엔 언짢았으나, 남자라면 그럴 수 있지 뭐, 하며 넘기고 말았다. 나도 네가 잘못된 아이는 아니라고 믿고 싶고. 속된 말로 양물 오른 남자에게 천 명의 여자를 안겨도 마다할까. 하지만, 하지만, 이건 아니다. 웅아, 이건 아냐. 그렇게 양물을 함부로 쓰면 못써. 그 무당말이 맞는지 어떤지는 모르겠고, 너를 장가보내려면 궁합도 봐야 하고, 중매도 넣어봐야 하니까, 너는 어쨌으면 좋겠는지 며칠간 고심해봐라. 애들 깨지 않게 가서 눈 좀 붙이든지 하고. 그렇게 눈이 퀭해서야."

앞으로의 인생 계획을 가지고 결혼하는 게 아니라 지금 당장 내 색욕 해결을 위해서 여자를 들인다? 하기야 본능으로만 치자면 그게 더 우선인지도 모른다.

지금 결혼하면 먹고사는 문제는 어떡하고? 가정을 꾸리고서도 엄마한테 얹혀서 산다? 벌이도 없는 주제에?

＊ ＊ ＊

며칠 뒤 토요일 오후. 엄마는 남동생과 여동생을 한꺼번에 심부름 보냈다. 동생들이 밖으로 나간 걸 확인한 엄마가 내 방으로 들어왔다. 결혼에 대해서 생각해 봤냐면서.

사실 내 입장에선 그리고 내 입으로 결혼을 하겠다, 못하겠다는 말을 할 계제가 아니었다. 여자를 품고 싶은 마음이야 꿀떡 같았지만.

엄마는 "이리와 앉아보라." 하고선 방 가운데 먼저 앉았다. 내가 마주 앉자 종이쪽지에 적은 걸 펼치며 말했다.

"궁합을 보려면 네 사주를 알아야 해서, 어제 관철동에 있는 백운관에 좀 다녀왔다. 뭐 듣기로는 역학을 잘 본다고 하더라만."

역학자의 풀이를 엄마가 요약해서 전한 바에 따르면, 내 사주는 1936년 병자(丙子)년 생이라 띠엔 쥐가 들어 있고, 월주에는 토끼가 들어 있고, 일주가 정유(丁酉)로 닭이 들어 있는데다 태어난 시가 초저녁 6시쯤인 정유(丁酉)로, 닭의 성질이 두 번 들어 있는 팔자라고 했다.

천간의 병(丙)은 음양오행 중 양의 성질을 가진 화기, 즉 양화(陽火)에 해당한다. 양기 중에서도 태양화, 말 그대로 태양이나 용광로 같은 큰 불덩어리다. 병은 색상으론 적색을, 숫자로는 7, 방향으로는 남쪽, 계절적으론 여름을 상징한다. 그리고 인간사로는 진격과 변화, 타인을 가르치는 선도와 덕을 펼치는 의미로 본다. 때론 초능력을 발휘하는 잠재성도 있다.

정(丁)은 음의 성질을 가진 화기로써 촛불, 등불과 같은 등촉화를 뜻한다. 정은 색상으로 홍색을, 숫자로는 2를 상징하며 방향과 계절은 병과 같고, 생화(生火)를 띤다.

병이든 정이든 화의 속성은 불과 같이 폭발하는 기운이다. 화기가 충천하여 끓게 되는 만큼 인간사로는 고(苦), 글자 뜻 그대로 고통과 고난의 길을 가야 할 운명이다.

지지의 첫째인 자(子)는 신체상으론 생식기와 방광을 가리키며, 방향은 북방을 상징한다. 쥐의 특징은 원기 왕성함과 들끓는 색욕이다. 그런 속성으로 말미암아 욕망이 솟구쳐 잡념에 시달리기도 한다. 자는 시간상으로 12시 자정을 넘어가는 변화다. 따라서 욕망을 잘 다스리고 본성을 깨치는 경우가 많아, 자의 사주를 가진 사람 중에 승려나 철학자가 많다.

월주의 묘(卯)는 신체상으론 말초신경을, 음력으론 2월로 만물의 탄생을 상징한다. 토끼의 기질을 가지면 애욕을 참지 못하여 끊임없이 말초신경을 자극하고, 무지 색욕을 밝힌다. 묘는 화기가 점점 달아오르듯, 정욕이 맹렬하게 타오르는 성질을 가지고 있기 때문이다.

닭도 쥐와 토끼처럼 색정을 밝히며 자기과시욕이 강하다. 유(酉)는 방위로는 서쪽을 가리키는데 이별의 기운과 죽음의 그림자를 상징한다. 그래서 음양오행을 따르는 불교계에서는 서방정토, 이른바 열반의 세계로 삼는 즉, 유의 속성을 가진 사람 중에는 철학적 사고를 하는 기질이 많다. 또한 닭은 옛날부터 땅의 소식을 하늘에 전하는 신령한 짐승으로, 닭의 홰치는 소리는 망자의 혼백을 천신과 지신에게 알리는 영통으로 인식하였다.

지지의 성격으로 볼 때 쥐, 토끼, 닭은 모두 색욕이 강하다. 사주에 이 지지들이 세 개 이상 들어 있으면 굉장한 색마가 되어, 지나친 성욕 때문에 여자와 이별하거나 생식기에 무서운 병을 얻게 된다. 따라서 이 사주의 남자는 색광증을 주의해야 하는데. 내 사주엔 화기인 병과 정이 끼어 있고 쥐,

토끼, 닭이 다 들어 있는데다 닭은 두 개나 있어, 색욕이 미칠 정도로 활활 타오르는 사주란다.

사주가 그렇다면? 나는 머리를 세게 긁적였다. 엄마는 종이쪽지를 접어 내게 건넸다. 나중에 따로 읽어보라, 하곤 부연하며 물었다.

"사주가 그렇고 남자의 정욕이 그렇게도 참기 어렵다면 넌들 뭐. 어째, 결혼 생각은 해봤느냐?"

나는 풀죽은 목소리로 대답했다.

"결혼은 아직."

"그래? 암만해도 너를 지금 결혼시키기가 뭣하다. 뭐 조개만 달린 처자 아무렇게나 들이려면 모르겠거니와. 네 아버지 과거를 다른 사람이 잊을 정도로 시간이 좀 더 흘러야지. 지금 내가 아는 사람들한테 중매 내놓기가 좀 그렇다. 너 알다시피 친가도 멀어진데다 네 외가엔 나도 발걸음을 자주 하지 않아. 수원에서 광주로, 지금은 서울 복판으로 이사를 와서 주변에 친분도 별로 없고. 결혼을 한다면 양가 쪽에서 이리저리 핏줄을 들먹이기 마련일 텐데, 괜히 흉한 소리 듣기도 싫고. 하니, 어쨌든지 네가 공부에 좀 더 달라 들어서, 우리 집 처지를 좀 바꿔놓고 결혼하는 게 낫지 싶다. 비록 재수해서라도 법대는 들어갔으니까, 조금만 더 참고 시험에 합격만해라. 그러면 여자는 줄줄 딸릴 것 아니겠나. 네 아버지한테서 받은 재산 오롯이 너한테 쓰고 있지 않느냐. 그 돈도 이제 곧 바닥난다. 내가 바느질감 받아 조금 생기는 돈은 네 동생들 공부시켜야지, 언제까지 네 뒷바라지 할까. 어쩔래? 네가 결혼하겠다면 예식은 올려주겠다만, 벌이는 네가 해야 한다. 네가 고시에 달려들겠다면 2년은 내가 대어주마. 2년간 금욕하고, 절간에서 시험공부에 매달리겠다면, 책값과 생활비를 대주겠다."

엄마의 결단 이전에 사실, 나 자신부터 어떤 결정을 내려야 했다. 내 의지대로 성욕 자제가 되지 않으니 무슨 수라도 써야 했다.

대학에 입학하여 2년 동안은 나도 여느 대학생들처럼 술독에 취해 젊음과 낭만을 즐기려 거리를 헤집고 다니랴, 정신없이 보냈다. 발정 난 수캐마냥 끓는 젊음과 성욕을 주체하지 못해 갈보를 찾는 일이 다반사가 되었다. 어느 날엔 인천 선화동으로, 어느 날엔 용산으로, 또 어느 날엔 청량리로.

이래선 안 되겠다, 통절하며 엄마와 나는 합의를 보았다. 결혼 대신 시험에 매달리는 것으로.

엄마는 내가 하숙할 절간을 알아보기로 하였고, 나는 시험에 필요한 것들을 만반 준비하기로 했다.

목마

　양평군 용문면 독점마을(용점리)은 예전에 옹기 굽던 마을이었다. 이 마을과 인접한 양사골은 계곡 양쪽에 두 개의 사찰이 있어서 그렇게 불렸던 만큼 고만고만한 암자가 많았다. 산중으로 조금 더 올라가면 천년고찰 용문사도 있고.

　이 일대는 또 산신당을 비롯하여 무속인들의 백일기도터가 양쪽 골짜기를 따라 열군 데 넘게 자리하고 있었다. 듣기에 이곳 용문산은 풍수지리학적으로 산세가 웅장하고 계곡이 깊어 정기가 대단하다고 했다. 소위 말해, 그만큼 기도발이 잘 통하는 곳이었다.

　독점마을에서 계곡 쪽으로 굽이져 들어간 곳에 조그만 절 미타암이 있었다. 나는 그 암자의 요사채에서 하숙하기로 했다.

　하숙 계약을 하고 선금 지불을 끝낸 엄마는 나를 데리고 용문사로 갔다. 엄마와 나는 대웅전에 들러 촛불을 올리고 삼배를 했다.

경배를 마치고 나온 엄마는 종무소로 가서 원주 스님을 찾았다. 엄마와는 이미 약속이 되어 있었던 모양으로, 공양주 보살이 우리를 곧장 스님 거처로 안내하였다.

방문을 열고 나온 스님을 보니, 눈은 범 같은데 인상은 보름달 같았다. 서로 합장 배례를 한 다음, 소박한 다탁 하나를 사이에 두고 스님과 우리는 마주 앉았다.

엄마의 인사말이 끝나자 스님이 듣기 좋은 답언을 했다.

"자제분을 잘 뒀네요. 귀상입니다. 허허. 법대 다니신다고?"

스님은 알고 있으면서 묻는 것 같아, 나는 대답하지 않았다. 내심으론, 엄마가 나에 대해서 어디까지 말했을까, 라는 의문도 들고.

스님이 빙그레 웃으며 덧붙였다.

"판검사 한자리는 하시겠는데―."

엄마가 말을 끊고 반문했다.

"아이구 스님도 참. 먼저 고시에 붙어야 판검사를 할 것 아닙니까?"

스님이 너털웃음을 터뜨렸다.

"허허 보살님, 고시는 붙겠는데요, 뭘."

엄마는 놀라서 확인차 되물었다.

"스님, 정말요? 정말, 되겠습니까?"

"고시는 됩니다. 문제는……."

스님이 살며시 눈 감은 채 "음, 음." 하고 목소리를 가다듬었다. 엄마와 나는 스님의 그다음 말을 기다렸다. 침을 꼴깍 삼키며.

무엇을 헤아리는 것 같더니 스님이 입을 열었다.

"고시 공부는 하고 있소? 붙느냐, 안 붙느냐고 나한테 물을 게 아니라, 공부를 해야 붙을 것 아닙니까?"

엄마는 그러잖아도 고시 공부를 위해 아랫말 조그만 암자에 하숙을 구해놓고 왔다는 얘길 했다. 그사이, 공양주 보살이 개다리소반에 곶감 접시를 내왔다. 스님은 엄마와 나에게 "곶감 자시오." 권유해 놓고 말을 이었다.

"자제분을 보니까 머리는 돼요. 성격도 불같아서 달려들었다 하면 끝을 보겠고. 한데, 이보시오 학생 처사, 내 말 잘 들으시오."

스님은 어느덧 얘기의 상대를 나에게로 옮기고 있었다.

"처사님 어머니, 이 보살님은 신심도 깊소. 보살님 말씀으론 살림은 넉넉지 않으나, 처사님 고시 공부하는 데 책값 밥값 대줄 정도는 된다고 하셨소. 다른 사람들은 대학 문 앞에 가보기는커녕 하루 밥 먹기도 어렵다는 것, 잘 알지 않소. 하면, 뭐가 문제겠소? 공부하는 데 가장 큰 장애가 뭐냐고요?"

나는 할 말이 없었다. 경제적으로, 다른 외적으로, 장애될 게 없었기 때문이다. 내가 부끄러워하며 머리를 숙이자 스님이 작심한 듯 말했다.

"내가 볼 때 다른 문제는 없어요. 문제는, 그 나이 때라면 성욕을 어떻게 다스리느냐, 그것 밖에. 이십대 초반이라면 욕정덩어리가 활화산 같을 때라 더 어렵지. 비단 처사만 두고 하는 말이 아니라, 남자라면 누구에게나 그렇다는 얘기요."

엄마는 아무 말이 없었다. 수심만 가득한 얼굴이었다. 나는 제대로 숨을 쉬기 위해 허리를 펴, 천장을 쳐다보았다.

'저 서까래가 내 불방망이를 좀 다스려줬으면……'

스님은 단주를 굴리다가 하던 말을 계속했다.

"욕망이란 말이오, 힌두신화에 나오는 반인반사(半人半蛇)의 뱀과 같소. 남성형을 '나가', 여성형을 '나가니'라고 하는 뱀. 이것이 사람의 인체를 요리조리 변이시키면, 사람 스스로 자기 몸을 통제하기가 굉장히 힘드오. 이것이 특히 사람의 성기를 제 것처럼 가지고 노는가 하면, 사람의 뇌도 조종해요. 그래서 사람의 의지를 묵살하고 제 성질대로 해버려요. 그게 색욕에 미치게 하고 온갖 음행을 하게 만든다오. 혼음난교, 근친상간 같은 것이 왜 일어나겠소. 그 사람들은 도덕을 몰라서요? 천만에. 색마가 일어나면 아내 앞에서도 다른 여자와 그 짓을 합니다. 심지어는 친딸을 성추행하는 경우도 있고."

엄마는 듣기가 거북하였는지 슬며시 일어서 밖으로 나갔다. 말로는 관음전과 산령각에도 예불을 올려야 한다면서.

나는, 엄마가 내 행실을 스님께 다 털어놓았기에 스님이 이런 말을 하는가 싶어, 앉아 있기가 몹시 불편했다. 한데 스님은 엄마가 나가자 잘됐다는 듯 되레 정색해서 말을 이었다.

"자, 이제 남자들끼리 얘기해 봅시다. 남자의 성기, 남근은 내 의지와 상관없이 불뚝불뚝 서지요. 이게 지 멋대로, 꼴리는 대로 작동하니까, 환장하는 거요. 통제가 안 되거든. 보살님 나갔으니 까놓고 말해, 새벽녘 되면 남자의 성기는 자동으로 차렷 자세를 취합니다. 그지요? 다쳤거나 너무 피곤해서 몸에 이상이 없는 한, 남자는 그렇게 돼야 정상이오. 그러지 않으면 불구자게요. 남자들, 허리가 중요하다고 그러죠. 새벽에 남근이 빳빳하게 기립하면, 남자의 허리는 방바닥에 딱 붙어요. 한 일(一)자로. 그때 허리에 힘이 들어가면서 더 빳빳해지는데, 여자는 허리가 방바닥에 일직선으로 닿지 않소이다. 여자는 엉덩이가 통실해서 그렇게 되지도 않겠지만, 일직선으로 닿게 만들 지지대가 없어서 그렇소. 불방망이 같은. 남자는 그게 달려 있기 때문에 불구자가 아닌 이상, 새벽에 내 의지와 상관없이 발기를 해요. 이때 빳빳해진 성욕을 참기란 대단히 힘드오. 절에서 생활하는 우리 중들도 참기 어려울 만치. 그래서 남근이 새벽녘에 자동 기립하기 전에 일어나는 거요. 사찰에서 새벽 세 시 전에 일어나 예불을 올리는 건, 그런 이유도 있소. 새벽 예불을 두고 뭐, 천지가 깨기 전에 부처님께 예배를 올린다고 의미심장한 말들을 갖다 붙이더라만. 부처의 세계에는 해가 뜨나 달이 뜨나 천지가 항상 깨어 있는데, 또 무슨 천지가 깨고 말고 할 게 어딨 겠소. 그건 어디까지나 의례일 뿐. 절간에 가봤지요? 측간이 어떻게 돼 있데요? 문이 없어 쪼그려 앉아 똥 누는 모습이 훤하게 보이지요. 중 똥 누는 모습 보려고 측간을 그리 만들 었겠소? 아니올시다. 조금 전에 말했듯, 우리 중들도 욕정이 다 있소. 어쩌면 더 할지도 모르지. 참고, 수양을 해서 그렇 지. 욕정을 참다못해 수음하는 경우가 있을까봐, 그걸 방지 하기 위해서 측간을 그리 만든 거요. 훤하게 보이는 데서 삿 된 짓 하지 못하게. 식욕, 성욕, 그것 다 인간 본성 아니오? 그 자체가 나쁜 건 아니라오. 그것이 있어야 자식도 낳고 할 것 아니오? 동물도 새끼 치지 않소? 한데 동물은 발정기에만 그게 가능한데, 인간은 하루에도 수십 번 성욕을 밝힌다 이 거요."

열정적으로 설하느라 스님 얼굴이 빨갛게 달아올랐다. 스 님의 정성에 따라주기 위해 나도 딴에는 주의를 기울여 들었 다. 예의를 차려야겠는 데다 남자라면 두루 해당하는 내용이 고, 또 나에 대한 해법 같은 게 있나 싶어서.

부처님 제자 아니랄까봐 스님은 이제 설법세계로 들어갔다.

"이런 성적 욕망이 윤회의 근원, 고통의 뿌리라는 말씀이 외다. 부처님 말씀의 핵심이 그거요. 삿된 욕망이 고통을 가 져온다는. 부처님 설법에 의하면, 중음에서 어머니의 뱃속에 '나'라는 존재가 회잉될 때부터 작용하는 게 바로 성욕이라

했소. 그러니 누구도 여기에서 벗어날 수가 없지요. 그 결과, 세속에서는 성욕이 가장 큰 쾌락이 된 것 아니겠소."

그 쾌락 죽여주는데, 못 참겠는데, 어쩌면 좋겠냐고요? 하고 스님에게 묻고 싶었다. 밤낮없이 하고 싶은데.

스님이 내 속을 뚫어보는 것 같았다.

"관세음보살상을 자세히 본 적 있소? 관세음보살상을 잘 보면, 토끼 얼굴을 하고 도끼를 들고 있습니다. 이게 무얼 의미하는 줄 아시오? 토끼는 역리학적으로 십이지신 중에 색기의 대명사요. 밤낮 가리지 않고 색만 밝히는 호색한, 속된 말로 '하고지비'를 뜻하는 거요. 그렇듯 토끼상은 인간의 그릇된 색욕을 상징하는데, 그걸 도끼로 단박에 끊으라는 뜻이외다. 애욕이 고통의 뿌리요, 윤회의 근원이니, 기필코 끊어야 된다고. 후에 결혼해야 할 처사님은 수도승같이 끊을 필요는 없지만, 고시 공부에 매달리는 동안은 반드시 자제해야 하오. 그래야 처사님 인생이 펴이고, 처사의 어머니, 보살님 근심걱정도 덜어주게 되오. 이걸 자제치 못하면 고시 합격방(榜)에도 늦게 들고, 아까 말했다시피 고통의 윤회가 끝없이 일어나게 될 거요."

스님이 숨 고르기를 하며 처방삼아 일렀다.

"아까, 우리 중들도 욕정이 일어난다 했지요. 절에서 하는 몇 가지 정욕 다스리는 방법을 일러줄 테니, 공부하면서 잡생각 들 때마다 따라 해보소. 좀 나아질 거요. 먼저는, 새벽에 일찍 일어나세요. 세 시나 네 시 이전에. 이 시각에 양기가 가장 많이 들어오고 또 남근이 깨어날 때라, 제멋대로 차렷 자세하기 전에, 자신의 의지로 먼저 일어나 운동이든 공부든 해보시오. 기도나 명상을 하면 더 좋고. 뭐 굳이 《불경》을 외거나 불상에 절을 하라는 게 아니오. 스스로 설정한 목표 또는 실천사항을 매일매일 외우는 것도 괜찮은 방법이고. 명상은, 아주 간단하게는, 가만히 앉아 허리를 곧추세우고 호흡을 가다듬으면 되오. 이때 눈을 감으면 온갖 망상과 잡념, 애욕이 떠오르기 때문에 눈은 자연스럽게 뜨고 눈높이 정도의 앞을 쳐다보는 것이 좋소. 좌우명 같은 걸 적어서, 눈높이에 걸어두고 바라보는 것도 도움 되고. 그다음으로, 걷기를 일상화하고 육체노동을 가끔씩 하세요. 걷기 할 때는 가능한 사물을 관찰하거나 눈에 보이는 것들에 집중하세요. 망상이 싹트는 틈을 없애야 한다 이거요. 육체노동은 빨래를 직접 하거나, 아까 조그만 암자에 기거할 거라고 했소? 하숙비 준다고 손 하나 까딱하지 않아도 된다는 생각을 말고, 불전이나 절 마당 청소도 하고 그러세요. 절에 울력할 일 있으면 같이 하고. 돈이나 물질적 대가보다는, 정신적 육체적으로 더 많이 얻을 수 있을 게요. 잡념 잊고 욕정을 다스릴 수 있다면, 그게 어딥니까? 찬물을 확, 끼얹는 것도 한 방법이요. 그러고도 욕정이 일어나면 음행할 생각 말고, 그때마다 백팔배를 한번 해보소. 백팔배하라고 해서 부처님을 꼭 믿으라는, 종교적 강압이 아니오이다. 정신운동, 육체운동 삼아 하라는 거요. 십오 분 정도면 되니까. 방에서든 마루에서든 상관없소. 소승이 굳이 권하자면, 일정한 시각에 거기 절의 불전이나, 이곳 대웅전에서 백팔배를 하는 게 가장 좋은 방법이오. 그 이유는 신앙적인 차원을 떠나, 처사님에게 일어나는 음란한 마음 또는 사행에 대하여, 누군가가 지켜보고 매질하는 사람이 있어야 하겠는데. 처사님에겐 그걸 해줄 사람이 없다는 거요. 보살님으로부터 가정사를 대충 들었소만, 아버지도 없고, 가까운 친인척도 멀어진지 오래고, 까놓고 상의할 사람도 별로 없다고 했소. 설혹 친지가 있다 해도 욕정에 대해서는 터놓기 민망할 것 아니오. 그러니 불상이 대신 하도록 만들라는 거요. 관세음보살처럼, 불상이 성욕에 대한 도끼를 들고 나를 다스리고 있다고."

스님이 마지막으로 "고시는 붙을 거요. 열심히만 하면." 해서 나는 감사의 합장을 하고 처소에서 나왔다. 천천히 절 마당 쪽으로 걸어가면서, 한편으론 엄마가 이곳으로 나를 데리고 온 이유를 짐작했다.

엄마는 2년 전부터 북한산 비봉 동쪽 기슭에 있는 승가사란 절에 주로 다녔다. 내가 동국대에 입학했을 때 우리 가족은 학교 근처로 이사하였던 고로, 집에서 가까워 다녀오기가 수월하다면서.

하나 그건 피상적인 이유고, 실은 아버지 대에 연관된 사람을 피할 수 있는 사찰이라는 점이 더 크게 작용했다. 이 절이 유서 깊은 사찰이긴 하지만 6·25동란 때 불타버렸다가 작년에 가까스로 재건한 데다, 여승들이 수도하는 곳이라 남자 신도들이 그만큼 많지 않았기 때문이다.

한데 그처럼 자주 다니는 승가사 스님들을 놔두고 용문사 원주 스님에게 엄마가 법문을 부탁한 것은, 내가 남자고 내게 가장 큰 문제가 무엇인지를 알고 있었기에, 아버지를 대신하여 비구 스님으로부터 남자 문제에 대해 들어보란 뜻일 터.

절 마당에선 엄마가 합장을 한 채 탑돌이를 하고 있었다. 예불 올리고 탑돌이 하면서 마음을 좀 가라앉혔는지 편안해 보였다. 여자로서 얘기하기 껄끄러운 것을 스님이 대신해줘 안심이 돼 그런가는 모르겠다만.

나를 발견한 엄마는 탑돌이를 멈추었다. 대웅전을 향해 합장까지 마친 엄마가 나를 앞세우며 은행나무로 가자고 했다. 엄마가 은행나무를 향해 합장 배례하더니, 날더러 똑같이 하라고 했다. 내가 합장 배례를 마치자 엄마가 은행나무에 얽힌 얘기를 해줬다.

이 은행나무는 동양에서 최고 오래됐고 최고 큰 은행나무라고. 전설로는, 신라 멸망 후 경순왕의 아들 마의태자기 금강산으로 입산하다가 들러 지팡이를 심은 게 은행나무로 살아났으니, 수령이 1,100년 넘는다고. 아직도 해마다 1백 가마의 은행열매를 수확할 수 있는 만큼 정기가 대단한즉, 들를 때마다 경배하는 걸 잊지 말라고.

애기를 마친 엄마는 "이제 가자."며 날더러 앞장서라고 손짓을 했다. 경사진 산길을 중간쯤 내려왔을 때. 치마가 끌릴세라 한 손으로 치마폭을 잡고 내려오던 엄마가 "웅아!" 하고 불렀다.

"저 바위에 앉아 좀 쉬었다 가자."

내가 먼저 너럭바위 쪽으로 가, 손으로 낙엽과 솔가리 등을 대충 치웠다. 그러자 엄마가 손수건을 꺼내, 당신 앉을 곳과 내 앉을 자리의 흙먼지를 털어냈다. 손수건을 펼쳐서 깔개를 만든 엄마가 잠시 사방을 둘러봤다.

"참 조용하네."

혼잣말을 뱉은 엄마는 한 손으로 바위를 짚으며 내 오른편에 앉았다. 그리곤 잠시, 결기를 다지는 듯 굳게 입을 다물었다가 말을 꺼냈다.

"엄마는 너를 믿는다. 네 아버지가 어찌 됐는가, 이 엄마가 어찌 살아왔는가, 친인척과는 어떻게 되었는가는 네가 잘 알지 않느냐. 오늘은 우리 모자간에 이야기 좀 하자. 네가 여자를 밝히고 성교에 정신 못 차린 건, 나도 얘기했지만, 남정네의 본능이고 또 젊기 때문에 그럴 수 있다고 생각한다. 다르게 보면, 내 아들이 불구자는 아니라는 증명이고. 하나 지금은 네가 참아내고, 어쨌든 고시에 붙어야 한다. 우리 가족을 위해서도, 너 자신을 위해서도. 고시 붙기까지 자제하고, 공부에 힘쓰도록 해다오. 네 동생들도 공부시켜야 하잖나. 이 엄마한테 하늘에서 돈이 뭉텅뭉텅 떨어지는 것도 아니고. 2년 안에 끝을 본다고 마음 다지라."

엄마가 고개를 돌려 나를 쳐다봤다.

'불효막심한 이 자식을……'

나는 머리를 푹, 숙였다.

엄마는 내 어깨에 손을 얹고 말을 이었다.

"어제까지의 부끄러운 일들은 가슴에 묻고. 다른 건 몰라도 칼같이 자를 땐 자르고 행동할 땐 행동하는 것, 그것만큼은 아버지를 닮았으면 좋겠다."

내 어깨에서 손을 내린 엄마가 백에서 종이쪽지를 꺼냈다.

"내가 여기로 정한 데는—." 하고 종이를 펼친 엄마가 계속했다.

"네 사주를 본 관상쟁이 말 때문인 점도 있다. 무당도 네 색기가 팔자를 망친다 하고 역학자들도 그리 말하니, 어미로서 애간장 안타겠나. 나는 네가 보통의 남정네들처럼 그런 줄 알았다. 한창 물오를 때니 그럴 거라고. 하지만 이렇든 저렇든, 너 스스로 자제해야 고시도 붙고 하지, 난봉꾼처럼 계집질만 해서야 되겠나. 이건 누구에게 말하기조차 망신스럽다. 해서, 무당에게도 물어보고 역학자들에게도 물어, 여러 방책을 들었는데. 조금 전에 본 저 은행나무가 마침 암나무라 하더라. 절에서 마음 수양도 좀 하고, 애욕이 생기거든 저 은행나무를 돌며 음기도 받고, 이 엄마의 간절함도 헤아리고, 그러라고 여기로 정했다. 서울에서 멀지 않은 거리라 내가 한 번씩 들를 수도 있게. 네가 어린애라서 그런 게 아니라 이젠 내가 누굴 믿고 살겠나. 네 얼굴이라도 봐야지."

나는 엄마 보기가 부끄러운 한편으로. 뇌리에선 한복 입은 여인과의 섹스 환상이 그려지며, 이런 몹쓸. 옆에 앉은 엄마도 '여자로' 보이기 시작해. 뻣뻣해지는 양물을 두 손으로 지그시 누르면서 고개를 옆으로 돌렸다. 이후론. 최대한 엄마 쪽을 보지 않으려고 억지로 전방만 주시했다.

나지막한 떡갈나무 가지 사이에 제법 크게 친 거미줄이 보였다. 거미그물엔 형체만 남은 두 곤충이 걸려 있었다. 작은 고추잠자리는 꽁무니 쪽이 없고, 거미는 다리 두 쪽이 없었다. 기껏 잡은 것을 거미는 제대로 먹지도 못한 채 거미 자신도 죽어버렸는가 보다.

딴 곳으로의 시선집중이 효험 있었는지 일어나던 욕동이 어느새 사라졌다.

'휴, 인면수심의 이 자식을……'

나는 온몸의 피가 모인 눈알을 풀기 위해 두 손으로 마른세수를 했다.

그새 엄마가 종이쪽지를 다시 접어 나에게 건넸다.

"네 스스로 화기를 다스리고, 음욕도 절제하는 게 우선이겠고. 그들이 일러준 묘법 몇 가지를 적어놨으니, 욕동이 일어나면 마음 수양하는 셈으로 따라 해서 몸을 자제해봐."

역학자들이 일러준 방책은 대체로 원주 스님이 가르쳐준 방법과 대동소이하였다. 그 외에 과한 양기를 중화시키는 방법으론 음기가 센 곳에 가서 기도하는 법도 있었는데. 음 기운이 센 곳은 대개 계곡이 깊고 서늘한 곳, 물이 넘쳐나 산나물이 잘 자라는 곳이라고 하였다. 또 다른 방법으론 꾸지뽕나무나 키위나무, 은행나무 같이 암수 구별이 있는 나무 중에서 암나무를 집 둘레에 심어, 암나무의 음기로써 양기를 중화시키는 방법도 있다고 하였다.

용문사를 다녀온 뒤, 엄마는 다시금 내 결의를 받았다.

'지금부터 2년간은 고시에 몰두한다.'

그에 따라 나는 1958년 봄 학기가 시작되자마자 휴학계를 냈다. 곧이어 나는 3월 26일, 이승만 대통령 탄신기념 공휴일을 맞아 미타암으로 거처를 옮겼다. 무거운 책 궤짝은 내가 짊어지고, 남동생은 내 옷가지가 든 걸망을 지고, 엄마는 이불 보따리를 이고.

엄마의 입단속과 분부로 당분간 친구들과의 교제도 끊기로 했기에, 나는 친구들 몰래 서울 집을 떠났다.

* * *

햇빛은 온화하고 바람은 너무도 청량했다. 용문산은 울긋

불긋, 단풍 카펫을 깔기 시작했다. 마침 오늘이 개천절. 쪽빛 하늘에서 선녀가 황금 비단 폭을 펼치며 하가(下嫁)할 분위기였다.

나도 오늘 하루만큼은 휴식하기로 했다. 용문사에 들러 부처님께 발원하고 새로이 마음도 다잡을 겸.

지난 6개월은 여태 스물두 해를 살아오면서 나 자신에게 가장 충실했던 기간이었다. 봄에 이곳으로 거처를 옮긴 이후, 한눈팔지 않고 여름 더위도 이겨내며 고시 공부에 몰두했으니까. 지난 우란분절, 아버지의 극락왕생을 기원하기 위해 원주 스님 집도로 용문사에서 아버지 천도재를 올릴 때와, 며칠 전 추석 차례를 지내기 위해 이틀간 집에 다녀온 날 외는.

나도 맘 잡고 한다면 해낸다는 성취감마저 들어 뿌듯하였다. 그런 보상으로, 오늘 하루는 경치나 보며 즐겨야지.

나는 추석빔으로 차려입었다. 내가 공부에 전념하자 자식이 미더워 보였는지, 엄마가 한껏 공들여 마련해준 새 옷으로. 추석을 지낸 만큼 원주 스님에게 인사치레를 해야 할 텐데, 하다가 아참. 원주 스님은 아버지 천도재 올려준 뒤 경북 어디 사찰로 거처를 옮긴다고 했었지. 원주 스님이 안 계신 이상, 뭐 물품보다는 불전이나 몇 푼 올릴까. 그간 엄마가 준 용돈, 쓸 일 없어 모아뒀으니.

미타암 요사채를 나와 느릿느릿, 용문사로 향했다. 가을 향기 좋을 씨고. 혼자 콧노래도 부르다, 이름 모를 노랑꽃도 따다가, 산길 중간 정도에 이르러 널따란 바위에 걸터앉았다. 오가는 행인도 별로 보이지 않았다. 뱃속 아이 손도 빌릴 만큼 일손 바쁜 농번기여서인지.

주위가 조용하니까 스르르, 자연히 눈이 감기며 회상에 잠겼다. 미타암에 하숙방을 마련하고 이곳 용문사에 처음 왔던 지난날이 마치 어제 일 같았다.

'이렇게 나를 다잡으면 되잖아. 올해 바짝 준비해서 내년에 1차 시험은 무조건 통과해야지. 1차 합격하여 엄마에게서부터 신임을 얻어야 무엇을 해도—.'

지금 그 사람 이름은 잊었지만
그 눈동자 입술은
내 가슴에 있네

내년까지의 공부 계획을 그리고 있는데 저 아래에서 노랫소리가 들려왔다. 눈을 찡그리며 자세히, 더 자세히 보자……. 갓 이십대로 보이는 아가씨 두 명이 노래를 부르며 올라오고 있었다. 한 아가씨는 목에 스카프를 둘렀고, 다른 아가씨는 양 갈래로 머리를 묶었다.

'우와, 예쁜데!'

동공이 확, 열렸다.

여인 얼굴 본 지가 언제였더라. 아니, 여자야 매일 봤지. 내가 거처하는 암자에 공양주 보살도 있고, 운동 삼아 논길 밭길을 지나다닐 땐 동네 아주머니들도 봤으니까. 뭐 때론 젊은 여인도 보긴 했다만.

저 아가씨들은 목소리부터 달랐다.

'아, 저것들이 노래도 좀 하잖아. 그리고 무엇보다 저런 노래를 부른다는 자체가……'

가까이 오길 기다렸다. 둘 다 얼굴이 곱고 살결이 흰 것으로 보아, 분명 서울내기 같았다. 그녀들이 척, 걸려들 수 있는 미끼를 던져야지.

그들이 내 앞에 이르렀을 때, 자리에서 일어서며 말을 붙였다.

"숙녀 분들, 목마가 필요하지 않으십니까?"

"어머나, 깔깔깔."

"어쩜, 호호호."

둘이 제각각 한마디씩 하곤 입을 가리며 웃었다.

내가 어때요? 하고 묻듯 양손을 벌려 치올리니까, 목에 스카프를 두른 아가씨가 장난기로 시구를 읊었다.

목마는 주인을 버리고
거저 방울소리만 울리며
가을 속으로 떠났다

목소리가 너무 고왔다.

"캬아!"

감탄사를 뱉은 나는 산이 떠나라 박수를 쳤다.

양 갈래 머리의 그녀 친구는 놀란 토끼 눈으로 스카프 아가씨의 옆구리를 쳤다.

"어머머, 얘. 너 대단하다야. 그것 너무 잘 어울린다. 이 가을에. 저 신사 분 물음에. 호호호. 내 말 틀렸나요?"

내가 대답하기도 전에, 그 시구를 읊조린 아가씨가 친구를 향해 반문했다.

"얘도 참. 다 아는 시잖아."

바로 통했다. 긴말이 필요 없었다. 내가 던진 '목마'는 박인환 시인의 〈목마와 숙녀〉를 바탕에 깔고 물은 것이었다. 그걸 들이댄 까닭은 두 아가씨가 올라오면서 부른 노래가 박인환의 시 〈세월이 가면〉이었기 때문이다.

〈목마와 숙녀〉는 3년 전, 그러니까 55년도에 출판된 《박인환시집》에 실려 있는 한 편의 시로, 대학생들과 명동 젊은이들을 뿅 가게 만들었다. 〈세월이 가면〉 역시 박인환 시인이 재작년(1956년) 봄, 그가 죽기 전에 지은 시가 노래로 나와 대단한 인기를 누렸다. 그런즉 〈목마와 숙녀〉를 읊거나 〈세월이 가면〉 노래를 부를 정도면, 묻지 않고도 '인텔리'나 '명동 댄디'로 봐주었다. 아하, 먹물이 좀 든 사람이거나 시대에 앞서가는 인물이군, 하고.

스카프 두른 아가씨 이름은 순남이라 했고, 양 갈래 머리 아가씨는 향자라고 했다. 둘 다 서울에서 산다고 했다. 태어난 고향은 서울이 아니지만. 향자는 삼촌이 운영하는 조그만 양조장의 경리직원이라 했고, 순남이는 인쇄소 급사로 일하며 사범학교 갈 준비 중이라고 하였다. 국민학교 선생 되는 게 꿈이라면서. 그녀는 소공동에 있는 국립도서관에 자주 들러 책도 빌려본다고 했다. 향자 말에 의하면, 그래서 순남이는 시 같은 걸 종종 잘 외운다고.

향자는 외가가 양평읍내에 있다고 했다. 추석 때는 차례 지내고 일가친척들 맞이하기 바빠 외가 들릴 시간이 없어, 개천절 공휴일 쉬는 틈에 외할머니 뵈러 왔다고. 6·25때 엄마와 단둘이 피난 내려와 친가도 외가도 없던 순남이는 친구 따라온 격. 어젯밤 기차로 양평 도착하여 향자의 외가에서 자고 용문사에 놀러오는 길이라나.

더 이상 그녀들의 말은 들리지가 않았다. 그녀들의 살결을 보고 여인 냄새를 맡으니 죽여 놨던 양물이 활화산이 돼버려서. 지금 당장이라도 올라타고픈 욕구에 온몸이 빳빳해졌다. 발정 난 이 '목마'를 어쩌리오. 나는 참지 못해 측간으로 달려가 일단 수음으로 해결했다.

달아오른 욕동이 그것으로 해결될 리야. 대웅전을 나온 그녀들과 어울려 다니는 동안에도 내 양물은 끊임없이 바지를 쑤셔댔다. 두 사람을 한꺼번에 어찌 할 수도 없는 일. 구경

마치고 내려오면서 나는 다시 만날 꾀를 냈다.

"다음 주 일요일엔 우리, 두물머리로 구경 가는 게 어때요?"

"두물머리?"

향자가 반문했다.

"거기가 어딘데요?"

순남이 되물었다.

"두물머리는 북한강과 남한강이 합류하는 양수리, 그니까 두 물줄기가 만나는 곳입니다. 양평 기차역에서 조금 거슬러 올라가면 돼요. 거기 가면 나루터도 있고, 사백년 된 느티나무도 있습니다. 아, 그 느티나무들도 우리처럼 세 그루인데, 한 둥치같이 보여요. 묘하게."

"와, 멋진 곳인가 봐."

향자가 호기심을 나타냈다.

"그때도 우릴 안내해주실 거죠?"

순남이 동행을 부탁했다.

"여부가 있겠습니까? 목마와 숙녀는 한 둥치가 돼야지, 떨어지면 시가 안 되잖습니까?"

"어머머, 말도 재밌게 하셔라."

향자가 감탄사를 쏟았다.

"약속했어요. 우릴 안내해 주기로?"

순남이 나의 약속을 다졌다.

"예스, 숙녀님들. 이 목마는 기차역에서 기다리겠습니다."

아이 좋아라, 그녀들이 손뼉을 쳤다. 향자가 올 가을엔 멋진 추억 쌓게 됐다며 순남이에게 눈을 찡긋, 했다. 순남이도 무슨 뜻인지 아는 듯 눈짓으로 되받았다. 목마의 눈은 그녀들의 눈신호를 못 본 척했지만, 페니스는 여지없이 거총자세를 취했다.

날개

칼바람이 벌거벗은 나뭇가지를 난도질하고 진눈깨비가 광동반점 유리창을 사정없이 내리쳤다.

'이런 썩을 날씨하고는!'

반점 창가에 앉아 나는 속으로 아가리질을 해댔다.

'순남 씨를 만나기로 한 이런 때 흰 눈이 소복소복 내려주면 좀 좋아. 아니면 차라리 비라도 내려 분위기라도 잡아주든지. 그러면 순남 씨와 한적하게 즐기다, 오늘밤에는 그녀를……'

여지없이, 목마의 아랫도리가 불끈 일어섰다. 손으로 누르며 달래노라니 목이 마르고 조바심이 났다. 이러다, 그녀가 오지 않으면 어쩌나. 헛물만 켜는 것 아닌가.

우리가 만나기로 했던 날엔 내가 바랐던 대로, 순남이 혼자만 기차역에 나타났다. 향자는 전날 밤차로 춘천에 갔다고 했다. 약혼한 남자가 육군 중사인데 토요일이라 면회 가서 자고 온다고.

향자가 실제로 춘천에 갔는지는 모르겠으나, 내가 보기에, 사귀고 있는 남자가 있는 건 분명하였다. 그래서 일부러 순남이 혼자만 보내려고 꾸며낸 얘기 같았다. 용문사에서 둘이 눈짓하며 주고받은 내용이, 향자는 기왕 애인이 있으니까 순남이더러 잘해보라는 뜻이었으므로.

그날 나는 양평에서 소문났다는 홍춘관 짜장면을, 코로 먹는지 입으로 먹는지조차 몰랐다. 앞에 앉은 순남이한테 얼마나 꼴렸으면.

미타암으로 거처를 옮기고 나서 고시에 열중하며 성욕을 자제하려고 얼마나 애써왔던가.

한데 순남이를 보고부터 한번 일어난 욕정은 참으려야 참을 수가 없었다. 정말이지, 그녀를 처음 봤을 때부터 내 불방망이는 수그릴 줄 몰랐다. 얼굴도 목소리도 예쁜데다 하얀 피부, 가는 허리, 둥근 엉덩이…… 하루에도 몇 번씩 섹스 상상에 빠져 환장을 했다. 그때마다 수음으로 처리하거나 도저히 못 참겠으면 청량리 뒷골목으로 찾아들어 정욕을 풀었다.

용문사에서 만났던 그날도 측간 가서 처리하였음에도 욕동을 참을 수 없어, 그녀들과 같이 기차를 타고 가선 나 혼자 청량리 윤락가를 찾았다. 말로는, 숙녀들이 서울 도착할 때까지 지켜준다는 빌미로(내 마음은 조개 밭에 가 있었지만 서울까지 동행한 자체로 그녀들이 나를 얼마나 신뢰했을라고). 허나 그럴 때마다 순남이와 하고픈 욕정은 더욱 솟구쳤다.

결국엔 벼르고 별러 지난번 만났을 때, 그녀에게 어디로 바람 쐬러 가자고 꼬드겼다. 순남이가 "고시 공부는 어쩌고요?" 물었지만, 봄부터 가을까지 한눈팔지 않고 바짝 몰두했으니 나도 좀 쉬어야 한다는 명분을 달아서. 그녀도 좋아했다.

나는 머리통을 굴렸다. 기차 타고 청량리 쪽으로 들어가자니 대학 친구나 선후배들의 눈에 띌 염려가 있고, 양평 근처에는 드나들만한 여관 같은 게 마땅찮고. 해서, 대학 1학년 여름방학 때 가보았던 원주를 떠올리며 원주로 가자고 밀어붙였다.

원주라면 서울과 양평에서 적당한 거리고, 인구가 많은데다 군사도시여서 먹고 자고 하는 형편은 타 지역보다 괜찮은 편이었으므로. 게다가 군대 면회 삼아 부부나 약혼한 남녀가 정사를 많이 벌이기 때문에, 젊은 남녀가 여인숙 드나들고 잠자리 갖는 건 예사롭다는 얘기도 들은 바 있어.

그녀와의 정사를 상상만 해도, 어휴, 일주일을 어떻게 기다려. 수음을 얼마나 했으며 방바닥을 얼마나 뒹굴었는지 모른다. 참다 참다 못해 사흘 전 수요일엔 혼자 사전 답사삼아 원주로 가서 윤락녀와 짧은 시간 뛰고 왔다. 그렇게까지 했음에도 해소가 되기는커녕 점점 더 욕구가 타올랐는데, 이렇게 날씨가 궂어서야.

나는 엽차를 세 잔째 비웠다. 내 시계가 혹시나 잘못됐는가 싶어 밥을 줘봤다가, 요릿집 중앙에 놓여 있는 큰 시계를 봤다가. 뭐가 잘못되었는지를 짚기 시작했다.

순남이가 약속대로 두 시 기차를 때맞춰 탔다면, 청량리서 원주까지 두 시간 정도 걸린다고 보면, 도착하고도 남을 시간이잖은가. 지금 막 다섯 시를 지나는 참이니. 설혹 기차가 연착을 좀 했다손, 두 시간 반이 걸렸다 치면 도착했어야 맞는데? 이 정도 날씨에 기차가 출발 자체를 안 했을 리는 만무하고, 사고가 났나? 아니면 다른 일로 두 시 기차를 못 타서 세 시 차를 타고 오려나? 애구, 이놈의 아랫도리는 오늘따라 왜 이리 꼴리는지.

나는 누가 볼세라 성기를 잡고 힘껏 눌렀다. 벌떡 선 욕구를 죽이기 위해, 그리고 태연한 상황으로 가장하기 위해, 이번엔 내가 직접 일어서 잔을 들고 엽차를 가지러 갔다. 벌써 세 번이나 반점 아가씨에게 엽차를 갖다달라고 했기에 또다시 갖다달라고 하기엔 미안하여.

난로 위에 놓여 있는 주전자를 향해 내가 손짓을 하자 주인댁으로 보이는 아주머니는 "네, 더 드세요." 하고, 반점 아가씨는 "날씨 땜에 늦나 봐요." 하며 동정했다.

엽차를 들고 자리로 돌아와 앉았을 땐 엉뚱한 생각이 일기 시작했다. 혹시 그녀가 기차에서 잠들어 역을 지나쳐 버렸나? 젊은 혈기의 군바리들이 숱하게 타는 기차라 중간에 낭패 당한 건 아닌지? 이럴 줄 알았으면 차라리 서울 쪽에서 만나자고 할 걸……

머릿속에는 불안감이 밀려들고, 그에 비례하여 눈알은 창밖을 뚫어져라 주시하고 있었다. 탐정이 주위를 염탐하는 것처럼 고개를 쭉 뺏다, 좌우를 살폈다, 하며.

'저기, 왔구나!'

나는 눈에 불을 켰다. 우산을 쓴 순남 씨가…… 맞았다. 동공에서 눈물이 핑 도는 순간, 목마의 불방망이가 불끈 솟았다. 헛물켜고 있는 건 아니라고 증명이라도 하듯.

우산을 접어든 순남이 반점 문을 열고 들어섰다. 진홍색 코트에 황갈색 털목도리를 두르고. 나는 여기, 하고 손을 번쩍 들었다. 그녀는 헤, 웃으며 통통한 두 뺨에 빨간 능금을 달았다. 그녀가 진노랑 털장갑 낀 손으로 머리카락에 묻은 진눈깨비를 털어내는 한편으로. 들메끈이 달린 검정 옥스퍼드 구두를 신은 양쪽 발을 번갈아 바닥을 딱딱, 차며 터는데.

'아이고, 저 조그맣고 예쁘장한 구두 좀 보라지. 저걸 그냥!'

나는 당장에 불방망이로 마구 뚫어버리고 싶었다. 허나 아랫도리의 본능을 은폐하는 미소를 지으며 나는 자리에서 일어섰다. 그리곤 마중 가, 그녀의 팔을 잡고 내가 앉았던 테이블로 끌었다. 다가와선, 나도 양손으로 그녀의 머리칼을 쓸어주고 코트 앞뒤를 털어주었다. 내가 허리를 굽혀 맨손으로 그녀의 신발을 털려고 하자, 그녀가 움찔하며 말렸다.

"진창이에요. 눈비가 와서."

그녀는 한 발을 뒤로 빼며 '맨손으로 어떻게!' 하는 눈빛으로 말을 잇지 못했다. 나는 얼굴을 들어 '예쁜데 뭘.' 하는 표정을 지어 보이고 나서, 쭈그려 앉아 양손으로 신발을 빠르게 털었다.

'이 예쁜 종아리. 오늘은 깨물어 버리고 말거야!'

나는 군침을 삼켰다. 꼴깍. 침 한 번 넘길 때마다 내 불방망이는 확인 사정 언제 할 거냐고 물었다. 이러다 미치겠어.

내 행동에 대한 보답 격으로 그녀도 내 머리를 털며 쓸어주었다. 내가 일어서 자리에 앉자며 그녀의 팔을 잡고 권유할 때, 그녀는 장갑을 벗어 탁자에 놓았다. 목젖까지 차오른 군침을 참는 대신에 나는 그녀의 하얀 손을 얼른 잡아 비비며 물었다.

"바람 때문에 안 추웠어요?"

"별로 춥진 않았어요. 약속시간에 늦어……. 돌아가셔버렸음 어떡하나, 얼마나 마음 졸였다구요."

그녀의 긴 속눈썹에 가려진 눈물샘이 금방이라도 터질락 말락. 나는 이제 괜찮다는 뜻으로 잡았던 그녀의 손에 힘을 가해 더 세게 잡았다. 내 손에 전해온 바로, 그녀도 내 손에 모든 걸 맡기겠다는 게 느껴졌다. 그렇게 보드라운 것이 내 곁을 떠나지 않겠다는 듯.

반점 아가씨가 엽차 한 잔을 더 갖고 우리 곁으로 왔다. 그제야 우리 둘은 서로의 손을 풀었다. 그녀는 겸연쩍어 하는 순남이 얼굴을 쳐다보며 괜한 말붙임을 했다. 말을 걸어 순남이의 부끄러움을 상쇄해주려는 뜻인지, 아니면 내가 많이 기다렸으니만큼 잘해 주라는 뜻인지 모를.

"얼마나 기다렸는지 아셔요?"

그것이 부채질한 격이 돼버려, 순남이는 더 미안해하며 늦어진 이유를 구절구절 댔다. 일을 보고 집에 늦게 돌아온 데다 집에 놔두고 온 게 있어서 그걸 가지러 다시 집에 들르는 바람에, 두 시 기차를 놓쳐 세 시 기차를 탔다고.

"따뜻하게 물부터 한잔 마셔요."

나는 물컵을 그녀에게로 밀었다. 그녀는 물컵을 집어 들고 저쪽의 난로를 쳐다보았다. 잠시 마음을 안정시키고 싶어서일까, 아니면 난로 위에 있는 물주전자에서 나오는 수증기의 따뜻함을 느끼고 싶어서일까. 물컵을 돌리며 손으로 온기를 느끼고 있던 그녀가 한 모금 입에 대고 나서 말했다.

"아, 따뜻해라! 기다려줘서 고마워요. 정웅 씨."

순남이로부터 고맙다는 인사를 듣자 가슴이 벅찼다. 오늘은 내가 하자는 대로 끌어도 그녀가 순종할 분위기로 가고 있어. 나는 짐짓 마음 아파 못 견뎌하는 양 부러 역정을 섞어 나무랐다.

"그냥 오면 되지, 놔두고 온 게 뭐기에 그렇게도 마음 졸여 가며⋯⋯. 이렇게 궂은 날씨에, 아이고 참."

해놓고, 순남이가 무안해 할까봐 나는 서둘러 반점 아가씨를 불렀다. 이어 순남이가 내 말에 신경 쓸 겨를을 주지 않기 위해 "짜장면? 아니면 다른 거?" 하고 바로 물었다. 그녀는 홀 안을 두리번거리더니 "정웅 씨랑 같은 걸로요." 하고 대답했다.

다가온 아가씨에게 내가 주문했다.

"우리, 방으로 자리 옮겨주고. 짜장면 두 그릇, 소주 한 병 줘요."

"네, 이쪽으로."

아가씨는 어떤 수순인지 다 알고 있다는 듯 곧바로 우리를 빈방으로 안내했다. 그것도 제일 안쪽으로.

방에 먼저 들어선 나는 풀썩 주저앉다시피 자리에 앉았다. 내가 얼마나 애간장 태웠는지 알기나 하냐고 투정부리는 모양으로. 사실, 기다리며 성욕 참느라 에너지가 많이 소모되어서이기도 하고.

그걸 알아차렸는지 순남이가 다소곳이 방석에 앉더니만 백을 열었다. 이 안에 뭐가 들어 있는지 모르지요? 묻는 듯 장난어린 미소를 한번 지어 보인 다음. 곧장 백 속을 뒤져선 두 겹으로 접혀 있던 종이를 집어 내 앞으로 펼쳤다. 나는 멀뚱멀뚱, 쳐다보고 있다가.

"이게 뭔데요?"

물어놓고, 펼쳐진 종이를 당겨 재빨리 훑어보았다. 거기엔 두 줄로, 새 이름 두 개가 또박또박 적혀 있었다.

미남새(Aurora Finch)

문조(文鳥)

나는 그녀에게 말로 다시 묻는 대신, 그녀의 눈을 깊게 들여다보았다.

그녀가 쌩긋, 웃으며 거두절미하고 물었다.

"어떤 게 좋아요?"

나는 '요런 이쁜 짓을!' 뜻으로 종이에다 알밤 때리는 시늉을 했다.

지난번 우리 둘만 만났을 때, 나는 그녀에게 카나리아라는 별명을 붙여주었다. 앞으로 순남 씨를 '내 사랑 카나리아' '아름다운 카나리아' 라고 부르겠다면서.

우리 대학 교수 중에 카나리아를 애완용으로 키우는 분이 계셨는데, 그 댁에서 본 카나리아는 아름다운 털을 가진 귀여운 새였다. 그 새의 고운 목소리는 그야말로 일품이었다.

순남이가 그만큼 예뻐 보이는 데다 그녀의 목소리가 카나리아 뺨칠 정도라, 내가 끌어다 붙인 별명이었다. 암묵적으론, 애완 새처럼 내 손에 빨리 넣어 정욕을 채우고 싶다는 욕심도 있었고.

내가 카나리아라고 지어주었을 때, 그녀는 날아갈 듯 좋아했다. 얼굴 예쁘고 목소리 곱다는 상찬의 말을 들은 때문이기도 하겠지만, 그 별명이 나로부터 받은 어떤 신표라고 여겨서 그랬지 싶다.

그녀가 미소 가득, 고개를 좌로 우로 돌리다 털어놓았다.

"정웅 씨가 지어준 별명이 너무 마음에 들고, 정웅 씨에게 내 맘이 온통 뺏겨 잠을 자지 못하겠더라구요. 내 온만 것, 정웅 씨에게 다 주고 싶고. 정웅 씨 이름만 불러도 떨려서, 나도 정웅 씨에게 붙여줄 새 이름을 찾아보았어요. 국립도서 관에 가서 책도 뒤져보고. 애완 새 키우는 분을 물어물어 찾아가서 추천도 받고."

"그렇게까지나!"

나는 놀라워하며 문조를 선택했다.

이 새는 원래가 인도네시아·말레이시아 반도 쪽이 근거지이나, 옛날 학식 높은 문인과 양반들이 관상용으로 키우면서 문조라는 이름을 얻었다는 말을 듣고. 특히 부리가 붉고 온몸이 백색인 백문조는 품위 있는 새라기에.

순남이는 그럴 줄 알았다면서 앞으로 내 이름 대신 "문조 씨"로 부르겠다고 했다. 그래놓고 쑥스러운지 혀를 날름, 내밀었다.

고것. 혀를 빨아 먹어버리고 싶은 욕동을 숨기고 내가 물었다.

"미남새를 택하였으면 뭐라고 부르려고 했는데요? 미남 새?"

"치. 그렇게 어떻게 불러요. 영어로 '오로라'로 부르든가 해야지."

"오로라 님?"

내가 고개를 갸웃하며 되물었다.

"오로라 님 하면 안 되나요? 밝고 희망차고, 나는 좋은데."

반점 아가씨가 주문한 음식을 쟁반에 들고 왔다. 내가 소주 뚜껑을 따는 동안 순남이는 자기 그릇의 짜장면을 덜어 내 그릇에 옮겼다. 시험공부 할 때는 많이 잡수셔야 된다면서.

그런 그녀가 너무 예뻐서 나는 장난을 치고 싶었다. 하여 전번에 만났을 때 술 마실 줄 모른다는 사실을 확인했으면서도, 그녀 잔에다 일부러 술을 따랐다. 내가 그 잔을 순남이 앞으로 밀치자 그녀는 알코올 냄새만 맡고도 질겁했다. 그도 그럴 것이 순남이는 북에서 피난 내려와 엄마랑 단둘만 살아온 관계로 집안에 술 마실 일이 없는데다, 음주 못하는 입장에선 35도짜리 삼학소주 냄새가 웬만히 독했을 테니까.

"그럼 이거, 내가 마십니다. 순남 씨 거 내가 책임졌으니, 내가 취하면 순남 씨가 책임져야 해요."

나는 그녀에게 밀쳤던 잔을 들어 내 입에 털어 넣었다. 그 빈 잔에다 내 스스로 따라 연거푸, 한 잔을 더 털어 넣었다. 불뚝불뚝 치솟는 욕정을 숨기느라고.

내가 다시 술을 따르자 순남이 말렸다.

"천천히 마셔요. 이것 드시면서요."

그녀는 얼른 내 짜장면 그릇을 자기 앞으로 당겨 알맞게 비벼주었다. 안주로 먹게.

그 모습을 지켜보고 있자니 아랫도리가 더 빳빳해지는데. 뱃속에 들어간 알코올은 이젠 발포하라고 성화를 부렸다.

* * *

어지간히 뒹굴었음에도 목마의 불방망이는 식질 않았다. 목이 타고 가슴이 끓어올랐다. 벌거벗은 몸으로 내 품에 안겨 있는 순남이의 엉덩이를 쓸었다. 손가락이 점차 음부로 향하자 그녀가 머리를 치켜들며 물었다.

"또요? 몇 번째—."

"열 번은. 머리에서 발끝까지."

나는 입으로 그녀의 귀를 깨물며 바르게 눕도록, 손으로 그녀의 젖가슴을 밀었다. 혓바닥이 젖꼭지를 찾고, 겨드랑이를 찾고, 목덜미를 찾는 사이. 맹렬하게 불붙은 내 불방망이는 옥문을 찾아들었다. 욕정은 엄청 솟구쳤으나 밤새 쏟아낸 관계로 발포는 일찍 끝났다.

그녀의 몸 위에 겹쳐서 나는 숨을 골랐다. 그녀 몸을 계속 파고들겠다는 듯 아랫도리를 그녀의 음부에 딱 붙이고, 그녀의 어깨를 힘껏 껴안은 채. 그런 내 행위를 육체적 약속이라 믿었는지 그녀가 내 머리를 쓸며 다짐을 받았다.

"나는 이제 정웅 씨 거예요, 아셨죠?"

"응. 더 가지고 싶어."

"몇 번 했는지 알아요? 힘들지 않아요?"

"너무너무 가지고 싶어. 못 참겠어."

순남이도 떨어지지 말자는 듯 두 팔은 내 목을 꼭 껴안고, 두 다리는 내 엉덩이를 꼭 감쌌다. 그렇게 붙어있다 한 번 더 뒹굴고, 점심때가 거의 되어서야 우리는 여관을 나왔다.

점심 먹으러 식당을 찾는 동안 순남이는 내 팔에 착 달라붙었다. 누가 봤으면 눈꼴 사나운 신혼부부 같이.

우리는 시장통으로 들어가 뜨끈한 국밥으로 소모한 에너지를 보충했다. 밥값 계산을 끝낸 나는 식당 주인에게 물었다.

"이 근처에 서점이 있습니까?"

"오른쪽 길을 돌아 조금만 가면 원주서점이 있는뎁쇼. 원주에선 가장 큰 서점이래요."

나는 순남이의 손을 끌어 이내 원주서점으로 향했다. 그곳에 도착할 때까지, 그녀는 서점에 가는 이유를 묻지 않았다. 그저 고시 관련 책을 사려나 보다 여겼는지.

'목소리 예쁘고 시 낭송하는 걸 좋아한다니까.'

서점 안을 왔다 갔다 하며, 나는 시집이 꽂혀 있는 서가를 찾았다. 그때 《날개》란 책이 눈에 띄었다. 1956년에 출판된, 김용호 시인의 창작 시집이었다. 나는 목차를 훑어보다 '酒幕(주막)에서'가 낭만적이다 싶어, 그 시가 실려 있는 페이지를 찾아 선 채로 읽어 내렸다. 그중에 한 구절이 눈에 번뜩, 했다.

내 입술이 닿은 그런 사발에
누가 또한 닿으랴

이 시구가 내 가슴을 고동치게 만들었다. 어젯밤 순남이의 그 빨간 꽃잎에 처음으로 내 입술을 댄 만치, 누구도 손대지 못하게 하는 어떤 경고 같기도 하면서. '날개'는 내가 고시 합격하여 출세하는 상징 같고, 또 순남이와 함께 날고픈 희망 같은 것이기도 하여.

나는 그 시집을 들고 한쪽 편으로 가서 다시금 내용을 확인하였다. 그간 순남이는 매장에 펼쳐 놓은 책의 표지들을 열심히 둘러보고 있었다.

'좋아, 이걸로.'

책 선정을 끝낸 나는 그 시집을 주인에게 들고 가, 값을 지불하였다. 책에 흠집이 없나 한 번 더 살핀 뒤, 내 가방에 챙겨 넣으며 순남이를 불렀다.

"책 사셨어요?"

"응."

나는 짧게 대답하고 순남이의 손을 잡았다.

"이제, 역으로 가야죠?"

"······."

순남이의 물음에 나는 대꾸하지 않았다. 그녀는 내 대답을 못 들었음에도 더 이상 묻지 않았다. 그녀 딴에는 내가 고시 일정에 신경 쓰고 있다고 짐작했는지, 아니면 내가 기차 탈 시각 대중하고 있다 생각했는지.

하지만 나는 걸어가면서 앉을 만한 곳을 찾느라 계속 눈을 굴렸다. 내 마음은 딴 데 가 있었기에.

어제의 진눈깨비로 말미암아 길이 질척질척하였다. 순남이는 왼손에 우산을 들고, 오른손은 내 손을 잡고 발을 조심조심 디뎠다. 그럴 때마다 내 몸에선 전기 스파크가 일어 아랫도리가 또다시 불끈불끈 섰다. 나는 더 뜨거움을 느끼려고 은근히, 팔꿈치를 그녀의 유방에 바짝 밀착시켰다.

'어이구, 빵빵하면서도 부드러운 요것을 다시······.'

좀 걸어가자니 도로 쪽으로 난 초가 앞채에 툇마루가 보였다. 나는 툇마루에 먼저 가방을 내려놓고 순남이더러 걸터앉게 했다. 혹시 집주인이 보면 양해를 구하려고 좌우를 살폈다가, 나는 가방에서 시집과 펜을 꺼냈다. 다시 좌우를 확인하여 그녀에게 안심의 미소를 보여주곤, 툇마루를 책상삼아 쪼그려 앉았다. 내가 시집의 속표지를 펼쳤을 때까지만 해도 그녀는 차분히 지켜보고만 있었다. 뭐 하나 싶어.

내가 펜을 들고 속표지에다,

아름다운 나의 카나리아에게

合格의 그날까지
우리의 約束 記憶하기를

까지 써나갔을 때야 그녀가 "어머나!" 하며 손으로 입을 가렸다. '아름다운 나의 카나리아'를 보고 내 뜻을 알아챈 듯. 내가 기념 글을 다 쓰고 일어섰을 때, 그녀는 기뻐서 어쩔 줄을 몰랐다.

"전, 고시 과목 책 사는 줄 알았어요."

손으로 그녀의 머리를 빗어주며 내가 말했다.

"순남 씨에게 사랑의 증표로 주려고 골랐어요."

나는 책을 들어 기념 글 쓴 페이지를 다시 펼쳤다.

"이 안에 카나리아와 문조의 서약이 들어 있다는 것, 잊지 말아요. 알겠지요, 나의 카나리아."

시집을 건네받은 그녀의 눈가에 이슬이 맺혔다. 내가 그녀의 눈을 닦아주자 그녀는 순순히 고개를 끄덕끄덕, 했다.

이때를 틈타, 나는 순남이의 손을 잡고 졸랐다. 다시 여관으로 가자고. 우리의 사랑 한 번만 더 뜨겁게 갖자고.

그녀가 눈을 똥그랗게 떴다. 좌우를 살핀 그녀가 내 팔을 쳤다.

"애 생기면……."

어쩌려고요? 묻는 투로 나를 빤히 쳐다보았다. 거부하려
거나 싫어하는 기색은 아니었다. 나는 그녀의 양 귓불을 어
루만지며 재촉했다.

"그래도(괜찮으니), 한 번만 더."

"난 몰라요." 하고 순남이는 시집을 품에 꼭 껴안았다. 나
는 가방을 챙겨 들고 그녀의 겨드랑이에 손을 끼웠다. 내가
일으키려니 그녀는 날더러 이끌도록 내 팔에 착, 붙었다.

우리는 어제와는 반대 방향에 있는 다른 여인숙을 대실하
여, 원주 땅이 흔들리도록 맹렬하게 일을 치렀다.

옷을 주섬주섬 챙겨 입으려는 그녀를 낚아채며 물었다.

"오늘 밤 같이 있으면 안 돼?"

"왜요? 또—."

나는 겁탈하듯 그녀를 덮쳐, 다시 한 번 욕정을 쏟아냈다.
한데, 몸은 지쳐가는 데도 욕정은 더 끓어올랐다. 애가 타고
불만스러웠다. 어떻게 하면 만족될까? 옷을 챙겨 입는 그녀
를 보며 담배를 물려다 말고, 다시 물었다.

"꼭 가야만 돼?"

"이젠 가야 돼요. 지난번에 엄마한테 혼났단 말예요."

"며칠 딱 붙어 있으면 좋겠건만."

"그렇게 참기 힘든 거예요?"

"순남이가 좋으니까 그러지."

그 말은 듣기 좋았던지, 선심성으로 내 손을 잡아 유방에

갖다 대주었다. 아, 이런. 아랫도리가 또 불끈 일어섰다. 나는 부러 손을 뿌리치고 명령조로 말했다.

"못 참겠어. 가지 마."

"정말 어떡해? 애 생긴단 말예요."

그녀는 울상이 되었다. 나는 그녀를 끌어 내 가슴 위에 겹쳐 안고 한 손으로 등을, 다른 한 손으로 엉덩이를 쓰다듬어주며 달랬다.

"그래도 괜찮아. 괜찮아."

그렇게 껴안은 채로 나는 하루 더 잠자리 갖자고 떼쓰고, 그녀는 임신 걱정을 하며 말로만 실랑이를 벌였다.

사실 나는 오늘 하루만 더 같이 있자고 한 게 아니라, 다가오는 토요일에도 만날 것을 요구했다. 그녀는 양보하여, 한 번 더 정사를 가지는 대신에 이번 토요일 말고, 다음 주 토요일 만나는 것으로 결론을 봤다.

순남이 입장에서 한 번 더 정사를 치르기로 선심 쓴 것은, 기왕 뒹군 몸이고 또 내가 절실히 요구했으니 만큼, 그녀에 대한 나의 애정도 그만큼 깊은 것으로 믿어서 그랬지 싶다. 그녀가 이번 주 말고 다음 주 토요일로 잡은 것은, 임신에 대한 우려가 있는데다 나의 고시 공부에 방해가 될까봐서 그랬지 싶고.

내 애정이 식으면 어쩌나 하고 다음 회의 성교를 거절하기 어려웠던 순남이는 대신에, 새 사육과 관련하여 들었던 얘기로 갈음하였다.

"카나리아는 암수가 한 둥지에 있으면 울지 않기 때문에, 고운 목소리를 들으려면 수컷과 암컷을 떼어놓아야 한대요. 그러니까 정웅 씨가 고시 합격했다는 소리를 들으려면 2주 정도씩은 떨어져 서로를 그리워하자구요."

한 번 더 방사를 치른 우리는 2주일 뒤에 만나기로 하고 약속 장소와 시각을 정했다. 화신백화점에서 오후 5시에 만나기로.

화신백화점을 약속 장소로 정한 건, 순남이의 제의 때문이었다. 아마도 내가 사 준 시집에 대한 보답으로 나에게 줄 선물을 사려는 뜻에서였지 싶다. 그녀가 "연말 전에 정웅 씨 털목도리를 하나 사아겠어요." 한 걸 보면. 그녀 딴에는 이제 한 몸 됐으니 나를 자기 남자로 동이고파.

그녀를 보낸 뒤, 나는 차오르는 욕정을 주체하기 어려웠다. 입이 타고 가슴이 타다 못해, 장이 꼬이는 것 같았다.

'다음 주 토요일까지 어떻게 참아. 이번 주 토요일도 아니고.'

순남이와 헤어진 지 사흘째 되는 수요일은 하늘이 쪼개져도 참을 수 없었다. 여자 음부 맛을 보지 않고는 숨이 꼴깍 넘어갈 판이어서, 나는 거의 매일 사창가로 달려가 불덩이를 쏟아냈다. 토요일엔 순남이를 생각하며 청량리로 가서 쏟아내고, 그다음 월요일엔 원주로 가서 이틀간 작부와 또 그 짓을 했다.

순남이와의 섹스를 학수고대하며 욕동이 달아올라 있던 약속일 이틀 전. 소변을 보는데 요도가 화끈거렸다.

'아랫도리를 너무 많이 써, 오줌이 잘 안 나오는 건가? 쉬면 괜찮아지려나?'

그렇게 대충하고 이날은 윤락녀를 찾지 않았다. 허나 밤이 지나고 아침에 일어났을 땐 심한 통증과 함께 진한 농이 나왔다. 걷기조차 불편할 정도로.

'오늘 조치하지 않으면, 내일 순남이 만나러 가기도 어려울 것 아냐?'

고등학생 때 걸려본 성병 경험이 사이렌을 울렸다. 당장 병원에 가야 한다고. 그러자 걱정은 이내 산더미같이 불어났다.

'하숙비 줄 돈도 순남이와 잠자랴, 창녀들 화대로 쓰랴, 모두 쓰고 말았으니 어쩌나? 이런 꼴로는 서울로 들어가기도 어렵겠고, 누군가 눈에 띄기라도 한다면!'

나는 급한 대로 암자의 스님에게 돈을 빌려 양평읍내에 있는 병원으로 갔다. 성병을 위장하려고 어기적어기적, 소아마비 걸린 흉내를 내며.

의사는 클라미디아를 동반한 임질이라고 진단했다. 전염 가능성이 높고 기형아를 낳거나 불임의 원인이 될 수도 있다는 소견과 함께, 며칠간의 입원 가료와 성관계 금지 처방을 내렸다. 내 얼굴에 열꽃이 오르고 사타구니 전체에 붉은 반

점이 돋는 걸로 보아, 혹시 잠복해 있을지 모를 다른 병원균
도 확인하려면 최소 사나흘은 복합 처치를 받아야 한다면서.

걸음걸이만으로도 남부끄러워 밖으로 나다닐 수 없는 지
경인데다 의사의 처방이 그러하니 어쩌겠는가. 입원할 밖에.
문제는, 한두 푼으로 입원치료를 받을 수 있는 게 아니라는
점이었다. 그것도 나의 유일한 돈줄인 엄마 모르게.

이 난감한 신세를 누구한테, 어떻게 알려야 할지, 나는 머
리를 싸맸다. 병원비를 감당할 수 있으려면 경제적으로 여유
있는 사람이어야 되잖은가. 거기다 양평으로 쉬 달려올 수
있고, 또 소문나지 않게 하려면 나의 비밀을 지켜줄 정도로
가까운 사람이어야 한즉.

같은 학과 친구 민철이는 부모가 남대문시장에서 양곡상
회를 하고 있어 형편이 좀 나았다. 그는 성격도 활달하고 꾸
밈없어 종종 친구들의 애로사항을 잘 들어주는 위인이었다.

나는 입원수속하기 전에 우체국으로 가, 민철이한테 전보
를 쳤다. 내쳐 시장통에서 주먹밥 하나로 점심 겸 저녁을 때
우곤 스님에게서 빌려온 돈으로 하루치 입원비라며 병상에
누웠다. 한데 다음 날 오후에 기차를 타고 병실로 달려온 사
람은 민철이 아니라 엄마였다.

'어이쿠! 차라리 저승사자가 왔으면.'

사람이 신중하면 신은 코웃음을 치는지, 이렇게도 황당하
고 무참할 수가. 쥐구멍을 찾지 못한 나는 담요를 둘둘 말아

얼굴을 감쌌다.

'원산폭격 때의 그 폭탄, 한 방만 내 낯짝에 딱 터뜨려줬으면 좋겠건만.'

전보가 당도한 토요일 오전 10시경. 수업이 없어 집에 있다 내 전보를 받고 깜짝 놀란 민철이는 한달음에 우리 집으로 달려갔다. 고시 공부에 매달리겠노라고, 친구들에게 말 한마디 없이 서울을 떠났던 내가. 8개월째나 감감무소식이었다가, 그것도 병원에 입원해 있다 하니 제 딴에는 한시바삐 내 소식을 전해줄 요량으로. 그간 엄마는 나를 찾아온 친구들에게 "요양하러 멀리 가 있다."고 둘러대어, 제 생각엔 내가 큰 병이라도 걸린 줄 알고.

엄마는 대노했다. 얼마나 억장이 무너졌으면 이빨 달그락거리는 소리가 병실 천장을 다 울렸다.

"천하 몹쓸 병을, 한 번도 아니고! 망종이야, 망종!"

나는 병원에서 엄마 감시 하에 치료 받느라고 순남이와의 약속을 펑크 낼 수밖에 없었다. 퇴원하여서도 연말까지는 통원치료를 받으며 엄마가 지어준 보약으로 몸 다스리는 데 열중했다. 과잉 섹스와 수음으로 기가 다 빠져 있어서.

그런 와중에, 순남이와의 관계는 어영부영 넘어갔다. 입원기간에는 치료 받느라고, 또 엄마가 붙어 있어 밖으로 나가기가 어려웠을 뿐만 아니라. 내 꼬락서니가 말이 아니어서, 수치스러워서도 그녀 만날 생각을 일부러 잠재웠다.

약속을 어기고 나서는, 펑크 낸 자책감으로 그녀를 다시 볼 낯짝이 없는데다. 그보다 더 원천적인 건, 애초부터 나는 오로지 성욕에만 불타 있던 관계로 정작 그녀의 일터와 집을 상세하게 알아두지 않아(그간 내가 서울에 있었으면 또 어땠을지는 모르겠다만) 다시 찾기도 어렵거니와. 설혹 다시 찾더라도, 내 성욕으로 인하여 그녀에게 몹쓸 성병 옮길까 저어하다가 그만······.

순남이를 만난다면 필시 욕동이 끓어오를 테고, 그녀의 살맛과 음부 맛을 본 내 혀와 양물이 그녀를 가만두지 않을 것이라고 보면, 어쩔거나. 다시 뒹굴자니 병으로 상처 줄 것 같아 이럭저럭 넘어갔는데.

그간 엄마는 강원도 홍천 첩첩산중에 있는 암자를 찾아냈다. 낯부끄러워서 더 이상 용문사 근처에는 얼씬하기도 어렵겠다며.

새로 구한 암자에 짐을 부린 날. 엄마가 이번엔 장부가 아니라, 어디서 구했는지 은장도를 꺼내 방바닥에 놓았다.

"여기서 고시에 합격을 하든, 색욕을 끊든, 네 팔자를 바꿔서 세상에 나오라. 그렇지 않으면 에미 볼 생각도 마라. 아버지 팔자야 시절 때문이어서 그랬다지만, 세상에 더러운 병치레를 다하고."

엄마는 마지막으로 모든 걸 걸었다. 아버지 때문에 친인척들에게 사람대접 못 받고 있는 처지에, 나 때문에 세상 사람들한테 손가락질 당해가며 더 이상은 못 산다고.

새해가 되어 나는 홍천 암자로 들어왔다. 새 마음 새 뜻으로 단단히 각오를 다졌지만, 날마다 솟구치는 정욕은 어쩔 도리가 없었다.

욕동으로 환장할 때마다 순남이와 뒹굴었으면 좋겠건만 찾기 어려워 문제고, 창녀촌으로 가자니 또 병에 걸릴까 문제고. 날마다 과도한 수음을 한 결과, 또다시 몸이 축났다. 수시로 섹스 환상에 젖고 사정을 해대는 바람에, 나중에는 책 붙들고 있을 기력도 없었다.

고시고 나발이고, 우선은 이 색광 환장에서부터 벗어나는 길을 찾아야 했다. 게다가 징병 대상 나이니만큼 병역 문제도 당면해 있잖은가.

가족 구성 상태로만 본다면 나는 편모슬하에 미성년 동생을 둔 장남이었다. 가족 부양을 해야 하는 형편상, 굳이 병역만의 문제였다면 의가사에 따른 전시근로역 등으로 처분 받을 수 있었다. 하지만 군대 가기로 맘먹고 엄마와 상의 없이 해병대에 자원하였다. 이참에 나를 한번 다잡아 보려고.

"나는 누굴 믿고 살라고! 내 팔자가 왜 이리 박복하냐!"

소집영장을 받아든 엄마는 머리에 수건을 동여매고 앓아누웠다. 믿을 구석이라곤 이제 장남밖에 없는데, 고시 합격해서 집안을 일으키기는커녕 목숨 내놓아야 하는 군대에 제 발로 가겠다니. 휴전한지 5, 6년이 흘렀다곤 하나 당시에는 아직 전장으로 여겨, 자식을 군대 보내면 잃는다고 겁먹던 때 아니던가.

엄마는 이틀을 꼬박 눈물과 한숨으로 지새웠다. 뾰족한 수가 없었던 엄마도 마지못해 이 자식을 내놓았다. 말로는 훈련에 열중하다 보면 건강도 되찾고 여자도 당분간 멀리할 수 있지 않겠느냐며.

만부득이 일생일대의 결심을 한 나는 1959년 4월에, 눈물 범벅이 된 손수건을 흔드는 엄마를 뒤로하고 김포훈련소로 입대하였다. 이 자식은 비록 불초했으나 하늘은 엄마의 노심초사를 덜어주려 선심을 써. 신병 기초훈련을 사흘쯤 받던 도중에 나는 행정병으로 차출되어 휴전선과는 거리가 먼 포항으로 떠났다. 당시엔 대학 이상의 고학력 입대자가 드물었던데다, 그해 3월 포항으로 이전해 간 사령부가 4월에 사단 편성을 새롭게 하면서 고학력 행정병이 절실했기 때문이었다.

내가 자원하여 부득불 군에 입대하였지만 그것이 최선의 방편이었느냐에 대한 호부는 한마디로 말하기 어렵다. 허나 다시 한 번 서울을 떠나게 되었던 나는 그것으로 아버지의 오욕된 시절의 연(緣), 내 부끄러운 청춘의 연이 끝나는 줄 알았다. 어리석게도.

신불

많은 예술 영역 중에서 인간과 신의 합작 예술품이 도자기 아닐는지. 음악은 인간이 만들어서 인간이 만든 악기로, 인간이 연주하거나 노래하는 것이므로 신의 영역이 낄 틈이 없다. 그리고 음악은 곡을 만들 때 마음에 들지 않거나 틀리면 작곡가가 여러 번 고칠 수 있을 뿐만 아니라, 똑같은 음악을 여러 번 연주하거나 반복적으로 노래할 수 있다. 고로 어디까지나 인간의 영역에서 일어나는 일들이다. 미술이나 다른 예술(굽기 과정을 거치는 공예는 예외겠지만) 역시 마지막까지 작가의 손으로 완성하므로 신의 영역이 따로 없다.

하지만 도예 작업은 불의 과정을 거치지 않으면 안 되기 때문에 신의 영역이 개입될 수밖에 없다. 프로메테우스가 하늘의 불을 훔쳐 인간에게 가져다주었다는 신화를 굳이 들먹이지 않더라도, 불의 영역은 신의 영역 그야말로 하늘의 일이다. 그렇다고 본다면 하늘인 불, 땅인 흙과 유약, 도예가의 혼과 기술이 깃든 도자기야말로 천지인의 조화인즉, 결국 도자기 굽기는 천지인을 받드는 일과 다름없다.

입춘을 맞아 명진이 가마에 불을 지폈다. 가마 안에 기물도 재임하지 않고 일꾼도 없이 혼자서.

평소와 같이 작업실로 들어 가려든 고상화가 가마 쪽에서 연기가 피어오르는 것을 보고, 발길을 그쪽으로 돌렸다.

'이상타? 웬 가마 굽기를 하는고?'

발소리를 죽여 가마 가까이 간 고상화가 아궁이 쪽을 봤다가 가마 안을 들여다봤다가. "음, 음." 헛기침을 두 번 했다.

인기척을 들은 명진이 앉은자리서 뒤돌아보자 그가 뒷짐을 지며 물었다.

"아니, 가마 안에 아무것도 없는데 무슨 불을 때고, 저 고사상은 또 뭐요?"

명진이 부지깽이를 장작개비에 걸쳐놓고 일어섰다.

"어르신, 잘 오셨습니다. 입춘이라 절에도 들릴 겸, 모시러 가려던 참이었습니다만."

"아, 그랬소. 무슨 일로? 불은 왜?"

"앉으시지요. 막걸리 한잔하시게."

고상화가 아궁이 불에 손을 갖다 대며 깔개자리에 앉았다. 고사 음식이 차려져 있던 개다리소반을, 명진이 들어다 아궁이 가까이에 놓았다. 명진이 술잔을 고상화에게 건네주고 술을 따랐다.

"가마를 예전 장인들은 여자 신으로 봤습니다. 여신 앞에서 말하기가 좀……. 이걸 보시죠."

자리에 앉은 명진이 부지깽이를 집어 땅바닥에 '女, 성화, 삐짐'을 급히 갈겨썼다, 발로 지웠다. 고상화가 알았다는 눈짓과 함께 머리를 끄덕였다.

명진이 눈짓을 받아 계속했다.

"해서 때론, 지금같이 기물을 넣지 않고도 불을 때줘야 하는 경우가 있습니다. '공불 때기'라 하죠. 장마철에 습기를 제거하기 위해서나 곤충이 서리는 것을 방지하기 위해 헛불 때는 걸 일컫는데. 저는 이걸 '신불'이라 부릅니다. 헛불이라 하면 그야말로 가치가 없어, 가마 신이 토라지거나 노할까봐서요. 실제로, 가마를 아끼고 관리하기 위해 때는 불이라면 헛불이 아니기도 하고. 가마 굽기 할 때의 불은 도자기를 익혀 제가 돌려받는 것이니까, 순수한 신의 몫은 아니지요. 지금처럼 기물을 넣지 않고 때는 불을 '신에게 드리는 불' '공경해야 하는 불'이라고 새겨 고사를 지내는 겁니다. 어제와 그제, 비도 좀 많이 내린데다 이 가마는 첫겨울을 지났으니만큼, 불 때기를 한번 해줘야 할 필요가 있겠고 해서."

"화부라면 마땅히 불을 신처럼 공경해야 하고말고. 의미가 좋소. 그것도 입춘에.

"이 가마가 제 생명줄인데요."

명진이 고사까지 지낸 데는 그만큼 간절함도 들어 있었다.

전통 장작 가마로 도자기를 소성하면 가스 가마나 전기 가마에서 얻지 못하는 장점이 있다. 나뭇재가 기물에 내려앉거나 가마 내부의 각종 요변(窯變 : 불의 상태나 온도 등 가마에 영향을 주는 요인) 현상으로 인하여, 유약 색깔이 변하는 등의 예측치 못한 걸작을 얻을 수 있는 기회와 희망 같은 것. 명진을 비롯한 전통파 도예가들이 힘들고 어려운 장작 가마를 고집하는 이유가 바로 이 매료 때문이다.

하나 장작불로 재벌구이까지 해서 작품으로 쓸 만한 도자기는 열에 두세 개 건지기도 힘들다. 잘못된 장작으로 불을 때어 그을음이 생기거나 온도조절을 잘못하여 깨진 경우, 열기가 고르지 않아 찌그러진 경우, 식히는 과정에 찬바람이 들어가 식은태(실물은 깨진 상태이나 눈에는 보이지 않게 생긴 금)로 인한 불량 등이 다반사로 일어난다. 10년 넘게 도자기를 구워낸 명진의 경험상으로도 그가 건진 완전무결한 작품은 평균해서 2할 정도 밖에 안 된다.

명진의 계산에 의하면, 작품이 어떤 가격으로, 얼마나 잘 팔리느냐의 여부를 떠나서, 성공률을 3할 수준은 넘도록 해야 다른 일하지 않고 그럭저럭 도예 작업에 전념할 수 있다. 게다가 그가 이곳으로 옮겨와선 다른 일거리도 없는 상태라, 오직 도예의 길로 가게 해달라는 것이 그의 첫 번째 간절함이다.

두 번째 간절함은 이 가마가 그의 평생지기가 돼 달라는 심정에서다. 명진이 이천에 있던 선배의 가마를 거의 공짜로 인수 받긴 했으나 실제 사용한 기간은 8, 9개월도 채 되지 않는다. 이 가마 아궁이에서 유나가 알몸 행각을 벌이는 바람에 그녀의 음행을 잊기 위해, 이천의 가마를 처분하고 광주로 갔기 때문이다.

광주에선 산골짝 밭을 임차하여 그가 직접 가마를 지었으나 겨우 2년 사용한 재작년, 토지 소유주가 전원주택 짓겠다고 가마를 철거해 달라 하여 광주 가마도 명진의 손을 떠났다. 그토록 소원했던 가마가 어느 날 물거품처럼 사라져버린 꼴이라니.

지주로부터 받은 쥐꼬리만 한 이전 보상금으론 아무것도 할 수 없어, 한국도자재단에서 지원금 좀 받고 이 돈 저 돈 끌어 모아 지금의 동파요원을 지었다. 이젠 명진이 비빌 언덕이라곤 이 가마밖에 없으니 간절할 밖에.

막걸리 한 잔을 쭉 들이켠 고상화가 입을 뗐다.

"그만한 공을 들이면 복이 안 오겠소. 천복만복 받아야지."

술잔을 내려놓은 그가 제상에 있던 북어 살을 쭉, 찢었다. 찢은 살을 한 번 더 찢어, 작은 부위는 안주로 입에 넣고 큰 부위는 불속에 던져 넣었다.

"불님, 우리 도공 잘 봐주소."

그가 두 손 모아 빈 다음, 이번에는 편육 한 점을 젓가락으로 집어 불에 던졌다.

"신들은 먹을 것을 좋아 하나보오. 불을 숭배하는 배화교도들은, 불이 타오르는 제단에서 제례의식을 치르며 고기나 음식 등의 봉헌물을 태워 경배를 드리기도 했다오. 고대 그리스인들이 제사지냈다는 헤카톰배도 고기 뼈다귀 등에 불을 피워, 그 불꽃과 냄새가 신에게 이르게 했다 하고."

"인도 신화에 나오는 불의 신 아그니도, 아궁이 속 불에 대한 공경에서 기원된 거 아닙니까?"

이번엔 명진이 북어를 손가락 길이만큼 찢어 불에 던져 넣었다.

고상화가 명진의 잔에 술을 채워주며 답했다.

"불이 인간 사회에 번영을 가져다주는 역할을 했으니까, 경배해야 하는 게 맞지 않겠소."

명진이 장작 한 고물을 아궁이에 던져 넣었다.

고상화가 말을 이었다.

"도공이 말했듯, 아궁이 신이 여신인가는 몰라도 음양오행상으로 불은 양이요. 그러면 음도 필요한데, 내가 볼 때는 음을 보충하는 방편도 좋을 거 같소. 전번에 불 땔 때 도공이 말했지만, 원 도공 아버지는 일부러라도 오줌통을 갖다 놓는다 했지 않소. 그건 불 땔 때의 얘기고, 평소에도 음기를 좀 보충하소. 가장 좋은 방법이야 여자와 합방하면 더할 나위가 없겠는데, 여자가 없으면 암수 구분이 있는 나무 중에 음수를 심으면 되오. 은행나무 같이 암수 구별이 있는. 은행나무 암그루는 심어 놓으면 산 어귀에 있는 수놈 정자가 날아와서 열매 맺을 수 있으니, 그건 고약한 냄새가 나서―."

"꽃은 수술 암술로 열매를 맺고 그러는 거 아닙니까? 정자가 따로 나옵니까?"

"은행나무는 그렇다오. 특이하게도, 사람이나 동물과 같이 정자—정충—를 통해 수정한다고 그럽디다. 은행나무 말고 암수 나무로는 꾸지뽕나무가 있고, 키위도 암수가 있소. 암나무를 구해 집 둘레에 심어놓으면 음기가 보충된다고 들었소. 뭐 미신이겠지만, 불신에게 비는 만큼 그런 나무로 마음 수양한다고 생각해도 되고."

말을 끝낸 고상화가 잔에 남은 술을 마저 들이켜고 일어섰다.

"아참, 내 정신 좀 보소. 오늘이 입춘이라 절에서 입춘첩을 신도들에게 나눠줬소. 마침 원 도공에게 한 장 필요할 것 같아 그것 챙겨주려 왔는데, 까먹고 갈 뻔 했네. 올해는 명품 걸작 하나 만들어내서, 경사 나라고."

고상화는 사파리 점퍼 안주머니에서 노란 봉투를 꺼냈다. 손가락을 봉투 속에 넣어 황색 괴황지에 주사로 쓴 부적을 빼냈다. 접힌 부분을 펼친 그가 한문으로 된 입춘첩을 읊었다. 입춘대길 건양다경, 이라.

* * *

명진이 고상화 앞에선 신불의 안녕과 지복을 위해 고사를 지냈다고 하였지만, 실상 다른 이유도 있었다. 5년 전 이맘때 사미니가 된 유진이의 성불을 늦게나마 축원해주기 위한 마음의 발로.

유나가 모델로 데뷔한 그해 봄, 네 번째 건의 패션쇼 출연이 끝나고서였다. 유나는 낯선 남자로부터 전화 한 통을 받았다. 그 남자는 여성 의류를 생산하는 회사의 총무부장이라고 신분을 밝혔다.

그 회사는 아직 자체 브랜드를 갖고 있지 않아 널리 알려진 기업은 아니었다. 서울에서 성장한 업체가 아니어서 유나도 잘 모르는 회사였다. 대구 서문시장에서 의류 도매업을 크게 하다가, 2년 전에 서울 광장시장 곁으로 본사를 옮겼다고 했다. 군포에 생산 공장도 확충해, 명실 공히 중견기업 반열에 들게 되었다고도 했다.

일반적으로 모델이 되면 패션쇼 출연이나 광고계약 건은 대개가 에이전시를 통해 의뢰가 들어온다. 헌데 개별 기업체가 무명 모델 중에서 점지하거나 일반인 중에서 발굴하여, 큰돈 들이지 않고 전속모델로 계약하고 싶어 하는 경우도 있다. 기업 측에서 유명 연예인이나 슈퍼스타를 광고모델로 쓰기에는 출연료가 너무 부담되는 경우라든지. 아직 덜 알려진, 그래서 더 순수하고 깨끗한 이미지를 갖고 있으면서도 미래가 촉망되는 신참을 광고모델로 쓰는 게 더 적합한 경우와 같은.

유나도 그와 같은 건인 줄 알고 기회다, 싶었다. 아무리 망조가 든 집안일지라도, 아무리 하찮은 무지렁이일지라도, 언젠가 한 번은 햇빛이 들어오기 마련일지니. 그녀는 두 주먹을 불끈 쥐고 쾌재를 불렀다. 일생에 한 번 올까 말까하는, 모델 직업상의 최고 선망인, 전속모델 계약 건이라는 햇빛이 들어오는 것으로 여겨. 전세방 한 칸 없는 막다른 처지에 목돈 좀 생기면 엄마랑 유진이와 같이 살 전세방이라도 얻을 수 있잖을까, 하고.

기회가 왔을 땐 어물대지 말라. 이건 아버지로부터 노상 들은 사업의 첫 번째 원칙 아닌가. 그녀는 핸드백에 인감도장까지 챙겨 그 회사 총무부장을 만나러 갔다.

대한극장 옆 초밥전문점에서 만난 그 총무부장은, 오늘 얘기는 서로 비밀로 한다는 데 동의하라고 했다.

'아, 그렇지. 모델에이전시 측에서 미리 알면, 계약 위반 구실로 삼을 수도 있겠네.'

유나는 선뜻 동의했다.

총무부장이 술잔을 들어 건배 제스처를 취해 유나도 잔을 들어 짱, 맞받았다. 술이 두 순배 돌고, 그가 서류 가방에서 누런 대봉투를 꺼내 놓았다. 봉투의 배가 불룩했다.

'서류가 아니라 돈 뭉치?'

유나의 눈에서 빛이 났다. 전신의 피가 초속으로 돌며 희망의 살을 돋게 해주는 것 같았다.

그녀의 직감이 맞았다. 그가 "세 갭니다, 삼백만 원." 하고 손시늉을 취했다.

"직접 확인해 보시죠."

두 손을 맞잡고 비비며 유나는 잠시 머뭇거렸다. 생각지도 않던 돈이 생기거나 기대도 안 했던 일이 들어오면 누구나가 그러하듯, 어안이 벙벙해서.

'가계약 선금인가? 이 회사, 결단 하나는 빨라서 좋다.'

유나는 봉투 꽁무니를 들고 돈다발을 빼내 세 뭉치임을 확인했다. 봉투에서 손을 뗀 그녀가 머리를 숙이곤 씨―익, 알 수 없는 미소를 지었다. 벅찬 감동을 숨기기 위해 신중하게 생각하는 척, 타산을 따져보는 척, 하노라고.

묵묵히 지켜보던 그가 헛기침을 한번 한 뒤, 본론을 얘기했다.

"조건은 '하룻밤'입니다. 무슨 뜻인지 아시겠죠? 저녁 일곱 시부터 다음 날 아침 일곱 시까집니다. 날짜는 이번 주 토요일 내로, 언제든지 정하시면 됩니다. 팁은 하룻밤이 어땠느냐에 따라 드린다고 했습니다. 마음이 정해지면, 오늘이 화요일 저녁이니, 토요일 정오까지는 알려주셔야 합니다. 교외 호텔로 이동하는 데 두 시간쯤 소요된다는 점 예상하시고. 다른 건, 하룻밤 지내며 직접 알아보시죠. 저는 심부름만 할 뿐입니다."

그 바로 일주일 전, 유나는 명진에게서 빌린 돈 오십만 원을 갚았다. 그것도 모델에이전시로부터 가불 받은 이십만 원을 보태.

그 돈을 갚은 다음 날, 유나 엄마가 스스로 손목을 그었다. 엄마와 동생이 살던 반지하방이 월세여서, 마침 밀린 월세 독촉하러온 집주인이 발견하는 통에 목숨엔 지장이 없는 상태.

그런 처지였던 만큼 유나 눈에서 두 번, 하늘만 아는 먹피가 튀었다. 한 번은 삼백만 원이 든 돈 봉투를 봤을 때, 다른 한 번은 '하룻밤'이라는 말을 들었을 때.

쓴웃음도 나오지 않아 그녀는 술만 연거푸 두 잔을 들이켰다. "일단 알겠습니다." 하고 그녀는 총무부장의 명함을 챙겨서 바로 헤어졌다. 토요일 오전까지 알려주마고. 돈은, 마음이 결정되면 그때 받겠다면서.

그길로 유나는 혼자 한강나루로 갔다. 그녀를 지켜주고 있는 건 소주병뿐이었다. 그녀는 날밤을 새며 승부 없는 씨름을 하였다. 지금 유서를 쓰고 강물에 뛰어드느냐, 아니면 '하룻밤' 조건을 받아들이고 나서 뛰어드느냐.

몇 시간째 머리와 가슴간의 내전을 치른 다음, 휴전을 위해 그녀는 당면한 핵심부터 짚었다.

'난, 지금 돈이 급해. 어차피 강물에 뛰어들 것 같으면, 까짓것 '하룻밤' 지나고 뛰어들어도 되잖느냐. 대학 다닐 때 이미 섹스 경험을 해본 친구들이 태반이었는데, 지금 이 나이에 나라고 못할 거야. 다만 내가 원해서 하느냐, 내가 하고

싶은 사람과 하느냐, 그것만 다를 뿐.'

유나는 그때까지 성 경험이 없었다. 그녀가 순결과 정조를 지켜온 데는 엄마의 영향이 컸다.

유나 엄마는 처녀 때 수녀가 되려고 작정한, 독실한 가톨릭 신자였다. 그녀의 아버지가 워낙 엄마를 사랑해, 10년간이나 공들여 늦깎이로 결혼하였다. 결혼할 때 그녀의 엄마가 아버지에게 요구한 조건은 단 하나였다.

"돈은 못 벌어도 좋으니 바람피워선 안돼요."

물론 그 하나만 다짐 받은 이면에는, 유나 아버지가 의협심이 강하고 근면성실한 사람이라는 건 이미 알고 있었기 때문일 터다. 그런 연유로, 그녀의 아버지는 다른 여자 분 냄새를 묻혀 집에 들어간 적이 없었다. 그녀의 엄마가 딸들에게도 순결을 지키도록 철저하게 가정교육을 시킨 결과, 그때까지 유나와 유진 자매는 성 경험이 전무했다.

한데 지금에 와서 처녀막을, 그것도 돈에 팔아넘기자니, 도덕성은 둘째 치고 무엇보다 자존심이 상했다.

'이러려고 처녀막을 지켜왔나? 그게 아깝고 소중하다면, 지금이라도 처녀막을 주고 싶은 사람에게 주자. 그리해서 수치심도 사라지게 할 수 있다면, 후회할 게 뭐 있겠는가.' 하여 사흘을 연이어 명진에게 가지라고 졸라댔건만.

명진과의 사흘째 밤을 한강변에서 지내고 자정께 헤어진 뒤, 아버지가 있는 병원에 도착한 유나는 중환자실 복도에 있는 긴 의자에 몸을 눕혔다. 그때까지 누구에게 털어놓기조차 민망한 하룻밤 문제를 안고 다니느라 진이 다 빠져, 스르르 눈이 감기며 형광등이 점점 멀어지더니…….

대학생 시절의 어느 봄 학기 엠티 상황이 펼쳐졌다. 그녀는 혼자 산 벚꽃 맞으며 너럭바위에 앉아 있었다. 그때 패션 마케팅 담당 윤 교수가 곁으로 다가왔다. 유나를 껴안은 그가 혀로 그녀의 귓바퀴를 깨물며 속삭였다.

"유나야, 나한테 처녀막 바쳐, 응. 내연녀 되면 전임강사 자리 챙겨줄게. 사업한다면 청담동에 부티크 숍 라이선스 얻어 줄 수도 있어. 그렇게 말했는데도 왜 입때껏 처녀막 안 줘. 네 처녀막은 꼭 먹어야겠어. 우리 마누라는 없었거든."

그가 유나 바지와 팬티를 한꺼번에 내리고 음부에 입을 갖다 댔다. 너무나 흥분한 나머지 하얀 액을 쌌는데. 명진의 얼굴이 흰 크림으로 떡칠되어 있었다.

"아니 명진 씨!"

그녀가 닦아준다고 의자에서 벌떡 일어났다.

'휴, 악몽을 꿨어. 뱀 같은 네놈에게 줄 바에야 차라리 사형수에게 선심 쓰는 게 백번 낫지. 명진 씨가 한 번만 해줬으면.'

사람이 바라던 대로, 또는 성질대로 되지 않으면 거꾸로, 없던 용기도 생기고 더 적극적이 된다던가.

토요일 11시경에 유나는 총무부장에게 전화를 걸었다.

"그날의 조건에 없던 항목을 말할 게요. 처녀막 가지는 데

'이백 더'요. 오리지널 막인지 아닌지는 의사들 다 불러서 검사해도 좋습니다."

'백 더'에서 합의를 보고 오후 5시, 유나는 그들이 내준 승용차에 올라탔다. 가족을 살리는 길이라고 생각하니, 떨리긴 해도 두렵지는 않았다. 아니, 두려움을 떨치려고 그녀는 태도를 바꿨다. 기왕지사 화끈하게, 자신의 애욕도 함께 살리는 쪽으로(그 결과 팁으로 '백 더' 받았다).

그 일이 있고 나서, 유나는 돈 좀 있다는 사람들을 상대로 '하룻밤'을 자청했다. 강물에 뛰어들 바에야 그동안 즐기지 못한 것 즐기고 돈도 벌고 나서 그러면 될 것 아냐, 하고. 명진과도 그해 늦여름부터나마 육체관계를 가졌다. 명진이 그녀와의 동거를 계획했던 이천의 가마에서. 허나 명진이 그토록 섹스 봉사를 해주었음에도 유나는 성에 차지 않아 했고 목말라했다.

섹스에 꼴린 유나가 어느 날, 남자 누드모델(명진도 봤던 사람이다) 앞에서 자책 섞인 한탄을 했다. 술좌석에서 지나가는 말로. 헌데 유나가 한 말은 한 다리 건너 뛸 적마다 전혀 엉뚱하게 와전되었다. '명진 씨가 가져줬으면'이라고 한 말이 '유나가 처음이 아니어서 명진이 가지지 않았다'로, '명진 씨가 너무 나를 아끼고 미루다가'(면목 없게 됐다)라고 한 말은 '유나 형편이 저렇게 되자 명진이 내쳤다'로 바뀌어서 들려왔다.

다른 한편으로는 '유나가 원래부터 님포마니아였으면서 이

가시나가 호박씨 까고 있었다.' '인공 처녀막 갖다 붙여 돈 우려먹는다.' '한 번 붙으면 열 번은 기본이다.'는 등등의 희한한 소문이 나돌았다.

그런 항담을 명진은 늦게, 동호로부터 전해 들었다. 명진으로선 그냥 흘러 넘기기가 쉽지 않았다. 유나가 명진과 섹스 할 때마다 실제로 요구가 많았고, 몇 번을 해도 성에 차지 않아 했으며, 가마 아궁이에서까지 섹스하고 싶다고 한 사실이 있으므로.

유나의 섹스 행각을 누구에게 얘기하기도 어려워, 그는 인터넷을 뒤져 정말로 그녀가 색마의 끼를 타고 났는지도 알아보았다.

명진이 검색한 항설들을 적어본즉.

—입술에 점이 있고 목소리가 허스키한 여자는 성욕이 강하다.
—피부가 까무잡잡하고 마른 체형에 눈이 치켜 올라간 여자는 색끼를 타고났다.
—팔뚝이 짧고 가느다란 여자는 음란하다.
—입술이 두껍고 간교하게 웃는 여자는 색을 밝힌다.
—얼굴에 홍조를 띠고 살갗이 번질거리는 여자는 여성 호르몬 과다분비 증거인즉, 남자관계가 복잡하다.
—심한 충격을 겪었거나 정신적 보상을 받지 못하면 육체의 쾌락에 빠져든다.

'관상이나 외형으론 유나에게서 색마의 특징을 찾아볼 수 없는데? 심한 충격을 겪었거나 정신적 보상을 받지 못하여 육체의 쾌락에 빠져드는 건 기질 문제와는······.'

설혹 유나에게 색정 기질이 있다고 해도 명진으로선 어쩔 도리가 없었다. 정식으로 혼인한 사이도 아니었으니.

가마 아궁이에 들어간 유나의 행각을 잊어버리려고 그는 오로지 도자기 굽는 데만 집중했다. 동호 말대로, 백년간 도자기 못 구워서 환장한 놈처럼 굽고 또 구웠다. 그의 도예 스승이 가르쳐준 바와 같이, 어려움에 부닥칠수록 휘둘리지 말아야 한다며 스스로를 몰아붙였다.

명진의 입장에선 그럴 수밖에 없었던 또 다른 이유도 있었다. 그간 직장생활도, 도자기 굽기도, 어느 것 하나 제대로 못하고 허송세월만 보냈다는 자책감이 들었던 데다. 병중이던 아버지가 돌아가시는 바람에 짓눌려 있던 어깨가 약간 홀가분해진 데다. 남동생이 공무원 되어 엄마를 챙기겠다했으므로 조금의 여유가 생긴데다. 갖고 싶었던 가마를 가졌으니 죽자 살자 달려들어 보자는 각오가 더해져, 그로선 가일층 도예 작업에 집중할 수밖에 없는 안팎의 상황이 만들어졌기 때문이다.

그에 따른 가시적인 성과도 나왔다. 삽질로 파고들면 물이 나오든 광석이 나오든, 뭔가는 나온다는 것을 증명이라도 해주듯이.

그때 구워낸 항아리 중에 괜찮은 것을, 동호가 대한민국 공예대전에 한번 출품해 보라고 권유해서 낸 것이 덜컥, 우수상을 받게 되었다. 한데 그 작품이 사실은 심사위원 과반 찬성으로 대상작이 될 수 있었다는, 심사위원 중 한 사람의 양심선언으로 한바탕 난리가 났다. 작품이 아닌, 출품자의 학력 따지기로 뒤늦게 대상작이 바뀌었다는 후문으로.

얼마나 여파가 컸으면, 프랑스에 유학 가 있던 선배조차 학력 연줄 따지는 기득권층과 싸워서 작품 심사를 다시 받으라고 할 정도였다. 자기 삼촌께 말해 생활비 좀 보태주도록 할 테니 깨뜨릴 건 깨뜨리라고.

하지만 당시의 명진은 도자기를 계속 구울 수 있다면 좋겠다는 것 외 큰 욕심이 없었다. 또 유나 일을 잊기 위해서 달려든 것인데 괜히 일을 더 벌였다간 유나와 관계된 소문이 수면 위로 떠오를 염려도 있어, 그는 우수상 받는 선에서 자신이 참기로 했다.

* * *

도예 작업에 진력하던 이듬해 2월, 명진의 휴대폰에서 전화 왔다는 알림소리가 났다. 폴더 화면을 본 순간, 그는 깜짝 놀랐다.

'유진 씨가 내 전화번호를 어떻게?' 하다가 이내 고개를 끄덕였다. 유나의 부탁으로 유나 아버지 병실을 두어 시간 지켜봐주기로 했던 날. 유진이 병실을 비우면서 혹시 긴급 상황이 발생하면 연락하기 위해 서로가 휴대폰 번호를 저장해 두었었지.

명진이 전화를 받았다.

"네. 원명진입니다."

"아저씨, 으흐흑. 엉엉엉."

명진의 목소리를 들은 유진이 목 놓아 울기부터 했다. 이미 얼마나 울었는지 울대가 쉬었고 말에도 맥이 없었다. 명진이 속사포로 물었다.

"유진 씨, 왜 그래요? 거기가 어딥니까?"

차 소리가 시끄럽게 들리는 것으로 봐 대로변인 것 같았다. 더 크게 엉엉엉, 울던 유진이 대답했다.

"마포대교요, 엉엉엉. 너무 겁나요, 엉엉엉."

"뭐, 마포대교? 이런!"

명진의 머리털이 쭈뼛 섰다.

"안 돼요. 유진 씨 안 돼요. 거기 있어요. 꼼짝 말고 거기 있어요, 내가 갈 테니."

"으앙앙, 으앙앙, 엉엉."

유진의 울음소리가 높아지자 명진은 다급해졌다. 그는 나오는 대로 이름을 불러댔다.

"유진 씨, 유진 씨, 유진 씨, 내 말 들려요?"

"으앙앙, 듣고 있어요. 아저씨, 좀 뵀으면 해요. 다른 사람한테는 일절 얘기 마시고."

"그래요, 그래요. 계속 통화하면서 만나요."

"여기 말고, 한적한 곳이면 좋겠어요. 엉엉엉."

"그럼, 바로 택시를 타요. 나도 택시 타고 갈 테니, 가다가 중간에서 만나요."

명진은 일단 유진이 마포대교에서 벗어나도록, 우선 택시를 잡아타라고 했다.

"말씀대로 택시 탈 테니, 절대로 다른 데 알리지 마세요. 일일구 같은데요."

"알았어요, 알았어요. 대신 택시부터 타고, 타는 대로, 그 택시 번호를 알려줘요. 나와 방향을 서로 맞추게."

이것저것 묻거나 따질 시간이 없었다. 마포대교까지 가려면 시간이 걸릴 테고, 이천까지 오라면 올지 안 올지 몰라 초조하고. 해서 명진은 일단 택시부터 타고 만날 장소를 궁리하기로 했다.

다운점퍼를 걸치고 현금과 신용카드만 챙겨든 그가 스쿠터를 타려고 할 때, 유진에게서 전화가 왔다. 택시를 탔으며 택시번호는 문자로 보내겠다는.

명진이 후— 한숨을 돌렸다. 유진이 한순간 다리 난간에서 뛰어내리는 낭패는 벗어난 것 같아서.

그는 사거리 주유소에 들러 스쿠터를 맡긴 다음, 택시를 잡아탔다. 명진이 택시 기사에게 유진이 택시 탄 지점을 말해주며, 중간 어디쯤에서 도킹할 수 있을지를 물었다. 기사가, 유진에게 전화 걸어 전화기를 그쪽 기사에게 대도록 하고, 명진의 전화기를 자기 귀에다 대어 달라고 했다. 양쪽 기사 간의 스피커 통화로, 유진과 명진은 강동구 길동 자연생태공원에서 만났다.

벤치 등받이를 잡고 겨우 버티고 앉아 있던 유진이 명진을 보자 울면서 엎어졌다.

"아저씨, 으앙앙. 으앙앙."

명진이 달려가 일으켰을 때, 유진의 몰골은 시한부 중환자 같았다. 그는 유진이 바르게 앉도록 그녀의 어깨를 두 팔로 지지했다. 한편으론 유진의 목도리와 오버코트를 추슬러 주면서.

삼사 분 동안 한껏 울고 난 유진이 입술을 떨며 얘기를 꺼냈다.

교사 임용시험에 합격한 유진은 발령날짜를 기다리며 음악학원에서 보조교사로 일하는 중이었다. 그녀는 작년에 엄마도 잇달아 죽자 셋방 보증금 돌려받은 것에다 신용대출을 받아 전월세 반반의 원룸을 얻었다. 그 원룸에는 유나가 한번씩 드나들었다. 일정한 주거지가 없던 언니에게 오고 싶을 때마다 오라고 비밀번호를 알려줘서.

아빠와 엄마 연이어 저세상 가버리고 언니까지 떨어져 생활하고 있던 지라, 유진은 너무도 외로웠다. 의지할 사람 없던 그녀는 작년 가을, 조그만 건설회사의 분양팀 직원이던 상배와 사귀게 됐다. 상배는 결혼을 약속한다며 사귄지 한 달째부터 육체관계를 계속 요구했다. 그녀는 이 핑계 저 핑계로 물리쳐오다 올해 초부터 관계를 가지기 시작해, 지금은 약혼한 연인처럼 자주 몸을 섞었다.

어제 일요일 오후, 청소 마치고 오므라이스로 점심을 때운 유진은 걷기 운동 하러 원룸을 나섰다. 유진이 저녁때쯤 돌아와 원룸 비밀번호를 해제하고 문을 열었을 때, 남자와 여자의 교성이 들렸다.

'응???'

그녀는 '텔레비전을 켜두고 나갔나?' 하고 안을 들다보다가, 그만 입이 딱 벌어지고 말았다.

알몸인 채로 유나가 식탁을 짚고, 뒤에서 상배가 말 교미하듯 섹스를 하고 있었다.

온몸이 얼어붙고 입이 안 떨어져 유진이 더듬더듬, 말을 뱉었다.

"어, 어, 언니!? 상, 상, 상배!?"

유나가 신음을 내며 대답했다.

"아, 음. 너도 벗고 같이해. 아, 음."

상배도 아, 아, 신음소리를 내며 말을 받았다.

"벗고 와. 아, 아. 우리 붙은 것 멋지지."

둘은 유진이 보고 있음에도 그치지 않고 계속했다. 유진이 돌아버린 건 그 때문이었다. 말이 제대로 안 나와 "야이, 짐승~"이라고 한 말은 그들에게 들리지도 않았다.

"아, 좀 더, 좀 더."

"세게? 아. 오늘도 일곱 번? 아, 아."

유진이 급기야 발 닦는 걸레를 집어 들어 그들에게 던졌다. 그에 반응할세라 상배가 더 힘차게 피스톤 운동을 해댔다.

"유나 끝내준다. 아, 아."

더 이상 참지 못한 유진이 문을 꽝, 닫고 나와 버렸다. 문에 등을 기대고 울고 있는데 안에서 상배 말이 들려왔다.

"아, 아. 남자는 마누라 먹고, 처형 처제 먹고, 장모도 먹어야 처갓집 조개 맛을 알아. 나는 장모 될 사람이 없으니까, 유나가 두 배로 대줘야지. 아, 아."

유진은 다리가 후들거려 바로 걷지를 못했다. 눈물이 범벅되어 앞도 보이지 않았다. 엘리베이터 옆에 있는 비상계단 쪽 문을 열고 서너 계단 내려가다, 주저앉은 채 펑펑 울음을 토했다.

이 분쯤 울고 있을 때, 엘리베이터에서 내린 어떤 여자가 울음소리를 듣고 와서 "왜 그러세요?" 물어와 "이빨이 아파서."라고 대답했다. 유진이 손짓으로 괜찮다고 하자 그 여자는 "일요일이라서 치과 문 열었는가?" 하곤 돌아갔다.

유진이 눈물을 훔치고 아래층 엘리베이터 쪽으로 갔다.

'어디 가서 좀 쉬었으면.'

그녀는 이 건물 보는 것 자체가 구역질났다. 하여 엘리베이터에서 내려선 뒤도 돌아보지 않고 걸었다.

'짐승같이 내 보는 앞에서도 어찌? 오늘이 처음도 아닌 것 같아. 세상에 부끄러워서! 엄마 아빠가 봤으면······.'

그 생각에 이르자 유진의 눈물은 폭포가 되었다. 흐르는 눈물 때문에 앞이 안 보여, 하는 수없이 골목 안쪽으로 들어갔다. 일요일이라 닫혀 있는 조그만 빌딩 유리문을 열고 계단 입구에 앉은 그녀는 다시 한동안을 흐느꼈다. 누가 들을세라 울음을 삼켜가며.

'역겨워서 다시 언니를 어떻게 봐? 그냥 이 자리서 딱 죽어버리면 좋겠건만. 일요일 저녁에 원룸 내놓기도 그렇고. 내일, 모든 걸 정리하고······ 끝내자.'

그날 밤, 유진은 혼자 프린스호텔로 갔다. 딴에는 취해 보려 소주 한 병과 골뱅이 캔을 사 들고 갔지만. 원래 술 마실 줄 몰라 종이컵 한 잔도 마시지 못하고 밤새 울다가, 새벽녘에 지쳐서 잠이 들었다. 아침에 일어난 그녀는 갖고 다니는 다이어리에서 메모지를 찢어, 짧게 유서를 썼다. 자신이 죽으면 엄마 아빠 곁에 묻어달라는 내용으로.

'마지막 할 일이 뭐지? 어떻게 끝낼까? 엄마 아빠가 있는 묘원에 다녀와서, 마포대교에서 끝내?'

이 세상에서 마지막이 될 얼굴, 그녀는 거울을 봤다. 어제 저녁도 굶은 데다 울어서 마귀할멈보다 더 상한 얼굴이 돼있었다. 양치질을 하는 둥 마는 둥, 세수도 손가락에 물을 묻혀 눈곱만 뗐다.

'앞만 보이면 됐지 뭐.'

오전 10시경에 호텔을 나섰다. 기력이 빠져 걷기조차 힘든 몸을 이끌고. '이왕 죽을 몸 먹으나 굶으나.' 하였지만 목이 너무 말라. 편의점에서 생수 한 병을 사서 들이키고 초코바로 주린 배를 달랬다.

묘원에서 마포대교로 오는 동안 곰곰 생각해보니. 언니와 상배의 짐승 같은 짓거리로 인해 자신 외에 또 다른 사람이 상처입지 않을까, 유진은 걱정이 들었다. 친구들과는 많이 소원해져서 상배 그 짐승 놈이 접근할 만한 친구가 없고. 음악학원 원장님은 결혼했지만 혹시나 상배가 제 이름 이용해서 접근할까봐, 그런 놈 상종하지 말라고 전화로 일렀다. 몸이 아파서 오후에 학원 못 나간다는 결근 고지와 함께.

유나 언니로부터 상처받을 수 있는 사람도 헤아려봤다. 언니도 예전의 지인들과 많이 소원해졌거니와, 모델 일을 하면서 새로이 관계하고 있는 사람은 유진이 사실 잘 몰랐다. 그래서 다 접었는데.

'아! 원명진 아저씨.'

아버지 병문안도 왔었고 장례 일까지 봐줘서, 언니는 물론 생전의 엄마와 저 자신도 믿는 사람 아닌가. 더구나 유진은 이 기막힌 상황을 가까운 누구엔가는 꼭 하소연하고 싶었다. 그러지 않으면 못 볼꼴을 본 죄로 죽어서도 미쳐버릴 것만 같고. 또 자신은 오늘로 목숨 끊는다지만 세상에 달랑 남을 언니가 걱정되기도 하여, 유진이 명진에게 전화한 건 그 때문이었다.

'유나가 색광이 되었다는 소문이 사실이구나.'

잠시 기억을 챙긴 명진이 유진에게 그간 있었던 유나와의 관계, 소문 등을 속속들이 말해 주었다. 집요하게 섹스 탐닉에 빠진 사실과 가마 아궁이에서 발가벗고 나뒹군 짓까지. 지금은 숨기고 해서 될 일이 아니라 어떻게든 방도를 찾아야 했기에.

울어서 초췌해진 유진이 힘없는 소리로 말했다.

"엄마가 우리를 키울 때 집에서조차 맨발로 못 다니게 했어요. 꼭 흰 양말 신고, 얼굴과 손 외는 남에게 드러내지 못하게 했어요. 언니와 난, 맨다리로 밖에 나가 본 적이 없어요. 그랬던 언니가, 언니가 저렇게……."

명진의 뇌리에, 모텔 앞에서 유나와 실랑이할 때 보았던 그녀의 하얀 발이 떠올랐다. 유진이 말을 듣고 보니 그날 이전에는, 회사에 같이 다닐 때도, 유나의 맨다리를 본 적이 없는 것 같았다.

유나는 유나고. 지금은 유진이를 살려놓고 봐야겠는데 어떡하지? 혼자 뒀다간 무슨 일이라도…….

자신의 머리칼을 쓸어내린 명진이 단안을 내렸다.

'오늘밤은 병원 응급실로 유진이를 데려가 링거주사도 맞게 해서, 정신안정과 기력부터 되찾는 게 우선일 것 같아.'

다행히, 그의 말을 들은 유진이도 선뜻 동의했다. 그녀로선 쇠약해진 기력도 문제였지만, 가슴이 벌렁거려 제때 치료받지 않으면 안 될 상황이었다.

명진은 유진을 부축해서 택시를 잡았다. 강동성심병원 응급실로 가 수속을 끝낸 그는, 치료받는 유진이 곁에 밤새 붙어 있었다. 참치 김밥을 사 와 나눠먹기도 하며.

피곤에 절은 유진이 잠든 사이, 명진은 여러 가지 대책을 궁리했다.

이튿날 오전, 유진의 얼굴에 생기가 돌았다. 퇴원절차를 밟기 전, 따뜻한 캔 커피를 하나씩 쥐고 둘은 방도를 논의했다.

잠도 자지 않고 방책을 강구한 명진이, 유진에게 먼저 다짐을 받았다.

"유진 씨는 지금 온전한 상태가 아닙니다. 일단은 내가 하라는 대로 해요."

"아저씨가 하라는 대로 할 게요. 저에겐 딱히 다른 생각도 없고."

"먼저, 유진 씨 옆엔 누가 있어야 돼요. 뭐 극단적인 행동 또 할까봐 감독하기 위해서가 아니라, 유진 씨의 심신이 지쳐 있어서 그래요. 천호동에 한지공예 하는 한옥련 선생님이라는 분이 있는데, 마흔 중반이고 혼자 삽니다. 마음이 후덕하고 사려 깊은 분이죠. 당분간 거기 의탁해서 지내세요. 눈치 볼 사람 없고 조용해서 괜찮을 겁니다. 말은 해놨습니다."

명진이 한옥련을 알게 된 건 경봉어패럴 다닐 때였다. 당시 그는 디스플레이 소품 소재를 다방면으로 알아보던 중, 그녀와 인사를 텄다. 명진이 가마를 구하고부터는 그녀와 거래관계로 지냈다. 그녀로부터 한지함을 구입해 작품 도자기의 패키지로 사용하기 때문이었다.

"그럴게요. 저도, 곁에 누가 있었음 해요."

유진이 눈물을 글썽거렸다.

'부모님 잇따라 세상 떠나고 믿었던 언니가 저러니……. 얼마나 가슴이 무너졌을까.'

명진의 가슴이 짠, 했다. 그는 유진의 손을 잡았다. 잠시 뜸을 들였다가.

"그다음은, 속이 치밀어 오르겠지만, 언니를 만나야 해요. 언니를 만나서 설득할 사람은 유진 씨 밖에 없어요. 다른 사람이 나서면 유나가 반감을 가질 수 있거든요. 특히 이 시점에 내가 나서면, 유나는 자기가 벌인 꼴사나운 짓거리 때문에 나를 더 피하려 할 겁니다. 하나 유진 씨는 친동생인데다 이미 동생에게 죄를 졌기 때문에, 유진 씨에게 반감을 갖지는 못할 겁니다."

유진의 손이 파르르 떨었다.

명진이 그녀의 손을 꼭 쥐며 강조했다.

"이참에 언니 바른길로 가게 만든다고 생각해요. 언니 외는, 아까울 게 없잖아요. 그 남자는, 짐승만도 못한 그 인간, 일찍 떼버렸다고 생각하면 그뿐. 안 그래요?"

유진이 피식 웃었으나 눈언저리는 흠뻑 젖어 있었다. 따지고 보면, 그놈 나쁜 인간성을 언니가 일찍 밝혀준 꼴이 돼서.

"만나긴 만나겠는데. 어떡해야 좋죠?"

"스스로 정신과 치료를 받게 해보고 설득이 통하지 않으면, 병원 차 불러서 강제로라도 조치하는 수밖에요."

유진이 머리를 끄덕였다.

명진이 혹시나 해서 덧붙였다.

"유진 씨는 이미 죽었다 생각하고 마음 강하게 먹어요. 언니를 만날 때나 원룸 들락거릴 때 구역질 날 것 같으면, 한 선생님께 말씀드려 동행을 부탁해요. 마다하지 않을 겁니다."

"언니가 병원에 가겠다면요? 그때는—."

"언니 이름부터 개명해요. 아버지 생전의 회사 관계자들, 전번의 의사 선생님을 비롯한 아버지 친구 분들, 그리고 유나가 모델 활동하면서 알게 된 지인들에게, 이런 사연 알려져선 좋을 게 없으니까. 이름부터 바꾸고 과거를 싹 지워야 해요. 마침 한 선생님의 친구가 법무사를 하고 있어요. 여잡니다. 법적 절차가 필요하면 그분한테 도움 받고. 한 선생님은 전국 사찰 쪽에 발도 넓어요. 일로 인연 맺은 경우도 많지만 워낙 독실하거든요. 혹시 마음 흔들리거나 분노가 치밀 때, 조용한 곳 추천받기도 좋아요. 뭐 유진 씨 집안의 종교 성향에 따라, 천주교 쪽에 피정할 수 있는 곳으로 가닥을 잡아도 괜찮고. 주의할 것은, 과거부터 인연을 맺어온 그쪽 사람들과 부대끼다 보면, 유나의 행각이 소문날 수도 있다는 점을 명심하고요."

"그럴게요. 다른 건요?"

명진이 유진을 똑바로 쳐다봤다. 그러고는 말에 힘을 줬다.

"마지막으로, 이건 나한테 유진 씨가 반드시 약속하고 지켜야 하는 겁니다. 유진 씨가 어떤 선택을 하였든 간에, 결단을 행동으로 옮기기 전에, 나한테 꼭 전화나 문자를 줘야 합니다. 이 말이 무슨 뜻인지 알겠지요?"

"약속할 게요. 이번에도 전화했는데."

유진이 싱긋, 웃었다.

명진이 그녀의 등을 토닥거려주곤 병원비 수납창구로 갔다. 퇴원 수속을 끝낸 그는 응급실로 다시 와, 유진을 붙잡아 일으켰다. 그들은 곧바로 택시를 잡아타고 한지공방으로 향했다.

명진은 유진을 데려다주고 이내 가마로 돌아왔다. 몸과 마음이 지쳐 쓰러질 것만 같았다. 고작 하루 사이에.

시간상으로는 하루일지 모르나, 기실 그의 마음은 유나가 아궁이에서 나체 행각을 벌였을 때부터 천근만근이었다. 아무리해도 그녀의 이상 행동을 받아들이기 어려웠던 데다 주변에선 유나가 색정광이 됐다는 소문도 떠돌아. 애써 유나를 잊으려 해도 잊히지가 않던 중에 세상에! 짐승 같은 짓을 유진이 보는 앞에서 저질렀으니.

'그 반듯하던 유나가 정말 색골이 됐단 말인가. 색광이!'

유진이를 생각하면 애처롭고, 유나를 생각하면 열불이 났다. 그렇다고 결혼한 사이도 아닌, 지금은 희미하게 돼버린 유나를 어떻게 하려도 할 수 없어 도무지 일이 손에 잡히지 않았다. 엿새 동안을 혼자서 역정 냈다가, 빈둥거렸다가, 술에 취했다가. 종내는 알코올 패인같이 온종일 널브러졌다.

명진이 한여름 엿가락 늘어지듯 축 늘어져 뒹굴고 있는데. 그가 가출했을 때 물심양면으로 돌봐줬던 도예 스승의 음성이 귓전을 때렸다. '나'와 다른 '너'를 어떻게 이해해야 하는지에 대하여 말씀하셨던.

"나를 낳은 부모도 '나'와 다릅니다. 같은 배에서 나온 형제도 '나'와 다르고, 아내나 친구도 '나'와 다릅니다. 나와 다른 모든 사람들은 '너'이고, 내가 모르는 일이나 내가 속하지 않는 모든 대상은 하나의 '벽'입니다. 나와 다른 사람들과 내가 속하지 않는 모든 것들을 하나의 '벽'이라고 쳤을 때, 사람들은 으레 '벽 너머'를 보지 않거나 이해하려고 하지 않습니다. 그 '벽'으로 인해 문제나 갈등이 생기면 아주 간단하게 핑계를 대버립니다. '벽 때문에' '벽이 막혀서' 하고. 그렇게 변명만 대어서는 상대를 이해할 수 없을 뿐만 아니라, 자기 발전이나 자기 깨달음을 가져올 수 없습니다. '벽 너머'를 볼 수 없는 것은 '벽이 막혀서'가 아니라, 자기 눈이 직선으로 밖에 볼 수 없기 때문입니다. 자기 눈이 곡선으로도 볼 수 있거나 투시할 수 있다면, 벽 너머를 볼 수 있지 않겠습니까? 타인의 마음속도 볼 수 있을 테고. 그럴 수만 있다면 세상에 무슨 문제가 있겠으며, 사람 간에 갈등도 일어나지 않을 겁니다. 하나 그럴 수 없기 때문에, 직선으로 밖에 못 보는 눈의 한계를 극복하고 '벽 너머'를 볼 수 있기 위해선, 벽 너머에 있는 사람 또는 벽 너머를 가 본 사람의 말을 경청하거나, 벽 너머에 대하여 탐구하거나, 벽 너머에 대하여 상상력을 발휘해야 합니다. 그렇게 해서 알아야 하는데, 그러려면 무엇보다 먼저, 내 눈에 보이지 않는, 내 지식으로는 알지 못하는, 자신의 좁은 마음으로는 헤아리기 어려운 '벽 너머가 있다'는 것부터 인정할 줄 알아야 합니다. 이를테면, 남자가 모르는 여자의 마음이 있다는 걸, 어느 누구라도 자신의 양심과 다른 일탈행동을 일으킬 수 있다는 걸, 세상의 온갖 논리로도 증명할 수 없는 불가사의한 경우가 있다는 걸 말입니다."

유나가 불 아궁이에서의 섹스를 요구하고 가마 아궁이에 알몸으로 들어갔을 때, 그때 더 다가가려 노력했어야지. 그때 왜 그러는지 알려고 했어야지. 쌍년이라고 욕만 할 게 아니라 '벽 너머'에 있던 유나의 마음을, 그녀의 이상 행동에 대한 저변을.

'잊자, 잊자. 지금 와서 어쩌자고.'

제 머리빡을 가마 기둥에 몇 번이고 짓찧어 이마에 혹이 나고 피멍이 든 다음 날. 명진은 그제야 유나가 문제 아니라 제 몸이 말이 아님을 깨달았다.

'아, 내가 왜 이리 됐나. 열불 내봐야 답도 없는 것을.'

그는 마음 잡힐 때까지 잠정, 도자기 성형에는 손을 놓기로 했다. 가마 굽기도 중단했다. 이곳 가마 아궁이만 보면 유나가 삿돼 보이고, 그에 겹쳐 원룸에서 상배와 벌인 짐승 짓거리도 환상으로 떠올라.

대신, 그는 맺힌 가슴도 풀 겸 한동안 장작패기에 매달렸다. 아침부터 저녁까지, 다른 잡념 없이 오직 장작패기에만. 쩍, 쩍. 장작 쪼개지는 소리가 웬만히는 그의 골을 날려주었다. 근육은 붙여주고.

장작패기에 몰두한지 한 달째. 그날도 명진은 오전 내내 장작을 패고 점심 먹으려 일손을 놓았다. 그가 휴대폰을 들고 화면을 열었을 때, 유진이 보낸 문자메시지가 줄줄 떴다.

'장작 패느라 한 시간 전에 문자 온 것도 몰랐네. 모두 몇 통이야. 첨부문서도 붙어 있잖아. 웬?'

언니는 정신요양원에 가기로 했습니다.

3년 정도 걸린다니까(치료될지는 두고 봐야)

이 언니가 너를 죽였으니 3년상 치르는 셈으로

기도하겠다, 했어요. 저는 속세를 떠납니다.

남자관계만 안 했으면 수녀원에 갈 텐데.

이 문자가 마지막 인사입니다. 폰도 끊기니

연락 마셔요. 한 선생님께 고마움 전했습니다.

혹시 제가 막다른 행동할까 염려되거든 첨부된

사진 보세요. 그간 고마웠습니다.

　연결된 메시지를 다 읽고 나서 명진은 첨부문서도 클릭했다. 유진이 머리를 빡빡 밀고 승복차림으로 찍은 사진이 떴다.
"어이쿠! 이 불쌍한 동생을, 상처받게 해서! 으흐흑."
　고통을 내뱉은 명진이 휴대폰 화면에다 이마를 비비며 눈물을 쏟았다.

참척

날이 말랐다. 모내기해야 할 시기에 가뭄으로 전국이 타들어 갔다. 빗방울 소리 들은 지가 까마득해, 감자 줄기는 한 뼘도 크지 못하고 거의가 말라죽었다. 개중 집 텃밭에 심어진 놈들은 운 좋게 갖은 방편으로 물기라도 맛봐, 고사는 용케 면했지만. 대개의 씨알이 땅콩만 했고 가장 굵다는 놈도 기껏 메추리알 크기 밖에 안됐다.

보현사 텃밭에 심어 놓은 감자도 죽기 직전이었다. 물줄기가 끊긴 계곡 웅덩이에서 물을 퍼다 병아리 눈물만큼씩이라도 물을 맞게 해줘 겨우 연명은 해왔으나, 이제 웅덩이도 빈 바닥에 금을 긋고 있었다. 텃밭이래야 손바닥만 한 크기밖에 안됐지만, 이놈들에게 절에서 식수로 사용하는 지하수로 목숨 부지시키기엔 한계가 있었다. 하루 이틀이라면 모를까.

말라죽기 전에 이놈들을 뽑아서 고통을 들어줘야 옳은지, 살아 있는 한은 버티게 해줘야 옳은지. 나는 밭머리에 앉아 이들의 생사여탈을 재고 있었다.

그때 공양주 보살이 전화 왔다고 나를 불렀다. 부산의 자비사 주지 스님에게서 온 전화였다. 입때껏 그 스님이 나를 먼저 찾은 적은 한 번도 없었으므로, 나는 고개를 갸우뚱했다.

'어쩐 일로?'

나는 이름을 대며 전화를 받았다.

"네, 스님. 고상화입니다."

"고 시주님이시오?"

물음으로 인사를 대신한 스님이 "음~" 소리를 크고 길게 냈다. 내 몸이 떨리며, 아드레날린 분비되는 소리가 스님의 두 번째 "음~" 소리만큼 컸다.

"음~. 시주님, 홍 군이 죽었소."

"음~."

이번엔 내가 '음' 소리를 크고 길게 뱉었다. 카메라 플래시 번쩍하듯 팔십년 살아온 세월이 '음' 소리에 묻어 한순간에 사라졌다.

'끝내, 이런 날이 오고 마는구나!'

목울음이 숨통을 꽉 쥐어 쌔~엑 쌔~엑, 깊은 숨소리만 날뿐 내게서 아무 말이 없자 스님이 물었다.

"시주님 어쩌시려오? 같이 가보려오? 나는 출발 준비를 끝냈소만."

"스님이 끝을 봐주시고. 뒤에……."

전화를 끊은 나는 거북등처럼 갈라지고 있는 웅덩이로 가서 울음을 토해냈다. 웅덩이를 눈물로 다시 채우리만큼 많은 눈물을 흘리며.

꺼이꺼이, 으흐흑.

기대가 죽었다. 교도소에서 출옥한지 5개월 만에.

기대는 무기수로 영등포교도소에서 청송교도소로 이감되어 가며 34년을 복역했다. 그간 교도소 내에서 난동을 부려 빛조차 들지 않는 좁고 깜깜한 징벌용 먹방에 세 번이나 갇혀, 방성구(나무 재갈에 가죽 끈이 달린 난동 제어용 기구)를 착용하는 신세를 져야 했다. 그 바람에 감형도 되지 않았다.

그러다, 그의 할머니가 세상을 떠난 뒤부터는 한 마리 벌레인 마냥 꿈틀꿈틀 기어 다녔다. 반항기가 꺾이고 자성하는 태도로 돌아서서가 아니라, 자폐증 환자가 돼버렸기 때문이었다. 그는 30년 이상의 형기를 넘긴데다 자폐 증상이 심해, 작년 성탄절을 맞아 정부에서 시행한 대통령 특별사면조치로 가석방되었다.

기대가 출소했을 때, 나는 스님을 중간에 세워 그에게 1억 5천만 원을 건네주었다. 기대 할머니가 죽기 전에 기대가 석방돼 나오면 주라고, 스님에게 맡겨놓았던 돈인 것처럼 둘러대라 그러면서. 그 돈은, 생전에 어머니가 살았던 동국대 앞의 집을 아내와 이혼할 때 팔아서, 내가 분탕질로 반은 날려먹고 남은 돈을 은행에 예치해 두었던 것이 30년 이자로 불어나 있었던 돈이었다.

삼중 스님은 내가 당감동 화장장이로 일하면서 알게 되어 지금까지 친분을 맺어왔다. 그전부터 스님은 '사형수의 대부'로 알려져 있었는데, 어느 날 스님이 사형 집행된 죄수의 시체를 인수받아 화장하러 오면서 안면을 텄다. 스님은 신도들의 화장 예불을 집전해주러 왔다가 선암사에 들리기도 했다. 당시 나는 말단 화부로 받은 월급을 딱히 쓸 데도 없고 하여, 스님을 통해 익명으로 기대에게 영치금을 넣어주곤 했다.

기대의 장례를 치러주고 온 스님이 날더러 만나자는 전갈이 왔다. 자비사로 찾아간 나에게 스님은 기대가 죽은 사연부터 꺼냈다.

"홍 군이 자진 고독사한 모양이오. 스스로 식음을 챙겨먹지 않아. 발견했을 때는 죽은 지 보름쯤 됐나 보던데. 가석방 죄수 관리 담당자가 무슨 서류 확인하러 들렀다가 발견했다 하고."

기대는 스님으로부터 건네받은 목돈으로 동두천 쪽에 조그만 전셋집을 마련하였다. 허나 강산이 세 번이나 넘게 변한 사회에 내던져지다시피 하다 보니, 적응을 해나가지 못하였다. 게다가 옥중에서 얻은 골병에 자폐증까지 있어 도저히 대인관계가 형성되질 않았다. "빨간 줄 그인 놈이 뭘." 하면서 사람들을 기피해 버리고. 동사무소 직원이 찾아가도 말문을 닫아버리는가 하면, 저소득층 지원 물품 받아가라 해도 방문

밖을 나가려 하지 않았다. 술 담배도 하지 않아, 얼마나 꽁꽁 문 달고 있었으면 집주인은 기대 얼굴도 잊었다고 했다.

스님이 혀를 쯧쯧, 차며 말을 이었다.

"이럴 줄 알았으면 여기로 데려오는 게 나았나 보오. 내가 감옥에 있는 죄수들한테 신경 쓰느라 그만……. 장기수들이 석방돼 나와도 사회에 적응하기 어려운—."

"그건 스님의 잘못이 아니잖습니까? 그리고 기대는 동두천을 벗어나지 않으려 했다면서요?"

"하긴 그랬소. 그 돈 넘겨줄 때 '부산 갈래?' 물어보니까, 예전에 할머니와 같이 살던 근처서 지내길 원했소만. 일이 이렇게 되고 보니—."

스님이 뒤늦은 자책을 해서, 나는 그의 말을 끊으며 화제를 돌렸다.

"유서 같은 건?"

"있었소. 짤막짤막하게 네 가지를 써놨습디다. 첫 줄에 남은 재산은 나한테 맡긴다고 했소. 홍 군은 나를 자비 스님이라고 불렀는데, 자비 스님에게 재산과 뒤처리를 부탁한다고 했어요. 둘째 줄에선 그 재산 중 일부를, 가톨릭 수녀회에서 운영하는 '참사랑의 집'에 좀 나눠주길 바란다 했고. 셋째 줄에서 모든 사람, 괄호해서(엄마를 놀린 내 아버지, 삼청교육대 대빵과 조교들, 동두천 상인회 간부들, 동두천 경찰들, 나를 잡아넣은 검사, 나를 폭행하고 감금한 교도관 등) 모두모두 용서하고 나는 간다 했고. 넷째 줄에 헌 책《날개》라는 시집이 엄마 같으니, 함께 화장해 달라고 돼 있습니다. 유서는 관할 경찰관과 나, 집 주인 세 사람이 확인했고, 화장할 때 유품과 함께 불에 태웠소. 혹시 유서 내용을 알고 싶으시면, 증거로 사진은 찍어놨어요."

고개 숙인 채 양손을 맞잡아 비비며 내가 물었다.

"다시 확인할 이유가 있겠습니까? 권리도 없고. 한데 '참사랑의 집'은 어디—?"

스님이 아차, 하는 표정으로 대답했다.

"아, 그것 내가 얘기 안 해 줍디까? 하긴, 직접 홍 군에 대한 얘기가 아니라서 내가 말을 안 한 모양이네. 홍 군의 할머니는 돌아가시기 전에 많이 편찮으셨어요. 그래서 내가 부산으로 가자고 했더니, 손자 근처에 있어야 한다며 막무가내였소. 그러다 몸도 가누지 못하는 상태가 돼, 그 수녀원에서 모시고 가 돌봐줬습니다. 그게 2천년 들기 전이니, 요즘처럼 공공요양원이 흔치 않을 때여서, 내가 모시고 와봤자 돌봐주기엔 무리라. 거동이라도 하시면 절에 계시면 되는데. 홍 군이 그걸 기억하고 있다가 보답하려 했던 것 같소. 홍 군이 남긴 걸 다 합쳐보니, 돈으로 일억 사천하고 칠백만 원 정도 되기에, 각종 요금과 화장비 등을 제하고 일억 사천 오백이 남아. 그 절반인 칠천은 수녀원에 주고, 나머지는 내가 가져왔소. 내가 시주님을 보자고 한 건, 이 돈 때문이오. 수녀원에 준

건, 홍 군의 유지다 치고. 시주님은 나를 통해 홍 군에게 이미 주었고, 홍 군은 나에게 모든 걸 맡긴다고 했으니, 내 맘대로 사용해도 탈은 없겠소이다만. 근 삼십년 동안 소승에게 이래저래 시주한 것도 많고 한데, 시주님 의견을 한번 들어보고 사용하는 게 도리지 싶어."

스님이 봉투 하나를 꺼내 다탁 위에 놓았다.

나는 봉투를 밀며 말했다.

"그건 내 손을 떠난 지 오랩니다. 스님이 좋은 데 쓰시지요."

스님이 차를 한 모금 들이켜고 화제를 바꿨다.

"수녀회 측에선 고맙다며 홍 군의 뜻을 기리기 위해 뭘, 어떻게 해주면 좋겠냐고 묻습디다. 그래서 내가 떠올렸는데, 홍 군이 엄마와 같다는 시집 안쪽에 카나리아와 문조가 쓰여 있었어요. 아마 그 새들이 기대의 부모들만이 통하는 별명이거나 어떤 인연 관계가 있지 않겠나 싶어, 그 얘기를 했지요. 그 말을 듣고 수녀회 측에서 '날개'라는 시집 제목처럼 홍 군이 훨훨 날아 하느님 곁으로 가길 바란다며, 그 두 종류의 새를 키우기로 했답디다. 요양원 바깥에 두면 환자들 정서에 도움도 될 것 같고, 또 행여 홍 군과 관련 있는 사람이 오면 그 새가 홍 군이라고 여겨도 될 것 같다면서."

나는 눈을 꼭 감았다.

'기대가 정말, 훌훌 털고 새처럼 하늘로 날아갔으면.'

스님이 조그만 수첩을 꺼내어 전화번호가 적힌 부분을 펼쳤다.

"그래서 나도 좋은 뜻인 것 같다고 말해 줬어요. 뭐 내가 어쩌고저쩌고 할 처지는 아니지만. 거기 수녀 분들이 새를 키우려면 공부해야 된다며, 조류학자와 애완 새 전문가를 찾아 물어본 모양인데. 문조라는 새는 특히 흰 문조는, 귀품이 나긴 하지만 둥지에 있는 알을 깨버리거나 자기 새끼를 물어 죽이기도 하는, 고약한 면이 있다며 걱정하고 그럽디다. 혹시나 들르고 싶으면, 참사랑의 집 전화번호를 적어가세요."

"필요 없습니다. 스님의 노고가 커셨겠습니다. 이제 연세도 웬만하셔서 가지고."

"나야 그런 일 할 운명으로 중이 된 사람이니 개의치 마소. 나는 시주님과 홍 군이 어떤 관계인지 모르고, 또 본인들이 말하지 않으면 나 역시 캐묻지 않습니다. 하여 수녀회 쪽에선 그 돈의 실제 독지가가 누군지는 모릅니다."

날만 마른 게 아니라 내 인생, 내 운명도 메말랐다. 내 사주의 화기로 인해 근친과 처자식을 앞세우고 내가 간다더니만. 정말로 내 운명 때문인가? 이렇게 되면 우연이란 없단 말 아닌가? 하나하나의 우연도, 그 점점을 이으면 필연이 되는데.

타들어 가는 감자의 고통을 덜어줘야 할지말지의 문제는 둘째고, 내 고통을 덜어내는 방법부터 먼저 찾아야 했다. 모두를 앞서 보냈으니 이제 내 차례지 않은가. 피할 수도 없는

일. '내가 어떻게 갈지, 어떻게 가면 깨끗한지를 찾아야 해.'

대웅전에 들러 다시 한 번 삼배를 올리고 나는 자비사를 나왔다. 이런 때 하늘에서 벼락이라도 쳐주면 좋으련만, 하다가 그 자리에 털썩 주저앉아 버렸다. 아까의 스님 말이 뇌리에서 벼락을 쳐.

'문조라는 새는 특히 흰 문조는, 귀품이 나긴 하지만 둥지에 있는 알을 깨버리거나 자기 새끼를 물어죽이기도 하는, 고약한 면이 있다.'

잠입

프로메테우스가 왜, 제우스를 상대로 엄청난 도박을 했는지 아는가? 제우스는 올림포스 산에 불을 봉해두고 역외 반출을 엄금했다. 헌데 프로메테우스는 헤파이토스의 대장간에 있는 불씨를 회향목 안에 숨겨 인간에게 전해줬다. 분명히, 프로메테우스는 제우스의 명령을 거역하면 처벌받는다는 걸 알면서도 불씨를 훔쳤다. 그리고 나중에, 코카서스의 바위산 정상에 결박당해 독수리에게 간이 물어뜯기는 형벌을 받는다.

프로메테우스가 누구인가. 선견지명이 있는 자 아닌가. 신들 중에서도 가장 완전한 예언 능력을 가진 그가 실익 없는 짓을 했겠는가. 그는 비록 벌을 받았지만 실로 엄청난 이권을 챙겼다! 그건 명진이 도자기 시집보내는 과정을 보면 알 수 있다.

도자기 시집보내는 과정은 여타의 예술품과는 좀 다르다. 예컨대 미술품은 화랑을 통하든 작가 본인과 직거래하든, 작품의 거래가 성사되면 구매자에게 시집보낸다고 한다. 하나 도자기는 구매자에게 시집보내기 전에, 프로메테우스에게 먼저 작품의 처녀성을 갖게 해야 한다. 마치 일부 에스키모 족들의 혼례 관습인, 시집가는 신부의 처녀성을 안게코크(Angekok)라는 사제가 먼저 갖게 하는 것처럼.

도자기는 도예인이 창작한 처녀성과 프로메테우스의 합궁으로 태어난 옥동자다. 이제 프로메테우스가 뭘 노렸는지 알렸다! 그가 정력 펄펄 넘치는 정부(情夫)였다는 것도. 전 세계의 도예인들이 진상하는 작품의 처녀성을 갖기 위해, 무거운 형벌 받을 걸 뻔히 알면서도 불을 절도한 프로메테우스에게 경의를 표하기를.

명진은 도자기의 처녀성을 프로메테우스가 가지도록 진상하느라 오전부터 가마재임을 하였다. 초벌구이 해서 문양도 그려 넣고 유약까지 발라 보름간 건조해둔 기물을, 최 씨와 함께 두 번째 가마 칸에서 재임을 하다가. 아직은 최 씨가 도구들 이름을 잘 몰라 명진이 직접 도침(청자나 백자 기물을 받치기 위해 넓적하게 만든 내화 점토판)을 가지러 가마 안에서 나왔다. 그가 수건으로 땀을 닦고 있는데, 고상화가 막걸리와 안줏거리가 든 비닐봉지를 들고 나타났다.

고상화는 가마 안에 기물이 쟁여가는 것을 보고 기분이 들뜬 척, 말했다.

"얼씨구, 좋다! 이것들이 한 번 더 구워지면 보물 도자기가 될 것 아니오?"

"보물 같은 작품이 나올지는 두고 봐야지만, 재벌구이 거치면 도자기가 되긴 합니다. 미달 도자기도 많이 나오겠지만요."

"도공한테는 마지막 고비인지 모르겠으나, 내 보기엔 이 정도만 해도 작품이요, 작품."

"어르신도 참. 이 정도야 도예가라면 누구나 다 만들지요. 초벌구이 해서 유약 바르고 하는 것까지야."

"물론 그렇긴 하지만. 내 예감에, 이번에 한 걸작 나올 것 같단 말이오."

"한 작품 나오면 저로서야 더할 나위 없지요."

"이번에 걸작 나오면 내 공도 있는 거요. 잊지 마소."

고상화가 짐짓 능청을 부렸다. 그가 '공적'을 얘기한 건, 명진에게 특별히 힘써준 일이 있어서가 아니었다. 자신의 속마음을 숨기기 위해서였다.

명진은 뭣도 모르고 농으로 응수했다.

"불 때는 것까지 도와주셔야, 어르신 공을 인정할 수 있겠는데요."

"아, 염려마소. 진즉에 약속했으니 여부가 있겠소. 그러잖아도 불 땔 일이 요샌 없어서. 명색이 화부가 말이지. 게다가 이건 죽은 사람 저승 보내는 일도 아니고, 옥동자 만드는 일 아니오. 내 기꺼이 자원봉사하리다."

고상화는 비닐봉지를 풀어 명진과 최 씨에게 막걸리를 돌렸다. 그도 명진으로부터 한 잔 받아 마신 뒤, 곧장 뒷짐을 지고 맨 뒤쪽 가마 칸으로 가서 안을 들여다보는 척, 했다. 이들과 작별을 하자니 속울음이 터져 나올 것 같아 딴청 피우느라고.

안주 삼아 오징어땅콩을 입에 넣고 우물거리며 다가온 명진에게, 고상화가 괜스레 물었다.

"앞쪽부터 안 채우고 뒤에서부터 재임한 이유가 있소?"

"아, 예. 일곱 째 칸은 초벌구이용으로 기물을 쌓았고요. 뒤쪽이 칸이 넓기 때문에, 뒤쪽부터 큰 항아리를 쌓느라고 그랬습니다."

"모레 불 때기로 한 날, 안 바뀌었지요. 확인해 놔야지."

"예. 불 들어가는 날은 받아놓은 거니까, 모레 불 때기 합니다. 새벽 네 시에."

"제도 지내야지 않소?"

"오늘 가마재임 끝나면 내일 오전에 벽돌과 황토로 각 가마 칸문 봉해놓고, 제물 시장 보려고요."

고상화가 말없이 고개를 끄덕였다. 그는 명진과 최 씨에게 얼굴을 보이지 않으려고 돌아섰다.

'내일 하루 남았군. 도공과 최 씨 얼굴 보는 것도 오늘이 마지막이네.' 그는 먼산바라기를 하며 속으로 세었다.

명진은 도침 가지러 헛간으로 가고, 최 씨는 건조장에 남아 있던 기물을 갖다 날랐다. 이들이 분주하게 일하는 동안 고상화는 요원 둘레를 서서히 한 바퀴 돌았다. 자신의 중개로 명진이 여기에 가마터를 잡은 날부터 오늘에 이르기까지의 일들을 회상하며.

장작 헛간 옆을 지나다 꾸지뽕나무들을 본 고상화는 손으로 그것들을 어루만졌다. 이 나무들은 그가 명진에게 음기 보충용으로 집 둘레에 암나무를 심으라고 해서, 올 식목일에 명진이 세 그루를 구해다 심은 비보(裨補)들이었다.

'튼튼히 자라, 우리 도공 보호해주소.'

마음으로 기복을 빈 그는 작업실로 향했다. 명진과 함께 흙 반죽도 해보고, 물레도 돌려보고, 자기 손으로 흙가래를 만들어 그릇도 성형해봤던 곳. 차담을 나누며 도예 과정이 마음 수양이라는 걸 깨달은 체험 학습장.

눈으로 하나하나 확인한 그가 이젠 잊어야 한다며 두 손으로 마른세수를 했다.

가마재임이 끝났다. 아직 해가 좀 남아 있어, 명진과 최 씨는 헛간에 쌓여 있던 장작을 가마 양 옆으로 갖다 날랐다. 그 새 가마로 돌아온 고상화는 칸마다 쟁여진 기물을 둘러보다, 제일 첫 칸 가마 안으로 들어갔다. 그가 살창 구멍을 관찰하고선 맨 오른쪽 가에 있는 살창을 손바닥 길이로 재었다.

살창은 가마 크기에 따라 보통 일곱 개 내지 아홉 개를 만드는데 가마의 양 벽면 쪽, 즉 아궁이에서 볼 때 맨 왼쪽과 맨 오른쪽 구멍이 가장 크다. 그렇게 축조한 이유는, 불꽃이 뒤 칸으로 넘어갈 때 중앙의 살창에 집중되면 가마 양 옆쪽은 가운데에 비해 온도가 낮을 수 있기 때문에, 양 옆쪽 벽면으로 불이 많이 들게 하여 양쪽 가의 온도를 가운데와 맞추기 위해서다.

고상화가 살창 크기를 감 잡고 나선 고개를 숙여, 도침과 도침 사이의 빈 공간도 어림잡았다.

'가운데 큰 기물을 놓고 양 옆에 작은 기물을 놓았군.'

불길이 잘 넘나들 수 있도록, 그리고 양쪽 벽면으로 불의 균형이 잡히도록 재임한 걸 보고 그는 고개를 끄덕였다.

'이것들이 나와 동행할 친구들인가. 나는 가고 이들은 오고, 방향은 다르겠네만.'

초여름인데도 동파요원으로 떨어지는 석양빛은 왠지 모르게 응적했다. 명진과 최 씨는 연장 정리를 끝내고 수돗가에서 손을 씻었다. 이때 가마에서 나온 고상화가 마당 쪽으로 걸어가 두 사람을 향해 합장하고 중얼거렸다.

어르신이 그냥 가시려나? 명진이 얼른 손을 털며 일어섰다.

"어르신, 저녁 잡숫고 가이소. 삼겹살구이 준비해 놨습니다."

"아니 됐소. 늦었는데 가봐야지. 주지승한테 야단 안 맞으려면."

"고기 좀 드시고 가이소. 요 며칠 새 많이 야위었습니다."

하는 최 씨의 만류에도 고상화는 손으로 뿌리쳤다.

"생각해줘서 고맙소만, 많이들 드시오. 그리고 도공, 내가 불 때다 잘못되어도 말 마오."

"어르신도 참."

명진이 그러거나 말거나. 고상화는 억지로 휘― 돌아서며 인사말만 남겼다.

"잘 있으시오. 내일은 나도 할 일이 많다오."

삽짝을 벗어나온 그는 잠시 서서, 흐르는 눈물을 훔쳤다. 뼛속에서 나오는 진액과 같은 눈물을.

＊ ＊ ＊

불 때기로 한 날 새벽 세 시경, 고상화는 몰래 동파요원 입구에 와서 몸을 숨긴 채 좌우를 살폈다. 가마 쪽에 아무런 움직임이 없는 걸 확인한 그는 명진이 잠자는 거처 주변을 눈여겨보았다. 명진이 두 시 반경에 일어나 세수하고 다림질해두었던 개량한복으로 몸단장을 하고 있었으므로, 거기엔 불이 환하게 켜져 있었다.

명진이 외에 다른 사람은 없다고 판단한 고상화는 가마 입구에 쌓아둔 장작더미를 향해 도둑고양이처럼 살금살금 기어갔다.

옷차림을 끝낸 명진은 부엌 쪽으로 가, 아이스박스를 열고 전날 장봐 두었던 제물을 하나하나 점검했다. 고사상차림을 위해 적어 두었던 종이쪽지를 들고 일일이 대조해 가며. 돼지머리와 편육, 대구포, 바나나, 떡, 막걸리……. 제수용 준비물에 이상이 없다고 확인한 그는 냉장고 문을 열어 꿀물과 식수용 페트병이 충분한지도 세었다. 이어서 부엌 한쪽에 준비해둔 접시와 잔, 향과 향로, 초와 촛대, 라이터, 그물망 밥상보, 돗자리, 교자상 등이 그대로 있는지도 살폈다. 간식용으로 사다 놓은 초콜릿과 엿가락까지.

제물과 간식거리 점검을 끝낸 명진은 불전에 올릴 돈 봉투를 호주머니에 챙겨 넣고 랜턴을 집어 들었다. 그대로 나오려다, 장안사에 간 김에 감로수 담아 와야지, 하고 커다란 물통도 찾아들고 살림집 문을 나왔다.

랜턴을 켜고 마당 한쪽에 세워둔 자전거 앞으로 간 그는 물통을 자전거 짐칸에 동여맸다. 그런 뒤 랜턴 불로 자전거 상태를 살펴보고, 살림집과 작업실, 길 쪽으로도 비춰보고 나서 랜턴을 껐다. 자전거 안장 밑에 달린 공구케이스 지퍼를 열어 랜턴을 챙겨 넣은 그가 자전거에 오르며 핸들에 달린 라이터를 켰다. 라이터를 깜빡깜빡, 껐다 켜기를 반복하여 이상이 없자 페달을 밟아 아래쪽으로 내려갔다.

'장안사에 가서 불공드리고 오면 왕복 이십 분은 넘게 걸릴 테지.'

나름 소요시간을 계산 잡아 본 고상화는 장작더미에서 몸을 돌려, 가마 아궁이 쪽으로 다가갔다. 가마의 앞뒤와 좌우를 살핀 그는 품안에 싸안고 있던 삼베주머니를 내려놓았다. 이어, 전날 명진이 액막이 겸 짐승 드나들지 못하게 막아 놓은 봉통 입구의 널빤지를 들어 비켜 세웠다. 사람이 드나들 수 있을 정도가 됐을 때, 그가 머리를 숙여 봉통 안을 들여다보았다.

'저기 살창을 무사히 빠져나가야 할 텐데.'

고상화는 숙였던 고개를 들고 가마 주변을 다시금 살펴보았다. 허리를 곧추 편 그가 먼 하늘을 바라보며 두 손 모아 빈 다음, 웃옷으로 걸쳐 입었던 점퍼를 벗어 가마 기둥의 못걸이에 걸었다. 점퍼 안주머니에 손을 넣어 내용물이 들어 있는지도 확인했다.

다시 한 번 그가 숨을 깊게 들이 마시고 밤하늘을 올려다 보았다. 이윽고 삼베 윗옷과 삼베 바지를 벗었다. 속옷은 입지 않아 알몸이 되어, 삼베주머니와 벗었던 옷을 챙겨들고 아궁이 안으로 들어갔다. 아궁이 안에서 뒤돌아 바깥을 보며 어떤 흔적이 남았는지, 점퍼가 제대로 걸려 있는지, 집 안에 다른 동정이 없는지를 살폈다. 이상 없다고 판단한 그는 삼베주머니와 옷들을 내려놓고, 널빤지를 들어 원래대로 봉통 입구를 가렸다. 아궁이 내부가 깜깜해졌다.

삼베주머니와 옷들을 다시 챙겨 든 그는 봉통 안을 기어서 살창까지 다가갔다. 한 손으로 살창을 더듬어 맨 오른쪽 구멍에서 멈췄다.

'이 정도 구멍이면⋯⋯.'

고상화가 손바닥으로 구멍 크기를 가늠한 뒤, 삼베주머니와 옷들을 먼저 밀어 넣었다. 팔 길이만큼 쑥 밀어 넣고 나서는 모로 누워, 팔꿈치로 몸을 끌며 한 발짝 한 발짝 밀었다.

'뼈만 남아서 망정이지.'

그는 옆 포복으로 조금씩 전진하다 후— 하고 잠시 쉬었다. 뼈만 남았다곤 하나 살창 구멍이 그리 크지 않은데다 알몸으로 기다보니 살갗이 긁혀. 또한 어떤 일이 있어도 가마에 흠집 나는 불상사가 생겨선 안 되었으므로, 신중을 기하기 위해.

어렵사리 살창을 빠져 나온 고상화가 삼베주머니를 끌렀다. 거기엔 흙 그릇 두 개와 삼베 버선, 삼베 띠들, 솜 약간이 들어 있었다. 그는 흙 그릇들만 집어 들고 가마 오른쪽 벽으로 손을 더듬어 불턱(칸불 때기 할 때 장작이 던져지는 연소실에서 기물을 재는 바닥까지 부뚜막 높이의 턱) 안쪽 바닥에다 그것들을 갖다 놓았다. 재임되어 있는 기물과 가마 벽 사이의 빈 공간에.

'여기 정도면 하등 지장 없을 거야.'

고상화는 그제 본 기물재임 상태를 어림잡은 뒤, 주머니 풀었던 곳까지 뒷걸음질로 원위치했다. 손으로 더듬어 주머니를 확인하고선 앉은 자세로 삼베 바지와 삼베 윗옷을 입었다. 곧이어 절에서 나올 때 신발 대용으로 신고 온 보온 덧신을 벗어 흙을 털었다. 다시 덧신을 신은 그는, 그 위에 삼베 버선을 겹쳐 신었다.

휴우, 한숨을 쉰 고상화가 왼손으로 남은 주머니 등속을 챙겼다. 그는 오른손으로 살창 구멍을 더듬어 세서 한가운데, 불이 가장 세게 빠져 올라오는 불통(살창을 통해 불이 올라오는 위치이며 칸불 때기 할 때 장작이 던져지는 자리)에 무릎을 세우고 앉았다.

자세를 잡은 그가 주머니에 든 솜과 삼베 띠를 꺼냈다. 솜으로 콧구멍과 귀를 막은 그는 삼베 띠 하나로 두 발을 꽁꽁 묶었다. 그다음 큰 띠를 들어 입만 빼고 머리 전체를 미라처럼 에둘러 묶었다. 또 다른 띠 하나론 양 손목을 수갑 채우듯 묶고 입으로 매듭을 지었다. 끈 풀림이 되지 않도록 손가락을 움직여 확인하고, 다시 띠 하나를 꺼냈다. 그것으로 양끝을 한 뼘 길이만큼 남겨두고 매듭을 지어, 목걸이처럼 만들었다. 목이 걸리는 길이만큼을 양쪽 팔목에다 대고 8자가 몇 겹 되도록 감은 뒤, 양끝을 손가락으로 묶었다. 마지막으로 얼굴에 두른 삼베 띠를 팔목으로 비벼내려 입도 완전히 가린 다음, 빈 삼베주머니를 머리에 고깔처럼 덮어썼다. 삼베로 만든 옷과 띠, 주머니엔 그가 송진을 발라 놓아 송진 냄새가 진하게 났다.

고상화는 허리를 곧추세우고 합장하는 자세로 기도했다.

'이 욕된 몸이 저지른 모든 업장을 소멸해 주소서!'

번제물

　새벽 4시, 혼자서 고사를 지낸 명진이 아궁이에 불을 지폈다. 종이불이 장작에 옮겨 붙는 그 순간에도 명진은 삽짝을 내다보았다. 고상화 어른이 이제나저제나 오시는가, 해서.

　장작을 연속으로 던져 넣어 아궁이에 불길이 가득 찼을 쯤. 가마 안쪽에서 낮게 크엉엉, 크엉엉, 울리는 소리가 났다. 명진이 귀를 쫑긋 세우며 미소를 지었다. 불길이 기물에서 수분 빼가는 소리같이 들려.

　다시 장작 한 고물을 집어던져 넣은 그가 이번엔 코를 실룩실룩, 거렸다.

　'이게 무슨 냄새지?'

　아닌 게 아니라 오징어 구울 때 나는 냄새랄까, 썩은 고기 타는 것 같은 냄새가 났다. 굴뚝 쪽을 바라보며 두세 번 더 코를 씰룩씰룩, 냄새를 맡아본 명진이 고개를 갸웃거렸다.

　'널빤지로 아궁이를 막아 놓았는데도 오소리 놈들이 들어갔나? 어째 후닥닥 뛰는 소리가 없어? 억, 그랬다간 재어놓

은 기물 다 망가뜨릴…….'

명진이 얼굴을 찡그리며 손바닥으로 덧귀를 갖다 댔다. 가마 안에서 뜀박질 같은 소리가 들리지 않자 이내 한숨을 돌렸다.

'다친 짐승이 들어가 있었나? 이런!'

괜한 짐승 한 마리 희생됐다고 미안한 마음에 명진은 합장 예를 올렸다. 좋은 곳으로 가시고 명작 하나 남겨주소서, 하고.

오전 10시경에 혜불 스님이 요원을 찾아왔다. 스님은 발소리를 죽여, 가마 입구까지 살그머니 다가갔다. 불 때기에 여념 없는 명진에게 혹시라도 누를 끼칠까봐, 그는 가마 기둥 옆에 서서 불을 조용히 지켜보고 있었다.

명진이 머리 숙여 봉통 안을 들다보곤 일어서서 먼산바라기를 했다. 얼빠진 사람처럼 멍하니 바라보고 있을 때 스님이 인기척을 냈다.

"아따, 불 좋다! 불심이 좋아."

"어, 스님. 언제 오셨습니까?"

"뭘 보는데 그리 넋을 놓고 있누?"

"뭘 보는 게 아니라 눈에 쪼인 열을 풀기 위해, 일부러 중간중간에 먼산바라기를 한다 아닙니까? 달아오른 장작불을 너무 오래 보면 눈이 아프거든요. 안구건조증이 올 수도 있고 해서."

"그렇다면 괜찮다만, 한눈팔아선 안 되지. 한순간도 불을 놓쳐서는 안 될 일."

명진이 아궁이의 불 상태를 살폈다. 그는 얼른 장작개비를 들어 잇달아 던져 넣었다. 한 고물 던져 넣고, 다시 아궁이 불을 살폈다.

그사이 스님은 명진 곁으로 한 발짝 더 다가섰다. 스님이 고개를 숙여 아궁이 불을 보며 말했다.

"화력 좋다. 불이 잘 들어가고 있어."

"햇빛 좋을 때 소나무 장작을 바싹 말려놓으니, 불심은 좋은 것 같습니다. 장작 나를 때도 느꼈습니다만, 한 고물 집어 들 때 훨씬 가벼워요. 이전보다."

"잘 말렸으면 그렇겠지. 한 걸작 나올 조짐인가. 그보다, 불일 하는데 어째 일꾼이 하나도 없어?"

스님이 좌우를 둘러보며 의아한 듯 물었다. 장작 한 고물을 다시 던져 넣은 명진이 대답했다.

"오전에는 고 씨 어른이 자청해서 거들어 주기로 했고요. 오후에는 최 씨 아저씨가 오기로 돼 있습니다."

"그 어른이 도와주기로 했다고 말은 하더라만. 안 보이시는데? 벌써 돌아가셨나?"

명진이 잠깐 뜸을 들였다. 약속해놓고 코빼기도 보이지 않는 고상화한테 좀 서운한 감은 들지만, 혹시나 연세가 많아 갑작스레 오지 못할 사유도 있지 않나 해서.

명진이 팔뚝으로 땀을 훔치며 대답했다.

"아직 안 오셨습니다."

"뭐라? 아직 안 오셨다고? 지금이 몇 신데? 그럼 여태 혼자서 불 때고 있었단 말인가?"

"예. 불이야 혼자서도 땔 수는 있습니다만."

명진이 그렇게 말하고 장작 한 고물을 또 던져 넣었다.

"그래도 그렇지. 허어 참. 이런 영감탱이 하고는."

그렇듯 타박하는 말을 뱉었다가 곧바로 의문을 던졌다.

"그 어른, 실언하실 분이 아닌데? 어디 편찮으신가? 온다, 못 온다, 그런 연락도 없고?"

"예. 뭐 곧 오시겠죠."

"전화 안 해봤나? 하긴, 자청해서 거들어주겠다는 사람한테, 꼭 오라고 할 수도 없는 노릇이겠다만. 그렇담 최 씨라도 부르지 않고?"

"최 씨 아저씨야 시간 맞춰 오실—."

명진이 대꾸하다 말고 가마 기둥에 걸린 옷을 봤다.

"아, 저 잠바는 어르신 옷인데? 오셨다가 어딜 잠깐 가신 모양입니다."

스님도 기둥 못에 걸려 있는 점퍼를 보곤 고상화가 온 것은 틀림없다고 여겨 말을 바꾸었다.

"불길에 정신을 두어 자네가 오가신 걸 몰랐구먼."

"네에. 제가 정신이……."

명진은 똑바로 확인해 보지도 않고 함부로 고상화에게 서운한 마음 가졌던 게 무안해서 말을 얼버무렸다. 그는 무안함을 커버하려고 다시 아궁이에 장작을 던져 넣었다.

그래도 뭔가 이상한 듯 점퍼와 명진을 번갈아 보던 스님이 다시 의문을 제기했다.

"설사 그렇기로서니, 아직까지 얼굴을 안 보일라고? 새벽 네 시에 불 안 지폈나?"

"네 시에 맞춰 불 넣었습니다. 혼자 고사지내고."

"거참. 나한테는 열 시에 맞춰 들리라 해놓곤."

"언제 말입니까?"

"어제 나를 찾아와서는, 불 지필 때부터 자기가 원 도공 일을 도와주기로 했다면서, 나더러 열 시에 여길 들러 달라 했거든."

사실 혜불 스님은 명진이 달포 전부터 불 넣는 날을 잡아 달래서 오늘 날짜와 화입 시각을 직접 뽑아주었던 고로, 가마에 불 지피는 날 그러잖아도 들러 볼 참이었다. 한데 어제 고상화가 직접 장안사에 들러 스님에게 10시에 맞춰 들러 달라고 했다는 것 아닌가.

"그렇다면, 불 지필 때부터 지금까지 여기 붙어계셔야 하는 게 맞는데. 오긴 오신 건가?"

스님도 확신이 서질 않아, 자문과 동시에 명진에게 물었다.

하지만 명진 역시 고상화를 보지는 못했으므로 그 물음에

명확하게 대답할 수가 없어, 긴가민가하며 어물거렸다.

"오셨다가 옷을 걸어놓은 건가? 윗옷은 그전에 걸어 놓았나?"

명진은 그때서야 고상화가 자기 모르게 왔다가 윗옷만 걸어두고 볼 일 보러 어딜 갔는지, 아니면 그전부터 그의 윗옷이 걸려 있었는지 헷갈리기 시작했다. 가마재임 하랴, 장작 준비하랴. 온통 가마 굽기에 신경을 쓴 탓에 옷이 언제부터 기둥에 걸려 있었는지를 기억 못해.

명진이 헷갈려하자 스님이 타박을 주었다.

"자네도 참. 아무리 정신이 없기로서니, 사람 오간 줄도 어째 몰라."

그래놓곤 이번엔, 나타나지 않는 고상화를 나무랐다.

"그 양반도 그렇지. 눈에 띄지 않게 왔다갔기로서니, 자기볼 일이 있었으면 말은 해놓고 가야지. 사람이 실없기는. 쯧쯧."

"그럴 어른은 아니잖습니까?"

"그야 나도 알지. 점심때가 다 돼가는 이 시각까지 안 보이니까, 하는 말 아닌가?"

"곧 오시겠죠 뭐."

명진은 덤덤하게, 또 장작 한 고물을 던져 넣었다.

"노인 되면 급작스레 몸에 이상이 생기기도 하다만. 아니, 자네도 밥 먹어야 하고 뒷간 갈 일도 있을 낀데, 조수 한 사람 없어서야. 그 양반이 자기 일 바쁘다고 말이라도 해놓고 갔으면, 최 씨를 불러도 불렀을 것 아닌가. 그 어른 나타날 때까지 내라도 거들어줄까? 뭘 해야 될지…….”

스님이 선뜻 바랑을 벗으려 하자 명진이 말렸다.

“괜찮습니다. 아직 저 혼자 해도 충분합니다.”

“아니, 밥도 먹고 볼 일도 보고 해야 할 낀데, 조수 한 사람은 있어야지.”

“고 씨 어른 안 오시면 최 씨 아저씨한테 바로 전화하면 됩니다. 전화 안 해도 두 시 되면 아저씨는 오기로 돼 있고요. 밥은 여기 고사지낸 상에 떡과 고기, 주먹밥 몇 덩이 마련해 두었고, 과일과 빵도 챙겨놨으니 괜찮습니다. 저야 엿가락 몇 개와 꿀물만 있으면 됩니다. 물도 한 동이 갖다놨고.”

“한 이틀은 잠도 자지 않고 불 때야 할 낀데, 그것 가지고 요기가 될라나? 제일 긴요한 때, 체력이 떨어지면 낭패 아닌가.”

“불 때는 동안엔 누가 푸짐한 음식상 챙겨줘도 넘어가질 않습니다. 불에 온통 신경 써야 하니까요. 차라리 꿀물 한 잔, 엿가락 하나, 장작 넣는 틈틈이 먹는 게 낫지.”

그러다가 “아참. 스님 여기 떡과 과일 좀 잡수이소.” 하며 명진이 고사상 덮어놓은 보를 거뒀다.

명진이 불 아궁이에 장작 한 고물을 던져 넣는 사이, 떡 한 조각을 떼어 입에 가져간 스님이 말했다.

“고사 지낸 떡이라니 음복삼아 한 조각은 맛본다마는. 그래, 먹고 마시는 거야 준비해 놨다가 먹으면 된다 하지만, 불시에 나오는 뒷일은 어떻게 보려고?"

"그건, 저 옆에 오줌통과 변기통에 하면 되지요 뭐."

명진이 기둥 모퉁이에 널빤지로 가려놓은 데를 가리키며 웃었다.

"오줌은 쉬 누면 되지만 똥마려우면 어쩌고? 측간에는 갔다 와야―."

"저것, 플라스틱 김치통 뚜껑 열고 양쪽에 각목 두 개만 얹으면, 좌식 변기통이 되는 데요 뭘. 가까이 앉아, 불 봐가면서 볼 일 다 볼 수 있습니다. 누구 보는 사람도 없고."

"허허 거참, 재활용 김치통이 일꾼 한몫하는구먼."

"그럼요. 급박할 땐 변기통 됐다가, 씻어서 앉을 땐 간이의자 됐다가."

"혼자 불 때는 게 몸에 배어서 허허. 한두 번 불 땐 것도 아니고, 익숙해져 있으면 크게 어려울 것 없지 싶긴 하다만."

스님이 고사상 위에 있는 고기와 떡, 막걸리 병과 물, 그 옆에 따로 놓인 빵 바구니 등을 한 번 쭉 훑어본 다음, 밥상보를 덮었다.

이를 본 명진이 황급히 말했다.

"왜, 좀 더 드시지 않고요."

"일꾼 먹을 참 거리 뺏어먹었다가 부처님께 얼마나 혼날라고."

명진이 달리 막을 수도 없어, 장작을 집어넣으며 말했다.

"혼자 일할 땐 내장들도 독립투사처럼 굶어, 똥오줌 마려운 일이 별로 없습니다."

"온 신경이 일에 쏠려있다 보면, 생리적으로도 그럴 거야."

"혼자서 하는 게 영 편합니다. 물건 맞잡아 들듯이, 반드시 둘이서 뭘 들어야 하거나 그런 일이라면 몰라도. 불 때는 일은 남한테 시킬 수도 없고요."

"자기 작품 만들려면 혼자, 자기 스스로 해치우는 게 속 편하지. 또 그렇게 해야 하고."

"아직은 시원해, 혼자 일하기에 딱 좋은 땝니다."

"그럼 나도 여기 있어봤자 도움 안 되고, 거치적거리기만 하겠네."

스님이 돌아갈 채비로 바랑을 고쳐 맸다. 가마에서 조금 떨어져 사방을 휙, 살펴보던 스님이 발걸음을 옮기며 당부했다.

"그래도 혹시 몸에 이상이 생기거나 사람이 필요하면 거, 최 씨든 나든 속히 부르게. 너무 고집 피우다간 도자기 굽는 건 고사하고 사람 잡는 수도 있으니깐."

* * *

"저 잠바, 그 어르신 거 맞심더. 내 거 아닙니더."

오후 두 시에 맞춰 일하러온 최 씨에게 명진이 물었을 때,

최 씨도 분명히 고상화 점퍼라고 했다. 그가 이어 부연했다.

"고 씨 어르신 저 잠바 입고 맨날 여기 왔다 아닙니꺼. 오셨다가 어디 가신 모양이네예."

명진이 수긍하며 다시 물었다.

"어르신이 입고 다니던 잠바가 맞습니다만. 어제, 그제, 이 잠바가 걸려 있었습니까?"

최 씨도 고개를 갸웃거렸다.

"어제, 그제 걸려 있었나……. 그건, 모르겠심니더."

최 씨의 대답도 제 아는 거와 다를 바 없어, 명진은 불 아궁이에 계속해서 장작 한 고물씩을 던져 넣었다.

부르르~ 색색, 부르르~ 색색.

불이 일어나는 소리와 장작 타는 소리가 장단 맞추듯 경쾌했다. 그는 봉통의 양쪽 벽면으로 한 고물씩, 더 많은 장작을 넣었다. 봉우리 가마는 중심 부분의 온도가 높고 양 옆은 온도가 낮아질 염려가 있어, 양쪽 벽면으로 장작을 많이 던져 불의 균형을 잡아주어야 하기 때문이다.

석양이 지고 있었다. 장작 한 고물을 더 던져 넣은 명진이 동쪽으로 먼산바라기를 하였다. 최 씨가 불 옆에 와 있다고 마음을 놓아서인지 잠깐 멍한 사이에, 그의 뇌를 구성하고 있는 해마 스위치가 과거 한때를 깜빡깜빡 켰다. 그때마다 신불산으로 가출하였을 때의 일이, 몇 컷의 슬라이드로 편집돼서 지나가는 것처럼 휙휙 지나갔다.

나는 고3 여름방학 때, 가족 누구한테도 알리지 않고 신불산으로 토꼈다. 내가 신불산으로 가출한 사실을 아는 사람은 동호뿐. 그는 동네 친구도 학교 친구도 아니었기 때문에, 우리 가족은 물론 동네 사람들도 동호를 모른다고 생각하여 그에게만 행선지를 알려주었다.

신불산 기슭엔, 당시 내가 다니던 부산공예고등학교에서 도예 실기를 가르친 시간제 선생님이 움막을 지어 생활하고 있었다. 그 선생님의 예명은 '패도인(悖陶人)'이었는데 본인이 직접 지었다고 했다. 그 선생님은 농담 따먹기를 하거나 설명 형식의 어법이 아닌 한, 학생들에게도 꼭꼭 존댓말을 썼다.

패도인께서 어느 날 실습시간에 말씀하셨다.

"여러분, 기성(既成)대로 할 것 같으면 왜 예술을 하며, 예술이 왜 필요한지를 생각해보기 바랍니다. 그림을 예로 들어봅시다. 만약 인물화, 정물화를 그린다면, 실체보다 더 사실적이고 정밀한 그림이 있습니까? 그럼 사진 찍으면 되는데, 왜 힘들게 그림을 그리지요? 그림이 예술작품이 되려면 인물이나 대상물—여기엔 사람 사는 세상도 포함됩니다—을 작가가 재해석하여, 그걸 작품으로 표현해야 합니다. 그 재해석이 자기 나름의 철학에 토대하지 않거나 우주적 의미의 함축 없이, 기존 것대로 할 것 같으면 모사하거나 사진 찍으면 돼요. 그렇지 않습니까? 허나 예술은, 또한 예술인은, 보통의 사람들이 이쪽 것만 쳐다볼 때 저쪽 것도 가져와, 이쪽 사람들에게 보여주거나 들려줘야 하기 때문에, 필연적으로 거스를 수밖에 없습니다. 한쪽 것밖에 못 보는 이쪽 사람들 기준으로 볼 때 거스른다는 거지, 우주적으로 또는 전체적으로는 그게 더 의미가 깊습니다. 그래서 예술이 되는 겁니다. 내 예명을 패도인으로 지은 건, 그러한 길을 가기 위해서 입니다. 우리가 잘 아는 예술 거장이나 대가들은, 그분들 이름이 알려지고 나서 보니 거장이고 대가이지, 그분들의 삶과 예술관을 그 시대에 비춰보면, 거역의 인생을 살아왔다는 걸 알 수 있습니다. 내 예명의 '패(悖)'자는, 거스른다는 의미일 때는 '패'자로 읽지만, 우쩍 일어나다는 뜻으로 쓸 때는 '발'자로 읽습니다. 여러분, 기성을 거스르면서 우쩍 일어나는 것, 그게 바로 예술이고 예술의 본질입니다."

내가 그 선생님의 움막으로 토낀 건, 당시의 나로선 무작정 도망에 가까웠다. 아버지가 이미 재산 다 날려먹은 상태에서도 오입질은 계속해, 집안이 그야말로 전쟁통 같았다. 거기다 내가 고3이어서, 나를 대학에 보내느냐 마느냐로 아버지와 엄마의 싸움은 더 심해져, 만사 제치고 어디로든 토끼고 싶었다. 밥 먹여주고 재워주기만 하면.

여러 가지 잔꾀를 굴러본즉, 다른 선생님들이나 낯모르는 사람한테로 가면 필시 집안 사정을 물어볼 터. 말하기 창피스럽지 않겠어. 밥 먹여주고 재워주는 사람한테 차마 거짓말할 수도 없는 노릇이고 보면. 그렇다고 친인척이나 외지로 나간 동네 형들 찾아갔다간 우리 집으로 연락할 게 뻔하지.

그 계제에 떠오른 사람이 패도인이었다. 비록 시간제였지만 어쨌든 교사는 교사였으니 나를 물리치지는 않을 것이란 예감과. 도자기 실습을 가르치고 했으니만큼 도예에 대한 진로를 상담하러 간 척하면, 가출한 셈속도 숨길 수 있어 광고 멘트 그대로 '따봉'이었다.

하루라도 빨리 도망가고 싶었던 나는 여름방학이 시작되자마자 무턱대고 패도인을 찾아갔다. 다시 말하지만, 그때는 집에서 도망 나왔다는 걸 숨기기 위해서 겉으로 진로 상담을 내세운 것이지, 실제적인 도예 기술을 배우려는 뜻에서가 아니었다. 왜냐하면 도예 쪽은 안 된다고 아버지가 일찌감치 퇴짜를 놓았던 데다, 완전히 그로기 상태였던 나는 도예는커녕 공부고 뭐고 살기조차 싫었기 때문이다.

아니나 다를까. 내 예상대로 패도인께선 나의 가정사도 묻지 않았고, 찾아온 이유에 대해서도 묻지 않았다. 지내는 날까진 편히 지내라 해놓곤. 밥하라든가 설거지하라든가, 또는 어떤 심부름을 해라든가, 하는 말도 없었다. 움막에는 어떠한 가족도 없었고, 가재도구는 한두 사람이 겨우 밥해 먹고 잠자는 정도로 간소했다. 패도인의 옷차림 역시 단출하고 헐렁했다. 해진 개량한복에 낡은 셔츠 하며.

모든 일은 패도인께서 손수 하셨다. 선생님이 밥을 직접 지어선 식사자리를 만들었고, 식후엔 설거지도 당신이 직접

했다. 날더러는 뒹굴든 나가 놀든 맘대로 하게 놔두고. 하루 일과라야 패도인께서 산에 오르면 따라 오르고(내 가기 싫으면 그것도 그만), 바위에 무심히 앉아 있으면(특별히 명상 같은 걸 하는 게 아니라 그저 무심히) 나도 무심히 앉아 있고. 그저 그렇게 지내는 날이 다반사였다.

특이한 건 패도인께서 나와 진지한 대화를 나누고자 할 땐, 그분 스스로가 항상 먼저 무릎을 꿇어앉았다는 점이다. 그러면 나도 따라 무릎을 꿇어앉을 수밖에 없었다(찾아가서 처음 인사할 때도 그분이 먼저 절을 해서 나도 엉겁결에 맞절을 하였다). 그렇게 하는 이유에 대해서 나는 물어보지 않았다. 집에서 도망 나온 주제에 눈치가 보여서 그랬기도 했지만, 그때의 내 심사로는 이것저것 묻는 자체가 귀찮아서.

패도인께서 별말씀이 없다가 하루는 무릎 대좌한 자리에서 얘기하셨다.

"명진 군, 사람이든, 짐승이든, 나무든, 돌이든, 세상의 모든 것들을 존중할 줄 알아야 합니다. 흔히들, 자기가 존중받으려면 남을 존중하라는 말들을 하지만, 그게 틀린 말은 아니지만, 자기가 존중받느냐의 여부를 떠나서, 만인과 만물을 존중해야 합니다. 내 생명이 어느 날 하늘에서 툭 떨어진 게 아니라, 부모의 부모를 거슬러 올라가면 태초에 이릅니다. 당연히, 다른 사람도 그렇겠지요. 나무와 짐승, 또한 마찬가집니다. 사람들은 현재의 나이로 아래 위를 따지지만, 우주의 나이가 자그마치 백삼십억 년도 더 됩니다. 태초로부터 만인과 만물이 생겨난 그 백삼십억 년 기간을 십 미터짜리 줄자라 치면, 사람의 생존 나이 백세는 한 점 볼펜 똥 길이만큼도 안 됩니다."

나는 그 움막으로 한 번 더 찾아갔었다. 여름방학 때 찾아간 건 그야말로 단기 가출에 가까웠지만, 그 뒤 겨울방학 때 찾아간 건 아버지 몰래 도예 진로 상담하러 간 성격에 가까웠다.

한데 나 자신도 웃기는 건, 그 움막엔 가마는 물론이려니와 흙도 물레도 아무것도 없었는데도 굳이 찾아갔다는 점이다. 정말이지 몇 개의 그릇만 있었을 뿐 도예 공구는 하나도 없었다. 누가 봤으면, 패도인이 도자기를 빚은 적이나 있는지 의심스러운 정도였다. 그래서 나는 우리 학생들 사이에 떠도는 소문을 확인하고 싶었다.

선배들이 전한 바로는, 수년 전 대한민국 공예대전 때 한바탕 소동이 벌어졌다고 했다. 그해 대상으로 뽑힌 출품자에게 시상을 하고자 주최 측에서 연락을 취했는데, 연락을 받은 사람은 엉뚱하게도 부산역에 죽치며 빌어먹고 있는 노숙자였다. 출품자 신원으로는 그 노숙자가 맞음에도, 그 노숙자는 자기가 작품을 제출한 사실이 없다고 밝혔다. 더구나 자신은 도자기와 거리가 먼, 의류 제조업을 하다 부도가 나 도피생활 중이라고 했다. 이에 주최 측 내부에선 기왕 대상작이 선정되었으니 예정대로 시상해야한다는 측과, 공예와 관련 없는 자에게 상을 줄 수 없다는 편으로 갈려 논쟁이 일어났다. 항간에, 그 도자기는 정작 패도인이 만들어 노숙자 이름으로 출품하였다는 말들이 나돌았다.

그 소문의 진상을 바로 물어보기가 뭣해 나는 슬그머니 말길을 돌려 물었다.

"선생님, 도자기는 언제 만드십니꺼?"

"흙 빚기 할 때 빚고, 불 때기 할 때 불 때고, 움막에 들어오면 그냥 산에 묻힙니다."

"노숙자 이름으로 선생님 작품을 공예전에 출품했다는 소문은 진짭니꺼?"

"그런 건, 날아가는 새한테 물어보면 됩니다."

나는 괜히 물었다 싶어, 정색하고 도예인의 자세에 대한 가르침을 청했다.

패도인께서 꿇은 무릎 위에 당신의 손을 가지런히 올리시고 말씀하셨다.

"도예뿐만 아니라 어떤 길을 가도 마찬가집니다만, 특별히 도예를 하고자 한다면 삼독종이 되어야 합니다. 삼독종은 세 가지 면에서 독종이 되어야 한다는 뜻인데, 내가 말하는 독종은 우리가 일반적으로 말하는 표독스럽다는 것과는 다른 의미입니다. 첫 번째 독종은 독약의 '독(毒)'자가 들어간 독종(毒種)이 되어야 합니다. 쉽게 말해 스스로 독약을 발

라야 한다는 얘깁니다. 독약을 발라도 중독되지 않고 이겨
내려면 어떻게 해야 되겠습니까? 면역력을 키우고 자기혁신
을 해야 됩니다. 면역이 되지 않거나 자기혁신을 하지 않으
면, 독이 퍼져 생명도 잃을 수 있습니다. 피하면, 죽든지 도
태되겠지요. 예술의 길을 가려면 '독'을 두려워 말아야 합니
다. 아픈 것이 나를 키우고, 쓴 것이 병을 이기게 만듭니다.
달고 편한 것, 따뜻한 자리만 찾아다니면, 진정한 예술혼을
담아내기 어렵습니다. 두 번째는 홀로 '독(獨)'자가 들어간 독
종(獨種), 이건 한자 뜻 그대로 독창적이고 독립적이어야 한
다는 말입니다. 도예나 예술의 길은 독창성이 생명인데, 그
길로 가지 않는다면 모방꾼이나 무늬만 예술가밖에 되지 않
습니다. 그러므로 독창적인 독종이 되려면, 먼저 자기 삶의
주체가 되어야 합니다. 세 번째는 도타울 '독(篤)'자가 들어간
독종(篤種), 즉 도탑게 해야 한다는 뜻입니다. 도탑게 하는 데
는 내적으로 도탑게 하는 것과 외연으로 도탑게 하는 것이
있습니다. 내적으로 도탑게 하는 건, 자기 일에 전일(專一)하
는 삶, 제 인생에 순일(純一)하는 삶을 사는 겁니다. 쉬운 말
로 제 갈 길에 매진하고 단순하게 살라는 뜻입니다. 외연으
로 도탑게 하는 건, 타인과 자연, 우주와의 일체화 또는 전일
적(全一的)인 교감을 말합니다. 한마디로 조화로운 삶을 추구
하라는 뜻입니다. 여기서 한 가지 의문이 들 겁니다. 예술이
되려면 독창성을 도모해야 한다느니, 예술인은 고독하게 살

라 해놓고, 도탑게 하라는 게 말이 되느냐고. 그렇게 말하는 사람들은 예술이 왜 필요한지, 왜 예술을 하는지조차 모르는 사람들입니다. 가령, 이 세상에 예술인 혼자뿐이든가, 아무도 없는 무인도에서 태어나 혼자 살다 혼자 죽으면 예술이 왜 필요하겠습니까? 그건 짐승생활과 같습니다. 짐승한테 보여주려고 그림을 그립니까? 또 어떤 이들은 개념 없이, 자기 맘대로 뭘 표현하면 예술이 되는 줄 착각합니다. 예를 들어볼까요. 혹시 소를 키워봤는지 모르겠는데, 소가 어느 날 꼬리에 묽은 소똥을 잔뜩 묻혀 담벼락에 칙 뿌렸어요. 그림 상으로만 보면, 어떤 화가도 못 그릴 정도의 장면이다 칩시다. 재료나 뭐 다른 것들 빼고 눈으로 보는 외형이 그렇다고 할 때, 자, 이걸 예술이라 할까요? 또 위버새, 일명 '베 짜는 새'는 잔디나 갈대 같은 가느다란 풀들을 물고 와서, 씨실날실로 직조하듯 둥지를 기똥차게 만듭니다. 이걸 조형예술이라 할까요? 또 젊은이들이 화장실 벽에 성기 낙서한 것도 예술이라 할까요? 다시 말하지만 예술이란, 인간과 자연관계에서의 도타움—전일적인 교감—에 바탕 하여, 사람의 마음을 통한 깨달음이나 우주적 조화의 함축을 그림이나 음악, 언어나 몸짓으로 표현하는 작업을 말하지, 개념 없이 제멋대로 갈기는 걸 말하는 게 아닙니다."

아참, 패도인께서 나에게 가벼운 명령 비슷하게 당신을 따르라고 했던 일이 딱 한 번 있다. 어디를 가자든지, 무슨 일을 하라든지, 같은 지시를 좀체 하지 않던 그분이 어느 날 밤에 말씀하셨다.

"오늘은 나를 따라, 가야 할 데가 있습니다."

"어디 가는데예?"

"죽림굴 갑니다."

말을 마친 패도인께선 배낭에 구운 감자와 건빵, 사탕, 물통을 챙겨 넣었다. 휴지와 말린 쑥도 따로 싸서 넣고.

'죽림굴? 어디 멋진 데가 있는 모양이가?'

나는 호기심이 일어 말없이 따라 나섰다. 조금은 겁이 났지만. 선생님은 작은 플래시를 비추며 앞장서 걸어갔고, 나는 큰 랜턴을 들고 뒤따랐다. 패도인께선 걷는 동안에는 일절 말이 없었다. 심지어 위험한 바윗길이나 넌출 얽힌 곳을 지날 때, 조심하라는 경고 한마디도 하지 않았다. 조심해야 할 곳에선 당신이 멈춰 한 발 앞을 잠깐 주시했다가 다시 걸음을 뗄 뿐.

나로선 처음 해보는 야간산행이었기에 힘이 들었지만, 쉬엄쉬엄 왕방재를 넘어 어쨌든 죽림굴에 도착했다. 뭐 특별한 게 있나, 하고 랜턴을 이곳저곳에 비춰본 바. 잡풀과 대나무로 덮여 있는 데다 입구도 낮아, 표지가 없다면 웬만해선 찾기 어려운 동굴이었다.

이곳은 조선 후기 천주교 박해 때, 영호남 지역에서 피난 온 신도들이 숨어 살며 예배당으로 사용한 공소라고 했다.

서양의 역사에서 그리스도교 박해시대에 피난소 겸 예배당으로 사용된 카타콤베 같은.

숨을 돌린 패도인께서 두 손 모아 잠시 묵념을 올렸다. 나도 따라했다. 동굴에서 물러나 맨바닥을 찾은 선생님이 배낭에서 휴지와 마른 쑥을 꺼내 불을 지폈다. 그 위에 생풀을 한두 줌 뜯어다 얹어 모깃불을 피웠다. 연기가 웬만큼 일자 선 채로, 공손하게 두 손을 맞잡은 패도인께서 말씀하셨다.

"역사 현장을 둘러보는 건 뜻 깊은 일입니다. 하나 여기로 명진 군을 데리고 온 건, 역사 공부가 주목적이 아닙니다. 나름 역사의식 고취에 도움은 되겠지만. 그렇다고 내가 천주교 신자여서도 아닙니다. 봤다시피 나는 가벼운 예만 올렸을 뿐, 천주교의 예배방식에 대해서는 아는 게 없습니다. 예배형식이 중요한 게 아니라 만인과 만물을 존중한다면, 다른 종교도 존중하는 마음을 가져야 합니다. 더구나 여기서 숨어 살다 생을 마치신 분들은 남의 물건을 훔친 도둑무리도 아니요, 사람을 죽인 살인자들도 아닙니다. 그저 자신의 신념을 지키다 숨겨간 우리들의 선조입니다. 이분들에 대한 묵념의 예는 종교와 상관없이 올릴 줄 알아야 합니다."

모기 때문에 내가 다리를 움직거렸다. 이를 본 패도인께서 연기가 더 일도록, 옆에서 마른 나뭇가지를 주워 모깃불을 살짝 들어 올렸다. 다시 일어선 그분이 말씀을 계속했다.

"그보다, 굳이 밤에 여기를 오자고 한 건, 명진 군의 머리에 꽉 찬 상념과 가슴에 진 응어리를 털어내는 방법을 알려주는 한편으로. 언젠가는 이 경험이 하나의 깨달음으로 연결됐으면, 하는 바람에서입니다. 잡념이 들거나 성화가 치밀 때, 낮에 또는 편편한 길로는 가봤자 그것들을 떨어내기는커녕 외려 되새김질 하면서 가기 일쑵니다. 하나 밤길을 가면, 온 신경을 발부리에 둬야 하기 때문에 그것들을 되새김질할 겨를이 없습니다. 넘어지거나 낭떠러지에 떨어지지 않기 위해 자연히, 몸 스스로가 한 발짝 떼는 그 순간에만 집중하게 됩니다. 독을 발라야 한다는 의미와 같이, 어둠에 맞서고 고난을 회피하지 않으면, 잡념이나 성화는 저 모르는 사이에 물러갑니다. 제 갈 길에만 몰두하면.”

얘기를 마친 패도인께서 구운 감자와 건빵을 먹으라고 주셨다. 당신도 같이 먹고 나서, 불을 밟아 껐다. 신들메를 고쳐 맨 선생님이 나선 김에 신불산 꼭대기도 가보자고 하였다.

나는 무심코 따르기만 했는데 겁이 어디로 달아났는지, 이제는 신이 날 정도였다. 그도 그럴 것이 친구들이 고3 여름 때까지 캠핑 한 번 안 가봤어야 쓰겠냐며 나를 꼬드겼지만, 돈도 없고 친구들과 어울릴만한 형편이 못되어서 속이 뒤틀려 있었는데. 선생님께서 캠핑에 버금가는 야간산행 경험을 선사해 주셨으니 얼마나 좋았으랴고.

신불산 정상에 올라 숨을 고른 패도인께서 말씀하셨다.

“언젠가, 스토리 없이 제멋대로 갈기는 건 예술이 아니라고 했습니다. 스토리가 없다는 건, 세상을 재해석할 능력이 없거나 자기 인생에 대한 깨달음이 없기 때문입니다. 세상에 대한 재해석 능력을 키우는 방법은 탐구에 있고, 인생에 대한 깨달음을 얻는 데는 직접이든 간접이든 체험하는 방법이 젤 좋습니다. 알아두어야 할 건, 마구잡이로 지식을 쌓는다고 탐구가 되는 게 아니며, 몸으로 때운다고 해서 깨달음을 얻는 게 아닙니다. 탐구나 체험이 깨달음으로 이어지려면, 궁구한 질문이 있어야 합니다. 얕은 지식으로 아는 척하기보단, 묻고 배우는 데 부끄러워 말아야 합니다. 다시 말하지만, 거스르지 않고 밋밋한 삶을 살면 스토리가 생겨나지 않습니다. 자기 인생에 스토리가 없는데, 예술이 가능하겠습니까? 껍데기뿐인 작품을 만들거나 흉내 내기는 할 수 있을지 몰라도. 스토리가 없는 예술은 감흥을 불러일으키기 어렵습니다."

며칠 뒤, 나는 실체적인 걸 알고 싶었다. 선생님이 말하길, 죽림굴에 모였던 천주교 신자들은 움막을 짓고 숯을 굽거나 토기, 목기를 만들어 팔아 생활했다고 하셨는데. 정작 선생님은 자신의 가마를 내게 직접 보여준 적이 없어, 어느 날 패도인께 물었다.

"선생님의 작업장과 가마는 어디에 있습니꺼?"

"같이 가 봐 놓고도 묻습니까?"

나는 그 말을 듣고 어리둥절했다. 선생님과 같이 가마에 가 본 적이 있던가, 하고. 그러다 곧바로 나는 선생님의 말뜻을 알아챘다. 옳아. 선생님과 함께 장작 가마에 실습하러 갔던 그곳을 말하는 구나. 언양 작천정 어디쯤이었지 아마.

내가 겨울 움막 생활을 끝내는 날 아침, 눈이 펑펑 내렸다. 사락사락, 눈 내리는 소리가 소음기처럼 세상의 잡음을 다 빨아 들였다. 고요와 적막이 방음벽처럼 둘러쳐진 황토방에서 조근조근 이르는 패도인의 음성이 나에겐 우레처럼 들렸다.

"도예를 하고자 한다면 인간은 물론, 세상 만물에 대하여 차별을 해선 안 됩니다. 물과 불은 상극 중에서도 상극인데, 이것 없이 도자기를 만들 수 있겠습니까? 물은 아래로 흐르고 불은 위로 솟구치는데, 이들을 사람으로 치면 불이 물을 상종이나 하겠습니까? 물을 아랫것으로 본다면 말입니다. 교직을 예로 들면, 정규직 교사라고 해서 하늘이고 시간제 교사라고 해서 땅이겠습니까? 정년 때까지 월급만 잘 받아 먹고 가르침의 영향은 개미 눈곱만큼도 없는 정교사가 있는가 하면, 단 한 시간에, 말 한마디로도 학생들의 인생을 바꿔놓는 임시교사도 있습니다. 예술의 길을 가고자 한다면, 지위나 재산 따위의 껍데기로 사람 보는 일은 없어야 합니다. 실패나 성공이란 말조차도 쓰지 말아야 합니다. 그저 예술의 길로 갈 뿐. 인간의 삶에 있어 실패나 성공은 없습니다. 일할 때 바쁘고, 병나면 아프고, 바람 불면 흔들리고, 비 오면 젖듯이 우여곡절이 있을 뿐, 실패나 성공은 없습니다. 만약에,

인생에 있어 실패가 있다고 한다면 이 세상에 태어난 자체가 실패고, 성공이 있다고 한다면 이 세상에 태어난 자체가 성공입니다.”

　오후 여섯 시쯤, 최 씨가 아궁이 옆에 있는 밥상보를 벗겼다. 그는 꿀물을 한 컵 따라서 명진에게 먼저 주었다. 이어서 엿가락을 건네주고. 명진으로부터 그만 됐다는 손짓을 받은 최 씨는 막걸리 병을 따서 한 잔 쭉 들이켰다. 명진이 장작을 집어넣는 사이 막걸리 한 잔을 더 마신 그는 편육 한 점과 떡 한 조각을 입에 넣고 밥상보를 덮었다.

　명진이 엎드려 아궁이 불 상태를 살펴본 뒤, 첫째 칸 가마로 가서 가마 벽에다 장갑 낀 손을 갖다 댔다. 가마의 예열 상태를 가늠해보기 위해.

　‘칸불 때기를 자정에서 두 시 사이에 할 수 있을라나……. 그때면 불 지핀지 스무 시간에서 스물두 시간…….’

　그는 시계를 보며 봉통불의 예열 시간과 칸불 땔 타이밍을 대충 계산하였다. 어림을 끝내곤 다시 장작 던져 넣으랴, 왼쪽 기둥에 붙어 있는 스위치를 올려 전등 상태 확인하랴, 칸 칸마다 옆에 쌓아 놓은 장작의 이상 여부 살펴보랴. 어제 모두 체크하였지만 그래도 혹시나 해서, 어두워지기 전에 다시 한 번 재빠르게 점검을 마쳤다.

　‘이 어른은 당최 어떻게 된 일이야? 해가 지는데도 보이지

않고?'

서로가 약속해놓고 어느 한쪽이 나타나지 않거나 아무 말 없으면, 약속을 지킨 쪽에서 되레 '내가 무슨 잘못이라도 했나?'고 자기점검을 해보기 마련. 명진도 장작 한 고물을 더 던져 넣곤 '근래 내가 무슨 실수라도 저질렀나?' 하고 며칠 전 상황을 훑고 반추했다.

'그제까지도 잘못된 건 없다만…….'

자신이 고상화에게 큰 잘못을 저지른 일은 없다고 판단한 명진은, 이제 피움불에서 중불로 넘어갈 준비를 했다. 패도 인께서 말씀하시길 삼십년 불대장을 해도 불은 모른다고 했다. 불의 색깔, 불꼬리의 방향, 나무가 삭는 시간, 피부로 느끼는 열기, 기물의 색깔과 유약의 변화, 가마내부의 색깔 등은 시시각각 다르므로.

부르르, 부르르.

불 소리가 일 때마다 패도인의 가르침이 들려왔다.

"피움불은 봉통불 또는 가름불이라고도 하는데, 가마 안의 습기를 제거하고 가마를 덥히는 정도의 예열불을 말합니다. 이때는 열네 시간에서 열여섯 시간 내외로 천천히 불 때기를 해야 합니다. 온도를 급하게 올리면, 기물이 견디지 못하고 깨지거나 금이 가기 때문입니다. 또 유약에 기포가 생기거나 꽈리처럼 부풀어 오르고, 유약의 표피가 떨어져 나가는 박리 현상, 유약이 너무 흘러내리는 등의 문제가 생길 수 있습니다. 반대로 예열이 부족하면 어떻게 되느냐. 도자기의 유약이 잘 녹지 않는 경우가 생깁니다."

'불은 타이밍을 놓쳐서도, 불 곁을 떠나서도 안 된다.'

패도인의 주문을 명진이 속으로 복창하며 장작 한 고물을 또 넣었다. 한 트랙의 음악이 끝나면 자동으로 한 트랙의 음악이 재생되듯, 중불에 관한 패도인의 가르침이 불 소리와 함께 귓전에 울렸다.

"일명 베낌불이라고도 하는 중불은 앞서의 봉통불로 가마 내부의 수분을 모두 증발시킨 이후, 기물에 그을음이 앉았다가 유약이 녹기 전까지, 이를테면 점차 그을음이 벗겨지는 단계의 불을 말합니다. 약 여섯 시간 내외로 때줍니다. 이때는 가마 내부가 불그스름하게 밝아오는데, 불꽃의 색깔이 검은 기가 있는 진빨강에서 주황색에 가까운 옅은 빨강으로 변하는 걸로 짐작할 수 있습니다."

장작 투입하는 속도를 올린 명진이 자정을 넘겨 한 시쯤, 중불 때기에서 칸불 때기 준비에 들어갔다. 이때부터는 모든 게 바빠지고 시간과의 사투를 벌여야 한다. 장작 몇 개비로 기물이 주저앉을 수도 있고, 유약이 흘러내릴 수도 있기 때문이다.

그는 시험 삼아 최 씨더러 장작을 한 고물씩 넣으라 하곤, 재빨리 첫 번째 가마의 오른쪽 칸문으로 돌아갔다. 그가 긴 호미로 칸문을 봉한 황토를 빠르게 긁어내고, 막아 놓았던 벽돌 두 장을 빼냈다. 왼쪽 칸문으로 돌아가서도 똑같이 했다. 첫 칸 가마에 장작 던질 구멍을 확보한 그는 장작 투입할 곳과 거리를 머리에 그려 넣었다.

다시 아궁이 쪽으로 돌아와 장작 한 고물을 퍼뜩 던져 넣은 명진이 첫 칸의 불꽃 색깔과 가마 내부의 색깔을 관찰했다. 불꽃이 오렌지색에서 노랑으로 바뀌어 가고 가마 내부가 불그스름해지고 있었다.

'조금만 더 때면 천백 도 되겠네. 패도인께서 칸불 땔 타이밍이 그 온도라고 했었지.'

온도를 어림잡은 명진은 화도를 올리기 위해 아궁이 쪽에 장작을 던져 넣고 삭이고, 다시 던져 넣고 삭이길 몇 고물이나 연거푸 했다.

"봉통불이 천 도 넘어가면 칸 가마 쪽으로 불이 터집니다."

패도인의 가르침을 새기며 칸불 때기에 들어간 명진이 첫 칸 가마의 오른쪽 칸문으로 장작을 던져 넣었다. 이번엔 왼쪽, 다시 오른쪽 칸문으로 번갈아 세 시간 정도 던져 넣은 뒤, 이마의 땀을 닦으며 불꽃 색깔을 관찰했다. 불꽃이 밝은 노랑에서 점차 흰색으로, 가마 내부는 형광색으로 변하고 있었다. 말갛게 익은 항아리들이 보였다. 그 하나하나가 무심한 패도인의 얼굴같이 보이면서, 그의 음성이 가마 안에서 들려오는 듯했다.

"가마 내부가 흰색으로 변하고 훤히 보이면 천삼백 도쯤 됩니다."

명진이 칸문 뒤에 조그맣게 나 있는 불보기 구멍을 열었다. 잠시 얼굴의 열을 식힌 그는 긴 쇠꼬챙이로 불보기(유약을 바른 도자기 파편 같은 것으로 시험편이라고도 한다)를 꺼내 기물이 익어가는 정도를 살폈다.

'유약이 녹아 투명해지는 걸로 봐서, 조금만 더 때면 천삼백오십 도. 오케이.'

사십여 분간 더 첫 칸에 장작을 투입한 그는 두 번째 칸불 때기에 들어갔다. 이젠 고상화가 왔는지 안 왔는지, 최 씨가 옆에 있는지 없는지도 완전히 잊고. 이 모습을 날아가는 새가 봤으면 아마 패도인이 불 때기 하는 줄 알고 착각 블루스를 쳤을 테다.

명진이 가출이랍시고 패도인 움막을 다녀온 지 1년쯤 지나. 그는 유약 제조 비법과 문양 장식 기법 등을 배운다고 네 번, 가마 굽기 배운다고 세 번, 도합 일곱 차례나 언양에 있는 패도인의 장작 가마로 가서 실기지도를 받았다.

패도인이 가마 굽기에 들어가던 어느 날, 명진에게 "끝까지 잘 지켜보기 바랍니다." 해놓곤 불 때기에 매달렸다. 그의 가마는 아홉 칸짜리였고 재벌구이에 들어갔으므로, 하루하고도 한나절은 걸리는 시간.

명진도 한눈팔지 않고 가마에 붙어서 장작을 날라다 주는가 하면, 패도인에게 물도 갖다 주고 수건도 적셔다 주었다.

미심쩍은 것에 대하여 명진이 질문하면, 패도인은 눈 식히는 틈을 이용해 짧게 답해주고 하였는데. 불 때기를 끝내놓고. 명진이 부어준 꿀물을 다 마신 패도인이 건넨 말 때문에 그는 하마터면 까무러칠 뻔했다.

"근데, 누구시더라…… 아, 명진 군! 언제 왔습니까?"

＊＊＊

김현정 교수가 옷을 벗었다. 하얀 살결에, 젖가슴이 통통하고, 다리는 매끈하였다. 가마 아궁이엔 장작불이 타고 있어 따뜻하고 아늑했다. 불빛이 너울거리며 그녀의 육체를 더욱 신비롭게 만들었다. 때론 붉은색으로, 때론 주황색으로, 때론 노란색으로, 때론 형광색으로.

그녀는 "나, 처녀예요. 가질 테면 가져보세요." 하고 음부를 거리낌 없이 드러냈다. 불의 혀가 날름날름, 새까만 거웃을 태우고 음부를 핥는 듯했다.

그녀가 흰 천을 바닥에 깔았다. 알몸으로 천에 누워선, 다리를 뻗고 가랑이를 벌렸다. 그녀가 올라타라는 손짓을 했다.

"흰색이 순결이라고 했죠. 나도 처녀막 있어요. 순전해요. 정자도 흰색이에요. 자, 가져요."

남근이 빳빳하게 섰다. 게검스레 옥문을 빨다가, 키스하려고 그녀의 입을 덮쳤다.

"아니 이 얼굴은? 유나야!"

"명진 씨, 명진 씨의 아기를 지웠어요."

"뭐라고!"

"누구의 정자인지 몰라서, 지웠어요. 지웠다구요."

"유나, 내 애기. 유나야, 내 애기!"

그때 어린 여자아이 목소리가 울렸다.

전화 왔어요, 전화 받으세요.

명진이 잠을 깼다. 휴대폰에서 나는 컬러링 소리를 듣고. 누운 채 더듬어 폰 화면을 켰다.

'아니 김현정 교수가! 꿈이 어째?'

한 주먹이나 되는 눈곱이 구강을 눌러 텁텁하고 갈라진 목소리가 나왔다.

"네, 원명진입니다."

"저 김현정이에요. 일하시다가 받은 거 아녜요. 한참이나 벨이 울려도—."

"늦게 받아서 미안합니다. 어제 불 때기 끝내놓고 잠에 빠져버려서. 지금까지 녹초가 돼 있습니다."

"저는 작업실에 안 계셔 늦게 받는가 보다, 하고 기다렸는데. 괜히 성가시게 깨운 것 아닌가요?"

"푹 자서, 통화 정도는 괜찮습니다."

"식사는요? 잠을 자도 뭘 잡수셔야지."

"자다가 두어 번 깨서, 그때마다 바나나 한 개와 단술 한 잔 밀어 넣고 자, 내장도 반란은 일으키지 않습니다. 내장에게도 최소임금은 필요하니까, 그렇게 길들여 놨어요."

"맹탕 굶지는 않았으니 다행이네요. 이왕 깼으니, 몸보신 되는 거 잡숫도록 하시고. 그럼 잠깐 통화는 괜찮겠죠?"

"예. 상관없습니다. 말씀하세요."

"다름이 아니라 이번 여름휴가 때 도예를 좀 배워볼까 해서요. 보름간 정도. 가능하겠는지 물어보려구요."

"죄송하지만 저는 아직 수강생 가르칠 능력이 안 됩니다. 4년제 대학을 나온 것도 아니고. 유수의 대학, 대학원 나와 도자기 굽는 분들 많은데 그쪽으로 알아보시는 게—"

"전 지금, 원 선생님께 배우고 싶다는 얘길 하는 거예요. 덧붙이면, 보름간은 도자기 굽는 것 배우고, 사나흘 정도는 거기서 멀지 않은 외고산 옹기골에서 옹기 굽는 것까지 한꺼번에 배워보려고요. 원 선생님, 우리가 색채와 심리에 대해서 잠깐 얘기 나누었지요. 혹시 미술치료라는 말을 들어보셨는지 모르겠는데, 색채와 미술로 심리치료를 할 수 있습니다. 그렇담, 도예도 그렇게 할 수 있겠죠. 청자, 백자, 흑자, 도자기마다 색깔이 다르고, 또 옹기는 흑색에 가까울 뿐만 아니라 크기가 도자기와 다르죠. 어린이들 정서를 위해, 요즘엔 도자기 체험학습을 시키는 것도 비슷한 맥락이고요. 도자기 작업은 색채라는 시각적 인지도 중요하지만, 흙을 손으로 만지는 촉각도 중요합니다. 해서 고대부터 4원소라는 흙, 물, 불, 공기가 다 들어가는 도예 작업을 배워보고 싶다는 거예요. 원 선생님한테서. 원 선생님 선친은 옹기 굽는 장인 집안이셨다고 하데요. 동호 씨로부터 대략 들었습니다만, 가정사가 어땠는지는 저와 상관없습니다. 원 선생님이 어떤 대학을 나왔는지, 어떤 학위를 가졌는지도 필요 없고요."

김 교수가 이렇게까지 얘기하는 데야. 명진은 물리칠 명분이 약해져 버려 다른 이유를 끌어댔다.

"여기까지 오가실 일이……."

"그게 걱정이셔요? 뭐 어려울 것 있나요? 요원에서 같이 지내면 되지. 원 선생님은 살림집에서, 저는 창고나 작업실에서. 아니면 살림집에서 같이 기거하든지. 호호호."

"농담도―."

"농담이 될지 진담이 될지는 지내봐야 알겠지요. 호호호. 그 기간엔 울산 본가에서 기차로 좌천까지 왔다갔다 하구요. 좌천역에서 요원까지는 자전거로 움직이면 될 것 같은데. 원 선생님이 자전거를 빌려주면 그것 타고, 안 빌려주면 제 미니벨로 가져가―."

"제 자전거 사용하는 거야 문제없지만 싸구려라서……."

"자전거가 굴러 가면 되지, 싸구려랑 무슨 관계있어요?"

세부 일정과 수강료 따위는 며칠 뒤 논의하기로 미뤄 놓고 전화를 끊었다.

목이 말랐던 명진이 일어나 물병에 든 감로수를 벌컥벌컥 들이켰다. 그는 모자라는 잠을 청하려고 다시 매트에 드러누웠다. 홑이불을 당겨 머리에서 발끝까지 덮어쓰고 숨을 서너 번 크게 들이쉬는 사이. 빛이 가려진 이불 속에서 대뇌가 슬라이드 상영하는 것처럼 꿈을 한 컷 한 컷 복기했다.

'왜 유나가 김현정 교수 모습으로 나타난 거야? 그리고 유나가 한 말은? 뭐 내 애기를 지워?'

천만근이 된 명진의 눈꺼풀은 잠을 부르는데도 대뇌는 기억을 불러내려 발버둥 쳤다.

'유진이 마지막에 보낸 문자 메시지가 뭐더라……'

유진은 출가하기 전, 제 빡빡머리 사진을 첨부파일로 명진에게 보내놓고 20자 제한 메시지를 두 번이나 더 보냈는데. 명진은 그녀의 빡빡머리 사진 화면에 이마를 대고 눈이 퉁퉁 붓도록 울다가, 뒤이어온 문자 메시지는 하루 지나 읽어 봤었다.

제가 부처님께 언니 대신 빌어드릴 게요.

언니가 아저씨의 복을 지웠대요.

'내 복을 지워? 그게 낙태했다는 말이었던가?'
명진은 속이 아렸다. 그리고 혼란스러웠다.

유나가 다른 사람한테 몸을 팔 때는 상대방에게 콘돔 사용을 요구하거나 그녀 자신이 피임 방책을 썼다. 하지만 명진과 육체관계를 가질 때는 피임 방법을 쓰지 않았음은 물론, 명진에게도 요구하지 않았다.

명진 역시 콘돔 사용할 생각조차 하지 않았다. 그가 군 입대 이틀 전 친구들과 선배들에게 끌려 총각 딱지 떼느라고, 현역시절 휴가 나와 객기로 윤락녀와 관계 가졌을 땐 성병 예방 차원에서 콘돔을 사용했지만. 유나와는 결혼을 전제로 동거할 작정이었으므로 그럴 필요가 전혀 없었고, 또 서로가 피임 도구 쓰지 않는 걸(그 결과 애가 생기더라도) 당연하게 여겼다.

그래서 명진은 유나의 정조를 따지려 들지 않았을 뿐만 아니라 결혼하자고 요구까지 한 상태였다. 한데, 유나는 명진과 잠자리를 같이 하면서도 동거나 결혼에 대해서는 가타부타 말이 없었다. 비록 짧은 기간이었지만 명진과의 교합 때는 실제 부부관계 이상으로 더 적극적이었음에도.

결국 유나 입장에선, 명진과 잠자리를 갖는 와중에도 다른 남자와 정사를 치러야 할 처지여서, 아니면 자신의 정조 상실 때문에 명진과 혼인관계까지는 어렵다는 판단으로 애기를 지웠다는 말인즉.

유나는 그 사실을 뒤늦게야 유진에게 털어놨다. 상배와의 음란 행각이 발각돼 유진이 그녀를 정신요양소로 보내려하자, 이미 다 드러난 마당이라 숨길 게 없다고 여겼는지. "순결을 잃었어도 명진 씨와 같이 살았으면 한때의 잘못된 과거로 끝났을 텐데." 하고 후회하면서. 당시의 그녀로서야 돈 때문에 그랬지만.

'그땐 유나가 나의 동거 제안을 내친 걸로 봤는데, 그게 아니라 내 아이를?'

명진은 기억이 가물가물했다. 유나가 또 뭐라고 했더라?

: 우리 딱 깨놓고 말해보자고. 왜 사람들은 날마다 섹스를 하면서도 숨기고, 부끄러워하고, 감추고 싶어 하고, 섹스를 안 하는 척하느냐고. 잘 보라지. 조선시대 그렇게도 양반인 척, 고매한 척, 유교가 어쩌네, 하면서도 첩은 물론이고 노비하고도 놀아나지 않았느냐고.

: 섹스는 본능이자 갈망이야. 갈망 욕구가 클수록 거기에 더 집착하는 거야. 모든 사람이 그만큼 목마르다는 반증 아니겠어. 돈에, 지위에, 권력에, 명예에, 애정에, 또는 자신이 추구하는 그 무엇에. 지식인이나 예술가들이 그만큼 섹스를 탐닉하는 것도, 그가 추구하는 그 무엇에 대한 갈망을 만족스럽게 쟁취하지 못하니까 섹스에 집착하는 거고. 그런 집착이 그 무엇을 만들거나 탄생시키고. 그 갈망이 새로운 것을 낳기도 하고. 뭔가 잃을수록 갈망은 커지는 법이니까. 자신

이 소중히 여기는 걸 잃었으면 더더욱. 남녀 간에 가장 큰 갈망이랄까, 보상을 받으려는 것이 섹스 아냐.

: 미셸 푸코가 제기한 문제가 그거잖아. 어째서 남녀들이 밤낮으로 하는 성적 행위가, 혹은 성적 쾌락이, 도덕적 관심의 대상이 되어야 하느냐고. 개인 간의 사적 성행위가 어떻게 도덕의 영역에 속해야 하느냐 말야. 무슨 연유로 성에다 죄를 씌워야 하느냐고. 어느 일방의 의사를 묻지 않고 강제추행을 했다거나 완력으로 강간을 했다면, 그건 형사적인 문제가 되겠지만. 서로가 좋아서 하는 거라면, 그래서 간통죄도 없어진 마당에, 왜 이것저것 따지냐고.

: 나를 성욕이상자라고, 님포마니아라고 해도 좋아. 상관없어. 나는 성적 본능에 충실할 뿐야. 성적 부도덕? 그게 뭔데? 처녀막이 있는 거, 없는 거? 그건 격한 운동이나 다른 이유로도 찢어질 수 있는 거야.

: 자제력과 쾌락의 유예를 강요하면 되레 색욕을 폭발하게 만들 수 있다고. 심한 다이어트를 하다보면 거식증에 걸리는 것처럼. 식욕을 억제하면 보상으로 먹지 못했던 것 다 먹으려니 식탐이 더 생긴다고. 욕정도 마찬가지. 억압하고 통제하다보면 잃은 것에 대한 보상을 더 받고 싶은 거야.

: 사회적 제도로 통제받거나 어떤 상처로 억압받은 금욕이 아니라면, 포기로써의 금욕이 있을 수 있는가? 성 본능을, 성 충동을, 스스로 포기한다는 것은 있을 수 없는 일이며 말도 되지가 않는다. 성 불구자가 아닌 정상 사람인 이상. 이때의 성욕 포기란, 실제로는 욕동의 포기가 아니라 본인이 추구하는 '다른 욕구', 이를테면 더 상위의 목표나 대체 욕구를 따른다는 욕구의 다른 측면일 뿐이지, 본능을 성기 거세하듯 싹둑 자른다는 의미는 아니라고. 도예도 그렇지만 예술적 성취나 종교적 영성 획득도 욕구를 대체해서 즐겁게 행하는 것이라고. 그렇지 않으면 그 힘든 작업을, 그 어려운 수련을 왜 반복하나? 나도 내가 왜 이러는지 모르겠는데 성적 쾌락을 즐기고 싶어. 그 극치감이라도 있어야 살 수 있겠어. 원래부터 타고난 색마인지 섹스를 도피처로 삼은 루저인지는 알고 싶지도 않아. 누가 뭐래도 상관없고.

이런 말을 실제로 유나가 한 건지, 아니면 유나가 하고 싶어 하는 말을 명진이 상상하고 있는 건지. 그도 아니면 어디서 읽었던 내용이 명진의 기억 창고에 쟁여있는 건지. 머릿속이 아득해지며 그는 또다시 모르페우스의 꿈 보자기로 빨려 들어갔다. 하얀 문으로 나올지, 회색 문으로 나올지는 자신도 알지 못한 채.

임자 없는 점퍼

가마 식히기에 들어간 지 이레째, 오늘은 프로메테우스의 아이들을 보는 날이다. 겨울 곰처럼 잠을 실컷 자, 명진의 몸은 어느 때보다 가벼웠다. 이번 가마내기 하고 나면 김현정 교수를 다시 볼 수 있다는 설렘도 한몫해서.

명진은 아침을 일찍 챙겨먹고 간단한 샤워로 몸을 정갈하게 했다. 깨끗한 생활한복으로 갈아입은 그는 냉장고 문을 열어, 엊저녁에 장봐 놓은 떡과 대구포, 막걸리 등을 꺼내 교자상에 얹었다. 잔과 쟁반, 장갑도 여러 켤레 챙겨 올리고선 가마 쪽으로 들고 갔다.

명진이 가마 입구에 간단한 제상을 차린 뒤, 이미 와서 기다리고 있던 최 씨와 함께 절을 올렸다. 가마내기 하는 동안 도자기에 탈이 일어나지 않도록, 그리고 무엇보다 일하는 사람에게 불상사가 일어나지 않도록 빌면서.

음복과 고수레를 끝낸 명진이 허리를 굽혀 먼저 봉통 안을 들여다보았다. 장작이 얼마나 깨끗하게 탔는지 보려고. 이어

가마 내의 이상 유무를 살피기 위해, 칸불 때기 할 때 터놓은 각 칸문의 장작 투입구마다 머리를 들이밀었다.

확인을 마친 그는 두건을 쓰고 교자상에 있던 장갑을 들어 꼈다. 최 씨한테는 방수포와 깔개자리를 가마 칸 둘레 따라 바닥에 치도록 했다. 가마에서 들어낸 도자기들을 임시로 재어놓을 수 있게. 가마내기 준비가 끝나자 명진은 가마 첫 칸문부터 막아 놓았던 벽돌들을 조심조심 들어냈다.

명진이 네 번째 칸문 벽돌을 다 들어내고 가마 안을 유심히 들여다보았다. 저 하얀 살결에, 달덩이 같이 환하게 웃고 있는 프로메테우스의 아이들을 보라지. 곁에서 호기심으로 관찰하고 있던 최 씨가 감탄사를 뱉었다.

"캬~아! 저것들이 모두 도예 작품이라는 거 아입니꺼. 어떻게 흙이 저렇게 구워져 나오는지, 내 눈으로 보면서도 신기합니더. 신기해!"

"이 가마 안에 있는 모두가 작품이 되는 건 아닙니다. 어쩌면 절반은 넘게, 깨버려야 할지도 모릅니다."

명진은 그간의 경험에 비춰 무심코 던진 말인데, 최 씨는 깜짝 놀라 반문했다.

"예! 반이나 깨버린다고요?"

"불을 잘못 땠거나 해서 운수 사나우면 절반이 아니라, 거의 다 깨버려야 할 때도 있습니다. 그중 몇 개 건지면 다행이고. 개중 하나라도 걸작만 나온다면야, 다른 건 다 깨버려도

서운하지 않습니다."

최 씨가 안타까운 인상을 지었다.

"오매~ 아까운 거. 흙을 빚어 만들고, 유약 칠하고, 그림 그리고, 여러 날 말리고, 불 때기까지 해서 익힌 걸, 깨버릴 땐 얼마나 아까울까. 에고 참."

"불 때기 끝내놓고 보면 항아리에 금이 간 경우도 있고, 굽이나 턱주가리가 깨진 경우도 있고, 유약이 흘러내린 경우도 있고, 형태가 일그러진 경우도 나오고, 흙이 묻었다가 그대로 같이 구워지는 바람에 티가 생기기도 하고. 갖가지 흠결로 작품이 되지 못하는 경우가 많습니다. 전번에 처음으로 이 가마에서 구워낸 항아리와 그릇, 거의 다 깨버리고 겨우 몇 개 건진 거 아시잖습니까?"

"그땐 들어내는 거만 내가 도와줬지 깨버린 건……. 일단 들어낼 때는 어떤 것이 버릴 건지 걸작인지 모른께네, 조심해서 다뤄야 하겠습니더."

막아 놓았던 벽돌을 다 헐어낸 명진이 수건을 목에 두르고 넷째 칸 가마부터 들어갔다. 그가 첫째 칸이나 마지막 칸부터 들어가지 않고 넷째 칸에 들어가는 것은, 가장 고르고 안정적으로 굽기가 되는 중간 칸 가마의 결과를 먼저 보기 위해서다.

그가 도자기를 들어서 밖으로 내주면, 최 씨가 받아서 가마 둘레에 쳐놓은 방수포 위에 가지런히 진열하였다. 그 칸의 도자기를 다 빼내면 개떡과 갑발 등을 수거해서 가마 밖으로 들어냈다. 넷째 칸과 셋째 칸에 있던 도자기를 다 빼낸 두 사람은 잠시 휴식삼아 막걸리를 나눠 마셨다.

숨을 돌린 그들은 이어 다섯째 칸 가마내기에 들어갔다. 명진이 오른쪽에 재임돼 있던 작은 그릇들을 몇 개 들어내고 나서, 가운데 있던 백자 달항아리를 두 손으로 안아들었다. 한데 그걸 곧바로 들어내 주지 않고 좌로 돌려봤다 우로 돌려봤다 하더니만, 무슨 심사인지 가마 바닥에다 내려놓았다. 연신 고개를 갸우뚱한 그가 마른걸레로 달항아리의 먼지를 털고 나서, 이번엔 두르고 있던 수건까지 풀어 항아리를 닦았다. 그의 손길이 빨라지고 숨길은 가빠졌다. 급기야는 오른쪽 장갑까지 벗고 맨손으로 닦으면서 표면을 살폈다.

'한 태깔 나는데!'

달항아리를 천천히 돌리며 훑어보는 그의 눈빛이, 만 볼트도 넘는 투시 광선을 쏘았다. 맑은 백색에, 굽도, 전도, 깨끗했다. 얼마나 투명한 백자였으면 그늘진 가마 안이었는데도 항아리에서 반짝반짝, 빛이 났다.

그가 마침내는 바닥에 퍼질러 앉아 달항아리를 무릎 위에 올렸다. 장갑 낀 왼손으로 넘어지지 않게 받친 뒤, 오른손 셋째 손가락으로 항아리를 두 번 퉁겼다.

땡, 땡.

소리가 맑았다. 다시 두 번을 퉁겼다가, 한 번 더 반복했다.

땡, 땡. …… 땡, 땡.

그 스스로 전율해서 다시 두 번을 더 퉁기곤 혼자 중얼거렸다. 땡, 땡.

"바로 이거야!"

패도인께서 말씀하셨지.

"제대로 구워진 백자 항아리는 손가락으로 퉁겼을 때, 맑은 금속성 소리가 납니다. 그건 흙 두께가 얇고 균일하게 잘 빚어졌다는 얘기고, 불길이 좋아 유약이 고루 잘 용융됐다는 얘깁니다. 그 소리를 들으면, 뼛속까지 맑아지는 느낌이 등골을 타고 올라옵니다."

그랬다. 명진이 땡땡 소리를 들었을 때 등골을 타고 맑은 열기가 쑥, 돌았다. 가슴이 터질 것만 같았다. 그는 항아리를 끌어안고 맘속 기도를 올렸다. 딱히 누구에게랄 것 없이, 하느님 감사합니다, 하고.

가마 밖에서 도자기 건네받으려고 기다리던 최 씨가 걱정 섞인 재촉을 했다.

"왜 안 내어 줍니꺼? 잘못된 거 있습니꺼? 항아리를 다 두드려보고?"

"아, 아닙니다. 이거는 제가 옮길 게요."

명진이 보물단지 같이 항아리를 감싸 안고 가마를 나왔다. 조심스럽게 발길을 뗀 다음, 이내 작업실로 가서 안쪽 진열대에다 고이 모셔놓았다. 한발 물러나 다시 항아리를 본 그는 제 할 일 다했다는 듯 힘주어 양 손바닥을 탁탁, 부딪쳐 털었다.

작업실에서 나온 그는 가마 쪽으로 걸어가면서 양 주먹을 불끈 쥐었다. 그 순간 도파민이 극치로 돌아, 얼굴은 미소 가득한 하회탈이 되었다.

'이런 것, 일생에 하나 건져보리라곤……'

최 씨도 명진의 거동에서 눈치 채고 환한 얼굴로 막걸리 잔을 권했다. 명진은 선 채로 말없이 잔을 받았다. 입 놀렸다간 복 달아날 것 같아 미소만 짓고. 막걸리 한 잔을 쭉 들이 켠 그는 최 씨가 건네는 육포는 먹지도 않고, 다시 가마 안으로 들어갔다. 그 정도로 기분 좋다면야, 하고 최 씨는 들었던 안주를 자기 입에다 넣었다.

둘 다 얼마나 신이 났으면, 다섯째 칸 나머지와 여섯째 칸 가마내기는 힘든 줄도 모르고 눈 깜짝할 사이에 끝내버렸다. 명진이 휘파람을 불며 일곱째 칸은 놔두고 첫째 칸 가마로 들어갔다. 이 양반이 기분에 들떠 혹시 일곱째 칸은 까먹었나? 하고 이상하게 생각한 최 씨가 물었다.

"맨 뒤 칸은 안 들어내고요?"

"아, 일곱째 칸 기물은 초벌구이 한 것이니까 나중에 따로 들어내도 됩니다."

최 씨를 보지도 않고 대답한 명진이 가마 안을 살피다, 저기 불턱 바닥에 있는 작은 기물 두 개를 발견했다. 가마 벽과 기물을 받친 지주 사이에 놓여 있는.

'재임해놓은 기물이 떨어졌나? 바닥에 무슨?'

명진이 고무신 같이 생긴 배 모양의 기물을 먼저 집어 들었다. 뱃사공 닮은 인물이 노로 보이는 물건을 뱃고물에 비스듬히 걸치고 있는 형상이었다. 다른 한 개도 집어 들었다. 수반처럼 납작하게 생긴 그릇이었다.

두 기물 다 형태가 거친 것으로 보아 자신이 만든 것은 분명 아니었다. 양손에 한 개씩 들고 번갈아 돌려보던 명진의 입가에 웃음이 실렸다.

"고 씨 어른이 자기가 만든 것도 구워 달라하더니만, 나 몰래 이걸 가마 안에 넣었나보네. 애들처럼 참."

명진이 도자기는 들어내 주지 않고 독백하자, 가마 입구에서 대기하고 있던 최 씨가 물었다.

"어서 들어내지 않고 무얼 그리 중얼거립니꺼? 또, 뭐가 있습니꺼?"

명진이 배 모형과 수반을 보여주며 싱겁게 대답했다.

"하하. 뭐가 아니고. 고 씨 어른이 내 따라 흙을 주물럭거리더니만, 이것도 작품이라고 구우려 했나 보네요."

"그래 놓고도 그 어른은 지금까지 코빼기도 안 보이시니. 어이구, 참말로."

'지금까지도 안 오셨다?'

명진이 되뇌며 가마 바닥에 쭈그려 앉았다. 두 기물을 다시 훑어본 그가 배 모형은 흠 생길까봐 일단 내려놓고, 편편한 수반을 장갑 낀 손으로 닦았다.

"응? 어떤 글자도 새겨져 있네!"

그때서야 명진의 뇌리가 번뜩했다.

'가만! 불 때기 하는 날엔 급한 일이 생겨서 하루쯤 오지 못했다손 치더라도, 가마 식히는 이레 동안에도 오시지 않았잖은가? 당신 손으로 이 배 모형과 수반을 구우려고 넣었다면, 궁금해서라도 벌써 들렀어야⋯⋯. 입때껏 오시질 않았다?'

명진이 자탄을 했다.

"아아, 이렇게 무심해서야!"

그는 가슴을 쳤다. 불 때는 날 온다고 했던 분이 오시질 않았음에도, 그날 이후로 여드레나 얼굴 보이지 않았음에도 그 어른에게 무슨 일이 있나? 가서 알아보지 않은 자신을 책망하며.

'가마 굽기에만 신경 쓰다가⋯⋯. 노인네는 하루 앞도 모른다고 했는데 혹시?'

그 생각에 이르자 명진의 머리에 불안감이 엄습했다. 그는 황망하여, 배 모형과 수반을 챙겨 서둘러 가마를 빠져나왔다. 나와서도 어째야 할 줄을 몰라 가마를 바라봤다가, 기둥에 걸린 점퍼를 바라봤다가, 수반과 그릇을 번갈아 봤다가.

그의 행동이 수상쩍다고 여긴 최 씨가 물었다.

"와 그러십니꺼?"

명진도 확실히 몰라 중얼거리듯 대답했다.

"이 글귀는 그 어른이 쓰신 게 분명하건만 어떻게?"

다시 가마 주변을 훑어보던 명진은 고상화가 정말로 여길 왔었는지, 아니면 노인네에게서 일어날 일이 일어나고 말았는지 확인해 봐야겠다 싶었다. 그가 최 씨에게 일렀다.

"아저씨, 아무래도 내가 무관심했나 봐요. 여태 그 어른에게 무슨 일이 생겼는지 알아보지도 않고. 지금 바로 갔다 와 봐야겠습니다. 다녀올 동안 막걸리 마시며 쉬엄쉬엄, 내다 놓은 갑발이랑 개떡이랑 챙겨놔 주세요. 아직 들어내지 않은 도자기는 제가 갔다 와서 들어내도록 하고요."

말을 마친 명진이 작업실로 가서 포장용 뽁뽁이와 헌 신문지를 찾았다. 깨지지 않게, 먼저 뽁뽁이로 배 모형과 수반을 따로따로 싸서 테이프로 봉했다. 그것들을 다시 신문지로 싸서 헌 수건에 포개어 말고 끈으로 묶었다. 작업실에서 나온 그는 스쿠터 앞에 달린 장바구니에 그것들을 담아 고무줄로 동여맸다. 옷에 묻은 먼지를 양손으로 대충 턴 뒤, 스쿠터 시동을 걸고 쏜살같이 보현사로 내달았다.

* * *

'어르신한테 무슨 변고가 있을라고? 아냐, 올 할아버지는 돌아가시기 하루 전만 해도 나한테 다리 주물러 달라고 했다

가, 다음 날 새벽에 돌아가셨잖은가.'

스쿠터 운전 중에 명진의 머리엔 온갖 악념이 다 떠올랐다. 그럴수록 마음은 더 급했다. 그간 무신경했다는 죄책감까지 더해져.

금세 절 입구에 도착한 명진이 서두르느라 스쿠터를 끽, 소리 나게 세웠다. 엔진 키를 빼는 동시에 스쿠터를 거치한 그는 사천왕이 그려져 있는 대문에 들어서기가 무섭게 "스님! 스님!" 하고 큰 소리로 불렀다. 마치 난리 급보라도 들고 온 양.

다급히 부르는 소리에 스님이 법당 문을 빼꼼 열었다. 그는 명진을 얼른 알아보지 못해 물었다.

"웬일로 그러시오? 얼굴은 안면이 있는 것 같소만?"

명진이 숨을 헐떡거리며 인사했다.

"그간 잘 계셨습니까? 스님. 저는 이 산 돌아가는 비탈에서 도자기 굽는―."

"아, 맞다! 젊은 도공. 내가 퍼뜩 못 알아봤소. 미안하게도."

고상화와 터놓고 지내는 사이가 된 뒤, 명진이 보현사를 찾아간 적 있다. 고상화가 한번 놀러오라고 청하여서. 그때 차도 한잔 얻어 마실 겸 가마터 닦는 날 알려주러 들렀다가 명진이 스님과도 안면을 텄다.

명진이 머리를 긁적거리며 대꾸했다.

"신도들이 많으면 일일이 못 알아볼 수도 있지 않겠습니까?"

스님이 법당에서 나오며 물었다.

"한데 무슨 일로 그리 헐레벌떡 나를 찾소? 가마에 불이라도 났소? 아니지, 불났으면 나를 찾을 게 아니라 일일구에 신고 했겠지. 도대체 무슨 일로?"

"고 씨 어른 안 계십니까? 혹시 어디 편찮으신—."

"엥? 그게 무슨 소리요? 그 양반 며칠 전에, 구일 전이 맞나 팔일 전이 맞나. 가만 보자……. 언제였지? 하여튼 열흘 전쯤에 그쪽으로 갔지 않소? 가마에 불 때는 일 도와주어야한다며, 그날 맞춰서 보따리도 다 챙겨갔는데? 왜, 안 왔소?"

스님이 의아스러워 눈을 크게 떴다.

"웃웃이 걸려 있는 걸 봐선 오신 것 같긴 합니다만, 입때 보이질 않아서요. 가마에 오셨다가 다른 일로 되돌아가셨는가 하고……."

명진이 어정쩡하게 대답하자 스님은 고상화가 떠날 때의 정황을 얘기했다.

"가마에 불 때러 간다고 꼭두새벽에, 아니 새벽도 되기 전이네. 두 시 전에 나갔으니. 신변 정리도 다 해놨고 갔소만, 어째? 그래 얼굴도 못 봤다는 말이오, 아니면 봤긴 한데 말없이 사라졌단 말이오?"

"글쎄 얼굴도 못 봐서—."

"뭐요? 뭐 없어지거나 한 건 없고? 그 양반이 뭘 들고 가거나 실없는 짓을 할 사람은—."

"그럴 분은 아니죠. 거참, 이상하네. 보질 못했으니."

"어딜 들렀다가 그곳 가마로 가시려고 한 건가. 아니지, 가마에 불 때는 것 도와줘야 한다고 제 입으로 말하고, 그날 맞춰서 가놓곤 가긴 어딜 간단 말이고. 가마에 불 피우지 않았습니까?"

"불은 땠습니다. 불을 끈 지도 이레 지나 오늘 가마내기 하다가……. 아참, 방금 전에 스님께서 뭐라고 하셨습니까? 고 씨 어른께서 신변 정리를 하고 보따리 챙겨서 떠났다고……."

명진은 스님의 말뜻을 뒤늦게 알아듣고 확인삼아 물었다.

"그랬소. 하루 이틀 다니러 간다는 말이 아니었다오. 자기가 거처하던 방이야 뒷일도 아주 깨끗하게 정리하고 갔어요. 마치 일생을 다 지워버릴 듯이."

"하! 그랬습니까! 그것, 이상하네. 단순히 불 때는 것 도와주시기로 한 분이 어쩐다고?"

명진은 당황스러웠다. 고상화의 행동거지에 대하여 도무지 종잡을 수가 없어서. 그는 혼잣말로 "구일 전에 가마에 오셨다면 어째서 아직껏 안 보이는……." 하다가 좀 더 구체적으로 스님에게 물었다.

"가실 때 짐 같은 걸 들고 가셨습니까?"

"특별히 어떤 물건을 들고 가는 건 못 봤소. 그 양반 짐이라야 뭐 있건대. 달랑 옷가지 한두 벌 뿐. 뭐 방 안 자질구레한 것들은 가기 전날에 남 주었는지, 태웠는지, 깔끔하게 정리했고. 그동안의 밥값이라며 돈 봉투도 하나 주고 갔소. 삼백 몇 십만 원 들었더라만. 어디 산에 올라가 나무 장작이라도 패고 있는 걸 잘못 본 게 아니요? 아참, 그것도 아니네. 하루 이틀간도 아니고."

"아니, 저한테 와서 기거하려고 했다면 무슨 말씀이 있었어야…… 전혀 그런 말씀이 없었습니다만."

스님이 오른손으로 왼손 소맷부리를, 왼손으로 오른쪽 소맷부리를 번갈아 툭툭 털며 말했다.

"뭘 단단히 정리하려는 모양입니다. 그래서 나는 화부 일 다시 하게 됐으니, 마음가짐을 새롭게 하나 보다 여겼소만. 저기 키위나무도 좀 보소. 애초에는 암나무만 세 그루 구해와 심어놓고, 지극 정성으로 돌봤소. 다 자기 사주에 든 불, 남자의 욕정 순화를 위해서라 카더만. 저 나무에 암수가 있다는 걸 설명하며, 그 양반이 어느 날 자기 사주 이야기를 하더라고. 헌데 어찌된 영문인지 올봄엔 불쑥, 수나무도 구해왔지 않겠소? 암나무에겐 자식이 있어야 한다면서. 그러더니만 가마로 가기 전날, 저 나무들에게 거름을 듬뿍 주고 갔어요. 나로서야 이유를 알 수 없어, 고 씨가 아끼는 나무라 떠나면서 섭섭해 듬뿍 줬나보다 생각했었소만."

명진은 이해가 되지 않아 고개를 갸우뚱거렸다.

스님도 이상한 듯 화제를 돌려 물었다.

"처사님은 근래에, 혹시 그분으로부터 참척을 당했다는 얘기 못 들었소? 본인보다 손아래 사람이 먼저 죽었다는—."

"그런 말은 듣지 못했습니다. 결혼해서 살다가 마흔 중반에 이혼했다는 것만……."

고 씨 어른으로부터 따로 얘기 들은 것 있나, 하고 명진이 기억을 더듬었다.

스님이 "이상타?" 하며 고상화의 최근 거동을 얘기했다.

"나한테도 이혼하면서 헤어진 부인과의 사이엔 자식이 없다고 그랬소만. 한 스무날 전쯤인가, 부산에 있는 자비사라는 절에 갔다 와서 그럽디다. 긴말은 않고 참척을 당했다고. 그래서 내 나름대로 생각했지. 양자나 혈연관계에 있는 누군가가 죽었는가 보다, 하고. 부산 갔다 와서 불 때러 간다고 떠난 날까지가, 열흘간쯤 되나? 한 십 일 동안, 그 양반은 통곡기를 먹질 않았소. 차만 주로 마시고. 그런 일이 있어 내 짐작으론, 도공이 참척 당했다는 이와 관계있다고 봤소. 그래서 이 양반이 그쪽으로 가는구나, 여겼고."

"그분과 혈연관계는 전혀 없습니다."

머리를 좌우로 흔든 명진이 말을 이었다.

"저한테는 그런 사실도 말한 적이 없습니다. 그 일로 어딜 급히 가셨는가?"

"그렇더라도 어딜 간다는 얘기는 해주고 가야지. 쯧쯧, 사람하고는. 하여튼 그날 떠나고 나서 여길 들른 적은 없소."

"스님, 죽은 분과 어떤 관계인지는 전혀 말이 없었고요? 어떻게 죽었는지도?"

"거기에 대해서는 말 안 합디다. 나도 더 이상 물어보지 안 했고. 혹시 남몰래 외도로 낳은 자식이 있었는가?"

명진도 더 이상 물어보기 어려워 화제를 돌렸다.

"스님, 오늘 가마내기 작업하다가 이걸 발견했습니다."

명진은 뛰다시피 스쿠터로 돌아가, 장바구니의 고무줄을 끌렀다. 둘둘 말린 수건을 풀고 신문과 뽁뽁이도 헤쳐, 배 모형과 수반을 한 손에 한 개씩 들었다. 양손을 가슴 높이로 들어 두 기물을 얼른 확인한 다음, 절 문간까지 따라 나온 스님에게 말했다.

"이건 그릇 성형할 때, 고 씨 어른이 저를 따라 재미삼아 만든 겁니다. 어르신께 드리려고 가져왔는데 안 계신다니⋯⋯."

명진이 덧붙였다.

"여기에, 어떤 글귀까지 새겨놓았습니다만."

"한문으로 돼 있소? 어디 한번 봅시다."

명진은 오른손으로 수반을 치켜들어 상태를 한번 살펴본 뒤, 스님에게 건넸다.

그걸 받아든 스님이 작은 소리로 글귀를 읽어 내렸다.

火生土를 위해
이 욕정의 火夫를
속죄의 燔祭物로 삼길─
灰身滅智 南無佛

"나무관세음보살."
나지막이 읊조린 스님은 수반을 든 채 합장했다.
"으흠."
헛기침을 한 스님이 말했다.
"회신멸지(灰身滅智)란 몸이 재가 되고 지혜도 소멸된다는 말로 열반, 즉 죽음을 의미하오. 나무불(南無佛)은 부처님께 귀의한다는 뜻이고. 그분이 주변을 정리하고 가신 걸 봐서, 또 이 글귀로 미루어 짐작건대, 색욕계를 버리신 것 같으이."
명진이 놀라 반문했다.
"예! 그 어른이 죽었다고, 아니 돌아가셨다고요? 어떻게?"
"번제물(燔祭物)이란 신에게 드리기 위해 불에 태우는 육류 제물을 말하오만. 불 때면서 이상한 점들은 없었소?"
명진이 받은 충격은 이만저만이 아니어서 말을 흐렸다.
"뭐 특별한 일은…… 없었습니다만."
스님이 수반을 다시 보며 의문을 달았다.
"처사에게 이 수반을 남긴 걸 보면, 그 양반이 무슨 할 말이 있었던 것 같으이. 그것도 어디 한번 봅시다."

명진이 들고 있던 배 모형도 스님에게 건넸다. 그걸 들고 이리저리 살펴보던 스님이 혼잣말을 했다.

"여긴 아무 글자도 없네."

명진은 속이 상했다. 눈가엔 눈물이 그렁그렁 맺혔다.

'돌아가시다니? 어찌 이럴 수가? 번제물이라면, 불 땔 때 냄새난 것도 그 어른이 어떻게 했나?'

두 기물을 들고 잠시 생각에 잠겨 있던 스님이 일렀다.

"주변을 한번 잘 살펴보소. 어떤 흔적이 있을 테니."

'맞아, 그것!' 하고 정신이 퍼뜩 든 명진이 얼른 눈물을 훔쳤다.

"스님, 가마내기 하다가 황급히 왔습니다. 돌아가서 고 씨 어른 행적 한번 찾아보고, 여쭤볼 일이 있으면 다시 들리겠습니다."

"그러쇼. 그 양반 여기서 나간 시각이 두 시 조금 전이었고, 위에는 잠바를 입고 나갔소. 그 양반이 나가는 건, 내 눈으로 확실히 봤소. 손에는 그야말로 한 줌도 안 되는 보따리 들고."

스님이 배 모형과 수반을 명진에게 돌려주었다. 그는 다시 두 기물을 뽁뾱이와 신문지, 수건으로 싸서 스쿠터 장바구니에 담고, 고무줄로 동여맸다. 머리로 까딱, 스님에게 인사를 마친 그는 시동을 걸어 부리나케 스쿠터를 몰았다.

요원으로 되돌아온 명진이 스쿠터를 마당에 세우고, 가마 입구로 달려갔다. 가면서도 그는 기둥 쪽을 뚫어져라 보았다. 오른쪽 기둥에 그대로, 점퍼가 걸려 있었다.

최 씨가 놀라서 물었다.

"아니, 가면서 뭘 안 갖고 갔심니꺼?"

"⋯⋯."

명진이 대답을 하지 않자 최 씨가 명진과 점퍼를 번갈아보며 다시 물었다.

"무슨 문제가 있심니꺼? 그건, 고 씨 어른 옷 아닙니꺼?"

명진은 점퍼를 아래위로 살폈다. 이어 두 손의 감각을 이용해 훑어 내렸다. 순간.

'응? 이게 뭐지?'

안주머니에서 종이 뭉치 같은 것들이 만져졌다.

'무슨 서류 뭉치인가?'

내쳐 명진은 못에서 점퍼를 걷었다. 왼손으로 옷깃을 잡고 점퍼 안과 바깥쪽을 번갈아 보며, 안주머니에 오른손을 넣어 종이 뭉치를 꺼냈다. 그것은 A4형 종이 뭉치로, 접히고 접혀 노란 고무링에 끼워져 있었다. 그걸 옷깃 잡은 왼손에 거듭 잡고서, 다시 오른손으로 다른 호주머니들도 뒤졌다.

'응! 무슨 봉투 같은 것이?'

명진이 얼른 봉투를 꺼내 입을 벌렸다.

"아니 수표가!"

지켜보고 있던 최 씨도 놀라 되물었다.

"뭐! 수표요?"

명진이 수표 몸뚱이가 반쯤 삐져나오게 해서 세어 보았다. 백만 원짜리 열 장, 천만 원이었다. 명진이 최 씨를 보고, 자신도 영문을 몰라 머리를 좌우로 흔들었다.

명진은 수표 봉투를 점퍼 오른쪽 호주머니에 원래대로 넣고, 왼쪽 팔에 점퍼를 걸쳤다. 이어 왼손에 잡고 있던 종이 서류를 오른손으로 건네 쥐고선, 고무링이 끼워져 있는 상태에서 접힌 부분을 살짝 벌렸다. 무슨 서류인지 확인해 보려고.

표지의 제목처럼, 접힌 맨 위쪽에 볼펜으로 쓴 글씨가 보였다.

원명진 도공에게
(부득이 다른 사람이 이 서찰을 먼저 발견하거든, 꼭 동파요원 원명진 씨에게 전해주시길. 보현사 화두 고상화가 부탁합니다.)

"아니, 이럴 수가!"

고상화 이름과 자기 이름이 적혀 있는 걸 본 명진은 화들짝, 놀랐다. 그 찰나, 팔에 걸치고 있던 점퍼도 얼결에 놔버렸다.

"무슨 일입니꺼? 와 그리 놀라십니꺼?"

"아니, 고 씨 어른이……."

명진이 '고 씨 어른이'라는 말까지 해놓고선, 그래도 아직은 확실치가 않아 스스로 말문을 닫아버렸다.

"고 씨 어른요! 그 어른이 왜요? 어떻게 됐다는 말입니꺼?"

심장이 벌렁벌렁 해서 최 씨의 물음에도 명진은 아랑곳하지 않고, 떨어진 점퍼를 다시 주워들었다. 눈가를 한번 훔친 그는 돗자리로 가 털썩, 주저앉았다. 그 짧은 순간에나마 빌었다.

'제발, 고 씨 어른이 돌아가셨다는 스님 말이 틀리길⋯⋯.'

그는 얼른 노란 고무링을 벗겨내고 종이 뭉치를 펼쳐 잡았다. 전체 분량을 훑어보기 위해 앞뒤 장을 쓱쓱, 넘겨본즉. '원명진 도공에게'로 시작되는 표지면 외는 글씨가 빼곡하였다.

'내가 무슨 잘못을 했었나? 아니면 나한테 무슨?'

명진은, 그간 고상화에게 무례나 잘못을 범했는지도 모른다는 섣부른 선입견에 쌓여, 급속으로 서찰을 읽어갔다.

편주인물상

원 陶公(도공),

부디 이 못난 사람의 글을 끝까지 읽어주기 바라오.

어디서부터, 어떤 말부터 해야 할지 모르겠으나, 내가 일반적으로 사용하는 陶工(도공)이라는 말을 쓰지 않고 陶公으로 부르는 데는 까닭이 있소. 한 가지는— 전번에 얘기한 적 있지만— 그간 도예 작업을 지켜보며 나름대로 배운 게 있기 때문이며, 다른 하나는 이승에서의 내 하직 인사를 받아줄 사람으로 믿어 그렇게 높여 부르고 싶소.

내가 절에서 불이나 피우고 때맞춰 등불 끄는 火頭(화두)로 살아왔다고 하니, 딴에는 불경을 끼고 불상에 절하고 그런 줄 아시겠지만(물론 불경에 심취해보려고 했고 부처님 전에 수천 번 절 공양도 해봤긴 하오), 사실 난 도스토예프스키의 소설《죄와 벌》을 끼고 살아왔다오. 뭐 내가 작가의 길을 가려했거나 작품 해석을 하려고 그랬던 게 아니라, 내 양심의 가책 때문이었소.

그 소설이 현실적으로 작가 도스토예프스키도 먹여 살렸지만 주인공 라스콜리니코프를 인간되게 만든 '소냐', 그 소냐가 내게 속죄하는 방법을 가르쳐 주었다고나 할까. 간접적이긴 하지만, 살인죄를 저지른 나에게도 소냐가 있었으면 좋겠다고 간절히 바랐는데. 여자에 대해선 내가 지은 죄 때문에 나이 오십 넘어서부터 일부러 멀리해온 터라, 실물 인간에게선 소냐 같은 사람을 구하진 못했고. 원 도공의 가마에서 도자기 굽는 일을 지켜보니, 불 아궁이가 지혜를 일깨워 주는 것 같더구려. 러시아어 소냐가 영어로 소피아, 지혜인즉.

맞았소. 그 불 아궁이, 그 불 자궁─몇 달 전인가 우리 두 사람이 불에 대해서 얘기를 나누다 부엌 아궁이, 가마의 봉통 모두가 여성의 음기 같다고 말한 거 기억나요?─이 바로 소냐였던 게요. 지난날 내 욕정의 죄를 씻어줄 것 같은.

이제부턴 좀 쑥스러운 얘기를 해야겠소.

남자에겐 아무도 어쩌지 못하는, 자기 자신도 억제하지 못하는 정욕이 있소. 뭐 사회적 위신 때문에 숨기고, 참고, 때론 부부관계를 가지면서도 만족치 못하여 양물을 엉뚱한데다 써버리기도 하고.

그게 태생적으로, 사주 운명이 그렇다면 더욱 그러하지 않겠소? 그런 걸 믿느냐 마느냐는 둘째치고, 내 운명이 그러하였으니까. 그게 '동물적'이라고 말한다면 어쩌면 동물을 비하하는 얘긴지도 모르겠는데, 남자의 성욕도 그보다 더했으면 더했지 덜하지는 않을게요. 단지 드러내지 않으려고 할뿐.

명리학자들에 따르면 색욕이 두드러진, 그야말로 정욕이 육신에 꽉 찬 기질을 가진 이들이 따로 있다고 했소. 사주에 쥐, 토끼, 닭이 세 개 이상 들면 그렇다는구려. 내 사주에는 그게 네 개나 들었답디다. 뭐 인륜과 도덕성을 떠나 욕정을 이기지 못하여 자기 딸을 성노리개로 삼는가 하면, 자기 며느리를 범하는 남정네들도 있었잖소. 정욕을 참지 못해 길거리에서 공공연하게 음란행위를 하다가 들킨 검사도 있다는 뉴스를 보면, 전혀 틀린 말은 아닐게요.

나도 예전에 부장검사까지 지냈소만, 그와 같은 팔자를 타고 태어났다 하오. 나의 과잉 색욕이 한 여자의 인생을 망쳤고, 한 젊은이를 죽게 했소. 그 젊은이가 바로 그 여자의 아들이었으니, 내 죄가 하늘을 찌르고도 남을 게요.

여기까지 읽은 박 기자가 오른손으로 머리를 세차게 벅벅 긁은 뒤, 동동주를 한 잔 쭉 들이켰다. 맞은편의 명진은 안중에도 없는 양 쳐다보지도 않고. 그는 안주로 버섯나물 한 점을 입에 넣고 질겅질겅 씹으며, 다시 종이 뭉치에 코를 박았다.

젊었을 때 육신의 정념에 사로잡혀 한 여인을 범했고, 출세의 욕망에 미쳐 한 젊은이를 죽음으로 몰아넣고 말았소.

우발적인 폭행치사죄를 살인죄로 얽어매.

그 젊은이를 무기수로 만든 장본인이 욕정에 미혹된 나, 당시엔 부부장검사였소. 그 젊은이가 옥살이 끝에 자폐증으로 죽었으니, 내가 죽인 거나 진배없소. 정욕에 들끓었던 이 삿된 몸을, 불의 자궁, 이 아궁이에 태우려 하오. 남자의 욕정은 자궁에서 해원해야 하고, 불은 불로써 꺼야 하는 법 아니겠소.

단테의 《신곡》에 보면 지옥의 나락에 떨어진 망자들이 생전에 지은 대가를 치르는 장면이 나오지 않소. 이들이 연옥이라는 산을 거쳐 천국으로 가기 위해선 각자 지은 죄대로, 탐식한 자는 먹거나 마실 거리 하나 없이 허기진 채 고통 받으며 올라야 하고, 교만했던 자는 겸손한 태도를 가지게끔 허리를 꾸부려 큰 바윗돌을 지고 올라야 하고, 나 같이 색욕을 탐한 자는 뜨거운 불길 속에서 삿된 욕정을 살라야 한다고 했소. 하여 내 죄가 크기에, 스스로 불길 속에 나를 사르려 결심했다오.

올봄, 원 도공과 함께 경주로 나들이 갔던 날 기억나오? 그날 경주박물관에 전시되어 있던 금령총 유물을 보고 돌아온 이후, 그 유물이 내 운명의 길을 가르쳐 주었다오.

그때의 전시 설명문에 따르면, 기마인물형 토기는 사람이 말 타고 있는 형상에서 그렇게 이름 붙였다고 하였소. 그 기마인물상은 두 개였는데 주인과 하인 관계로 추정되는 즉,

금방울을 든 하인이 주인을 저세상으로 인도하고 있는 상징이며, 실제로 무덤에서도 하인의 기마인물상이 앞에 묻혀 있었다고 했소. 그 무덤에서는 배를 형상화한 토기도 두 개 나왔는데, 죽은 이의 영혼을 저세상으로 인도해 달라는 염원을 담아 껴묻기한 부장품이었다고 했소. 사자의 영혼을 위로하고 편안하게 저승가시라는 뜻과, 영생을 기원하는 뜻에서 같이 묻은.

이처럼 죽은 사람을 묻을 때, 그가 평소 쓰던 생활도구를 실물보다 작게 만들어, 죽은 사람과 함께 묻어주는 부장품을 '明器(명기)'라고 했소. 상징적 의미에서 배나 짚신, 수레 등 이동수단을 명기로 삼는 것은, 저승으로 건네 달라는 교통수단을 형상화한 것이랍디다. 육지에선 말을 타고, 바다를 만나면 배를 타고 저세상으로 가리라는. 전통 장례 치를 때 상여에 얹던 꼭두도 그렇고.

그 명기들을 보며 내 자신은 누가, 어떻게, 저세상으로 보내줄까에 대해서 생각해보지 않을 수 없었소. 아니지, 내가 검사 자리를 그만둔 이후 평생 동안, 그 생각에 매달려 왔다고 하는 게 더 옳을 테요. 한때 정신 나간 놈 마냥 그야말로 색광으로 방탕한 인생을 살 때도 그 생각만 했다고 단정할 수는 없겠으나, 하여튼 이승을 어떻게 떠날지에 대한 생각이 뇌리에 박혀 있었던 건 사실이오. 그래서 이름께나 있는 고승이나 무속인들을 찾아가 내 자신을 천도해 달라는 부탁도

하고 싶었소.

한데 내가 죽인 거나 다름없는 자식, 그리고 한 많게 떠난 그 어미를 천도해 달라는 건 그렇다 쳐도, 내 자신이 죽으면 천도해 달라고 하려니 꼴값도 그런 꼴값이 없겠다 싶었지만. 내 인생 마지막을 어떻게 해보려고 절간을 찾아다닌 적도 있고, 무속인을 찾아 굿에 대하여 이래저래 주워듣기도 했소.

그러다 말이나 배를 타고 또는 짚신을 신고 천상의 세계로 가는 옛 신라, 가야 사람들이 만든 토기들, 저승에 무사히 당도하기를 기원하는 주술적 명기들을 보면서, 무속 굿 장면을 떠올리게 됐다오. 배를 타고 저승을 건넌다는 의식은 굿할 때 많이 볼 수 있는데, 그날 경주 갔다 오면서 굿하는 것도 같이 봤지 않소.

경주 인근을 비롯하여 동해안과 남해안 지방의 별신굿과 당굿에 가보면, 굿청 제단 쪽에 종이로 만든 '龍船(용선)' 장식을 볼 수 있소. 일명 용왕선이라고도 하오만. 여기서 가까운 기장과 일광, 부산 동래, 경주 감포, 멀리는 강릉의 별신굿에서 종종, 굿청 양쪽에 용머리와 용꼬리를 단 용배를 장식한다오.

이와 같이, 망자를 천도하는 대부분의 굿에서는 사후의 영혼을 극락으로 가게 해달라는 의미를 담고 있소. 내가 도자기를 배운답시고 조잡하나마 나룻배(솜씨가 서툴러 용선 같이 만들진 못했지만)에 뱃사공이 노 젓는 모형을 만든 것은, 염치없지만 내가 죽인 자식과 그 어미, 나 때문에 죽은 여동생, 그리고 이내 몸을 천도해 달라는 기복을 위해서요.

다른 하나, 밋밋하고 넓적한 배(납작하여 배로 보이는 게 아니라 수반처럼 생긴)는 이승에서의 내 마지막을 끝내줄, 원 도공을 위해 만든 거라오. 우리나라 서남해안 일대와 섬 지역에서는 무속의례의 마지막 절차로 '茅船(모선:띠배)'을 바다에 띄워 보낸다오. 이 띠배는 다년초인 띠풀로 엮어 만든 무속 의식구인데, 전북 부안의 위도띠뱃놀이에서 볼 수 있고 연평도 지방의 배연신굿에서도 볼 수 있소.

한데 이 띠배는 용배와는 달리 망자를 위한 것이 아니라, 현세 인간의 액운과 잡귀를 멀리 실어가고 복을 내려달라는 除禍招福(제화초복)을 위한 의례로 쓰는 거라오. 납작한 배는 이와 같은 기복 의식을 차용하여, 원 도공의 행운과 재복을 기원하기 위해 만든 배라오. 이 늙은이의 노망이라 해도 어쩔 수 없겠소만, 볼품없는 토기에나마 이승에서 마지막으로 소원 하나 빌고 가려는 마음이거니, 하고 이해해주소. 원 도공의 가마 불을 빌어 저승 갈려니 미안해서 그런다오.

우리가 장안사에서 만났을 때, 기억나요? 그때 원 도공이 말했지. 마음속으로나마 세상의 빛을 보지 못하는 자식(미달 도자기)을 위해 수자령 천도재를 지낸다고.

인간 생명체도 아닌 미달 도자기 영가들을 위해 천도재를 지내주는 사람도 있는데, 내가 죽인 젊은이는 어떻게 천도재를 지내주나 고민을 많이 했소. 물론 내가 죽인 거나 다를 바 없는 개 엄마와 할머니의 천도에 대해서도. 뿐만 아니라 이 죄 많은 몸뚱이가 죽으면 누가 저승으로 데려다 줄 것이며, 누가 나를 위해 천도재를 지내줄 것인가에 대해서도.

죄지어 놓고 좋은 곳으로 보내달라는, 나의 천도에 대해서 걱정했다니 참으로 우스운 얘긴 것 같소만. 그건 내가 좋은 곳으로 가고픈 욕심에서가 아니라, 그만큼 젊어 한때의 잘못을 속죄하고 싶었고, 내 마지막 순간까지는 어쨌든 내 자식과 그 에미를 좋은 곳으로 데려다 놓고 싶어 그랬소.

어미를 죽이고 그 자식까지 죽인 죄 많은 이 몸, 지랄 맞은 내 운명 때문에 누이까지 다 죽어. 이젠 '아버지 불 들어가요' 외쳐줄 사람도 없고, 상여는커녕 배나 말 같은 명기에 태워 저승으로 갈 수 있게 기원해줄 사람도 없소. 누구에게 묻어 달라고 부탁하려니 더 면구스럽고.

해서 내가 저승까지 갈(생존 시로는 나를 저승까지 잘 보내달라는 축원을 담은) 배를 직접 만들었다오. 기마인물상 명칭을 본떠 배를 타고 저승 가는 인물상, 소위 片舟人物像(편주인물상)이라고나 할까. 어쨌든 이 명기를 타고 이내 몸은 저승을 가오.

박 기자가 한창 읽고 있는데. 명진이 고상화와의 추억에 취해, 손바닥으로 상을 두드리며 낮게 타령조 노래를 불렀다. 그는 고상화가 했던 대로 '불귀신은 상천에 들고~' 선창

한 다음, 뒤따라서 '불귀신은 상천에 들고~' 만수받이까지 해놓고선 혼잣말로 물었다.

"지금쯤 상천에 잘 드셨습니까?"

박 기자가 서간을 읽다말고 어리둥절하여 물었다.

"웬 타령이고, 누구한테다—."

명진이 "아뇨, 아뇨." 하고 손을 저으며 말했다.

"그 어른이 생각나서. 이 노래는 만수받이와 바라지가 뭔지 나한테 설명해 주려고, 그 어른이 즉석에서 자작하여 불렀던 무가 형태의 타령이오. 자, 한잔하시고."

명진이 동동주 잔을 치켜들었다.

"난 또."

박 기자는 '이 사람이 벌써 술 취했나?' 의아쩍게 생각했다가, 멀쩡한 걸 보곤 잔을 들어 부딪쳤다. 동동주를 단숨에 들이켠 박 기자가 이번엔 안주도 먹지 않고 다음 페이지를 넘겼다.

그 여인이 나를 얼마나 욕하고 원망했을까. 나는 사실 거짓말한 적은 없소. 우리 어머니부터가 거짓말하면 질색하는 사람이라 어릴 때부터 거짓말은 안 했소. 인연이 이상하게 뒤틀린 게, 내 이름을 집에서 부르는 대로 그 여인에게 가르쳐준 모양이오. 그 여인이 내가 다녔던 동국대학교까지 찾아왔음에도 내 이름자 가진 사람을 찾지 못했다는 걸로 봐서.

일제 강점기 때 아버지가 高(고)씨를 창씨개명 하여, 행정상의 어릴 적 내 이름이 가네다 마사오(金田正雄)였소. 해방되고 나서는 원래의 성을 회복하고 이름도 바꿨지만, 집에서는 우리말로 부르던 그대로 쭉 정웅(正雄)으로 불렀소. 그 여인에게 집에서 부르는 이름을 일러줬지 싶은데, 사실은 나도 기억나지 않소.

왜냐고? 앞서 말했지만, 당시엔 욕정에 눈이 멀어 내가 무슨 말을 지껄이고 있는지 그 자체를 몰랐으니까. 짐승 같다고 욕해도 좋소. 남자에게 욕동이 일어나면 어떻게 되는지 알지 않소? 정신 못 차리고, 앞뒤가 안 보인다는 게 맞을 게요. 정신 멀쩡하고 앞뒤가 보인다면야, 사람들이 어떻게 외도를 하고 불륜을 저지르겠소?

검사직을 그만두고도 한동안 색욕을 끊지 못했소. 아니지, 검사 생활하면서도 아내 모르게 외도를 많이 했다오. 주로 소읍으로 들어가 여자 몸을 샀소. 욕동이 달아오르면, 오죽했으면, 절제가 안 돼 강릉으로, 포항으로, 경주로, 음기 있는 계곡이나 여근곡에 가서 용두질을 다 했겠소. 종래엔 나스스로가 치욕스러워, 남근을 거세하려고 발버둥 쳤는데도 쉽게 안 됩디다. 진안 마이산 가서 돌탑 쌓기로 욕동 자제 수련도 시도해 보았으나 되레 수음 짓거리만 더해지고.

태종대 자살바위에서 뛰어내려 죽으려다 선암사 주지 스님과 어찌어찌 인연이 돼, 당감동 화장장이를 하면서부터 조

금 나아졌소. 그것도 이 못난 오라비 찾으려 왔던 여동생이
사고로 죽은 뒤에.

원 도공, 내가 거짓말은 하지 못한다 해놓고 불 때기 약속
어긴 건 사실이오. 아니지, 내 살과 **뼈**로 불 땐 건 맞으니까,
이것도 거짓말은 아니네.

다른 생각 말고, 노인 한 사람 장례 치러 줬다고 여기소.
정신분석학의 태두 프로이트는 자기가 죽을 시각을 정해서
죽었답디다. 나는 비록 원 도공의 불 때는 시각에 맞췄지만.
삼중 스님으로부터 참척 소식을 들은 그날부터 열흘간은, 나
에게 있어 삶과 죽음의 경계시간이라는 '바이올렛 아워(Violet
Hour)'였소. 어쩌면 그 시작점이 내가 화장장 화부로 일할 때
부터였는지도 모르겠소만.

몇 년 전부터, 저승 가는 여비는 내가 직접 마련해야겠다
싶어, 어쩌다 신도들이 주는 용돈과 노령 기초연금을 푼푼이
모아뒀더니 1,300만 원 정도 됩디다. 그중 3백은 보현사 주
지께 밥값 명목으로 선심 쓰고, 나머지 천은 원 도공이 쓰도
록 가마 기둥에 걸린 잠바에 넣어 두었소.

좋게 말하면 내 장례비 치레가 되겠으나, 다른 한편으론,
혹시 이 몸 덩어리 때문에 도자기 실패작 나면 흙 값 장작 값
만 해도 상당할 터. 그 돈으로 다시 흙과 장작 사서 걸작 만
들라는 뜻이오.

내 흔적은 세상에 없게 내 손으로 직접 다 정리했으니, 원

도공은 내 이름을 고상화라고만 알고 있으면 될 거요. '尙炚(상화)'는 검사직을 그만 두고 잠형하면서 내가 지은 이름이오. 호적에 없는.

'炚(화)'는 불에 태워 없애다는 의미도 있고 동행자란 뜻도 있어, 이 육신과 함께 불같은 정욕도 다 태워 없애려는 마음으로 지었는데. 그 이름대로 원 도공의 가마 불로 灰身滅智(회신멸지) 하게 된즉, 고맙다는 말을 남겨야겠소.

원 도공 만나 동파요원에서의 아름다운 한철, 잘 보내고 가오.

잘 있으시오.

揭諦揭諦 波羅揭諦 波羅僧揭諦 菩提娑婆訶. 南無佛

(아제아제 바라아제 바라승아제 모지사바하. 나무불)

"화장장 화부가 된 검사라……."

박 기자가 다 읽고 나서 혼잣말처럼 뱉었다. 종이 서간을 쥔 채. 명진은 묵묵히 있다가, 동동주 잔을 들어 박 기자에게 마시자고 내밀었다. 둘은 꿀꺽꿀꺽, 잔을 싹 비웠다. 명진이 표주박으로 박 기자 잔에 동동주를 따를 때, 박 기자가 머리를 긁적이며 독백으로 물었다.

"검사가 과잉 색욕자였다?"

곧이어, 그는 서간에서 프로이트가 거명된 걸 기억해내고 덧붙였다.

"프로이트는, 고도의 정신활동을 하는 지식인이나 예술가들이, 성적 쾌락에 탐닉하는 경우가 많다고 했어요. 이 서간에선 사주가 어떻다느니 들먹이는데. 선천적 기질적 소인에서 비롯된 것인지, 아니면 이 양반의 성적 행위도 후천적 요인에 의한 반동형성이라고 봐야 하는지……."

명진이 듣고 있다 박 기자 얼굴을 빤히 쳐다봤다. 명진이 박 기자를 빤히 쳐다본 건 반동형성의 개념을 정확하게 몰라서이기도 하였지만, 실은 김현정 교수가 그 용어를 입에 올린 적 있기 때문이다. 김 교수가 도예 체험한다며 그의 가마에서 함께 도자기를 빚을 때.

박 기자는 명진이 모르는 단어라서 그러는 줄 알고 부연했다.

"반동형성이란, 정신분석학에서 사용하는 개념으로 '리액션 포메이션'이라고 하죠. 저의 짧은 지식으로 설하자면, 억압된 무의식적 소망에 대한 반응으로, 이 소망과 반대되는 태도나 증상이 형성되는 것을 일컫는 용어입니다. 주로 성공에 대한 기대가 크거나 도덕성에 대한 강박―특히 여성의 경우 순결 강요, 또 현대인의 고독과 불안, 갈구해도 채워지지 않는 욕구, 이런 욕구불만과 극심한 스트레스로 인해 정반대의 행동을 보이는 걸―."

명진이 귀가 솔깃해져 물었다.

"박 기자님은 학교 다닐 때 전공이?"

"아, 저는 심리학을 전공했습니다. 문화심리학에 관심이 많아 석사 논문을 그쪽으로 썼고, 문화부 기자도 됐습니다만. 방금 얘기한 반동형성 같은 개념은 심층심리학—그니까 의학적으로 정신분석학과 괘를 같이 하는 분석심리학에서 많이 사용하죠."

"네~에. 반동형성이라……."

명진이 짧게 뇌까렸다.

그와 동시에 반성했다. 김현정 교수가 도예 체험 도중, 심리치료에 도예 작업을 응용할 수 있다면서 반동형성이란 말을 언급했음에도 흘러들은 데 대해.

그가 '반동형성이라' 하고 뇌까린 것도, 김현정 교수는 색채전문가라고만 인식하고 있다가 박 기자가 심리학 용어라고 하자, 그때야 김 교수가 박사학위는 심리학 전공으로 받았다는 기억이 나서였다. 참으로 사람의 선입견이란.

박 기자는 술좌석에서 괜히 얄팍한 지식으로 씨부렁거렸다고 생각해, 말을 돌렸다.

"학교 다닐 때 농땡이 친 제가 뭘 알겠습니까? 이 서간을 보니까 대충 그런 게 떠올라서, 헤헤. 사람의 행동이 백팔십도 달라질 때는, 충격이나 강박에 의한 경우가 많거든요."

불쾌해진 명진이 미간을 찌푸렸다.

'여성의 순결에 대한 강박관념? 어떤 일로 충격 받으면 행동이 180도 달라……진다.'

순간, 그의 기억에 가마 아궁이에 들어가 있는 유나가 떠올랐다.

'유진이 말대로라면 3년 치료기간도 지났잖은가. 올해로 5년째, 유나는 요양원에서……?'

명진의 뇌리가 과거로 짚어가고 있을 때, 현실에선 그의 휴대폰이 문자 수신음을 울렸다. 그가 화면을 열었다.

'이번 달엔 한지함 주문한 일이 없는데, 한 선생님이 웬일로?'

메시지를 클릭 하자 내용이 떴다.

원 선생님 잘 계시죠? 혹시 작업에 열중 일까봐 문자로 합니다. 오늘 밖에서 일보고 들어왔더니, 택배가 하나 와 있었어요. 보낸 사람 이름은 가명인 것 같구요. 주소를 보니까, 충북 음성우체국 사서함으로 돼 있네요. 검은 털실로 짠, 긴 가디건 속에 짧은 편지 한 통도 들어 있습니다. 원 선생님께 알려드릴까 말까, 한참을 고민했습니다. 원 선생님이 언짢아할까, 해서요. 하나 그 누구든, 새로운 인생길을 가는 사람한테는 복을 빌어주는 게 마땅하다 싶어, 편지를 사진 찍어 첨부했으니 직접 읽어보세요. 제가 잘못 판단했다고 생각되면, 편지는 못 본 걸로 해주시면 좋겠고요. 몸 챙겨가면서 작업하세요. 옥련 ^^

명진이 첨부되어 있는 사진을 클릭했다.

'이거, 유나 글씨 아냐!'

가슴이 뛰고 눈물이 핑 돌았다. 심장박동을 가라앉히기 위
해, 수랭식 엔진 열 식히듯 그는 얼른 술을 들이켰다. 계절별
미로 차려진 술상도, 마주앉은 박 기자도, 그의 안중에서 희
미해져갔다. 그가 손으로 눈물을 훔친 다음, 핀치 줌을 벌려
편지의 사진 크기를 확대했다.

한옥련 선생님, 그간 잘 계셨어요?

전에 한지공방 주소를 동생이 알려준 적 있어 무턱대고 택배를
보냅니다만, 5년이 지나 한 선생님이 아직 그곳에 계시는지는? 계
셔야 할 텐데…….

늦게나마, 지난날 제 동생을 보살펴주신 데 대하여 감사드립니
다. 그 고마움에 보답할 길이 없어 서툰 솜씨로나 옷을 한 벌 떠봤
습니다. 가디건인데 맞을지는? 선생님의 색깔 취향을 모르는데다
겨울도 다가오고 해서, 그냥 검은 털실로 짰습니다. 옷은 검지만
그 속에 저의 하얀 마음이 들어 있다고 여겨주시면 좋겠습니다. 꽃
동네에서 설거지하다 틈틈이 짠 거라 보잘것없지만요.

선생님에 대한 고마움은 두고두고 잊지 않을 게요. 내내 건강하
세요. 여기 쓴 이름은 가명이고, 사서함 주소도 임의로 썼습니다.

천주님의 가호를 빕니다.

김하늘 드림

명진이 한 번 더 읽고, 눈물을 닦았다. 이내 폰을 내려놓은 그가 속으로, 유나야, 부르며 두 손으로 얼굴을 감쌌다. 박 기자가 말한 '갈구해도 채워지지 않는 욕구'를 유나가 다스린 것 같아 기쁘고 반가워서. 그 갈구가 기질적 소인 때문이었는지 반동형성에 의한 것이었는지는 모르지만.

눈물로 세수를 끝낸 명진이 빈 술잔에 동동주를 채웠다. 곧장 술잔을 들이켠 그가 잔을 내리며 머리를 푹, 떨궜다. 집요하게 섹스를 갈구하던 때의 유나 말이 귀에서 맴돌아. '명진 씨가 자꾸만 도자기에 파고드는 것도 성욕의 다른 측면일 뿐'이라는.

명진의 뇌리에 고상화 얼굴과, 박 기자가 한 말과, 유나가 했던 말이 오버랩 되었다.

'그럼, 욕정의 화부와 도예 화부가 닮았다는 건가. 갈구해도 채워지지 않는 욕구를 불에다…… 아니, 불로써…….'

명진이 과거와 현재를 오가며 혼전하고 있는 사이, 박 기자는 취재수첩에다 뭔가를 열심히 적었다. 그도 제 스스로 술을 부어 마셔 가며. 조금 지나, 수첩과 펜을 내려놓은 박 기자가 술 한 잔을 더 쭉 들이켰다. 연거푸 마신 술로 얼큰하게 취한 박 기자가 안주는 들지 않고 명진을 향해 물었다.

"제가 한마디하도 되겠습니까?"

"……."

명진은 제 생각에 빠져 있어 묵묵부답이었다. 그에게서 반응이 없자 박 기자가 두 팔을 벌려 술상을 연단같이 짚고는, 음식 그릇들을 청중삼아 일장 연설을 토했다.

"제가 한마디할까요? 우주와 물질계에는 작용 반작용의 법칙이 있습니다. 이를 인생사에 적용하면, 마찰력이나 반발력이 나를 키운다는 얘기와 같습니다. 그게 누구였더라, 아, 일본의 소설가, 가와바타 야스나리의 단편소설, 〈서정가〉에 이런 말이 나옵니다. 내가 제대로 외우고 있는지 모르겠는데, 한 토막 읊어보죠. 틀려도 용서하시고. '기묘하도다, 불에서 연꽃이 피고 애욕 속에 참다운 깨달음이 있구나.' 이 구절 맞는가, 하여튼. 남자의 리비도를 끊으려 화장장이 됐다가, 번제물같이 자신을 태워버린 부장검사 이 양반한테 비유가 맞을지는, 글쎄요……."

장안사 계곡에 짙은 어둠이 깔렸다. 우-욱, 우-욱. 산중에서 들려오는 부엉이 소리를 배경 음악 삼아, 토속음식점 불광산장 거실에 진열돼 있던 토기들만이 이들의 얘기를 엿듣고 있었다. 정력의 화신 프로메테우스의 아이들답게, 주홍 불빛 아래 불끈 선 어른 가슴 높이의 남근석을 오종종 둘러싸고. □

끝

불의 노래를 들어라

작가의 고통은 글이 줄줄 써지지 않아서 느끼는 고통만이 아니다. 작가의 진정한 고통은, 세상에 잘 드러나지 않은 것들을 드러내기 위해 또는 음침하거나 뭔가 발설하기 어려운 것들을 언어로 표현하는 일이다. 거시적으론 통치 이데올로기의 모순점을 따지고 든다든지 종교집단 내부에 숨겨진 광기의 폭로와 같은 조직적인 것에서부터, 미시적으론 인간 행동의 이면에 존재하는 흉하고 은밀한 무엇의 누설과 같은 개인적인 것에 이르기까지.

조직적인 갈등 문제든 개인적인 욕구 문제든 어둡고 의뭉스러운 것들을 건드리려면 그만큼 용기가 필요하다. 어찌 보면 작가의 의무인데도 말이다. 너나없이 점잖음 뒤에 숨겨진, 사회적 위신 때문에 드러내길 꺼려하는 엉큼한 것들이 얼마나 많은가. 그중에서도 가장 숨기고 싶고 외설스럽다며 노출하지 않으려는 것이 성욕 아닐는지. 인간이라면 누구나 하고 싶어 하면서도 그리고 기질적으로 가지고 있으면서도 누구도 드러내고 싶지는 않은.

그렇게도 감추고 싶고 도덕성으로 위장하고 싶은 인간의 욕정과 치부를 들추어내는 일은 아무리 뛰어난 작가라도 쉬운 일이 아닌즉. 겨우 글줄이나 쓰는 수준의 나 같은 무명인이 언어로 표현하려고 달려들었다면 그 자체가 고통의 불길일 밖에.

불이란 의미엔 물적 존재로써의 불 외 우리 내부에 욕구로써 생동하는 불이 있다. 그렇듯 불은 인간이 스스로 억제하기 어려운 본능을 상징하는 한편, 자기 심연에 닿게 하고 부정한 것을 정화하여 광명에 이르게 하는 상징 역할을 한다.

한데 불의 성질은 부동적인 게 아니라 유동하고 다변한다. 옆으로 번지기도 하지만 위로 솟구치기도 하고, 검붉은색이었다가 흰색으로 변하는가 하면, 어떤 땐 재 속으로 웅크리기도 한다. 마찬가지로 인간의 욕구 안에 존재하는 불도 생동하는데 어두웠다가 밝았다가, 타올랐다가 침잠하는 등의 변화를 한다.

과잉 여부를 떠나 원초적인 성적 욕구든 사회적 성취 욕구든, 인간의 본능 속에 생동하는 불이 현실의 삶을 좌우한다. 그게 약하거나 없으면 삶의 열정과 의욕이 사라져버릴 테고, 그게 과하면 화를 자초하게 된다. 나 역시 욕구적인 동물이며 여러분 또한 예외가 아니므로 불의 운기 작용을 살피고 불의 노래를 들어야 한다.

불의 기본적인 속성은 뭔가를 태우는 일이고 불의 위대성은 정신과 물질, 창조와 파괴, 성(聖)과 속(俗), 청정과 불결, 순응과 일탈 등 다른 항 사이에 매개 작용을 한다는 점이다. 창작활동도 욕구에서 나오고 욕구를 다스려야 하는 일이고 보면 불과 같다. 마음속 어떤 것이든 육화(肉化)된 그 무엇이든 자신을 태우지 않고는 순수하고 정결한 작품이 나오질 않는다. 인간의 삶에서 창작품이 성과 속의 매개체가 될 수 있는 것도 그 때문 아니겠는가.

원래 이 소설은, 문화체육관광부와 한국장애인문화예술원

에서 창작지원 작품으로 선정된 때의 제목은 《화부》였다. 그러다 교정쇄를 검토할 무렵, 이 소설이 대중성과 문학성을 겸비하고 있지만 "문학성이 더 강한 작품"이라는 출판사측의 소견을 참작하여 《목마와 화부》로 바꾸었다. 제목 변경도 그렇지만 이 소설이 작품다운 작품으로 거듭나려는 운명이었는지, 나의 목 디스크와 다른 이유로 집필이 세 번이나 중단되었다가 세상의 빛을 보게 됐으니만큼. 불의 노래를 싣고 문학의 바다로 나가는 이 책을 '띠배'로 삼아 독자 여러분의 제화초복을 빈다. 소설의 주인공 고상화가 그랬듯이.

2018년 늦가을에

문 형 삼가 쓰다

문형 장편소설
목마와 화부火夫

지은이 | 문 형
펴낸이 | 황인원
펴낸곳 | 다차원북스

신고번호 | 제2017-000220호

초판 1쇄 인쇄 | 2018년 11월 19일
초판 1쇄 발행 | 2018년 11월 26일

우편번호 | 04091
주소 | 서울특별시 마포구 토정로 222(한국출판콘텐츠센터 419호)
전화 | (02)333-0471(代)
팩스 | (02)334-0471
이메일 | dachawon@daum.net

ISBN 979-11-88996-29-2 03810

값 · 18,800원

이 도서의 국립중앙도서관 출판시 도서목록(CIP)은 서지정보유통지원시스템 홈페이지(http://seoji.nl.go.kr)와 국가자료공동목록시스템(http//www.nl.go.kr/kolisnet)에서 이용하실 수 있습니다.(CIP제어번호: 2018036165)

※ 이 도서는 2018년 문화체육관광부와 한국장애인문화예술원에서 선정한 창작지원 작품입니다.